U0720147

中华经典小说注释系列

二拍 初刻拍案惊奇

〔明〕凌濛初 编著

张明高 校注

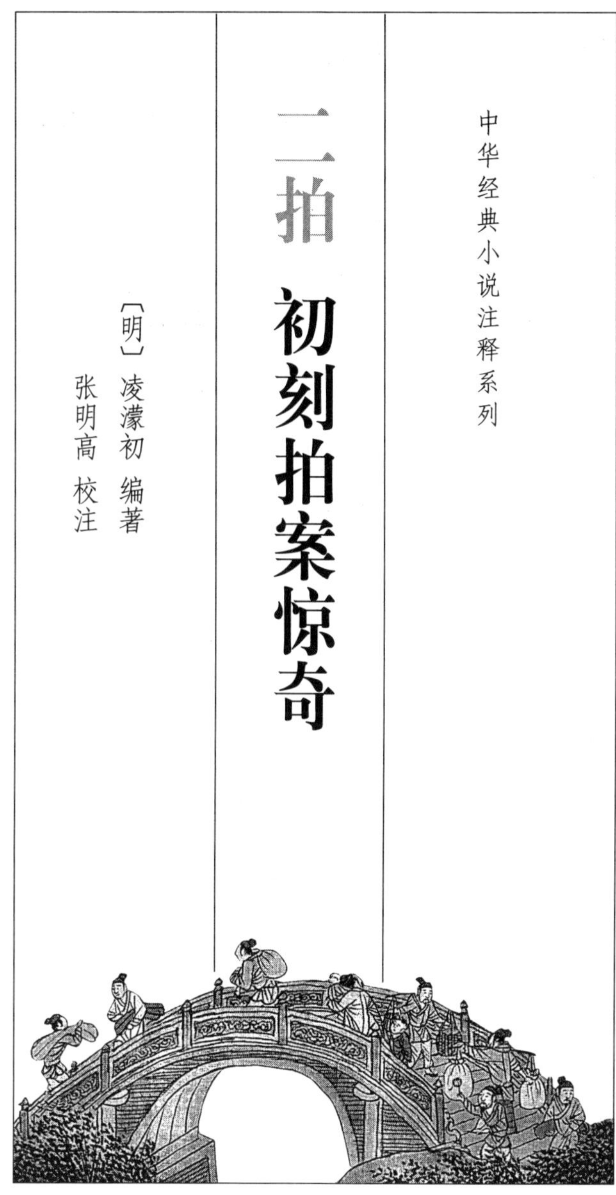

中華書局

图书在版编目(CIP)数据

二拍·初刻拍案惊奇/(明)凌濛初编著;张明高校注. —北京:中华书局,2014.10(2024.9 重印)
(中华经典小说注释系列)
ISBN 978-7-101-10449-3

Ⅰ.二… Ⅱ.①凌…②张… Ⅲ.①话本小说-小说集-中国-明代②《初刻拍案惊奇》-注释 Ⅳ.I242.3

中国版本图书馆 CIP 数据核字(2014)第 222351 号

书　　名	二拍·初刻拍案惊奇
编 著 者	〔明〕凌濛初
校 注 者	张明高
丛 书 名	中华经典小说注释系列
责任编辑	王守青
装帧设计	毛　淳
责任印制	韩馨雨
出版发行	中华书局 (北京市丰台区太平桥西里 38 号　100073) http://www.zhbc.com.cn E-mail:zhbc@zhbc.com.cn
印　　刷	三河市鑫金马印装有限公司
版　　次	2014 年 10 月第 1 版 2024 年 9 月第 4 次印刷
规　　格	开本/880×1230 毫米　1/32 印张 19½　插页 2　字数 450 千字
印　　数	15001-18000 册
国际书号	ISBN 978-7-101-10449-3
定　　价	39.00 元

前　言

我们已将冯梦龙编辑的“三言”，即《喻世明言》、《警世通言》、《醒世恒言》校注出版，今再将凌濛初编著的“二拍”，即《拍案惊奇》、《二刻拍案惊奇》校注出版。于是，明代以前中国短篇话本小说的精粹都汇集在一起，对于广大的读者或许有一些方便和帮助。“二拍”编刊于明代崇祯年间，紧接在“三言”刊出之后。编著者凌濛初的旨趣与冯梦龙大略相同，“二拍”的总体面貌也与“三言”相去不远，所以历来把“三言”、“二拍”相接并论是有道理的。

凌濛初(1580—1644)，字玄成，号初成，亦号即空观主人。乌程(今浙江湖州)人。以副贡任上海县丞，官至徐州通判。后为李自成起义军所困，呕血而死。凌氏一生著述不辍，涉及经史诗文的许多门类，有《圣门传诗嫡冢》、《诗经人物考》、《左传合鲭》、《倪思史汉异同补评》、《国门集》、《鸡讲斋诗文》、《燕筑讴》、《南音三籁》、《合评选诗》等多种。他是杰出的戏曲家和小说家，著有戏曲《虬髯翁》、《颠倒姻缘传》、《北红拂》、《乔合衫襟记》和《蓦忽姻缘》等；最负盛名的即是话本小说集“二拍”。关于“二拍”的取材，凌氏说过，宋元旧本完整的篇章因为“三言”已经“搜括殆尽”，剩下的“一二遗者，皆其沟中之断芜，略不足陈已”(见《拍案惊奇序》)。大体都是凌濛初依据“古今杂事”自己创作的拟话本；少数卷确有宋元旧本的叙事和语言风格痕迹的，读者自能体察，也都经过了凌濛初“演而畅之”的发挥改造了。“二拍”所收内容和叙事描绘的语言艺术风格，都与“三言”近似而不雷同，有所拓展。“二拍”与“三言”比较，思想艺术成就或有第一第二之分，而并非相去甚远。以前有些论者对“二拍”挑剔过甚，贬抑不当，读者合二者而观之，当能作出自己的判断。对此种短篇话本小说的思想艺术，我们已在《喻世明言》的前言中有所阐述，这里就不再重说了,读者可自行参照。

"二拍"校注所用底本,是上海古籍出版社影印的明尚友堂本,并参考各本。明本《二刻拍案惊奇》实际为三十八卷本,因为其中卷二十三与《拍案惊奇》卷二十三完全相同,卷四十则为《宋公明闹元宵》杂剧。所以"二拍"全书小说仅存七十八篇。今仍其旧,对原书不作删节和改动。注释力求简明。新排本采用简体字,少数保留原来字形。同音假借字一般保存原貌,读者即音求义多数不须另作说明,个别不常见或易生歧义的则在注释中指明。校订和注释都参考和利用了前人的成果,谨致谢忱并此声明;错误或不当之处,请读者和专家指正。

目录

拍案惊奇序

语有之："少所见，多所怪。"今之人但知耳目之外牛鬼蛇神之为奇，而不知耳目之内日用起居其为谲诡幻怪，非可以常理测者固多也。昔华人至异域，异域咤以牛粪金。随诘华之异者，则曰："有虫蠕蠕，而吐为彩缯锦绮①，衣被天下。"彼舌挢而不信②，乃华人未之或奇也。则所谓必向耳目之外索谲诡幻怪以为奇，赘矣。

宋元时有小说家一种，多采闾巷新事，为宫闱承应谈资。语多俚近，意存劝讽。虽非博雅之派，要亦小道可观。近世承平日久，民佚志淫。一二轻薄恶少，初学拈笔，便思污蔑世界，广摭诬造③。非荒诞不足信，则亵秽不忍闻。得罪名教，种业来生，莫此为甚。而且纸为之贵，无翼飞，不胫走。有识者为世道忧之，以功令厉禁，宜其然也。

独龙子犹氏所辑《喻世》等诸言，颇存雅道，时著良规，一破今时陋习。而宋元旧种，亦被搜括殆尽。肆中人见其行世颇捷，意余当别有秘本，图出而衡之。不知一二遗者，皆其沟中之断芜，略不足陈已。因取古今来杂碎事可新听睹佐谈谐者，演而畅之，得若干卷。其事之真与饰，名之实与赝，各参半。文不足征，意殊有属。凡耳目前怪怪奇奇，当亦无所不有。总以言之者无罪，闻之者足以为戒，则可谓云尔已矣。若谓此非今小史家所奇，则是舍吐丝蚕而问粪金牛，吾恶乎从罔象索之？

即空观主人题于浮樽

---

①彩缯(zēng)锦绮：彩色绢帛。缯，丝织品。绮，有文彩的丝织品。

②舌挢(jiǎo)：舌头翘起来不能出声，形容惊讶的样子。

③摭(zhí)：拾取，采集。

拍案惊奇凡例计五则

一、每回有题，旧小说造句皆妙，故元人即以之为剧。今《太和正音谱》所载剧名，半犹小说句也。近来必欲取两回之不侔者，比而偶之，遂不免窜削旧题，亦是点金成铁。今每回用二句自相对偶，仿《水浒》、《西游》旧例。

一、是编矢不为风雅罪人。故回中非无语涉风情，然止存其事之有者，蕴藉数语，人自了了。绝不作肉麻秽口，伤风化，损元气。此自笔墨雅道当然，非迂腐道学态也。

一、小说中诗词等类，谓之蒜酪，强半出自新构。间有采用旧者，取一时切景而及之，亦小说家旧例，勿嫌剽窃。

一、事类多近人情日用，不甚及鬼怪虚诞。正以画犬马难，画鬼魅易，不欲为其易而不足征耳。亦有一二涉于神鬼幽冥，要是切近可信，与一味驾空说谎必无是事者不同。

一、是编主于劝戒，故每回之中，三致意焉。观者自得之，不能一一标出。

崇祯戊辰初冬即空观主人识

卷之一

转运汉巧遇洞庭红　波斯胡指破鼍龙壳

词曰：

日日深杯酒满，朝朝小圃花开。自歌自舞自开怀，且喜无拘无碍。　　青史几番春梦，红尘多少奇才。不须计较与安排，领取而今见在①。

这首词乃宋朱希真所作②，词寄《西江月》③。单道着人生功名富贵，总有天数，不如图一个见前快活。试看往古来今，一部十七史中④，多少英雄豪杰，该富的不得富，该贵的不得贵。能文的倚马千言，用不着时，几张纸盖不完酱瓿⑤。能武的穿杨百步，用不着时，几簳箭煮不熟饭锅⑥。极至那痴呆懵董，生来的有福分的，随他文学低浅，也会发科发甲⑦；随他武艺庸常，也会大请大受⑧。真所谓时也，运也，命也。俗语有两句道得好："命若穷，掘得黄金化作铜。命若富，拾着白纸变成布。"总来只听掌命司颠之倒之⑨。所以吴彦高又

---

①见在：现在。"见"、"现"为古今字，书中多次反复出现。后不出注。

②朱希真：南宋词人朱敦儒。有《樵歌》词集。

③寄：文学用语。依式填词。

④十七史：即《史记》、《汉书》、《后汉书》、《三国志》、《晋书》、《宋书》、《南齐书》、《梁书》、《陈书》、《魏书》、《北齐书》、《周书》、《隋书》、《南史》、《北史》、《新唐书》、《新五代史》。这是宋代人的说法，明代人沿用。

⑤酱瓿(bù)：酱缸。瓿，瓮子。西汉末扬雄著《太玄》，刘歆看过说，白辛苦了，现在人不重视，"吾恐后人用覆酱瓿也"。见《汉书·扬雄传》。

⑥簳(gǎn)：箭杆。此处用为量词。

⑦科、甲：明代称为科举。汉唐考选士人分为甲乙丙等科，由此得名。发科甲，即是考中举人、进士的优等。

⑧大请大受：指享受高官厚禄。"请受"是常用词，领取、享受官俸。

⑨总来：到底，归根结底。掌命司：指执掌人间命运的神。

有词云[1]:"造化小儿无定据,翻来覆去,倒横直竖,眼见都如许。"僧晦庵亦有词云[2]:"谁不愿,黄金屋?谁不愿,千钟粟[3]?算五行不是这般题目[4]。枉使心机闲计较,儿孙自有儿孙福。"苏东坡亦有词云[5]:"蜗角虚名[6],蝇头微利,算来着甚干忙?事皆前定,谁弱又谁强?"这几位名人,说来说去,都是一个意思。总不如古语云:"万事分已定,浮生空自忙。"说话的[7],依你说来,不须能文善武,懒惰的也只消天掉下前程;不须经商立业,败坏的也只消天挣与家缘[8]。却不把人间向上的心都冷了?看官有所不知,假如人家出了懒惰的人,也就是命中该贱;出了败坏的人,也就是命中该穷,此是常理。却又自有转眼贫富,出人意外,把眼前事分毫算不得准的哩。

且听说一人,乃是宋朝汴京人氏[9],姓金,双名维厚,乃是经纪行中人[10]。少不得朝晨起早,晚夕眠迟,睡醒来,千思想,万算计,拣有便宜的才做。后来家事挣得从容了,他便思想一个久远方法:手头用来用去的,只是那散碎银子,若是上两块头好银,便存着不动。约得百两,便熔成一大锭,把一综红线结成一绦,系在锭腰,放在枕边。夜来摩弄一番,方才睡下。积了一生,整整熔成八锭,以后也就随来

---

①吴彦高:金代文学家吴激,字彦高。有《东山集》。

②僧晦庵:晦庵,南宋时和尚,生平不详。今存《满江红》词一首。文中所引为其中的部分词句,文字不尽相同。

③千钟粟:指俸禄丰厚。钟,古代容量单位,可容十釜,约相当于四斗八升。

④五行:金、木、水、火、土为五行。术数家以五行与人的八字干支相配合,推算命运好坏。此处即是说八字生得不好。

⑤苏东坡:北宋文学家苏轼,号东坡居士。

⑥蜗角虚名:《庄子》书中寓言,蜗牛左角上有一个触氏国,右角上有一个蛮氏国,互相征伐,争夺地盘。讽刺争权夺利图虚名。

⑦说话的:说话人,即讲故事的人。宋、元、明"说话"是一种职业,现在称作"说书"。

⑧家缘:指产业、财产。

⑨汴京:北宋都城汴梁,即开封,常称作"东京"。

⑩经纪:生意人,买卖。

随去，再积不成百两，他也罢了。金老生有四子。一日，是他七十寿旦，四子置酒上寿。金老见了四子跻跻跄跄[①]，心中喜欢。便对四子说道："我靠皇天覆庇，虽则劳碌一生，家事尽可度日。况我平日留心，有熔成八大锭银子永不动用的，在我枕边，见将绒线做对儿结着。今将拣个好日子，分与尔等，每人一对，做个镇家之宝。"四子喜谢，尽欢而散。是夜，金老带些酒意，点灯上床，醉眼模糊望去，八个大锭，白晃晃排在枕边。摸了几摸，哈哈地笑了一声，睡下去了。睡未安稳，只听得床前有人行走脚步响，心疑有贼。又细听着，恰像欲前不前相让一般。床前灯火微明，揭帐一看，只见八个大汉，身穿白衣，腰系红带，曲躬而前，曰："某等兄弟，天数派定，宜在君家听令。今蒙我翁过爱，抬举成人，不烦役使，珍重多年，冥数将满。待翁归天后，再觅去向。今闻我翁目下将以我等分役诸郎君。我等与诸郎君辈原无前缘，故此先来告别，往某县某村王姓某者投托。后缘未尽，还可一面。"语毕，回身便走。金老不知何事，吃了一惊。翻身下床，不及穿鞋，赤脚赶去。远远见八人出了房门。金老赶得性急，绊了房槛，扑的跌倒。飒然惊醒，乃是南柯一梦[②]。急起挑灯明亮，点照枕边，已不见了八个大锭。细思梦中所言，句句是实。叹了一口气，哽咽了一会，道："不信我苦积一世，却没分与儿子每受用[③]，倒是别人家的。明明说有地方姓名，且慢慢跟寻下落则个[④]。"一夜不睡。

次早起来，与儿子每说知。儿子中也有惊骇的，也有疑惑的。惊骇的道："不该是我们手里东西，眼见得作怪。"疑惑的道："老人家

---

①跻跻(jī)跄跄：整整齐齐。语出《诗经·公刘》"跄跄济济"，朱熹注"群臣有威仪貌"。

②南柯一梦：典出唐人传奇李公佐《南柯记》。写书生淳于棼在大槐树南枝下白天醉卧，梦见到了大槐国，娶公主，任太守，一生富贵显耀，醒来乃是一梦。

③每：们。表人称复数。记音用字不十分固定，有时也写作"门"。后不出注。

④跟寻：寻找。则个：语尾助词，约略相当于现代口语的"吧"，表示感叹和祈使。

欢喜中说话，先许了我们，回想转来，一时间就不割舍得分散了，造此鬼话，也不见得。”金老看见儿子每疑信不等，急急要验个实话。遂访至某县某村，果有王姓某者。叩门进去，只见堂前灯烛荧煌，三牲福物①，正在那里献神。金老便开口问道：“宅上有何事如此?”家人报知，请主人出来。主人王老，见金老揖坐了，问其来因。金老道：“老汉有一疑事，特造上宅来问消息。今见上宅正在此献神，必有所谓，敢乞明示。”王老道：“老拙偶因寒荆小恙买卜②，先生道：‘移床即好。’昨寒荆病中，恍惚见八个白衣大汉，腰系红束，对寒荆道：‘我等本在金家，今在彼缘尽，来投身宅上。’言毕，俱钻入床下。寒荆惊出了一身冷汗，身体爽快了。及至移床，灰尘中得银八大锭，多用红绒系腰，不知是那里来的。此皆神天福佑，故此买福物酬谢。今我丈来问③，莫非晓得些来历么?”金老跌跌脚道：“此老汉一生所积，因前日也做了一梦，就不见了。梦中也道出老丈姓名居址的确，故得访寻到此。可见天数已定，老汉也无怨处，但只求取出一看，也完了老汉心事。”王老道：“容易。”笑嘻嘻地走进去，叫安童四人④，托出四个盘来。每盘两锭，多是红绒系束，正是金家之物。金老看了，眼睁睁无计所奈，不觉扑簌簌吊下泪来。抚摩一番道：“老汉直如此命薄，消受不得⑤!”王老虽然叫安童仍旧拿了进去，心里见金老如此，老大不忍。另取三两零银封了，送与金老作别。金老道：“自家的东西尚无福，何须尊惠!”再三谦让，必不肯受。王老强纳在金老袖中，金老欲待摸出还了，一时摸个不着，面儿通红。又被王老央不过，只得作揖别了。直至家中，对儿子们一一把前事说了，大家叹息了一回。因言王老好处，临行送银三两。满袖摸遍，并不见有，只说路中掉了。却元来

①三牲福物：牛、羊、猪作供品，或简化以鸡、鱼、猪作供品，都可称作“三牲福物”。

②老拙：老人谦词。寒荆：对自己妻子的谦称。或称“拙荆”等。荆，指荆钗。买卜：请先生算卦。

③丈：对男子的尊称。

④安童：随身小男仆。

⑤消受：享用，经受。

金老推逊时，王老往袖里乱塞，落在着外面的一层袖中。袖有断线处，在王老家摸时，已自在脱线处落出在门槛边了。客去扫门，仍旧是王老拾得。可见一饮一啄，莫非前定。不该是他的东西，不要说八百两，就是三两也得不去。该是他的东西，不要说八百两，就是三两也推不出。原有的倒无了，原无的倒有了，并不由人计较①。

而今说一个人，在实地上行，步步不着②，极贫极苦的，却在渺渺茫茫做梦不到的去处，得了一主没头没脑的钱财③，变成巨富。从来稀有，亘古新闻。有诗为证，诗曰：

分内功名匣里财，不关聪慧不关呆。
果然命是财官格④，海外犹能送宝来。

话说国朝成化年间⑤，苏州府长洲县阊门外⑥，有一人，姓文名实，字若虚。生来心思慧巧，做着便能，学着便会，琴棋书画，吹弹歌舞，件件粗通。幼年间，曾有人相他有巨万之富。他亦自恃才能，不十分去营求生产，坐吃山空，将祖上遗下千金家事，看看消下来。以后晓得家业有限，看见别人经商图利的，时常获利几倍，便也思量做些生意，却又百做百不着。一日，见人说北京扇子好卖，他便合了一个伙计，置办扇子起来。上等金面精巧的，先将礼物求了名人诗画，免不得是沈石田、文衡山、祝枝山⑦，拓了几笔⑧，便直上两数银子。

---

①计较：计算。

②不着：不得手，不成功。

③一主：一注，一笔。

④财官格：指发财做官的命。格，星相术士对人的命运的分类术语。

⑤国朝：本朝。此处指明朝。成化：明宪宗朱见深年号，1465—1487年。

⑥长洲县：今吴县（中心市区为苏州市）明代为二县，长洲县为东半部，吴县为西半部。县治均在苏州城中，也是一在东，一在西。民国初再合为吴县。

⑦沈石田：明代书画家沈周，号石田。长洲人。文衡山：文征明，号衡山。长洲人。祝枝山：祝允明，号枝山。长洲人。沈、文、祝三人基本同时，都是明代中叶吴门重要书画家。

⑧拓（tà）：此指随便写画。

中等的，自有一样乔人①，一只手学写了这几家字画，也就哄得人过，将假当真的买了，他自家也兀自做得来的②。下等的，无金无字画，将就卖几十钱，也有对合利钱③，是看得见的。拣个日子，装了箱儿，到了北京。岂知北京那年自交夏来，日日淋雨不晴，并无一毫暑气，发市甚迟④。交秋早凉，虽不见及时，幸喜天色却晴，有妆晃子弟⑤，要买把苏做的扇子，袖中笼着摇摆。来买时，开箱一看，只叫得苦。元来北京历沴却在七八月⑥，更加日前雨湿之气，斗着扇上胶墨之性⑦，弄做了个合而言之⑧，揭不开了。用力揭开，东粘一层，西缺一片，但是有字有画值价钱者，一毫无用。止剩下等没字白扇，是不坏的，能值几何？将就卖了，做盘费回家，本钱一空。频年做事，大概如此。不但自己折本，但是搭他做伴，连伙计也弄坏了。故此人起他一个混名，叫做“倒运汉”。不数年，把个家事干圆洁净了⑨，连妻子也不曾娶得。终日间靠着些东涂西抹，东挨西撞，也济不得甚事。但只是嘴头子诌得来，会说会笑，朋友家喜欢他有趣，游耍去处，少他不得；也只好趁口⑩，不是做家的⑪。况且他是大模大样过来的，帮闲行里又不十分入得队⑫。有怜他的，要荐他坐馆教学，又有诚实

---

①乔人：假模假式的人，善于做假的人。

②兀自：还是，却。

③对合：对本，一倍。

④发市：开张做生意。

⑤妆晃子弟：装模作样的浪荡子弟。妆晃，妆幌子，即装门面。

⑥历沴(lì)：指入梅，潮变。北京初秋多雨潮湿闷热，类似南方梅雨季节。沴，恶气。

⑦斗着：凑着，碰在一起。

⑧合而言之：合而粘之，粘在一起。吴音“言”、“粘”音相近。

⑨干圆洁净：空荡荡，精光。

⑩趁口：混口饭吃。

⑪做家：会过日子。今方言中仍多这么说的。

⑫入得队：入队，合群。

人家嫌他是个杂板令[1]，高不凑，低不就。打从帮闲的、处馆的两项人见了他[2]，也就做鬼脸，把“倒运”两字笑他，不在话下。

一日，有几个走海泛货的邻近，做头的无非是张大、李二、赵甲、钱乙一班人，共四十馀人，合了伙将行。他晓得了，自家思忖道：“一身落魄，生计皆无。便附了他们航海，看看海外风光，也不枉人生一世。况且他们定是不却我的，省得在家忧柴忧米的，也是快活。”正计较间，恰好张大踱将来。元来这个张大，名唤张乘运，专一做海外生意，眼里认得奇珍异宝，又且秉性爽慨，肯扶持好人，所以乡里起他一个混名，叫“张识货”。文若虚见了，便把此意一一与他说了。张大道：“好，好。我们在海船里头，不耐烦寂寞。若得兄去，在船中说说笑笑，有甚难过的日子？我们众兄弟，料想多是喜欢的[3]。只是一件，我们多有货物将去，兄并无所有，觉得空了一番往返，也可惜了。待我们大家计较，多少凑些出来助你，将就置些东西去也好。”文若虚便道：“谢厚情，只怕没人如兄肯周全小弟。”张大道：“且说说看。”一竟自去了。恰遇一个瞽目先生敲着“报君知”走将来[4]，文若虚伸手顺袋里摸了一个钱[5]，扯他一卦，问问财气看。先生道：“此卦非凡，有百十分财气，不是小可。”文若虚自想道：“我只要搭去海外耍耍，混过日子罢了，那里是我做得着的生意，要甚么赍助[6]。就赍助得来，能有多少，便直恁地财爻动[7]？这先生也是混帐！”只见张大气忿忿走来，说道：“说着钱，便无缘。这些人好笑，说道你去，无不

---

①杂板令：相当于今人说的“万金油”，有点用，无大用，什么都不精通。

②打从：从此，自此。

③多：都。今吴语仍然这么说。书中用得极频繁，后不出注。

④报君知：一串铜板连缀成的响片，一边走一边抖响以招引主顾。

⑤顺袋：也作“慎袋”。装银钱的荷包，缠在腰上。

⑥赍（jī）助：钱财帮助。

⑦恁（nèn）地：那样，这般。财爻（yáo）：发财卦象。爻是卦中变化的表象。《易经》：“爻象动乎内，凶吉见乎外。”术数家就根据爻象推断吉凶。

喜欢。说到助银,没一个则声①。今我同两个好的弟兄,鉼凑得一两银子在此②,也办不成甚货,凭你买些果子船里吃罢。口食之类,是在我们身上。"若虚称谢不尽,接了银子。张大先行道:"快些收拾,就要开船了。"若虚道:"我没甚收拾,随后就来。"手中拿了银子,看了又笑,笑了又看,道:"置得甚货么!"信步走去,只见满街上箧篮内盛着卖的:

红如喷火,巨若悬星。皮未皲③,尚有馀酸;霜未降,不可多得。元殊苏井诸家树④,亦非李氏千头奴⑤。较广似曰难兄⑥,比福亦云具体⑦。

乃是太湖中有一洞庭山,地暖土肥,与闽广无异,所以广橘、福橘播名天下。洞庭有一样橘树,绝与他相似,颜色正同,香气亦同。止是初出时,味略少酢⑧,后来熟了,却也甜美。比福橘之价,十分之一,名曰"洞庭红"。若虚看见了,便思想道:"我一两银子买得百斤有馀,在船可以解渴,又可分送一二,答众人助我之意。"买成,装上竹篓,雇一闲的⑨,并行李挑了下船。众人都拍手笑道:"文先生宝货来也!"文若虚羞惭无地,只得吞声上船,再也不敢提起买橘的事。

开得船来,渐渐出了海口,只见:

银涛卷雪,雪浪翻银。湍转则日月似惊,浪动则星河如覆。

三五日间,随风漂去,也不觉过了多少路程。忽至一个地方,舟中望去,人烟凑聚,城郭巍峨,晓得是到了甚么国都了。舟人把船撑

①则声:作声。也写作"吱声"。

②鉼(píng)凑:拼凑。

③皲(jūn):开裂。

④苏井诸家树:《神仙传》载,汉代苏耽凿井种橘树,用井水和橘给人治病。

⑤李氏千头奴:《襄阳耆旧传》载,三国时吴国丹阳太守李衡使人种千株橘树,称作"千头木奴"。

⑥广:指广橘。难兄:难兄难弟。指和广橘差不多。

⑦福:指福橘。具体:具体而微。与福橘小有不同。

⑧少酢(cù):略微酸一点儿。

⑨闲的:闲汉。无固定职业的贫民。

入藏风避浪的小港内，钉了桩橛，下了铁锚，缆好了。船中人多上岸。打一看[①]，元来是来过的所在，名曰吉零国。元来这边中国货物，拿到那边，一倍就有三倍价。换了那边货物，带到中国，也是如此。一往一回，却不便有八九倍利息，所以人都拚死走这条路。众人多是做过交易的，各有熟识经纪、歇家、通事人等[②]，各自上岸找寻，发货去了，只留文若虚在船中看船。路径不熟，也无走处。正闷坐间，猛可想起道："我那一篓红橘，自从到船中不曾开看，莫不人气蒸烂了？趁着众人不在，看看则个。"叫那水手在舱板底下翻将起来，打开了篓看时，面上多是好好的。放心不下，索性搬将出来，都摆在艎板上面[③]。也是合该发迹，时来福凑。摆得满船红焰焰的，远远望来，就是万点火光，一天星斗。岸上走的人都拢将来，问道："是甚么好东西呀？"文若虚只不答应。看见中间有个把一点头的[④]，拣了出来，掐破就吃。岸上看的一发多了，惊笑道："元来是吃得的！"就中有个好事的，便来问价："多少一个？"文若虚不省得他们说话，船上人却晓得，就扯个谎哄他，竖起一个指头，说："要一钱一颗。"那问的人揭开长衣，露出那兜罗锦红裹肚来，一手摸出银钱一个来，道："买一个尝尝。"文若虚接了银钱，手中等等看[⑤]，约有两把重。心下想道："不知这些银子要买多少，也不见秤秤，且先把一个与他看样。"拣个大些的，红得可爱的，递一个上去。只见那个人接上手，攧了一攧道："好东西呀！"扑的就劈开来，香气扑鼻，连旁边闻着的许多人，大家喝一声采。那买的不知好歹，看见船上吃法，也学他去了皮，却不分囊，一块塞在口里。甘水满咽喉，连核都不吐，吞下去了。哈哈大笑道："妙哉！妙哉！"又伸手到裹肚里，摸出十个银钱来，说："我要买十个进奉去。"文若虚喜出望外，拣十个与他去了。那看的

---

①打一看：一看，看一看。

②歇家：指接待的商行。通事：翻译。

③艎板：大舱船板。

④一点头的：有点蔫的。

⑤等等：戥一戥，约一约。

人见那人如此买去了，也有买一个的，也有买两个三个的，都是一般银钱。买了的，都千欢万喜去了。元来彼国以银为钱，上有文采。有等龙凤文的最贵重，其次人物，又次禽兽，又次树木，最下通用的是水草：却都是银铸的，分两不异。适才买橘的都是一样水草纹的，他道是把下等钱买了好东西去了，所以欢喜。也只是要小便宜肚肠，与中国人一样。须臾之间，三停里卖了二停。有的不带钱在身边的，老大懊悔，急忙取了钱转来。文若虚已此剩不多了，拿一个班道[①]："而今要留着自家用，不卖了。"其人情愿再增一个钱，四个钱买了二颗。口中哓哓说[②]："悔气！来得迟了。"旁边人见他增了价，就埋怨道："我每还要买个，如何把价钱增长了他的？"买的人道："你不听得他方才说，兀自不卖了？"正在议论间，只见首先买十颗的那一个人，骑了一匹青骢马，飞也似奔到船边，下了马，分开人丛，对船上大喝道："不要零卖！不要零卖！是有的俺多要买。俺家头目要买去进克汗哩[③]。"看的人听见这话，便远远走开，站住了看。文若虚是伶俐的人，看见来势，已此瞧科在眼里[④]，晓得是个好主顾了。连忙把篓里尽数倾出来，止剩五十馀颗。数了一数，又拿起班来。说道："适间讲过，要留着自用，不得卖了。今肯加些价钱，再让几颗去罢。适间已卖出两个钱一颗了。"其人在马背上拖下一大囊，摸出钱来，另是一样树木纹的，说道："如此钱一个罢了。"文若虚道："不情愿，只照前样罢了。"那人笑了一笑，又把手去摸出一个龙凤纹的来，道："这样的一个如何？"文若虚又道："不情愿，只要前样的。"那人又笑道："此钱一个抵百个，料也没得与你，只是与你耍。你不要俺这一个，却要那等的，是个傻子！你那东西，肯都与俺了，俺再加你一个那等的，也不打紧。"文若虚数了一数，有五十二颗，准准的要了他一

---

①拿一个班：拿班。做样子，摆架子。与"拿糖"同义。

②哓哓(xiāo)：争辩不休。这里是唠唠叨叨。

③克汗：可汗。对外国君主的称呼。

④瞧科：看出，冷眼旁观。

百五十六个水草银钱①。那人连竹篓都要了，又丢了一个钱，把篓拴在马上，笑吟吟地一鞭去了。看的人见没得卖了，一哄而散。

文若虚见人散了，到舱里把一个钱秤一秤，有八钱七分多重。秤过数个，都是一般。总数一数，共有一千个差不多。把两个赏了船家，其馀收拾在包里了。笑一声道："那盲子好灵卦也！"欢喜不尽，只等同船人来对他说笑则个。说话的，你说错了！那国里银子这样不值钱，如此做买卖，那久惯漂洋的带去多是绫罗段匹，何不多卖了些银钱回来，一发百倍了？看官有所不知：那国里见了绫罗等物，都是以货交兑。我这里人也只是要他货物，才有利钱，若是卖他银钱时，他都把龙凤人物的来交易，作了好价钱，分两也只得如此，反不便宜。如今是买吃口东西，他只认做把低钱交易，我却只管分两，所以得利了。说话的，你又说错了！依你说来，那航海的何不只买吃口东西，只换他低钱，岂不有利？用着重本钱置他货物怎地？看官，又不是这话。也是此人偶然有此横财，带去着了手。若是有心第二遭再带去，三五日不遇巧，等得希烂。那文若虚运未通时，卖扇子就是榜样。扇子还是放得起的，尚且如此，何况果品？是这样执一论不得的。

闲话休题。且说众人领了经纪主人到船发货，文若虚把上头事说了一遍。众人都惊喜道："造化！造化！我们同来，到是你没本钱的先得了手也！"张大便拍手道："人都道他倒运，而今想是运转了！"便对文若虚道："你这些银钱，此间置货，作价不多。除是转发在伙伴中，回他几百两中国货物②，上去打换些土产珍奇，带转去，有大利钱，也强如虚藏此银钱在身边，无个用处。"文若虚道："我是倒运的，将本求财，从无一遭不连本送的。今承诸公挈带，做此无本钱生意，偶然侥幸一番，真是天大造化了，如何还要生利钱，妄想甚么？万一

①准准的：足足的。

②回：吴语。买和卖都叫"回"。也有匀的意思，求人分出来。

如前再做折了①，难道再有'洞庭红'这样好卖不成？”众人多道：“我们用得着的是银子，有的是货物。彼此通融，大家有利，有何不可？”文若虚道：“一年吃蛇咬，三年怕草索。说着货物，我就没胆气了。只是守了这些银钱回去罢。”众人齐拍手道：“放着几倍利钱不取，可惜！可惜！”随同众人一齐上去，到了店家，交货明白，彼此兑换。约有半月光景，文若虚眼中看过了若干好东好西，他已自志得意满，不放在心上。众人事体完了，一齐上船，烧了神福，吃了酒开洋。

行了数日，忽然间天变起来。但见：

> 乌云蔽日，黑浪掀天。蛇龙戏舞起长空，鱼鳖惊惶潜水底。艨艟泛泛②，只如栖不定的数点寒鸦；岛屿浮浮，便似没不煞的几只水鹈③。舟中是方扬的米簸，舷外是正熟的饭锅。总因风伯太无情④，以致篙师多失色。

那船上人见风起了，扯起半帆，不问东西南北，随风势漂去。隐隐望见一岛，便带住篷脚，只看着岛边使来。看看渐近，恰是一个无人的空岛。但见：

> 树木参天，草莱遍地。荒凉径界，无非些兔迹狐踪；坦迤土壤，料不是龙潭虎窟。混茫内，未识应归何国辖；开辟来，不知曾否有人登。

船上人把船后抛了铁锚，将桩橛泥犁上岸去，钉停当了。对舱里道：“且安心坐一坐，候风势则个。”那文若虚身边有了银子，恨不得插翅飞到家里，巴不得行路，却如此守风呆坐，心里焦燥。对众人道：“我且上岸，去岛上望望则个。”众人道：“一个荒岛，有何好看？”文若虚道：“总是闲着，何碍？”众人都被风颠得头晕，个个是呵欠连天，不肯同去。文若虚便自一个抖擞精神，跳上岸来，只因此一去，有分交：

> 十年败壳精灵显，一介穷神富贵来。

---

①折(shé)：折本，赔本。

②艨艟(chōng)：战船。此指大船。

③没不煞：淹不了，淹不死。水鹈(tí)：即鹈鹕。

④风伯：风神。

若是说话的同年生，并时长，有个未卜先知的法儿，便双脚走不动，也拄个拐儿随他同去一番，也不枉的。却说文若虚见众人不去，偏要发个狠，扳藤附葛，直走到岛上绝顶。那岛也苦不甚高[①]，不费甚大力，只是荒草蔓延，无好路径。到得上边，打一看时，四望漫漫，身如一叶，不觉凄然，吊下泪来。心里道："想我如此聪明，一生命蹇。家业消亡，剩得只身。直到海外，虽然侥幸，有得千来个银钱在囊中，知他命里是我的，不是我的？今在绝岛中间，未到实地，性命也还是与海龙王合着的哩！"正在感怆，只见望去远远草丛中一物突高。移步往前一看，却是床大一个败龟壳。大惊道："不信天下有如此大龟！世上人那里曾看见，说也不信的。我自到海外一番，不曾置得一件海外物事，今我带了此物去，也是一件希罕的东西，与人看看，省得空口说着，道是苏州人会调谎[②]。又且一件，锯将开来，一盖一板，各置四足，便是两张床，却不奇怪！"遂脱下两只裹脚接了，穿在龟壳中间，打个扣儿，拖了便走。走至船边，船上人见他这等模样，都笑道："文先生那里又跎了纤来？"文若虚道："好教列位得知，这就是我海外的货了。"众人抬头一看，却便似一张无柱有底的硬脚床。吃惊道："好大龟壳！你拖来何干？"文若虚道："也是罕见的，带了他去。"众人笑道："好货不置一件，要此何用？"有的道："也有用处。有甚么天大的疑心事，灼他一卦，只没有这样大龟药。"又有的道是："医家要煎龟膏，拿去打碎了，煎起来，也当得几百个小龟壳。"文若虚道："不要管有用没用，只是希罕，又不费本钱，便带了回去。"当时叫个船上水手，一抬抬下舱来。初时山下空阔，还只如此，舱中看来，一发大了。若不是海船，也着不得这样狼犺东西[③]。众人大家笑了一回，说道："到家时有人问，只说文先生做了偌大的乌龟买卖

①苦：好在，幸亏。

②调谎：也写作"掉谎"。扯谎，说谎。

③狼犺（kàng）：粗笨，魁伟。

来了[①]!"文若虚道:"不要笑,我好歹有一个用处,决不是弃物。"随他众人取笑,文若虚只是得意。取些水来,内外洗一洗净,抹干了,却把自己钱包、行李都塞在龟壳里面,两头把绳一绊,却当了一个大皮箱子。自笑道:"兀的不眼前就有用起了[②]?"众人都笑将起来,道:"好算计!好算计!文先生到底是个聪明人。"当夜无词。

次日风息了,开船一走。不数日,又到了一个去处,却是福建地方了。才住定了船,就有一伙惯伺候接海客的小经纪牙人[③],攒将拢来。你说张家好,我说李家好,拉的拉,扯的扯,嚷个不住。海船上众人拣一个一向熟识的跟了去,其馀的也就住了。众人到了一个波斯胡大店中坐定。里面主人见说海客到了,连忙先发银子,唤厨户包办酒席几十桌。分付停当,然后踱将出来。这主人是个波斯国里人,姓个古怪姓,是"玛瑙"的"玛"字,叫名玛宝哈,专一与海客兑换珍宝货物,不知有多少万数本钱。众人走海过的,都是熟主熟客,只有文若虚不曾认得。抬眼看时,元来波斯胡住得在中华久了,衣服言动都与中华不大分别。只是剃眉剪须,深目高鼻,有些古怪。出来见了众人,行宾主礼坐定了。两杯茶罢,站起身来,请到一个大厅上。只见酒筵多完备了,且是摆得济楚。元来旧规,海船一到,主人家先折过这一番款待,然后发货讲价的。主人家手执着一副法浪菊花盘盏[④],拱一拱手道:"请列位货单一看,好定坐席。"看官,你道这是何意?元来波斯胡以利为重,只看货单上有奇珍异宝值得上万者,就送在先席。馀者看货轻重,挨次坐去,不论年纪,不论尊卑,一向做下的规矩。船上众人,货物贵的贱的,多的少的,你知我知,各自心照,差不多领了酒杯,各自坐了。单单剩得文若虚一个,呆呆站在那里。主人道:"这位老客长不曾会面,想是新出海外的,置货不多了。"众人大家说道:"这是我们好朋友,到海外耍去的。身边有银

①偌(ruò)大:这样大。偌,如此。也写作"惹"。

②兀的:这,那。

③牙人:买卖中间人,掮客。

④法浪:即珐琅,又称"搪瓷"。

子，却不曾肯置货。今日没奈何，只得屈他在末席坐了。”文若虚满面羞惭，坐了末位。主人坐在横头。饮酒中间，这一个说道我有猫儿眼多少①，那一个说道我有祖母绿多少②，你夸我逞。文若虚一发嘿嘿无言。自心里也微微有些懊悔道：“我前日该听他们劝，置些货物来的是。今枉有几百银子在囊中，说不得一句说话。”又自叹了口气道：“我原是一些本钱没有的，今已大幸，不可不知足。”自思自忖，无心发兴吃酒。众人却猜掌行令，吃得狼藉。主人是个积年③，看出文若虚不快活的意思来，不好说破，虚劝了他几杯酒。众人都起身道：“酒勾了，天晚了，趁早上船去，明日发货罢。”别了主人去了。

主人撤了酒席，收拾睡了。明日起个清早，先走到海岸船边，来拜这伙客人。主人登舟，一眼瞅去，那舱里狼狼犺犺这件东西，早先看见了，吃了一惊，道：“这是那一位客人的宝货？昨日席上并不曾见说起，莫不是不要卖的？”众人都笑指道：“此敝友文兄的宝货。”中有一人衬道：“又是滞货。”主人看了文若虚一看，满面挣得通红，带了怒色，埋怨众人道：“我与诸公相处多年，如何恁地作弄我？教我得罪于新客，把一个末座屈了他，是何道理！”一把扯住文若虚，对众客道：“且慢发货，容我上岸，谢过罪着④。”众人不知其故。有几个与文若虚相知些的，又有几个喜事的，觉得有些古怪，共十馀人，赶了上来，重到店中，看是如何。只见主人拉了文若虚，把交椅整一整，不管众人好歹，纳他头一位坐下了。道：“适间得罪！得罪！且请坐一坐。”文若虚也心中镬铎⑤，忖道：“不信此物是宝贝，这等造化不成？”主人走了进去，须臾出来⑥，又拱众人到先前吃酒去处，又早摆下几桌酒，为首一桌比先更齐整。把盏向文若虚一揖，就对众人道：

①猫儿眼：猫睛石，一种名贵宝石。

②祖母绿：名贵宝石，可作首饰。

③积年：老世故，有经验的人。

④着：语尾助词。有“且”的意思，试试看。今方言中仍有此用法。

⑤镬(huò)铎：也写作“惑突”。糊涂，疑惑。吴方言。

⑥须臾：片刻，一会儿。

"此公正该坐头一席。你每枉自一船的货,也还赶他不来。先前失敬!失敬!"众人看见,又好笑,又好怪,半信不信的,一带儿坐了。酒过三杯,主人就开口道:"敢问客长,适间此宝可肯卖否?"文若虚是个乖人,趁口答应道:"只要有好价钱,为甚不卖?"那主人听得肯卖,不觉喜从天降,笑逐颜开,起身道:"果然肯卖,但凭分付价钱,不敢吝惜。"文若虚其实不知值多少,讨少了,怕不在行;讨多了,怕吃笑。忖了一忖,面红耳热,颠倒讨不出价钱来。张大便与文若虚丢个眼色,将手放在椅子背后,竖着三个指头,再把第二个指空中一撇,道:"索性讨他这些。"文若虚摇头,竖一指道:"这些我还讨不出口在这里。"却被主人看见道:"果是多少价钱?"张大捣一个鬼道:"依文先生手势,敢像要一万哩!"主人呵呵大笑道:"这是不要卖,哄我而已。此等宝物,岂止此价钱!"众人见说,大家目睁口呆,都立起了身来,扯文若虚去商议。道:"造化!造化!想是值得多哩。我们实实不知如何定价,文先生不如开个大口,凭他还罢。"文若虚终是碍口识羞,待说又止。众人道:"不要不老气①。"主人又催道:"实说说何妨?"文若虚只得讨了五万两。主人还摇头道:"罪过,罪过。没有此话。"扯着张大私问他道:"老客长们海外往来,不是一番了。人都叫你'张识货',岂有不知此物就里的?必是无心卖他,奚落小肆罢了②。"张大道:"实不瞒你说,这个是我的好朋友,同了海外顽耍的,故此不曾置货。适间此物,乃是避风海岛,偶然得来,不是出价置办的,故此不识得价钱。若果有这五万与他,勾他富贵一生,他也心满意足了。"主人道:"如此说,要你做个大大保人,当有重谢,万万不可翻悔!"遂叫店小二拿出文房四宝来。主人家将一张供单绵料纸折了一折,拿笔递与张大道:"有烦老客长做主,写个合同文书,好成交易。"张大指着同来一人道:"此位客人褚中颖写得好。"把纸笔让与他。褚客磨得墨浓,展好纸,提起笔来写道:

---

①不老气:不老练。

②奚落:笑话,嘲笑。

立合同议单张乘运等。今有苏州客人文实，海外带来大龟壳一个，投至波斯玛宝哈店，愿出银五万两买成。议定立契之后，一家交货，一家交银，各无翻悔。有翻悔者，罚契上加一。合同为照。

一样两纸，后边写了年月日，下写张乘运为头，一连把在坐客人十来个写去。褚中颖因自己执笔，写了落末。年月前边空行中间，将两纸凑着，写了骑缝一行，两边各半，乃是“合同议约”四字。下写“客人文实，主人玛宝哈”，各押了花押。单上有名，从后头写起，写到张乘运，道：“我们押字钱重些①，这买卖才弄得成。”主人笑道：“不敢轻！不敢轻！”写毕，主人进内，先将银一箱抬出来道：“我先交明白了用钱，还有说话。”众人攒将拢来。主人开箱，却是五十两一包，共总二十包，整整一千两。双手交与张乘运道：“凭老客长收明，分与众位罢。”众人初然吃酒写合同，大家撺哄鸟乱②，心下还有些不信的意思，如今见他拿出精晃晃白银来做用钱，方知是实。文若虚恰像梦里醉里，话都说不出来，呆呆地看。张大扯他一把，道：“这用钱如何分散，也要文兄主张。”文若虚方说一句道：“且完了正事慢处。”

只见主人笑嘻嘻的，对文若虚说道：“有一事要与客长商议：价银现在里面阁儿上，都是向来兑过的，一毫不少，只消请客长一两位进去，将一包过一过目，兑一兑为准，其馀多不消兑得。却又一说，此银数不少，搬动也不是一时功夫，况且文客官是个单身，如何好将下船去？又要泛海回还，有许多不便处。”文若虚想了一想道：“见教得极是。而今却待怎么？”主人道：“依着愚见，文客官目下回去未得。小弟此间有一个段匹铺③，有本三千两在内。其前后大小厅屋楼房，共百馀间，也是个大所在。价值二千两，离此半里之地。愚见就把本店货物及房屋文契，作了五千两，尽行交与文客官，就留文客

①押字钱：指佣金。

②撺哄鸟乱：起哄混乱。你一言我一语乱成一片。

③段匹铺：绸缎店。段，丝织物，缎。

官在此住下了，做此生意。其银也做几遭搬了过去，不知不觉。日后文客官要回去，这里可以托心腹伙计看守，便可轻身往来。不然小店交出不难，文客官收贮却难也。愚意如此。”说了一遍，说得文若虚与张大跌足道：“果然是客纲客纪[1]，句句有理。”文若虚道：“我家里元无家小，况且家业已尽了，就带了许多银子回去，没处安顿。依了此说，我就在这里立起个家缘来，有何不可？此番造化，一缘一会[2]，都是上天作成的，只索随缘做去[3]。便是货物房产价钱未必有五千，总是落得的[4]。”便对主人说：“适间所言，诚是万全之算，小弟无不从命。”主人便领文若虚进去阁上看，又叫张、褚二人：“一同去看看。其馀列位不必了，请略坐一坐。”他四人去了。众人不进去的，个个伸头缩颈，你三我四，说道：“有此异事！有此造化！早知这样，懊悔岛边泊船时节也不去走走，或者还有宝贝也不见得。”有的道：“这是天大的福气，撞将来的，如何强得！”正欣羡间，文若虚已同张、褚二客出来了。众人都问：“进去如何了？”张大道：“里边高阁是个土库，放银两的所在，都是桶子盛着。适间进去，看了十个大桶，每桶四千，又五个小匣，每个一千。共是四万五千。已将文兄的封皮记号封好了，只等交了货，就是文兄的了。”主人出来道：“房屋文书、段匹帐目，俱已在此，凑足五万之数了。且到船上取货去。”一拥都到海船来。文若虚于路对众人说：“船上人多，切勿明言！小弟自有厚报。”众人也只怕船上人知道，要分了用钱去，各各心照。文若虚到了船上，先向龟壳中把自己包裹被囊取出了。手摸一摸壳，口里暗道：“侥幸！侥幸！”主人便叫店内后生二人来抬此壳，分付道：“好生抬进去，不要放在外边。”船上人见抬了此壳去，便道：“这个滞货也脱手了，不知卖了多少？”文若虚只不做声，一手提了包裹，往岸

①客纲客纪：出门在外的道理。约略近似于现代口语中的“江湖义气”一语。

②一缘一会：偶然，有缘分。

③只索：只须，只好。

④落得：剩下，无意拾得。

上就走。这起初同上来的几个,又赶到岸上,将龟壳从头到尾细看了一遍,又向壳内张了一张,捽了一捽[①],面面相觑道:"好处在那里?"

主人仍拉了这十来个一同上去。到店里,说道:"而今且同文客官看了房屋铺面来。"众人与主人一同走到一处,正是闹市中间,一所好大房子。门前正中是个铺子。旁有一衖[②],走进转个弯,是两扇大石板门。门内大天井,上面一所大厅,厅上有一匾,题曰"来琛堂"。堂旁有两楹侧屋,屋内三面有橱,橱内都是绫罗各色段匹。以后内房,楼房甚多。文若虚暗道:"得此为住居,王侯之家不过如此矣。况又有段铺营生,利息无尽,便做了这里客人罢了,还思想家里做甚!"就对主人道:"好却好,只是小弟是个孤身,毕竟还要寻几房使唤的人才住得。"主人道:"这个不难,都在小店身上。"文若虚满心欢喜,同众人走归本店来。主人讨茶来吃了,说道:"文客官今晚不消船里去,就在铺中住下了。使唤的人,铺中现有,逐渐再讨便是。"众客人多道:"交易事已成,不必说了。只是我们毕竟有些疑心,此壳有何好处,值价如此?还要主人见教一个明白。"文若虚道:"正是,正是。"主人笑道:"诸公枉了海上走了多遭,这些也不识得!列位岂不闻说龙有九子乎?内有一种是鼍龙,其皮可以幔鼓,声闻百里,所以谓之鼍鼓。鼍龙万岁,到底蜕下此壳成龙。此壳有二十四肋,按天上二十四气,每肋中间节,内有大珠一颗。若是肋未完全时节,成不得龙,蜕不得壳。也有生捉得他来,只好将皮幔鼓,其肋中也未有东西。直待二十四肋肋肋完全,节节珠满,然后蜕了此壳,变龙而去。故此是天然蜕下,气候俱到,肋节俱完的,与生擒活捉寿数未满的不同,所以有如此之大。这个东西,我们肚中虽晓得,知他几时蜕下?又在何处地方守得他着?壳不值钱,其珠皆有夜光,乃无价宝也!今天幸遇巧,得之无心耳。"众人听罢,似信不信。只见主

①捽(láo):用同"捞"。

②衖(xiàng):同"巷"。

人走将进去了一会，笑嘻嘻的走出来，袖中取出一西洋布的包来，说道："请诸公看看。"解开来，只见一团绵裹着寸许大一颗夜明珠，光彩夺目。讨个黑漆的盘，放在暗处，其珠滚一个不定，闪闪烁烁，约有尺馀亮处。众人看了，惊得目睁口呆，伸了舌头，收不进来。主人回身转来，对众逐个致谢道："多蒙列位作成了①。只这一颗，拿到咱国中，就值方才的价钱了；其馀多是尊惠。"众人个个心惊，却是说过的话，又不好翻悔得。主人见众人有些变色，收了珠子，急急走到里边，又叫抬出一个段箱来，除了文若虚，每人送与段子二端。说道："烦劳了列位，做两件道袍穿穿②，也见小肆中薄意。"袖中又摸出细珠十数串，每送一串，道："轻鲜③，轻鲜，备归途一茶罢了。"文若虚处另是粗些的珠子四串，段子八匹，道是权且做几件衣服。文若虚同众人欢喜作谢了。

主人就同众人送了文若虚到段铺中，叫铺里伙计后生们都来相见，说道："今番是此位主人了。"主人自别了去，道："再到小店中去去来。"只见须臾间数十个脚夫扛了好些扛来，把先前文若虚封记的十桶五匣都发来了。文若虚搬在一个深密谨慎的卧房里头去处，出来对众人道："多承列位挈带，有此一套意外富贵，感谢不尽。"走进去，把自家包裹内所卖洞庭红的银钱倒将出来，每人送他十个，止有张大，与先前出银助他的两三个，分外又是十个，道："聊表谢意。"此时文若虚把这些银钱看得不在眼里了，众人却是快活，称谢不尽。文若虚又拿出几十个来，对张大说道："有烦老兄，将此分与船上同行的人，每位一个，聊当一茶。小弟住在此间，有了头绪，慢慢到本乡来。此时不得同行，就此为别了。"张大道："还有一千两用钱，未曾分得，却是如何？须得文兄分开，方没得说。"文若虚道："这到忘了。"就与众人商议，将一百两散与船上众人，馀九百两，照现在人数

①作成：成全。

②道袍：一种常服，即直裰，也叫"直身"。

③轻鲜：相当于现代口语说的"小意思"。

另外添出两股，派了股数，各得一股。张大为头的，褚中颖执笔的，多分一股。众人千欢万喜，没有说话。内中一人道："只是便宜了这回回[1]，文先生还该起个风，要他些不敷才是[2]。"文若虚道："不要不知足，看我一个倒运汉，做着便折本的，造化到来，平空地有此一主财爻。可见人生分定，不必强求。我们若非这主人识货，也只当得废物罢了。还亏他指点晓得，如何还好昧心争论？"众人都道："文先生说得是。存心忠厚，所以该有此富贵。"大家千恩万谢，各各赍了所得东西，自到船上发货。

从此，文若虚做了闽中一个富商，就在那里取了妻小，立起家业。数年之间，才到苏州走一遭，会会旧相识，依旧去了。至今子孙繁衍，家道殷富不绝。正是：

运退黄金失色，时来顽铁生辉。
莫与痴人说梦，思量海外寻龟。

---

①回回：俗称信仰伊斯兰教者为"回回"。

②不敷：不足。此指价钱低了，要些找补。

卷之二

姚滴珠避羞惹羞　郑月娥将错就错

诗云：

自古人心不同，尽道有如其面。

假饶容貌无差[①]，毕竟心肠难变。

话说人生只有面貌最是不同，盖因各父母所生，千枝万派，那能勾一模一样的？就是同父合母的兄弟，同胞双生的儿子，道是相像得紧，毕竟仔细看来，自有些少不同去处。却又作怪，尽有途路各别，毫无干涉的人，蓦地有人生得一般无二、假充得真的。从来正书上面说[②]，孔子貌似阳虎[③]，以致匡人之围[④]，是恶人像了圣人。传奇上边说[⑤]，周坚死替赵朔[⑥]，以解下宫之难[⑦]，是贱人像了贵人。是个解不得的道理。按《西湖志馀》上面[⑧]，宋时有一事，也为面貌相像，骗了一时富贵，享用十馀年，后来事败了的。却是靖康年间[⑨]，金人

---

①假饶：假如，即使。

②正书：指经书和正史之类的书，如五经、十七史等。

③阳虎：春秋时鲁国季康子的家臣。他与孔子同时，又面貌相像。

④匡人之围：据《史记·孔子世家》记载，孔子周游列国，至匡（今河南扶沟境内）。匡人曾受过阳虎的残害，把孔子误当成了阳虎，故将其包围。

⑤传奇：此指《八义记》（《六十种曲》之一）中《周坚替死》一折。

⑥周坚、赵朔：赵朔，史称赵庄子，春秋时期晋国大夫。周坚是赵朔门客。二人面貌相像。

⑦下宫之难：据传，春秋时晋国赵家被权臣屠岸贾陷害，满门抄斩。屠岸贾到宫中来捉拿赵朔时，周坚为了救赵朔，使其逃走，互换衣服，自刎而死。京剧《赵氏孤儿》即是表演这一传奇戏文的。

⑧《西湖志馀》：明田汝成著，二十六卷。

⑨靖康：宋钦宗年号，始于1126年。靖康年间，金军攻破东京（今河南开封），北宋覆亡，南宋开始。

围困汴梁，徽、钦二帝蒙尘北狩①，一时后妃公主被虏去的甚多。内中有一个公主，名曰柔福，乃是钦宗之女，当时也被掳去。后来高宗南渡称帝②，改号建炎，四年，忽有一女子诣阙自陈，称是柔福公主，自虏中逃归，特来见驾。高宗心疑道："许多随驾去的臣宰，尚不能逃，公主鞋弓袜小，如何脱离得归来？"颁诏令旧时宫人看验，个个说道是真的，一些不差。及问他宫中旧事，对答来皆合。几个旧时的人，他都叫得姓名出来。只是众人看见一双足，却大得不像样，都道："公主当时何等小足，今却这等，止有此不同处。"以此回覆圣旨。高宗临轩亲认，却也认得，诘问他道："你为何恁般一双脚了？"女子听得，啼哭起来，道："这些臊羯奴聚逐③，便如牛马一般。今乘间脱逃，赤脚奔走到此，将有万里，岂能尚保得一双纤足，如旧时模样耶？"高宗听得，甚是惨然。颁诏特加号福国长公主，下降高世綮④，做了驸马都尉⑤。其时汪龙溪草制⑥，词曰：

彭城方急⑦，鲁元尝困于面驰⑧；江左既兴⑨，益寿宜充于

---

①徽、钦二帝：徽宗赵佶、钦宗赵桓。父子二帝相继被金人俘虏。后囚死于五国城。蒙尘北狩：天子被难称"蒙尘"。天子被劫持称"巡狩"（视察）。这是史官用词为尊者讳的委婉笔法。

②高宗：赵构，赵佶之子。原封康王。南逃到临安称帝，是南宋第一个皇帝。

③羯（jié）奴：羯，北方少数民族，金人为女真，也是北方少数民族之一，故以羯奴指骂金人。

④下降：公主嫁人称作"下降"或"降"，是表示尊卑不同的说法。

⑤驸马都尉：简称"驸马"。本为汉代职官。魏晋开始帝婿加驸马都尉称号，无实职。以后就成为皇帝女婿的专称了。

⑥汪龙溪：汪藻，字彦章。高宗时任翰林学士，诏令多出其手。工骈文。制：皇帝诏书的一种，下达正式命令。

⑦彭城：今江苏徐州。

⑧面驰：指楚汉相争时鲁元公主在危急时被从车上推下来，其父刘邦不顾她呼救而驰去。

⑨江左：指长江下游南岸地区。东晋建都南京，故以江左代指。

禁脔①。

那鲁元是汉高帝的公主，在彭城失散，后来复还的。益寿是晋驸马谢混的小名，江左中兴，元帝公主下降的②。故把来比他两人，甚为切当。自后夫荣妻贵，恩赉无算。其时高宗为母韦贤妃在虏中，年年费尽金珠求赎，遥尊为显仁太后。和议既成，直到绍兴十二年③，自虏中回銮，听见说道柔福公主进来相见，太后大惊，道："那有此话？柔福在虏中，受不得苦楚，死已多年，是我亲看见的。那得又有一个柔福？是何人假出来的？"发下旨意，着法司严刑究问④。法司奉旨提到人犯，用起刑来。那女子熬不得，只得将真情招出道："小的每本是汴梁一个女巫⑤。靖康之乱，有宫中女婢逃出民间。见了小的每，误认做了柔福娘娘，口中厮唤。小的每惊问，他便说小的每与娘娘面貌一般无二。因此小的每有了心，日逐将宫中旧事问他⑥。他日日衍说得心下习熟了，故大胆冒名自陈，贪享这几时富贵。道是永无对证的了，谁知太后回銮，也是小的每福尽灾生，一死也不枉了。"问成罪名。高宗见了招伏，大骂："欺君贼婢！"立时押付市曹处决。抄没家私入官，总算前后锡赉之数⑦，也有四十七万缗钱⑧。虽

---

①禁脔(luán)：原有两个出处：一是晋元帝特享的一块猪脖肉，当时呼为禁脔。一是晋孝武帝想把女儿晋陵公主嫁给谢混(益寿)，尚未进行，他死了。又有袁山松想选谢混为女婿，王洵说："公莫近禁脔！"总之，是别人不能沾边的皇帝独占之物为禁脔。此处是后一事。谢混后来到底娶了晋陵公主。

②元帝：误。当为晋孝武帝司马昌明。

③绍兴十二年：公元1124年。

④法司：管理刑狱事务的官署。此指大理寺。因是诏狱，即皇帝本人交办的案件，一般由大理寺审理。

⑤小的每：小人们。本是单人用复数形式，和现在口语中一个人说"我们"是一样的用法。

⑥日逐：每天。

⑦锡赉(lài)：赏赐。锡，同"赐"。

⑧缗(mín)：一千钱为缗。

然没结果，却是十馀年间，也受用得勾了。只为一个容颜厮像[①]，一时骨肉旧人都认不出来。若非太后复还，到底被他瞒过，那个再有疑心的？就是死在太后未还之先，也是他便宜多了。天理不容，自然败露！

今日再说一个容貌厮像，弄出好些奸巧希奇的一场官司来。正是：

自古唯传伯仲偕，谁知异地巧安排。

试看一样滴珠面，惟有人心再不谐。

话说国朝万历年间[②]，徽州府休宁县荪田乡姚氏，有一女，名唤滴珠。年方十六，生得如花似玉，美冠一方。父母俱在，家道殷富，宝惜异常，娇养过度。凭媒说合，嫁与屯溪潘甲为妻。看来世间听不得的最是媒人的口。他要说了穷，石崇也无立锥之地[③]。他要说了富，范丹也有万顷之财[④]。正是富贵随口定，美丑趁心生，再无一句实话的。那屯溪潘氏虽是个旧姓人家，却是个破落户，家道艰难。外靠男子出外营生，内要女人亲操井臼，吃不得闲饭过日的了。这个潘甲，虽是人物也有几分像样，已自弃儒为商。况且公婆甚是狠戾，动不动出口骂詈，毫没些好歹。滴珠父母误听媒人之言，道他是好人家，把一块心头的肉嫁了过来。少年夫妻却也过得恩爱，只是看了许多光景，心下好生不然，如常偷掩泪眼。潘甲晓得意思，把些好话偎他过日子[⑤]。却早成亲两月，潘父就发作儿子道："如此你贪我爱，夫妻相对，白白过世不成？如何不想去做生意？"潘甲无奈，与妻滴珠说了，两个哭一个不住，说了一夜话。次日潘父就逼儿子出外去了。滴珠独自一个，越越凄惶[⑥]，有情无绪。况且是个娇养的女儿，

①厮像：相像。

②万历：明神宗朱翊钧年号，1573—1619年。

③石崇：字季伦。西晋著名豪富，有许多奢侈行为。

④范丹：东汉人。好学而家贫寒，不肯做官，卖卜于市。

⑤偎：安慰，哄。

⑥越越：更，越加。

新来的媳妇,摸头路不着,没个是处,终日闷闷过了。潘父、潘母看见媳妇这般模样,时常急聒[①],骂道:"这婆娘想甚情人?害相思病了!"滴珠生来在父母身边如珠似玉,何曾听得这般声气!不敢回言,只得忍着气,背地哽哽咽咽,哭了一会罢了。一日,因滴珠起得迟了些个,公婆朝饭要紧,猝地答应不迭[②]。潘公开口骂道:"这样好吃懒做的淫妇,睡到这等日高才起来!看这自由自在的模样,除非去做娼妓,倚门卖俏,撺哄子弟[③],方得这样快活像意[④]。若要做人家,是这等不得!"滴珠听了,便道:"我是好人家儿女,便做道有些不是,直得如此作贱说我!"大哭一场,没分诉处。到得夜里睡不着,越思量越恼,道:"老无知这样说话,须是公道上去不得。我忍耐不过,且跑回家去,告诉爹娘。明明与他执论,看这话是该说的,不该说的!亦且借此为名,赖在家多住几时,也省了好些气恼。"算计定了,侵晨未及梳洗[⑤],将一个罗帕兜头扎了,一口气跑到渡口来。

说话的若是同时生,并年长,晓得他这去不尴尬[⑥],拦腰抱住,搬胸扯回,也不见得后边若干事件来。只因此去天气却早,虽是已有行动的了,人踪尚稀,渡口悄然。这地方有一个专一做不好事的光棍,名唤汪锡,绰号"雪里蛆",是个冻饿不怕的意思。也是姚滴珠合当悔气,撞着他。独自个溪中乘了竹筏,未到渡口,望见了个花朵般后生妇人,独立岸边,又且头不梳裹,满面泪痕,晓得有些古怪。在筏上问道:"娘子要渡溪么?"滴珠道:"正要过去。"汪锡道:"这等,上我筏来。"一口叫:"放仔细些!"一手去接他下来。上得筏,一篙撑开。撑到一个僻静去处,问道:"娘子,你是何等人家?独自一个要

①急聒(guō):也写作"激聒"。絮絮叨叨,埋怨。

②猝(cù)地:不及防备的样子,突然。不迭:来不及。

③子弟:嫖客。

④像意:满意,满足。

⑤侵晨:凌晨,大清早。

⑥不尴尬:"尴尬"、"狼狈"、"窘"、"可疑"、"不应该"等含义。有的地方说"尴尬",有的地方说"不尴尬",依语境而定。今上海话中仍常用。

到那里去?"滴珠道:"我自要到苏田娘家去。你只送我到渡口上岸,我自认得路,管我别事做甚?"汪锡道:"我看娘子头不梳,面不洗,泪眼汪汪,独身自走,必有跷蹊作怪的事[①]。说得明白,才好渡你。"滴珠在个水中央了,又且心里急要回去,只得把丈夫不在家了、如何受气的上项事,一头说,一头哭,告诉了一遍。汪锡听了,便心下一想,转身道:"这等说,却渡你去不得!你起得没好意了,放你上岸,你或是逃去,或是寻死,或是被别人拐了去,后来查出是我渡你的,我却替你吃没头官司。"滴珠道:"胡说!我自是娘家去,如何是逃去?若我寻死路,何不投水,却过了渡去自尽不成?我又认得娘家路,没得怕人拐我。"汪锡道:"却是信你不过。你既要娘家去,我舍下甚近,你且上去我家中坐了,等我走去对你家说了,叫人来接你去,却不两边放心得下?"滴珠道:"如此也好。"正是女流之辈,无大见识,亦且一时无奈,拗他不过。还只道好心,随了他来。

上得岸时,转弯抹角,到了一个去处。引进几重门户,里头房室甚是幽静清雅,但见:

明窗静几,锦帐文茵。庭前有数种盆花,座内有几张素椅。壁间纸画周之冕[②],桌上砂壶时大彬[③]。窄小蜗居,虽非富贵王侯宅;清闲螺径,也异寻常百姓家。

元来这个所在,是这汪锡一个囮子[④],专一设法良家妇女到此,认作亲戚。拐那一等浮浪子弟,好扑花行径的[⑤],引他到此。勾搭上了,或是片时取乐,或是迷了的,便做个外宅居住,赚他银子无数。若是这妇女无根蒂的,他等有贩水客人到[⑥],肯出一主大钱,就卖了去为娼。已非一日。今见滴珠行径,就起了个不良之心,骗他到此。那

---

①跷蹊(qiāo qī):也写作"蹊跷"。奇怪。今方言中仍用。

②周之冕:长洲人。明代画家。

③时大彬:宜兴人。明代制陶艺人。

④囮子:此指窝点。

⑤扑花:追逐女性的浪子和嫖客。

⑥贩水客人:拐卖妇女的人贩子。

滴珠是个好人家儿女，心里尽爱清闲，只因公婆凶悍，不要说日逐做烧火、煮饭、熬锅、打水的事，只是油盐酱醋，他也拌得头疼了。见了这个干净精致所在，不知一个好歹，心下到有几分喜欢。那汪锡见他无有慌意，反添喜状，便觉动火[①]，走到跟前，双膝跪下求欢。滴珠就变了脸起来："这如何使得！我是好人家儿女，你元说留我到此坐着，报我家中。青天白日，怎地拐人来家，要行局骗[②]？若逼得我紧，我如今真要自尽了！"说罢，看见桌上有点灯铁签，捉起来望喉间就刺。汪锡慌了手脚，道："再从容说话。小人不敢了。"元来汪锡只是拐人骗财，利心为重，色上也不十分要紧，恐怕真个做出事来，没了一场好买卖。吃这一惊，把那一点勃勃的春兴，丢在爪哇国里去了[③]。

他走到后头去好些时，叫出一个老婆子来，道："王嬷嬷，你陪这里娘子坐坐，我到他家去报一声就来。"滴珠叫他转来，说明了地方及父母名姓，叮嘱道："千万早些叫他们来，我自有重谢。"汪锡去了。那老嬷嬷去掇盆脸水，拿些梳头家火出来，叫滴珠梳洗，立在旁边呆看。插口问道："娘子何家宅眷？因何到此？"滴珠把上项事是长是短，说了一遍。那婆子就故意跌跌脚道："这样老杀才，不识人！有这样好标致娘子做了媳妇，折杀了你不羞[④]，还舍得出毒口骂他，也是个没人气的，如何与他一日相处？"滴珠说着心事，眼中滴泪。婆子便问道："今欲何往？"滴珠道："今要到家里告诉爹娘一番，就在家里权避几时。待丈夫回家再处。"婆子就道："官人几时回家？"滴珠又垂泪道："做亲两月，就骂着逼出去了。知他几时回来，没个定期。"婆子道："好没天理！花枝般一个娘子，叫他独守，又要骂他。娘子，你莫怪我说。你而今就回去得几时，少不得要到公婆家去的。

①动火：起意，动心。产生淫欲或贪求财物的愿望等常用此词。

②局骗：设骗局骗人。

③爪哇国：今印度尼西亚爪哇岛。明代以前人形容遥远之词，表示不知有多远。

④折杀：意思是实在没福气经受。杀，煞，语气助词。

你难道躲得在娘家一世不成？这腌臜烦恼是日长岁久的[①]，如何是了？"滴珠道："命该如此，也没奈何了。"婆子道："依老身愚见，只教娘子快活享福，终身受用。"滴珠道："有何高见？"婆子道："老身往来的，是富家大户公子王孙，有的是斯文俊俏少年子弟。娘子你不消问得的，只是看得中意的，拣上一个。等我对他说成了，他把你似珍宝一般看待，十分爱惜。吃自在食，着自在衣，纤手不动，呼奴使婢，也不枉了这一个花枝模样。强如守空房，做粗作，淘闲气万万倍了[②]。"那滴珠是受苦不过的人，况且小小年纪，妇人水性，又想了夫家许多不好处，听了这一片话，心里动了，便道："使不得，有人知道了怎好？"婆子道："这个所在，外人不敢上门，神不知，鬼不觉，是个极密的所在。你住两日起来，天上也不要去了。"滴珠道："适间已叫那撑筏的报家里去了。"婆子道："那是我的干儿，恁地不晓事，去报这样冷信！"正说之间，只见一个人在外走进来，一手揪住王婆道："好！好！青天白日，要哄人养汉，我出首去。"滴珠吃了一惊，仔细看来，却就是撑筏的那一个汪锡。滴珠见了道："曾到我家去报不曾？"汪锡道："报你家的鸟！我听得多时了也。王嬷嬷的言语，是娘子下半世的受用，万全之策，凭娘子斟酌。"滴珠叹口气道："我落难之人，走入圈套，没奈何了。只不要误了我的事。"婆子道："方才说过的，凭娘子自拣，两相情愿，如何误得你？"滴珠一时没主意，听了哄语，又且房室精致，床帐齐整，恰便似：

因过竹院逢僧话，偷得浮生半日闲。

放心的悄悄住下。那婆子与汪锡两个，殷殷勤勤，代替伏侍，要茶就茶，要水就水，惟恐一些不到处。那滴珠一发喜欢忘怀了。

过得一日，汪锡走出去，撞见本县商山地方一个大财主，叫得吴大郎。那大郎有百万家私，极是个好风月的人。因为平日肯养闲

---

①腌臜(ā zā)：此处是"窝囊"意。

②淘闲气：呕闲气。淘气，即呕气。

汉，认得汪锡，便问道："这几时有甚好乐地么？"汪锡道："好教朝奉得知①，我家有个表侄女新寡，且是生得娇媚，尚未有个配头，这却是朝奉店里货，只是价钱重哩。"大郎道："可肯等我一看否？"汪锡道："不难，只是好人家害羞，待我先到家，与他堂中说话，你劈面撞进来，看个停当便是。"吴大郎会意了。汪锡先回来，见滴珠坐在房中默默呆想。汪锡便道："娘子便到堂中走走，如何闷坐在房里？"王婆子在后面听得了，也走出来道："正是，娘子外头来坐。"滴珠依言，走在外边来。汪锡就把房门带上了，滴珠坐了道："嬷嬷，还不如等我归去休。"嬷嬷道："娘子不要性急，我们只是爱惜娘子人材，不割舍得你吃苦，所以劝你。你再耐烦些，包你有好缘分到也。"正说之间，只见外面闯进一个人来。你道他怎生打扮？但见：

头戴一顶前一片后一片的竹筒巾儿，旁缝一对左一块右一块的蜜蜡金儿，身上穿一件细领大袖青绒道袍儿，脚下着一双低跟浅面红绫僧鞋儿。若非宋玉墙边过②，定是潘安车上来③。

一直走进堂中道："小汪在家么？"滴珠慌了，急掣身起，已打了个照面，急奔房门边来，不想那门先前出来时已被汪锡暗拴了，急没躲处。那王婆笑道："是吴朝奉，便不先开个声！"对滴珠道："是我家老主顾，不妨。"又对吴大郎道："可相见这位娘子。"吴大郎深深唱个喏下去④，滴珠只得回了礼。偷眼看时，恰是个俊俏可喜的少年郎君，心里早看上了几分了。吴大郎上下一看，只见不施脂粉，淡雅梳妆，自然内家气象，与那胭花队里的迥别。他是个在行的，知轻识重，如何不晓得，也自酥了半边，道："娘子请坐。"那滴珠终究是好人家出

①朝奉：六朝时官职"朝奉郎"的简称。后世作为对富户财主和商家的敬称，和员外差不多。

②宋玉：战国时楚国文学家。《登徒子好色赋》中写到，东邻之女爱慕他人材之美，隔墙偷看他三年。

③潘安：西晋潘岳，字安仁，文学家。人材出众。他在洛阳街上被妇女包围，用果子投他，投了满满一车。

④唱个喏(rě)：即作揖行礼，同时说见礼的话。

来的，有些羞耻，只叫王嬷嬷道："我们进去则个。"嬷嬷道："慌做甚么?"就同滴珠一面进去了。出来对吴大郎道："朝奉看得中意否?"吴大郎道："嬷嬷作成作成，不敢有忘。"王婆道："朝奉有的是银子，兑出千把来，娶了回去就是。"大郎道："又不是衏衕人家[①]，如何要得许多?"嬷嬷道："不多。你看了这个标致模样，今与你做个小娘子，难道消不得千金?"大郎道："果要千金，也不打紧。只是我大孺人狠[②]，专会作贱人，我虽不怕他，怕难为这小娘子，有些不便，娶回去不得。"婆子道："这个何难！另税一所房子住了，两头做大[③]，可不是好？前日江家有一所花园空着，要典与人，老身替你问问看，如何?"大郎道："好便好，只是另住了，要家人使唤，丫鬟伏侍，另起烟爨[④]。这还小事。少不得瞒不过家里了，终日厮闹，赶来要同住，却了不得。"婆子道："老身更有个见识[⑤]，朝奉拿出聘礼娶下了，就在此间成了亲。每月出几两盘缠，替你养着，自有老身伏侍陪伴。朝奉在家，推个别事出外，时时到此来住，密不通风，有何不好?"大郎笑道："这个却妙，这个却妙!"议定了财礼银八百两，衣服首饰，办了送来，自不必说，也合着千金。每月盘费连房钱银十两，逐月交付。大郎都应允，慌忙去拿银子了。

王婆转进房里来，对滴珠道："适才这个官人，生得如何?"元来滴珠先前虽然怕羞，走了进去，心中却还舍不得，躲在黑影里张来张去，看得分明。吴大郎与王婆一头说话，一眼觑着门里，有时露出半面。若非是有人在面前，又非是一面不曾识，两下里就做起光来了[⑥]。滴珠见王婆问他，他就随口问道："这是那一家?"王婆道："是

---

①衏衕(háng yuàn)：一般写作"行院"，即乐户、娼家。

②大孺人：正妻，大老婆。孺人本是官员妇女的封号之一，后世同时作为尊称。

③两头做大：指不分妻妾大小，作外室。

④爨(cuàn)：灶。

⑤老身：老年男女谦称。后多用于老年妇女自称。男性除用此词外，常用"老拙"、"老朽"、"老汉"等。

⑥做起光：也叫"挨光"。调情。

徽州府有名的商山吴家,他又是吴家第一个财主吴百万吴大朝奉。他看见你好不喜欢哩!他要娶你回去,有些不便处。他就要娶你在此间住下,你心下如何?”滴珠一了喜欢这个干净房卧[①],又看上了吴大郎人物。听见说就在此间住,就像是他家里一般的,心下到有十分中意了。道:“既到这里,但凭妈妈,只要方便些,不露风声便好。”婆子道:“如何得露风声?只是你久后相处,不可把真情与他说,看得低了。只认我表亲,暗地快活便了。”只见吴大郎抬了一乘轿,随着两个俊俏小厮,捧了两个拜匣,竟到汪锡家来。把银子交付停当了,就问道:“几时成亲?”婆子道:“但凭朝奉尊便,或是拣个好日,或是不必拣日,就是今夜也好。”吴大郎道:“今日我家里不曾做得工夫,不好造次住得。明日我推说到杭州进香取帐,过来住起罢了,拣甚么日子?”吴大郎只是色心为重,等不得拣日。若论婚姻大事,还该寻一个好日辰。今卤莽乱做,不知犯何凶煞,以致一两年内就拆散了。这是后话。

却说吴大郎交付停当,自去了,只等明日快活。婆子又与汪锡计较定了,来对滴珠说:“恭喜娘子,你事已成了。”就拿了吴家银子四百两,笑嘻嘻的道:“银八百两,你收一半,我两人分一半做媒钱。”摆将出来,摆得桌上白晃晃的,滴珠可也喜欢。说话的,你说错了,这光棍牙婆见了银子,如苍蝇见血,怎还肯人心天理,分这一半与他?看官,有个缘故。他一者要在滴珠面前夸耀富贵,买下他心。二者总是在他家里,东西不怕走趱那里去了[②],少不得逐渐哄的出来,仍旧元在。若不与滴珠些东西,后来吴大郎相处了,怕他说出真情,要倒他们的出来,反为不美。这正是老虔婆神机妙算[③]。吴大郎次日果然打扮得一发精致,来汪锡家成亲。他怕人知道,也不用傧相,也不动乐人,只托汪锡办下两桌酒,请滴珠出来同坐,吃了进房。

---

①一了:一向。

②走趱(zǎn):跑。趱,赶路,快走。

③虔婆:贼婆。骂妓院鸨母。

滴珠起初害羞，不肯出来。后来被强不过，勉强略坐得一坐，推个事故，走进房去。扑地把灯吹息，先自睡了，却不关门。婆子道："还是女儿家的心性害羞，须是我们凑他趣则个。"移了灯，照吴大郎进房去。仍旧把房中灯点起了，自家走了出去，把门拽上。吴大郎是个精细的人，把门拴了，移灯到床边。揭帐一看，只见兜头面睡着，不敢惊动他。轻轻的脱了衣服，吹息了灯，衬进被窝里来。滴珠叹了一口气，缩做一团。被吴大郎甜言媚语，轻轻款款扳将过来，腾的跨上去，滴珠颤笃笃的承受了。高高下下，往往来来，弄得滴珠浑身快畅，遍体酥麻。元来滴珠虽然嫁了丈夫两月，那是不在行的新郎，不曾得知这样趣味。吴大郎风月场中招讨使①，被窝里事多曾占过先头的。温柔软款，自不必说。滴珠只恨相见之晚。两个千恩万爱，过了一夜。明日起来，王婆、汪锡都来叫喜，吴大郎各各赏赐了。他自此与姚滴珠快乐，隔个把月才回家去走走，又来住宿。不题。

说话的，难道潘家不见了媳妇就罢了，凭他自在那里快活不成？看官，话有两头，却难这边说一句，那边说一句。如今且听说那潘家。自从那日早起，不见媳妇煮朝饭，潘婆只道又是晏起②，走到房前厉声叫他。见不则声，走进房里，把窗推开了。床里一看，并不见滴珠踪迹。骂道："这贱淫妇那里去了？"出来与潘公说了。潘公道："又来作怪！料道是他娘家去？"急忙走到渡口问人来。有人说道："绝大清早，有一妇人渡河去。"有认得的，道是潘家媳妇上筏去了。潘公道："这妮子！昨日说了他几句，就待告诉他爹娘去。恁般心性泼剌！且等他娘家住，不要去接他采他，看他待要怎的！"忿忿地跑回去，与潘婆说了。将有十来日，姚家记挂女儿，办了几个盒子，做了些点心，差一男一妇，到潘家来问一个信。潘公道："他归你家十来日了，如何到来这里问信？"那送礼的人吃了一惊，道："说那里话？

①招讨使：唐宋时高级武官职名。明代只在少数边远地区设招讨使，品级不高。这里是说老手。

②晏起：起晚了。

我家姐姐自到你家来，才得两月多，我家又不曾来接他，为何自归？因是放心不下，叫我们来望望。如何反如此说？”潘公道：“前日因有两句口面[①]，他使一个性子跑了回家。有人在渡口见他的。他不到你家，到那里去？”那男女道[②]：“实实不曾回家，不要错认了。”潘公炮燥道[③]：“想是他来家说了甚么谎，您家要悔赖了别嫁人，故妆出圈套，反来问信么？”那男女道：“人在你家不见了，颠倒这样说，这事必定跷蹊！”潘公听得“跷蹊”两字，大骂：“狗男女！我少不得当官告来，看你家赖了不成！”那男女见不是势头，盒盘也不出，仍旧挑了，走了回家，一五一十的对家主说了。姚公、姚妈大惊，啼哭起来道：“这等说，我那儿敢被这两个老杀才逼死了？打点告状，替他要人去！”一面来与个讼师商量告状。那潘公、潘婆死认定了姚家藏了女儿，叫人去接了儿子来家。两家都进状，都准了。那休宁县李知县行提一干人犯到官。当堂审问时，你推我，我推你。知县大怒，先把潘公夹起来。潘公道：“现有人见他过渡的。若是投河身死，须有尸首，明白是他家藏了赖人。”知县道：“说得是。不见了人十多日，若是死了，岂无尸首踪影？毕竟藏着的是。”放了潘公，再把姚公夹起来。姚公道：“人在他家，去了两月多，自不曾归家来。若是果然当时走回家，这十来日间潘某何不着人来问一声，看一看下落？人长六尺，天下难藏。小的若是藏过了，后来就别嫁人，也须有人知道，难道是瞒得过的？老爷详察则个。”知县想了一想，道：“也说得是。如何藏得过？便藏了也成何用？多管是与人有奸[④]，约的走了。”潘公道：“小的媳妇虽是懒惰娇痴，小的闺门也严谨，却不曾有甚外情。”知县道：“这等，敢是有人拐的去了？或是躲在亲眷家，也不见得。”便对姚公说：“是你生得女儿不长进；况来踪去迹，毕竟是你做

---

①口面：口角，争吵。

②男女：仆人。也用于仆人自称。

③炮燥：暴躁。

④多管：大半，大概。

爷的晓得，你推不得干净。要你跟寻出来，同缉捕人役五日一比较①。"就把潘公父子讨了个保，姚公肘押了出来②。姚公不见了女儿，心中已自苦楚，又经如此冤枉，叫天叫地，没个道理。只得帖个寻人招子，许下赏钱，各处搜来，并无影响。且是那个潘甲不见了妻子，没出气处，只是逢五逢十就来禀官，比较捕人，未免连姚公陪打了好些板子。此事闹动了一个休宁县，城郭乡村，无不传为奇谈。亲戚之间，尽为姚公不平，却没个出豁③。

却说姚家有个极密的内亲，叫做周少溪。偶然在浙江衢州做买卖，闲游柳陌花街。只见一个娼妇站在门首献笑，好生面染④。仔细一想，却与姚滴珠一般无二。心下想道："家里打了两年没头官司，他却在此！"要上前去问个的确，却又忖道："不好，不好。问他未必肯说真情。打破了网，娼家行径没根蒂的，连夜走了，那里去寻？不如报他家中知道，等他自来寻访。"元来衢州与徽州虽是分个浙、直⑤，却两府是联界的。苦不多日到了，一一与姚公说知。姚公道："不消说得，必是遇着歹人，转贩为娼了。"叫其子姚乙密地拴了百来两银子，到衢州去赎身。又商量道："私下取赎，未必成事。"又在休宁县告明缘由，使用些银子，给了一张广缉文书在身⑥。倘有不谐，当官告理。姚乙听命，姚公就央了周少溪作伴，一路往衢州来。那周少溪自有旧主人，替姚乙另寻了一个店楼，安下行李。周少溪指引他到这家门首来，正值他在门外。姚乙看见果然是妹子，连呼他小名数声；那娼妇只是微微笑看，却不答应。姚乙对周少溪道："果然是我妹子。只是连连叫他，并不答应，却像不认得我的。难道在

①比较：限期追查结果，到期不能完成即行杖责。对于差役人员也叫"比卯"。

②肘押：捆住胳膊扠出来。

③出豁：也写作"出笏"。出脱。此处指解决办法。

④面染：面善，面熟。

⑤直：南直隶，与北直隶相对。相当于行省，由南京管理。

⑥广缉文书：海捕文书。相当于现在的通缉令。

此快乐了，把个亲兄弟都不招揽了?”周少溪道：“你不晓得，凡娼家龟鸨[①]，必是生狠的。你妹子既来历不明，他家必紧防漏泄，训戒在先，所以他怕人知道，不敢当面认帐。”姚乙道：“而今却怎么通得个信?”周少溪道：“这有何难?你做个要嫖他的，设了酒，将银一两送去，外加轿钱一包，抬他到下处来，看个备细。是你妹子，密地相认了，再做道理。不是妹子，睡他娘一晚，放他去罢!”姚乙道：“有理，有理。”周少溪在衢州久做客人，都是熟路，去寻一个小闲来[②]，拿银子去，霎时一乘轿抬到下处。那周少溪忖道：“果是他妹子，不好在此陪得。”推个事故，走了出去。姚乙也道是他妹子，有些不便，却也不来留周少溪。只见那轿里袅袅婷婷，走出一个娼妓来。但见：

一个道是妹子来，双眸注望；一个道是客官到，满面生春。一个疑道：何不见他走近身，急认哥哥?一个疑道：何不见他迎着轿，忙呼姐姐?

却说那姚乙向前看看，分明是妹子。那娼妓却笑容可掬，佯佯地道了个万福[③]。姚乙只得坐了，不敢就认，问道：“姐姐尊姓大名，何处人氏?”那娼妓答道：“姓郑，小字月娥，是本处人氏。”姚乙看他说出话来一口衢音，声气也不似滴珠，已自疑心了。那郑月娥就问姚乙道：“客官何来?”姚乙道：“在下是徽州府休宁县荪田姚某，父某人，母某人。”恰像那个查他的脚色[④]，三代籍贯都报将来。也还只道果是妹子，他必然承认，所以如此。那郑月娥见他说话牢叨，笑了一笑，道：“又不曾盘问客官出身，何故通三代脚色?”姚乙满面通红，情知不是滴珠了。摆上酒来，三杯两盏，两个对吃。郑月娥看见姚乙只管相他面庞一会，又自言自语一会，心里好生疑惑。开口问道：“奴自不曾与客官相会，只是前日门前见客官走来走去，见了我指手点脚的，我背地同姊妹暗笑。今承宠召过来，却又屡屡相觑，却像有

---

①龟鸨(bǎo)：王八和老鸨。妓院老板和老板娘。

②小闲：小闲汉。

③佯佯地：洋洋地，扬扬地。做作的样子，得意的样子。

④脚色：来历。

些委决不下的事，是什么缘故？”姚乙把言语支吾，不说明白。那月娥是个久惯接客乖巧不过的人，看此光景，晓得有些尴尬，只管盘问。姚乙道：“这话也长，且到床上再说。”两个人各自收拾上床睡了，免不得云情雨意，做了一番的事。那月娥又把前话提起，姚乙只得告诉他：“家里事如此如此，这般这般。因见你厮象，故此假做请你，认个明白，那知不是。”月娥道：“果然像否？”姚乙道：“举止外像，一些不差，就是神色里边有些微两样处。除是至亲骨肉终日在面前的，用意体察，才看得出来，也算是十分像的了。若非是声音各别，连我方才也要认错起来。”月娥道：“既是这等厮像，我就做你妹子罢。”姚乙道：“又来取笑。”月娥道：“不是取笑，我与你熟商量。你家不见了妹子，如此打官司，不得了结，必竟得妹子到了官方住。我是此间良人家儿女，在姜秀才家为妾，大娘不容，后来连姜秀才贪利忘恩，竟把来卖与这郑妈妈家了。那龟儿鸨儿不管好歹，动不动非刑拷打。我被他摆布不过，正要想个计策脱身。你如今认定我是你失去的妹子，我认定你是哥哥，两口同声，当官去告理，一定断还归宗。我身既得脱，仇亦可雪。到得你家，当了你妹子，官事也好完了。岂非万全之算？”姚乙道：“是到是，只是声音大不相同。且既到吾家认做妹子，必是亲戚族属逐处明白，方像真的，这却不便。”月娥道：“人只怕面貌不像，那个声音，随他改换，如何做得准？你妹子相失两年，假如真在衢州，未必不与我一般乡语了。亲戚族属，你可教导得我的。况你做起事来，还等待官司发落，日子长远，有得与你相处，乡音也学得你些。家里事务，日逐教我熟了，有甚难处？”姚乙心里先只要家里息讼要紧，细思月娥说话，尽可行得，便对月娥道：“吾随身带有广缉文书，当官一告，断还不难。只是要你一口坚认到底，却差池不得的①。”月娥道：“我也为自身要脱离此处，趁此机会，如何好改得口？只是一件，你家妹夫是何等样人？我可跟得他否？”姚乙道：“我妹夫是个做客的人，也还少年老实，你跟了他也好。”月娥道：

①差池：差错。

“凭他怎么，毕竟还好似为娼。况且一夫一妻，又不似先前做妾，也不误了我事了。”姚乙又与他两个赌一个誓信，说：“两个同心做此事，各不相负。如有破泄者，神明诛之！”两人说得着，已觉道快活，又弄了一火，搂抱了睡到天明。姚乙起来，不梳头就走去寻周少溪。连他都瞒了，对他说道：“果是吾妹子，如今怎处？”周少溪道：“这衏衏人家不长进，替他私赎，必定不肯。待我去纠合本乡人在此处的，十来个，做张呈子，到太守处呈了。人众则公。亦且你有本县广缉滴珠文书可验，怕不立刻断还？只是你再送几两银子过去，与他说道还要留在下处几日。使他不疑，我们好做事。”姚乙一一依言停当了。周少溪就合着一伙徽州人同姚乙到府堂，把前情说了一遍。姚乙又将县间广缉文书当堂验了。太守立刻签了牌，将郑家乌龟老妈都拘将来。郑月娥也到公庭，一个认哥哥，一个认妹子。那众徽州人，除周少溪外，也还有个把认得滴珠的，齐声说道：“是。”那乌龟分毫不知一个情由，劈地价来[①]，没做理会，口里乱嚷，太守只叫掌嘴。又研问他是那里拐来的，乌龟不敢隐讳，招道：“是姜秀才家的妾，小的八十两银子讨的是实，并非拐的。”太守又去拿姜秀才。姜秀才情知理亏躲了，不出见官。太守断姚乙出银四十两，还他乌龟身价，领妹子归宗。那乌龟买良为娼，问了应得罪名。连姜秀才前程都问革了[②]。郑月娥一口怨气先发泄尽了，姚乙欣然领回下处，等衙门文卷叠成，银子交库给主，及零星使用多完备了，然后起程。这几时落得与月娥同眠同起，见人说是兄妹，背地自做夫妻。枕边絮絮叨叨，把说话见识都教道得停停当当了。

在路不则一日，将到苏田，有人见他兄妹一路来了，拍手道：“好了，好了，这官司有结局了。”有的先到他家里报了的，父母俱迎出门来。那月娥装做个认得的模样，大剌剌走进门来[③]，呼爷叫娘，都是

---

①劈地价：突然地。价，助词。

②问革：即判罪革除秀才功名。法律用语。

③大剌剌：大模大样。今多种方言中仍用。

姚乙教熟的。况且娼家行径，机巧灵变，一些不错。姚公道："我的儿！那里去了这两年？累煞你爹也！"月娥假作哽咽痛哭，免不得说道："爹妈这几时平安么？"姚公见他说出话来，便道："去了两年，声音都变了。"姚妈伸手过来，拽他的手出来，捻了两捻道："养得一手好长指甲了，去时没有的。"大家哭了一会，只有姚乙与月娥心里自明白。姚公是两年间官司累怕了他，见说女儿来了，心里放下了一个大趷搭，那里还辨仔细？况且十分相像，分毫不疑。至于来踪去迹，他已晓得在娼家赎归，不好细问得。巴到天明，就叫儿子姚乙，同了妹子到县里来见官。知县升堂，众人把上项事，说了一遍。知县缠了两年，已自明白，问滴珠道："那个拐你去的，是何等人？"假滴珠道："是一个不知姓名的男子，不由分说，逼卖与衢州姜秀才家。姜秀才转卖了出来，这先前人不知去向。"知县晓得事在衢州，隔省难以追求，只要完事，不去根究了。就抽签去唤潘甲并父母来领。那潘公、潘婆到官来，见了假滴珠道："好媳妇呵！就去了这些时？"潘甲见了道："惭愧[①]！也还有相见的日子。"各各认明了，领了回去。出得县门，两亲家两亲妈各自请罪，认个悔气。都道一桩事完了。隔了一晚，次日，李知县升堂，正待把潘甲这宗文卷注销立案，只见潘甲又来告道："昨日领回去的，不是真妻子。"那知县大怒道："刁奴才！你累得丈人家也勾了，如何还不肯休歇？"喝令扯下去打了十板。那潘甲只叫冤屈。知县道："那衢州公文明白，你舅子亲自领回，你丈人丈母认了不必说，你父母与你也当堂认了领去的，如何又有说话？"潘甲道："小人争讼，只要争小人的妻，不曾要别人的妻。今明明不是小人的妻，小人也不好要得，老爷也不好强小人要得。若必要小人将假作真，小人情愿不要妻子了。"知县道："怎见得不是？"潘甲道："面貌颇相似，只是小人妻子相与之间，有好些不同处了。"知县道："你不要呆！敢是做过了娼妓一番，身分不比良家了？"潘甲道："老爷，不是这话。不要说日常夫妻间私语一句也不对，至

①惭愧：侥幸，多谢。表示庆幸之词。

于肌体隐微，有好些不同。小人心下自明白，怎好与老爷说得？若果然是妻子，小人与他才得两月夫妻，就分散了，巴不得见他，难道到说不是，来混争闲非不成？老爷青天详察，主鉴不错。"知县见他说这一篇，有情有理，大加惊诧，又不好自认断错，密密分付潘甲道："你且从容，不要性急。就是父母亲戚面前，俱且糊涂，不可说破，我自有处。"李知县分付该房写告示出去遍贴，说道："姚滴珠已经某月某日追寻到官，两家各息词讼，无得再行告扰！"却自密地悬了重赏，着落应捕十馀人[①]，四下分缉，若看了告示有些动静，即便体察，拿来回话。

不说这里探访。且说姚滴珠与吴大郎相处两年，大郎家中看看有些知道，不肯放他等闲出来，踪迹渐来得稀了。滴珠身畔要讨个丫鬟伏侍，曾对吴大郎说，转托汪锡。汪锡拐带惯了的，那里想出银钱去讨？因思个便处，要弄将一个来。日前见歙县汪汝鸾家有个丫头，时常到溪边洗东西，想在心里。一日，汪锡出外行走，闻得县前出告示，道滴珠已寻见之说。急忙里，来对王婆说："不知那一个顶了缺，我们这个货，稳稳是自家的了。"王婆不信，要看个的实，一同来到县前，看了告示。汪锡未免指手画脚，点了又点，念与王婆听。早被旁边应捕看在眼里，尾了他去。到了僻静处，只听得两个私下道："好了，好了，而今睡也睡得安稳了。"应捕魆地跳将出来[②]，道："你们干得好事！今已败露了，还走那里去？"汪锡慌了手脚，道："不要恐吓我！且到店中坐坐去。"一同王婆邀了应捕，走到酒楼上，坐了吃酒。汪锡推讨嗄饭[③]，一道烟走了。单剩个王婆与应捕，坐了多时，酒肴俱不来，走下问时，汪锡已去久了。应捕就把王婆拴将起来，道："我与你去见官。"王婆跪下道："上下饶恕[④]，随老身到家中取

①应捕：巡捕。衙门捕捉盗匪人犯的差役。民国时称巡捕，用古称。

②魆（xū）地：暗地，不知不觉地。

③嗄（xià）饭：下饭，即菜肴。

④上下：对公差衙役的尊称。

钱谢你。”那应捕只是见他们行迹跷蹊，故把言语吓着。其实不知甚么根由，怎当得虚心病的露出马脚来。应捕料得有些滋味，押了他不舍，随去到得汪锡家里叩门。一个妇人走将出来开了。那应捕一看，着惊道：“这是前日衢州解来的妇人！”猛然想道：“这个必是真姚滴珠了。”也不说破，吃了茶，凭他送了些酒钱罢了。王婆自道无事，放下心了。应捕明日竟到县中出首。知县添差应捕十来人，急命拘来。公差如狼似虎，到汪锡家里门口，发声喊，打将进去。急得王婆悬梁高了，把滴珠登时捉到公庭。知县看了道：“便是前日这一个。”又飞一签，令唤潘甲与妻子同来。那假的也来了，同在县堂，真个一般无二。知县莫辨，因令潘甲自认。潘甲自然明白，与真滴珠各说了些私语。知县唤起来，研问明白。真滴珠从头供称被汪锡骗哄情由，说了一遍。知县又问：“曾引人奸骗你不？”滴珠心上有吴大郎，只不说出，但道不知姓名。又叫那假滴珠上来，供称道：“身名郑月娥，自身要报私仇，姚乙要完家讼，因言貌像伊妹，商量做此一事。”知县急拿汪锡，已此在逃了。做个照提[①]，叠成文卷，连人犯解府。

却说汪锡自酒店逃去之后，撞着同伙程金，一同作伴，走到歙县地方。正见汪汝鸾家丫头在溪边洗裹脚，一手扯住他道：“你是我家使婢，逃了出来，却在此处！”便夺他裹脚，拴了就走，要扯上竹筏。那丫头大喊起来。汪锡将袖子掩住他口，丫头尚自呜哩呜剌的喊，程金便一把叉住喉咙，叉得手重，口头又不通气，一霎呜呼哀哉了。地方人走将拢来，两个都擒住了，送到县里。那歙县方知县问了程金绞罪，汪锡充军，解上府来。正值滴珠一起也解到。一同过堂之时，真滴珠大喊道：“这个不是汪锡？”那太守姓梁，极是个正气的。见了两宗文卷都为汪锡，大怒道：“汪锡是首恶，如何只问充军？”喝交皂隶重责六十板，当下绝气。真滴珠给还原夫宁家[②]，假滴珠官

---

①照提：上送人犯案情审理公文。

②宁家：释放回家。

卖。姚乙认假作真，倚官拐骗人口，也问了一个太上老[①]。只有吴大郎广有世情，闻知事发，上下使用，并无名字干涉，不致惹着，朦胧过了。潘甲自领了姚滴珠，仍旧完聚。那姚乙定了卫所，发去充军，拘妻签解。姚乙未曾娶妻。只见那郑月娥晓得了，大哭道："这是我自要脱身泄气，造成此谋，谁知反害了姚乙？今我生死跟了他去，也不枉了一场话欛[②]。"姚公心下不舍得儿子，听得此话，即使买出人来，诡名纳价，赎了月娥，改了姓氏，随了儿子做军妻解去。后来遇赦还乡，遂成夫妇。这也是郑月娥一点良心不泯处。姑嫂两个到底有些厮象，徽州至今传为笑谈。有诗为证：

一样良家走歧路，又同歧路转良家。
面庞怪道能相似，相法看来也不差。

---

①太上老：太上老君。君，谐音"军"。即指问了充军。

②话欛（bǎ）：话把，话柄。

卷之三

刘东山夸技顺城门　十八兄奇踪村酒肆

诗云：

弱为强所制，不在形巨细。

蝍蛆带是甘，何曾有长喙？

话说天地间，有一物，必有一制，夸不得高，恃不得强。这首诗所言"蝍蛆"是甚么？就是那赤足蜈蚣，俗名"百脚"，又名"百足之虫"。这"带"又是甚么？是那大蛇，其形似带一般，故此得名。岭南多大蛇，长数十丈，专要害人。那边地方里居民，家家蓄养蜈蚣，有长尺馀者，多放在枕畔或枕中。若有蛇至，蜈蚣便啧啧作声。放他出来，他鞠起腰来，首尾着力一跳，有一丈来高。便搭住在大蛇七寸内，用那铁钩也似一对钳来钳住了，吸他精血，至死方休。这数十丈长斗来大的东西，反缠死在尺把长指头大的东西手里，所以古语道"蝍蛆甘带"，盖谓此也①。汉武帝延和三年②，西胡月支国献猛兽一头③，形如五六十日新生的小狗，不过比狸猫般大，拖一个黄尾儿。那国使抱在手里，进门来献。武帝见他生得猥琐，笑道："此小物，何谓猛兽？"使者对曰："夫威加于百禽者，不必计其大小。是以神麟为巨象之王，凤凰为大鹏之宗，亦不在巨细也。"武帝不信，乃对使者说："试叫他发声来朕听。"使者乃将手一指，此兽舐唇摇首一会，猛发一声，便如平地上起一个霹雳，两目闪烁，放出两道电光来。武帝

①盖：古文发语词。无实在意义，表示一种不必然的推断语气。约略相当于今口语的"大体"、"大约"。

②延和三年：公元前90年。延和，汉武帝的一个年号。中国有年号就是从汉武帝时开始的。

③月(ròu)支国：也作"月氏"(ròu zhī)。此指小月支，匈奴族的一支。居住在祁连山一带。

登时颠出亢金椅子[①]，急掩两耳，颤一个不住。侍立左右及羽林摆立仗下军士[②]，手中所拿的东西，悉皆震落。武帝不悦，即传旨意，教把此兽付上林苑中[③]，待群虎食之。上林苑令遵旨。只见拿到虎圈边放下，群虎一见，皆缩做一堆，双膝跪倒。上林苑令奏闻，武帝愈怒，要杀此兽。明日，连使者与猛兽皆不见了。猛悍到了虎豹，却乃怕此小物。所以人之膂力强弱，智术长短，没个限数。正是：

强中更有强中手，莫向人前夸大口。

唐时有一个举子，不记姓名地方。他生得膂力过人，武艺出众。一生豪侠好义，真正路见不平，拔刀相助。他进京会试，不带仆从，恃着一身本事，鞴着一匹好马[④]，腰束弓箭短剑，一鞭独行。一路收拾些雉兔野味，到店肆中宿歇，便安排下酒。一日，在山东路上，马跑得快了，赶过了宿头。至一村庄，天已昏黑，自度不可前进。只见一家人家开门在那里，灯光射将出来。举子下了马，一手牵着，挨近看时，只见进了门便是一大空地，空地上有三四块太湖石叠着。正中有三间正房，有两间厢房，一老婆子坐在中间绩麻[⑤]，听见庭中马足之声，起身来问。举子高声道："妈妈，小生是失路借宿的。"那老婆子道："官人，不方便，老身做不得主。"听他言词中间带些凄惨，举子有些疑心。便问道："妈妈，你家男人多在那里去了？如何独自一个在这里?"老婆子道："老身是个老寡妇，夫亡多年，只有一子，在外做商人去了。"举子道："可有媳妇?"老婆子蹙着眉头道[⑥]："是有一个媳妇，赛得过男子，尽挣得家住。只是一身大气力，雄悍异常。且是气性粗急，一句差池，经不得一指头，擦着便倒。老身虚心冷气，看

---

①亢：高大。

②羽林：皇帝近卫军。羽林之名即是汉武帝建立的。

③上林苑：汉代皇家园林。周围三百里，有七十馀处离宫。内养禽兽，供皇帝春秋狩猎。故址在今西安市西郊。

④鞴(bèi)：备驾。

⑤绩麻：搓捻麻绳。

⑥蹙(cù)：皱。

他眉头眼后，常是不中意，受他凌辱的。所以官人借宿，老身不敢做主。”说罢，泪如雨下。举子听得，不觉双眉倒竖，两眼圆睁，道：“天下有如此不平之事！恶妇何在？我为尔除之。”遂把马拴在庭中太湖石上了，拔出剑来。老婆子道：“官人不要太岁头上动土[①]，我媳妇不是好惹的。他不习女工针指，每日午饭已毕，便空身走去山里，寻几个獐鹿兽兔还家，腌腊起来，卖与客人得几贯钱。常是一二更天气才得回来。日逐用度，只靠着他这些，所以老身不敢逆他。”举子按下剑，入了鞘，道：“我生平专一欺硬怕软，替人出力。谅一个妇女，到得那里？既是妈妈靠他度日，我饶他性命不杀他，只痛打他一顿，教训他一番，使他改过性子便了。”老婆子道：“他将次回来了[②]，只劝官人莫惹事的好。”举子气忿忿地等着。

只见门外一大黑影，一个人走将进来，将肩上叉口也似一件东西往庭中一摔，叫道：“老嬷，快拿火来，收拾行货。”老婆子战兢兢地道：“是甚好物事呀？”把灯一照，吃了一惊，乃是一只死了的斑斓猛虎。说时迟，那时快，那举子的马在火光里看见了死虎，惊跳不住起来。那人看见便道：“此马何来？”举子暗里看时，却是一个黑长妇人。见他模样，又背了个死虎来，忖道：“也是个有本事的。”心里先有几分惧他。忙走去带开了马，缚住了。走向前道：“小生是失路的举子，趄过宿头[③]。幸到宝庄，见门尚未阖，斗胆求借一宿。”那妇人笑道：“老嬷好不晓事！既是个贵人，如何更深时候，叫他在露天立着？”指着死虎道：“贱婢今日山中遇此泼花团[④]，争持多时，才得了当。归得迟些个，有失主人之礼，贵人勿罪。”举子见他语言爽恺[⑤]，

①太岁头上动土：太岁本是古代天文家假设与木星相应的星名，以纪日运行的方向位置，确定岁时。术士认为岁星所在方向为凶，不宜破土兴建。于是演变成后来的成语，以太岁自居，则恶不可当。

②将次：就要。

③趄(jū)过：随便走过。

④泼花团：骂老虎的话。骂禽兽也作“泼毛团”。

⑤爽恺：爽快大方。

礼度周全，暗想道："也不是不可化诲的。"连应道："不敢！不敢！"妇人走进堂，提一把椅来，对举子道："该请进堂里坐，只是妇姑两人都是女流①，男女不可相混，屈在廊下一坐罢。"又掇张桌来放在面前，点个灯来安下。然后下庭中来，双手提了死虎，到厨下去了。须臾之间，烫了一壶热酒，托出一个大盘来，内有热腾腾的一盘虎肉，一盘鹿脯，又有些腌腊雉兔之类五六碟，道："贵人休嫌轻亵则个。"举子见他殷勤，接了自斟自饮。须臾间酒尽肴完，举子拱手道："多谢厚款。"那妇人道："惶愧，惶愧。"便将了盘来，收拾桌上碗盏。举子乘间便说道②："看娘子如此英雄，举止恁地贤明，怎么尊卑分上觉得欠些个？"那妇人将盘一搠③，且不收拾。怒目道："适间老死魅曾对贵人说些甚谎么④？"举子忙道："这是不曾，只是看见娘子称呼词色之间，甚觉轻倨，不像个婆媳妇道理。及见娘子待客周全，才能出众，又不像个不近道理的。故此好言相问一声。"那妇人见说，一把扯了举子的衣袂，一只手移着灯，走到太湖石边来，道："正好告诉一番。"举子一时间挣扎不脱，暗道："等他说得没理时，算计打他一顿。"只见那妇人倚着太湖石，就在石上拍拍手，道："前日有一事，如此如此，这般这般，是我不是，是他不是？"道罢，便把一个食指向石上一画，道："这是一件了。"画了一画，只见那石皮乱爆起来，已自抠去了一寸有馀深。连连数了三件，画了三画，那太湖石便似锥子凿成一个"川"字，斜看来又是"三"字，足足皆有寸馀，就像镵刻的一般⑤。那举子惊得浑身汗出，满面通红，连声道："都是娘子的是。"把一片要与他分个皂白的雄心，好像一桶雪水淋头一淋，气也不敢抖了。妇人说罢，擎出一张匡床来⑥，与举子自睡。又替他喂好了

①妇姑：媳妇和婆婆。

②乘间：借机，乘势。

③搠（shuò）：用力推。

④老死魅：老死鬼。骂人话。

⑤镵（chán）刻：凿刻。

⑥匡床：筐床。一种方正安适的床。

马。却走进去，与老婆子关了门，息了火睡了。举子一夜无眠，叹道："天下有这等大力的人！早是不曾与他交手，不然，性命休矣。"巴到天明，鞴了马，作谢了，再不说一句别的话，悄然去了。自后收拾了好些威风，再也不去惹闲事管，也只是怕逢着哼嗻似他的①，吃了亏。

今日说一个恃本事说大话的，吃了好些惊恐，惹出一场话柄来。正是：

虎为百兽尊，百兽伏不动。
若逢狮子吼，虎又全没用。

话说国朝嘉靖年间②，北直隶河间府交河县③，一人姓刘名嵚，叫做刘东山，在北京巡捕衙门里当一个缉捕军校的头④。此人有一身好本事，弓马熟娴，发矢再无空落，人号他"连珠箭"。随你异常狠盗，逢着他便如瓮中捉鳖，手到拿来。因此也积攒得有些家事。年三十馀，觉得心里不耐烦做此道路⑤，告脱了⑥，在本县去别寻生理⑦。一日，冬底残年，赶着驴马十馀头到京师转卖，约卖得一百多两银子。交易完了，至顺城门（即宣武门）雇骡归家。在骡马主人店中，遇见一个邻舍张二郎入京来，同在店买饭吃。二郎问道："东山何往？"东山把前事说了一遍，道："而今在此雇骡，今日宿了，明日走路。"二郎道："近日路上好生难行，良乡、鄚州一带，盗贼出没，白日劫人。老

---

①哼嗻（chē zhē）：也写作"奢遮"。有多种含义，厉害、神气、体面、有本事，等等。小说、戏文中常见。

②嘉靖：明世宗朱厚熜年号，公元1522—1566年。

③北直隶：直属北京六部管理的行政区，与南直隶相对。包括今河北、河南及山东部分地区。辖八府十九州一百一十六县。

④北京巡捕衙门：即五城兵马司。首都公安机关。负责巡捕盗贼、疏理街道沟渠及囚犯火禁之事。

⑤道路：指职业、行当。

⑥告脱：辞职。

⑦生理：谋生方式，行业。

兄带了偌多银子，没个做伴，独来独往，只怕着了道儿[1]。须放仔细些！”东山听罢，不觉须眉开动，唇齿奋扬，把两只手捏了拳头，做一个开弓的手势。哈哈大笑道：“二十年间，张弓追讨，矢无虚发，不曾撞个对手。今番收场买卖，定不到得折本[2]。”店中满座听见他高声大喊，尽回头来看。也有问他姓名的，道：“久仰，久仰。”二郎自觉有些失言，作别出店去了。

东山睡到五更头，爬起来梳洗结束。将银子紧缚裹肚内，扎在腰间。肩上挂一张弓，衣外跨一把刀，两膝下藏矢二十簇。拣一个高大的健骡，腾地骑上，一鞭前走。走了三四十里，来到良乡，只见后头有一人奔马赶来，遇着东山的骡，便按辔少驻。东山举目觑他，却是一个二十岁左右的美少年，且是打扮得好。但见：

黄衫毡笠，短剑长弓。箭房中新矢二十馀枝[3]，马额上红缨一大簇。裹腹闹装灿烂[4]，是个白面郎君；恨人紧辔喷嘶，好匹高头骏骑。

东山正在顾盼之际，那少年遥叫道：“我们一起走路则个。”就向东山拱手道：“造次行途[5]，愿问高姓大名。”东山答道：“小可姓刘名嵚[6]，别号东山，人只叫我是刘东山。”少年道：“久仰先辈大名，如雷贯耳，小人有幸相遇。今先辈欲何往？”东山道：“小可要回本籍交河县去。”少年道：“恰好，恰好！小人家住临淄[7]。也是旧族子弟，幼年颇曾读书，只因性好弓马，把书本丢了。三年前带了些资本往京贸易，颇得些利息。今欲归家婚娶，正好与先辈作伴，同路行去，放胆壮些。直到河间府城，然后分路。有幸！有幸！”东山一路看他腰间沉

[1]着了道儿：中了圈套，被人暗算。

[2]不到得：不至于。

[3]箭房：箭袋。

[4]闹装：用金银珠宝等物杂缀成的腰带或鞍辔等的装饰物。此处是腰带。

[5]造次：冒失，匆促。

[6]小可：小人，小的，在下。自称谦词。别处也指小事。

[7]临淄：今山东淄博。

重，语言温谨，相貌俊逸，身材小巧，谅道不是歹人。且路上有伴，不至寂寞，心上也欢喜，道："当得相陪。"是夜一同下了旅店，同一处饮食歇宿，如兄若弟，甚是相得。明日并辔出涿州。少年在马上问道："久闻先辈最善捕贼，一生捕得多少？也曾撞着好汉否？"东山正要夸逞自家手段，这一问揉着痒处。且量他年小可欺，便侈口道："小可生平两只手，一张弓，拿尽绿林中人，也不记其数，并无一个对手。这些鼠辈，何足道哉！而今中年心懒，故弃此道路。倘若前途撞着，便中拿个把儿，你看手段。"少年但微微冷笑，道："元来如此！"就马上伸手过来，说道："借肩上宝弓一看。"东山在骡上递将过来。少年左手把住，右手轻轻一拽就满，连放连拽，就如一条软绢带。东山大惊失色，也借少年的弓过来看。看那少年的弓，约有二十斤重，东山用尽平生之力，面红耳赤，不要说扯满，只求如初八夜头的月，再不能勾。东山惶恐无地，吐舌道："使得好硬弓也！"便向少年道："老弟神力，何至于此！非某所敢望也。"少年道："小人之力，何足称神？先辈弓自太软耳。"东山赞叹再三，少年极意谦谨。晚上又同宿了。至明日，又同行，日西时过雄县。少年拍一拍马，那马腾云也似，前面去了。东山望去，不见了少年。他是贼窠中弄老了的，见此行止，如何不慌？私自道："天教我这番倒了架也！倘是个不良人，这样神力，如何敌得？势无生理。"心上正如十五个吊桶打水，七上八落的。没奈何，迍迍行去①。行得一二铺②，遥望见少年在百步外。正弓挟矢，扯个满月，向东山道："久闻足下手中无敌，今日请先听箭风。"言未罢，飕的一声。东山左右耳根但闻肃肃如小鸟前后飞过，只不伤着东山。又将一箭引满，正对东山之面，大笑道："东山晓事人，腰间骡马钱快送我罢，休得动手。"东山料是敌他不过，先自慌了手脚，只得跳下鞍来。解了腰间所系银袋，双手捧着，膝行至少年马前。叩

---

①迍迍(zhūn)：慢慢地，懒懒地。

②铺：驿站。每十里设一个驿站，有一二铺即有一二十里。

头道："银钱谨奉，好汉将去[①]。只求饶命。"少年马上伸手，提了银包，大喝道："要你性命做甚？快走！快走！你老子有事在此，不得同儿子前行了。"掇转马头，向北一道烟跑。但见一路黄尘滚滚，霎时不见踪影。东山呆了半晌，捶胸跌足起来，道："银钱失去也罢，叫我如何做人？一生好汉名头[②]，到今日弄坏，真是张天师吃鬼迷了[③]。可恨！可恨！"垂头丧气，有一步没一步的，空手归交河。到了家里，与妻子说知其事，大家懊恼一番。夫妻两个商量，收拾些本钱，在村郊开个酒铺，卖酒营生，再不去张弓挟矢了。又怕有人知道，坏了名头，也不敢向人说着这事，只索罢了。

过了三年，一日，正值寒冬天道，有词为证：

> 霜瓦鸳鸯，风帘翡翠，今年早是寒少。矮钉明窗，侧开朱户，断莫乱教人到[④]。重阴未解，云共雪商量不少[⑤]。青帐垂毡要密，红幕放围宜小。（词寄《天香》前[⑥]）

却说冬日间，东山夫妻正在店中卖酒，只见门前来了一伙骑马的客人，共是十一个。个个骑的是自鞴的高头骏马，鞍辔鲜明。身上俱紧束短衣，腰带弓矢刀剑。次第下了马[⑦]，走入肆中来，解了鞍舆。刘东山接着，替他赶马归槽。后生自去剉草煮豆[⑧]。不在话下。内中只有一个未冠的人[⑨]，年纪可有十五六岁，身长八尺，独不下马，对众道："第十八自向对门住休。"众人都答应一声道："咱们在此少住，便来伏侍。"只见其人自走对门去了。十人自来吃酒，主人安排些

---

①将去：拿去。

②名头：名义，名声。

③张天师：东汉张道陵，五斗米道创始人。道教尊为张天师。传说他善能治鬼捉鬼。

④断莫：切莫。

⑤商量：商量下雪之意，还要下雪。少：疑误。与上文重韵，当作"了"。

⑥前：前阙，上片。双调词的上一半。

⑦次第：一个接一个。

⑧后生：小伙计。

⑨未冠：未成年。

鸡、豚、牛、羊肉来做下酒。须臾之间，狼飧虎咽，算来吃勾有六七十斤的肉，倾尽了六七坛的酒。又教主人将酒肴送过对门楼上，与那未冠的人吃。众人吃完了店中东西，还叫未畅。遂开皮囊，取出鹿蹄、野雉、烧兔等物，笑道："这是我们的东道，可叫主人来同酌。"东山推逊一回，才来坐下。把眼去逐个瞧了一瞧，瞧到北面左手那一人，毡笠儿垂下，遮着脸，不甚分明。猛见他抬起头来，东山仔细一看，吓得魂不附体，只叫得苦。你道那人是谁？正是在雄县劫了骡马钱去的那一个同行少年。东山暗想道："这番却是死也！我些些生计[①]，怎禁得他要起？况且前日一人尚不敢敌，今人多如此，想必个个是一般英雄，如何是了？"心中忒忒的跳，真如小鹿儿撞。面向酒杯，不敢则一声。众人多起身与主人劝酒。坐定一会，只见北面左手坐的那一个少年，把头上毡笠一掀，呼主人道："东山别来无恙么？往昔承挈同行周旋，至今想念。"东山面如土色，不觉双膝跪下道："望好汉恕罪！"少年跳离席间，也跪下去扶起来，挽了他手道："快莫要作此状！快莫要作此状，羞死人！昔年俺们众兄弟在顺城门店中，闻卿自夸手段天下无敌。众人不平，却教小弟在途间作此一番轻薄事，与卿作耍，取笑一回。然负卿之约，不到得河间。魂梦之间，还记得与卿并辔任丘道上。感卿好情，今当还卿十倍。"言毕，即向囊中取出千金，放在案上。向东山道："聊当别来一敬。快请收进。"东山如醉如梦，呆了一晌。怕又是取笑，一时不敢应承。那少年见他迟疑，拍手道："大丈夫岂有欺人的事？东山也是个好汉，直如此胆气虚怯！难道我们弟兄直到得真个取你的银子不成？快收了去！"刘东山见他说话说得慷慨，料不是假，方才如醉初醒，如梦方觉，不敢推辞。走进去与妻子说了，就叫他出来，同收拾了进去。安顿已了，两人商议道："如此豪杰，如此恩德，不可轻慢。我们再须杀牲开酒，索性留他们过宿，顽耍几日则个。"东山出来称谢，就把此意与少年说了。少年又与众人说了，大家道："即是这位弟兄故人，有

①些些：些少，一点点。

何不可？只是还要去请问十八兄一声。”便一齐走过对门，与未冠的那一个说话。东山也随了去，看这些人见了那个未冠的，甚是恭谨。那未冠的待他众人，甚是庄重。众人把主人要留他们过宿顽耍的话说了，那未冠的说道：“好，好，不妨。只是酒醉饭饱，不要贪睡，负了主人殷勤之心。少有动静，俺腰间两刀有血吃了。”众人齐声道：“弟兄们理会得。”东山一发莫测其意。众人重到肆中，开怀再饮，又携酒到对门楼上。众人不敢陪，只是十八兄自饮。算来他一个吃的酒肉，比得店中五个人。十八兄吃阑①，自探囊中取出一个纯银笊篱来，煽起炭火，做煎饼自啖。连啖了百馀个。收拾了，大踏步出门去，不知所向。直到天色将晚，方才回来。重到对门住下，竟不到刘东山家来。众人自在东山家吃耍。走去对门相见，十八兄也不甚与他们言笑，大是倨傲。东山疑心不已，背地扯了那同行少年，问他道：“你们这个十八兄是何等人？”少年不答应，反去与众人说了，各各大笑起来。不说来历，但高声吟诗曰：“杨柳桃花相间出，不知若个是春风②？”吟毕，又大笑。

住了三日，俱各作别了，结束上马。未冠的在前，其馀众人在后，一拥而去。东山到底不明白，却是骤得了千来两银子，手头从容，又怕生出别事来，搬在城内另做营运去了。后来见人说起此事，有识得的，道：“详他两句语意③，是个‘李’字；况且又称十八兄，想必未冠的那人姓李，是个为头的了。看他对众的说话，他恐防有人暗算，故在对门，两处住了，好相照察。亦且不与十人作伴同食，有个尊卑的意思。夜间独出，想又去做甚么勾当来，却也没处查他的确。”

那刘东山一生英雄，遇此一番，过后再不敢说一句武艺上头的话。弃弓折箭，只是守着本分营生度日，后来善终。可见人生一世，

①吃阑：吃完了。

②若个：哪一个。

③详：推详，研究，考察。旧时司法常用语。

再不可自恃高强。那自恃的，只是不曾逢着狠主子哩。有诗单说这刘东山道：

　　生平得尽弓矢力，直到下场逢大敌。

　　人世休夸手段高，霸王也有悲歌日。

又有诗说这少年道：

　　英雄从古轻一掷，盗亦有道真堪述。

　　笑取千金偿百金，途中竟是好相识。

卷之四

程元玉店肆代偿钱　十一娘云冈纵谭侠

赞曰：

红线下世，毒哉仙仙。隐娘出没，跨黑白卫。香丸袅袅，游刃香烟。崔妾白练，夜半忽失。侠妪条裂，宅众神耳。贾妻断婴，离恨以豁。解洵娶妇，川陆毕具。三鬟携珠，塔户严扃。车中飞度，尺馀一孔。

这一篇《赞》[1]，都是序着从前剑侠女子的事[2]。从来世间有这一家道术，不论男女，都有习他的。虽非真仙的派[3]，却是专一除恶扶善，功行透了的，也就借此成仙。所以好事的，类集他做《剑侠传》。又有专把女子类成一书，做《侠女传》。

前面这《赞》上说的，都是女子。那红线就是潞州薛嵩节度家小青衣[4]。因为魏博节度田承嗣养三千外宅儿男[5]，要吞并潞州。薛嵩日夜忧闷，红线闻知，弄出剑术手段，飞身到魏博。夜漏三时[6]，往返七百里，取了他床头金盒归来。明日，魏博搜捕金盒，一军忧疑，这里却教了使人送还他去。田承嗣一见惊慌，知是剑侠，恐怕取他

---

①赞：古文的一种体式。史传多用。在篇末对前述人物或事件加以集中的褒贬评论。或是散文，或是严整的韵文与骈文。

②序：即叙。评说。

③的派：真传，嫡派。

④红线：唐人袁郊传奇小说《红线传》所写女侠客。潞州：唐时治所在今山西长治县。薛嵩：原为史朝义部将。迎降唐军，任为相、卫、洺、邢等州节度使。有治绩，封郡王。小青衣：小使女。

⑤田承嗣：原系安史旧将。后虽归属唐朝廷，据魏博军镇拥兵自重。先后占据魏、博、贝、相、卫、磁、洺七州，与中央对抗。魏博军镇治所在魏州（今河北大名）。

⑥夜漏三时：半夜三更。漏，漏壶，古代计时器。

首级，把邪谋都息了。后来，红线说出前世是个男子，因误用医药杀人，故此罚为女子，今已功成，修仙去了。这是红线的出处。

那隐娘姓聂[①]，魏博大将聂锋之女。幼年撞着乞食老尼摄去，教成异术。后来嫁了丈夫，各跨一蹇驴，一黑一白。蹇驴是卫地所产[②]，故又叫做“卫”。用时骑着，不用时就不见了，元来是纸做的。他先前在魏帅左右，魏帅与许帅刘昌裔不和[③]，要隐娘去取他首级。不想那刘节度善算，算定隐娘夫妻该入境，先叫卫将早至城北候他。约道：“但是一男一女，骑黑白二驴的便是。可就传我命拜迎。”隐娘到许，遇见如此，服刘公神明，便弃魏归许。魏帅知道，先遣精精儿来杀他，反被隐娘杀了。又使妙手空空儿来。隐娘化为蠛蠓[④]，飞入刘节度口中，教刘节度将于阗国美玉围在颈上[⑤]。那空空儿三更来到，将匕首项下一划，被玉遮了，其声铿然，划不能透。空空儿羞道不中，一去千里，再不来了。刘节度与隐娘俱得免难。这是隐娘的出处。

那香丸女子同一侍儿住观音里[⑥]，一书生闲步，见他美貌，心动。旁有恶少年数人，就说他许多淫邪不美之行，书生贱之。及归家，与妻言及，却与妻家有亲，是个极高洁古怪的女子，亲戚都是敬畏他的。书生不平，要替他寻恶少年出气，未行。只见女子叫侍儿来谢道：“郎君如此好心，虽然未行，主母感恩不尽。”就邀书生过去，治酒请他独酌。饮到半中间，侍儿负一皮袋来，对书生道：“是主母相赠的。”开来一看，乃是三四个人头，颜色未变，都是书生平日受他侮害的仇人。书生吃了一惊，怕有累及，急要逃去。侍儿道：“莫怕！莫怕！”怀中取出一包白色有光的药来，用小指甲挑些些弹在头断处。

---

①隐娘：聂隐娘。唐人裴铏传奇小说《聂隐娘》所写女侠。

②卫地：指春秋时卫国故地。在今河南省西北部及河北大名地区。

③许帅：陈许节度使。治所在许昌。刘昌裔自立为节度使。

④蠛(miè)蠓：小蠓子。一种小飞虫。

⑤于阗国：西域古国名。今新疆和田等地。以产玉石著称。

⑥香丸女子：故事载元人龙辅所撰《女红馀志》卷上《香丸妇人》。

只见头渐缩小,变成李子大。侍儿一个个撮在口中吃了,吐出核来,也是李子。侍儿吃罢,又对书生道:"主母也要郎君替他报仇,杀这些恶少年。"书生谢道:"我如何干得这等事?"侍儿进一香丸,道:"不劳郎君动手,但扫净书房,焚此香于炉中,看香烟那里去,就跟了去,必然成事。"又将先前皮袋与他,道:"有人头尽纳在此中,仍旧随烟归来,不要惧怕。"书生依言做去,只见香烟袅袅,行处有光,墙壁不碍。每到一处,遇一恶少年,烟绕颈三匝,头已自落,其家不知不觉。书生便将头入皮袋中。如此数处,烟袅袅归来,书生已随了来。到家尚未三鼓,恰如做梦一般。事完,香丸飞去。侍儿已来,取头弹药,照前吃了,对书生道:"主母传语郎君:这是畏关。此关一过,打点共做神仙便了。"后来不知所往。这女子、书生都不知姓名,只传得有《香丸志》。

那崔妾是①,唐贞元年间②,博陵崔慎思③,应进士举,京中赁房居住。房主是个没丈夫的妇人,年止三十馀,有容色。慎思遣媒道意,要纳为妻。妇人不肯,道:"我非宦家之女,门楣不对,他日必有悔,只可做妾。"遂随了慎思。二年,生了一子。问他姓氏,只不肯说。一日,崔慎思与他同上了床。睡至半夜,忽然不见。崔生疑心有甚奸情事了,不胜忿怒,遂走出堂前。走来走去,正自彷徨。忽见妇人在屋上走下来。白练缠身,右手持匕首,左手提一个人头。对崔生道:"我父昔年被郡守枉杀,求报数年未得,今事已成,不可久留。"遂把宅子赠了崔生,逾墙而去。崔生惊惶。少顷又来,道是再哺孩子些乳去。须臾出来,道:"从此永别。"竟自去了。崔生回房,看看儿子已被杀死。他要免心中记挂,故如此。所以说"崔妾白练"的话。

---

①崔妾:故事收于《太平广记》卷194《崔慎思》中。原出于唐人皇甫□所撰《原化记》,后佚。

②贞元:唐德宗李适(kuò)年号,785—804年。

③博陵:唐博陵郡。治所在今河北省定县。

那侠妪的事①，乃元雍妾修容自言。小时里中盗起，有一老妪来对他母亲说道："你家从来多阴德，虽有盗乱，不必惊怕，吾当藏过你等。"袖中取出黑绫二尺，裂作条子，教每人臂上系着一条，道："但随我来！"修容母子随至一道院，老妪指一个神像道："汝等可躲在他耳中。"叫修容母子闭了眼，背了他进去。小小神像，他母子住在耳中，却象一间房中，毫不窄隘。老妪朝夜来看，饮食都是他送来。这神像耳孔只有指头大小，但是饮食到来，耳孔便大起来。后来盗平，仍如前负了归家。修容要拜为师，誓修苦行，报他恩德。老妪说："仙骨尚微。"不肯收他。后来不知那里去了。所以说"侠妪神耳"的说话。

那贾人妻的②，与崔慎思妾差不多。但彼是馀干县尉王立，调选流落③，遇着美妇，道是元系贾人妻子，夫亡十年，颇有家私，留王立为婿，生了一子。后来，也是一日提了人头回来，道："有仇已报，立刻离京。"去了复来，说是："再乳婴儿，以豁离恨。"抚毕便去。回灯褰帐，小儿身首已在两处。所以说"贾妻断婴"的话，却是崔妻也曾做过的。

那解洵是宋时的武职官④，靖康之乱，陷在北地，孤苦零落。亲戚怜他，替他另娶一妇为妻。那妇人妆奁丰厚，洵得以存活。偶逢重阳日，想起旧妻坠泪。妇人问知欲归本朝，便替他备办，水陆之费毕具，与他同行。一路水宿山行，防闲营护，皆得其力。到家，其兄解潜军功累积，已为大帅。相见甚喜，赠以四婢。解洵宠爱了，与妇人渐疏。妇人一日酒间责洵道："汝不记昔年乞食赵魏时事乎？非我，已为饿莩。今一旦得志，便尔忘恩，非大丈夫所为。"洵已有酒意，听罢大怒，奋起拳头，连连打去。妇人忍着冷笑，洵又唾骂不止。

---

①侠妪：故事见于《女红馀志》卷上《侠妪》。

②贾（gǔ）人妻：故事载于《太平广记》卷196《贾人妻》。原出于唐人薛用弱撰《集异记》。贾人即是商人。

③调选：在吏部挂名候补新职。

④解洵：故事载于宋洪迈撰《夷坚志》。

妇人忽然站起，灯烛皆暗，冷气袭人，四妾惊惶仆地。少顷，灯烛复明，四妾才敢起来。看时，洵已被杀在地上，连头都没了。妇人及房中所有，一些不见踪影。解潜闻知，差壮勇三千人，各处追捕，并无下落。这叫做“解洵娶妇”。

那三鬟女子①，因为潘将军失却玉念珠，无处访寻，却是他与朋侪作戏，取来挂在慈恩寺塔院相轮上面②。后潘家悬重赏，其舅王超问起，他许取还。时寺门方开，塔户尚锁，只见他势如飞鸟，已在相轮上，举手示超，取了念珠下来，王超自去讨赏。明日，女子已不见了。

那车中女子又是怎说③？因吴郡有一举子，入京应举，有两少年引他到家，坐定，只见门迎一车进内，车中走出一女子，请举子试技。那举子只会着靴在壁上行得数步。女子叫坐中少年各呈妙技。有的在壁上行，有的手撮椽子行，轻捷却像飞鸟。举子惊服，辞去。数日后，复见前两少年来借马，举子只得与他。明日，内苑失物④，唯收得驮物的马。追问马主，捉举子到内侍省勘问⑤。驱入小门，吏自后一推，倒落深坑数丈。仰望屋顶七八丈，唯见一孔，才开一尺有多。举子苦楚间，忽见一物如鸟，飞下到身边。看时，却是前日女子。把绢重系举子胳膊讫，绢头系女子身上。女子腾身飞出宫城，去门数十里乃下。对举子云：“君且归，不可在此。”举人乞食寄宿，得达吴地。

这两个女子便都有些盗贼意思。不比前边这几个，报仇雪耻，救难解危，方是修仙正路。然要晓世上有此一种人，所以历历可纪，不是脱空的说话⑥。而今再说一个有侠术的女子，救着一个落难之

①三鬟女子：故事原出于《剧谈录》，载《太平广记》卷196《潘将军》。

②慈恩寺：即大雁塔。在今西安市南郊。相轮：塔顶装饰槃盖。

③车中女子：故事出《原化记》，载《太平广记》卷193《车中女子》。

④内苑：皇宫。

⑤内侍省：掌管宫廷事务的官署。

⑥脱空：平空，无根据。

人，说出许多剑侠的议论，从古未经人道的，真是精绝。有诗为证：

念珠取却犹为戏，若似车中便累人。
试听韦娘一席话，须知正直乃为真。

话说徽州府有一商人，姓程，名德瑜，表字元玉。禀性简默端重，不妄言笑，忠厚老成。专一走川、陕，做客贩货，大得利息。一日，收了货钱，待要归家，与带去仆人收拾停当。行囊丰满，自不必说。自骑一匹马，仆人骑了牲口[①]，起身行路。来过文、阶道中[②]，与一伙做客的人，同落一个饭店买酒饭吃。正吃之间，只见一个妇人骑了驴儿，也到店前下了，走将进来。程元玉抬头看时，却是三十来岁的模样。面颜也尽标致，只是装束气质带些武气，却是雄纠纠的。饭店中客人个个颠头耸脑，看他说他，胡猜乱语，只有程元玉端坐不瞧。那妇人都看在眼里。吃罢了饭，忽然举起两袖，抖一抖道："适才忘带了钱来。今饭多吃过了主人的，却是怎好？"那店中先前看他这些人都笑将起来，有的道："元来是个骗饭吃的！"有的道："敢是真个忘了[③]？"有的道："看他模样，也是个江湖上人，不像个本分的，骗饭的事也有。"那店家后生见说没钱，一把扯住不放。店主又发作道："青天白日，难道有得你吃了饭，不还钱不成？"妇人只说："不带得来，下次补还。"店主道："谁认得你！"正难分解，只见程元玉便走上前来，说道："看此娘子光景，岂是要少这数文钱的？必是真失带了出来。如何这等逼他？"就把手腰间去摸出一串钱来，道："该多少，都是我还了就是。"店家才放了手。算一算帐，取了钱去。那妇人走到程元玉跟前，再拜道："公是个长者[④]，愿闻高姓大名，好加倍奉还。"程元玉道："些些小事，何足挂齿！还也不消还得，姓名也不消问得。"那妇人道："休如此说！公去前面，当有小小惊恐，妾将在

①牲口：指驴。
②文、阶：文州、阶州。即今甘肃文县和武都县。
③敢是：大概是，可能是。
④长者：德行好，忠厚人。

此处出些力气报公，所以必要问姓名，万勿隐讳。若要晓得妾的姓氏，但记着韦十一娘便是。”程元玉见他说话有些尴尬，不解其故，只得把名姓说了。妇人道：“妾在城西去探一个亲眷，少刻就到东来。”跨上驴儿，加上一鞭，飞也似去了。

程元玉同仆人出了店门，骑了牲口，一头走，一头疑心。细思适间之话，好不蹊跷。随又忖道：“妇人之言，何足凭准！况且他一顿饭钱尚不能预备，就有惊恐，他如何出力相报得？”以口问心，行了几里。只见途间一人，头带毡笠，身背皮袋，满身灰尘，是个惯走长路的模样。或在前，或在后，参差不一，时常撞见。程元玉在马上问他道：“前面到何处可以宿歇？”那人道：“此去六十里，有杨松镇，是个安歇客商的所在，近处却无宿头。”程元玉也晓得有个杨松镇，就问道：“今日晏了些，还可到得那里么？”那人抬头，把日影看了一看道：“我到得，你到不得。”程元玉道：“又来好笑了。我每是骑马的，反到不得，你是步行的，反说到得，是怎的说？”那人笑道：“此间有一条小路，斜抄去二十里，直到河水湾。再二十里，就是镇上。若你等在官路上走，迂迂曲曲，差了二十多里，故此到不及。”程元玉道：“果有小路快便，相烦指示同行，到了镇上，买酒相谢。”那人欣然前行，道：“这等，都跟我来。”那程元玉只贪路近，又见这厮是个长路人，信着不疑，把适间妇人所言惊恐都忘了。与仆人策马，跟了那人，前进那一条路来。初时平坦好走，走得一里多路，地上渐渐多是山根顽石，驴马走甚不便。再行过去，有陡峻高山，遮在面前。绕山走去，多是深密林子，仰不见天。程元玉主仆俱慌，埋怨那人道：“如何走此等路？”那人笑道：“前边就平了。”程元玉不得已，又随他走。再度过一个岗子，一发比前崎岖了。程元玉心知中计，叫声“不好！不好！”急掣转马头回走。忽然那人呼哨一声①，山前涌出一干人来：

①唿哨：近处暗号是发出短促低声，向远处呼朋引类则是高声大叫的呼啸，都可作“唿哨”解。

狰狞相貌，劣撅身躯[①]。无非月黑杀人，不过风高放火。盗亦有道，大曾偷习儒者虚声；师出无名，也会剽窃将家实用。人间偶尔呼为盗，世上于今半是君。

程元玉见不是头，自道必不可脱。慌慌忙忙下了马，躬身作揖道："所有财物，但凭太保取去[②]。只是鞍马衣装，须留下做归途盘费则个。"那一伙强盗听了说话，果然只取包裹来，搜了银两去了。程元玉急回身寻时，那马散了缰，也不知那里去了。仆人躲避，一发不知去向。凄凄惶惶，剩得一身，拣个高岗立着，四围一望。不要说不见强盗出没去处，并那仆马消息，杳然无踪。四无人烟，且是天色看看黑将下来，没个道理。叹一声道："我命休矣！"

正急得没出豁，只听得林间树叶窣窣价声响[③]。程元玉回头看时，却是一个人，攀藤附葛而来，甚是轻便。走到面前，是个女子，程元玉见了个人，心下已放下了好些惊恐。正要开口问他，那女子忽然走到程元玉面前来，稽首道[④]："儿乃韦十一娘弟子青霞是也。吾师知公有惊恐，特教我在此等候。吾师只在前面，公可往会。"程元玉听得说是韦十一娘，又与惊恐之说相合，心下就有些望他救答意思，略放胆大些了，随着青霞前往，行不到半里，那饭店里遇着的妇人来了，迎着道："公如此大惊，不早来相接，甚是有罪！公货物已取还，仆马也在，不必忧疑。"程元玉是惊坏了的，一时答应不出。十一娘道："公今夜不可前去。小庵不远，且到庵中一饭，就在此寄宿罢了。前途也去不得。"程元玉不敢违，随了去。过了两个岗子，前见一山陡绝，四周并无联属，高峰插于云外。韦十一娘以手指道："此是云冈，小庵在其上。"引了程元玉，攀萝附木，一路走上。到了陡绝处，韦与青霞共来扶掖，数步一歇。程元玉气喘当不得，他两个就如平地一般。程元玉抬头看高处，恰似在云雾里；及到得高处，云雾又

---

①劣撅：凶悍的样子。

②太保：对强盗的尊称。犹如说大王、老爷，非指官职。

③窣窣(sù)价：形容声音细碎。价，助词。

④稽(qǐ)首：古代是叩头跪拜礼为稽首。后世僧道举手至胸前行礼称稽首。

在下面了。约莫有十数里，方得石磴。磴有百来级，级尽方是平地。有茅堂一所，甚是清雅。请程元玉坐了，十一娘又另唤一女童出来，叫做缥云，整备茶果、山蔌、松醪[①]，请元玉吃。又叫整饭，意甚殷勤。

程元玉方才性定，欠身道："程某自不小心，落了小人圈套。若非夫人相救，那讨性命？只是夫人有何法术制得他，讨得程某货物转来？"十一娘道："吾是剑侠，非凡人也。适间在饭店中，见公修雅，不像他人轻薄，故此相敬。及看公面上，气色有滞，当有忧虞，故意假说乏钱还店，以试公心。见公颇有义气，所以留心在此相候，以报公德。适间鼠辈无礼，已曾晓谕他过了。"程元玉见说，不觉欢喜敬羡。他从小颇看史鉴，晓得有此一种法术。便问道："闻得剑术起自唐时，到宋时绝了。故自元朝到国朝，竟不闻有此事。夫人在何处学来的？"十一娘道："此术非起于唐，亦不绝于宋。自黄帝受兵符于九天玄女[②]，便有此术。其臣风后习之，所以破得蚩尤[③]。帝以此术神奇，恐人妄用，且上帝立戒甚严，不敢宣扬。但拣一二诚笃之人，口传心授。故此术不曾绝传，也不曾广传。后来张良募来击秦皇[④]，梁王遣来刺袁盎[⑤]，公孙述使来杀来、岑[⑥]，李师道用来杀武元衡[⑦]，皆此术也。此术既不易轻得，唐之藩镇羡慕仿效，极力延致奇踪异迹之人。一时罔利之辈，不顾好歹，皆来为其所用，所以独称唐时有

---

①松醪(láo)：松子酒。

②九天玄女：道教所说女神，人面鸟身。

③蚩尤：九黎族首领。曾与黄帝战于涿鹿之野，失败被杀。

④"张良"句：张良原为韩国贵族，秦灭韩后，变姓名隐于民间。他曾召募刺客在博浪沙狙击秦始皇未成。

⑤"梁王"句：梁王刘武。汉景帝曾考虑立他为嗣，袁盎进言劝止。刘武怀恨，派刺客杀了袁盎。

⑥"公孙述"句：王莽时，公孙述据蜀称帝。刘秀灭王莽后，派征南大将军岑彭攻蜀，中郎将来歙攻公孙述部将。来歙被刺客暗杀，述又派刺客暗杀了岑彭。

⑦"李师道"句：李师道是唐代淄青藩镇。武元衡是唐宪宗时宰相，被李师道派刺客暗杀于长安。

此。不知彼辈诸人，实犯上帝大戒，后来皆得惨祸。所以彼时先师复申前戒，大略：不得妄传人、妄杀人；不得替恶人出力害善人；不得杀人而居其名。此数戒最大，故赵元昊所遣刺客不敢杀韩魏公①；苗傅、刘正彦所遣刺客不敢杀张德远②，也是怕犯前戒耳。”程元玉道：“史称黄帝与蚩尤战，不说有术。张良所募力士，亦不说术；梁王、公孙述、李师道所遣，皆说是盗，如何是术？”十一娘道：“公言差矣！此正吾道所谓不居其名也。蚩尤生有异像③，且挟奇术④，岂是战阵可以胜得？秦始皇万乘之主，仆从仪卫，何等威焰！且秦法甚严，谁敢击他？也没有击了他，可以脱身的。至如袁盎官居近侍，来、岑身为大帅，武相位在台衡⑤。或取之万众之中，直戕之辇毂之下，非有神术，怎做得成？且武元衡之死，并其颅骨也取了去。那时慌忙中，谁人能有此闲工夫？史传元自明白，公不曾详玩其旨耳。”程元玉道：“史书上果是如此。假如太史公所传刺客⑥，想正是此术。至荆轲刺秦王⑦，说他剑术疏。前边这几个刺客，多是有术的了？”十一娘道：

①“赵元昊”句：赵元昊是西夏开国君主，原姓李。韩魏公即韩琦，北宋名将。因战功追封魏郡王，所以称韩魏公。据宋人周煇《清波杂志》记载，韩琦任四路招讨使驻延安，夏人曾派刺客来杀他。结果不忍下手，只要了他一条金带走了。

②“苗傅”句：《宋史》载，张浚驻秀州，夜里有人突然来对他说是苗傅、刘正彦派来的刺客，他不肯杀，叫张浚加强戒备。苗、刘二人后发动政变，逼迫宋高宗退位，被张浚、韩世宗击败斩首。张浚，字德远，抗金名将。

③异像：古书说蚩尤头上长角、牛耳、须如剑戟。与轩辕（黄帝）作战时，以角牴人，人不能接近。

④奇术：古书说蚩尤能兴云雾、飞砂走石，黄帝制作指南车才战胜了他。

⑤台衡：三台和玉衡，本是星名。位置在帝座紫微宫之前，用来比喻宰相的地位。

⑥太史公：西汉司马迁。作《史记》，其中有《刺客列传》。下文荆轲、专诸、聂政均在此传中。

⑦荆轲：战国末刺客。受燕太子丹重聘，派到咸阳以献地图为名刺杀秦王（即秦始皇），不成而被杀。

“史迁非也。秦诚无道，亦是天命真主，纵有剑术，岂可轻施？至于专诸、聂政诸人①，不过义气所使，是个有血性好汉，原非有术。若这等都叫做剑术，世间拼死杀人，自身不保的，尽是术了！”程元玉道：“昆仑摩勒如何②？”十一娘道：“这是粗浅的了。聂隐娘、红线方是至妙的。摩勒用形，但能涉历险阻，试他矫健手段。隐娘辈用神，其机玄妙，鬼神莫窥，针孔可度，皮郛可藏③，倏忽千里，往来无迹，岂得无术？”程元玉道：“吾看《虬髯客传》④，说他把仇人之首来吃了，剑术也可以报得私仇的？”十一娘道：“不然。虬髯之事，寓言，非真也。就是报仇，也论曲直。若曲在我，也是不敢用术报得的。”程元玉道：“假如术家所谓仇，必是何等为最？”十一娘道：“仇有几等，皆非私仇。世间有做守令官，虐使小民的，贪其贿又害其命的。世间有做上司官，张大威权，专好谄奉，反害正直的。世间有做将帅，只剥军饷，不勤武事，败坏封疆的。世间有做宰相，树置心腹，专害异己，使贤奸倒置的。世间有做试官，私通关节⑤，贿赂徇私，黑白混淆，使不才侥幸，才士屈仰的。此皆吾术所必诛者也！至若舞文的滑吏，武断的土豪，自有刑宰主之⑥。忤逆之子，负心之徒，自有雷部司之⑦。不关我事。”程元玉曰：“以前所言几等人，曾不闻有显受刺客剑仙杀戮的。”十一娘笑道：“岂可使人晓得的？凡此之辈，杀之之道非一。重者或径取其首领，及其妻子，不必说了；次者或入其咽，断其喉，或伤其心腹，其家但知为暴死，不知其故。又或用术摄其魂，使他颠蹶

①专诸：春秋时吴国勇士。吴国公子光（即阖闾）派专诸作刺客，把短剑藏在鱼腹中，伺机刺杀了吴王僚。聂政：战国时韩国刺客。严遂与相国侠累有仇，派聂政刺杀了侠累。

②昆仑摩勒：唐人裴铏传奇《昆仑奴》中人物，会隐形术。

③皮郛（fú）：皮肤。

④《虬髯客传》：唐杜光庭所作传奇小说。虬髯客是其中所写侠客。

⑤通关节：卖面子，徇私情，收贿赂，开后门。

⑥刑宰：司法官。

⑦雷部：风、雨、雷、电等天神。

狂谬，失志而死[①]。或用术迷其家，使他丑秽迭出，愤郁而死。其有时未到的，但假托神异梦寐，使他惊惧而已。”程元玉道：“剑可得试，令吾一看否？”十一娘道：“大者不可妄用，且怕惊坏了你。小者不妨试试。”乃呼青霞、缥云二女童至，分付道：“程公欲观剑，可试为之。就此悬崖旋制便了。”二女童应诺。十一娘袖中摸出两个丸子，向空一掷，其高数丈。才坠下来，二女童即跃登树枝梢上，以手接着，毫发不差。各接一丸来，一拂，便是雪亮的利刃。程元玉看那树枝，樛曲倒悬，下临绝壑，窅不可测。试一俯瞷[②]，神魂飞荡，毛发森竖，满身生起寒粟子来[③]。十一娘言笑自如，二女童运剑，为彼此击刺之状。初时犹自可辨，到得后来，只如两条白练，半空飞绕，并不看见有人。有顿饭时候，然后下来，气不喘，色不变。程元玉叹道：“真神人也！”时已夜深，乃就竹榻上施衾褥，命程在此宿卧，仍加以鹿裘覆之。十一娘与二女童作礼而退，自到石室中去宿了。时方八月天气，程元玉拥裘覆衾，还觉寒凉，盖缘居处高了。

天未明，十一娘已起身梳洗毕。程元玉也梳洗了，出来与他相见了，谢他不尽。十一娘道：“山居简慢，恕罪则个。”又供了早膳。复叫青霞操弓矢，下山寻野味作昼馔。青霞去了一会，无一件将来，回说天气早，没有。再叫缥云去。坐谭未久，缥云提了一雉一兔上山来。十一娘大喜，叫青霞快整治供客。程元玉疑问道：“雉兔山中岂少？何乃难得如此？”十一娘道：“山中元不少，只是潜藏难求。”程元玉笑道：“夫人神术，何求不得，乃难此雉兔？”十一娘道：“公言差矣。吾术岂可用来伤物命以充口腹乎？不唯神理不容，也如此小用不得。雉兔之类，原要挟弓矢、尽人力取之方可。”程元玉深加叹服。须臾，酒至数行。程元玉请道：“夫人家世，愿得一闻。”十一娘踧踖沉吟道[④]：“事多可愧。然公是忠厚人，言之亦不妨。妾本长安人，父

---

①失志：神志不清，精神错乱。

②瞷(jiàn)：窥视，看。

③寒粟子：鸡皮疙瘩。

④踧踖(cù jí)：不安的样子。

母贫，携妾寄寓平凉[①]，手艺营生。父亡，独与母居。又二年，将妾嫁同里郑氏子，母又转嫁了人去。郑子佻达无度[②]，喜侠游。妾屡屡谏他，遂至反目。因弃了妾，同他一伙无藉人到边上立功去[③]，竟无音耗回来了。伯子不良[④]，把言语调戏我，我正色拒之。一日，潜走到我床上来，我提床头剑刺之，着了伤走了。我因思，我是一个妇人，既与夫不相得，弃在此间。又与伯同居不便，况且今伤了他，住在此不得了。曾有个赵道姑，自幼爱我，他有神术，道我可传得。因是父母在，不敢自由，而今只索投他去。次日往见道姑，道姑欣然接纳。又道：'此地不可居。吾山中有庵，可往住之。'就挈我登一峰颠，较此处还险峻，有一团瓢在上[⑤]，就住其中，教我法术。至暮，径下山去，只留我独宿。戒我道：'切勿饮酒及淫色。'我想道，深山之中，那得有此两事？口虽答应，心中不然，遂宿在团瓢中床上。至更馀，有一男子逾墙而入，貌绝美。我遽惊起，问了不答，叱他不退。其人直前，将拥抱我，我不肯从，其人求益坚。我抽剑欲击他，他也出剑相刺。他剑甚精利，我方初学，自知不及，只得丢了剑。哀求他道：'妾命薄，久已灰心，何忍乱我？且师有明戒，誓不敢犯。'其人不听，以剑加我颈，逼要从他。我引颈受之，曰：'要死便死，吾志不可夺！'其人收剑，笑道：'可知子心不变矣！'仔细一看，不是男子，元来是赵道姑，作此试我的。因此道我心坚，尽把术来传了。我术已成，彼自远游，我便居此山中了。"程元玉听罢，愈加钦重。

日已将午。辞了十一娘要行。因问起昨日行装仆马，十一娘道："前途自有人送还，放心前去。"出药一囊送他，道："每岁服一丸，可保一年无病。"送程下山，直至大路方别。才别去，行不数步，昨日群盗将行李仆马，已在路旁等候奉还。程元玉将银钱分一半与他，死不敢受。

---

①平凉：明代平凉府治，即今甘肃平凉县。

②佻达：浪荡，轻浮。

③无藉：无赖。

④伯子：大伯子，即丈夫的哥哥。

⑤团瓢：小屋。

减至一金做酒钱,也必不肯。问是何故?群盗道:“韦家娘子有命,虽千里之外,不敢有违。违了他的,他就知道。我等性命要紧,不敢换货用。”程元玉再三叹息。仍旧装束好了,主仆取路前进。

此后不闻十一娘音耗,已是十馀年。一日,程元玉复到四川。正在栈道中行,有一少妇人,从了一个秀士行走,只管把眼来瞧他。程元玉仔细看来,也像个素相识的,却是再想不起,不知在那里会过。只见那妇人忽然叫道:“程丈别来无恙乎?还记得青霞否?”程元玉方悟是韦十一娘的女童,乃与青霞及秀士相见。青霞对秀士道:“此间便是吾师所重程丈,我也多曾与你说过的。”秀士再与程叙过礼。程问青霞道:“尊师今在何处?此位又是何人?”青霞道:“吾师如旧。吾丈别后数年,妾奉师命,嫁此士人。”程问道:“还有一位缥云何在?”青霞道:“缥云也嫁人了。吾师又另有两个弟子了。我与缥云但逢着时节,才去问省一番[①]。”程又问道:“娘子今将何往?”青霞道:“有些公事在此要做,不得停留。”说罢作别。看他意态甚是匆匆,一竟去了。过了数日,忽传蜀中某官暴卒。某官性诡激好名,专一暗地坑人夺人。那年进场做房考[②],又暗通关节,卖了举人,屈了真才,有像十一娘所说必诛之数。程元玉心疑道:“分明是青霞所说做的公事了。”却不敢说破,此后再也无从相闻。此是吾朝成化年间事。秣陵胡太史汝嘉[③],有《韦十一娘传》。诗云:

侠客从来久,韦娘论独奇。
双丸虽有术,一剑本无私。
贤佞能精别,恩仇不浪施。
何当时假腕,划尽负心儿!

---

①问省:问候,请安。

②房考:阅卷官员。举人考试经义,《诗经》、《书经》、《礼记》等经选取一经,阅卷官也按不同经书分房阅卷。

③秣陵:南京古称。太史:明代指翰林,都有史职官称,如修撰、编修等。胡汝嘉:嘉靖进士。小说戏曲作家,有小说《兰芽传》、《韦十一娘传》,杂剧《红线记》等。

卷之五

感神媒张德容遇虎　凑吉日裴越客乘龙

诗曰：

每说婚姻是宿缘，定经月老把绳牵①。
非徒配偶难差错，时日犹然不后先。

话说婚姻事皆系前定，从来说月下老赤绳系足，虽千里之外，到底相合。若不是因缘，眼面前也强求不得的。就是因缘了，时辰未到，要早一日也不能勾。时辰已到，要迟一日也不能勾。多是氤氲大使暗中主张②，非人力可以安排也。

唐朝时有一个弘农县尹③，姓李。生一女，年已及笄④，许配卢生。那卢生生得伟貌长髯，风流倜傥，李氏一家尽道是个快婿⑤。一日，选定日子，赘他入宅。当时有一个女巫，专能说未来事体，颇有应验，与他家往来得熟，其日因为他家成婚行礼，也来看看耍子。李夫人平日极是信他的，就问他道："你看我家女婿卢郎，官禄厚薄如何？"女巫道："卢郎不是那个长须后生么？"李母道："正是。"女巫道："若是这个人，不该是夫人的女婿。夫人的女婿，不是这个模样。"李夫人道："吾女婿怎么样的。"女巫道："是一个中形白面，一些髭髯也

---

①月老：媒人。典出唐李复言《续幽怪录》：韦固在宋城遇一月下老人依囊而坐，问囊中赤绳作何用，"此以系夫妇之足"。于是红绳系足即指婚姻，月下老人即为媒人。简称"月老"。

②氤氲大使：主管人间婚姻的神。出宋人陶谷《清异录》。氤氲大使为缱绻司长官，发下鸳鸯牒才能成婚配。

③弘农县尹：弘农即今河南灵宝县。县尹即知县，唐时称县令。

④及笄(jī)：可以许嫁了。古人女子十五岁上簪子梳成发髻，叫做及笄。及笄之年龄，可以许婚。

⑤快婿：如意郎君。

没有的。”李夫人失惊道：“依你这等说起来，我小姐今夜还嫁人不成哩！”女巫道：“怎么嫁不成？今夜一定嫁人。”李夫人道：“好胡说！既是今夜嫁得成，岂有不是卢郎的事？”女巫道：“连我也不晓得缘故。”道言未了，只听得外面鼓乐喧天，卢生来行纳采礼[①]，正在堂前拜跪。李夫人拽着女巫的手，向后堂门缝里指着卢生道：“你看这个行礼的，眼见得今夜成亲了，怎么不是我女婿？好笑！好笑！”那些使数养娘们见夫人说罢[②]，大家笑道：“这老妈妈惯扯大谎，这番不准了。”女巫只不做声。须臾之间，诸亲百眷，都来看成婚盛礼。元来唐时衣冠人家婚礼，极重合卺之夜[③]，凡属两姓亲朋，无有不来的。就中有引礼赞礼之人，叫做“傧相”，都不是以下人做[④]，就是至亲好友中间，有礼度熟闲仪容出众声音响亮的，众人就推举他做了，是个尊重的事。其时卢生同了两个傧相，堂上赞拜礼毕，新人入房。卢生将李小姐灯下揭巾一看，吃了一惊，打一个寒襟，叫声“阿呀！”往外就走。亲友问他，并不开口，直走出门，跨上了马，连加两鞭，飞也似去了。宾友之中，有几个与他相好的，要问缘故。又有与李氏至戚的，怕有别话，错了时辰，要成全他的，多来追赶。有的赶不上，罢了。有赶着的，问他劝他，只是摇手，道：“成不得！成不得！”也不肯说出缘故来，抵死不肯回马。众人计无所出，只得走转来，把卢生光景说了一遍。那李县令气得目睁口呆，大喊道：“成何事体！成何事体！”自思女儿一貌如花，有何作怪，今且在众亲友面前说明，好教他们看个明白。因请众亲戚都到房门前，叫女儿出来拜见。就指着道：“这个便是许卢郎的小女，岂有惊人丑貌？今卢郎一见就走，若不教他见见，众位到底认做个怪物了！”众人抬头一看，果然丰姿冶

①纳采礼：古代婚姻六礼之一为纳采，即男家送礼求婚。古代用雁，南方后来用鹅代替。

②养娘：婢女。

③合卺(jǐn)：俗称新郎新婚饮交杯酒。成婚之礼。古代是用葫芦瓢，各拿一瓢用酒漱口，表示成礼。

④以下人：下人。即仆人和佃户雇工及其他身分低的人。

丽,绝世无双。这些亲友,也有说是卢郎无福的,也有说卢郎无缘的,也有道日子差池犯了凶煞的[1],议论一个不定。李县令气忿忿地道:“料那厮不能成就,我也不伏气与他了。我女儿已奉见宾客,今夕嘉礼,不可虚废。宾客里面有愿聘的,便赴今夕佳期。有众亲在此作证明,都可做大媒。”只见傧相之中有一人走近前来,不慌不忙道:“小子不才,愿事门馆[2]。”众人定睛看时,那人姓郑,也是拜过官职的了。面如傅粉,唇若涂朱,下颏上真个一根髭须也不曾生,且是标致。众人齐喝一声采道:“如此小姐,正该配此才郎,况且年貌相等,门阀相当[3]。”就中推两位年高的为媒,另择一个年少的代为傧相。请出女儿,交拜成礼,且应佳期。一应未备礼仪,婚后再补。是夜竟与郑生成了亲。郑生容貌,果与女巫之言相合,方信女巫神见。

成婚之后,郑生遇着卢生,他两个原相交厚的,问其日前何故如此。卢生道:“小弟揭巾一看,只见新人两眼通红,大如朱盏,牙长数寸,爆出口外两边。那里是个人形?与殿壁所画夜叉无二[4]。胆俱吓破了,怎不惊走?”郑生笑道:“今已归小弟了。”卢生道:“亏兄如何熬得?”郑生道:“且请到弟家,请出来与兄相见则个。”卢生随郑生到家,李小姐梳妆出拜,天然绰约,绝非房中前日所见模样。懊悔无及。后来闻得女巫先曾有言,如此如此,晓得是有个定数,叹住罢了。正合着古语两句道:

有缘千里能相会,无缘对面不相逢。

而今再说一个唐时故事。乃是乾元年间[5],有一个吏部尚书,姓张名镐。有第二位小姐,名唤德容。那尚书在京中任上时,与一个

①凶煞:凶神。

②门馆:门下馆甥。馆甥即女婿。语出《孟子·万章》下:“帝馆甥于贰室。”

③门阀:门第。

④夜叉:梵语音译。佛经中所说形象凶恶之鬼。也作“药叉”。后世用来比喻丑恶凶暴的人。

⑤乾元:唐肃宗李亨年号。

仆射姓裴名冕的[①]，两个往来得最好。裴仆射有第三个儿子，曾做过蓝田县尉的[②]，叫做裴越客。两家门当户对，张尚书就把这个德容小姐许下了他亲事，已拣定日子成亲了。却说长安西市中有个算命的老人，是李淳风的族人[③]，叫做李知微，星数精妙。凡看命起卦，说人吉凶祸福，必定断下个日子，时刻不差。一日，有个姓刘的，是个应袭赁子[④]，到京理荫求官，数年不得。这一年已自钻求要紧关节，叮嘱停当，吏部试判已毕[⑤]，道是必成。闻西市李老之名，特来请问。李老卜了一封，笑道："今年求之不得，来年不求自得。"刘生不信。只见吏部出榜，为判上落了字眼，果然无名。到明年又在吏部考试，他不曾央得人情，仰且自度书判中下，未必合式，又来西市问李老。李老道："我旧岁就说过的，君官必成，不必忧疑。"刘生道："若得官，当在何处？"李老道："禄在大梁地方。得了后，你可再来见我，我有话说。"吏部榜出，果然选授开封县尉。刘生惊喜，信之如神，又去见李老。李老道："君去为官，不必清俭，只消恣意求取，自不妨得[⑥]。临到任满，可讨个差使，再入京城，还与君推算。"刘生记着言语，别去到任。那边州中刺史，见他旧家人物，好生委任他。刘生想着李老之言，广取财贿，毫无避忌。上下官吏都喜欢他，再无说话。到得任满，贮积千万。遂见刺史，讨个差使。刺史依允，就教他部着本州租税解京[⑦]。到了京中，又见李老。李老道："公三日内即要迁官。"刘生道："此番进京，实要看个机会，设法迁转。却是三日内如何能

①仆射（yè）：尚书省长官。唐太宗以后是宰相职位。

②县尉：负责一县公安事务的官员。相当于今公安局长。

③李淳风：唐太宗时曾任太史令，制过浑天仪。是个天文历算专家。

④赁子：任子。古代官员因功劳职位，子弟可以保举任官职，即是袭荫任子。任，古音日母沁韵；赁，泥母沁韵。今吴语读音接近古音，日母字泥母字都发 n，汉音也如此，n l 不分，不似北方音发 r。

⑤判：吏部考试人才内容之一种。将疑难案卷令其判断，写出判词，以考察他的能力。

⑥不妨得：没有关系，不要紧。

⑦部着：领着。即是监押着。

勾？况未是那升迁日期，这个未必准了。"李老道："决然不差，迁官也就在彼郡。得了后可再来相会，还有说话。"刘生去了。明日，将州中租赋到左藏库交纳①。正到库前，只见东南上偌大一只五色鸟，飞来库藏屋顶住着，文彩辉煌。百鸟喧噪，弥天而来。刘生大叫："奇怪！奇怪！"一时惊动了内官宫监大小人等，都来看嚷。有识得的道："此是凤凰也！"那大鸟住了一会，听见喧闹之声，即时展翅飞起，百鸟渐渐散去。此话闻至天子面前，龙颜大喜。传出敕命来，道："那个先见的，于原身官职加升一级改用。"内官查得真实，却是刘生先见，遂发下吏部，迁授浚仪县丞②。果是三日，又就在此州。刘生愈加敬信李老，再来问此去为官之方。李老云："只须一如前政。"刘生依言，仍旧恣意贪取，又得了千万。任满赴京听调，又见李老。李老曰："今番当得一邑正官，分毫不可妄取了。慎之！慎之！"刘生果授寿春县宰③。他是两任得惯了的手脚，那里忍耐得住。到任不久，旧性复发，把李老之言丢过一边。偏生前日多取之言好听④，当得个谨依来命；今日不取之言迂阔，只推道未可全信。不多时，上官论劾追赃，削职了。又来问李老道："前两任只叫多取，今却叫不可妄取，都有应验，是何缘故？"李老道："今当与公说明，公前世是个大商，有二千万资财，死在汴州，其财散在人处。公去做官，原是收了自家旧物，不为妄取，所以一些无事。那寿春一县之人，不曾欠公的，岂可过求？如今强要起来，就做坏了。"刘生大伏，惭悔而去。凡李老之验，如此非一，说不得这许多。

而今且说正话。那裴仆射家拣定了做亲日期，叫媒人到张尚书家来通信道日。张尚书闻得李老许多神奇灵应，便叫人接他过来，把女儿八字与婚期，教他合一合看，怕有什么冲犯不宜。李老接过

①左藏库：中央朝廷管理天下赋税的官署。

②县丞：知县的副职。主管钱粮事务。

③县宰：即知县、县令。

④偏生：偏偏。方言。

八字，看了一看，道："此命喜事不在今年，亦不在此方。"尚书道："只怕日子不利，或者另改一个也罢，那有不在今年之理？况且男女两家，都在京中，不在此方，更在何处？"李老道："据看命数已定，今年决然不得成亲，吉日自在明年三月初三日。先有大惊之后，方得会合，却应在南方。冥数已定①，日子也不必选，早一日不成，迟一日不得。"尚书似信不信的道："那有此话？"叫管事人封个赏封谢了去。刚出得门，裴家就来接了去，也为婚事将近，要看看休咎②。李老到了裴家，占了一卦，道："怪哉！怪哉！此卦恰与张尚书家的命数，正相符合。"遂取文房四宝出来，写了一柬道：

三月三日，不迟不疾。水浅舟胶，虎来人得。惊则大惊，吉则大吉。

裴越客看了，不解其意，便道："某正为今年尚书府亲事，只在早晚，问个吉凶。这'三月三日'之说，何也？"李老道："此正是婚期。"裴越客道："日子已定，眼见得不到那时了。不准，不准！"李老道："郎君不得性急。老汉所言，万无一误。"裴越客道："'水浅舟胶，虎来人得。'大略是不祥的说话了。"李老道："也未必不祥，应后自见。"作别过了。

正待要欢天喜地，指日成亲，只见补阙、拾遗等官③，为选举不公，文章论劾吏部尚书。奉圣旨：谪贬张镐为扆州司户④，即日就道。张尚书叹道："李知微之言验矣！"便教媒人回覆裴家，约定明年三月初三，到扆州成亲。自带了家眷，星夜到贬处去了。元来唐时大官谪贬，甚是萧条，亲眷避忌，不十分肯与往来的，怕有朝廷不测，时时忧恐。张尚书也不把裴家亲事在念了。裴越客得了张家之信，吃了

---

①冥数：天数。命中注定如此。

②休咎：吉凶。

③补阙、拾遗：谏官名称。品级不高，有权向皇帝进谏发表意见。

④扆(yǐ)州：当为夷州(从陈迩冬注本《拍案惊奇》之说)。即今贵州石阡县。司户：司户参军。主管一州户籍赋税的官员。

一惊。暗暗道："李知微好准卦！毕竟要依他的日子了。"真是到手佳期，却成虚度，闷闷不乐，过了年节。一开新年，便打点束装，前赴宬州成婚。那越客是豪奢公子，规模不小，坐了一号大座船，满载行李辎重，家人二十多房，养娘七八个，安童七八个，择日开船。越客恨不得肋生双翅，脚下腾云，一眨眼就到宬州。行了多日，已是二月尽边，皆因船只狼犺，行李沉重，一日行不上百来里路，还有搁着浅处，弄了几日，才弄得动的。还差宬州三百里远近。越客心焦，恐怕张家不知他在路上，不打点得，错过所约日子。一面舟行，一面打发一个家人，在岸路驿中讨了一匹快马，先到宬州报信。家人星夜不停，报入宬州来。

那张尚书身在远方，时怀忧闷，况且不知道裴家心下如何，未知肯不嫌路远，来赴前约否。正在思忖不定，得了此报，晓得裴郎已在路上将到，不胜之喜。走进衙中，对家眷说了，俱各欢喜不尽。此时已是三月初二日了。尚书道："明日便是吉期。如何来得及？但只是等裴郎到了，再定日未迟。"是夜因为德容小姐佳期将近，先替他簪了髻，设宴在后花园中，会集衙中亲丁女眷，与德容小姐添妆把盏。那花园离衙斋将有半里，宬州是个山深去处。虽然衙斋左右，多是些丛林密箐，与山林之中无异，可也幽静好看。那德容小姐，同了衙中姑姨姊妹，尽意游玩。酒席既阑，日色已暮，都起身归衙。众女眷或在前，或在后，大家一头笑语，一头行走。正在喧哄之际，一阵风过，竹林中腾地跳出一个猛虎来，擒了德容小姐便走。众女眷吃了一惊，各各逃窜。那虎已自跳入蓊荟之处，不知去向了。众人性定，奔告尚书得知，合家啼哭得不耐烦①。那时夜已昏黑，虽然聚得些人起来，四目相视，束手无策。无非打了火把，四下里照得一照，知他在何路上，可以救得？干闹嚷了一夜，一毫无干。到得天晓，张尚书噙着眼泪，点起人夫去寻骸骨。漫山遍野，无处不到，并无一些下落。张尚书又恼又苦，不在话下。

---

①不耐烦：受不了。

且说裴越客已到定州界内石阡江中。那江中都是些山根石底，重船到处触碍，一发行不得。已是三月初二日了，还差几十里。越客道："似此行去，如何赶得明日到？"心焦背热，与船上人发极嚷乱。船上人道："这是用不得性的。我们也巴不得到了，讨喜酒吃，谁耐烦在此延挨？"裴越客道："却是明日吉期，这等担阁怎了？"船上人道："只是船重得紧，所以只管搁浅。若要行得快，除非上了些岸，等船轻了好行。"越客道："有理，有理。"他自家着了急的，叫住了船，一跳便跳上了岸，招呼众家人起来。那些家人见主人已自在岸上了，谁敢不上？一走就走了二十多人起来，那船早自轻了。越客在前，众家人在后，一路走去。那船好转动，不比先前，自在江中相傍着行。行得四五里，天色将晚。看见岸旁有板屋一间，屋内有竹床一张，越客就走进屋内，叫仆童把竹床上扫拂一扫拂，坐了歇一歇气再走。这许多僮仆，都站立左右，也有站立在门外的。正在歇息，只听得树林中飕飕的风响。于时一线月痕和着星光，虽不甚明白，也微微看得见。约莫风响处①，有一物行走甚快。将到近边，仔细看去，却是一个猛虎，背负一物而来。众人惊惶，连忙都躲在板屋里来。其虎看看至近，众人一齐敲着板屋呐喊，也有把马鞭子打在板上，振得一片价响。那虎到板屋侧边，放下背上的东西，抖抖身子。听得众人叫喊，像似也有些惧怕，大吼一声，飞奔入山去了。众人在屋缝里张着，看那放下的东西，恰像个人一般，又恰像在那里有些动。等了一会，料虎去远了，一齐捏把汗，出来看时，却是一个人，口中还微微气喘。来对越客说了，越客分付众人救他，慌忙叫放船拢岸。众人扛扶其人上了船，叫快快解了缆开去，恐防那虎还要寻来。船行了半晌，越客叫点起火来看，舱中养娘们各拿蜡烛点起，船中明亮，看那人时，却是：

眉弯杨柳，脸绽芙蓉。喘吁吁吐气不齐，战兢兢惊神未定。

---

①约莫：估摸，大约。

头垂发乱，是个醉扶上马的杨妃[①]；目闭唇张，好似死乍还魂的杜丽[②]。面庞勾可十七八，美艳从来无二三。

越客将这女子上下看罢，大惊，说道："看他容颜衣服，决不是等闲村落人家的。"叫众养娘好生看视。众养娘将软褥铺衬，抱他睡在床上。解看衣服，尽被树林荆刺抓破，且喜身体毫无伤痕。一个养娘替他将乱发理清梳通了，挽起一髻，将一个手帕替他扎了。拿些姜汤灌他，他微微开口，咽下去了。又调些粥汤来灌他。弄了三四更天气，看看苏醒，神安气集。忽然抬起头来，开目一看。看见面前的人，一个也不认得，哭了一声，依旧眠倒了。这边养娘们问他来历、缘故，及遇虎根由。那女子只不则声，凭他说来说去，竟不肯答应一句。

渐渐天色明了，岸上有人走动，这边船上也着水夫上纤。此时离州城只有三十里了。听得前面来的人纷纷讲说道："张尚书第二位小姐，昨夜在后花园中游赏，被虎扑了去，至今没寻尸骸处。"有的道："难道连衣服都吃尽了不成？"水夫闻得此言，想着夜来的事，有些奇怪。商量道："船上那话儿，莫不正是？"就着一个下船来，把路上人来的说话，禀知越客。越客一发惊异道："依此说话，被虎害的正是我定下的娘子了。这船中救得的，可是不是？"连忙叫一个知事的养娘来，分付他道："你去对方才救醒的小娘子说，问可是张家德容小姐不是？"养娘依言去问。只见那女子听得叫出小名来，便大哭将起来，道："你们是何人，晓得我的名字？"养娘道："我们正是裴官人家的船，正为来赴小姐佳期。船行的迟，怕赶日子不迭，所以官人只得上岸行走，谁知却救了小姐上船，也是天缘分定。"那小姐方才放下了心，便说："花园遇虎，一路上如腾云驾雾，不知行了多少路。自拚必死，被虎放下地时，已自魂不附体了。后来不知如何却在船上。"养娘把救他的始末说了一遍。来覆越客道："正是这个小姐。"

①杨妃：杨贵妃。唐玄宗宠妃。

②杜丽：杜丽娘。《牡丹亭》中女主角。

越客大喜，写了一书，差一个人飞报到州里尚书家来。尚书正为女儿骸骨无寻，又且女婿将到，伤痛无奈，忽见裴家苍头有书到[①]，愈加感切。拆开来看，上写道：

> 趋赴嘉礼，江行舟涩。从陆倍道，忽遇虎负爱女至。惊逐之顷，虎去而人不伤。今完善在舟，希示进止！子婿裴越客百拜。

尚书看罢，又惊又喜。走进衙中说了，满门叹异。尚书夫人便道："从来罕闻奇事，想是为吉日赶不及了，神明所使。今小姐既在裴郎船上了，还可赶得今朝成亲。"尚书道："有理，有理。"就叫鞴一匹快马，带了仪从，不上一个时辰，赶到船上来。翁婿相见，甚喜。见了女儿，又悲又喜，安慰了一番。尚书对裴越客道："好教贤婿得知，今日之事，旧年间李知微已断定了，说成亲毕竟要今日。昨晚老夫见贤婿不能勾就到，道是决赶不上今日这吉期。谁想有此神奇之事，把小女竟送到尊舟。如今若等尊舟到州城，水路难行，定不能勾。莫若就在尊舟，结了花烛，成了亲事，明日慢慢回衙。这吉期便不挫过了。"裴越客见说，便想道："若非岳丈之言，小婿几乎忘了。旧年李知微题下六句。首二句道：'三月三日，不迟不疾。'若是小婿在舟行时，只疑迟了，而今虎送将来，正应着今日。中二句道：'水浅舟胶，虎来人得。'小婿起初道不祥之言，谁知又应着这奇事。后来二句：'惊则大惊，吉则大吉。'果然这一惊不小，谁知反因此凑着吉期。李知微真半仙了！"张尚书就在船边分派人，唤起傧相，办下酒席，先在舟中花烛成亲，合卺饮宴。礼毕，张尚书仍旧鞴马先回，等他明日舟到，接取女儿女婿。是夜，裴越客遂同德容小姐就在舟中，共入鸳帏欢聚。少年夫妇，极尽于飞之乐[②]。明日舟到，一同上岸，拜见丈母诸亲。尚书夫人及姑姨姊妹合衙人等，看见了德容小姐，恰似梦中相逢一般。欢喜极了，反有堕下泪来的。人人说道："只为好日来

---

①苍头：古代奴隶，头缠黑布而得名。后世指家人、仆人。

②于飞：比翼双飞。比喻夫妻亲爱。《诗经·卷阿》："凤凰于飞，翙翙其羽。"

不及，感得神明之力，遣个猛虎做媒，把百里之程，顷刻送到。从来无此奇事！”

这话传出去，个个奇骇，道是新闻。民间各处立起个虎媒之祠。但是有婚姻求合的，虔诚祈祷，无有不应。至今黔、峡之间，香火不绝。于时有六句口号[①]：

仙翁知微，判成定数。
虎是神差，佳期不挫。
如此媒人，东道难做。

---

①口号：随口吟出之诗。常用作诗题。又称“口占”。

卷之六

酒下酒赵尼媪迷花　机中机贾秀才报怨

诗曰：

色中饿鬼是僧家，尼扮由来不较差。

况是能通闺阁内，但教着手便勾叉。

话说三姑六婆[①]，最是人家不可与他往来出入。盖是此辈功夫又闲，心计又巧，亦且走过千家万户，见识又多，路数又熟。不要说那些不正气的妇女，十个着了九个儿[②]。就是一些针缝也没有的，他会千方百计弄出机关，智赛良、平[③]，辩同何、贾[④]，无事诱出有事来。所以宦户人家有正经的，往往大张告示，不许出入。其间一种最狠的，又是尼姑。他借着佛天为由，庵院为囤，可以引得内眷来烧香，可以引得子弟来游耍。见男人，问讯称呼[⑤]，礼数毫不异僧家，接对无妨。到内室，念佛看经，体格终须是妇女，交搭更便。从来马泊六、撮合山[⑥]，十桩事到有九桩是尼姑做成，尼庵私会的。

只说唐时有个妇人狄氏，家世显宦，其夫也是个大官，称为夫人。夫人生得明艳绝世，名动京师。京师中公侯戚里人家妇女[⑦]，争

---

①三姑六婆：尼姑、道姑、卦姑，为三姑。牙婆、媒婆、师婆、虔婆、药婆、隐婆，为六婆。见陶宗仪《南村辍耕录》卷十。

②着了：着了道儿，上圈套。

③良、平：张良、陈平。楚汉相争时刘邦主要谋士，也都是开国功臣。

④何、贾：随何、陆贾。二人都是西汉初年著名辩士，善于游说公卿诸侯。

⑤问讯：僧尼向人问候致意礼节。先打恭，再举手至眉放下行礼。

⑥马泊六：今时称作“拉皮条”的即是。牵合男女偷情的中间人。撮合山：指媒人。

⑦戚里：即俗称“皇亲国戚”。

宠相骂的，动不动便道："你自逞标致，好歹到不得狄夫人，乃敢欺凌我！"美名一时无比，却又资性贞淑，言笑不苟，极是一个有正经的妇人。于时西池春游①，都城士女欢集。王侯大家，油车帘幕，络绎不绝。狄夫人免不得也随俗出游。有个少年风流在京候选官的，叫做滕生，同在池上。看见了这个绝色模样，惊得三魂飘荡，七魄飞扬，随来随去，目不转睛。狄氏也抬起眼来，看见滕生风流行动，他一边无心的，却不以为意。争奈滕生看得痴了，恨不得寻口冷水，连衣服都吞他的在肚里去。问着旁边人，知是有名美貌的狄夫人。车马散了，滕生怏怏归来，整整想了一夜。自是行忘止，食忘飧（餐），却像掉下了一件甚么东西的，无时无刻不在心上。熬煎不过，因到他家前后左右，访问消息。晓得平日端洁，无路可通。滕生想道："他平日岂无往来亲厚的女眷？若问得着时，或者寻出机会来。"仔细探访。

只见一日他门里走出一个尼姑来。滕生尾着去，问路上人，乃是静乐院主慧澄，惯一在狄夫人家出入的。滕生便道："好了！好了！"连忙跑到下处②，将银十两，封好了。急急赶到静乐院来，问道："院主在否？"慧澄出来，见是一个少年官人，请进奉茶。稽首毕，便问道："尊姓大名？何劳贵步？"滕生通罢姓名，道："别无他事，久慕宝房清德，少备香火之资，特来随喜③。"袖中取出银两递过来。慧澄是个老世事④，一眼瞅去，觉得沉重，料道有事相央，口里推托不当，手中已自接了，谢道："承蒙厚赐，必有所言。"滕生只推没有别话，表意而已，别了回寓。慧澄想道："却不奇怪！这等一个美少年，想我老尼什么？送此厚礼，又无别话。"一时也委决不下⑤。只见滕生每

①西池：指昆明池。在长安西郊。后湮废。

②下处：住宿处。此指旅馆。

③随喜：佛家语。本指佛徒行善布施产生欢喜心，随人行善。后世游览参观佛寺也称"随喜"。

④老世事：老世故。

⑤委决不下：决定不了。

日必来院中走走，越见越加殷勤，往来渐熟了。慧澄一日便问道："官人含糊不决，必有什么事故，但有见托，无不尽力。"滕生道："说也不当，料是做不得的。但只是性命所关，或者希冀老师父万分之一，出力救我，事若不成，拚个害病而死罢了。"慧澄见说得尴尬，便道："做得做不得，且说来。"滕生把西池上遇见狄氏，如何标致，如何想慕，若得一了夙缘，万金不惜，说了一遍。慧澄笑道："这事却难，此人与我往来，虽是标致异常，却毫无半点瑕疵，如何动得手？"滕生想一想，问道："师父既与他往来，晓得他平日好些什么？"慧澄道："也不见他好甚东西。"滕生又道："曾托师父做些甚么否？"慧澄道："数日前托我寻些上好珠子，说了两三遍。只有此一端。"滕生大笑道："好也！好也！天生缘分。我有个亲戚是珠商，有的是好珠。我而今下在他家，随你要多少是有的。"即出门雇马，如飞也似去了。一会，带了两袋大珠来到院中，把与慧澄看，道："珠值二万贯，今看他标致分上，让他一半，万贯就与他了。"慧澄道："其夫出使北边。他是个女人在家，那能凑得许多价钱？"滕生笑道："便是四五千贯也罢。再不，千贯数百贯也罢。若肯圆成好事，一个钱没有也罢了。"慧澄也笑道："好痴话！既有此珠，我与你仗苏、张之舌①，六出奇计，好歹设法来院中走走。此时再看机会，弄得与你相见一面，你自放出手段来，成不成看你造化，不关我事。"滕生道："全仗高手救命则个。"

慧澄笑嘻嘻地提了两囊珠子，竟望狄夫人家来。与夫人见礼毕，夫人便问："囊中何物？"慧澄道："是夫人前日所托寻取珠子，今有两囊上好的，送来夫人看看。"解开囊来，狄氏随将手就囊中取起来看。口里啧啧道："果然好珠！"看了一看，爱玩不已。问道："要多少价钱？"慧澄道："讨价万贯。"狄氏惊道："此只讨得一半价钱，极是便宜的。但我家相公不在②，一时凑不出许多来，怎么处？"慧澄扯狄

---

①苏、张：苏秦、张仪。战国时纵横家。能言善辩，有纵横捭阖之才。

②相公：对丈夫的尊称。也常用于对士人称呼，和"官人"近似。本是称呼宰相的。

氏一把道:“夫人,且借一步说话[①]。”狄氏同他到房里来。慧澄道:“夫人爱此珠子,不消得钱[②]。此是一个官人,要做一件事的。”说话的,难道好人家女眷面前,好直说得道“送此珠子求做那件事一场”不成?看官,不要性急,你看那尼姑巧舌,自有宛转。当时狄氏问道:“此官人要做何事?”慧澄道:“是一个少年官人,因仇家诬枉,失了官职,只求一关节到吏部,辨白是非,求得复任,情愿送此珠子。我想夫人兄弟及相公伯叔辈,多是显要,夫人想一门路指引他,这珠子便不消钱了。”狄氏道:“这等,你且拿去还他,等我慢慢想一想,有了门路再处。”慧澄道:“他事体急了,拿去,他又寻了别人,那里还捞得他珠子转来?不如且留在夫人这里,对他只说有门路,明日来讨回音罢。”狄氏道:“这个使得。”慧澄别了,就去对滕生一一说知。滕生道:“今将何处?”慧澄道:“他既看上珠子收下了,不管怎地,明日定要设法他来看手段!”滕生又把十两银子与他了,叫他明日早去。那边狄氏别了慧澄,再把珠子细看,越看越爱。便想道:“我去托弟兄们,讨此分上不难,这珠眼见得是我的了。”元来人心不可有欲,一有欲心,被人窥破,便要落人圈套。假如狄氏不托尼姑寻珠,便无处生端[③]。就是见了珠子,有钱则买,无钱便罢,一则一,二则二,随你好汉,动他分毫不得。只为欢喜这珠子,又凑不出钱,便落在别人机彀中[④],把一个冰清玉洁的,弄得没出豁起来。却说狄氏明日正思量这事,那慧澄也来了。问道:“夫人思量事体可成否?”狄氏道:“我昨夜为他细想一番,门路却有,管取停当[⑤]。”慧澄道:“却有一件难处,动万贯事体,非同小可。只凭我一个贫姑,秤起来肉也不多几斤的。说来说去,宾主不相识,便道做得事来,此人如何肯信?”狄氏道:“是到也是,却待怎么呢?”慧澄道:“依我愚见,夫人只做设斋,到我院

①借一步:略似现在北京话的“劳驾”。略动一动。

②不消得:不必,用不着。

③生端:打开缺口。

④机彀:弓弩射程之内。指上圈套。

⑤管取:保险,肯定。

中，等此官人。只做无心撞见，两下觌面照会[①]，这使得么？"狄氏是个良人心性，见说要他当面见生人，耳根通红起来，摇手道："这如何使得！"慧澄也变起脸来道："有甚么难事？不过等他自说一番缘故，这里应承做得，使他别无疑心，方才的确。若夫人道见面使不得，这事便做不成，只索罢了，不敢相强。"狄氏又想了一想，道："既是老师父主见如此，想也无妨。后二日我亡兄忌日，我便到院中来做斋。但只叫他立谈一两句，就打发去，须防耳目不雅。"慧澄道："本意原只如此。说罢了正话，留他何干？自不须断当得[②]。"慧澄期约已定，转到院中，滕生已先在，把上项事一一说了。滕生拜谢道："仪、秦之辨，不过如此矣！"巴到那日[③]，慧澄清早起来，端正斋筵。先将滕生藏在一个人迹不到的静室中。桌上摆设精致酒肴，把门掩上了。慧澄自出来外厢支持，专等狄氏。正是：

安排扑鼻香芳饵，专等鲸鲵来上钩。

狄氏到了这日晡时[④]，果然盛妆而来。他恐怕惹人眼目，连童仆都打发了去，只带一个小丫鬟进院来。见了慧澄，问道："其人来未？"慧澄道："未来。"狄氏道："最好。且完了斋事。"慧澄替他宣扬意旨，祝赞已毕，叫一个小尼领了丫鬟别处顽耍，对狄氏道："且到小房一坐。"引狄氏转了几条暗衖至小室前，搴帘而入。只见一个美貌少年，独自在内，满桌都是酒肴，吃了一惊，便欲避去。慧澄便捣鬼道："正要与夫人对面一言。官人还不拜见？"滕生卖弄俊俏，连忙趋到跟前，劈面拜下去。狄氏无奈，只得答他。慧澄道："官人感夫人盛情，特备一卮酒谢夫人。夫人鉴其微诚，万勿推辞。"狄氏欲待起身，抬起眼来，元来是西池上曾面染过的。看他生得少年，万分清秀可喜，心里先自软了。带着半羞半喜，呐出一句道："有甚事，但请直说。"慧澄挽着狄氏衣袂道："夫人坐了好讲，如何彼此站着？"滕生满

---

①觌(dí)面：当面。今方言中仍用此词。

②断当得：下判断，做结论。这里指嘱咐。"得"字是语尾助词。

③巴：盼望，指望。今方言中仍普遍使用此词。

④晡(bū)时：申时。下午三点到五点。

斟着一杯酒,笑嘻嘻的唱个肥喏,双手捧将过来安席。狄氏不好却得,只得受了,一饮而尽。慧澄接着酒壶,也斟下一杯。狄氏会意,只得也把一杯回敬。眉来眼去,狄氏把先前矜庄模样都忘怀了。又问道:"官人果要补何官?"滕生便把眼瞅慧澄一瞅,道:"师父在此,不好直说。"慧澄道:"我便略回避一步。"跳起身来就走,扑地把小门关上了。说时迟,那时快。滕生便移了己坐,挨到狄氏身边,双手抱住道:"小子自池上见了夫人,朝思暮想,看看等死,只要夫人救小子一命。夫人若肯周全,连身躯性命也是夫人的了,甚么得官不得官放在心上?"双膝跪将下去。狄氏见他模样标致,言词可怜,千夫人万夫人的哀求,真个又惊又爱。欲要叫喊,料是无益;欲要推托,怎当他两手紧紧抱住。就跪的势里,一直抱将起来,走到床前,放倒在床里,便去乱扯小衣。狄氏也一时动情,淫兴难遏,没主意了。虽也左遮右掩,终久不大阻拒,任他舞弄起来。那滕生是少年在行,手段高强,弄得狄氏遍体酥麻,阴精早泄。原来狄氏虽然有夫,并不曾经着这般境界,欢喜不尽。云雨既散,挈其手道:"子姓甚名谁?若非今日,几虚做了一世人。自此夜夜当与子会。"滕生说了姓名,千恩万谢。恰好慧澄开门进来,狄氏羞惭不语。慧澄道:"夫人勿怪!这官人为夫人几死,贫道慈悲为本,设法夫人救他一命,胜造七级浮图①。"狄氏道:"你哄得我好!而今要在你身上,夜夜送他到我家来便罢。"慧澄道:"这个当得。"当夜散去。此后,每夜便开小门,放滕生进来,并无虚夕。狄氏心里爱得紧,只怕他心上不喜欢,极意奉承。滕生也尽力支倍(陪),打得火块也似热的。过得数月,其夫归家了,略略踪迹稀些。然但是其夫出去了,便叫人请他来会。又是年馀,其夫觉得有些风声,防闲严切,不能往来。狄氏思想不过,成病而死。本等好好一个妇人②,却被尼姑诱坏了身体,又送了性命。然此还是狄氏自己水性,后来有些动情,没正经了,故着了手。而今

①浮图:梵语音译。即佛塔。也写作"浮屠"。

②本等:本来,本色,本分。

还有一个正经的妇人，中了尼姑毒计，到底不甘，与夫同心合计，弄得尼姑死无葬身之地。果是快心，罕闻罕见。正合着《普门品》云[①]：

咒咀诸毒药，所欲害身者。
念彼观音力[②]，还着于本人。

话说婺州有一个秀才[③]，姓贾。青年饱学，才智过人。有妻巫氏，姿容绝世，素性贞淑。两口儿如鱼似水，你敬我爱，并无半句言语[④]。那秀才在大人家处馆读书，长是半年不回来。巫娘子只在家里做生活[⑤]，与一个侍儿叫做春花过日。那娘子一手好针线绣作，曾绣一幅观音大士，绣得庄严色相[⑥]，俨然如生。他自家十分得意，叫秀才拿到裱褙店里裱着，见者无不赞叹。裱成画轴取回来，挂在一间洁净房里，朝夕焚香供养。只因一念敬奉观音，那条街上有一个观音庵，庵中有一个赵尼姑，时常到他家来走走。秀才不在家时，便留他在家做伴两日。赵尼姑也有时请他到庵里坐坐。那娘子本分，等闲也不肯出门，一年也到不得庵里一两遭。一日春间，因秀才不在，赵尼姑来看他。闲话了一会，起身送他去。赵尼姑道："好天气，大娘便同到外边望望。"也是合当有事，信步同他出到自家门首，探头门外一看。只见一个人，谎子打扮的[⑦]，在街上摆来，被他劈面撞见。巫娘子连忙躲了进来，掩在门边，赵尼姑却立定着。元来那人认得赵尼姑的，说道："赵师父，我那处寻你不到，你却在此。我有话和你商量则个。"尼姑道："我别了这家大娘，来和你说。"便走进与巫娘子作别了。这边巫娘子关着门，自进来了。

---

①《普门品》：佛经《妙法莲华经》卷第二十《观世音菩萨普门品第二十五》。

②观音力：观音度脱一切苦难的无畏神力。

③婺州：即今浙江金华。

④言语：指口角，争吵。

⑤生活：指女红，针线活儿。

⑥庄严：佛家语。打扮，装饰。色相，佛家语。指暂时显现出来的人或物外形。

⑦谎(huāng)子：浪子。

且说那叫赵尼姑这个谎子打扮的人，姓卜名良，乃是婺州城里一个极淫荡不长进的，看见人家有些颜色的妇女，便思勾搭上场，不上手不休。亦且淫滥之性，不论美恶，都要到手，所以这些尼姑，多有与他往来的。有时做他牵头①，有时趁着绰趣②。这赵尼姑有个徒弟，法名本空，年方二十馀岁，尽有姿容。那里算得出家？只当老尼养着一个粉头一般③。陪人歇宿，得人钱财，但只是瞒着人做。这个卜良，就是赵尼姑一个主顾。当日赵尼姑别了巫娘子，赶上了他，问道："卜官人，有甚说话？"卜良道："你方才这家，可正是贾秀才家？"赵尼姑道："正是。"卜良道："久闻他家娘子生得标致，适才同你出来，掩在门里的，想正是他了。"赵尼姑道："亏你聪明，他家也再无第二个。不要说他家，就是这条街上，也没再有似他标致的。"卜良道："果然标致，名不虚传！几时再得见见，看个仔细便好。"赵尼姑道："这有何难！二月十九日，观音菩萨生辰，街上迎会④，看的人人山人海，你便到他家对门楼上，赁间房子住下了。他独自在家里，等我去约他出来门首看会，必定站立得久。那时任凭你窗眼子张着，可不看一个饱？"卜良道："妙，妙！"到了这日，卜良依计到对门楼上住下，一眼望着贾家门里。只见赵尼姑果然走进去，约了出来。那巫娘子一来无心，二来是自己门首，只怕街上有人瞧见，怎提防对门楼上暗地里张他？卜良从头至尾看见，仔仔细细。直待进去了，方才走下楼来。恰好赵尼姑也在贾家出来了，两个遇着。赵尼姑笑道："看得仔细么？"卜良道："看倒看得仔细了，空想无用，越看越动火。怎生到到手便好？"赵尼姑道："阴沟洞里思量天鹅肉吃！他是个秀才娘子，等闲也不出来。你又非亲不族，一面不相干，打从那里

①牵头：牵线人，即拉皮条的。

②绰趣：凑趣，寻开心。

③粉头：妓女。

④迎会：迎神赛会。今时庙会即其遗留形式。

交关起[1]？只好看看罢了。"一头说，一头走，到了庵里。卜良进了庵，便把赵尼姑跪一跪道："你在他家走动，是必在你身上想一个计策[2]，勾他则个。"赵尼姑摇头道："难，难，难！"卜良道："但得尝尝滋味，死也甘心。"赵尼姑道："这娘子不比别人，说话也难轻说的。若要引动他春心，与你往来，一万年也不能勾！若只要尝尝滋味，好歹硬做他一做，也不打紧。却是性急不得。"卜良道："难道强奸他不成？"赵尼姑道："强是不强，不由得他不肯。"卜良道："妙计安在？我当筑坛拜将[3]。"赵尼姑道："从古道'慢橹摇船捉醉鱼'，除非弄醉了他，凭你施为。你道好么？"卜良道："好到好，如何使计弄他？"赵尼姑道："这娘子点酒不闻的，他执性不吃，也难十分强他。若是苦苦相劝，他疑心起来，或是嗔怒起来，毕竟不吃，就没奈他何。纵然灌得他一杯两盏，易得醉，易得醒，也脱哄他不得[4]。"卜良道："而今却是怎么？"赵尼姑道："有个法儿算计他，你不要管。"卜良毕竟要说明，赵尼姑便附耳低言："如此如此，这般这般。你道好否？"卜良跌脚大笑道："妙计，妙计！从古至今，无有此法。"赵尼姑道："只有一件，我做此事哄了他，他醒来认真起来，必是怪我，不与我往来了，却是如何？"卜良道："只怕不到得手，既到了手，他还要认甚么真？翻得转面孔？凭着一味甜言媚语哄他，从此做了长相交也不见得。倘若有些怪你，我自重重相谢罢了。敢怕替我滚热了，我还要替你讨分上哩[5]。"赵尼姑道："看你嘴脸！"两人取笑了一回，各自散了。

自此，卜良日日来庵中问信，赵尼姑日日算计要弄这巫娘子。隔了几日，赵尼姑办了两盒茶食[6]，来贾家探望巫娘子。巫娘子留她吃饭，赵尼姑趁着机会，扯着些闲言语。便道："大娘子与秀才官人，

---

①交关：接上头，联系。

②是必：一定。

③筑坛拜将：本是汉王刘邦拜韩信为大将的仪式。此处是"委托"的意思。

④脱：作"却"字解。轻易。

⑤分(fèn)上：人情，好处。这里是反转来向巫娘子要好处。

⑥茶食：点心。糕饼之类。

两下青春，成亲了多时，也该有喜信生小官人了。”巫娘子道：“便是呢。”赵尼姑道：“何不发个诚心，祈求一祈求？”巫娘子道：“奴在自己绣的观音菩萨面前，朝夕焚香，也曾暗暗祷祝，不见应验。”赵尼姑道：“大娘年纪小，不晓得求子法。求子嗣须求白衣观音[①]，自有一卷《白衣经》[②]。不是平时的观音，也不是《普门品观音经》[③]。那《白衣经》有许多灵验，小庵请的这卷，多载在后边，可惜不曾带来与大娘看。不要说别处，只是我婺州城里城外，但是印施的，念诵的，无有不生子，真是千唤千应，万唤万应的。”巫娘子道：“既是这般有灵，奴家有烦师父，替我请一卷到家来念。”赵尼姑道：“大娘不曾晓得念，这不是就好念得起的。须请大娘到庵中，在白衣大士菩萨面前亲口许下卷数。等贫姑通了诚[④]，先起个卷头，替你念起几卷。以后到大娘家，把念法传熟了，然后大娘逐日自念便是。”巫娘子道：“这个却好。待我先吃两日素，到庵中许愿起经罢。”赵尼姑道：“先吃两日素，足见大娘虔心。起经以后，但是早晨未念之先[⑤]，吃些早素，念过了，吃荤也不妨的。”巫娘子道：“元来如此，这却容易。”巫娘子与他约定日期到庵中。先把五钱银子与他做经衬斋供之费。赵尼姑自去，早把这个消息通与卜良知道了。

那巫娘子果然吃了两日素，到第三日，起个五更。打扮了，领了丫鬟春花，趁早上人稀，步过观音庵来。看官听着，但是尼庵僧院，好人家儿女不该轻易去的。说话的若是同年生，并时长，在旁边听得，拦门拉住，不但巫娘子完名全节，就是赵尼姑也保命全躯。只因此一去，有分教：

旧室娇姿，污流玉树；空门孽质[⑥]，血染丹枫。

---

①白衣观音：佛教莲华部主，观音母。常穿白衣，在莲华中，故称白衣观音。

②《白衣经》：佛经。全称是《白衣金幢二婆罗门缘起经》，三卷。

③《普门品观音经》：即本卷注所列经名。

④通了诚：即祷祝旨意。

⑤但是：只要是。

⑥空门：佛门。

这是后话，且听接上前因。那赵尼姑接着巫娘子，千欢万喜，请了进来坐着。奉茶过了，引他参拜了白衣观音菩萨。巫娘子自己暗暗地祷祝。赵尼姑替他通诚，说道："贾门信女巫氏，情愿持诵白衣观音经卷，专保早生贵子，吉祥如意者。"通诚已毕，赵尼姑敲动木鱼，就念起来。先念了《净口业真言》，次念《安土地真言》。启请过，先拜佛名号多时，然后念经，一气念了二十来遍。说这赵尼姑奸狡，晓得巫娘子来得早，况且前日有了斋供，家里定是不吃早饭的。特地故意忘怀，也不拿东西出来，也不问起曾吃不曾吃，只管延挨，要巫娘子忍这一早饿对付他。那巫娘子是个娇怯怯的，空心早起，随他拜了佛多时，又觉劳倦，又觉饥饿。不好说得，只叫丫鬟春花，与他附耳低言道："你看厨下有些热汤水，斟一碗来！"赵尼姑看见，故意问道："只管念经完正事，竟忘了大娘曾吃早饭未？"巫娘子道："来得早了，实是未曾。"赵尼姑道："你看我老昏么！不曾办得早饭。办不及了，怎么处？把昼斋早些罢。"巫娘子道："不瞒师父说，肚里实是饥了。随分甚么点心①，先吃些也好。"赵尼姑故意谦逊了一番，走到房里一会，又走到灶下一会。然后叫徒弟本空托出一盘东西，一壶茶来。巫娘子已此饿得肚转肠鸣了。摆上一台好些时新果品，多救不得饿，只有热腾腾的一大盘好糕。巫娘子取一块来吃，又软又甜，况是饥饿头上，不觉一连吃了几块。小师父把热茶冲上，吃了两口，又吃了几块糕，再冲茶来吃。吃不到两三口，只见巫氏脸儿通红，天旋地转，打个呵欠，一堆软倒在椅子里面。赵尼姑假意吃惊道："怎的来！想是起得早了，头晕了，扶他床上睡一睡起来罢。"就同小师父本空连椅连人，扛到床边，抱到床上，放倒了头，眠好了。你道这糕为何这等利害？元来赵尼姑晓得巫娘子不吃酒，特地对付下这个糕。乃是将糯米磨成细粉，把酒浆和匀，烘得极干，再研细了，又下酒浆。如此两三度，搅入一两样不按君臣的药末②，镶起成

①随分：随便。

②不按君臣：胡乱配制。

糕[1]。一见了热水，药力酒力俱发作起来，就是做酒的酵头一般。别人且当不起，巫娘子是吃糟也醉的人，况且又是清早空心，乘饿头上，又吃得多了，热茶下去，发作上来，如何当得！正是：由你奸似鬼，吃了老娘洗脚水。赵尼姑用此计较，把巫娘子放翻了。那春花丫头见家主婆睡着，偷得浮生半日闲，小师父引着他自去吃东西顽耍去了，那里还来照管？赵尼姑忙在暗处叫出卜良来，道："雌儿睡在床上了[2]，凭你受用去！不知怎么样谢我？"那卜良关上房门，揭开帐来一看，只见酒气喷人。巫娘子两脸红得可爱，就如一朵醉海棠一般，越看越标致了。卜良淫兴如火，先去亲个嘴，巫娘子一些不知，就便轻轻去了袴儿[3]，露出雪白的下体来。卜良腾地爬上身去，急将两腿挨开，把阳物插入牝中，乱抽起来。自夸道："惭愧！也有这一日也。"巫娘子软得身体动弹不得。朦胧昏梦中，虽是略略有些知觉，还错认做家里夫妻做事一般。不知一个皂白，凭他轻薄颠狂了一会。到得兴头上，巫娘醉梦里也自哼哼嗽嗽。卜良乐极，紧紧抱住叫声："心肝肉，我死也！"一泄如注。行事已毕，巫娘子兀自昏眠未醒，卜良就一手搭在巫娘子身上，做一头，偎着脸睡下。

多时巫娘子药力已散，有些醒来，见是一个面生的人一同睡着，吃了一惊，惊出一身冷汗，叫道："不好了！"急坐起来，那时把害的酒意都惊散了，大叱道："你是何人？敢污良人！"卜良也自有些慌张，连忙跪下，讨饶道："望娘子慈悲，恕小子无礼则个。"巫娘子见袴儿脱下，晓得着了道儿，口不答应，提起袴儿穿了。一头喊叫春花，一头跳下床便走。卜良恐怕有人见，不敢随来，元在房里躲着。巫娘子开了门，走出房又叫："春花！"春花也为起得早了，在小师父房里打盹。听得家主婆叫响，呵欠连天，走到面前。巫娘子骂道："好奴才！我在房里睡了，你怎不相伴我？"巫娘子没处出气，狠狠要打，赵

---

①馆(xī)：蒸熟。

②雌儿：对青年女人的不尊重称呼。

③袴(kù)：裤子。

尼姑走来相劝。巫娘子见了赵尼姑，一发恼恨，将春花打了两掌，道："快收拾回去！"春花道："还要念经。"巫娘子道："多嘴奴才！谁要你管？"气得面皮紫涨，也不理赵尼姑，也不说破，一径出庵[1]，一口气同春花走到家里。开门进去，随手关了门，闷闷坐着。定性了一回，问春花道："我记得饿了吃糕，如何在床上睡着？"春花道："大娘吃了糕，呷了两口茶，便自倒在椅子上。是赵师父与小师父同扶上床去的。"巫娘子道："你却在何处？"春花道："大娘睡了，我肚里也饿，先吃了大娘剩的糕，后到小师父房里吃茶。有些困倦，打了一个盹。听得大娘叫，就来了。"巫娘子道："你看见有甚么人走进房来？"春花道："不见甚么人，无非只是师父们。"巫娘子默默无言，自想睡梦中光景，有些恍惚记得。又将手摸摸自己阴处，见是粘粘涎涎的。叹口气道："罢了，罢了。谁想这妖尼如此奸毒！把我洁净身体，与这个甚么天杀的点污了，如何做得人？"噙着泪眼，暗暗恼恨。欲要自尽，还想要见官人一面，割舍不下。只去对着自绣的菩萨，哭告道："弟子有恨在心，望菩萨灵感报应则个。"祷罢，哽哽咽咽，思想丈夫，哭了一场，没情没绪睡了。春花正自不知一个头脑。

且不说这边巫娘子烦恼。那边赵尼姑见巫娘子带着怒色，不别而行，晓得卜良着了手。走进房来，见卜良还眠在床上，把指头咬在口里，呆呆地想着光景。赵尼姑见此行径，惹起老骚，连忙骑在卜良身上道："还不谢谢媒人！"连踳是踳，蹴将起来。伸手去摸他阳物，怎奈卜良方才泄得过，不能再举。老尼极了，把卜良咬了一口，道："却便宜了你，倒急煞了我！"卜良道："感恩不尽，夜间尽情陪你罢！况且还要替你商量个后计。"赵尼姑道："你说只要尝滋味，又有甚么后计？"卜良道："既得陇，复望蜀，人之常情。既尝着了滋味，如何还好罢得？方才是勉强的，毕竟得他欢欢喜喜，自情自愿往来，方为有趣。"赵尼姑道："你好不知足！方才强做了他，他一天怒气，别也不别去了。不知他心下如何，怎好又想后会？直等再看个机会。他与

---

[1] 一径：也写作"一竟"。一直，直接。

我原不断往来，就有商量了。”卜良道：“也是，也是。全仗神机妙算。”是夜卜良感激老尼，要奉承他欢喜，躲在庵中，与他纵其淫乐，不在话下。

却说贾秀才在书馆中，是夜得其一梦。梦见身在家中，一个白衣妇人走入门来。正要上前问他，见他竟进房里。秀才大踏步赶来，却走在壁间挂的绣观音轴上去了，秀才抬头看时，上面有几行字，仔细看了，从头念去，上写道：

口里来的口里去，报仇雪耻在徒弟。

念罢，掇转身来，见他娘子拜在地下。他一把扯起，撒然惊觉。自想道：“此梦难解。莫不娘子身上有些疾病事故，观音显灵相示？”次日就别了主人家，离了馆门。一路上来，详解梦语不出，心下忧疑。到得家中叩门，春花出来开了。贾秀才便问：“娘子何在？”春花道：“大娘不起来，还眠在床上。”秀才道：“这早晚如何不起来？”春花道：“大娘有些不快活，口口叫着官人啼哭哩！”秀才见说，慌忙走进房来。只见巫娘子望见官人来了，一毂辘跳将起来。秀才看时，但见蓬头垢面，两眼通红走起来。一头哭，一头扑地拜在地上。秀才吃了一惊，道：“如何作此模样？”一手扶起来。巫娘子道：“官人与奴做主则个。”秀才道：“是谁人欺负你？”巫娘子打发丫头灶下烧茶做饭去了，便哭诉道：“奴与官人匹配以来，并无半句口面，半点差池。今有大罪在身，只欠一死。只等你来，说个明白，替奴做主，死也瞑目。”秀才道：“有何事故，说这等不祥的话？”巫娘子便把赵尼姑如何骗他到庵念经，如何哄他吃糕软醉，如何叫人乘醉奸他说了，又哭倒在地。秀才听罢，毛发倒竖起来，喊道：“有这等异事！”便问道：“你晓得那个是何人？”娘子道：“我那晓得？”秀才把床头剑拔出来，在桌上一击，道：“不杀尽此辈，何以为人！但只是既不晓得其人，若不精细，必有漏脱。还要想出计较来。”娘子道：“奴告诉官人已过。奴事已毕，借官人手中剑来，即此就死，更无别话。”秀才道：“不要短见，此非娘子自肯失身，这是所遭不幸，娘子立志自明。今若轻身一死，有许多不便。”娘子道：“有甚不便，也顾不得了！”秀才道：“你死了，你娘家与外人都要问缘故。若说了出来,你落得死了丑名难免,抑且我前程罢了。若不说出来,你家里族人又不肯干休于我,我自身也理不直,冤仇何时而报?”娘子道:“若要奴身不死,除非妖尼奸贼多死得在我眼里,还可忍耻偷生。”秀才想了一会,道:“你当时被骗之后,见了赵尼如何说了?”娘子道:“奴着了气,一径回来了,不与他开口。”秀才道:“既然如此,此仇不可明报。若明报了,须动官司口舌,毕竟难掩真情。众口喧传,把清名点污。我今心思一计,要报得无些痕迹,一个也走不脱方妙。”低头一想,忽然道:“有了,有了。此计正合着观世音梦中之言。妙!妙!”娘子道:“计将安出?”秀才道:“娘子,你要明你心事,报你冤仇,须一一从我。若不肯依我,仇也报不成,心事也不得明白。”娘子道:“官人主见,奴怎敢不依?只是要做得停当便好。”秀才道:“赵尼姑面前既是不曾说破,不曾相争,他只道你一时含羞来了,妇人水性,未必不动心。你今反要去赚得赵尼姑来①,便有妙计。”附耳低言道:“如此如此,这般这般。此乃万全胜算。”巫娘子道:“计较虽好,只是羞人。今要报仇,说不得了。”夫妻计议已定。

明日,秀才藏在后门静处。巫娘子便叫春花到庵中去请赵尼姑来说话。赵尼姑见了春花,又见说请他,便暗道:“这雌儿想是尝着甜头,熬不过,转了风也。”摇摇摆摆,同春花飞也似来了。赵尼姑见了巫娘子,便道:“日前得罪了大娘,又且简慢了②,休要见怪!”巫娘子叫春花走开了,捏着赵尼姑的手,轻问道:“前日那个是甚么人?”赵尼姑见有些意思,就低低道:“是此间极风流底卜大郎,叫做卜良。有情有趣,少年女娘见了,无有不喜欢他的。他慕大娘标致得紧,日夜来拜求我。我怜他一点诚心,难打发他,又见大娘孤单在家,未免清冷。少年时节便相处着个把,也不虚度了青春,故此做成这事。那家猫儿不吃荤?多在我老人家肚里。大娘不要认真,落得便快活

①赚(zuàn):骗。

②简慢:怠慢,不周到。今方言中仍作为客套话使用。

快活。等那个人菩萨也似敬你，宝贝也似待你，有何不可？”巫娘子道：“只是该与我熟商量，不该做作我[①]。而今事已如此，不必说了。”赵尼姑道：“你又不曾认得他，若明说，你怎么肯？今已是一番过了，落得图个长往来好。”巫娘子道：“枉出丑了一番，不曾看得明白模样如何，情性如何。既然爱我，你叫他到我家再会会看。果然人物好，便许他暗地往来也使得。”赵尼姑暗道中了机谋，不胜之喜，并无一些疑心。便道：“大娘果然如此，老身今夜就叫他来便了。这个人物尽着看是好的[②]。”巫娘子道：“点上灯时，我就自在门内等他，咳嗽为号，领他进房。”赵尼姑千欢万喜，回到庵中，把这消息通与卜良。那卜良听得，头颠尾颠，恨不得金乌早坠[③]，玉兔飞升[④]。到得傍晚，已自在贾家门首探头探脑，恨不得就将那话儿拿下来，望门内撩了进去。看看天晚，只见扑的把门关上了。卜良疑是尼姑捣鬼，却放心未下。正在踌躇，那门里咳嗽一声，卜良外边也接应咳嗽一声，轻轻的一扇门开了。卜良咳嗽一声，里头也咳嗽一声，卜良将身闪入门内。门内数步，就是天井。星月光来，朦胧看见巫娘子身躯。卜良上前，当面一把抱住道：“娘子恩德如山。”巫娘子怀着一天愤气，故意不行推拒，也将两手紧紧匝着，只当是拘住他。卜良急将口来亲着，将舌头伸过巫娘子口中乱搅，巫娘子两手越匝得紧了，咂吮他舌头不住。卜良兴高了，阳物翘然，舌头越伸过来。巫娘子性起，跎踔一口[⑤]，咬住不放。卜良痛极，放手急挣，已被巫娘子啃下五七分一段舌头来。卜良慌了，望外急走。巫娘子吐出舌尖在手，急关了门。走到后门，寻着了秀才道：“仇人舌头咬在此了。”秀才大喜。取了舌头，把汗巾包了。带了剑，趁着星月微明，竟到观音庵来。那赵尼姑

①做作：戏弄。

②着看：中看，看得过。

③金乌：指太阳。古代传说日中有三足乌，故以“金乌”代指太阳。

④玉兔：指月亮。月中有白兔捣药，人所熟知。

⑤跎踔（gē chuō）：象声词。今写作“咔嚓”。

料道卜良必定成事，宿在贾家，已自关门睡了。只见有人敲门，那小尼是年纪小的，倒头便睡，任人擂破了门，也不会醒。老尼心上有事，想着卜良与巫娘子，欲心正炽，那里就睡得去？听得敲门，心疑卜良了事回来，忙呼小尼，不见答应，便自家爬起来开门。才开得门，被贾秀才拦头一刀，劈将下来。老尼望后便倒，鲜血直冒，呜呼哀哉了。贾秀才将门关了，提了剑，走将进来寻人。心里还道："倘得那卜良也走在庵里，一同结果他。"见佛前长明灯有火点着，四下里一照，不见一个外人。只见小尼睡在房里也是一刀，早气绝了。连忙把灯搽亮，却就灯下解开手巾，取出那舌头来，将刀撬开小尼口，放在里面。打灭了灯，拽上了门，竟自归家。对妻子道："师徒皆杀，仇已报矣。"巫娘子道："这贼只损得舌头，不曾杀得。"秀才道："不妨，不妨！自有人杀他。而今已后，只做不知，再不消题起了。"

却说那观音庵左右邻，看见日高三丈，庵中尚自关门，不见人动静，疑心起来。走去推门，门却不拴，一推就开了。见门内杀死老尼，吃了一惊。又寻进去，见房内又杀死小尼。一个是劈开头的，一个是砍断喉的。慌忙叫了地方坊长保正人等①，多来相视看验，好报官府。地方齐来检看时，只见小尼牙关紧闭，噙着一件物事。取出来，却是人的舌头。地方人道："不消说，是奸情事了。只不知凶身是何人，且报了县里再处。"于是写下报单。正值知县升堂，当堂递了。知县说："这要挨查凶身不难，但看城内城外，有断舌的，必是下手之人。快行各乡各图②，五家十家保甲，一挨查就见明白。"出令不多时，果然地方送出一个人来。

原来卜良被咬断舌头，情知中计，心慌意乱，一时狂走，不知一

①坊长保正：坊长即里甲，里长和甲长。保正即保长，也即甲长。保正是宋代旧名。明代居民里甲制度，一百一十户为一里，丁粮多的十户为长，馀百户为十甲。每年由一名里长和甲首管事。十年一轮。"在城曰坊，近城曰厢，乡都曰里。"（见《明史·食货志一》）

②图："册首为图"。即是一乡一里的里长和甲长。

个东西南北,迷了去向。恐怕人追着,拣条僻巷躲去,住在人家门檐下,蹲了一夜。天亮了,认路归家。也是天理合该败,只在这条巷内,东认西认,走来走去,急切里认不得大路,又不好开口问得人。街上人看见这个人踪迹可疑,已自瞧科了几分。须臾之间,喧传尼庵事体,县官告示,便有个把好事的人盘问他起来。口里含糊,满牙关多是血迹。地方人一时哄动,走上了一堆人,围住他道:"杀人的不是他是谁?"不由分辨,一索子捆住了,拉到县里来。县前有好些人认得他的,道:"这个人原是个不学好的人,眼见得做出事来。"县官升堂,众人把卜良带到。县官问他,只是口里呜哩呜喇,一字也听不出。县官叫掌嘴数下,要他伸出舌头来看,已自没有尖头了,血迹尚新。县官问地方人道:"这狗才姓甚名谁?"众人有平日恨他的,把他姓名及平日所为奸盗诈伪事,是长是短,一一告诉出来。县官道:"不消说了,这狗才必是谋奸小尼。老尼开门时,先劈倒了。然后去强奸小尼,小尼恨他,咬断舌尖。这狗才一时怒起,就杀了小尼。有甚么得讲[①]?"卜良听得,指手划脚要辨时,那里有半个字囫囵?县官大怒,道:"如此奸人,累甚么纸笔?况且口不成语,凶器未获,难以成招。选大样板子一顿打死罢!"喝教打一百,那卜良是个游花插趣的人[②],那里熬得刑惯?打至五十以上,已自绝了气了。县官着落地方,责令尸亲领尸,尼姑尸首,叫地方盛贮烧埋。立宗文卷,上批云:

> 卜良,吾舌安在?知为破舌之缘;尼僧好颈谁当?遂作刎颈之契。毙之足矣,情何疑焉?立案存照。

县官发落公事了讫,不在话下。

那贾秀才与巫娘子见街上人纷纷传说此事,夫妻两个暗暗称快。那前日被骗及今日下手之事,到底并无一个人晓得。此是贾秀才识见高强,也是观世音见他虔诚,显此灵通,指破机关。既得报了仇恨,亦且全了声名。那巫娘子见贾秀才干事决断,贾秀才见巫娘

---

①得:助词。吴语常用,无实义。

②游花插趣:即寻花问柳。插趣,即绰趣。

子立志坚贞，越相敬重。后人评论此事，虽则报仇雪耻，不露风声，算得十分好了。只是巫娘子清白身躯，毕竟被污；外人虽然不知，自心到底难过。只为轻与尼姑往来，以致有此。有志女人，不可不以此为鉴。诗云：

好花零落损芳香，只为当春漏隙光。
一句良言须听取，妇人不可出闺房。

卷之七

唐明皇好道集奇人　武惠妃崇禅斗异法

诗曰：

燕市人皆去，函关马不归。

若逢山下鬼，环上系罗衣。

这一首诗，乃是唐朝玄宗皇帝时节①，一个道人李遐周所题。那李遐周是一个有道术的，开元年间，玄宗召入禁中②，后来出住玄都观内。天宝末年，安禄山豪横③，远近忧之；玄宗不悟，宠信反深。一日，遐周隐遁而去，不知所往。但见所居壁上题诗，如此如此。时人莫晓其意。直至禄山反叛，玄宗幸蜀，六军变乱，贵妃缢死，乃有应验。后人方解云："燕市人皆去"者，说禄山尽起燕、蓟之众为兵也④。"函关马不归"者，大将哥舒潼关大败⑤，匹马不还也。"若逢山下鬼"者，"山下鬼"是"嵬"字，蜀中有"马嵬驿"也⑥。"环上系罗衣"者，贵妃小字玉环，马嵬驿时，高力士以罗巾缢之也⑦。道家能前知如此。盖因玄宗是孔升真人转世，所以一心好道。一时有道术的，如张果、

---

①玄宗皇帝：李隆基。公元712—756年在位。安史乱中逊位，为太上皇。文中开元、天宝都是玄宗年号。

②禁中：即宫中。

③安禄山：胡人。受唐玄宗宠信，任范阳、平卢、河东三镇节度使，封郡王。天宝十四年反叛，攻陷两京，称大燕皇帝。

④燕、蓟：今北京为中心的河北北部地区。当时属范阳、平卢军所辖。

⑤哥舒：哥舒翰。突厥族人。屡有战功，封郡王。安禄山兵逼潼关，哥舒翰病中起为天下兵马副元帅，拒守潼关。为监军使所逼，被迫决战，失败被俘投降。

⑥马嵬驿：今陕西兴平县马嵬镇即其地。文中说"蜀中"，误。

⑦高力士：玄宗宠信的宦官。本姓冯。任至骠骑大将军。

叶法善、罗公远诸仙众异人[①]，皆来聚会，往来禁内，各显神通，不一而足。那李遐周区区算术小数[②]，不在话下。

且说张果，是帝尧时一个侍中[③]。得了胎息之道[④]，可以累日不食，不知多少年岁。直到唐玄宗朝，隐于恒州中条山中[⑤]。出入常乘一个白驴，日行数万里。到了所在，住了脚，便把这驴似纸一般折叠起来。其厚也只比张纸，放在巾箱里面。若要骑时，把水一噀[⑥]，即便成驴。至今人说八仙有张果老骑驴，正谓此也。开元二十三年，玄宗闻其名，差一个通事舍人[⑦]，姓裴名晤，驰驿到恒州来迎。那裴晤到得中条山中，看见张果齿落发白，一个㑳搜老叟[⑧]，有些嫌他，未免气质傲慢。张果早已知道，与裴晤行礼方毕，忽然一交跌去，只有出的气，没有入的气，已自命绝了。裴晤看了忙道："不争你死了[⑨]，我这圣旨，却如何回话?"又转想道："闻道神仙专要试人，或者不是真死，也不见得，我有道理。"便焚起一炉香来，对着死尸跪了，致心念诵，把天子特差求道之意宣扬一遍。只见张果渐渐醒转来。那裴晤被他这一惊，晓得有些古怪，不敢相逼，星夜驰驿，把上项事奏过

①张果、叶法善、罗公远：唐代几位著名方士、道人。张果即八仙之一的张果老。自称生于尧时丙子年。隐于中条山。武则天召之，诈死不至。后有人在恒州见到他。常倒骑白驴。开元中唐玄宗遣使迎到洛阳，不久还山。赐号"通玄先生"。叶法善，字道元。唐括州括苍县(今浙江丽水)人。道士世家。传习摄养、阴阳、卜筮、符咒诸术。自高宗至玄宗历事五朝。罗公远，唐代鄂州人。曾与叶法善合撰《真龙虎九仙经注》。

②算术：推算历象之术，阴阳五行术。

③侍中：秦汉时官职，天子近臣。

④胎息：内丹术术语。谓练功达到高深境界，生命仅靠丹田内的微弱起伏维持。《养真集》："止有一息，腹中旋转，不出不入，名曰胎息。"

⑤中条山：在今山西永济县东南。

⑥噀(xùn)：喷。

⑦通事舍人：中书省官员。职掌朝见引纳、殿庭通奏事务，也出差劳军等。

⑧㑳(chōu)搜：呆板无情。元曲《赵礼让肥》杂剧："我是个杀人放火㑳搜汉。"

⑨不争：不想，不料。

天子。玄宗愈加奇异,道裴晤不了事[1],另命中书舍人徐峤[2],赍了玺书,安车奉迎。那徐峤小心谨慎,张果便随峤到东都,于集贤院安置行李[3],乘轿入宫见玄宗。玄宗见是个老者,便问道:"先生既已得道,何故齿发衰朽如此?"张果道:"衰朽之年,学道未得,故见此形相。可羞,可羞。今陛下见问,莫若把齿发尽去了还好。"说罢,即就御前把须发一顿捋拔干净。又捏了拳头,把口里乱敲,将几个半残不完的零星牙齿逐个敲落,满口血出。玄宗大惊道:"先生何故如此?且出去歇息一会。"张果出来了,玄宗想道:"这老儿古怪。"即时传命召来。只见张果摇摇摆摆走将来,面貌虽是先前的,却是一头纯黑头发,须髯如漆。雪白一口好牙齿,比少年的还好看些。玄宗大喜,留在内殿赐酒。饮过数杯,张果辞道:"老臣量浅,饮不过二升。有一弟子,可吃得一斗。"玄宗命召来。张果口中不知说些甚的,只见一个小道士在殿檐上飞下来,约有十五六年纪,且是生得标致。上前叩头礼毕,走到张果面前,打个稽首。言词清爽,礼貌周备。玄宗命坐。张果道:"不可,不可。弟子当侍立。"小道士遵师言,鞠躬旁站。玄宗愈看愈喜,便叫斟酒赐他。杯杯满,盏盏干,饮勾一斗,弟子并不推辞。张果便起身替他辞道:"不可更赐,他加不得了。若过了度,必有失处,惹得龙颜一笑。"玄宗道:"便大醉何妨?恕卿无罪。"立起身来,手持一玉觥[4],满斟了,将到口边逼他。刚下口,只见酒从头顶涌出,把一个小道冠儿涌得歪在头上,跌了下来。道士去拾时,脚步踉跄,连身子也跌倒了,玄宗及在旁嫔御,一齐笑将起来。仔细一看,不见了小道士,止有一个金榼在地[5],满盛着酒。细验这榼,却是集贤院中之物,一榼止盛一斗。玄宗大奇。明日要

---

①不了事:不能干。

②中书舍人:中书省官员。职掌进奏参议表章,替皇帝起草诏令等。官阶高于通事舍人。

③集贤院:玄宗改原集仙殿丽正书院新名。成为接待文人学士的官署。

④觥(gōng):大酒杯。

⑤榼(kè):大盛酒器皿。

出咸阳打猎，就请张果同去一看。合围既罢，前驱擒得大角鹿一只，将付庖厨烹宰。张果见了道：“不可杀，不可杀！此是仙鹿，已满千岁。昔时汉武帝元狩五年在上林游猎[①]，臣曾侍从，生获此鹿。后来不忍杀，舍放了。”玄宗笑道：“鹿甚多矣，焉知即此鹿？且时迁代变，前鹿岂能保猎人不擒过，留到今日？”张果道：“武帝舍鹿之时，将铜牌一片扎在左角下为记，试看有此否？”玄宗命人验看，在左角下果得铜牌。有二寸长短，两行小字，已模糊黑暗，辨不出了。玄宗才信。就问道：“元狩五年，是何甲子？到今多少年代了？”张果道：“元狩五年，岁在癸亥。武帝始开昆明池，到今甲戌岁，八百五十二年矣。”玄宗宣命太史官查推长历，果然不差。于是晓得张果是千来岁的人，群臣无不钦服。

一日，秘书监王回质、太常少卿萧华两人同往集贤院拜访张果[②]。迎着坐下，忽然笑对二人道：“人生娶妇，娶了个公主，好不怕人！”两人见他说得没头脑，两两相看，不解其意。正说之间，只见外边传呼有诏书到，张果命人忙排香案等着。原来玄宗有个女儿，叫做玉真公主，从小好道，不曾下降于人。盖婚姻之事，民间谓之“嫁”，皇家谓之“降”；民间谓之“娶”，皇家谓之“尚”。玄宗见张果是个真仙出世，又见女儿好道，意思要把女儿下降张果。等张果尚了公主，结了仙姻仙眷，又好等女儿学他道术，可以双修成仙。计议已定，颁下诏书。中使赍了[③]，到集贤院张果处，开读已毕。张果只是哈哈大笑，不肯谢恩。中使看见王、萧二公在旁，因与他说天子要降公主的意思，叫他两个撺掇。二公方悟起初所说，便道：“仙翁早已得知，在此说过了的。”中使与二公大家相劝一番，张果只是笑不止。中使料道不成，只得去回覆圣旨。玄宗见张果不允亲事，心下不悦。

---

①元狩五年：公元前118年。

②秘书监：掌管皇家图书及国家著作官署的长官。太常少卿：太常寺是掌管礼乐祭祀重大事务的官署。少卿是副长官。

③中使：皇帝侍从太监。

便与高力士商量道："我闻堇汁最毒[1]，饮之立死。若非真仙，必是下不得口。好歹把这老头儿试一试。"时值天大雪，寒冷异常。玄宗召张果进宫，把堇汁下在酒里，叫宫人满斟暖酒，与仙翁敌寒。张果举觞便饮，立尽三卮，醺然有醉色。四顾左右，咂咂舌道："此酒不是佳味！"打个呵欠，倒头睡下。玄宗只是瞧着，不作声。过了一会，醒起来道："古怪，古怪！"袖中取出小镜子一照，只见一口牙齿都焦黑了。看见御案上有铁如意，命左右取来，将黑齿逐一击下，随收在衣带内了。取出药一包来，将少许擦在口中齿穴上，又倒头睡了。这一觉不比先前，且是睡得安稳。有一个多时辰才爬起来，满口牙齿多已生完，比先前更坚且白。玄宗越加敬异，赐号通玄先生，却是疑心他来历。

其时有个归夜光[2]，善能视鬼。玄宗召他来，把张果一看，夜光并不见甚么动静。又有一个邢和璞[3]，善算。有人问他，他把算子一动，便晓得这人姓名，穷通寿夭，万不失一。玄宗一向奇他，便教道："把张果来算算。"和璞拿了算子，拨上拨下，拨个不耐烦，竭尽心力，耳根通红，不要说算他别的，只是个寿数也算他不出。其时又有一个道士叶法善，也多奇术。玄宗便把张果来私问他。法善道："张果出处，只有臣晓得，却说不得。"玄宗道："何故？"法善道："臣说了必死，故不敢说。"玄宗定要他说。法善道："除非陛下免冠跣足救臣，臣方得活。"玄宗许诺。法善才说道："此是混沌初分时一个白蝙蝠精。"刚说得罢，七窍流血，未知性命如何，已见四肢不举。玄宗急到张果面前，免冠跣足，自称有罪。张果看见皇帝如此，也不放在心上，慢慢的说道："此儿多口过，不谪治他，怕败坏了天地间事。"玄宗

---

①堇汁：即乌头汁。乌头有多名，又名乌喙、草乌头、竹节乌头等，俗名"两头尖"。取汁晒干制毒药，常用于毒箭。参见李时珍《本草纲目》草部第十七卷。

②归夜光：《新唐书·方技传》作"师夜光"。蓟州人。少年时当过和尚。玄宗授他四门博士，成为身边幸臣。

③邢和璞：不知乡里。喜黄老术，善知人寿命长短。

哀请道:"此朕之意,非法善之罪,望仙翁饶恕则个。"张果方才回心转意,叫取水来,把法善一噀,法善即时复活。

而今且说这叶法善,表字道元,先居处州松阳县,四代修道。法善弱冠时,曾游括苍白马山①。石室内遇三神人,锦衣宝冠,授以太上密旨②。自是诛荡精怪,扫馘凶妖,所在救人。入京师时,武三思擅权③,法善时常察听妖祥,保护中宗、相王及玄宗④,大为三思所忌,流窜南海。玄宗即位,法善在海上,乘白鹿一夜到京。在玄宗朝,凡有吉凶动静,法善必预先奏闻。一日吐番遣使进宝⑤,函封甚固。奏称内有机密,请陛下自开,勿使他人知之。廷臣不知来意真伪,是何缘故,面面相觑,不敢开言。惟有法善密奏道:"此是凶函,宣令番使自开。"玄宗依奏降旨。番使领旨,不知好歹,扯起函盖,函中弩发,番使中箭而死。乃是番家见识,要害中华天子,设此暗机于函中,连番使也不知道,却被法善参透,不中暗算,反叫番使自着了道儿。

开元初,正月元宵之夜,玄宗在上阳宫观灯。尚方匠人毛顺心⑥,巧用心机,施逞技艺,结构彩楼三十馀间,楼高一百五十尺,多是金翠珠玉镶嵌。楼下坐着望去,楼上满楼都是些龙凤螭豹百般鸟兽之灯。一点了火,那龙凤螭豹百般鸟兽,盘旋的盘旋,跳踯的跳踯,飞舞的飞舞,千巧万怪,似是神工,不像人力。玄宗看毕大悦,传旨速召叶尊师来同赏。去了一会,才召得个叶法善楼下朝见。玄宗称夸道:"好灯!"法善道:"灯盛无比。依臣看将起来,西凉府今夜之

---

①括苍白马山:括苍山在浙江东南部,仙居县与缙云县之间。处州府境内白马山有多处,宣平、遂昌、龙泉均有此山名。当以宣平县白马山近之。

②太上:太上老君。

③武三思:武则天侄。封梁王,参预国政。私通韦后,作乱朝廷。后被杀。

④中宗:李显。相王:即睿宗李旦。为太子时封相王。

⑤吐番(bō):唐时西藏地区藏族政权。

⑥尚方:掌管皇家兵器、器玩事务的官署。

灯[1]，也差不多如此。”玄宗道：“尊师几时曾见过来？”法善道：“适才在彼，因蒙急召，所以来了。”玄宗怪他说得诧异，故意问道：“朕如今即要往彼看灯，去得否？”法善道：“不难。”就叫玄宗闭了双目，叮嘱道：“不可妄开。开时有失。”玄宗依从。法善喝声道：“疾！”玄宗足下云冉冉而起，已同法善在霄汉之中。须臾之间，足已及地。法善道：“而今可以开眼看了。”玄宗闪开龙目，只见灯影连亘数十里，车马骈阗，士女纷杂，果然与京师无异。玄宗拍掌称盛，猛想道：“如此良宵，恨无酒吃。”法善道：“陛下随身带有何物？”玄宗道：“止有镂铁如意在手。”法善便持往酒家，当了一壶酒几个碟来，与玄宗对吃完了，还了酒家家火。玄宗道：“回去罢。”法善复令闭目，腾空而起。少顷已在楼下。御前去时歌曲尚未终篇，已行千里有馀。玄宗疑是道家幻术，障眼法儿，未必真到得西凉。猛可思量道：“却才把如意当酒，这是实事可验。”明日差个中使，托名他事，到凉州密访镂铁如意，果然在酒家，说道：“正月十五夜，有个道人，拿了当酒吃的。”始信看灯是真。

是年八月中秋之夜，月色如银，万里一碧。玄宗在宫中赏月，笙歌进酒，凭着白玉栏杆，仰面看着，浩然长想。有词为证：

> 桂花浮玉，正月满天街，夜凉如洗。风泛须眉，透骨寒，人在水晶宫里。蛇龙偃蹇，观阙嵯峨，缥缈笙歌沸。霜华满地，欲跨彩云飞起。（词寄《酹江月》）

玄宗不觉襟怀旷荡，便道：“此月普照万方，如此光灿，其中必有非常好处。见说嫦娥窃药，奔在月宫。既有宫殿，定可游观，只是如何得上去？”急传旨，宣召叶尊师。法善应召而至。玄宗问道：“尊师有道术，可使朕到月宫一游否？”法善道：“这有何难？就请御驾启行。”说罢，将手中板笏一掷[2]，现出一条雪练也似的银桥来，那头直接着月

---

①西凉府：治所在今甘肃武威。唐时称“凉州”。

②板笏：朝板，手板。品官朝觐皇帝时执之。既是一种仪式，也可在板上记备忘之事。竹、玉、象牙制成。

内。法善就扶着玄宗踱上桥去，且是平稳好走，随走过处，桥便随灭。走得不上一里多路，到了一个所在，露下沾衣，寒气逼人，面前有座玲珑四柱牌楼。抬头看时，上面有个大匾额，乃是六个大金字。玄宗认着，是“广寒清虚之府”六字。便同法善从大门走进来。看时，庭前是一株大桂树，扶疏遮荫，不知覆着多少里数。桂树之下，有无数白衣仙女，乘着白鸾，在那里舞。这边庭阶上，又有一伙仙女，也如此打扮，各执乐器一件，在那里奏乐，与舞的仙女相应。看见玄宗与法善走进来，也不惊异，也不招接，吹的自吹，舞的自舞。玄宗呆呆看着，法善指道：“这些仙女，名为素娥，身上所穿白衣，叫做霓裳羽衣，所奏之曲，名曰《紫云曲》。”玄宗素晓音律，将两手按节[①]，把乐声一一默记了。后来到宫中，传与杨太真，就名《霓裳羽衣曲》，流于乐府[②]，为唐家希有之音。这是后话。玄宗听罢仙曲，怕冷欲还。法善驾起两片彩云，稳如平地，不劳举步，已到人间。路过潞州城上，细听谯楼更鼓，已打三点。那月色一发明朗如昼，照得潞州城中纤毫皆见。但只夜深人静，四顾悄然。法善道：“臣侍陛下夜临于此，此间人如何知道？适来陛下习听仙乐，何不于此试演一曲？”玄宗道：“甚妙！甚妙！只方才不带得所用玉笛来。”法善道：“玉笛何在？”玄宗道：“在寝殿中。”法善道：“这个不难。”将手指了一指，玉笛自云中坠下。玄宗大喜，接过手来，想着月中拍数，照依吹了一曲。又在袖中摸出数个金钱，洒将下去了，乘月回宫。至今传说唐明皇游月宫，正此故事。那潞州城中有睡不着的，听得笛声嘹亮，似觉非凡。有爬起来听的，却在半空中吹响，没做理会。次日，又有街上拾得金钱的，报知府里。府里官员道是非常祥瑞，上表奏闻。十来日，表到御前。玄宗看表，道：“八月望夜，有天乐临城，兼获金钱，此乃国家瑞兆，万千之喜。”玄宗心下明白，不觉大笑。自此敬重法善，与张果一般。时常留他两人在宫中，或下棋，或斗小法，赌胜负为戏。

---

①按节：打拍子。

②乐府：本指管理音乐的官府，此指歌曲。

一日，二人在宫中下棋。玄宗接得鄂州刺史表文一道①，奏称本州有仙童罗公远，广有道术。盖因刺史迎春之日，有个白衣人，身长丈馀，形容怪异，杂在人丛之中观看，见者多骇走。旁有小童喝他道："业畜何乃擅离本处，惊动官司？还不速去！"其人并不敢则声，提起一把衣服，如飞走了。府吏看见小童作怪，一把擒住，来到公燕之所，具白刺史。刺史问他姓名，小童答道："姓罗，名公远。适见守江龙上岸看春，某喝令回去。"刺史不信，道："怎见得是龙？须得吾见真形方可信。"小童道："请待后日。"至期，于水边作一小坑，深才一尺，去江岸丈馀，引江水入来。刺史与郡人毕集，见有一白鱼，长五六寸，随流至坑中，跳跃两遍，渐渐大了。有一道青烟如线，在坑中起，一霎时，黑云满空，天色昏暗。小童道："快都请上了津亭。"正走间，电光闪烁，大雨如泻。须臾少定，见一大白龙起于江心，头与云连。有顿饭时方灭。刺史看得真实，随即具表奏闻，就叫罗公远随表来朝见帝。玄宗把此段话与张、叶二人说了，就叫公远与二人相见。二人见了，大笑道："村童晓得些甚么？"二人各取棋子一把，捏着拳头，问道："此有何物？"公远笑道："都是空手。"及开拳，两人果无一物，棋子多在公远手中。两人方晓得这童儿有些来历。玄宗就叫他坐在法善之下。天气寒冷，团团围炉而坐。此时剑南出一种果子②，叫作"日熟子"，一日一熟，到京都是不鲜的了。张、叶两人，每日用仙法，遣使取来。过午必至，所以玄宗常有新鲜的到口。是日，至夜不来，二人心下疑惑，商量道："莫非罗君有缘故？"尽注目看公远。元来，公远起初一到炉边，便把火箸插在灰中。见他们疑心了，才笑嘻嘻的把火箸提了起来。不多时，使者即到，法善诘问："为何今日偏迟？"使者道："方欲到京，火焰连天，无路可过。适才火息了，然后来得。"众人多惊伏公远之法。

却说当时杨妃未入宫之时，有个武惠妃专宠。玄宗虽崇奉道

---

①鄂州刺史：鄂州，今武昌。州郡长官唐时称刺史，也称太守。

②剑南：唐代剑南为道，辖今川西和陕西西南地区，以及云南东北部地区。

流，那惠妃却笃信佛教，各有所好。惠妃信的释子叫做金刚三藏，也是个奇人，道术与叶、罗诸人算得敌手。玄宗驾幸功德院，忽然背痒。罗公远折取竹枝，化作七宝如意，进上爬背。玄宗大悦，转身对三藏道："上人也能如此否[①]？"三藏道："公远的幻化之术，臣为陛下取真物。"袖中摸出一个七宝如意来献上。玄宗一手去接得来，手中先所执公远的如意，登时仍化作竹枝。玄宗回宫与武惠妃说了，惠妃大喜。玄宗要幸东洛，就对惠妃说道："朕与卿同行，却叫叶、罗二尊师、金刚三藏从去，试他斗法，以决两家胜负，何如？"武惠妃欢喜道："臣妾愿随往观。"传旨排鸾驾。不则一日，到了东洛。时方修麟趾殿，有大方梁一根，长四五丈，径头六七尺，眠在庭中。玄宗对法善道："尊师试为朕举起来。"法善受诏作法，方木一头揭起数尺，一头不起。玄宗道："尊师神力，何乃只举得一头？"法善奏道："三藏使金刚神众押住一头[②]，故举不起。"原来法善故意如此说，要武妃面上好看，等三藏自逞其能，然后胜他。果然武妃见说，暗道佛法广大，不胜之喜。三藏也只道实话，自觉有些快活。惟罗公远低着头，只是笑。玄宗有些不服气，又对三藏道："法师既有神力，叶尊师不能及。今有个澡瓶在此，法师能咒得叶尊师入此瓶否？"三藏受诏置瓶，叫叶法善依禅门法，敷坐起来[③]。念动咒语，未及念完，法善身体欻欻就瓶[④]。念得两遍，法善已至瓶嘴边，翕然而入。玄宗心下好生不悦。过了一会，不见法善出来。又对三藏道："法师既使其入瓶，能使他出否？"三藏道："进去烦难，出来是本等法。"就念起咒来，咒完不出，三藏急了，不住口一气数遍，并无动静。玄宗惊道："莫不尊师没了？"变起脸来。武妃大惊失色，三藏也慌了，只有罗公远扯开口一味笑。玄宗问他道："而今怎么处？"公远笑道："不消陛下费心，

①上人：佛家对有德行智慧善行的人的称呼。后世用来尊称和尚。

②金刚：金刚力士。佛教守护神。

③敷坐：趺坐。和尚盘腿而坐，一腿在下，一脚置于股上。

④欻欻(xū)：快速的样子。

法善不远。”三藏又念咒一会，不见出来。正无计较，外边高力士报道：“叶尊师进。”玄宗大惊道：“铜瓶在此，却在那里来？”急召进问之。法善对道：“宁王邀臣吃饭[①]，正在作法之际，面奏陛下，必不肯放，恰好借入瓶机会，到宁王家吃了饭来。若不因法师一咒，须去不得。”玄宗大笑。武妃、三藏方放下心了。法善道：“法师已咒过了，而今该贫道还礼。”随取三藏紫铜钵盂，在围炉里面烧得内外都红。法善捏在手里，弄来弄去，如同无物。忽然双手捧起来，照着三藏光头扑地合上去，三藏失声而走。玄宗大笑。公远道：“陛下以为乐，不知此乃道家末技，叶师何必施逞！”玄宗道：“尊师何不也作一法，使朕一快。”公远道：“请问三藏法师，要如何作法术？”三藏道：“贫僧请收固袈裟，试令罗公取之。不得，是罗公输；取得，是贫僧输。”玄宗大喜，一齐同到道场院[②]，看他们做作。

三藏结立法坛一所，焚起香来。取袈裟贮在银盒内，又安数重木函，木函加了封锁，置于坛上。三藏自在坛上打坐起来。玄宗、武妃、叶师多看见坛中有一重菩萨，外有一重金甲神人，又外有一重金刚围着。圣贤比肩，环绕甚严，三藏观守，目不暂舍。公远坐绳床上，言笑如常，不见他作甚行径。众人都注目看公远，公远竟不在心上。有好多一会，玄宗道：“何太迟迟？莫非难取？”公远道：“臣不敢自夸其能，也未知取得取不得，只叫三藏开来看看便是。”玄宗闻言，便叫三藏开函取袈裟。三藏看见重重封锁，一毫未动，心下喜欢，及开到银盒，叫一声苦，已不知袈裟所向，只是个空盒。三藏吓得面如土色，半晌无言。玄宗拍手大笑。公远奏道：“请令人在臣院内开柜取来。”中使领旨去取，须臾，袈裟取到了。玄宗看了，问公远道：“朕见菩萨尊神，如此森严，却用何法取出？”公远道：“菩萨力士，圣之中者。甲兵诸神，道之小者。至于太上至真之妙，非术士所知。适来使玉清神女取之。虽有菩萨金刚，连形也不得见他的，取若坦途，有

①宁王：李宪，玄宗皇帝的哥哥。
②道场院：僧道做法事的场所。

何所碍？”玄宗大悦，赏赐公远无数。叶公、三藏皆伏公远神通。

玄宗欲从他学隐形之术，公远不肯，道：“陛下真人降化，保国安民，万乘之尊，学此小术何用？”玄宗怒骂之。公远即走入殿柱中，极口数玄宗过失。玄宗愈加怒发，叫破柱取他。柱既破，又见他走入玉舄中[①]。就把玉舄破为数十片，片片有公远之形，却没奈他何。玄宗谢了罪，忽然又立在面前。玄宗恳求至切，公远只得许之。虽则传授，不肯尽情。玄宗与公远同做隐形法时，果然无一人知觉。若是公远不在，玄宗自试，就要露出些形来，或是衣带，或是幞头脚，宫中人定寻得出。玄宗晓得他传授不尽，多将金帛赏赉，要他喜欢。有时把威力吓他道：“不尽传，立刻诛死。”公远只不作准。玄宗怒极，喝令绑出斩首。刀斧手得旨，推出市曹斩讫。隔得十来日，有个内官叫做辅仙玉[②]，奉差自蜀道回京。路上撞遇公远骑驴而来，笑对内官道：“官家作戏[③]，忒没道理。”袖中出书一封，道：“可以此上闻！”又出药一包寄上，说道：“官家问时，但道是蜀当归。”语罢，忽然不见。仙玉还京奏闻，玄宗取书览看，上面写是“姓维名厶谌”，一时不解。仙玉退出，公远已至。玄宗方悟道：“先生为何改了名姓？”公远道：“陛下曾去了臣头，所以改了。”玄宗稽首谢罪，公远道：“作戏何妨。”走出朝门，自此不知去向。直到天宝末，禄山之难，玄宗幸蜀，又于剑门奉迎銮驾[④]。护送至成都，拂衣而去。后来肃宗即位灵武[⑤]，玄宗自疑不能归长安。肃宗以太上皇奉迎，然后自蜀还京。方悟“蜀当归”之寄，其应在此。与李遐周之诗，总是道家前知妙处。有诗为证：

好道秦王与汉王，岂知治道在经常。
纵然法术无穷幻，不救杨家一命亡[⑥]。

---

①玉舄(xì)：立柱下端基石。此处是玉做的。

②内官：太监。

③官家：皇帝。

④剑门：今四川剑阁县东北剑门山。有关隘，为入川要道。

⑤肃宗：李亨。玄宗太子。安禄山破潼关，玄宗逃避入川。李亨受朔方军和群臣拥戴，在灵武（宁夏灵武）即皇帝位，然后尊李隆基为太上皇。

⑥杨家：指杨贵妃、杨国忠在马嵬驿被杀事。

卷之八

乌将军一饭必酬　陈大郎三人重会

诗曰：

每讶衣冠多盗贼[①]，谁知盗贼有英豪？

试观当日及时雨[②]，千古流传义气高。

话说世人最怕的是个“强盗”二字，做个骂人恶语，不知这也只见得一边。若论起来，天下那一处没有强盗？假如有一等做官的，误国欺君，侵剥百姓，虽然官高禄厚，难道不是大盗？有一等做公子的，倚靠着父兄势力，张牙舞爪，诈害乡民，受投献，窝赃私，无所不为，百姓不敢声冤，官司不敢盘问，难道不是大盗？有一等做举人秀才的，呼朋引类，把持官府，起灭词讼，每有将良善人家，拆得烟飞星散的，难道不是大盗？只论衣冠中，尚且如此，何况做经纪客商、做公门人役，三百六十行中人，尽有狼心狗行，狠似强盗之人在内，自不必说。所以当时李涉博士遇着强盗[③]，有诗云：

暮雨潇潇江上村，绿林豪客夜知闻[④]。

相逢何用藏名姓？世上于今半是君。

这都是叹笑世人的话。世上如此之人，就是至亲切友，尚且反面无情，何况一饭之恩，一面之识？倒不如《水浒传》上说的人，每每自称

---

①衣冠：衣冠君子。指士绅，旧社会上层。

②及时雨：《水浒传》宋江绰号。

③李涉博士：李涉，晚唐人，任太学博士。其遇盗作诗一事，唐人范摅《云溪友议》记云：“李博士涉，尝适九江。至皖之西，忽逢大盗……从者曰：‘李博士船也。’其中豪首曰：‘若是李涉博士，吾辈不须金帛，但乞一诗。’李赠一绝句，豪首饯赂且厚，李亦不敢却。”所记诗句略有不同。

④绿林：新莽末年，王匡、王凤等聚众起义，占据绿林山，号称“绿林军”。后因称聚集山林反抗封建统治的武装结合为“绿林”，亦用指群盗股匪。

好汉英雄,偏要在绿林中挣气,做出世人难到的事出来。盖为这绿林中,也有一贫无奈,借此栖身的。也有为义气上杀了人,借此躲难的。也有朝廷不用,沦落江湖,因而结聚的。虽然只是歹人多,其间仗义疏财的,倒也尽有。当年赵礼让肥[①],反得粟米之赠,张齐贤遇盗[②],更多金帛之遗,都是古人实事。

且说近来苏州有个王生,是个百姓人家。父亲王三郎,商贾营生,母亲李氏。又有个婶母杨氏,却是孤孀无子的。几口儿一同居住。王生自幼聪明乖觉,婶母甚是爱惜他。不想年纪七八岁时,父母两口相继而亡,多亏得这杨氏殡葬完备,就把王生养为己子。渐渐长成起来,转眼间又是十八岁了。商贾事体,是件伶俐[③]。一日,杨氏对他说道:"你如今年纪长大,岂可坐吃箱空?我身边有的家资,并你父亲剩下的,尽勾营运。待我凑成千来两,你到江湖上做些买卖,也是正经。"王生欣然道:"这个正是我们本等。"杨氏就收拾起千金东西,交付与他。王生与一班为商的计议定了,说南京好做生意,先将几百两银子,置了些苏州货物。拣了日子,雇下一只长路的航船。行李包裹,多收拾停当。别了杨氏,起身到船。烧了神福利市,就便开船。一路无话。不则一日,早到京口[④],趁着东风过江。

---

①赵礼让肥:指元人秦简夫杂剧《赵礼让肥》故事。王莽时天下大乱,人相食。强盗马武捉住赵礼,要杀着吃了。其兄赵孝上山见马武,要求替换。赵礼说:"小生肥,杀了小生者。留着我哥哥,侍奉母亲。"赵孝要求:"小生肥,留着兄弟,杀了我者。"其母又要求杀了自己,留下两个儿子。马武受了感动,不但不杀,反赠粟米、衣服、金银,放下山去。是根据《后汉书·赵孝列传》改编的。

②张齐贤遇盗:张齐贤,北宋大臣,太宗时任宰相。他为布衣时落魄,曾遇盗,不但不躲避,反而主动和强盗一起喝酒谈笑。强盗尊敬,以金帛相赠。此事见于司马光《涑水纪闻》。《二刻拍案惊奇》卷二十七作为入话,予以发挥。

③是件:样样,每一件。

④京口:故城在今江苏镇江市内。

到了黄天荡内[①]，忽然起一阵怪风，满江白浪掀天，不知把船打到一个甚么去处。天已昏黑了，船上人抬头一望，只见四下里多是芦苇，前后并无第二只客船。王生和那同船一班的人正在慌张，忽然芦苇里一声锣响，划出三四只小船来。每船上各有七八个人，一拥的跳过船来。王生等喘做一块，叩头讨饶。那伙人也不来和你说话，也不来害你性命，只把船中所有金银货物，尽数卷掳过船。叫声"聒噪"[②]，双桨齐发，飞也似划将去了。满船人惊得魂飞魄散，目睁口呆。王生不觉的大哭起来道："我直如此命薄！"就与同行的商量道："如今盘缠行李俱无，到南京何干？不如各自回家，再作计较。"唧唧哝哝了一会，天色渐渐明了。那时已自风平浪静，拨转船头，望镇江进发。到了镇江，王生上岸，往一个亲眷人家，借得几钱银子做盘费，到了家中。杨氏见他不久就回，又且衣衫零乱，面貌忧愁，已自猜个八九了。只见他走到面前，唱得个喏，便哭倒在地。杨氏问他仔细，他把上项事说了一遍。杨氏慰安他道："儿嚛，这也是你的命！又不是你不老成花费了，何须如此烦恼？且安心在家两日，再凑些本钱出去，务要趁出前番的来便是[③]。"王生道："已后只在近处做些买卖罢，不担这样干系远处去了。"杨氏道："男子汉千里经商，怎说这话！"住在家一月有馀。又与人商量道："扬州布好卖。松江置买了布，到扬州，就带些银子粜了米豆回来，甚是有利。"杨氏又凑了几百两银子与他。到松江买了百来筒布，独自写了一只满风梢的船[④]。身边又带了几百两粜米豆的银子，合了一个伙计，择日起行。

到了常州，只见前边来的船，只只气叹口渴，道："挤坏了！挤坏了！"忙问缘故，说道："无数粮船，阻塞住丹阳路。自青羊铺直到灵口[⑤]，水泄不通。买卖船莫想得进。"王生道："怎么好！"船家道："难

---

①黄天荡：南京市东北长江一段宽阔水面。

②聒噪：对不起，打扰了。

③趁出：赚出，挣得。

④写：签订，预约。

⑤灵口：陵口。在丹阳市境内，南运河码头之一。

道我们上前去看他挤不成？打从孟河走他娘罢[①]。”王生道：“孟河路怕恍惚[②]。”船家道：“拼得只是日里行，何碍？不然，守得路通，知在何日？”因遂依了船家，走孟河路。果然是天青日白时节。出了孟河，方欢喜道：“好了，好了。若在内河里[③]，几时能挣得出来？”正在快活间，只见船后头水响，一只三橹八桨船飞也似赶来。看看至近，一挠钩搭住，十来个强人，手执快刀、铁尺、金刚圈，跳将过来。元来孟河过东去就是大海[④]，日里也有强盗的，惟有空船走得。今见是买卖船，又悔气恰好撞着了，怎肯饶过？尽情搬了去。怪船家手里还捏着橹，一铁尺打去，船家抛橹不及。王生慌忙之中把眼瞅去，认得就是前日黄天荡里一班人。王生口里喊道：“大王！前日受过你一番了，今日如何又在此相遇？我前世直如此少你的！”那强人内中一个长大的说道：“果然如此，还他些做盘缠。”就把一个小小包裹撩将过来。掉开了船，一道烟反望前边江里去了。王生只叫得苦，拾起包裹，打开看时，还有十来两零碎银子在内。噙着眼泪，冷笑道：“且喜这番不要借盘缠，侥幸！侥幸！”就对船家说道：“谁叫你走此路，弄得我如此？回去了罢。”船家道：“世情变了，白日打劫，谁人晓得！”只得转回旧路。到了家中，杨氏见来得快，又一心惊。王生泪汪汪地走到面前，哭诉其故。难得杨氏是个大贤之人，又眼里识人，自道侄儿必有发迹之日，并无半点埋怨。只是安慰他，教他守命，再做道理。

过得几时，杨氏又凑起银子，催他出去，道：“两番遇盗，多是命里所招。命该失财，便是坐在家里，也有上门打劫的。不可因此两番，堕了家传行业。”王生只是害怕。杨氏道：“侄儿疑心，寻一个起课的，问个吉凶，讨个前路便是。”果然寻了一个先生到家，接连占卜了几处，做生意都是下卦，惟有南京是个上上卦。又道：“不消到得

①孟河：在常州市东北，通长江。

②恍惚：靠不住。指有危险。

③内河：运河。

④大海：大江。指长江。

南京，但往南京一路上去，自然财爻旺相[①]。”杨氏道：“我的儿，大胆天下去得，小心寸步难行。苏州到南京，不上六七站路[②]，许多客人往往来来。当初你父亲、你叔叔都是走熟的路。你也是悔气，偶然撞这两遭盗。难道他们专守着你一个，遭遭打劫不成[③]？占卜既好，只索放心前去。”王生依言，仍旧打点动身。也是他前数注定，合当如此。正是：

篋底东西命里财，皆由鬼使共神差。

强徒不是无因至，巧弄他们送福来。

王生行了两日，又到扬子江中。此日一帆顺风，真个两岸万山如走马，直抵龙江关口[④]。然后天晚，上岸不及了，打点湾船。他每是惊弹的鸟，傍着一只巡哨号船边[⑤]，拴好了船。自道万分无事，安心歇宿。到得三更，只听一声锣响，火把齐明。睡梦里惊醒，急睁眼时，又是一伙强人，跳将过来，照前搬个罄尽。看自己船时，不在原泊处所，已移在大江阔处来了。火中仔细看他们抢掳，认得就是前两番之人。王生硬着胆，扯住前日还他包裹这个长大的强盗，跪下道：“大王！小人只求一死。”大王道：“我等誓不伤人性命，你去罢了，如何反来歪缠？”王生哭道：“大王不知，小人幼无父母，全亏得婶娘重托，出来为商。刚出来得三次，恰是前世欠下大王的，三次都撞着大王夺了去，叫我何面目见婶娘？也那里得许多银子还他？就是大王不杀我时，也要跳在江中死了，决难回去再见恩婶之面了。”说得伤心，大哭不住。那大王是个有义气的，觉得可怜，他便道：“我也不杀你，银子也还你不成？我有道理。我昨晚劫得一只客船，不想都是打捆的苎麻。且是不少，我要他没用。我取了你银子，把这些与你做本钱去，也勾相当了。”王生出于望外，称谢不尽。那伙人便

①旺相：兴旺，兴盛。

②站：驿站。元代称站，明代称驿。一站，明代为六十里。

③遭遭：次次，每回。

④龙江关：在今南京市威凤门外。明代设有税关，为商船聚集所在。

⑤巡哨号船：治安巡查官船。

把苎麻乱抛过船来。王生与船家慌忙并叠，不及细看，约莫有二三百捆之数。强盗抛完了苎麻，已自胡哨一声，转船去了。船家认着江中小港门，依旧把船移进宿了。候天大明，王生道："这也是有人心的强盗。料道这些苎麻，也有差不多千金了。他也是劫了去不好发脱①，故此与我。我如今就是这样发行去卖，有人认出，反为不美。不如且载回家，打过了捆，改了样式，再去别处货卖罢。"仍旧把船开江，下水船快，不多时，到了京口闸，一路到家。

见过婶婶，又把上项事一一说了。杨氏道："虽没了银子，换了偌多苎麻来，也不为大亏。"便打开一捆来看，只见一层一层，解到里边，捆心中一块硬的，缠束甚紧。细细解开，乃是几层绵纸，包着成锭的白金。随开第二捆，捆捆皆同。一船苎麻，共有五千两有馀。乃是久惯大客商，江行防盗，假意货苎麻，暗藏在捆内，瞒人眼目的。谁知被强盗不问好歹劫来，今日却富了王生。那时杨氏与王生叫声："惭愧！"虽然受了两三番惊恐，却平白地得此横财，比本钱加倍了，不胜之喜。自此以后，出去营运，遭遭顺利。不上数年，遂成大富之家。这个虽是王生之福，却是难得这大王一点慈心，可见强盗中未尝没有好人。

如今再说一个，也是苏州人，只因无心之中，结得一个好汉，后来以此起家，又得夫妻重会。有诗为证：

说时侠气凌霄汉，听罢奇文冠古今。
若得世人皆仗义，贪泉自可表清心②。

却说景泰年间③，苏州府吴江县有个商民，复姓欧阳。妈妈是本府崇明县曾氏，生下一女一儿。儿年十六岁，未婚。那女儿二十岁

①发脱：出手，脱手。

②贪泉：在广东南海县境内。相传饮了贪泉水，就变得贪婪。东晋吴隐之任广州刺史时，特意去饮贪泉水，赋诗一首以表志："石门有贪泉，一歃重千金。试使夷齐饮，终当不变心。"吴隐之是历史上著名清官。

③景泰：明代宗朱祁钰年号。

了，虽是小户人家，到也生得有些姿色，就赘本村陈大郎为婿。家道不富不贫。在门前开小小的一爿杂货店铺，往来交易，陈大郎和小舅两人管理。他们翁婿、夫妻、郎舅之间，你敬我爱，做生意过日。忽遇寒冬天道，陈大郎往苏州置些货物，在街上行走，只见纷纷洋洋，下着国家祥瑞。古人有诗说得好，道是：

尽道丰年瑞，丰年瑞若何？
长安有贫者，宜瑞不宜多！

那陈大郎冒雪而行，正要寻一个酒店沽酒暖寒，忽见远远地一个人走将来。你道是怎生模样？但见：

身上紧穿着一领青服，腰间暗悬着一把钢刀。形状带些威雄，面孔更无细肉。两颊无非“不亦悦”①，遍身都是“德辅如”②。

那个人生得身长七尺，膀阔三停。大大一个面庞，大半被长须遮了。可煞作怪③，没有须的所在，又多有毛，长寸许，剩却眼睛外，把一个嘴脸遮得缝地也无了。正合着古人笑话髭髯不仁，侵扰乎其旁而不已，于是面之所馀无几。陈大郎见了，吃了一惊，心中想道：“这人好生古怪！只不知吃饭时如何处置这些胡须，露得个口出来。”又想道：“我有道理，拼得费钱把银子，请他到酒店中一坐，便看出他的行动来了。”他也只是见他异样，要作个耍，连忙躬身向前唱喏，那人还礼不迭。陈大郎道：“小可欲邀老丈酒楼小叙一杯。”那人是个远来的，况兼落雪天气，又饥又寒。听见说了，喜逐颜开。连忙道：“素昧平生，何劳厚意！”陈大郎捣个鬼道：“小可见老丈骨格非凡，心是豪杰，敢扳一话。”那人道：“却是不当。”口里如此说，却不推辞。两人一同上酒楼来。陈大郎便问酒保打了几角酒④，回了一腿羊肉，又摆

---

①不亦悦：下省一“乎”字。乎，谐“胡”。指此人满脸胡子。“不亦悦乎”是《论语·学而》中的文句。

②德辅(yóu)如：下省一“毛”字。“德輶如毛”是《诗经·烝民》中诗句。连上句，都是文字游戏。

③可煞：可是，真正。也写作“可霎”。

④角：本是盛酒器牛角。后世演变作酒的量名。

上些鸡鱼肉菜之类。陈大郎正要看他动口，就举杯来相劝。只见那人接了酒盏，放在桌上。向衣袖取出一对小小的银札钩来，挂在两耳，将须毛分开札起。拔刀切肉，恣其饮啖。又嫌杯小，问酒保讨个大碗，连吃了几壶。然后讨饭，饭到，又吃了十来碗。陈大郎看得呆了，那人起身拱手道："多谢兄长厚情，愿闻姓名乡贯。"陈大郎道："在下姓陈，名某。本府吴江县人。"那人一一记了。陈大郎也求他姓名，他不肯还个明白，只说："我姓乌，浙江人。他日兄长有事到敝省，或者可以相会。承兄盛德，必当奉报，不敢有忘。"陈大郎连称不敢。当下算还酒钱，那人千恩万谢出门，作别自去了。陈大郎也只道是偶然的说话，那里认真。归来对家中人说了，也有信他的，也有疑他说谎的，俱各笑了一场。不在话下。

又过了两年有馀。陈大郎只为做亲了数年，并不曾生得男女，夫妻两个发心，要往南海普陀落伽山观音大士处烧香求子，尚在商量未决。忽一日，欧公有事出去了，只见外边有一个人，走进来叫道："老欧在家么？"陈大郎慌忙出来答应，却是崇明县的褚敬桥。施礼罢，便问："令岳在家否？"陈大郎道："少出。"褚敬桥道："令亲外太妈陆氏①，身体违和，特地叫我寄信，请你令岳母相伴几时。"大郎闻言，便进来说与曾氏知道。曾氏道："我去便要去，只是你岳父不在，眼下不得脱身。"便叫过女儿、儿子分付道："外婆有病。你每姊弟两人，可到崇明去伏侍几日。待你父亲归家，我就来换你们便了。"当下商议已定，便留褚敬桥吃了午饭，央他先去回复。又过了两日，姊弟二人收拾停当，叫下一只艎船起行②。那曾氏又分付道："与我上覆外婆，须要宽心调理。可说我也就要来的。虽则不多日路，你两人年小，各要小心。"二人领诺，自望崇明去了。只因此一去，有分教：

绿林此日逢娇冶，红粉从今踏险危。

---

①外太妈：外婆。

②艎船：舱板上无篷的沙船。当时崇明一带多有，类似现在的小舣船。

却说陈大郎自从妻、舅去后，十日有馀，欧公已自归来。只见崇明又央人寄信来，说道："前日褚敬桥回覆道，叫外甥们就来，如何至今不见？"那欧公夫妻和陈大郎都吃了一大惊，便道："去已十日了，怎说不见？"寄信的道："何曾见半个影来？你令岳母倒也好了。只是令爱、令郎是甚缘故？"陈大郎忙去寻那载去的船家问他。船家道："到了海滩边，船进去不得。你家小官人与小娘子说道：'上岸去路不多远，我们认得的。你自去罢。'此时天色将晚，两个急急走了去，我自摇船回了。如何不见？"那欧公急得无计可施，便对妈妈道："我在此看家。你可同女婿探望丈母，就访访消息归来。"他每两个心中慌得无措，听得说了，便一刻也迟不得。急忙备了行李，雇了船只，第二日早早到了崇明。相见了陆氏妈妈，问起缘由。才知病体已渐痊可，只是外甥儿女毫不知些踪迹。那曾氏便是"心肝肉"的放声大哭起来。陆氏及邻舍妇女们惊来问信的，也不知陪了多少眼泪。陈大郎是个性急的人，敲台拍凳的怒道："我晓得，都是那褚敬桥寄甚么鸟信！是他趁伙打劫，用计拐去了。"便不管三七二十一，忿气走到褚家。那褚敬桥还不知甚么缘由，劈面撞着正要问个来历，被他劈胸揪住，喊道："还我人来！还我人来!"就要扯他到官。此时已闹动街坊，人齐拥来看。那褚敬桥面如土色，嚷道："有何得罪？也须说个明白。"大郎道："你还要白赖！我好好的在家里，你寄甚么信，把我妻子、舅子拐在那里去了？"褚敬桥拍着胸膛道："真是冤天屈地，要好成歉[①]！吾好意为你寄信，你妻子自不曾到。今日这话，却不是祸从天上来？"大郎道："我妻、舅已自来十日了，怎不见到？"敬桥道："可又来！我到你家寄信时，今日算来十二日了。次日傍晚，到得这里，以后并不曾出门。此时你家妻、舅还在家未动身，我在何时拐骗？如今四邻八舍都是证见，若是我十日内曾出门到那里，这便都算是我的缘故。"众人都道："那有这事？这不撞着拐子[②]，

①要好成歉：方言。好心不得好报。

②拐子：拐卖人口的骗子。

就撞着强盗了。不可冤屈了平人①!”陈大郎情知不关他事,只得放了手,忍气吞声跑回曾家。就在崇明县进了状词。又到苏州府进了状词,批发本县捕衙缉访。又各处粉墙上贴了招子,许出赏银二十两。又寻着原载去的船家,也拉他到巡捕处,讨了个保,押出挨查。仍旧到崇明,与曾氏共住了二十馀日,并无消息。不觉的残冬将尽,新岁又来,两人只得回到家中。欧公已知上项事了,三人哭做一堆,自不必说。别人家多欢欢喜喜过年,独有他家烦烦恼恼。

一个正月又匆匆的过了,不觉又是二月初头,依先没有一些影响。陈大郎猛然想着道:“去年要到普陀进香,只为要求儿女,如今不想连儿女的母亲都不见了,我直如此命蹇!今月十九日是观音菩萨生日,何不到彼进香还愿?一来祈求的观音报应。二来看些浙江景致,消遣闷怀,就便做些买卖。”算计已定,对丈人说过,托店铺与他管了。收拾行李,取路望杭州来。过了杭州钱塘江,下了海船,到普陀上岸。三步一拜,拜到大士殿前。焚香顶礼已过,就将分离之事通诚了一番。重复叩头,道:“弟子虔诚拜祷,伏望菩萨大慈大悲,救苦救难,广大灵感,使夫妻再得相见。”拜罢下船,就泊在岩边宿歇。睡梦中见观音菩萨口授四句诗道:

合浦珠还自有时②,惊危目下且安之。
姑苏一饭酬须重,大海茫茫信可期。

陈大郎飒然惊觉,一字不忘。他虽不甚精通文理,这几句却也解得,叹口气道:“菩萨果然灵感!依他说话,相逢似有可望。但只看如此光景,那得能勾?”心下悒快,那一饭的事,早已不记得了。清早起来,开船归家。行不得数里,海面忽地起一阵飓风,吹得天昏地暗,连东西南北都不见了。舟人牢把船舵,任风飘去。须臾之间,飘到

①平人:好人,无辜的人。

②合浦珠还:比喻失而复得。合浦,汉代为郡。即今广西合浦县。以产珍珠著名。《后汉书·孟尝传》说,孟尝任合浦太守之前,先太守贪污,合浦明珠都跑到交址郡边上去了。孟尝到任后,革除弊端,失去了的珠宝又回来了。

一个岛边，早已风恬日朗。那岛上有小喽罗数百，正在那里使枪弄棒，比箭抡拳。一见有海船飘到，正是老鼠在猫口边过，如何不吃？便一伙的都抢下船来，将一船人身边银两行李尽数搜出。那多是烧香客人，所有不多，不满众意，提起刀来吓他要杀。陈大郎情急了，大叫："好汉饶命！"那些喽罗听是东路声音，便问道："你是那里人？"陈大郎战兢兢道："小人是苏州人。"喽罗们便说道："既如此，且绑到大王面前发落，不可便杀。"因此连众人都饶了，齐齐绑到聚义厅来。陈大郎此时也不知是何主意，总之这条性命一大半是阎家的了①。闭着泪眼，口里只念"救苦救难观世音菩萨"。只见那厅上一个大王，慢慢地踱下厅来，将大郎细看了一看，大惊道："元来是吾故人到此，快放了绑！"陈大郎听得此话，才敢偷眼看那大王时节，正是那两年前遇着多须多毛，酒楼上请他吃饭这个人。喽罗连忙解脱绳索。大王便扯一把交椅过来，推他坐了，纳头便拜，道："小孩儿每不知进退，误犯仁兄，望乞恕罪！"陈大郎还礼不迭，说道："小人触冒山寨，理合就戮，敢有他言？"大王道："仁兄怎如此说？小可感仁兄雪中一饭之恩，于心不忘。屡次要来探访仁兄，只因山寨中多事不便。日前曾分付孩儿们，凡遇苏州客商，不可轻杀。今日得遇仁兄，天假之缘也。"陈大郎道："既蒙壮士不弃小人时，乞将同行众人包裹行李见还，早回家乡，誓当衔环结草②。"大王道："未曾尽得薄情，仁兄如何就去？况且有一事要与仁兄慢讲。"回头分付小喽罗，宽了众人的绑，还了行李货物，先放还乡。众人欢天喜地，分明是鬼门关上放将

---

①阎家：指阎王。阴曹地府的鬼王。

②衔环结草：古代两个著名的报恩典故。"衔环"是说，东汉杨宝九岁时救活了一只被鸱枭啄伤的黄雀，养了百日后放走。当夜梦见一黄衣童子，自称是西王母使者。为报救命之恩，以白环四枚相赠，保证他家子孙洁白，四世三公。见吴均《续齐谐记》。"结草"是说，春秋时晋国大夫魏武子临终时遗言，以其妾殉葬。其子魏颗不从而嫁之。后魏颗与秦军作战，与秦力士杜回相持不下。有一老人结一根草绳把杜回绊倒，魏颗于是擒获了杜回。夜梦老人言，是嫁出之妾的父亲。见《左传·宣公十五年》。

转来。把头似捣蒜的一般，拜谢了大王，又谢了陈大郎。只恨爹娘少生了两只脚，如飞的开船去了。大王便叫摆酒，与陈大郎压惊。须臾齐备，摆上厅来。那酒肴内，山珍海错也有，人肝人脑也有。大王定席之后，饮了数杯，陈大郎开口问道："前日仓卒有慢，不曾备细请教得壮士大名，伏乞详示。"大王道："小可生在海边，姓乌，名友。少小就有些膂力，众人推我为尊，权主此岛。因见我须毛太多，称我做乌将军。前日由海道到崇明县，得游贵府，与仁兄相会。小可不是餔啜之徒[1]，感仁兄一饭。盖因我辈钱财轻、义气重。仁兄若非尘埃之中深知小可，一个素不相识之人，如何肯欣然款纳[2]？所谓'士为知己者死'，仁兄果我之知己耳！"大郎闻言，又惊又喜。心里想道："好侥幸也！若非前日一饭，今日连性命也难保。"又饮了数杯，大王开言道："动问仁兄，宅上有多少人口？"大郎道："只有岳父母、妻子、小舅，并无他人。"大王道："如今各平安否？"大郎下泪道："不敢相瞒，旧岁荆妻、妻弟一同往崇明探亲，途中有失，至今不知下落。"大王道："既是这等，尊嫂定是寻不出了。小可这里有个妇女，也是贵乡人，年貌与兄正当。小可欲将他来奉仁兄箕帚，意下如何？"大郎恐怕触了大王之怒，不敢推辞。大王便大喊道："请将来！请将来！"只见一男一女，走到厅上。大郎定睛看时，元来不是别人，正是妻子与小舅，禁不住相持痛哭了一场。

大王便教增了筵席，三人坐了客位。大王坐了主位，说道："仁兄知尊嫂在此之故否？旧岁冬间，孩儿每往崇明海岸无人处，做些细商道路[3]。见一男一女，傍晚同行，拿着前来。小可问出根由，知是仁兄宅眷，忙令各馆别室，不敢相轻。于今两月有馀。急忙里无个缘便。心中想道，只要得邀仁兄一见，便可用小力送还。今日不期而遇，天使然也！"三人感谢不尽。那妻子与小舅私对陈大郎说

---

①餔啜之徒：光讲吃喝之人。

②款纳：招待。

③细商：小生意。指抢劫，婉转语。

道："那日在海滩上，望得见外婆家了，打发了来船。姊弟正走间，遇见一伙人捆缚将来，道是性命休矣！不想一见大王，查问来历，我等一一实对，便把我们另眼相看。我们也不知其故。今日见说，却记得你前年间曾言苏州所遇，果非虚话了。"陈大郎又想道："好侥幸也！前日若非一饭，今日连妻子也难保。"酒罢起身，陈大郎道："妻父母望眼将穿。既蒙壮士厚恩完聚，得早还家为幸。"大王道："既如此，明日送行。"当夜送大郎夫妇在一个所在，送小舅在一个所在，各歇宿了。次日，又治酒相饯，三口拜谢了要行。大王又教喽罗托出黄金三百两，白金一千两，彩段货物在外，不计其数。陈大郎推辞了几番，道："重承厚赐，只身难以持归。"大王道："自当相送。"大郎只得拜受了。大王道："自此每年当一至。"大郎应允。大王相送出岛边，喽罗们已自驾船相等。他三人欢欢喜喜，别了登舟。那海中是强人出没的所在，怕甚风涛险阻？只两日，竟由海道中送到崇明上岸，海船自去了。

他三人竟走至外婆家来。见了外婆，说了缘故，老人家肉天肉地的叫，欢喜无极。陈大郎又叫了一只船，三人一同到家。欧公欧妈见儿女、女婿都来，还道是睡里梦里。大郎便将前情告诉了一遍，各各悲欢了一场。欧公道："此果是乌将军义气，然若不遇飓风，何缘得到岛中？普陀大士真是感应！"大郎又说着大士梦中四句诗，举家叹异。从此大郎夫妻年年到普陀进香，都是乌将军差人从海道迎送。每番多则千金，少则数百，必致重负而返。陈大郎也年年往他州外府，觅些奇珍异物奉承，乌将军又必加倍相答。遂做了吴中巨富之家，乃一饭之报也。后人有诗赞曰：

胯下曾酬一饭金①，谁知剧盗有情深。

世间每说奇男子，何必儒林胜绿林！

---

①"胯下"句：指韩信微贱时曾受胯下（从人裆下爬过）之辱。代指韩信贫贱之时。酬一饭，指韩信钓于城下，饥饿之时，漂母把自己的饭分给他吃。后来韩信富贵还彭城，重重酬谢漂母。见《史记·淮阴侯列传》。

卷之九

宣徽院仕女秋千会　清安寺夫妇笑啼缘

诗曰：

闻说氤氲使，专司夙世缘。
岂徒生作合，惯令死重还。
顺局不成幻，逆施方见权。
小儿称造化，于此信其然。

话说人世婚姻前定，难以强求。不该是姻缘的，随你用尽机谋，坏尽心术，到底没收场。及至该是姻缘的，虽是被人扳障，受人离间，却又散的弄出合来，死的弄出活来。从来传奇小说上边，如《倩女离魂》[①]，活的弄出魂去，成了夫妻；如《崔护谒浆》[②]，死的弄转魂来，成了夫妻。奇奇怪怪，难以尽述。只如《太平广记》上边说[③]，有一个刘氏子，少年任侠，胆气过人。好的是张弓挟矢、驰马试剑、飞觞蹴鞠诸事。交游的人，总是些剑客，博徒，杀人不偿命的亡赖子弟。一日游楚中，那楚俗习尚正与相合。就有那一班儿意气相投的人，成群聚党，如兄若弟往来。有人对他说道："邻人王氏女美貌，当今无比。"刘氏子就央座中人为媒，去求聘他。那王家道："虽然此人少年英勇，却闻得行径古怪，有些不务实。恐怕后来惹出事端，误了

①《倩女离魂》：唐代陈玄祐所作传奇小说《离魂记》，后世演变为戏剧《倩女离婚》（元人郑德辉杂剧用此名）。叙倩女与王文举恋爱故事。即汤显祖《牡丹亭》所本。

②《崔护谒浆》：故事载于唐人孟棨《本事诗》，写崔护与村姑恋爱故事。元人白仁甫据以作杂剧《崔护谒浆》。

③《太平广记》：宋初李昉等人奉命编纂的艺文典故类书，五百卷。收录了大量宝贵材料，是后世小说戏剧作者寻找故事来源的渊薮。下文所述故事载卷386《刘氏子妻》。

女儿终身。”坚执不肯。那女儿久闻得此人英风义气，倒有几分慕他，只碍着爹娘做主，无可奈何。那媒人回覆了刘氏子。刘氏子是个猛烈汉子，道：“不肯便罢，大丈夫怕没有好妻，愁他则甚！”一些不放在心上。又到别处闲游了几年。其间也就说过几家亲事，高不凑，低不就，一家也不曾成得，仍旧到楚中来。那邻人王氏女，虽然未嫁，已许下人了。刘氏子闻知，也不在心上。这些旧时朋友，见刘氏子来了，都来访他。仍旧联肩叠背，日里合围打猎，猎得些獐鹿雉兔，晚间就烹炮起来，成群饮酒，没有三四鼓，不肯休歇。

一日打猎归来，在郭外十馀里一个村子里下马少憩。只见树木阴惨，境界荒凉，有六七个土堆，多是雨淋泥落，尸棺半露；也有棺木毁坏，尸骸尽见的。众人看了道：“此等地面，亏是日间，若是夜晚独行，岂不怕人！”刘氏子道：“大丈夫神钦鬼伏，就是黑夜，有何怕惧？你看我今日夜间，偏要到此处走一遭。”众人道：“刘兄虽然有胆气，怕不能如此。”刘氏子道：“你看我今夜便是。”众人道：“以何物为信？”刘氏子就在古墓上取墓砖一块，题起笔来，把同来众人名字多写在上面。说道：“我今带了此砖去，到夜间我独自送将来。”指着一个棺木道：“放在此棺上，明日来看便是。我送不来，我输东道，请你众位。我送了来，你众位输东道请我。见放着砖上名字，挨名派分，不怕少了一个。”众人都笑道：“使得，使得。”说罢，只听得天上隐隐雷响，一齐上马，回到刘氏子下处。又将射猎所得，烹宰饮酒。霎时间，雷雨大作，几个霹雳，震得屋宇都是动的。众人戏刘氏子道：“刘兄日间所言，此时怕铁好汉也不敢去。”刘氏子道：“说那里话！你看我雨略住就走。”果然阵头过，雨小了。刘氏子持了日间墓砖，出门就走。众人都笑道：“你看他那里演帐演帐①，回来捣鬼。我们且落得吃酒。”果然刘氏子使着酒性，一口气走到日间所歇墓边。笑道：“你看这伙懦夫，不知有何惧怕，便道到这里来不得。”此时雷雨已息，露出星光微明。正要将砖放在棺上，只见棺上有一件东西蹲踞

①演帐：演习，试一试。此处是假装。

在上面。刘氏子摸了一摸，道："奇怪！是甚物件？"暗中手捻捻看，却像是个衣衾之类裹着甚东西。两手合抱将来，约有七八十斤重。笑道："不拘是甚物件，且等我背了他去，与他们看看，等他们就晓得，省得直到明日才信。"他自恃膂力，要吓这班人，便把砖放了，一手拖来背在背上，大踏步便走。到得家来，已是半夜。众人还在那里呼红叫六的吃酒[①]。听得外边脚步响，晓得刘氏子已归，恰像负着重东西走的。正在疑惑间，门开处，刘氏子直到灯前，放下背上所负在地。灯下一看，却是一个簇新衣服的女人死尸。可也奇怪，挺然卓立，更不僵仆。一座之人猛然抬头见了，个个惊得屁滚尿流，有的逃躲不及。刘氏子再把灯细细照着死尸面孔，只见脸上脂粉新施，形容甚美。只是双眸紧闭，口中无气，正不知是甚么缘故。众人都怀惧怕道："刘兄恶取笑[②]，不当人子[③]！怎么把一个死人背在家里来吓人？快快仍背了出去！"刘氏子大笑道："此乃吾妻也。我今夜还要与他同衾共枕，怎么舍得负了出去？"说罢，就裸起双袖，一抱抱将上床来，与他做了一头，口对了口，果然做一被睡下了。他也只要在众人面前卖弄胆壮，故意如此做作。众人又怕又笑，说道："好无赖贼，直如此大胆不怕！拚得输东道与你罢了，何必做出此渗濑勾当[④]？"刘氏子凭众人自说，只是不理，自睡了，众人散去。

刘氏子与死尸睡到了四鼓，那死尸得了生人之气，口鼻里渐渐有起气来。刘氏子骇异，忙把手摸他心头，却是温温的。刘氏子道："惭愧！敢怕还活转来？"正在疑惑间，那女人四肢已自动了。刘氏子越吐着热气接他。果然翻个身，活将起来，道："这是那里？我却在此！"刘氏子问其姓名，只是含羞不说。须臾之间，天大明了。只见昨晚同席这干人，有几个走来道："昨夜死尸在那里？原来有这样

---

①呼红叫六：掷骰子时的喊声。此处大概是猜拳。

②恶取笑：恶作剧。

③不当人子：罪过。

④渗濑：丑恶，无聊，吓人。

异事!”刘氏子且把被遮着女人,问道:“有何异事?”那些人道:“原来昨夜邻人王氏之女嫁人,梳壮已毕,正要上轿,忽然急心疼死了。未及殡殓,只听得一声雷响,不见了尸首,至今无寻处。昨夜兄背来死尸,敢怕就是?”刘氏子大笑道:“我背来是活人,何曾是死尸!”众人道:“又来调喉[①]!”刘氏子扯开被与众人看时,果然是一个活人。众人道:“又来奇怪!”因问道:“小娘子谁氏之家?”那女子见人多了,便说出话来道:“奴是此间王家女。因昨夜一个头晕,跌倒在地,不知何缘在此?”刘氏子又大笑道:“我昨夜原说道是吾妻,今说将来,便是我昔年求聘的了。我何曾吊谎[②]?”众人都笑将起来道:“想是前世姻缘,我等当为撮合。”此话传闻出去,不多时王氏父母都来了。看见女儿是活的,又惊又喜。那女儿晓得就是前日求亲的刘生,便对父母说道:“儿身已死,还魂转来,却遇刘生。昨夜虽然是个死尸,已与他同寝半夜,也难另嫁别人了。爹妈做主则个!”众人都撺掇道:“此是天意,不可有违!”王氏父母遂把女儿招了刘氏子为婿。后来偕老。可见天意有定,如此作合。倘若这夜不是暴死大雷,王氏女已是别家媳妇了。又非刘氏子试胆作戏,就是因雷失尸,也有何涉?只因是夙世前缘,故此奇奇怪怪,颠之倒之,有此等异事。

这是个父母不肯许的,又有一个父母许了又悔的,也弄得死了活转来。一念坚贞,终成夫妇。留下一段佳话,名曰《秋千会记》[③]。正是:

精诚所至,金石为开。
贞心不寐,死后重谐。

这本话,乃是元朝大德年间的事[④]。那朝有个宣徽院使[⑤],叫做

---

①调喉:瞎说。

②吊谎:也作“掉谎”。扯谎,说瞎话。

③《秋千会记》:明代李祯《剪灯馀话》记有此故事梗概。

④大德:元成宗年号。

⑤宣徽院使:宣徽院长官。宣徽院,管理皇家膳食及朝会宴享的机构。与唐宋时代光禄寺相应。

孛罗，是个色目人①，乃故相齐国公之子。生自相门，穷极富贵，第宅宏丽，莫与为比。却又读书能文，敬礼贤士。一时公卿间，多称诵他好处。他家住在海子桥西②，与佥判奄都刺、经历东平王荣甫③，三家相联，通家往来④。宣徽私居后有花园一所，名曰杏园，取"春色满园关不住，一枝红杏出墙来"之意。那杏园中花卉之奇，亭榭之好，诸贵人家所不能仰望。每年春，宣徽诸妹、诸女，邀院判、经历两家宅眷，于园中设秋千之戏。盛陈饮宴，欢笑竟日。各家亦隔一日设宴还答。自二月末至清明后方罢，谓之"秋千会"。于时有个枢密院同佥帖木儿不花的公子⑤，叫做拜住，骑马在花园墙外走过。只闻得墙内笑声，在马上欠身一望，正见墙内秋千竞蹴，欢哄方浓。遥望诸女，都是绝色。拜住勒住了马，潜身在柳阴中恣意偷觑，不觉多时。那管门的老园公，听见墙外有马铃响，走出来看，只见这一个骑马郎君，呆呆地对墙里觑着。园公认得是同佥公子，走报宣徽，宣徽急叫人赶出来。那拜住才撞见园公时，晓得有人知觉。恐怕不雅，已自打上一鞭，去得远了。

拜住归家来，对着母夸说此事，盛道宣徽诸女，个个绝色。母亲解意，便道："你我正是门当户对，只消遣媒求亲，自然应允，何必望空羡慕?"就央个媒婆到宣徽家来说亲。宣徽笑道："莫非是前日骑马看秋千的? 吾正要择婿，教他到吾家来看看。才貌若果好，便当许亲。"媒婆归报同佥，同佥大喜，便叫拜住盛饰仪服，到宣徽家来。宣徽相见已毕，看他丰神俊美，心里已有几分喜欢。但未知内蕴才

---

①色目人：指西域和中亚诸国各民族之人。以和蒙古人、汉人、南人相区别。这是元代蒙古主的分类。

②海子桥：即今北京地安门外后门桥，为什刹海通玉河之处。今桥即明代遗存古迹。蒙古称湖为"海子"。

③佥判：指宣徽院院判。办事官。经历：官阶略低于院判的官员。

④通家：世交或姻亲互为通家。指关系密切。

⑤枢密院同佥：元代枢密院为中央军政官署，管理军机、边防和宫廷警卫。同佥为高级官员。

学如何，思量试他，遂对拜住道："足下喜看秋千，何不以此为题，赋《菩萨蛮》一调？老夫要请教则个。"拜住请笔砚出来，一挥而就。词曰：

红绳画板柔荑指，东风燕子双双起。夸俊要争高，更将裙系牢。　牙床和困睡，一任金钗坠。推枕起来迟，纱窗月上时。

宣徽见他才思敏捷，韵句铿锵，心下大喜，分付安排盛席款待。筵席完备，待拜住以子侄之礼，送他侧首坐下，自己坐了主席。饮酒中间，宣徽想道："适间咏秋千词，虽是流丽，然或者是那日看过秋千，便已有此题咏，今日偶合着题目的。不然，如何恁般来得快？真个七步之才也不过如此[①]。待我再试他一试看。"恰好听得树上黄莺巧啭，就对拜住道："老夫再欲求教，将《满江红》调赋莺一首，望不吝珠玉[②]。意下如何？"拜住领命，即席赋成，拂拭剡藤[③]，挥洒晋字[④]，呈上宣徽，词曰：

嫩日舒晴，韶光艳，碧天新霁。正桃腮半吐，莺声初试。孤枕乍闻弦索悄，曲屏时听笙簧细。爱绵蛮[⑤]，柔舌韵东风，愈娇媚。　幽梦醒，闲愁泥。残杏褪，重门闭。巧音芳韵，十分流丽。入柳穿花来又去，欲求好友真无计。望上林，何日得双栖？心迢递。

宣徽看见词翰两工[⑥]，心下已喜，及读到末句，晓得是见景生情，暗藏

---

①七步之才：比喻才思敏捷。典出魏文帝曹丕命曹植七步之内成诗，否则杀头。曹植果然写成那"豆萁诗"。

②珠玉：比喻锦绣文辞。

③剡（shàn）藤：指好纸。浙江嵊县剡溪所产藤皮纸极为精良，用以代称好纸。

④晋字：指好书法。东晋王羲之父子书法著称于世，王羲之且誉为书圣，故以"晋字"代指好字。

⑤绵蛮：鸟语声。

⑥词翰两工：辞藻和书法俱佳。

着求婚之意。不觉拍案大叫道："好佳作！真吾婿也。老夫第三夫人有个小女，名唤速哥失里，堪配君子。待老夫唤出相见则个。"就传云板[①]，请三夫人与小姐上堂。当下拜住见了岳母，又与小姐速哥失里相见了，正是秋千会里女伴中最绝色者。拜住不敢十分抬头，已自看得较切，不比前日墙外影响，心中喜乐，不可名状。相见罢，夫人同小姐回步。却说内宅女眷，闻得堂上请夫人、小姐时，晓得是看中了女婿。别位小姐都在门背后缝里张着，看见拜住一表非俗，个个称羡。见速哥失里进来，私下与他称喜道："可谓'门阑多喜气，女婿近乘龙'也[②]。"合家赞美不置。

拜住辞谢了宣徽，回到家中，与父母说知，就择吉日行聘。礼物之多，词翰之雅，喧传都下，以为盛事。谁知好事多磨，风云不测。台谏官员看见同佥富贵豪宕，上本参论他赃私。奉圣旨发下西台御史勘问[③]，免不得收下监中。那同佥是个受用的人，怎吃得牢狱之苦？不多几日，生起病来。元来元朝大臣在狱有病，例许题请释放。同佥幸得脱狱，归家调治，却病得重了，百药无效，不上十日，呜呼哀哉，举家号痛。谁知这病，是惹的牢瘟，同佥既死，阖门染了此症。没几日就断送一个，一月之内，弄个尽绝。止剩得拜住一个不死，却又被西台追赃入官，家业不勾赔偿，真个转眼间冰消瓦解，家破人亡。宣徽好生不忍。心里要收留拜住回家成亲，教他读书，以图出身，与三夫人商议。那三夫人是个女流之辈，只晓得炎凉世态，那里管甚么大道理，心里怫然不悦。元来宣徽别房虽多，惟有三夫人是他最宠爱的，家里事务，都是他主持。所以前日看上拜住，就只把他的女儿许了，也是好胜处。今日见别人的女儿多与了富贵之家，反

---

①云板：也称"传板"。官署和大户人家，大门或厅堂设云板，有事敲响通知内宅。《三才图会》："即今之更点击钲。"原是报时器。铜制，悬于木架下。

②乘龙：佳婿，快婿。东汉桓焉两个女儿都嫁给了有名望的大官，人说二女乘龙。此处所引是杜甫的诗句。

③西台御史：西台即御史台。御史台为最高监察官署。长官为御史大夫。

是他女婿家里凋弊了,好生不伏气。一心要悔这头亲事,便与女儿速哥失里说知。速哥失里不肯,哭谏母亲道:"结亲结义,一与定盟,终不可改。儿见诸姊妹家荣盛,心里岂不羡慕?但寸丝为定,鬼神难欺。岂可因他贫贱,便想悔赖前言?非人所为。儿誓死不敢从命。"宣徽虽也道女儿之言有理,怎当得三夫人撒娇撒痴,把宣徽的耳朵撥了转来。那里管女儿肯不肯,别许了平章阔阔出之子僧家奴①。拜住虽然闻得这事,心中懊恼,自知失势,不敢相争。那平章家择日下聘,比前番同佥之礼,更觉隆盛。三夫人道:"争得气来,心下方才快活。"只见平章家拣下吉期,花轿到门。速哥失里不肯上轿,众夫人、众姊妹各来相劝。速哥失里大哭一场,含着眼泪,勉强上轿。到得平章家里,傧相念了诗赋,启请新人出轿。伴娘开帘,等待再三,不见抬身。攒头轿内看时,叫声:"苦也!"元来速哥失里在轿中偷解缠脚纱带,缢颈而死,已此绝气了。慌忙报与平章,连平章没做道理处,叫人去报宣徽。那三夫人见说,儿天儿地,哭将起来。急忙叫人追轿回来,急解脚缠,将姜汤灌下去,牙关紧闭,眼见得不醒。三夫人哭得昏晕了数次。无可奈何,只得买了一副重价的棺木,尽将平日房奁、首饰、珠玉及两番夫家聘物,尽情纳在棺内入殓,将棺木暂寄清安寺中。

且说拜住在家,闻得此变,情知小姐为彼而死。晓得柩寄清安寺中,要去哭他一番。是夜来到寺中,见了棺柩,不觉伤心,抚膺大恸。真是哭得三生诸佛都垂泪②,满房禅侣尽长吁。哭罢,将双手扣棺道:"小姐阴灵不远,拜住在此!"只听得棺内低低应道:"快开了棺,我已活了。"拜住听得明白。欲要开时,将棺木四周一看,漆钉牢固,难以动手。乃对本房主僧说道:"棺中小姐,元是我妻屈死。今棺中说道已活,我欲开棺,独自一人,难以着力,须求师父们帮助。"

①平章:平章政事。地位相当于副丞相。

②三生诸佛:佛有过去、现在、未来之说。过去佛为迦叶诸佛,现在佛为释迦牟尼佛,未来佛为弥勒诸佛。

僧道："此宣徽院小姐之棺，谁敢私开？开棺者须有罪。"拜住道："开棺之罪，我一力当之，不致相累，况且暮夜无人知觉。若小姐果活了，放了出来，棺中所有，当与师辈共分。若是不活，也等我见他一面，仍旧盖上，谁人知道？"那些僧人见说共分所有，他晓得棺中随殓之物甚厚，也起了利心。亦且拜住兴头时[①]，与这些僧人也是门徒施主[②]，不好违拗。便将一把斧头，把棺盖撬将开来。只见划然一声，棺盖开处，速哥失里便在棺内坐了起来。见了拜住，彼此喜极。拜住便说道："小姐再生之庆，果是冥数，也亏得寺僧助力开棺。"小姐便脱下手上金钏一对及头上首饰一半，谢了僧人。剩下的还直数万两。拜住与小姐商议道："本该报宣徽得知，只是恐怕有变。而今身边有财物，不如瞒着远去，只央寺僧买些漆来，把棺木仍旧漆好，不说出来。神不知，鬼不觉，此为上策。"寺僧受了重贿，无有不依，照旧把棺木漆得光净牢固，并不露一些风声。拜住遂挈了速哥失里，走到上都[③]，寻房居住。那时身边丰厚。拜住又寻了一馆，教着蒙古生数人，复有月俸。家道从容，尽可过日。夫妻两个，你恩我爱，不觉已过一年。也无人晓得他的事，也无人晓得甚么宣徽之女，同佥之子。

却说宣徽自丧女后，心下不快，也不去问拜住下落。好些时不见了他，只说是流离颠沛，连存亡不可保了。一日旨意下来，拜宣徽做开平尹[④]。宣徽带了家眷赴任。那府中事体烦杂，宣徽要请一个馆客做记室[⑤]，代笔札之劳。争奈上都是个极北夷方，那里寻得个儒

①兴头：高兴，兴旺。

②门徒施主：僧尼道人与俗家之间建立的一种信徒和供奉布施关系，互相常来常往。僧尼为门徒，俗家则称"施主"。

③上都：原为开平府。定都城于大都后，升开平府为上都。故址在今内蒙正蓝旗闪电河北岸。

④开平尹：开平府尹，即上都尹。元代府州县长官称尹，而达鲁花赤（掌印官）才是真正的长官。

⑤记室：管文书的秘书。

生出来？访有多日，有人对宣徽道："近有个士人，自大都挈家寓此[①]。也是个色目人，设帐民间，极有学问。府君若要觅西宾[②]，只有此人可以充得。"宣徽大喜，差个人拿帖去快请了来。拜住看见了名帖，心知正是宣徽。忙对小姐说知了。穿着整齐，前来相见。宣徽看见，认得是拜住，吃了一惊，想道："我几时不见了他，道是流落死亡了，如何得衣服济楚[③]，容色充盛如此？"不觉追念女儿，有些伤感起来。便对拜住道："昔年有负足下，反累爱女身亡，惭恨无极。今足下何因在此？曾有亲事未曾？"拜住道："重蒙垂念，足见厚情。小婿不敢相瞒，令爱不亡，见同在此。"宣徽大惊道："那有此话！小女当日自缢，今尸棺见寄清安寺中，那得有个活的在此间？"拜住道："令爱小姐与小婿实是夙缘未绝，得以重生。今见在寓所，可以即来相见，岂敢有诳？"宣徽忙走进去，与三夫人说了，大家不信。拜住又叫人去对小姐说了，一乘轿竟抬入府衙里来。惊得合家人都上前来争看，果然是速哥失里。那宣徽与三夫人不管是人是鬼，且抱着头哭做了一团。哭罢，定睛再看，看去身上穿戴的还是殓时之物，行步有影，衣衫有缝，言语有声，料想真是个活人了。那三夫人道："我的儿，就是鬼，我也舍不得放你了！"只有宣徽是个读书人见识，终是不信。疑心道："此是屈死之鬼，所以假托人形，幻惑年少。"口里虽不说破，却暗地使人到大都清安寺问僧家的缘故。僧家初时抵赖，后见来人说道已自相逢厮认了，才把真心话一一说知。来人不肯便信，僧家把棺木撬开与他看。只见是个空棺，一无所有。回来报知宣徽道："此情是实。"宣徽道："此乃宿世前缘也！难得小姐一念不移，所以有此异事。早知如此，只该当初依我说，收养了女婿，怎见得有此多般！"三夫人见说，自觉没趣，懊悔无极，把女婿越看待得亲热，竟赘他在家中终身。后来速哥失里与拜住生了三子。长子教

---

①大都：即今北京市。亦称"燕京"。

②西宾：幕友和家庭教师均称为"西宾"。此指幕友，帮助办理公文事务。

③济楚：整齐，漂亮。也作"齐楚"。

化，仕至辽阳等处行中省左丞[①]。次子忙古歹，幼子黑厮，俱为内怯薛带御器械[②]。教化与忙古歹先死，黑厮直做到枢密院使[③]。天兵至燕[④]，元顺帝御清宁殿[⑤]，集三宫皇后太子同议避兵。黑厮与丞相失列门哭谏道："天下者，世祖之天下也[⑥]，当以死守。"顺帝不听，夜半开建德门遁去[⑦]。黑厮随入沙漠，不知所终。

平章府轿抬死女，清安寺漆整空棺。

若不是生前分定，几曾有死后重欢？

---

①行中省：行中书省。简称行省。中国行省制度起源于元代。左丞：行省长官带丞相衔平章、左右丞，是元代特点；即行省长官。

②内怯薛：蒙古语。宫廷侍卫。

③枢密院使：枢密院长官。相当于今国防部长。

④天兵：天朝之大军。指明兵。

⑤元顺帝：元代最后一个皇帝。

⑥世祖：元世祖忽必烈。元朝第一个皇帝。

⑦建德门：明代改为"德胜门"。今名同。

卷之十

韩秀才乘乱聘娇妻　吴太守怜才主姻簿

诗曰：

嫁女须求女婿贤，贫穷富贵总由天。

姻缘本是前生定，莫为炎凉轻变迁！

话说人生一世，沧海变为桑田，目下的贵贱穷通都做不得准的。如今世人一肚皮势利念头，见一个人新中了举人进士，生得女儿，便有人抢来定他为媳；生得男儿，便有人捱来许他为婿。万一官卑禄薄，一旦夭亡，仍旧是个穷公子、穷小姐，此时懊悔，已自迟了。尽有贫苦的书生，向富贵人家求婚，便笑他阴沟洞里思量天鹅肉吃。忽然青年高第，然后大家懊悔起来，不怨怅自己没有眼睛，便嗟叹女儿无福消受。所以古人会择婿的，偏拣着富贵人家不肯应允，却把一个如花似玉的爱女，嫁与那酸黄齑、烂豆腐的秀才，没有一人不笑他呆痴，道是好一块羊肉，可惜落在狗口里了。一朝天子招贤，连登云路[①]，五花诰[②]，七香车[③]，尽着他女儿受用，然后服他先见之明。这正是：凡人不可貌相，海水不可斗量。只在论女婿的贤愚，不在论家势的贫富。当初韦皋、吕蒙正[④]，多是样子。

---

①连登云路：青云直上，官运亨通。

②五花诰：官员封官授爵的诏书，用华贵彩帛书写。对官员妻子的封号也如此。

③七香车：豪华彩绘的贵妇人坐车，车身缀着各种名贵香料制作的香囊。

④韦皋：唐代人。因功封王。他是大臣张延赏的女婿，曾受到侮辱而离去。后来替代张延赏任西川节度使，延赏自悔“善不识人”。吕蒙正：北宋大臣，两朝宰相。元人王实甫曾写《破窑记》杂剧。描写吕蒙正青年时贫穷，接了刘丞相女儿抛下的彩球为刘家女婿，又被丞相赶出去。后来中了状元，大富大贵。

却说春秋时郑国有一个大夫，叫做徐吾犯。父母已亡，止有一同胞妹子。那小姐年方十六，生得肌如白雪，脸似樱桃，鬓若堆鸦，眉横丹凤。吟得诗，作得赋，琴棋书画，女工针指，无不精通。还有一件好处，那一双娇滴滴的秋波，最会相人。大凡做官的与他哥哥往来，他常在帘中偷看，便识得那人贵贱穷通，终身结果，分毫没有差错，所以一发名重当时。却有大夫公孙楚聘他为妇，尚未成婚。那公孙楚有个从兄，教做公孙黑，官居上大夫之职①。闻得那小姐貌美，便央人到徐家求婚。徐大夫回他已受聘了。公孙黑原是不良之徒，便倚着势力，不管他肯与不肯，备着花红酒礼②，笙箫鼓乐，送上门来。徐大夫无计可施，次日备了酒筵，请他兄弟二人来，听妹子自择。公孙黑晓得要看女婿，便浓妆艳服而来，又自卖弄富贵，将那金银彩段排列一厅。公孙楚只是常服，也没有甚礼仪。旁人观看的，都赞那公孙黑，暗猜道一定看中他了。酒散，二人谢别而去。小姐房中看过，便对哥哥说道："公孙黑官职又高，面貌又美，只是带些杀气，他年决不善终。不如嫁了公孙楚，虽然小小有些折挫，久后可以长保富贵。"大夫依允，便辞了公孙黑，许了公孙楚。择日成婚已毕。那公孙黑怀恨在心，奸谋又起。忽一日，穿了甲胄，外边用便服遮着，到公孙楚家里来。欲要杀他，夺其妻子。已有人通风与公孙楚知道，疾忙执着长戈赶出。公孙黑措手不及，着了一戈，负痛飞奔出门。便到宰相公孙侨处告诉。此时大夫都聚，商议此事，公孙楚也来了。争辩了多时。公孙侨道："公孙黑要杀族弟，其情未知虚实。却是论官职也该让他，论长幼也该让他。公孙楚卑幼，擅动干戈，律当远窜。"当时定了罪名，贬在吴国安置。公孙楚回家，与徐小姐抱头痛哭而行。公孙黑得意，越发耀武扬威了。外人看见，都懊怅徐小姐不嫁得他，就是徐大夫也未免世俗之见。小姐全然不以为意，

①上大夫：大夫中最高的一级。以下为中大夫、下大夫。

②花红：办喜事的赏钱。即今红包。

安心等守。却说郑国有个上卿游吉[1]，该是公孙侨之后轮着他为相。公孙黑思想夺他权位，日夜蓄谋，不时就要作起反来。公孙侨得知，便疾忙乘其未发，差官数了他的罪恶，逼他自缢而死。这正合着徐小姐"不善终"的话了。那公孙楚在吴国住了三载，赦罪还朝。就代了那上大夫职位，富贵已极，遂与徐小姐偕老。假如当日小姐贪了上大夫的声势，嫁着公孙黑，后来做了叛臣之妻，不免守几十年之寡。即此可见，目前贵贱都是论不得的。

说话的，你又差了！天下好人也有穷到底的，难道一个个为官不成？俗语道得好："赊得不如现得。"何如把女儿嫁了一个富翁，且享此目前的快活。看官有所不知，就是会择婿的，也都要跟着命走，一饮一啄，莫非前定。却毕竟不如嫁了个读书人，到底不是个没望头的。如今再说一个生女的富人，只为倚富欺贫，思负前约，亏得太守廉明，成其姻事。后来妻贵夫荣，遂成佳话。有诗一首为证：

当年红拂困闺中[2]，有意相随李卫公[3]。
日后荣华谁可及？只缘双目识英雄。

话说国朝正德年间[4]，浙江台州府天台县有一秀士，姓韩名师愈，表字子文。父母双亡，也无兄弟，只是一身。他十二岁上就游庠的[5]，养成一肚皮的学问，真个是：

才过子建，貌赛潘安。胸中博览五车[6]，腹内广罗千古。他

---

①上卿：卿的等级高于大夫。上卿又是卿的等级中最高的。

②红拂：唐人杜光庭传奇《虬髯客传》中隋代名妓。

③李卫公：唐代开国功臣之一李靖，封卫国公。红拂为杨素家伎。李靖为布衣时拜谒杨素。红拂一见倾心，当夜私奔李靖处，终生追随。

④正德：明武宗朱厚照年号。

⑤游庠：也称"入泮"、"进学"。考中了秀才。

⑥五车：学富五车，表示很有学问。《庄子·天下篇》："惠施多方，其书五车。"

日必为攀桂客[①],目前尚作采芹人[②]。

那韩子文虽是满腹文章,却当不过家道消乏[③],在人家处馆[④],勉强糊口。所以年过二九,尚未有亲。一日,遇着端阳节近,别了主人家回来。住在家里了数日,忽然心中想道:“我如今也好议亲事了。据我胸中的学问,就是富贵人家把女儿匹配,也不冤屈了他。却是如今世人谁肯?”又想了一回道:“是便是这样说,难道与我一样的儒家,我也还对他的女儿不过?”当下开了拜匣[⑤],称出束脩银伍钱[⑥],做个封筒封了,放在匣内。教书僮拿了随着,信步走到王媒婆家里来。那王媒婆接着,见他是个穷鬼,也不十分动火他的。吃过了一盏茶,便开口问道:“秀才官人几时回家的?甚风推得到此?”子文道:“来家五日了。今日到此,有些事体相央。”便在家童手中接过封筒,双手递与王婆道:“薄意伏乞笑纳,事成再有重谢。”王婆推辞一番便接了,道:“秀才官人,敢是要说亲么?”子文道:“正是。家下贫穷,不敢仰攀富户,但得一样儒家女儿,可备中馈[⑦],延子嗣足矣。积下数年束脩,四五十金聘礼也好勉强出得,乞妈妈与我访个相应的人家[⑧]。”王婆晓得穷秀才说亲,自然高来不成,低来不就的,却难推拒他,只得回复道:“既承官人厚惠,且请回家。待老婢子慢慢的寻觅。有了话头,便来回报。”那子文自回家去了。一住数日。只见王

①攀桂客:以喻科举得意,考中举人、进士。典出《晋书·郤诜传》:“臣举贤良对策,为天下第一,犹桂林之一枝,昆山之片玉。”

②采芹人:当秀才。《诗经·泮水》:“思乐泮水,薄采其芹。”泮水,泮宫,即学宫。芹是水芹,一种菜。后世即以“采芹人”指称秀才。

③消乏:萧条。指贫寒。

④处馆:当私塾先生。

⑤拜匣:随手携带的小匣子,放置名帖、小礼物等。

⑥束脩:古代是一束腊肉,学生送给先生作礼物。后世指老师报酬为束脩。

⑦中馈:家庭主妇,即妻子。语出《易经·家人》孔颖达正义:“妇人之道……其所职主在于家中馈食供祭而已。”

⑧相应:便宜,要价不高。此词今方言中仍用。也作“有利”、“相当”、“合适”解。

婆走进门来,叫道:“官人在家么?”子文接着,问道:“姻事如何?”王婆道:“为着秀才官人,鞋子都走破了。方才问得一家,乃是县前许秀才的女儿,年纪十七岁。那秀才前年身死,娘子寡居在家里,家事虽不甚富,却也过得。说起秀才官人,倒也有些肯了,只是说道:‘我女儿嫁个读书人,尽也使得。但我们妇人家,又不晓得文字,目今提学要到台州岁考①,待官人考了优等,就出吉帖便是②。’”子文自恃才高,思忖此事十有八九,对王婆道:“既如此说,便待考过议亲不迟。”当下买几杯白酒,请了王婆。自别去了。

子文又到馆中静坐了一月有馀,宗师起马牌已到③。那宗师姓梁,名士范,江西人,不一日到了台州。那韩子文头上戴了紫菜的巾,身上穿了腐皮的衫,腰间系了芋艿的绦,脚下穿了木耳的靴④,同众生员迎接入城。行香讲书已过,便张告示,先考府学及天台、临海两县。到期,子文一笔写完,甚是得意。出场来,将考卷誊写出来,请教了几个先达⑤,几个朋友,无不叹赏。又自己玩了几遍,拍着桌子道:“好文字!好文字!就做个案元帮补⑥,也不为过,何况优等!”

①提学:主持一省学政的官员。按例视察府州县学,考试生员。明代一般由御史或按察司副使、佥事担任。岁考:明代提学官在任三年中两次考试生员。一次称作“科考”。以选取科考生,有资格参加举人考试。科考以前先以六等考试生员,称作“岁考”。一二等为优等,即为科考生,给赏。三等如常,不奖不罚。四五等受罚,六等开除。所以文中说韩生没能考上一二优等,只考了三等,脸上无光,议亲不成。

②吉帖:即俗称“八字”。用红纸书写女方生辰年月日时的喜帖。“纳吉”(俗称拿八字)为婚姻六礼之一。

③宗师:即提学官。因是考试生员的主考官,尊称为“宗师”。起马牌:官员起程通知。

④木耳:形容像木耳那样绉绉巴巴。

⑤先达:有名望的前辈。

⑥案元:第一名。帮补:韩生算是说客气话,候补,一伙的。其实他是自信第一名。

又把文字来鼻头边闻一闻，道："果然有些老婆香[①]。"却说那梁宗师是个不识文字的人，又且极贪，又且极要奉承乡官及上司[②]。前日考过杭、嘉、湖[③]，无一人不骂他的，几乎吃秀才们打了[④]。曾编着几句口号道："道前梁铺，中人姓富[⑤]，出卖生儒，不误主顾。"又有一个对道："公子笑欣欣，喜弟喜兄都入学；童生愁惨惨[⑥]，恨祖恨父不登科。"又把《四书》几语[⑦]，做着几股道[⑧]："君子学道，公则悦；小人学道，尽信书。不学诗，不学礼，有父兄在，如之何其废之？诵其诗，读其书，虽善不尊，如之何其可也？"那韩子文是个穷儒，那有银子钻刺[⑨]？十日后发出案来，只见公子富翁都占前列了。你道那韩师愈的名字却在那里？正是：似王无一竖[⑩]，如川却又眠。曾有一首《黄莺儿》词，单道那三等的苦处：

　　无辱又无荣，论文章是弟兄，鼓声到此如春梦。高才命穷，

---

①老婆香："书中自有颜如玉"的粗俗说法。考了第一名自然亲事成功，所以闻出老婆香来了。

②乡官：退休在家的官员。

③杭、嘉、湖：杭州、嘉兴、湖州。

④吃：方言。介词，给，叫，被。

⑤中人：即牙人。此句指以钱作媒介。

⑥童生：参加生员考试的读书人称作"童生"，不论年纪大小。也称"儒童"。

⑦四书：即儒学四本经典《论语》、《孟子》、《大学》、《中庸》。

⑧几股：八股文几股。八股文又名四书文、制艺等。题目从四书中选取。考生依题据经发挥成文。明代成化以后定出严格体式，规定字数。行文中有"破题"、"承题"、"起讲"、"提比"、"虚比"、"中比"、"后比"、"大结"诸名（元代王充耘始造八比之法）。比，又叫做"股"。后又废去"虚比"。提比，也叫"起股"，大结，亦名"束股"。起股、中股、后股、束股，每股要写成排比对偶的两股，即成八股。"八股"由此得名。（参见梁杰《四书文源流考》）话中摹拟的大约是两股。文句也都是四书中的句子。

⑨钻刺：钻营，走后门，托人情。

⑩"似王"二句：指"三"字。韩生考得的是三等。

庸才运通，廪生到此便宜贡[1]。且从容，一边站立，看别个赏花红[2]。

那韩子文考了三等，气得目睁口呆。把那梁宗师乌龟亡八的骂了一场。不敢提起亲事，那王婆也不来说了。只得勉强自解，叹口气道：

娶妻莫恨无良媒，书中有女颜如玉。

发落已毕，只得萧萧条条[3]，仍旧去处馆。见了主人家及学生，都是面红耳热的，自觉没趣。

又过了一年有馀，正遇着正德爷爷崩了，遗诏册立兴王[4]。嘉靖爷爷就藩邸召入登基，年方一十五岁。妙选良家子女，充实掖庭[5]。那浙江纷纷的讹传道："朝廷要到浙江各处点绣女[6]。"那些愚民，一个个信了。一时间嫁女儿的，讨媳妇的，慌慌张张，不成礼体。只便宜了那些卖杂货的店家，吹打的乐人，服侍的喜娘，抬轿的脚夫，赞礼的傧相。还有最可笑的，传说道："十个绣女要一个寡妇押送。"赶得那七老八十的，都起身嫁人去了。但见：

十三四的男儿，讨着二十四五的女子；十二三的女子，嫁着三四十的男儿。粗蠢黑的面孔，还恐怕认做了绝世芳姿；宽定宕的东西，还恐怕认做了含花嫩蕊。自言节操凛如霜，做不得二夫烈女；不久形躯将就木，再拚个一度春风。

当时无名子有一首诗说得有趣：

---

①廪生：又称"廪膳生"。生员分为廪膳生、增广生和附学生三种。前二种以岁科和科考名次高的补充。廪生有一定数额的公费补贴。新入学的为附学生。韩生是个老资格的廪生(十二岁入学的)。贡：贡生。老资格的廪生可以充当岁贡生，送入国子监读书。贡生即有资格直接参加举人考试或出任小官，不必再参加科考取得科考生资格。此句即是说的此意。

②赏花红：披红带插金花以示奖励。

③萧萧条条：冷冷清清，无精打采。

④兴王：朱厚熜袭父爵封兴王。武宗驾崩，朱厚熜入京继帝位，年号"嘉靖"，庙号"世宗"。

⑤掖庭：后宫两边宫室，妃嫔住所。

⑥绣女：宫女。

一封丹诏未为真，三杯淡酒便成亲。

夜来明月楼头望，唯有嫦娥不嫁人。

那韩子文恰好归家，见民间如此慌张，便闲步出门来玩景。只见背后一个人，将子文忙忙的扯一把。回头看时，却是开典当的徽州金朝奉。对着子文施个礼，说道："家下有一小女，今年十六岁了。若秀才官人不弃，愿纳为室。"说罢，也不管子文要与不要，摸出吉帖，望子文袖中乱揢。子文道："休得取笑。我是一贫如洗的秀才，怎承受得令爱起？"朝奉皱着眉道："如今事体急了，官人如何说此懈话[①]！若略迟些，恐防就点了去。我们夫妻两口儿，止生这个小女。若远远地到北京去了，再无相会之期，如何割舍得下？官人若肯俯从，便是救人一命。"说罢便思量要拜下去。子文分明晓得没有此事，他心中正要妻子，却不说破。慌忙一把搀起道："小生囊中只有四五十金，就是不嫌孤寒，聘下令爱时，也不能够就完姻事。"朝奉道："不妨，不妨。但是有人定下的，朝廷也就不来点了。只须先行谢吉之礼，待事平之后，慢慢的做亲。"子文道："这倒也使得。却是说开，后来不要翻悔。"那朝奉是情急的，就对天设起誓来，道："若有翻悔，就在台州府堂上受刑。"子文道："设誓倒也不必。只是口说无凭，请朝奉先回，小生即刻去约两个敝友，同到宝铺来。先请令爱一见，就求朝奉写一纸婚约，待敝友们都押花字[②]，一同做个证见。纳聘之后，或是令爱的衣裳，或是头发，或是指甲，告求一件，藏在小生处，才不怕后来变卦。"那朝奉只要成事，满担应承道："何消如此多疑？使得，使得。一唯尊命。只求快些。"一头走，一头说道："专望！专望！"自回铺子里去了。韩子文便望学中，会着两个朋友，乃是张四维、李俊卿，说了缘故，写着拜帖，一同望典铺中来。朝奉接着，奉茶。寒温已罢，便唤出女儿朝霞到厅。你道生得如何？但见：

①懈话：泄气话。

②押花字：签字画押。会写字的写花字，如末尾一笔写得拐弯而长。不识字的画个十字。

眉如春柳，眼似秋波。几片夭桃脸上来，两枝新笋裙间露。即非倾国倾城色，自是超群出众人。

子文见了女子的姿容，已自欢喜。一一施礼已毕，便自进房去了。子文又寻个算命先生，合一合婚，说道："果是大吉，只是将婚之前，有些闲气。"那金朝奉一味要成，说道："大吉便自十分好了，闲气自是小事。"便取出一幅全帖①，上写道：

立婚约金声，系徽州人。生女朝霞，年十六岁，自幼未曾许聘何人。今有台州府天台县儒生韩子文，礼聘为妻，实出两愿。自受聘之后，更无他说。张、李二公，与闻斯言。嘉靖元年 月 日。

立婚约：金声。

同议友人：张安国、李文才。

写罢，三人都画了花押，付子文藏了。这也是子文见自己贫困，作此不得已之防，不想他日果有负约之事，这是后话。当时便先择个吉日，约定行礼。到期，子文将所积束脩五十馀金，粗粗的置几件衣段首饰。其馀的都是现银，写着"奉申纳币之敬②，子婿韩师愈顿首百拜"。又送张、李二人银各一两，就请他为媒，一同行聘，到金家铺来。那金朝奉是个大富之家，与妈妈程氏，见他礼不丰厚，虽然不甚喜欢，为是点绣女头里，只得收了，回盘甚是整齐③。果然依了子文之言，将女儿的青丝细发，剪了一缕送来。子文一一收好，自想道："若不是这一番哄传，连妻子也不知几时定得，况且又有妻财之分。"心中甚是快活，不题。

光阴似箭，日月如梭。暑往寒来，又是大半年光景。却早嘉靖二年，点绣女的讹传已自息了。金氏夫妻见安平无事，不舍得把女儿嫁与穷儒，渐渐的懊悔起来。那韩子文行礼了一番，已把囊中所

---

①全帖：是一种用红梅纸折成十面的柬帖，取十全之意，故称"全帖"。

②纳币：下聘礼。"六礼"中关键环节。接受了采礼，婚姻就决定了。

③回盘：回礼。

积束脩用个罄尽，所以还不说起做亲。一日，金朝奉正在当中算帐。只见一个客人，跟着个十七八岁孩子，走进铺来。叫道："姊夫，姊姊在家么?"原来是徽州程朝奉，就是金朝奉的舅子，领着亲儿阿寿，打从徽州来，要与金朝奉合伴开当的。金朝奉慌忙迎接，又引程氏、朝霞都相见了。叙过寒温，便教暖酒来吃。程朝奉从容问道："外甥女如此长成得标致了，不知曾受聘未？不该如此说，犬子尚未有亲，姊夫不弃时，做个中表夫妻也好。"金朝奉叹口气道："便是呢，我女儿若把与内侄为妻，有甚不甘心处？只为旧年点绣女时，心里慌张，草草的将来许了一个什么韩秀才。那人是个穷儒，我看他满脸饿文[①]，一世也不能够发迹。前年梁学道来，考了一个三老官，料想也中不成。教我女儿如何嫁得他？也只是我女儿没福，如今也没处说了。"程朝奉沉吟了半晌，问道："姊夫、姊姊，果然不愿与他么?"金朝奉道："我如何说谎!"程朝奉道："姊夫若是情愿把甥女与他，再也休题。若不情愿时，只须用个计策，要官府断离，有何难处?"金朝奉道："计将安出?"程朝奉道："明日待我台州府举一状词，告着姊夫。只说从幼中表约为婚姻，近因我羁滞徽州，妹夫就赖婚改适[②]，要官府断与我儿便了。犬子虽则不才，也强如那穷酸饿鬼。"金朝奉道："好便好，只是前日有亲笔婚书及女儿头发在彼为证，官府如何就肯断与你儿？况且我先有一款不是了。"程朝奉道："姊夫真是不惯衙门事体！我与你同是徽州人，又是亲眷，说道从幼结儿女姻，也是容易信的。常言道：'有钱使得鬼推磨。'我们不少的是银子，匡得将来买上买下[③]。再央一个乡官，在太守处说了人情，婚约一纸，只须一笔勾消。剪下的头发，知道是何人的？那怕他不如我愿。既有银子使用，你也自然不到得吃亏的。"金朝奉拍手道："妙哉！妙哉！明日就做。"当晚酒散，各自安歇了。

---

①饿文：指饿相。

②改适：改嫁。

③匡得：预料，打算。

次日天明,程朝奉早早梳洗,讨些朝饭吃了。请个法家[1],商量定了状词。又寻一个姓赵的写做了中证。同着金朝奉,取路投台州府来。这一来,有分教:

丽人指日归佳士,诡计当场受苦刑。

到得府前,正值新太守吴公弼升堂。不逾时抬出放告牌来,程朝奉随着牌进去。太守教义民官接了状词[2],从头看道:

告状人程元,为赖婚事。万恶金声,先年曾将亲女金氏,许元子程寿为妻,六礼已备。讵恶远徙台州,背负前约。于去年月间,擅自改许天台县儒生韩师愈。赵孝等证。人伦所系,风化攸关,恳乞天台明断,使续前姻。上告。

原告程元,徽州府歙县人。

被犯金声,徽州府歙县人。

韩师愈,台州府天台县人。

干证赵孝,台州府天台县人。

本府太爷施行。

太守看罢,便叫程元起来。问道:"那金声是你甚么人?"程元叩头道:"青天爷爷,是小人嫡亲姊夫。因为是至亲至眷,恰好儿女年纪相若,故此约为婚姻。"太守道:"他怎么就敢赖你?"程元道:"那金声搬在台州住了,小的却在徽州,路途先自遥远了。旧年相传点绣女,金声恐怕真有此事,就将来改适韩生。小的近日到台州探亲,正打点要完姻事,才知负约真情。他也只为情急,一时错做此事。小人却如何平白地肯让一个媳妇与别人了?若不经官府,那韩秀才如何又肯让与小人?万乞天台老爷做主!"太守见他说得有些根据,就将状子当堂批准,分付道:"十日内听审。"程元叩头出去了。

金朝奉知得状子已准,次日便来寻着张、李二生,故意做个慌张的景,说道:"怎么好?怎么好?当初在下在徽州的时节,妻弟有个

---

[1]法家:熟悉律条诉讼的行家,如讼师一类人。

[2]义民官:值班吏员。

儿子，已将小女许嫁他。后来到贵府，正值点绣女事急，只为远水不救近火，急切里将来许了贵相知，原是二公为媒说合的。不想如今妻弟到来，已将在下的姓名告在府间，如何处置?"那二人听得，便怒从心上起，恶向胆边生。骂道："不知生死的老贼驴！你前日议亲的时节，誓也不知罚了许多。只看婚约是何人写的？如今却放出这个屁来！我晓得你嫌韩生贫穷，生此奸计。那韩生是个才子，须不是穷到底的。我们动了三学朋友去见上司[①]，怕不打断你这老驴的腿！管教你女儿一世不得嫁人!"金朝奉却待分辨，二人毫不理他，一气走到韩家来，对子文说知缘故。那子文听罢，气得呆了半晌，一句话也说不出。又定了一会，张、李二人只是气愤愤的，要拉了子文合起学中朋友见官。倒是子文劝他道："二兄且住！我想起来，那老驴既不愿联姻，就是夺得那女子来时，到底也不和睦。吾辈若有寸进，怕没有名门旧族来结丝萝[②]？这一个富商，又非大家，直恁希罕！况且他有的是钱财，官府自然为他的。小弟家贫，也那有闲钱与他打官司？他年有了好处，不怕没有报冤的日子。有烦二兄去对他说，前日聘金原是五十两，若肯加倍赔还，就退了婚也得。"二人依言。子文就开拜匣，取了婚书吉帖与那头发，一同的望着典铺中来。张、李二人便将上项的言语，说了一遍。金朝奉大喜道："但得退婚，免得在下受累，那在乎这几十两银子?"当时就取过天平，将两个元宝共兑了一百两之数，交与张、李二人收着。就要子文写退婚书，兼讨前日婚约头发。子文道："且完了官府的世情，再来写退婚书及奉还原约未迟。而今官事未完，也不好轻易就是这样还得。总是银子也未就领去不妨。"程朝奉又取二两银子[③]，送了张、李二生，央他出名归息。二生就讨过笔砚，写了息词，同着原告、被告中证一行人进府

---

①三学：府、州、县学。

②结丝萝：比喻结婚。《古诗十九首》："与君为新婚，兔丝附女萝。"兔丝和女萝是两种藤科植物，容易互相缠在一起。

③程朝奉：疑误，当是"金朝奉"。

里来。

吴太守方坐晚堂，一行人就将息词呈上。太守从头念一遍道：

> 劝息人张四维、李俊卿，系天台县学生。窃徽人金声有女，已受程氏之聘，因迁居天台，道途修阻，女年及笄，程氏音问不通，不得已，再许韩生，以致程氏斗争成讼。兹金声愿还聘礼，韩生愿退婚姻，庶不致寒盟于程氏。维等忝为亲戚，意在息争，为此上禀。

原来那吴太守是闽中一个名家，为人公平正直，不爱那有"贝"字的"财"，只爱那无"贝"字的"才"。自从前日准过状子，乡绅就有书来，他心中已晓得是有缘故的了。当下看过息词，抬头看了韩子文，风彩堂堂，已自有几分欢喜，便教唤那秀才上来。韩子文跪到面前，太守道："我看你一表人才，决不是久困风尘的。就是我招你为婿，也不枉了。你却如何轻聘了金家之女，今日又如何就肯轻易退婚？"那韩子文是个点头会意的人，他本等不做指望了，不想着太守心里为他。便转了口道："小生如何舍得退婚？前日初聘的时节，金声朝天设誓，犹恐怕不足为信，复要金声写了亲笔婚约，张、李二生都是同议的。如今现有'不曾许聘他人'句可证。受聘之后，又回却青丝发一缕。小生至今藏在身边，朝夕把玩，就如见我妻子一般。如今一旦要把萧郎做个路人看待①，却如何甘心得过？程氏结姻，从来不曾见说。只为贫不敌富，所以无端生出是非。"说罢，便噙下泪来。恰好那吉帖、婚书、头发都在袖中，随即一并呈上。

太守仔细看了，便教把程元、赵孝远远的另押在一边去。先开口问金声道："你女儿曾许程家么？"金声道："爷爷，实是许的。"又问道："既如此，不该又与韩生了。"金声道："只为点绣女事急，仓卒中不暇思前算后，做此一事，也是出于无奈。"又问道："那婚约可是你

---

①萧郎做个路人看待：此处翻用唐人崔郊《赠婢诗》"侯门一入深如海，从此萧郎是路人"句意。萧郎，本是南齐王俭称呼萧衍的，后世作为对青年才子的称呼。

的亲笔?”金声道:“是。”又问道:“那上边写道:‘自幼不曾许聘何人’,却怎么说?”金声道:“当时只要成事,所以一一依他,原非实话。”太守见他言词反覆,已自怒形于色。又问道:“你与程元结亲,却是几年几月几日?”金声一时说不出来,想了一回,只得扭捏道:“是某年某月某日。”太守喝退了金声,又叫程元起来,问道:“你聘金家女儿,有何凭据?”程元道:“六礼既行,便是凭据了。”又问道:“原媒何在?”程元道:“原媒自在徽州,不曾到此。”又道:“你媳妇的吉帖,拿与我看。”程元道:“一时失带在身边。”太守冷笑了一声,又问道:“你何年何月何日与他结姻的?”程元也想了一回,信口诌道:“是某年某月某日。”与金声所说日期分毫不相合了。太守心里已自了然。便再唤那赵孝上来,问道:“你做中证,却是那里人?”赵孝道:“是本府人。”又问道:“既是台州人,如何晓得徽州事体?”赵孝道:“因为与两家有亲,所以知道。”又问道:“既如此,你可记得何年月日结姻的?”赵孝也约莫着说个日期[①],又与两人所言不相对了。原来他三人见投了息词,便道不消费得气力,把那答应官府的说话都不曾打得照会。谁想太爷一个个的盘问起来,那些衙门中人,虽是受了贿赂,因惮太守严明,谁敢在旁边帮衬一句,自然露出马脚。那太守就大怒道:“这一班光棍奴才,敢如此欺公罔法!且不论没有点绣女之事,就是愚民惧怕时节,金声女儿若果有程家聘礼为证,也不消再借韩生做躲避之策了。如今韩生吉帖、婚书,并无一毫虚谬,那程元却都是些影响之谈[②]。况且既为完姻而来,岂有不与原媒同行之理?至于三人所说结姻年月日期,各自一样,这却是何缘故?那赵孝自是台州人,分明是你们要寻个中证,急切里再没有第三个徽州人可央,故此买他出来的。这都只为韩生贫穷,便起不良之心,要将女儿改适内侄。一时通同合计,造此奸谋,再有何说?”便伸手抽出签来,喝叫把三人各打三十板。三人连声的叫苦。韩子文便跪上,

①约莫:估摸,估计。

②影响:没有根据的虚假印象。

禀道："大人既与小生做主，成其婚姻，这金声便是小生的岳父了。不可结了冤仇，伏乞饶恕。"太守道："金声看韩生分上，饶他一半；原告、中证，却饶不得。"当下各各受责。只为心里不打点得，不曾用得杖钱，一个个打得皮开肉绽，叫喊连天。那韩子文、张安国、李文才三人，在旁边暗暗的欢喜。这正应着金朝奉往年所设之誓。

太守便将息词涂坏，提笔判曰：

韩子贫惟四壁，求淑女而未能；金声富累千箱，得才郎而自弃。只缘择婿者原乏知人之鉴；遂使图婚者爰生速讼之奸。程门旧约，两两无凭；韩氏新姻，彰彰可据。百金即为婚具，幼女准属韩生。金声、程元、赵孝，构衅无端，各行杖警！

判毕，便将吉帖、婚书、头发一齐付与韩子文。一行人辞了太守出来。程朝奉做事不成，羞惭满面，却被韩子文一路千老驴、万老驴的骂。又道："做得好事！果然做得好事！我只道打来是不痛的。"程朝奉只得忍气吞声，不敢回答一句。又害那赵孝打了屈棒，免不得与金朝奉共出些遮羞钱与他，尚自喃喃呐呐的怨怅。这教做"赔了夫人又折兵"。当下各自散讫。

韩子文经过了一番风波，恐怕又有甚么变卦，便疾忙将这一百两银子备了些催装速嫁之类，择个吉日，就要成亲。仍旧是张、李二生请期通信。金朝奉见太守为他，不敢怠慢；欲待与舅子到上司做些手脚，又少不得经由府县的，正所谓敢怒而不敢言，只得一一听从。花烛之后，朝霞见韩生气宇轩昂，丰神俊朗，才貌甚是相当。那里管他家贫，自然你恩我爱，少年夫妇，极尽颠鸾倒凤之欢，倒怨怅父亲多事。真个是：早知灯是火，饭熟已多时。自此无话。次年，宗师田洪录科①，韩子文又得吴太守一力举荐，拔为前列。春秋两

①录科：即提学官举行科考，录取生员考中一二等的为科举生，取得举人考试（乡试）的准考资格。

闱[1]，联登甲第，金家女儿已自做了夫人。丈人思想前情，惭悔无及。若预先知有今日，就是把女儿与他为妾也情愿了。有诗为证：

蒙正当年也困穷，休将肉眼看英雄！
堪夸仗义人难得，太守廉明即古洪[2]。

①春秋两闱：秋闱即乡试，考选举人，在八月秋天举行，所以称“秋闱”。第二年春二月京城会试，考中的即是进士，称作“春闱”。进士由朝廷授予不同官职。

②古洪：唐人薛调所作传奇《无双传》中侠客。设计救出王仙客被人抢去的恋人无双，使二人夫妻偕老。

卷十一

恶船家计赚假尸银　狠仆人误投真命状

诗曰：

杳杳冥冥地，非非是是天。

害人终自害，狠计总徒然。

话说那杀人偿命，是人世间最大的事，非同小可。所以是真难假，是假难真。真的时节，纵然有钱可以通神，目下脱逃宪网[1]，到底天理不容，无心之中，自然败露。假的时节，纵然严刑拷掠，诬伏莫伸，到底有个辩白的日子。假饶误出误入，那有罪的老死牖下，无罪的却命绝于囹圄刀锯之间，难道头顶上这个老翁是没有眼睛的么？所以古人说得好：

湛湛青天不可欺，未曾举意已先知。

善恶到头终有报，只争来早与来迟。

说话的，你差了！这等说起来，不信死囚牢里再没有个含冤负屈之人，那阴间地府也不须设得枉死城了。看官不知，那冤屈死的，与那杀人逃脱的，大概都是前世的事。若不是前世缘故，杀人竟不偿命，不杀人倒要偿命，死者生者，怨气冲天。纵然官府不明，皇天自然鉴察，千奇百怪的巧生出机会来，了此公案。所以说道："人恶人怕天不怕，人善人欺天不欺。"又道是："天网恢恢，疏而不漏。"古来清官察吏不止一人，晓得人命关天，又且世情不测，尽有极难信的事，偏是真的；极易信的事，偏是假的。所以就是情真罪当的，还要细细体访几番，方能够狱无冤鬼。如今为官做吏的人，贪爱的是钱财，奉承的是富贵，把那"正直公平"四字撇却东洋大海。明知这事无可宽容，也将来轻轻放过；明知这事有些尴尬，也将来草草问成。竟不想

---

①宪网：法网。

杀人可恕，情理难容。那亲动手的奸徒，若不明正其罪，被害冤魂何时瞑目？至于扳诬冤枉的，却又六问三推[①]，千般锻炼[②]。严刑之下，就是凌迟碎剐的罪，急忙里只得轻易招成，搅得他家破人亡。害他一人，便是害他一家了。只做自己的官，毫不管别人的苦，我不知他肚肠阁落里边[③]，也思想积些阴德与儿孙么？如今所以说这一篇，专一奉劝世上廉明长者。一草一木，都是上天生命，何况祖宗赤子！须要慈悲为本，宽猛兼行，护正诛邪，不失为民父母之意。不但万民感戴，皇天亦当佑之。

且说国朝有个富人王甲，是苏州府人氏。与同府李乙，是个世仇。王甲百计思量害他，未得其便。忽一日，大风大雨。鼓打三更，李乙与妻子吃过晚饭，熟睡多时。只见十馀个强人，将红朱黑墨搽了脸，一拥的打将入来。蒋氏惊慌，急往床下躲避。只见一个长须大面的，把李乙的头发揪住，一刀砍死，竟不抢东西，登时散了。蒋氏却在床下看得亲切，战抖抖的走将出来，穿了衣服，向丈夫尸首嚎啕大哭。此时邻人已都来看了，各各悲伤，劝慰了一番。蒋氏道："杀奴丈夫的，是仇人王甲。"众人道："怎见得？"蒋氏道："奴在床下看得明白。那王甲原是仇人，又且长须大面，虽然搽墨，却是认得出的。若是别的强盗，何苦杀我丈夫，东西一毫不动？这凶身不是他是谁？有烦列位与奴做主。"众人道："他与你丈夫有仇，我们都是晓得的。况且地方盗发，我们该报官。明早你写纸状词，同我们到官首告便是，今日且散。"众人去了。蒋氏关了房门，又哽咽了一会。那里有心去睡？苦啾啾的捱到天明。央邻人买状式写了，取路投长洲县来。正值知县升堂放告，蒋氏直至阶前，大声叫屈。知县看了状子，问了来历，见是人命盗情重事，即时批准。地方也来递失状。知县委捕官相验，随即差了应捕，擒捉凶身。却

①六问三推：也作"三推六问"。反复审问。推，即审。

②锻炼：逼供信非法构成罪名。

③阁落：方言。角落。

说那王甲自从杀了李乙，自恃搽脸，无人看破，扬扬得意，毫不提防。不期一伙应捕拥入家来，正是疾雷不及掩耳，一时无处躲避。当下被众人索了，登时押到县堂。知县问道："你如何杀了李乙?"王甲道："李乙自是强盗杀了，与小人何干?"知县问蒋氏道："你如何告道是他?"蒋氏道："小妇人躲在床底看见，认得他的。"知县道："夜晚间，如何认得这样真?"蒋氏道："不但认得模样，还有一件事情可推。若是强盗，如何只杀了人便散了，不抢东西？此不是平日有仇的，却是那个?"知县便叫地邻来，问他道："那王甲与李乙果有仇否?"地邻尽说："果然有仇。那不抢东西，只杀了人，也是真的。"知县便喝叫把王甲夹起，那王甲是个富家出身，忍不得痛苦，只得招道："与李乙有仇，假妆强盗杀死是实。"知县取了亲笔供招，下在死囚牢中。

王甲一时招承，心里还想辩脱。思量无计。自忖道："这里有个讼师，叫做邹老人，极是奸滑，与我相好，随你十恶大罪①，与他商量，便有生路。何不等儿子送饭时，教他去与邹老人商量?"少顷，儿子王小二送饭来了。王甲说知备细，又分付道："倘有使用处，不可吝惜钱财，误我性命。"小二一一应诺。径投邹老人家来，说知父亲事体，求他计策谋脱。老人道："令尊之事亲口供招。知县又是新到任的，自手问成。随你那里告辩，出不得县间初案，他也不肯认错翻招。你将二三百两与我，待我往南京走走，寻个机会，定要设法出来。"小二道："如何设法?"老人道："你不要管我，只交银子与我了，日后便见手段，而今不好先说得。"小二回去，当下凑了三百两银子，到邹老人家交付停当，随即催他起程。邹老人道："有了许多白物，好歹要寻出一个机会来。且宽心等待等待。"小二谢别而回。老人连夜收拾行李，往南京进发。不一日，来到南京，往刑部衙门细细打

①十恶大罪：即谋反、谋大逆、谋逆、谋恶逆、不道、大不敬、不孝、不睦、不义、内乱。隋唐以来刑律上最严重的罪行。

听[1]。说有个浙江司郎中徐公[2]，甚是通融，抑且好客。当下就央了一封先容的荐书[3]，备了一副盛礼，去谒徐公。徐公接见了，见他会说会笑，颇觉相得。自此频频去见，渐厮熟来。正无个机会处，忽一日，捕盗衙门肘押海盗二十馀人，解到刑部定罪。老人上前打听，知有两个苏州人在内。老人点头大喜，自言自语道："计在此了。"次日整备筵席，写帖请徐公饮酒。不逾时，酒筵完备。徐公乘轿而来，老人笑脸相迎。定席以后，说些闲话。饮至更深时分，老人屏去众人，便将百两银子托出，献与徐公。徐公吃了一惊，问其缘故。老人道："今有舍亲王某，被陷在本县狱中，伏乞周旋。"徐公道："苟可效力，敢不从命？只是事在彼处，难以为谋。"老人道："不难，不难。王某只为与李乙有仇，今李乙被杀，未获凶身，故此遭诬下狱。昨见解到贵部海盗二十馀人，内二人苏州人也。今但逼勒二盗，要他自认做杀李乙的。则二盗总是一死，未尝加罪，舍亲王某已沐再生之恩了。"徐公许诺，轻轻收过银子，亲放在扶手匣里面。唤进从人，谢酒乘轿而去。老人又密访着二盗的家属，许他重谢。先送过一百两银子。二盗也应允了。到得会审之时，徐公唤二盗近前，开口问道："你们曾杀过多少人？"二盗即招某时某处杀某人；某月某日夜间到李家杀李乙。徐公写了口词，把诸盗收监，随即叠成文案。邹老人便使用书房[4]，行文书抄招到长洲县知会；就是他带了文案，别了徐公，竟回苏州，到长洲县当堂投了。知县拆开，看见杀李乙的已有了主名[5]，便道王甲果然屈招。正要取监犯查放，忽见王小二进来叫喊

---

①刑部：最高司法官署。明代从永乐时起，实行两京制度，除京师北京有一套中央六部等机构外，南京也有规模略小些的六部等机构，分管南直隶各府州县。苏州府属南直隶。

②浙江司郎中：刑部在各省设立清吏司，共十三个，分管各省司法事务；浙江清吏司为其一。郎中，为清吏司长官。

③先容：求情，说情。

④使用：花钱收买。

⑤主名：主犯，当事人。

诉冤。知县信之不疑,喝叫监中取出王甲,登时释放。蒋氏闻知这一番说话,没做理会处[1],也只道前日夜间果然自己错认了,只得罢手。却说王甲得放归家,欢欢喜喜,摇摆进门。方才到得门首,忽然一阵冷风,大叫一声,道:"不好了,李乙哥在这里了!"蓦然倒地,叫唤不醒,霎时气绝,呜呼哀哉。有诗为证:

胡脸阎王本认真,杀人偿命在当身。
暗中取换天难骗,堪笑多谋邹老人。

前边说的人命是将真作假的了,如今再说一个将假作真的。只为些些小事,被奸人暗算,弄出天大一场祸来。若非天道昭昭,险些儿死于非命。正是:

福善祸淫,昭彰天理。欲害他人,先伤自己。

话说国朝成化年间,浙江温州府永嘉县有个王生,名杰,字文豪。娶妻刘氏。家中止有夫妻二人,生一女儿,年方二岁。内外安童养娘数口,家道亦不甚丰富。王生虽是业儒,尚不曾入泮,只在家中诵习,也有时出外结友论文。那刘氏勤俭作家,甚是贤慧,夫妻彼此相安。忽一日,正遇暮春天气,二三友人拉了王生,往郊外踏青游赏。但见:

迟迟丽日,拂拂和风。紫燕黄莺,绿柳丛中寻对偶;狂峰浪蝶,夭桃队里觅相知。王孙公子兴高时,无日不来寻酒肆;艳质娇姿心动处,此时未免露闺容。须教残醉可重扶,幸喜落花犹未扫。

王生看了春景融和,心中欢畅,吃个薄醉,取路回家里来。只见两个家童正和一个人门首喧嚷。原来那人是湖州客人,姓吕,提着竹篮卖姜。只为家童要少他的姜价,故此争执不已。王生问了缘故,便对那客人道:"如此价钱也好卖了,如何只管在我家门首喧嚷?好不晓事!"那客人是个憨直的人,便回话道:"我们小本经纪,如何要打

---

[1]没做理会处:习惯语。无法可想,无可奈何。

短我的[①]？相公须放宽洪大量些，不该如此小家子相！”王生乘着酒兴，大怒起来，骂道：“那里来这老贼驴，辄敢如此放肆，把言语冲撞我！”走近前来，连打了几拳，一手推将去。不想那客人是中年的人，有痰火病的。就这一推里，一交跌去，一时闷倒在地。正是：

身如五鼓衔山月，命似三更油尽灯。

原来人生最不可使性，况且这小人卖买，不过争得一二个钱，有何大事？常见大人家强梁僮仆，每每借着势力，动不动欺打小民，到得做出事来，又是家主失了体面。所以有正经的，必然严行惩戒。只因王生不该自己使性，动手打他，所以到底为此受累。这是后话。

却说王生当日见客人闷倒，吃了一大惊，把酒意都惊散了。连忙喝叫扶进厅来眠了，将茶汤灌将下去，不逾时，苏醒转来。王生对客人谢了个不是，讨些酒饭与他吃了。又拿出白绢一匹，与他权为调理之资。那客人回嗔作喜，称谢一声，望着渡口去了。若是王生有未卜先知的法术，慌忙向前拦腰抱住，扯将转来，就养他在家半年两个月，也是情愿，不到得惹出飞来横祸。只因这一去，有分教：

双手撒开金线网，从中钓出是非来。

那王生见客人已去，心头尚自跳一个不住。走进房中与妻子说了，道：“几乎做出一场大事来。侥幸！侥幸！”此时天已晚了，刘氏便叫丫鬟摆上几样菜蔬，烫热酒与王生压惊。饮过数杯，只闻得外边叩门声甚急，王生又吃一惊。掌灯出来看时，却是渡头船家周四，手中拿了白绢、竹篮，仓仓皇皇，对王生说道：“相公，你的祸事到了。如何做出这人命来？”唬得王生面如土色，只得再问缘由。周四道：“相公可认得白绢、竹篮么？”王生看了道：“今日有个湖州的卖姜客人，到我家来。这白绢是我送他的，这竹篮正是他盛姜之物。如何却在你处？”周四道：“下昼时节[②]，是有一个湖州姓吕的客人，叫我的船过渡，到得船中，痰火病大发。将次危了，告诉我道被相公打坏了

①打短：短少。

②下昼：下半天，下午。

他。就把白绢、竹篮交付与我，做个证据，要我替他告官。又要我到湖州去报他家属，前来伸冤讨命。说罢，瞑目死了。如今尸骸尚在船中，船已撑在门首河头了，且请相公自到船中看看，凭相公如何区处！"王生听了，惊得目睁口呆，手麻脚软，心头恰像有个小鹿儿撞来撞去的。口里还只得硬着胆道："那有此话？"背地教人走到船里看时，果然有一个死尸骸。王生是虚心病的，慌了手脚，跑进房中，与刘氏说知。刘氏道："如何是好？"王生道："如今事到头来，说不得了。只是买求船家，要他乘此暮夜，将尸首设法过了，方可无事。"王生便将碎银一包，约有二十多两，袖在手中。出来对船家说道："家长不要声张[1]，我与你从长计议。事体是我自做得不是了，却是出于无心的。你我同是温州人，也须有些乡里之情，何苦到为着别处人报仇？况且报得仇来，与你何益？不如不要提起，待我出些谢礼与你，求你把此尸载到别处抛弃了。黑夜里谁人知道？"船家道："抛弃在那里？倘若明日有人认出来，追究根原，连我也不得干净。"王生道："离此不数里，就是我先父的坟茔，极是僻静，你也是认得的。乘此暮夜无人，就烦你船载到那里，悄悄地埋了。人不知，鬼不觉。"周四道："相公的说话，甚是有理，却怎么样谢我？"王生将手中之物出来与他。船家嫌少，道："一条人命，难道值得这些些银子？今日凑巧死在我船中，也是天与我的一场小富贵。一百两银子须是少不得的。"王生只要完事，不敢违拗，点点头，进去了一会，将着些现银及衣裳首饰之类，取出来递与周四。道："这些东西，约莫有六十金了。家下贫寒，望你将就包容罢了。"周四见有许多东西，便自口软了，道："罢了！罢了！相公是读书之人，只要时常看觑我就是[2]。不敢计较。"王生此时是情急的，正是：

　　得他心肯日，是我运通时。

心中已自放下几分。又摆出酒饭与船家吃了。随即唤过两个家人，

---

①家长：船长，船主。尊称。

②看觑（qù）：看顾，照顾。

分付他寻了锄头、铁耙之类。内中一个家人，姓胡，因他为人凶狠，有些力气，都称他做胡阿虎。当下一一都完备了，一同下船，到坟上来。拣一块空地，掘开泥土，将尸首埋藏已毕。又一同上船回家里来。整整弄了一夜。渐渐东方已发动了①，随即又请船家吃了早饭，作别而去。王生教家人关了大门，各自散讫。王生独自回进房来，对刘氏说道："我也是个故家子弟，好模好样的，不想遭这一场，反被那小人逼勒。"说罢，泪如雨下。刘氏劝道："官人，这也是命里所招，应得受些惊恐，破此财物，不须烦恼。今幸得靠天，太平无事，便是十分侥幸了。辛苦了一夜，且自将息将息。"当时又讨些茶饭与王生吃了，各各安息。不题。过了数日，王生见事体平静，又买些三牲福物之类，拜献了神明、祖宗。那周四不时的来假做探望，王生殷殷勤勤待他，不敢冲撞；些小借掇，勉强应承。周四已自从容了，卖了渡船，开着一个店铺。自此无话。看官听说，王生到底是个书生，没甚见识。当日既然买嘱船家，将尸首载到坟上，只该聚起干柴，一把火焚了，无影无踪，却不干净？只为一时没有主意，将来埋在地中。这便是斩草不除根，萌芽春再发。

又过了一年光景，真个"浓霜只打无根草，祸来只奔福轻人"，那三岁的女儿出起极重的痘子来。求神问卜，请医调治，百无一灵。王生只有这个女儿，夫妻欢爱，十分不舍，终日守在床边啼哭。一日，有个亲眷办着盒礼来望痘客。王生接见，茶罢，诉说患病的十分沉重，不久当危。那亲眷道："本县有个小儿科，姓冯，真有起死回生手段。离此有三十里路，何不接他来看觑看觑？"王生道："领命。"当时天色已黑，就留亲眷吃了晚饭，自别去了。王生便与刘氏说知，写下请帖，连夜唤将胡阿虎来。分付道："你可五鼓动身，拿此请帖去请冯先生，早来看痘。我家里一面摆着午饭，立等，立等。"胡阿虎应诺去了。当夜无话。次日，王生果然整备了午饭，直等至未申时，杳不见来。不觉的又过了一日，到床前看女儿时，只是有增无减。挨

①发动：指天亮。

至三更时分，那女儿只有出的气，没有入的气，告辞父母往阎家里去了。正是：

金风吹柳蝉先觉，暗送无常死不知①。

王生夫妻就如失了活宝一般，各各哭得发昏。当时盛殓已毕，就焚化了。天明以后，到得午牌时分，只见胡阿虎转来。回复道："冯先生不在家里，又守了大半日，故此到今日方回。"王生垂泪道："可见我家女儿命该如此，如今再也不消说了。"直到数日之后，同伴中说出实话来。却是胡阿虎一路饮酒沉醉，失去请帖，故此直挨至次日方回，造此一场大谎。王生闻知，思念女儿，勃然大怒。即时唤进胡阿虎，取出竹片要打。胡阿虎道："我又不曾打杀了人，何须如此？"王生闻得这话，一发怒从心上起，恶向胆边生。连忙教家僮扯将下去，一气打了五十多板，方才住手，自进去了。胡阿虎打得皮开肉绽，拐呀拐的，走到自己房里来。恨恨的道："为甚的受这般鸟气？你女儿痘子本是没救的了，难道是我不接得郎中②，断送了他？不值得将我这般毒打。可恨！可恨！"又想了一回，道："不妨事，大头在我手里，且待我将息棒疮好了，也教他看我的手段。不知还是井落在吊桶里，吊桶落在井里。如今且不要露风声，等他先做了整备。"正是：

势败奴欺主，时衰鬼弄人。

不说胡阿虎暗生奸计，再说王生自女儿死后，不觉一月有馀。亲眷朋友每每备了酒肴，与他释泪，他也渐不在心上了。忽一日，正在厅前闲步，只见一班应捕拥将进来，带了麻绳铁索，不管三七二十一，望王生颈上便套。王生吃一惊，问道："我是个儒家子弟，怎把我这样凌辱！却是为何？"应捕呸了一呸，道："好个杀人害命的儒家子弟！官差吏差，来人不差。你自到太爷面前去讲！"当时刘氏与家僮

①无常：佛教本指一切事物随生随灭，没有永久性。世俗指称钩摄魂魄的阴间差使。

②郎中：医生。

妇女听得,正不知甚么事头发了,只好立着呆看,不敢向前。此时不由王生做主,那一伙如狼似虎的人,前拖后扯,带进永嘉县来。跪在堂下右边,却有个原告跪在左边。王生抬头看时,不是别人,正是家人胡阿虎,已晓得是他怀恨在心,出首的了。那知县明时佐开口问道:"今有胡虎首你打死湖州客人姓吕的,这怎么说?"王生道:"青天老爷,不要听他说谎。念王杰弱怯怯的一个书生,如何会得打死人?那胡虎原是小的家人,只为前日有过,将家法痛治一番。为此怀恨,构此大难之端,望爷台照察!"胡阿虎叩头道:"青天爷爷,不要听这一面之词。家主打人,自是常事,如何怀得许多恨?如今尸首现在坟茔左侧,万乞老爷差人前去掘取。只看有尸是真,无尸是假。若无尸时,小人情愿认个诬告的罪。"知县依言,即便差人押去起尸。胡阿虎又指点了地方尺寸。不逾时,果然抬个尸首到县里来。知县亲自起身相验,说道:"有尸是真,再有何说?"正要将王生用刑,王生道:"老爷听我分诉:那尸骸已是腐烂的了,须不是目前打死的。若是打死多时,何不当时就来首告,直待今日?分明是胡虎那里寻这尸首,霹空诬陷小人的。"知县道:"也说得是。"胡阿虎道:"这尸首实是一年前打死的,因为主仆之情,有所不忍。况且以仆首主,先有一款罪名,故此含藏不发。如今不想家主行凶不改,小的恐怕再做出事来,以致受累,只得重将前情首告。老爷若不信时,只须唤那四邻八舍到来。问去年某月日间果然曾打死人否,即此便知真伪了。"知县又依言,不多时邻舍唤到。知县逐一动问,果然说去年某月某日间,有个姜客被王家打死,暂时救醒,以后不知何如。王生此时被众人指实,颜色都变了,把言语来左支右吾。知县道:"情真罪当,再有何言?这厮不打,如何肯招?"疾忙抽出签来,喝一声:"打!"两边皂隶吆喝一声,将王生拖翻,着力打了二十板。可怜瘦弱书生,受此痛棒拷掠。王生受苦不过,只得一一招成。知县录了口词,说道:"这人虽是他打死的,只是没有尸亲执命①,未可成狱。且一面收监,待

---

①执命:要求追查凶手偿命。

有了认尸的，定罪发落。”随即将王生监禁狱中，尸首依旧抬出埋藏，不得轻易烧毁，听后检偿。发放众人散讫，退堂回衙。那胡阿虎道是私恨已泄，甚是得意，不敢回王家见主母，自搬在别处住了。却说王家家僮们在县里打听消息，得知家主已在监中，唬得两耳雪白，奔回来报与主母。刘氏一闻此信，便如失去了三魂，大哭一声，望后便倒。未知性命如何？先见四肢不动。丫鬟们慌了手脚，急急叫唤。那刘氏渐渐醒将转来，叫声“官人”，放声大哭，足有两个时辰，方才歇了。疾忙收拾些零碎银子，带在身边，换了一身青衣。教一个丫鬟随了，分付家僮在前引路，径投永嘉县狱门首来。夫妻相见了，痛哭失声。王生又哭道：“却是阿虎这奴才，害得我至此！”刘氏咬牙切齿，恨恨的骂了一番。便在身边取出碎银，付与王生道：“可将此散与牢头狱卒，教他好好看觑，免致受苦。”王生接了。天色昏黑，刘氏只得相别。一头啼哭，取路回家。胡乱用些晚饭，闷闷上床。思量昨夜与官人同宿，不想今日遭此祸事，两地分离，不觉又哭一场。凄凄惨惨睡了，不题。却说王生自从到狱之后，虽则牢头禁子受了钱财，不受鞭箠之苦，却是相与的都是那些蓬头垢面的囚徒，心中有何快活？况且大狱未决，不知死活如何。虽是有人殷勤送衣送饭，到底不免受些饥寒之苦，身体日渐羸瘠了。刘氏又将银来买上买下，思量保他出去。又道是人命重事，不易轻放，只得在监中耐守。

光阴似箭，日月如梭。王生在狱中又早恹恹的挨过了半年光景，劳苦忧愁，染成大病。刘氏求医送药，百般无效，看看待死。一日，家僮来送早饭，王生望着监门，分付道：“可回去对你主母说，我病势沉重不好，旦夕必要死了。教主母可作急来一看①，我从此要永诀了！”家僮回家说知，刘氏心慌胆战，不敢迟延。疾忙雇了一乘轿，飞也似抬到县前来。离了数步，下了轿，走到狱门首。与王生相见

①作急：赶快。

了，泪如涌泉，自不必说。王生道："愚夫不肖，误伤人命，以致身陷缧绁[①]，辱我贤妻。今病势有增无减了，得见贤妻一面，死也甘心。但只是胡阿虎这个逆奴，我就到阴司地府，决不饶过他的。"刘氏含泪道："官人不要说这不祥的话，且请宽心调养。人命即是误伤，又无苦主[②]，奴家匡得卖尽田产，救取官人出来，夫妻完聚。阿虎逆奴，天理不容，到底有个报仇日子，也不要在心。"王生道："若得贤妻如此用心，使我重见天日，我病体也就减几分了。但恐弱质恹恹，不能久待。"刘氏又劝慰了一番，哭别回家，坐在房中纳闷。僮仆们自在厅前斗牌耍子。只见一个半老的人，挑了两个盒子，竟进王家里来。放下扁担，对家僮问道："相公在家么？"只因这个人来，有分教：负屈寒儒，得遇秦庭朗镜[③]；行凶诡计，难逃萧相明条[④]。有诗为证：

湖商自是隔天涯，舟子无端起祸胎。

指日王生冤可白，灾星换做福星来。

那些家僮见了那人，仔细看了一看。大叫道："有鬼！有鬼！"东逃西窜。你道那人是谁？正是一年前来卖姜的湖州吕客人。那客人忙扯住一个家僮，问道："我来拜你家主，如何说我是鬼？"刘氏听得厅前喧闹，走将出来。吕客人上前唱了个喏，说道："大娘听禀，老汉湖州姜客吕大是也。前日承相公酒饭，又赠我白绢，感激不尽。别后到了湖州，这一年半里边，又到别处做些生意。如今重到贵府走走，特地办些土宜[⑤]，来拜望你家相公。不知你家大官们如何说我是

---

①缧绁（léi xiè）：指监禁。本是捆犯人的绳子，此用引申义。后即以此词代指监狱。

②苦主：即尸亲，死者亲属；或受害人原告。

③秦庭朗镜：传说秦始皇有一铜镜，能照见人的五脏六腑与疾病。见葛洪《西京杂记》。后世"明镜高悬"来源于此，指善能断案。

④萧相明条：指律法。《汉书·刑法志》载，萧何收拾秦代律条，"取其宜于时者，作律九章"。萧相，即萧何，西汉初相国，开国功臣。

⑤土宜：土特产。

鬼[①]?”旁边一个家僮嚷道:“大娘,不要听他! 一定得知道大娘要救官人,故此出来现形索命。”刘氏喝退了,对客人说道:“这等说起来,你真不是鬼了。你害得我家丈夫好苦!”吕客人吃了一惊,道:“你家相公在那里? 怎的是我害了他?”刘氏便将周四如何撑尸到门,说留绢篮为证,丈夫如何买嘱船家,将尸首埋藏,胡阿虎如何首告,丈夫招承下狱的情由,细细说了一遍。吕客人听罢,捶着胸膛道:“可怜! 可怜! 天下有这等冤屈的事! 去年别去,下得渡船,那船家见我的白绢,问及来由,我不合将相公打我垂危,留酒赠绢的事情,备细说了一番。他就要买我白绢,我见价钱相应,即时卖了。他又要我的竹篮儿,我就与他作了渡钱。不想他赚得我这两件东西,下这般狠毒之计。老汉不早到温州,以致相公受苦,果然是老汉之罪了!”刘氏道:“今日不是老客人来,连我也不知丈夫是冤枉的。那绢儿篮儿,是他骗去的了。这死尸却是那里来的?”吕客人想了一回道:“是了,是了。前日正在船中说这事时节,只见水面上一个尸骸浮在岸边。我见他注目而视,也只道出于无心,谁知因此就生奸计了。好狠! 好狠! 如今事不宜迟,请大娘收进了土宜,与老汉同到永嘉县诉冤,救相公出狱,此为上着。”刘氏依言收进盘盒,摆饭请了吕客人。他本是儒家之女,精通文墨,不必假借讼师,就自己写了一纸诉状。雇乘女轿,同吕客人及僮仆等,取路投永嘉县来。

等了一会,知县升晚堂了。刘氏与吕大大声叫屈,递上诉词。知县接上,从头看过,先叫刘氏起来问,刘氏便将丈夫争价误殴,船家撑尸得财,家人怀恨出首的事,从头至尾,一一分割[②]。又说:“直至今日,姜客重来,才知受枉。”知县又叫吕大起来问。吕大也将被殴始末,卖绢根由,一一说了。知县道:“莫非你是刘氏买出来的?”吕大叩头道:“爷爷,小的虽是湖州人,在此为客多年,也多有相识的在这里,如何瞒得老爷过? 当时若果然将死,何不央船家寻个相识

---

①大官们:对仆人的客气称呼。

②分割:分项陈述。

来见一见，托他报信复仇，却将来托与一个船家！这也还道是临危时节，无暇及此了。身死之后，难道湖州再没有个骨肉亲戚，见是久出不归，也该有人来问个消息。若查出被殴伤命，就该到府县告理。如何直待一年之后，反是王家家人首告？小人今日才到此地，见有此一场屈事。那王杰虽不是小人陷他，其祸都因小人而起，实是不忍他含冤负屈，故此来到台前控诉。乞老爷笔下超生。"知县道："你既有相识在此，可报名来。"吕大屈指头说出十数个，知县一一提笔记了。却到把后边的点出四名，唤两个应捕上来，分付道："你可悄悄地唤他同做证见的邻舍来。"应捕随应命去了。不逾时，两伙人齐唤了来。只见那相识的四人，远远地望见吕大，便一齐道："这是湖州吕大哥，如何在这里？一定前日原不曾死。"知县又教邻舍人近前细认，都骇然道："我们莫非眼花了？这分明是被王家打死的姜客。不知还是到底救醒了，还是面庞厮像的？"内中一个道："天下那有这般相像的理？我的眼睛一看过，再不忘记，委实是他，没有差错。"此时知县心里已有几分明白了。即便批谁诉状，叫起这一干人，分付道："你们出去，切不可张扬。若违我言，拿来重责！"众人唯唯而退。知县随即唤几个应捕，分付道："你们可密访着船家周四，用甘言美语哄他到此，不可说出实情。那原首人胡虎，自有保家，俱到明日午后，带齐听审。"应捕应诺，分头而去。知县又发付刘氏、吕大回去，到次日晚堂伺候。二人叩头同出。刘氏引吕大到监门前见了王生，把上项事情尽说了。王生闻得，满心欢喜，却似醍醐灌顶①，甘露洒心②，病体已减去六七分了。说道："我初时只怪阿虎，却不知船家如此狠毒。今日不是老客人来，连我也不知自己是冤枉的。"正是：

雪隐鹭鸶飞始见，柳藏鹦鹉语方知。

刘氏别了王生，出得县门，乘着小轿，吕大与僮仆随了，一同径

①醍醐（tí hú）灌顶：佛家用语。比喻予人以智慧。此处是说精神一振。醍醐，从乳中提炼的精华，佛经中比喻佛性。灌顶，以水浇头的佛教仪式。

②甘露：古人以为常饮可以长生；佛教以为不死之药。

到家中。刘氏自进房里，教家僮们陪客人吃了晚食，自在厅上歇宿。次日过午，又一同的到县里来，知县已升堂了。不多时，只见两个应捕将周四带到。原来那周四自得了王生银子，在本县开个布店。应捕得了知县的令，对他说："本县太爷要买布。"即时哄到县堂上来。也是天理合当败露，不意之中，猛抬头见了吕大，不觉两耳通红。吕大叫道："家长哥，自从买我白绢、竹篮，一别直到今日，这几时生意好么?"周四倾口无言，面如槁木。少顷，胡阿虎也取到了。原来胡阿虎搬在他方，近日偶回县中探亲。不期应捕正遇着他，便上前捣个鬼道："你家家主人命事已有苦主了，只待原首人来，即便审决。我们那一处不寻得到?"胡阿虎认真，欢欢喜喜，随着公人直到县堂跪下。知县指着吕大问道："你可认得那人?"胡阿虎仔细一看，吃了一惊。心下好生踌躇，委决不下，一时不能回答。知县将两人光景，一一看在肚里了。指着胡阿虎大骂道："你这个狼心狗行的奴才！家主有何负你，直得便与船家同谋，觅这假尸诬陷人命?"胡阿虎道："其实是家主打死的，小人并无虚谬。"知县怒道："还要口强！吕大既是死了，那堂下跪的是什么人?"喝教左右："夹将起来！快快招出奸谋便罢!"胡阿虎被夹，大喊道："爷爷，若说小人不该怀恨在心，首告家主，小人情愿认罪。若要小人招做同谋，便死也不甘的。当时家主不合打倒了吕大，即刻将汤救醒。与了酒饭，赠了白绢，自往渡口去了。是夜二更天气，只见周四撑尸到门。又有白绢竹篮为证，合家人都信了。家主却将钱财买住了船家，与小人同载至坟茔埋讫。以后因家主毒打小人，挟了私仇，到爷爷台下首告，委实不知这尸真假。今日不是吕客人来，连小人也不知是家主冤枉的。那死尸根由，都在船家身上。"知县录了口语，喝退胡阿虎，便叫周四上前来问。初时也将言语支吾，却被吕大在旁边面对，知县又用起刑来，只得一一招承，道："去年某月某日，吕大怀着白绢下船，偶然问起缘由，始知被殴详细。恰好渡口原有这个死尸在岸边浮着，小的因此生心，要诈骗王家。特地买他白绢，又哄他竹篮。就把水里尸首捞在船上了，前到王家。谁想他一说便信。以后得了王生银子，将来埋在坟头。只此是真，并无虚话。”知县道：“是便是了，其中也还有些含糊。那里水面上恰好有个流尸？又恰好与吕大厮像？毕竟又从别处谋害来诈骗王生的。”周四大叫道：“爷爷，冤枉！小人若要谋害别人，何不就谋害了吕大？前日因见流尸，故此生出买绢篮的计策。心中也道面庞不像，未必哄得信。小人欺得王生一来是虚心病的，二来与吕大只见得一面。况且当日天色昏了，灯光之下，一般的死尸，谁能细辨明白？三来白绢、竹篮又是王生及姜客的东西，定然不疑，故此大胆哄他一哄。不想果被小人瞒过，并无一个人认得出真假。那尸首的来历，想是失脚落水的。小人委实不知。”吕大跪上前禀道：“小人前日过渡时节，果然有个流尸，这话实是真情了。”知县也录了口语。周四道：“小人本意只要诈取王生财物，不曾有心害他，乞老爷从轻拟罪。”知县大喝道：”你这没天理的狠贼！你自己贪他银子，便几乎害得他家破人亡。似此诡计凶谋，不知陷过多少人了。我今日也为永嘉县除了一害。那胡阿虎身为家奴，拿着影响之事，背恩卖主，情实可恨！合当重行责罚。”当时喝教把两人扯下，胡阿虎重打四十，周四不计其数，以气绝为止。不想那阿虎近日伤寒病未痊，受刑不起。也只为奴才背主，天理难容，打不上四十，死于堂前。周四直至七十板后，方才昏绝。可怜二恶凶残，今日毙于杖下。

知县见二人死了，责令尸亲前来领尸。监中取出王生，当堂释放。又抄取周四店中布匹，估价一百金，原是王生被诈之物，例该入官。因王生是个书生，屈陷多时，怜他无端，改“赃物”做了“给主”，也是知县好处。坟旁尸首，掘起验时，手爪有沙，是个失水的。无有尸亲，责令忤作埋之义冢①。王生等三人谢了知县出来。到得家中，与刘氏相持痛哭了一场。又到厅前与吕客人重新见礼。那吕大见王生为他受屈，王生见吕大为他辨诬，俱各致个不安，互相感激。这

①忤作：检验尸体伤情的差役。一般由殡葬行家担任。义冢：收埋无主尸体的墓地。

教做不打不成相识,以后遂不绝往来。王生自此戒了好些气性,就是遇着乞儿,也只是一团和气。感愤前情,思想荣身雪耻,闭户读书,不交宾客。十年之中,遂成进士。所以说,为官做吏的人,千万不可草菅人命,视同儿戏。假如王生这一桩公案,惟有船家心里明白,不是姜客重到温州,家人也不知家主受屈,妻子也不知道丈夫受屈,本人也不知自己受屈。何况公庭之上,岂能尽照覆盆①? 慈祥君子,须当以此为鉴。

图圄刑措号仁君②,吉网罗钳最枉人③。

寄语昏污诸酷吏,远在儿孙近在身。

①覆盆:倒扣的盆子。阳光照不到里面,比喻不白之冤。

②"囹圄(líng yǔ)刑措"句:此句是说,刑狱等设施,仁君的本心是使人民不要犯罪,是爱人的。囹圄,监狱。刑措,司法刑狱等设施。仁君,仁爱之君。

③吉网罗钳:是唐代人称呼两个酷吏吉温和罗希奭的用语。吉、罗二人依附李林甫,屡兴大狱,严刑逼供,陷害朝臣。见《新唐书·酷吏传》吉温本传。

卷十二

陶家翁大雨留宾　蒋震卿片言得妇

诗曰：

一饮一啄，莫非前定。

一时戏语，终身话柄。

话说人生万事，前数已定。尽有一时间偶然戏耍之事，取笑之话，后边照应将来，却象是个谶语响卜①，一毫不差。乃知当他戏笑之时，暗中已有鬼神做主，非偶然也。只如宋朝崇宁年间②，有一个姓王的公子，本贯浙西人，少年发科③，到都下会试。一日将晚，到延秋坊人家赴席，在一个小宅子前经过。见一女子生得十分美貌，独立在门内，徘徊凝望，却象等候甚么人的一般。王生正注目看他，只见前面一伙骑马的人，喝拥而来，那女子避了进去。王生匆匆也行了，不曾问得这家姓张姓李。赴了席，吃得半醉归家，已是初更天气。复经过这家门首，望门内一看，只见门已紧闭，寂然无人声。王生嗤嗤从左傍墙脚下一带走去，意思要看他有后门没有。只见数十步外有空地丈馀，小小一扇便门，也关着在那里。王生想道："日间美人，只在此中，怎能勾再得一见？"看了他后门，正在恋恋不舍，忽然隔墙丢出一件东西来，掉在地下一响，王生几乎被他打着。拾起来看，却是一块瓦片。此时皓月初升，光同白昼。看那瓦片时，有六个字在上面，写道"夜间在此相候"。王生晓得有些蹊跷，又带着几分酒意，笑道："不知是何等人约人做事的，待我要他一要。"就在墙

---

①谶(chèn)语：将来会应验的预言、预兆。响卜：除夕夜窃听人说话以卜将来的命运。

②崇宁：宋徽宗年号。

③发科：考中科举。此指考中了举人。

上剥下些石灰粉来,写在瓦背上道:“三更后可出来。”仍旧望墙里丢了进去。走开十来步,远远地站着,看他有何动静。等了一会,只见一个后生走到墙边,低着头,却像找寻甚么东西的,寻来寻去。寻了一回,不见甚么。对着墙里叹了一口气,有一步没一步的,佯佯走了去①。王生在黑影里看得明白,便道:“想来此人便是所约之人了,只不知里边是甚么人。好歹有个人出来,必要等着他。”等到三更,月色已高,烟雾四合。王生酒意已醒,看看渴睡上来,伸伸腰,打个呵欠。自笑道:“睡倒不去睡,管别人这样闲事!”正要举步归寓,忽听得墙边小门呀的一响,轧然开了,一个女子闪将出来。月光之下望去看时,且是娉婷。随后一个老妈,背了一只大竹箱,跟着望外就走。王生迎将上去,看得仔细,正是日间独立门首这女子。那女子看见人来,一些不避,直到当面一看。吃一惊道:“不是! 不是!”回转头来看老妈。老妈上前,擦擦眼,把王生一认,也道:“不是,不是。快进去!”那王生倒将身拦在后门边了,一把扯住道:“还思量进去?你是人家闺中女子,约人夜晚间在此相会,可是该的? 我今声张起来,拿你见官。丑声传扬,叫你合家做人不成。我偶然在此遇着,也是我与你的前缘,你不如就随了我去。我是在此会试的举人,也不辱没了你。”那女子听罢,战抖抖的,泪如雨下,没做道理处。老妈说道:“若是声张,果是利害! 既然这位官人是个举人,小娘子权且随他到下处再处。而今没奈何了。一会子天明了,有人看见,却了不得。”那女子一头哭,王生一头扯扯拉拉,只得软软地跟他走到了下处。放他在一个小楼上面,连那老妈也就留了他伏侍。女子性定,王生问他备细。女子道:“奴家姓曹,父亲早丧,母亲只生得我一人,甚是爱惜,要将我许聘人家。我有个姑娘的儿子②,从小往来,生得聪俊,心里要嫁他。这个老妈,就是我的奶娘。我央他对母亲说知此情,母亲嫌他家里无官,不肯依从。所以叫奶娘通情,说与他子,

---

①佯佯:此指懒洋洋。无精打采的样子。

②姑娘:姑母。

约他今夜以掷瓦为信，开门从他私奔。他亦曾还掷一瓦，叫三更后出来。及至出得门来，却是官人，倒不见他，不知何故。”王生笑把适才戏写掷瓦，及一男子寻觅东西不见，长叹走去的事，说了一遍。女子叹口气道：“这走去的正是他了。”王生笑道：“却是我幸得撞着，岂非五百年前姻缘做定了？”女子无计可奈，见王生也自一表非俗，只得从了他。新打上的，恩爱不浅。

到得会试过了榜发，王生不得第。却恋着那女子，正在欢爱头上，不把那不中的事放在心里，只是朝欢暮乐。那女子前日带来竹箱中，多是金银宝物。王生缺用，就拿出来与他盘缠。迁延数月，王生竟忘记了归家。王生的父亲在家盼望，见日子已久，不见王生归来。遍问京中来的人，都说道：“他下处有一女人相处，甚是得意，那得肯还？”其父大怒，写着严切手书，差着两个管家，到京催他起身。又寄封书，与京中同年相好的①，叫他们遣个马票②，兼请逼勒他出京，不许耽延。王生不得已，与女子作别道：“事出无奈，只得且去，得便就来。或者禀明父亲，径来接你，也未可知。你须耐心，同老妈在此寓所住着等我。”含泪而别。王生到得家中，父亲升任福建，正要起身，就带了同去。一时未便，不好说得女子之事，闷闷随去任所，朝夕思念。不题。

且说京中女子，同奶妈住在寓所守候。身边所带东西，王生在时已用去将有一半。今又两口在寓所食用，有出无入，看看所剩不多；王生又无信息，女子心下着忙。叫老妈打听家里母亲光景，指望重到家来，与母亲相会。不想母亲因失了这女儿，终日啼哭，已自病死多时。那姑娘之子，次日见说舅母家里不见了女儿，恐怕是非缠在身上，逃去无踪了。女子见说，大哭了一场。与老妈商量道：“如今一身无靠。汴京到浙西也不多路。趁身边还有些东西，做了盘

①同年：同榜进士和举人，都可称作“同年”。

②马票：使用驿站交通工具的凭证。

缠，到他家里去寻他。不然如何了当[1]？”就央老妈雇了一只船，下汴京一路来。

行到广陵地方，盘缠已尽。那老妈又是高年，船上早晚感冒些风露，一病不起。那女子极得无投奔，只是啼哭。元来广陵即是而今扬州府，极是一个繁华之地。古人诗云：“烟花三月下扬州。”又道是“二十四桥明月夜，玉人何处教吹箫”。从来仕宦官员，王孙公子，要讨美妾的，都到广陵郡来，拣择聘娶。所以填街塞巷，都是些媒婆撞来撞去。看见船上一个美貌女子啼哭，都攒将拢来问缘故。女子说道：“汴京下来，到浙西寻丈夫。不想此间奶母亡故，盘缠用尽，无计可施，所以啼哭。”内中一个婆子道：“何不去寻苏大商量？”女子道：“苏大是何人？”那婆子道：“苏大是此间好汉，专一替人出闲力的。”女子慌忙之中，不知一个好歹，便出口道：“有烦指引则个。”婆子去了一会，寻取一个人来。那一人到船边，问了详细，便去引领一干人来，抬了尸首上岸埋葬，算船钱打发船家。对女子道：“收拾行李，到我家里停住几日再处。”叫一乘轿来抬女子。女子见他处置有方，只道投着好人，亦且此身无主，放心随他去。谁知这人却是扬州一个大光棍，当机兵[2]，养娼妓，接子弟的[3]，是个烟花的领袖，乌龟的班头[4]。轿抬到家，就有几个粉头出来相接作伴。女子情知不尴尬，落在套中，无处分诉。自此改名苏媛，做了娼妓了。

王生在福建随任两年，方回浙中。又值会试之期，束装北上，道经扬州。扬州司理[5]，乃是王生乡举同门，置酒相待。王生赴席，酒筵之间，官妓叩头送酒。只见内中一人，屡屡偷眼看王生不已。生

---

①了当：了结。

②机兵：本指民壮（见《明史·兵志三》），以时召赴。此处或即“扎火囤”的另一种说法。机，当指机巧、机阱。设骗局、设圈套。参见本书卷十六及“火囤”注。

③子弟：嫖客。

④班头：同行中的头脑。

⑤司理：推官。府设推官，管理刑狱诉讼事务。

亦举目细看，心里疑道："如何甚像京师曹氏女子？"及问姓名，全不相同。却再三看来，越看越是。酒半起身，苏媛捧觞上前，劝生饮酒。觌面看得较切，口里不敢说出，心中想着旧事，不胜悲伤，禁不住两行珠泪，簌簌的落将下来，堕在杯中。生情知是了，也垂泪道："我道像你，元来果然是你！却是因何在此？"那女子把别后事情，及下汴寻生，盘缠尽了，失身为娼，始末根缘，说了一遍，不觉大恸。生自觉惭愧，感伤流泪。力辞不饮，托病而起。随即召女子到自己寓所，各诉情怀，留同枕席。次日，密托扬州司理，追究苏大局良为娼，问了罪名，脱了苏媛乐籍①，送生同行。后来与生生子，仕至尚书郎②。想着起初，只是一时拾得掷瓦，做此戏谑之事。谁知是老大一段姻缘，几乎把女子一生断送了，还亏得后来成了正果。

而今更有一段话文，只因一句戏言，致得两边错认，得了一个老婆，全始全终，比前话更为完美。有诗为证：

戏言偶尔作恢奇③，谁道从中遇美妻？
假女婿为真女婿，失便宜处得便宜。

这一本话文，乃是国朝成化年间，浙江杭州府馀杭县有一个人，姓蒋，名霆，表字震卿。本是儒家子弟，生来心性倜傥佻挞，顽耍戏浪，不拘小节。最喜游玩山水，出去便是累月累日，不肯呆坐家中。一日，想道："从来说山阴道上④，千岩竞秀，万壑争流，是个极好去处。此去绍兴，府隔得多少路，不去游一游？"恰好有乡里两个客商，要过江南去贸易，就便搭了伴同行。过了钱塘江，搭了西兴夜船⑤，

---

①乐籍：妓女娼家为乐户行业，由教坊司登记管理。脱离从良必须花钱办手续。

②尚书郎：侍郎。六部尚书的副职。

③恢奇：特异。此指不寻常的玩笑。

④山阴：明代山阴县。民国省并，即今绍兴。文中说山阴风光的话是东晋王献之的话。

⑤西兴：又称西陵。镇名。是进入京杭运河的一处著名码头，来往绍兴、杭州必经之地。在今浙江萧山市西部。

一夜到了绍兴府城。两客自去做买卖，他便兰亭、禹穴、蕺山、鉴湖[①]，没处不到，游得一个心满意足。两客也做完了生意，仍旧合伴同归。

偶到诸暨村中行走。只见天色看看傍晚，一路是些青畦绿亩，不见一个人家。须臾之间，天上洒下雨点来，渐渐下得密了。三人都不带得雨具，只得慌忙向前奔走，走得一个气喘。却见村子里露出一所庄宅来。三人远望道："好了，好了，且到那里躲一躲则个。"两步那来一步，走到面前，却是一座双檐滴水的门坊。那两扇门，一扇关着，一扇半掩在那里。蒋震卿便上前，一手就去推门。二客道："蒋兄惯是莽撞。借这里只躲躲雨便了，知是甚么人家。便去敲门打户！"蒋震卿最好取笑，便大声道："何妨得[②]！此乃是我丈人家里。"二客道："不要胡说惹祸。"过了一会，那雨越下得大了。只见两扇门忽然大开，里头踱出一个老者来。看他怎生打扮：

> 头带斜角方巾，手持盘头拄拐。方巾内竹箨冠，罩着银丝样几茎乱发；拄拐上虬须节，握着干姜般五个指头。宽袖长衣，摆出浑如鹤步；高跟深履，踱来一似龟行。想来圯上可传书[③]，应是商山随聘出[④]。

元来这老者姓陶，是诸暨村中一个殷实大户。为人梗直忠厚，极是好客尚义认真的人。起初傍晚，正要走出大门来，看人关闭。只听得外面说话响，晓得有人在门外躲雨，故迟了一步。却把蒋震卿取

---

①兰亭、禹穴、蕺(jí)山、鉴湖：绍兴地区几处名胜。兰亭因王羲之写作《兰亭集序》而著称。禹穴有大禹陵。蕺山相传越王勾践曾在此山采蕺菜，山上又有王羲之故宅。鉴湖湖水宽阔明净。

②何妨得：不妨碍，没有关系。

③圯上可传书：指黄石公。《史记·留侯世家》载，张良青年时遇黄石公于圯上，授以《太公兵法》。圯上，桥上。

④商山随聘出：指商山四皓。东园公、甪里先生、绮里季和夏黄公四位高士，隐居于商山。西汉初都已须发皆白，年过八十，后因刘邦要废太子刘盈，另立刘如意，吕后受张良指点，请出商山四皓辅佐太子。商山，在今陕西商州。

笑的说话,一一听得明白。走进去,对妈妈与合家说了,都道:“有这样放肆可恶的,不要理他!”而今见下得雨大,晓得躲雨的没去处,心下过意不去。有心要出来留他们进去,却又怪先前说这讨便宜话的人。踌躇了一回走出来,见是三个,就问道:“方才说老汉是他丈人的,是那一个?”蒋震卿见问着这话,自觉先前失言,耳根通红。二客又同声将他埋怨道:“原是不该。”老者看见光景,就晓得是他了。便对二客道:“两位不弃老拙,便请到寒舍里面盘桓一盘桓。这位郎君,依他方才所说,他是吾子辈,与宾客不同,不必进来,只在此伺候罢。”二客方欲谦逊,被他一把扯了袖子,拽进大门。刚跨进槛内,早把两扇门扑的关好了。二客只得随老者登堂,相见叙坐。各道姓名,及偶过避雨,说了一遍。那老者犹兀自气忿忿的道:“适间这位贵友,途路之中,如此轻薄无状,岂是个全身远害的君子?二公不与他相交得也罢了。”二客替他称谢道:“此兄姓蒋。少年轻肆,一时无心失言,得罪老丈,休得计较!”老者只不释然。须臾,摆下酒饭相款,竟不提起门外尚有一人。二客自己非分取扰,已出望外,况见老者认真着恼,难道好又开口周全得蒋震卿,叫他一发请了进来不成?只得由他,且管自家食用。

那蒋震卿被关在大门之外,想着适间失言,老大没趣。独自一个,栖栖在雨檐之下。黑魆魆地,靠来靠去,好生冷落。欲待一口气走了去,一来雨黑,二来单身,不敢前行,只得忍气吞声,耐了心性等着。只见那雨渐渐止了,轻云之中,有些月色上来。侧耳听着,门内人声寂静了。便道:“他们想已安寝,我却如何痴等?不如趁此微微月色,路径好辨,走了去罢。”又想一想道:“那老儿固然怪我,他们两个便直得如此撇下了我,只管自己自在不成?毕竟有安顿我处,便再等他一等。”正在踌躇不定,忽听得门内有人低低道:“且不要去。”蒋震卿心下道:“我说他们定不忘怀了我。”就应一声道:“晓得了,不去。”过了一会,又听得低低道:“有些东西拿出来,你可收拾好。”蒋震卿心下又道:“你看他两个,白白里打搅了他一餐,又拿了他的甚么东西,忒煞欺心!”却口里且答应道:“晓得了。”站住等着,只见墙上有两件东西扑搭地丢将出来。急走上前看时,却是两个被囊。提一提看,且是沉重。把手捻两捻,累累块块,像是些金银器物之类。蒋震卿恐怕有人开出来追寻,急负在背上,望前便走。走过百馀步,回头看那门时,已离得略远了。站着脚,再看动静。远望去,墙上两个人跳将下来。蒋震卿道:"他两个也来了。恐有人追,我只索先走,不必等他。"提起脚便走。望后边这两个,也不忙赶,只尾着他慢慢地走。蒋震卿走得少远,心下想道:"他两个赶着了,包里东西必要均分。趁他们还在后边,我且开囊看看。总是不义之物,落得先藏起他些好的。"立住了,把包裹打开,将黄金重货,另包了一囊。把钱布之类,仍旧放在被囊里,提了又走。又望后边两个人,却还未到。元来见他住,也住;见他走,也走。黑影里远远尾着,只不相近。如此行了半夜,只是隔着一箭之路。看看天明了,那两个方才脚步走得急促,赶将上来。蒋震卿道:"正是来一路走。"走到面前,把眼一看,吃了一惊。谁知不是昨日同行的两个客人,到是两个女子。一个头扎临清帕,身穿青绸衫,且是生得美丽。一个散挽头髻,身穿青布袄,是个丫鬟打扮。仔细看了蒋震卿一看,这一惊可也不小,急得忙闪了身子开来。蒋震卿上前,一把将美貌的女子劫住,道:"你走那里去?快快跟了我去,到有商量。若是不从,我同到你家去出首。"女子低首无言,只得跟了他走。走到一个酒馆中,蒋生拣个僻净楼房,与他住下了。哄店家道,是夫妻烧香,买早饭吃的。店家见一男一女,又有丫鬟跟随,并无疑心,自去支持早饭上来吃①。蒋震卿对女子低声问他来历。那女子道:"奴家姓陶,名幼芳,就是昨日主人翁之女。母亲王氏。奴家幼年间许嫁同郡褚家,谁想他双目失明了,我不愿嫁他。有一个表亲之子王郎,少年美貌,我心下有意于他。与他订约日久,约定今夜私奔出来,一同逃去。今日日间不见回音。将到晚时,忽听得爹进来大嚷,道是:'门前有个人,口称这里是他丈人家里。胡言乱语,可恶!'我心里暗想:'此必是我所约之郎

①支持:支应,供给。

到了。'急急收并资财，引这丫鬟拾翠为伴，逾墙出来。看见你在前面，背囊而走，心里道：'自然是了。'恐怕人看见，所以一路不敢相近。谁知跟到这里，却是差了。而今既已失却那人，又不好归去得，只得随着官人罢。也是出于无奈了。"蒋震卿大喜道："此乃天缘已定，我言有验。且喜我未曾娶妻。你不要慌张，我同你家去便了。"蒋生同他吃了早饭，丫鬟也吃了，打发店钱。独讨一个船，也不等二客，一直同他随路换船，径到了馀杭家里。家人来问，只说是路上礼聘来的。那女子入门，待上接下，甚是贤能，与蒋震卿十分相得。

过了一年，已生了一子。却提起父母，便凄然泪下。一日，对蒋震卿道："我那时不肯从那瞽夫，所以做出这些冒礼勾当来。而今身已属君，可无悔恨。但只是双亲年老无靠，失我之后，在家必定忧愁。且一年有馀，无从问个消息，我心里一刻不能忘。再如此思念几时，毕竟要生出病来了。我想，父母平日爱我如珠似宝，而今便是他知道了，他只以见我为喜，定然不十分嗔怪的。你可计较，怎生通得一信去？"蒋震卿想了一回道："此间有一个教学的先生，姓阮，叫阮太始，与我相好。他专在诸暨往来，待我与他商量看。"蒋震卿就走去，把这事始末根由，一五一十对阮太始说了。阮太始道："此老是诸暨一个极忠厚的长者，与学生也曾相会几番过的①。待学生寻个便，到那里替兄委曲通知，周全其事，决不有误。"蒋震卿称谢了，来回浑家的话②。不题。

且说陶老是晚款留二客在家歇宿。次日，又拿早饭来吃了。二客千恩万谢，作别了起身。老者送出门来，还笑道："昨日狂生不知那里去宿了。也等他受些恓惶，以为轻薄之戒。"二客道："想必等不得，先去了。容学生辈寻着了他，埋怨他一番。老丈再不必介怀。"老者道："老拙也是一时耐不得，昨日勾奈何他了，那里还挂在心上？"道罢，各自作别去了。老者入得门时，只见一个丫鬟慌慌张张

---

①学生：读书人的谦称。

②浑家：妻子。

走到面前,喘做一团,道:"阿爹,不好了!姐姐不知那里去了!"老者吃了一惊道:"怎的说!"一步一颠,忙走进房中来。只见王妈妈儿天儿地的放声大哭,哭倒在地。老者问其详细,妈妈说道:"昨夜好好在他房中睡的。今早因外边有客,我且照管灶下早饭,不曾见他起来。及至客去了,叫人请他来一处吃早饭,只见房中箱笼大开,连服侍的丫头拾翠也不见,不知那里去了。"老者大骇道:"这却为何?"一个养娘便道:"莫不昨日投宿这些人是个歹人,夜里拐的去了?"老者道:"胡说!他们都是初到此地的。那两个宿了一夜,今日好好别了去的,如何拐得?这一个,因是我恼他,连门里不放他进来,一发甚么相干①?必是日前与人有约,今因见有客,趁哄打劫的逃去了。你们平日看见姐姐有甚破绽么?"一个养娘道:"阿爹此猜十有八九。姐姐只为许了个盲子,心中不乐,时时流泪。惟有王家某郎,与姐姐甚说得来。时常叫拾翠与他传消递息的,想必约着跟他走了。"老者见说得有因,密地叫人到王家去访时②,只见王郎好好的在家里,并无一些动静。老者没做理会处,自道:"家丑不可外扬,切勿令传出去。褚家这盲子,退得便罢。退不得,苦一个丫头不着③,还他罢了。只是身边没有了这个亲生女儿,好生冷静。"与那王妈妈说着,便哭一个不住。后来褚家盲子死了,感着老夫妻念头,又添上几场悲哭。道:"便早死了年把④,也不见得女儿如此。"

如是一年有多,只见一日门上递个名帖进来,却是馀杭阮太始。老者出来接着,道:"甚风吹得到此?"阮太始道:"久疏贵地诸友,偶然得暇,特过江来拜望一番。"老者便教治酒相待。饮酒中间,大家说些江湖上的新闻,也有可信的,也有可疑的。阮太始道:"敝乡一

---

①一发:更加。有的地方也作"一起"解。

②密地:暗地。

③不着:了不起,大不了。此语今方言中仍然存留。

④年把:"……把",不定之词。一年二年都在这范围之内。今方言口语中"个把"常说。总之表示少量。

年之前，也有一件新闻，这事却是实的。”老者道：“何事？”阮太始道：“有个少年朋友，出来游耍。归去途路之间，一句戏话上边，得了一个妇人，至今做夫妻在那里。说道这妇人是贵乡的人，老丈曾晓得么？”老者道：“可知这妇人姓甚么？”阮太始道：“说道也姓陶。”那老者大惊道：“莫非是小女么？”阮太始道：“小名幼芳，年纪一十八岁；又有个丫头名拾翠。”老者撑着眼道[①]：“真是吾小女了！如何在他那里？”阮太始道：“老丈还记得雨中叩门，冒称是岳家，老丈闭他在门外、不容登堂的事么？”老者道：“果有这个事。此人平日元非相识，却又关在外边，无处通风。不知那晚小女如何却随了他去了？”阮太始把蒋生所言，一一告诉，说道：“一边妄言，一边发怒，一边误认，凑合成了这事，真是希奇。而今已生子了，老翁要见他么？”老者道：“可知要见哩[②]！”只见王妈妈在屏风后边，听得明明白白，忍不住跳将出来，不管是生是熟大哭。拜倒在阮太始面前，道：“老夫妇只生得此女。自从失去，几番哭绝，至今奄奄不欲生。若是客人果然致得吾女相见，必当重报！”阮太始道：“老丈与孺人固然要见令爱，只怕有些见怪令婿，令婿便不敢来见了。”老者道：“果然得见，庆幸不暇，还有甚么见怪？”阮太始道：“令婿也是旧家子弟，不辱没了令爱的。老丈既不嗔责，就请老丈同到令婿家里去一见便是。”老者欣然治装，就同阮太始一路到馀杭来。到了蒋家门首，阮太始进去，把以前说话备细说了。阮太史同蒋生出来接了老者。那女儿久不见父亲，也直接至中堂。阮太始暂避开了。父女相见，倒在怀中，大家哭倒。老者就要蒋生同女儿到家去。那女儿也要去见母亲，就一同到诸暨村来。母女两个相见了，又抱头大哭。道：“只说此生再不得相会了，谁道还有今日！”哭得旁边养娘们个个泪出。哭罢，蒋生拜见丈人、丈母，叩头请罪道：“小婿一时与同伴门外戏言，谁知岳丈认了真，致犯盛怒。又谁知令爱认了错，得谐私愿。小婿如今想起来，当

---

①撑着眼：睁大了眼睛。

②可知：可是，确实，当然。

初说此话时，何曾有分毫想到此地位的？都是偶然，望岳丈勿罪。”老者大笑道：“天教贤婿说出这话，有此凑巧。此正前定之事，何罪之有？”正说话间，阮太始也封了一封贺礼，到门叫喜。老者就将彩帛银两，拜求阮太始为媒，治酒大会亲族，重教蒋震卿夫妇拜天成礼。厚赠妆奁，送他还家，夫妻偕老。

当时蒋生不如此戏要取笑，被关在门外，便一样同两个客人一处儿吃酒了，那里撞得着这老婆来？不知又与那个受用去了。可见前缘分定，天使其然。此本说话出在祝枝山《西樵野记》中，事体本等有趣[①]。只因有个没见识的，做了一本《鸳衾记》[②]，乃是将元人《玉清庵错送鸳鸯被》杂剧与嘉定篦工徐达拐逃新人的事[③]，三四件，做了个扭名粮长[④]，弄得头头不了，债债不清。所以今日依着本传，把此话文重新流传于世，使人简便好看。有诗为证：

片言得妇是奇缘，此等新闻本可传。
扭捏无端殊舛错，故将话本与重宣。

①事体：吴方言。事情。

②《鸳衾记》：明沈璟《鸳衾记》，今已不传。明吕天成《曲品》有评论，说到“妻之掠于忤也，章台柳矣”。或指此剧本。

③《玉清庵错送鸳鸯被》：元无名氏作。今存《元曲选》中。徐达拐逃新人：《二刻拍案惊奇》卷二十五《徐茶酒乘闹劫新人》即敷叙此一故事。

④扭名粮长：强拉硬派的意思。粮长是明代地方协助官府征收粮税的里长甲长，一般由富户报充。扭名，即是强加的。

卷十三

赵六老舐犊丧残生　张知县诛枭成铁案

诗曰：

从来父子是天伦，离暴何当逆自亲？

为说慈乌能反哺[①]，应教飞鸟骂伊人。

话说人生极重的是那孝字，盖因为父母的，自乳哺三年，直盼到儿子长大，不知费尽了多少心力。又怕他三病四痛，日夜焦劳。又指望他聪明成器，时刻注想。抚摩鞠育，无所不至。《诗》云[②]："哀哀父母，生我劬劳。""欲报之德，昊天罔极[③]。"说到此处，就是卧冰哭竹[④]，扇枕温衾[⑤]，也难报答万一。况乃锦衣玉食，归之自己，担饥受冻，委之二亲，漫然视若路人，甚而等之仇敌，败坏彝伦[⑥]，灭绝天理，直狗彘之所不为也！如今且说一段不孝的故事，从前寡见，近世罕闻。

正德年间，松江府城有一富民[⑦]，姓严。夫妻两口儿过活。三十岁上无子，求神拜佛，无时无处不将此事挂在念头上。忽一夜，严娘子似梦非梦间，只听得空中有人说道："求来子，终没耳；添你丁，减

---

①慈乌能反哺：古人说小而纯黑的乌鸦长大后反哺其母，称为孝鸟，亦称慈乌。梁武帝《孝思赋》："慈乌反哺以报亲。"

②《诗》云：下引四句皆《诗经·蓼莪》中诗句。毛传说此诗："民人劳苦，孝子不得终养尔。"

③昊天罔极：父母之恩像天一样广阔无边。

④卧冰哭竹："二十四孝"中故事。卧冰，晋代王祥为母卧冰求取鲤鱼。哭竹，三国时孟宗冬天哭竹为母求取竹笋。

⑤扇枕温衾：也是"二十四孝"故事。东汉黄香孝敬双亲，夏天扇枕，冬天温席。

⑥彝伦：即人伦。最基本的伦理关系。彝，常。

⑦松江府城：今上海市松江县(华亭)。

你齿。"严娘子分明听得，次日，即对严公说知，却不解其意。自此以后，严娘子便觉得眉低眼慢，乳胀腹高，有了身孕。怀胎十月，历尽艰辛，生下一子，眉清目秀。夫妻二人欢喜倍常。万事多不要紧，只愿他易长易成。光阴荏苒，又早三年。那时也倒聪明伶俐，做爷娘的百依百顺，没一事违拗了他。休说是世上有的物事，他要时定要寻来，便是天上的星，河里的月，也恨不得爬上天捉将下来，钻入河捞将出去。似此情状，不可胜数。又道是："棒头出孝子，箸头出忤逆①。"为是严家夫妻养娇了这孩儿，到得大来就便目中无人，天王也似的大了。却是为他有钱财使用，又好结识那一班惨刻狡滑、没天理的衙门中人，多只是奉承过去，那个敢与他一般见识？却又极好樗蒲②，搭着一班儿伙伴，多是高手的赌贼。那些人贪他是出钱施主，当面只是甜言蜜语，谄笑胁肩，赚他上手。他只道众人真心喜欢，且十分帮倷③，便放开心地，大胆呼卢④，把那黄白之物，无算的暗消了去。严公时常苦劝，却终久溺着一个爱字，三言两语，不听时也只索罢了。岂知家私有数，经不得十转九空。似此三年，渐渐凋耗。严公原是积攒上头起家的，见了这般情况，未免有些肉痛。一日有事出外，走过一个赌坊。只见数十来个人，团聚一处，在那里喧嚷。严公望见，走近前来。伸头一看，却是那众人裹着他儿子讨赌钱。他儿子分说不得，你拖我扯，无计可施。严公看了，恐怕伤坏了他，心怀不忍。挨开众人，将身蔽了孩儿，对众人道："所欠钱物，老夫自当赔偿。众弟兄各自请回，明日到家下拜纳便是。"一头说，一手且扯了儿子，怒愤愤的投家里来。关上了门，采了他儿子头发⑤，硬着

---

①箸头：筷子头。指放纵吃喝玩乐。

②樗(chū)蒲：古代的一种博戏。后世指赌博。

③帮倷(chèn)：帮衬。会凑趣。

④呼卢：呼卢喝雉。即樗蒲。又称"五子"。五个木头子，每子两面。一面黑色，画牛犊；一面白色，画雉。掷时五子全黑，为卢，得头采；五子全白，为雉，大失败。掷时自己呼卢，对手呼雉。今时掷骰子呼六呼幺，情形正同。

⑤采了：抓住。今方言中仍有这种说法。

心做势要打，却被他挣扎脱了。严公赶去扯住不放，他掇转身来，望严公脸上只一拳，打个满天星，昏晕倒了。儿子也自慌张，只得将手扶时，元来打落了两个门牙，流血满胸。儿子晓得不好，且望外一溜走了。严公半晌方醒，愤恨之极，道："我做了一世人家，生这样逆子，荡了家私，又几乎害我性命，禽兽也不如了！还要留他则甚[①]！"一径走到府里来。却值知府升堂，写着一张状子，将那打落牙齿为证，告了忤逆。知府准了状，当日退堂，老儿自且回去。

却有严公儿子平日最爱的相识，一个外郎[②]，叫做丘三，是个极狡黠奸诈的。那时见准了这状，急急出衙门，寻见了严公儿子，备说前事。严公儿子着忙，恳求计策解救。丘三故意作难。严公儿子道："适带得赌钱三两在此，权为使用，是必打点救我性命则个。"丘三又故意迟延了半晌，道："今日晚了，明早府前相会，我自有话对你说。"严公儿子依言，各自散讫。次早俱到府前相会。严公儿子问："有何妙计？幸急救我！"丘三把手招他到一个幽僻去处，说道："你来，你来。对你说。"严公儿子便以耳接着丘三的口，等他讲话。只听得跄踔一响，严公儿子大叫一声，疾忙掩耳，埋怨丘三道："我百般求你解救，如何倒咬落我的耳朵？却不恁地与你干休[③]！"丘三冷笑道："你耳朵原来却恁地值钱？你家老儿牙齿恁地不值钱？不要慌！如今却真对你说话，你慢些只说如此如此，便自没事。"严公儿子道："好计！虽然受些痛苦，却得干净了身子。"随后府公升厅，严公儿子带到。知府问道："你如何这般不孝，只贪赌博，怪父教诲，甚而打落了父亲门牙，有何理说？"严公儿子泣道："爷爷青天在上，念小的焉敢悖伦胡行？小的偶然出外，见赌坊中争闹，立定闲看。谁知小的父亲也走将来，便疑小的亦落赌场，采了小的回家痛打。小的吃打

①则甚：作什么。

②外郎：对州县吏员的称呼。

③恁地：这样地，那样地。

不过，不合伸起头来[①]。父亲便将小的毒咬一口，咬落耳朵。老人家齿不坚牢，一时性起，遂至坠落。岂有小的打落之理？望爷爷明镜照察！”知府教上去验看，果然是一只缺耳。齿痕尚新，上有凝血。信他言词是实，微微的笑道：“这情是真，不必再问了。但看赌钱可疑，父齿复坏，责杖十板，赶出免拟[②]。”严公儿子喜得无恙，归家求告父母，道：“孩儿愿改从前过失，侍奉二亲。官府已责罚过，任父亲发落。”老儿昨日一口气上，到府告官。过了一夜，又见儿子已受了官刑，只这一番说话，心肠已自软了。他老夫妻两个，原是极溺爱这儿子的，想起道：“当初受孕之时，梦中四句言语说：‘求来子，终没耳；添你丁，减你齿。’今日老儿落齿，儿子啮耳，正此验也。这也是天数，不必说了。”自此，那儿子当真守分，孝敬二亲，后来却得善终。这叫做改过自新，皇天必宥。

如今再说一个肆行不孝，到底不悛，明彰报应的。某朝某府某县，有一人姓赵，排行第六，人多叫他做赵六老。家声清白，囊橐肥饶。夫妻两口，生下一子，方离乳哺，是他两人心头的气，身上的肉。未生下时，两人各处许下了偌多香愿。只此一节上，已为这儿子费了无数钱财。不期三岁上出起痘来，两人终夜无寐，遍访名医，多方觅药，不论资财。只求得孩儿无恙，便杀了己身，也自甘心。两人忧疑惊恐，巴得到痘花回好，就是黑夜里得了明珠，也没得这般欢喜。看看调养得精神完固，也不知服了多少药料，吃了多少辛勤，坏了多少钱物。殷殷抚养，到了六七岁，又要送他上学。延一个老成名师，择日叫他拜了先生，取个学名，唤做赵聪。先习了些《神童》、《千家诗》[③]，后习《大学》。两人又怕儿子辛苦了，又怕先生拘束他，生出病来，每日不上读得几句书，便歇了。那赵聪也到会体贴他夫妻两人的意思，常只是诈病佯疾，不进学堂。两人却是不敢违拗了他。那

---

①不合：不该，不当。

②免拟：不定罪。

③《神童》：即《神童诗》，宋人汪洙撰。汪洙九岁即会写诗，有《汪神童诗》数十首。后人增补，作为儿童开蒙的课本。

先生看了这些光景，口中不语，心下思量道："这真叫做禽犊之爱，适所以害之耳。养成于今日，后悔无及矣！"却只是冷眼旁观，任主人家措置。过了半年三个月，忽又有人家来议亲。却是一个宦户人家，姓殷，老儿曾任太守，故了。赵六老却要扳高，央媒求了口帖。选了吉日，极浓重的下了一付谢允礼。自此聘下了殷家女子，逢时致时，逢节致节，往往来来，也不知费用了多少礼物。韶光短浅。赵聪因为娇养，直挨到十四岁上才读完得经书。赵六老还道是他出人头地，欢喜无限。十五六岁，免不得教他试笔作文。六老此时为这儿子面上，家事已弄得七八了。没奈何，要儿子成就，情愿借贷延师，又重币延请一个饱学秀才，与他引导。每年束脩五十金，其外节仪[①]，与夫供给之盛，自不必说。那赵聪原是个极贪安宴，十日九不在书房里的。做先生到落得吃自在饭，得了重资，省了气力。为此，就有那一班不成才没廉耻的秀才，便要谋他馆谷[②]；自有那有志向诚实的，往往却之不就。此之谓贤愚不等。话休絮烦，转眼间又过了一个年头，却值文宗考童生[③]。六老也叫赵聪没张没致的前去赴考[④]。又替他钻刺，央人情，又枉自折了银子。考事已过，六老又思量替儿子毕姻，却是手头委实有些窘迫了，又只得央中写契，借到某处银四百两。那中人叫做王三，是六老平日专托他做事的，似此借票，已写过了几纸，多只是他居间。其时在刘上户家[⑤]，借了四百银子，交与六老。便将银备办礼物，择日纳采，订了婚期。过了两月，又近吉日，却又欠接亲之费。六老只得东挪西凑，寻了几件衣饰之类，往典铺中解了四十两银子[⑥]，却也不勾使用，只得又寻了王三，写一纸票，又往褚员外家借了六十金，方得发迎会亲。

---

①节仪：节日礼物礼金。

②馆谷：坐馆老师。即家庭教师。由东家（主人）负担食宿。

③文宗：即提学官。

④没张没致：慌慌张张，冒冒失失。

⑤上户：大户，富户。

⑥解：典当。

殷公子送妹子过门，赵六老极其殷勤谦让，吃了五七日筵席，各自散了。小夫妻两口恩爱如山，在六老间壁一个小院子里居住，快活过日。殷家女子倒百般好，只有些儿毛病：专一恃贵自高，不把公婆看在眼里；且又十分悭吝，一文千贯，惯会唆那丈夫做些惨刻之事。若是殷家女子贤慧时，劝他丈夫学好，也不到得后来惹出这场大事了。

自古妻贤夫祸少，应知子孝父心宽。

这是后话。

却说那殷家嫁资丰富，约有三千金财物，殷氏收掌，没一些儿放空[①]。赵六老供给儿媳，惟恐有甚不到处，反十分小心。儿媳两个，倒嫌长嫌短的不像意。光阴迅速，又早三年。赵老娘因害痰火病，起不得床，一发把这家事，托与那媳妇掌管。殷氏承当了，供养公婆，初时也尚像样，渐渐半年三个月，要茶不茶，要饭不饭。两人受淡不过，有时只得开口，勉强取讨得些。殷氏便发话道："有甚么大家事交割与我[②]，却又要长要短。原把去自当不得[③]！我也不情愿当这样的吃苦差使，倒终日搅得不清净。"赵六老闻得，忍气吞声，实是没有甚么家计分授与他，如何好分说得？叹了口气，对妈妈说了。妈妈是个积病之人，听了这些声响，又看了儿媳这一番怠慢光景。手中又十分窘迫，不比三年前了。且又索债盈门，箱笼中还剩得有些衣饰，把来偿利，已准过七八了[④]。就还有几亩田产，也只好把与别人做利。赵妈妈也是受用过来的，今日穷了，休说是外人，嫡亲儿媳也受他这般冷淡。回头自思，怎得不恼？一气气得头昏眼花，饮食多绝了。儿媳两个也不到床前去看视一番，也不将些汤水调养病人。每日三餐，只是这几碗黄齑，好不苦恼。挨了半月，痰喘大发，

①放空：放手，拿出来。

②家事：家当，家产。

③把去：拿去。

④准：准折，兑。此指抵偿。

呜呼哀哉，伏惟尚飨了①。儿媳两个免不得干号了几声，就走了过去。赵六老跌脚捶胸，哭了一回。走到间壁去对儿子道："你娘今日死了，实是囊底无物，送终之具，一无所备。你可念母子亲情，买口好棺木盛殓。后日择块坟地殡葬，也见得你一片孝心。"赵聪道："我那里有钱买棺？不要说是好棺木，价重买不起，便是那轻敲杂树的②，也要二三两一具，叫我那得东西去买？前村李作头家③，有一口轻敲些的在那里，何不去赊了来？明日再做理会。"六老噙着眼泪，怎敢再说。只得出门，到李作头家去了。且说赵聪走进来对殷氏道："俺家老儿一发不知进退了，对我说要讨件好棺木盛殓老娘。我回说道休说好的，便是歹的，也要二三两一个。我叫他且到李作头家赊了一具轻敲的来，明日还价④。"殷氏便接口道："那个还价？"赵聪道："便是我们舍个头痛，替他胡乱还些罢。"殷氏怒道："你那里有钱来替别人买棺材？买与自家了不得？要买时，你自还钱！老娘却是没有。我又不曾受你爷娘一分好处，没事便兜揽这些来打搅人！松了一次，便有十次。还他十个没有，怕怎地！"赵聪顿口无言，道："娘子说得是，我则不还便了。"随后，六老雇了两个人，抬了这具棺材到来，盛殓了妈妈。大家举哀了一场，将一杯水酒浇奠了，停柩在家。儿媳两个也不守灵，也不做什么盛羹饭，每日仍只是这几碗黄齑，夜间单留六老一人，冷清清的，在灵前伴宿。六老有好气没好气，想了便哭。

过了两七⑤，李作头来讨棺银。六老道："去替我家小官人

---

①呜呼哀哉，伏惟尚飨：祭文末尾两句套语。表示悲伤，请灵魂来享受祭祀。后来作为死的代替语、俏皮话；更常仅用"呜呼哀哉"。

②轻敲：轻巧。指薄而不值钱的。

③作头：手工行业师傅，本人即是店东。

④还价：交钱，付款。

⑤七：旧时守丧，七天一个忌日，叫做"七"，祭祀一次。七七四十九日"断七"，恢复平日生活形态。

讨[①]。"李作头依言,去对赵聪道:"官人家赊了小人棺木,幸赐价银则个。"赵聪光着眼,啐了一声道:"你莫不见鬼了?你眼又不瞎,前日是那个来你家赊棺材,便与那个讨,却如何来与我说?"李作头道:"是你家老官来赊的。方才是他叫我来与官人讨。"赵聪道:"休听他放屁!好没廉耻。他自有钱买棺材,如何图赖得人?你去时便去,莫要讨老爷怒发!"背叉着手,自进去了。李作头回来,将这段话对六老说知。六老纷纷泪落,忍不住哭起来。李作头劝住了道:"赵老官,不必如此。没有银子,便随分甚么东西,准两件与小人罢了。"赵六老只得进去,翻箱倒笼,寻得三件冬衣,一根银镟子[②],把来准与李作头去了。忽又过了七七四十九,赵六老原也有些不知进退,你看了买棺一事,随你怎么,也不可求他了。到得过了断七,又忘了这段光景,重复对儿子道:"我要和你娘寻块坟地,你可主张则个。"赵聪道:"我晓得甚么主张?我又不是地理师[③],那晓寻甚么地?就是寻时,难道有人家肯白送?依我说时,只好捡个日子,送去东村烧化了,也倒稳当。"六老听说,默默无言,眼中吊泪。赵聪也不再说,竟自去了。六老心下思量道:"我妈妈做了一世富家之妻,岂知死后无葬身之所?罢!罢!这样逆子,求他则甚!再检箱中,看有些少物件,解当些来买地,并作殡葬之资。"六老又去开箱,翻前翻后,检得两套衣服,一只金钗,当得六两银子。将四两买了二分地,馀二两唤了四个和尚,做些功果[④]。雇了几个扛夫,抬出去殡葬了。六老喜得

---

①替:向,找。方言。

②镟(xiàn)子:阉割雄鸡用的工具。为一银制或铜制细长薄片,两端略翘起。用小刀切开鸡腹,即用此物作弓状插入绷开切口;再用一小棒,棒头有马尾做的活套,伸入取出睾丸。陈迩冬注本说:"但以'银'制,似无此事理。"当是未见实况而致疑。又,旧时漱口用来刮舌苔的银片条,状类镟子。

③地理师:看坟地和屋宅地理风水吉凶的人。俗称"阴阳先生"、"地理先生"、"风水先生"。

④功果:超度亡魂的法事,诵经等。

完事，且自归家，随缘度日[①]。

倏忽间又是寒冬天道，六老身上寒冷，赊了一斤丝绵，无钱得还，只得将一件夏衣，对儿子道："一件衣服在此，你要便买了，不要时便当几钱与我。"赵聪道："冬天买夏衣，正是'那得闲钱补笊篱！'放着这件衣服，日后怕不是我的？却买他！也不买，也不当。"六老道："既恁地时，便罢。"自收了衣服，不题。

却说赵聪便来对殷氏说了。殷氏道："这却是你呆了。他见你不当时，一定便将去解铺中解了，日后一定没了。你便将来，胡乱当他几钱，不怕没便宜。"赵聪依允，来对六老道："方才衣服，媳妇要看一看，或者当了，也不可知。"六老道："任你将去不妨。若当时，只是七钱银子也罢。"赵聪将衣服与殷氏看了。殷氏道："你可将四钱去，说如此时便捉了[②]。要多时，回他便罢。"赵聪将银付与六老，六老那里敢嫌多少，欣然接了。赵聪便写一纸短押，上写"限五月没"[③]，递与六老去了。六老看了短押，紫胀了面皮，把纸扯得粉碎。长叹一声道："生前作了罪过，故今亲子报应。天也！天也！"怨恨了一回。

过了一夜，次日起身梳洗，只见那作中的王三蓦地走将进来[④]。六老心头吃了一跳，面如土色。正是：

　　入门休问荣枯事，观看容颜便得知。

王三施礼了，便开口道："六老莫怪惊动！便是褚家那六十两头，虽则年年清利，却则是些货钱准折，又还得不爽利。今年他家要连本利多楚[⑤]，小人却是无说话回他。六老遮莫做一番计较[⑥]，清楚了这一项，也省多少口舌，免得门头不清净。"六老叹口气道："当初要为这逆子做亲，负下了这几主重债，年年增利，囊橐一空。欲待在逆子

---

①随缘：遇到什么算什么，随便。

②捉了：拿了，收了。

③没(mò)：没收。

④蓦地：突然。

⑤楚：清楚。还清楚。

⑥遮莫：不论，不管如何。

处挪借来奉还褚家,争奈他两个丝毫不肯放空。便是老夫身衣口食,日常也不能如意,那有钱来清楚这一项银?王兄幸作方便,善为我辞,宽限几时,感激非浅!”王三变了面皮,道:“六老说那里话?我为褚家这主债上,馋唾多分说干了①。你却不知他家上门上户,只来寻我中人。我却又不得了几许中人钱,没来由讨这样不自在吃。只是当初做差了事,没摆布了②。他家动不动要着人来坐催,你却还说这般懈话。就是你手头来不及时,当初原为你儿子做亲借的,便和你儿子那借来还,有甚么不是处?我如今不好去回话,只坐在这里罢了。”六老听了这一番话,眼泪汪汪,无言可答。虚心冷气的道:“王兄见教极是,容老夫和这逆子计议便了。王兄暂请回步,来早定当报命。”王三道:“是则是了,却是我转了背,不可就便放松。又不图你一碗儿茶,半钟儿酒,着甚来历?”摊手摊脚,也不作别,竟走出去了。

六老没极奈何,寻思道:“若对赵聪说时,又怕受他冷淡;若不去说时,实是无路可通。老王说也倒是,或者当初是为他借的,他肯那移也不可知。”要一步,不要一步,走到赵聪处来。只见他们闹闹热热,炊烟盛举。六老问道:“今日为甚事忙?”有人答道:“殷家大公子到来,留住吃饭,故此忙。”六老垂首丧气,只得回身。肚里思量道:“殷家公子在此留饭,我为父的也不值得带挈一带挈?且看他是如何!”停了一会,只见依旧搬将那平时这两碗黄糙饭来,六老看了,喉咙气塞,也吃不落③。那日,赵聪和殷公子吃了一日酒,六老不好去唐突④,只得歇了。次早走将过去,回说赵聪未曾起身,六老呆呆的等了个把时辰。赵聪走出来道:“清清早起,有甚话说?”六老倒陪笑道:“这时候也不早了。有一句紧要说话,只怕你不肯依我。”赵聪

①多分:多半,大半。

②没摆布:没办法。

③吃不落:吃不下去。

④唐突:冲撞。

道:"依得时便说,依不得时便不必说。有什么依不依!"六老半嗫半嚅的道:"日前你做亲时,曾借下了褚家六十两银子,年年清利。今年他家连本要还,我却怎地来得及?本钱料是不能勾,只好依旧上利。我实是手无一文。别样本也不该对你说,却是为你做亲借的。为此只得与你那借些,还他利钱则个。"赵聪怫然变色[①],摊着手道:"这却不是笑话?恁他说时,原来人家讨媳妇,多是儿子自己出钱。等我去各处问一问看,是如此时,我还便了。"六老又道:"不是说要你还,只是目前那借些个。"赵聪道:"有甚那借不那借?若是后日有得还时,他每也不是这般讨得紧了。昨日殷家阿舅有准盒礼银五钱在此。待我去问媳妇肯时,将去做个东道,请请中人,再挨几时便是。"说罢,自进去了。六老想道:"五钱银子干什么事?况又去与媳妇商量,多分是水中捞月了。"等了一会,不见赵聪出来,只得回去。却见王三已自坐在那里,六老欲待躲避,早被他一眼瞧见。王三迎着六老道:"昨日所约如何?褚家又是三五替人我家来过了[②]。"六老舍着羞脸说道:"我家逆子分毫不肯通融。本钱实是难处。只得再寻些货物,准过今年利钱。容老夫徐图。望乞方便。"一头说,一头不觉的把双膝屈了下去。王三歪转了头,一手扶六老。口里道:"怎地是这样?既是有货物,准得过时,且将去准了。做我不着,又回他过几时。"六老便走进去,开了箱子,将妈妈遗下几件首饰衣服,并自己穿的这几件直身[③],检一个空,尽数将出来,递与王三。王三宽打料帐[④],约勾了二分起息十六两之数,连箱子将了去了。六老此后,身外更无一物。

话休絮烦。隔了两日,只见王三又来索取那刘家四百两银子利

---

①怫(fú)然:发怒,不高兴的样子。《孟子》:"曾西艴然不悦。"艴,也写作"怫"、"咈"。

②三五替:三五起,多次。

③直身:也称"直裰"、"道袍"。平常穿的长衣。

④宽打料帐:此处指低作价,压价。

钱，一发重大。六老手足无措，只得诡说道："已和我儿子借得两个元宝在此，待将去倾销一倾销①。且请回步，来早拜还。"王三见六老是个诚实人，况又不怕他走了那里去，只得回家。六老想道："虽然哄了他去，这疖少不得要出脓，怎赖得过？"又走过来对赵聪道："今日王三又来索刘家的利钱，吾如今实是只有这一条性命了，你也可怜见我生身父母，救我一救！"赵聪道："没事又将这些说话来恐唬人，便有些得替还了不成？要死便死了，活在这里也没干。"六老听罢，扯住赵聪，号天号地的哭。赵聪奔脱了身，竟进去了。有人劝住了六老，且自回去。六老千思万想，若王三来时，怎生措置？人极计生，六老想了半日，忽然的道："有了，有了。除非如此如此，除了这一件，真便死也没干。"看看天色晚来，六老吃了些夜饭自睡。却说赵聪夫妻两个，吃罢了夜饭，洗了脚手，吹灭了火去睡。赵聪却睡不稳，清眠在床。只听得房里有些脚步响，疑是有贼，却不做声。元来赵聪因有家资，时常防贼做整备的。听了一会，又闻得门儿隐隐开响，渐渐有些悉窣之声②，将近床边。赵聪只不做声。约莫来得切近，悄悄的床底下拾起平日藏下的斧头，趁着手势一劈，只听得扑地一响，望床前倒了。赵聪连忙爬起来，踏住身子，再加两斧。见寂然无声，知是已死。慌忙叫醒殷氏道："房里有贼，已砍死了！"点起火来，恐怕外面还有伴贼，先叫破了地方邻舍，多有人走起来救护。只见墙门左侧，老大一个壁洞，已听见赵聪叫道："砍死了一个贼在房里。"一齐拥进来看，果然一个死尸，头劈做了两半。众人看了，有眼快的，叫道："这却不是赵六老？"众人仔细齐来相了一回，多道："是也，是也。却为甚做贼偷自家的东西，却被儿子杀了？好跷蹊作怪的事！"有的道："不是偷东西，敢是老没廉耻，要扒灰③。儿子愤恨，借这个贼名杀了。"那老成的道："不要胡嘈！六老平生不是这样

①倾销：改铸。

②悉窣（suì）：轻微脚步声，细细地。

③扒灰：也写作"爬灰"。公公与儿媳妇通奸，俗称"爬灰"。

人。”赵聪夫妻实不知是什么缘故，饶你平时奸猾，到这时节，不由你不呆了。一头假哭，一头分说道：“实不知是我家老儿，只认是贼，为此不问事由杀了。只看这墙洞，须知不是我故意的。”众人道：“既是做贼来偷，你夜晚间不分皂白，怪你不得。只是事体重大，免不得报官。”哄了一夜，却好天明。众人押了赵聪到县前去。这里殷氏也心慌了，收拾了些财物，暗地到县里打点去使用。

那知县姓张名晋，为人清廉正直，更兼聪察非常。那时升堂，见众人押这赵聪进来，问了缘故，差人相验了尸首。张晋道是：“以子杀父，该问十恶重罪。”旁边走过一个承行孔目[①]，禀道：“赵聪以子杀父，罪犯宜重；却实是夤夜拒盗，不知是父，又不宜坐大辟[②]。”那些地方里邻，也是一般说话。张晋由众人说，径提起笔来判道：“赵聪杀贼可恕，不孝当诛。子有馀财，而使父贫为盗，不孝明矣。死何辞焉？”判毕，即将赵聪重责四十，上了死囚枷，押入牢里。众人谁敢开口？况赵聪那些不孝的光景，众人一向久慕[③]，见张晋断得公明，尽皆心服。张晋又责令收赵聪家财，买棺殡殓了六老。殷氏纵有扑天的本事，敌国的家私，也没门路可通。只好多使用些银子，时常往监中看觑赵聪一番。不想进监多次，惹了牢瘟，不上一个月死了。赵聪原是受享过来的，怎熬得囹圄之苦？殷氏既死，没人送饭，饿了三日，死在牢中。拖出牢洞，抛尸在千人坑里。这便是那不孝父母之报。张晋更着将赵聪一应家财入官，那时刘上户、褚员外并六老平日的债主，多执了原契禀了，张晋一一多派还了。其馀所有，悉行入库。他两个刻剥了这一生，自己的父母也不能勾近他一文钱钞，思量积攒来传授子孙，为永远之计。谁知家私付之乌有，并自己也无葬身之所。要见天理昭彰，报应不爽。正是：

由来天网恢恢，何曾漏却阿谁？
王法还须推勘，神明料不差池。

---

①承行：执行，承办。孔目：掌管刑狱文案的官吏。

②大辟：死刑。

③久慕：早就闻名，早知道。

卷十四

酒谋财于郊肆恶　鬼对案杨化借尸

诗曰：

从来人死魂不散，况复生前有宿冤。

试看鬼能为活证，始知明晦一般天。

话说山东有一个耕夫，不记姓名。因耕自己田地，侵犯了邻人墓道，邻人与他争论。他出言不逊，就把他毒打不休，须臾身死。家间亲人把邻人告官，检尸有致命重伤，问成死罪。已是一年。忽一日，右首邻家所生一子，口里才能说话，便话得前生事体出来。道：“我是耕者某人，为邻人打死。死后见阴司，阴司怜我无罪误死，命我复生。说我尸首已坏，就近托生为右邻之子。即命二鬼送我到右邻房栊外，见一妇人踞床将产。二鬼道：‘此即汝母，汝从囟门入①。’说罢，二鬼即出。二鬼在外，不听见里头孩子哭声。二鬼回身进来看，说道：‘走了！走了！’其时吾躲在衣架之下。被二鬼寻出，复送入囟门，一会就生下来。”历历述说平生事，无一不记。又到前所耕地界处，再三辨悉。那些看的人及他父母，明知是耕者再世，叹为异事。喧传此话到狱中，那前日抵罪的邻人便当官诉状，道：“吾杀了耕者，故问死罪。今耕者已得再生，吾亦该放条活路。若不然，死者倒得生了，生者倒要死了，吾这一死还是抵谁的？”官府看见诉语希奇，吊取前日一干原被犯证里邻问他，他们众口如一，说道：“果是重生。”并取小孩儿问他，他言语明明白白，一些不误。官府虽则断道：“一死自抵前生，岂以再世幸免？”不准其诉，然却心里大是惊怪。因

---

①囟(xìn)门：脑门心。特指婴儿头顶中央未骨化时状态。此指成人头顶。

晓得人身四大①,乃是假合。形有时尽,神则常存。何况屈死冤魂,岂能遽散?

所以国朝嘉靖年间,有一桩异事。乃是一个山东人,唤名丁戍。客游北京,途中遇一壮士,名唤卢疆。见他意气慷慨,性格轩昂,两人觉道说得着,结为兄弟。不多时,卢疆盗情事犯,系在府狱。丁戍到狱中探望,卢疆对他道:"某不幸犯罪,无人救答。承兄平日相爱,有句心腹话,要与兄说。"丁戍道:"感蒙不弃,若有见托,必当尽心。"卢疆道:"得兄应允,死亦瞑目。吾有白金千馀,藏在某处,兄可去取了,用些手脚,营救我出狱。万一不能勾脱,只求兄照管我狱中衣食,不使缺乏。他日死后,只要兄葬埋了我,馀多的东西,任凭兄取了罢。只此相托,再无馀言。"说罢,泪如雨下。丁戍道:"且请宽心,自当尽力相救。"珍重而别。元来人心本好,见财即变。自古道得好:"白酒红人面,黄金黑世心。"丁戍见卢疆倾心付托时,也是实心应承,无有虚谬。及依他到所说的某处取得千金在手,却就转了念头,道:"不想他果然为盗,积得许多东西在此。造化落在我手里,是我一场小富贵,也勾下半世受用了。总是不义之物,他取得,我也取得,不为罪过。既到了手,还要救他则甚!"又想一想道:"若不救他,他若教人问我,无可推托得。惹得毒了,他万一攀扯出来,得也得不稳。何不了当了他,倒是口净。"正是转一念,狠一念。从此遂与狱吏两个通同,送了他三十两银子,摆布杀了卢疆。

自此丁戍白白地得了千金。又无人知他来历,摇摇摆摆,在北京受用了三年,用过七八了。因下了潞河②,搭船归家。丁戍到了船中,与同船之人正在舱里大家说些闲话。你一句,我一句,只见丁戍忽然跌倒了,一会儿扒起来。睁起双眸,大喝道:"我乃北京大盗卢疆也!丁戍天杀的,得我千金,反害我命,而今须索填还我来!"同船

①四大:佛家语。指地、水、火、风为四大。人身也是这四大和合而成,将来终归分离,所以说假合。

②潞河:即潮白河。大运河最北一段。

之人见他声口与先前不同，又说出这话来，晓得丁戍有负心之事，冤魂来索命了。各各心惊，共相跪拜。求告他道："丁戍自做差了事，害了好汉，须与吾辈无干。今好汉若是在这船中索命，杀了丁戍，须害我同船之人不得干净，要吃没头官司了。万望好汉息怒！略停几时，等我众人上了岸，凭好汉处置他罢。"只见丁戍口中作鬼语道："罢！罢！我先到他家等他罢。"说毕，复又倒地。须臾丁戍醒转，众人问他适才的事，一些也不知觉，众人遂俱不道破，随路分别上岸去了。丁戍到家三日，忽然大叫，又说起船里的说话来。家人正在骇异，只见他走去，取了一个铁锤，望口中乱打牙齿。家人慌忙抱住了，夺了他的铁锤。又走去拿把厨刀在手，把胸前乱砍，家人又来夺住了。他手中无了器皿，就把指头自挖双眼，眼珠尽出，血流满面。家人慌张惊喊，街上人听见，一齐跑进来看。递传出去，弄得看的人填街塞巷。又有日前同舟回来之人，有好事的来打听消息，恰好瞧着。只见丁戍一头自打，一头说卢疆的话，大声价骂。有大胆的，走向前问他道："这事有几年了？"附丁戍的鬼道："三年了。"问的道："你既有冤欲报，如此有灵，为何直等到三年？"附丁戍的鬼道："向我关在狱中，不得报仇；近来遇赦，方出得在外来了。"说罢又打，直打到丁戍气绝，遂无影响。于时隆庆改元大赦[①]，要知狱鬼也随阳间例放了出来，方得报仇。乃信阴阳一理也。正是：

明不独在人，幽不独在鬼。
阳世与阴间，似隔一层纸。
若还显报时，连纸都彻起。

看官，你道在下为何说出这两段说话？只因世上的人，瞒心昧己做了事，只道暗中黑漆漆，并无人知觉的。又道是"死无对证"，见个人死了，就道天大的事也完了。谁知道冥冥之中，却如此昭然不

---

①隆庆改元：隆庆是明穆宗朱载垕年号。改元即改年号。隆庆元年为公元1567年。

爽。说到了这样转世说出前生，附身活现花报[1]，恰像人原不曾死，只在面前一般。随你欺心的，硬胆的人，思之也要毛骨悚然。却是死后托生，也是常事；附身索命，也是常事。古往今来，说不尽许多。而今更有一个稀奇作怪的，乃是被人害命，附尸诉冤，竟做了活人活证。直到缠过多少时节，经过多少衙门，成狱方休，实为罕见。

这段话，在山东即墨县于家庄。有一人，唤名于大郊，乃是个军籍出身[2]。这于家本户有兴州右屯卫顶当祖军一名[3]，那见在彼处当军的，叫做于守宗。元来这名军是祖上洪武年间传留下来的[4]。虽则是嫡支嫡派承当充伍，却是通族要帮他银两，叫做“军装盘缠”，约定几年来取一度，是个旧规。其时乃万历二十一年，守宗在卫，要人到祖籍讨这一项钱粮。有个家丁叫做杨化，就是蓟镇人[5]。他心性最梗直，多曾到即墨县走过遭把的，守宗就差他前来。杨化与妻子别了，骑了一只自喂养的蹇驴[6]。不则一日，行到即墨。一径到于大郊屋里居住宿歇了，各家去派取。按着支系派去，也有几分的，也有上钱的，陆续零星讨将来。先凑得二两八钱在身边藏着。

是月，正月二十六日。大郊走来对杨化道：“今日鳌山卫集[7]，好

---

①花报：即果报。因果报应。

②军籍：明代户籍制度，分民为三等：民、军、匠。民户又细分为儒、医、阴阳；军户细分为校尉、力士、弓兵和铺兵；匠则分为厨役、裁缝、马船之类。沿海又分为盐户、灶户；寺有僧，观有道士。“毕以其业著籍，人户以籍为断。”（见《明史·食货志》一户口）明代兵制的特点是世袭制，祖先为军，后世子孙亲族必有人服役，所以下文有顶当祖军之词。

③兴州：明代兴州为直隶州，治所在兴化，即今河北滦平县偏西。右屯卫：兴州地区共设五卫：兴州左屯卫、兴州右屯卫、兴州中屯卫、兴州前屯卫、兴州后屯卫。俱隶属于后军都督府。此五卫均为洪武中期所置，永乐后有很大变动。兴州右屯卫永乐二年徙治迁安县。一个卫官兵五千六百人。

④洪武：明太祖朱元璋年号。

⑤蓟镇：为明代边防九镇之一，治所在蓟州（今属天津市）。

⑥蹇(jiǎn)驴：瘦弱驽钝的毛驴。

⑦鳌山卫：在即墨县东。

不热闹。我要去趁赶,同你去耍耍来!"杨化道:"咱家也坐不过,要去走走。"把个缠袋束在腰里了,骑了驴,同大郊到鳌山卫来。只因此一去,有分教:雄边壮士,强做了一世冤魂;寒舍村姑,硬当了几番鬼役。正是:

猪羊入屠户之家,一步步来寻死路。

却说杨化与于大郊到鳌山集上看了一回,觉得有些肚饥了。对大郊道:"咱们到酒店上呷碗烧刀子去[1]。"大郊见说,就拉他到卫城内一个酒家尹三家来饮酒。山东酒店,没甚嗄饭下酒,无非是两碟大蒜,几个馍馍。杨化是个北边穷军,好的是烧刀子。这尹三店中是有名最狠的黄烧酒,正中其意,大碗价筛来吃。于大郊又在旁相劝,灌得烂醉。到天晚了,杨化手垂脚软,行走不得。大郊勉强扶他上了驴,用手搀着他走路。杨化骑一步,蹱一蹱[2],几番要撷下来。到了卫北石桥子沟,杨化一个盹,叫声"啊呀!"一交翻下驴来。于大郊道:"骑不得驴了,且在此地下睡睡再走。"杨化在草坡上,一交放翻身子,不知一个天高地下,鼾声如雷,一觉睡去了。元来于大郊见杨化零零星星收下好些包数银子,却不知有多少,心中动了火,思想要谋他的。欺他是个单身穷军,人生路不熟,料没有人晓得他来踪去迹。亦且这些族中人怕他蒿恼[3],巴不得他去的。若不见了他,大家干净,必无人提起,却不这项银子落得要了?所以故意把这样狠酒灌醉了他。杨化睡至一个更次,于大郊呆呆在旁边候着。你道平日若是软心的人,此时纵要谋他银两,乘他酒醉,腰里摸了他的,走了去。明日杨化酒醒,也只道醉后失了。就是疑心大郊,没个实据,可以抵赖,事也易处,何致定要害他性命?谁知北人手辣心硬,一不做,二不休,叫得先打后商量。不论银钱多少,只是那断路抢衣帽的小小

①烧刀子:烧酒。今北京、河北方言仍称烧酒为"烧刀子"。烧酒在明代不如今日普遍。李时珍《本草纲目》还说烧酒的酿造"非古法也"。

②蹱(zhōng)一蹱:东倒西歪的样子。行不正为"蹱"。

③蒿恼:打扰,麻烦。

强人，也必了了性命[①]，然后动手的。风俗如此，心性如此。看着一个人性命，只当掐个虱子，不在心上。当日见杨化不醒，四旁无人，便将杨化驴子上缰绳解将下来，打了个扣儿，将杨化的脖项套好了。就除下杨化的帽儿，塞住其口。把一只脚踏住其面，两手用力将缰绳扯起来一勒。可怜杨化一个穷军，能有多少银子，今日死于非命。于大郊将手去按杨化鼻子底下，已无气了。就于腰间搜劫前银，连缠袋取来，缠在自己腰内。又想道："尸首在此，天明时有人看见，须是不便。"随抱起杨化尸首，驮在驴背上，赶至海边。离于家庄有三里地远了，扑通一声，撺入海内，牵了驴儿转回来。又想一想道："此是杨化的驴，有人认得。我收在家里，必有人问起，难以遮盖，弃了他罢。"当将此驴赶至黄铺舍漫坡散放了，任他自去。那驴散了缰辔，随他打滚，好不自在。次日不知那个收去了。是夜，于大郊悄悄地回家，无人知道。

至二月初八日，已死过十二日了。于大郊魂梦里，也道此时死尸不知漂去几千几万里了。你道可杀作怪！那死尸潮上潮下，涠了多日[②]，一夜乘潮逆流上来，恰恰到于家庄本社海边[③]，停着不去。本社保正于良等看见[④]，将情报知即墨县。那即墨县李知县查得海潮死尸，不知何处人氏，何由落水，其故难明。亦且颈有绳痕，中间必有冤抑。除责令地方一面收贮，一面访拿外，李知县斋戒了，到城隍庙虔诚祈祷，务期报应，以显灵佑。不题。

本月十三日，有于大郊本户居民于得水妻李氏，正与丈夫碾米。

---

①了了：结果了，解决了。

②涠（tuī）：流水冲走。民国《乌青县志·风俗》："水流物去曰涠。"方言词。

③社：元代旧制，五十家为一社。不足五十家的村与近村合为社。明太祖实行里甲制，而于河北地区依元代里社制编当地土著人民为里甲，照顾村社特点。此处即指于家庄本村海边。

④保正：即里长。轮值的里长。

忽然跌倒在地，得水慌忙扶住叫唤。将及半个时辰，猛可站将起来[①]，紧闭双眸，口中吓道："于大郊还我命来！还我命来！"于得水惊诧，问道："你是何处神鬼，辄来作怪[②]！"李氏口里道："我是讨军装杨化，在鳌山集被于大郊将黄烧酒灌醉，扶至石桥子沟。将缰绳把我勒死，抛尸海中。我恐大郊逃走，官府连累无干，以此前来告诉。我家中还有亲兄杨大，又有妻张氏，有二男二女。俱远在蓟州，不及前来执命。可怜！可怜！故此自来，要与大郊质对，务要当官报仇。"于得水道："此冤仇实与我无干，如何缠扰着我家里？"李氏口里道："暂借贤妻贵体，与我做个凭依，好得质对。待完成了事，我自当去，不来相扰。烦你与我报知地方则个！你若不肯，我也不出你的门。"于得水当时无奈，只得走去，通知了保正于良。于良不信，到得水家中看个的确。只见李氏再说那杨化一番说话，明明白白，一些不差。于良走去报知老人邵强[③]，与地方牌头、小甲等[④]，都来看了。前后说话，都是一样。于良、邵强遂同地方人等，一拥来到于大郊家里。叫出大郊来道："你干得好事！今有冤魂在于得水家中，你可快去面对。"大郊心里有病，见说着这话，好不心惊。却又道："有甚么冤魂在得水家里？可又作怪，且去看一看，怕做甚么！"违不得众人，只得软软随了去。到得水家，只见李氏大喝道："于大郊！你来了么？我与你有甚么冤仇，你却谋我东西，下此毒手，害得我好苦！"大郊犹兀自道无人知证，口强道："呸！那个谋你甚么？见鬼了！"李氏口里道："还要抵赖！你将驴缰勒死了我，又驴驮我海边，丢尸海中了。藏着我银子二两八钱，打点自家快活。快拿出我的银子来！不然，我就打你，咬你的肉，泄我的恨！"大郊见他说出银子数目相对，已知

①猛可：突然。

②辄来：突然来，竟然来。

③老人：本是古代乡官，掌教化。元明时代称里长为"里老人"。

④牌头、小甲：陈迩冬注本谓"均为衙门中的役卒"，非是。文中明言"地方牌头、小甲"。牌头即当年轮值的甲首，协同里长管理一里十甲之事；小甲即甲长（十户之长），此指于得水所在的甲长。

果是杨化附魂，不敢隐匿，遂对众吐称前情是实。却不料阴魂附人，如此显明，只索死去休。于良等听罢，当即押了大郊回家。将原劫杨化缠袋一条，内盛军装银二两八钱，于本家灶锅烟筅里取出。于良等道："好了，好了。有此赃物，便可报官定罪，了这海上浮尸的公案。若只是阴魂鬼话，万一后边本人醒了，阴魂去了，我们难替他担错。"就急急押了于大郊，连赃送县。大郊想道："罪无可逃了。坐在监中，无人送饭。须索多攀本户两个，大家不得安闲。等他们送饭时，须好歹也有些及我。"就对于良道："这事须有本户于大豹、于大敖、于大节三人，与我同谋的，如何只做我一人不着？"于良等并将三人拘集。三人口称无干，这里也不听他，一同送到县来首明。知县准了首词，批道："情似真而事则鬼，必李氏当官证之。"随拘李氏到官。李氏与大郊面质，句句是杨化口谈，咬定大郊谋死真情。知县看那诉词上面还有几个名字，问："这于大豹等几人，却是怎的？"李氏道："止是大郊一个，馀人并不相干。正恐累及平人，故不避幽明①，特来告陈。"知县厉声问大郊，道："你怎么说？"大郊此时已被李氏附魂活灵活现的说，惊得三魂俱不在体了。只得叩头道："爷爷，今日才晓得鬼神难昧，委系自己将杨化勒死，图财是实，并与他人无干。小的该死！"知县看系谋杀人命重情，未经检验，当日亲押大郊等到海边潮上杨化尸所相验。拘取一班仵作，相得杨化身尸，颈子上有绳子交匝之伤，的系生前被人勒死。取了伤单，回到县中，将一干人犯口词取了，问成于大郊死罪。众人在官的，多画了供；连李氏也画了一个供。又分付他道："此事须解上司，你改不得口。"李氏道："小的不改口，只是一样说话。"元来知县只怕杨化魂灵散了，故如此对李氏说。不知杨化真魂只说自家的说话，却如此答。知县就把文案叠成，连人解府。知府看了招卷，道是希奇，心下有些疑惑。当堂亲审，前情无异。题笔判云：

看得杨化以边塞贫军，跋涉千里。银不满三两，于大郊辄

①幽明：阴间阳间。

起毒心。先之酒醉，继之绳勒，又继之驴驮，丢尸海内。彼以为葬鱼腹，求之无尸，质之无证，已可私享前银，宴然无事。孰意天道昭彰，鬼神不昧。尸入海而不沉，魂附人而自语。发微瞬之奸，褫凶人之魄。至于"咬肉泄恨"一语，凛然斧钺；"恐连累无干"数言，赫然公平。化可谓死而灵，灵而正直，不以死而遂泯者。孰谓人可谋杀，又可漏网哉？该县祷神有应，异政足录。拟斩情已不枉，缘系面鞫[①]，杀劫魂附情真，理合解审。抚按定夺。

府中起了解批，连人连卷，解至督抚孙军门案下告投[②]。孙军门看了来因，好些不然。疑道："李氏一个妇人，又是人作鬼语，如何做得杀人定案？安知不有诡诈？"就当堂逐一点过面审。点到李氏，便住了笔，问道："你是那里人？"李氏道："是蓟州人。"又叫地方上来，问："李氏是那里人？"地方道："是即墨人。"孙军门道："他如何说是蓟州人？"地方道："李氏是即墨人，附尸的杨化是蓟州人。"孙军门又唤李氏问道："你叫甚么名字？"李氏道："小的杨化，是兴州右屯卫于守宗名下馀丁[③]。"遂把讨军装被谋死，是长是短，说了一遍。宛然是个北边男子声口，并不像妇女说话，亦不是山东说话。孙军门问得明白，点一点头，笑道："果有此等异事！"遂批卷上道：

杨化魂附诉冤，面审俱蓟镇人语，诚为甚异。仰按察司复审详报[④]。

按察司转发本府带管理刑厅刘同知复审[⑤]。解官将一干人犯仍带至府中，当堂回销解批。只见李氏之夫于得水哭禀知府道："小的

①面鞫(jū)：当堂审理。鞫，审问。

②军门：对总督、巡抚的称呼。

③馀丁：因是家丁，属于编外军兵。

④按察司：按察使司，简称察院。主管一省司法刑狱事务的官署。与布政使司(主管行政)并称两司。

⑤理刑厅刘同知：理刑厅为一府刑狱事务官署，由推官(司理)主管。此处由刘同知带管，或是推官缺员。同知，知府副职。

妻子李氏，久为杨化冤魂所附，真性迷失。又且身系在官，展转勘问，动辄经旬累月。有子失乳，母子不免两伤。望乞爷台做主，救命超生！”知府见他说得可怜，点头道：“此原不是常理，如何可久假不归？却是鬼神之事，我亦难处。”便唤李氏到案前道：“你是李氏，还是杨化？”李氏道：“小的是杨化。”知府道：“你的冤已雪了。”李氏道：“多谢老爷天恩！”知府道：“你虽是杨化，你身却是李氏，你晓得么？”李氏道：“小的晓得。却是小的冤虽已报，无家可归，住在此罢。”知府大怒道：“胡说！你冤既雪，只该依你体骨去，为何耽阁人妻子？你可速去，不然痛打你一顿。”李氏见说要打，却像有些怕的一般，连连叩头道：“小的去了就是。”说罢，李氏站起就走。知府又叫人拉他转来，道：“我自叫杨化去，李氏待到那里去？”李氏仍做杨化的声口，叩头道：“小人自去。”起身又走。知府拍桌大喝，叫他转来，道：“这样糊涂可恶！杨化自去，须留下李氏身子。如何三回两转，违我言语？皂隶[①]，与我着实打！”皂隶发一声喊，把满堂竹片尽撇在地，震得一片价响。只见李氏一交跌倒，叫皂隶唤他，不应，再叫他“杨化”，也不应。眼睛紧闭，面色如灰。于得水慌了手脚，附着耳朵连声呼之，只是不应。也不管公堂之上，大声痛哭。知府也没法处得。得水捧着李氏，只见四脚摇战，汗下如雨。有一个多时辰，忽然张开眼睛。看见公堂虚敞，满前面生人众，打扮异样，大惊道：“吾李氏女，何故在此？”就把两袖紧遮其面。知府晓得其真性已回，问他一向知道甚么，说道：“在家碾米，不知何故在此。”并过了许多时日，也不知道。知府便将朱笔大书“李氏之身”四字镇之，取印印其背，令得水扶归调养。

次日，刘同知提审，李氏名尚未销。得水见妻子出惯了官的，不以为意，谁知李氏这回着实羞怯，不肯到衙门来。得水把从前话，一一备细说与李氏知道。李氏哭道：“是睡梦里，不知做此出丑勾当，

①皂隶：衙门差役。因穿黑色公服，故习称“皂隶”。

一向没处追悔了[①]，今既已醒，我自是女人，岂可复到公庭？"得水道："罪案已成，太爷昨日已经把你发放过了。今日只是覆审一次，便可了事。"李氏道："覆审不覆审，与我何干！"得水道："若不去时，须累及我。"李氏没奈何，只得同到衙门里来。比及刘同知问时，只是哭泣，并不晓得说一句说话。同知唤其夫得水问他，得水把向来杨化附魂证狱，昨日太爷发放，杨化已去，今是元身李氏，与前日不同缘故说了。就将太爷朱笔亲书并背上印文验过。刘同知深叹其异，把文书申详上司道："杨化冤魂已散，理合释放李氏宁家，免其再提。于大郊自有真赃，不必别证。秋后处决。"

一日晚间，于得水梦见杨化来谢道："久劳贤室，无可为报。止有叫驴一头，一向散缰走失，被人收去。今我引他到你家门首，你可收用，权为谢意。"得水次日开门出去，果遇一驴在门，将他拴鞴起来骑用，方知杨化灵尚未泯。从来说鬼神难欺，无如此一段话本，最为真实骇听。

人杀人而成鬼，鬼借人以证人。
人鬼公然相报，冤家宜结宜分。

---

①一向：往日，从前。

卷十五

卫朝奉狠心盘贵产　陈秀才巧计赚原房

诗曰：

人生碌碌饮贪泉，不畏官司不顾天。

何必广斋多忏悔？让人一着最为先。

这一首诗，单说世上人贪心起处，便是十万个金刚也降不住。明明的刑宪陈设在前①，也顾不的。子列子有云②："不见人，徒见金。"盖谓当这点念头一发，精神命脉多注在这一件事上，那管你行得也行不得！

话说杭州府有一贾秀才，名实。家私巨万，心灵机巧，豪侠好义，专好结识那一班有意气的朋友。若是朋友中有那未娶妻的，家贫乏聘，他便捐资助其完配；有那负债还不起的，他便替人赔偿。又且路见不平，专要与那瞒心昧己的人作对。假若有人恃强，他便出奇计以胜之。种种快事，未可枚举。如今且说他一节助友赎产的话。

钱塘有个姓李的人，虽习儒业，尚未游庠。家极贫窭③，事亲至孝。与贾秀才相契，贾秀才时常周济他。一日，贾秀才邀李生饮酒。李生到来，心下怏怏不乐，贾秀才疑惑。饮了数巡，忍耐不住，开口问道："李兄有何心事，对酒不欢？何不使小弟相闻？或能分忧万一，未可知也。"李生叹口气道："小弟有些心事，别个面前也不好说，我兄垂问，敢不实言。小弟先前曾有小房一所，在西湖口昭庆寺左侧，约值三百馀金。为因负了寺僧慧空银五十两，积上三年，本利共该百金。那和尚却是好利的先锋，趋势的元帅，终日索债。小弟手

---

①刑宪：法网。

②子列子：列子，列御寇。先秦思想家，有《列子》书传世。

③贫窭(jù)：贫穷。

足无措，只得将房子准与他，要他找足三百金之价。那和尚知小弟别无他路，故意不要房子，只顾索银。小弟只得短价将房准了，凭众处分，找得三十两银子。才交得过，和尚就搬进去住了，小弟自同老母搬往城中赁房居住。今因主家租钱连年不楚，他家日来催小弟出屋，老母忧愁成病，以此烦恼。"贾秀才道："元来如此。李兄何不早说！敢问所负彼家租价几何？"李生道："每年四金，今共欠他三年租价。"贾秀才道："此事一发不难。今夜且尽欢，明早自有区处。"当日酒散相别。次日，贾秀才起个清早，往库房中取天平兑勾了一百四十二两之数，着一个仆人跟了，径投李生处来。李生方才起身，梳洗不迭，忙叫老娘煮茶。没柴没火的，弄了一早起，煮不出一个茶。贾秀才会了他每的意，忙叫仆人请李生出来，讲一句话就行。李生出来道："贾兄有何见教，俯赐宠临？"贾秀才叫仆人将过一个小手盒，取出两包银子来，对李生道："此包中银十二两，可偿此处主人。此包中银一百三十两，兄可将去与慧空长老，赎取原屋居住。省受主家之累，且免令堂之忧，并兄栖身亦有定所。此小弟之愿也。"李生道："我兄说那里话？小弟不才，一母不能自赡，贫困当自受之。屡承周给，已出望外，复为弟无家可依，乃累仁兄费此重资，赎取原屋，即使弟居之，亦不安稳。荷兄高谊，敢领租价一十二金。赎屋之资，断不敢从命。"贾秀才道："我兄差矣！我两人交契，专以义气为重，何乃以财利介意？兄但收之，以复故业，不必再却。"说罢，将银放在桌上，竟自出门去了。李生慌忙出来叫道："贾兄转来，容小弟作谢。"贾秀才不顾，竟自去了。

李生心下想道："天下难得这样义友，我若不受他的，他心决反不快。且将去取赎了房子，若有得志之日，必厚报之。"当下将了银子，与母亲商议了，前去赎屋。到了昭庆寺左侧旧房门首，进来问道："慧空长老在么？"长老听得，只道是什么施主到来，慌忙出来迎接。却见是李生，把这足恭身分①，多放做冷淡的腔子。半吞半吐的

---

①足(jù)恭：假意十分恭敬。

施了礼，请坐，也不讨茶。李生却将那赎房的说话说了。慧空便有些变色道："当初卖屋时，不曾说过后来要取赎。就是要赎，原价虽只是一百三十两，如今我们又增造许多披屋，装折许多材料，值得多了。今官人须是补出这些帐来，任凭取赎了去。"这是慧空分明晓得李生拿不出银子，故意勒掯他[①]。实是何曾添造什么房子？又道是人穷志窄，李生听了这句话，便认为真。心下想道："难道还又去要贾兄找足银子取赎不成？我原不愿受他银子赎屋，今落得借这个名头[②]，只说和尚索价太重，不容取赎，还了贾兄银子，心下也到安稳。"即便辞了和尚，走到贾秀才家里来，备细述了和尚言语。贾秀才大怒道："叵耐这秃厮恁般可恶[③]！僧家四大俱空，反要瞒心昧己，图人财利。当初如此卖，今只如此赎，缘何平白地要增价银？钱财虽小，情理难容。撞在小生手里，待作个计较处置他，不怕他不容我赎！"当时留李生吃了饭，别去了。

贾秀才带了两个家僮，径走到昭庆寺左侧来[④]。见慧空家门儿开着，踱将进去。问着个小和尚，说道："师父陪客吃了几杯早酒，在楼上打盹。"贾秀才叫两个家僮住在下边，信步走到胡梯边[⑤]，悄悄蓦将上去[⑥]。只听得鼾齁之声，举目一看，看见慧空脱下衣帽熟睡。楼上四面有窗，多关着。贾秀才走到后窗缝里一张[⑦]，见对楼一个年少妇人坐着做针指。看光景是一个大户人家。贾秀才低头一想道："计在此了。"便走过前面来，将慧空那僧衣僧帽穿着了。悄悄地开了后窗，嘻着脸与那对楼的妇人百般调戏。直惹得那妇人焦燥，跑下楼去。贾秀才也仍复脱下衣帽，放在旧处。悄悄下楼，自回去了。

---

①勒掯：敲诈，勒索。

②名头：名目，名义。

③叵耐：叵耐。不能忍耐，可恨。

④左侧：左近，附近。

⑤胡梯：有扶手栏杆的梯子。

⑥蓦：同"摸"。

⑦一张：看一看。张，望，看一眼。

且说慧空正睡之际，只听得下边乒乓之声，一直打将进来。十来个汉子，一片声骂道："贼秃驴，敢如此无状，公然楼窗对着我家内楼，不知回避。我们一向不说，今日反大胆把俺家主母调戏。送到官司，打得他逼直[①]。我们只不许他住在这里罢了！"慌得那慧空手足无措。霎时间，众人赶上楼来，将家火什物打得雪片，将慧空浑身衣服扯得粉碎。慧空道："小僧何尝敢向宅上看一看？"众人不由分说，夹嘴夹面只是打。骂道："贼秃！你只搬去便罢。不然时，见一遭，打一遭，莫想在此处站一站脚。"将慧空乱叉出门外去。慧空晓得那人家是郝上户家，不敢分说，一溜烟进寺去了。贾秀才探知此信，知是中计，暗暗好笑。过了两日，走去约了李生，说与他这些缘故，连李生也笑个不住。贾秀才即便将了一百三十两银子，同了李生，寻见了慧空，说要赎屋。慧空起头见李生一身，言不惊人，貌不动人，另是一般说话。今见贾秀才是个富户，带了家僮到来，况刚被郝家打慌了的。自思："留这所在料然住不安稳。不合与郝家内楼相对，必时常来寻我不是。由他赎了去，省了些是非罢。"便一口应承。兑了原银一百三十两，还了原契，房子付与李生自去管理。那慧空要讨别人便宜，谁知反吃别人弄了，此便是贪心太过之报。后来贾生中了，直做到内阁学士[②]。李生亦得登第做官。两人相契，至死不变。正是：

量大福也大，机深祸亦深。
慧空空昧己，贾实实仁心！

这却还不是正话。如今且说一段故事，乃在金陵建都之地[③]，鱼龙变化之乡。那金陵城傍着石山筑起，故名石头城。城从水门而

---

①逼直：壁直，毕直。吴方言。即打死。

②内阁学士：明代大学士，习称阁臣、阁老。内阁是协助皇帝办理机务的机构。永乐时学士仅为顾问官，官阶较低。明中叶以后，权威日重，大学士作为辅臣，有"票拟"大权，有的首辅实际是宰相。（洪武中废除丞相，六部直属皇帝。）

③金陵：南京。

进，有那秦淮十里楼台之盛[①]。那湖是昔年秦始皇开掘的，故名秦淮湖。水通着扬子江，早晚两潮，那大江中百般物件，每每随潮势流将进来。湖里有画舫名妓，笙歌嘹亮，仕女喧哗。两岸柳荫夹道，隔湖画阁争辉。花栏竹架，常凭韵客联吟[②]；绣户珠帘，时露娇娥半面。酒馆十三四处，茶坊六七八家。端的是繁华盛地，富贵名邦。说话的，只说那秦淮风景，没些来历[③]。看官有所不知，在下就中单表近代一个有名的富郎陈秀才，名珩，在秦淮湖口居住。娶妻马氏，极是贤德，治家勤俭。陈秀才有两个所在，一所庄房，一所住居，都在秦淮湖口，庄房却在对湖。那陈秀才专好结客，又喜风月。逐日呼朋引类，或往青楼嫖妓，或落游船饮酒[④]。帮闲的不离左右，筵席上必有红裙。清唱的时供新调，修痒的百样腾那，送花的日逐荐鲜，司厨的多方献异。又道是："利之所在，无所不趋。"为因那陈秀才是个撒漫的都总管[⑤]，所以那些众人多把做一场好买卖，齐来趋奉他。若是无钱悭吝的人，休想见着他每的影。那时南京城里，没一个不晓得陈秀才的。陈秀才又吟得诗，作得赋，做人又极温存帮衬，合衏衕中姊妹，也没一个不喜欢陈秀才的。好不受用！好不快乐！果然是朝朝寒食[⑥]，夜夜元宵。光阴如隙驹[⑦]，陈秀才风花雪月了七八年，将家私弄得干净快了。马氏每每苦劝，只是旧性不改，今日三，明日四，虽不比日前的松快容易，手头也还掤凑得来[⑧]。又花费了半年

---

①秦淮：秦淮河。在中华门内西侧。十里秦淮为南京有名歌舞繁华之区，明末为极盛。因其地有祭祀孔子的文庙，今南京人习惯称呼此地区为夫子庙。

②韵客：儒雅风骚的文人墨客。

③没来历：没道理，没味道。

④落：下。

⑤撒漫：挥霍，大把花钱。都总管：本是一路的军政长客，此指首领。

⑥寒食：节日名。在清明节前一二日。此日不生火做食物，只吃冷食，故名。

⑦隙驹：用快马奔过一线阳光之处形容时间过得快。语出《庄子·知北游》："人生天地之间，若白驹之过隙。"

⑧掤（bīng）凑：拼凑。

把,如今却有些急迫了。马氏倒也看得透,道:“索性等他败完了,倒有个住场[①]。”所以再不去劝他。陈秀才燥惯了脾胃[②],一时那里变得转? 却是没银子使用。众人撺掇他写一纸文契,往那三山街开解铺的徽州卫朝奉处借银三百两。那朝奉又是一个不爱财的魔君[③]。终是陈秀才的名头还大,卫朝奉不怕他还不起,遂将三百银子借与,三分起息。陈秀才自将银子依旧去花费,不题。

却说那卫朝奉平素是个极刻剥之人。初到南京时,只是一个小小解铺,他却有百般的昧心取利之法。假如别人将东西去解时,他却把那九六七银子充作纹银[④];又将小小的等子称出,还要欠几分兑头。后来赎时,却把大大的天平兑将进去,又要你找足兑头,又要你补勾成色,少一丝时,他则不发货。又或有将金银珠宝首饰来解的,他看得金子有十分成数,便一模二样,暗地里打造来换了;粗珠换了细珠,好宝换了低石。如此行事,不能细述。那陈秀才这三百两债务,卫朝奉有心要盘他这所庄房,等闲再不叫人来讨。巴巴的盘到了三年[⑤],本利却好一个对合了,卫朝奉便着人到陈家来索债。陈秀才那时已弄得瓮尽杯干,只得收了心,在家读书。见说卫家索债,心里没做理会处,只得三回五次回说不在家,待归时来讨。又道是:“怕见的是怪,难躲的是债。”是这般回了几次,他家也自然不信了。卫朝奉逐日着人来催逼,陈秀才则不出头。卫朝奉只是着人上门坐守,甚至以浊语相加,陈秀才忍气吞声。

正是有钱神也怕,到得无钱鬼亦欺。
早知今日来忍辱,却悔当初大燥脾。

陈秀才吃搅不过,没极奈何,只得出来与那原中说道:“卫家那主银

---

①住场:收场。

②燥脾胃:任性,放纵。脾胃,性情,脾气。

③不爱财:爱财。反话。

④九六七银子:成分不足的银子。下“纹银”也称足纹,近于十足的高品位银子。

⑤巴巴的:苦苦的,熬。

子，本利共该六百两，我如今一时间委实无所措置[①]，隔湖这一所庄房，约值千馀金之价。我意欲将来准与卫家，等卫朝奉找足我千金之数罢了。列位与我周全此事，自当相谢。"众人料道无银得还，只得应允了，去对卫朝奉说知。卫朝奉道："我已曾在他家庄里看过。这所庄子怎便值得这一千银子？也亏他开这张大口！就是只准那六百两，我也还道过分了些。你们众位怎说这样话？"原中道："朝奉，这座庄居，六百银子也不能勾得他。乘他此时窘迫之际，胡乱找他百把银子，准了他的庄，极是便宜。倘若有一个出钱主儿买了去，要这样美产，就不能勾了。"卫朝奉听说，紫胀了面皮，道："当初是你每众人总承我这样好主顾[②]。放债放债，本利丝毫不曾见面，反又要我拿出银子来。我又不等屋住，要这所破落房子做甚么？若只是这六百两时，便认亏些准了；不然时，只将银子还我。"就叫伴当每随了原中去说[③]。众人一齐多到陈家来，细述了一遍，气得那陈秀才目睁口呆。却待要发话，实是自己做差了事，又没对付处银子，如何好与他争执？只得赔个笑面，道："若是千金不值时，便找勾了八百金也罢。当初创造时，实费了一千二三百金之数。今也论不得了。再烦列位去通小生的鄙意则个。"众人道："难，难，难！方才我们只说得百把银子，卫朝奉兀自变了脸道：'我又不等屋住。若要找时，只是还我银子。'这般口气，相公却说个八百两三字，一万世也不成。"陈秀才又道："财产重事，岂能一说便决？卫朝奉见头次索价太多，故作难色，今又减了二百之数，难道还有不愿之理？"众人吃央不过，只得又来对卫朝奉说了。卫朝奉也不答应，迸起了面皮，竟走进去。唤了四五个伴当出来，对众人道："朝奉叫我每陈家去讨银子。准房之事，不要说起了。"众人觉得没趣，只得又同了伴当到陈家来。众人也不回话，那几个伴当一片声道："朝奉叫我们来坐在这里，等兑

①委实：确实，实在。

②总承：即作成。指说合。

③伴当：伙计，仆人。

还了银子方去。”陈秀才听说，满面羞惭，敢怒而不敢言。只得对众人道：“可为我婉款了他家伴当回去，容我再作道理。”众人做歉做好，劝了他们回去，众人也各自散了。

陈秀才一肚皮的鸟气没处出豁，走将进来，捶台拍凳，短叹长吁。马氏看了他这些光景，心下已自明白。故意道：“官人何不去花街柳陌，楚馆秦楼，畅饮酣歌，通宵遣兴？却在此处咨嗟愁闷，也觉得少些风月了。”陈秀才道：“娘子直恁地消遣小生！当初只为不听你的好言，忒看得钱财容易，致今日受那徽狗这般呕气。欲将那对湖庄房准与他，要他找我二百银子，叵耐他抵死不肯，只顾索债。又着数个伴当住在吾家坐守，亏得众人解劝了去，明早一定又来。难道我这所庄房止值得六百银子不成？如今却又没奈何了。”马氏道：“你当初撒漫时节，只道家中是那无底之仓，长流之水，上千的费用了去。谁知到得今日，要别人找这一二百银子却如此烦难。既是他不肯时，只索准与他罢了，闷做甚的！若像三年前时，再有几个庄子也准去了，何在乎这一个？”陈秀才被马氏数落一顿，默默无言。当夜心中不快，吃了些晚饭，洗了脚手睡了。又道是：“欢娱嫌夜短，寂寞恨更长。”陈秀才有这一件事在心上，翻来覆去，巴不到天明。及至五更鸡唱，身子困倦，朦胧思睡。只听得家僮三五次进来说道：“卫家来讨银子一早起了①。”陈秀才忍耐不住，一骨碌扒将起来，请拢了众原中，写了一纸卖契：将某处庄卖到某处银六百两。将出来交与众人。众人不比昨日，欣然接了去，回覆卫朝奉。陈秀才虽然气愤不过，却免了门头不清净，也只索罢了。那卫朝奉也不是不要庄房，也不是真要银子，见陈秀才十分窘迫，只是逼债，不怕那庄子不上他的手。如今陈秀才果然吃逼不过，只得将庄房准了。卫朝奉称心满意，已无话说。

却说那陈秀才自那准庄之后，心下好不懊恨，终日眉头不展，废寝忘餐。时常咬牙切齿道：“我若得志，必当报之！”马氏见他如此，

①一早起：一上午。今方言仍用。

说道："不怨自己，反恨他人！别个有了银子，自然千方百计要寻出便益来，谁像你将了别人的银子用得落得[①]？不知曾干了一节什么正经事务，平白地将这样美产贱送了，难道是别人央及你的不成？"陈秀才道："事到如今，我岂不知自悔？但作过在前，悔之无及耳。"马氏道："说得好听！怕口里不像心里，'自悔'两字也是极难的。又道是：'败子若收心，犹如鬼变人。'这时节手头不足，只好缩了头，坐在家里怨恨。有了一百二百银子，又好去风流撒漫起来。"陈秀才叹口气道："娘子兀自不知我的心事。人非草木，岂得无知？我当初实是不知稼穑，被人鼓舞[②]，朝歌暮乐，耗了家私。今已历尽凄凉，受人冷淡，还想着风月两字，真丧心之人了！"马氏道："恁地说来，也还有些志气。我道你不到乌江心不死[③]。今已到了乌江，这心原也该死了。我且问你，假若有了银子，你却待做些甚么？"陈秀才道："若有银子，必先恢复了这庄居，羞辱那徽狗一番，出一口气。其外，或开个铺子，或置些田地，随缘度日，以待成名，我之愿也。若得千金之资，也就勾了，却那里得这银子来？只好望梅止渴，画饼充饥！"说罢往桌上一拍，叹一口气。马氏微微的笑道："若果然依得这一段话时，想这千金，有甚难处之事？"陈秀才见说得有些来历，连忙问道："银子在那里？还是去与人那借？还是去与朋友们结会[④]？不然银子从何处来？"马氏又笑道："若那借时，又是一个卫朝奉了。世情看冷暖，人面逐高低。见你这般时势，那个朋友肯出银子与你结会？还是求着自家屋里，或者有些活路，也不可知。"陈秀才道："自家屋

①落得：白得的。方言词。

②鼓舞：煽动，怂恿。

③不到乌江心不死：指楚霸王自刎乌江。乌江，乌江浦。在今安徽和县东北。今语为"不到黄河不死心"，意思相当。

④结会：也称"打会"、"起会"。民间一种筹款借款方式。由某人起头做会首，邀集若干亲戚、邻居、朋友，定一数额，首次的交会首。会首办一桌酒席。以后按时（长短商定）打会，出标竞争，以差额多的获中。依次进行，直到最后一人以原数收款。有一定差额利息。

里求着兀谁的是[1]？莫非娘子有甚扶助小生之处？望乞娘子提掇[2]，指点小生一条路头，真莫大之恩也。”马氏道：“你平时那一班同欢同赏知音识趣的朋友，怎没一个来瞅倸你一瞅倸？元来今日原只好对着我说什么提掇也不提掇。我女流之辈，也没甚提掇你处。只要与你说一说过。”陈秀才道：“娘子有甚说话？任凭措置。”马氏道：“你如今当真收心务实了么？”陈秀才道：“娘子，怎还说这话？我陈珩若再向花柳丛中着脚时，永远前程不吉，死于非命！”马氏道：“既恁地说时，我便赎这庄子还你。”说罢，取了钥匙，直开到厢房里一条黑衖中，指着一个皮匣，对陈秀才道：“这些东西，你可将去赎庄。馀来的可原还我。”陈秀才喜自天来，却还有些半信不信。揭开看时，只见雪白的摆着银子，约有千馀金之物。陈秀才看了，不觉掉下泪来。马氏道：“官人为何悲伤？”陈秀才道：“陈某不肖，将家私荡尽，赖我贤妻熬清守淡，积攒下偌多财物，使小生恢复故业。实是枉为男子，无地可自容矣！”马氏道：“官人既能改过自新，便是家门有幸。明日可便去赎取庄房，不必迟延了。”陈秀才当日欢喜无限。

过了一夜。次日着人请过旧日这几个原中，去对卫朝奉说，要兑还六百银子，赎取庄房。卫朝奉却是得了便宜的，如何肯便与他赎？推说道：“当初准与我时，多是些败落房子，荒芜地基。我如今添造房屋，修理得锦锦簇簇，周回花木，栽植得整整齐齐。却便原是这六百银子赎了去，他倒安稳！若要赎时，如今当真要找足一千银子，便赎了去。”众人将此话回覆了陈秀才。陈秀才道：“既是恁地，必须等我亲看一看。果然添造修理，估值几何，然后量找便了。”便同众人到庄里来，问说：“朝奉在么？”只见一个养娘说道：“朝奉却才解铺里去了。我家内眷在里面，官人们没事不进去罢。”众人道：“我们略在外边踏看一看，不妨。”养娘放众人进去，看了一遭，却见原只是这些旧屋，不过补得几块地板，筑得一两处漏点，修得三四根折栏

①兀谁：谁。“兀”字无义。今吴语“阿谁”正类似。

②提掇：拉一把，帮助。

杆。多是有数,看得见的,何曾添个甚么?陈秀才回来,对众人道:"庄居一无所增,如何却要我找银子?当初我将这庄子抵债,要他找得二百银子,他乘我手中窘迫,贪图产业,百般勒掯,上了他手,今日又要反找,将猫儿食拌猫儿饭,天理何在?我陈某当初软弱,今日不到得与他作弄。众人可将这六百银子交与他,教他出屋还我。只这等,他已得了三百两利钱了。"众人本自不敢去对卫朝奉说,却见陈秀才搬出好些银子,已自酥了半边,把那旧日的奉承腔子重整起来。都应道:"相公说的是,待小人们去说。"众人将了银子,去交与卫朝奉。卫朝奉只说少,不肯收;却是说众人不过,只得权且收了,却只不说出屋日期。众人道他收了银子,大头已定,取了一纸收票来,回覆了陈秀才,俱各散讫。过了几日,陈秀才又着人去催促出房。卫朝奉却道:"必要找勾了修理改造的银子便去,不然时,决不搬出。"催了几次,只是如此推托。陈秀才愤恨之极,道:"这厮恁般恃强!若与他经官动府,虽是理上说我不过,未必处得畅快。慢慢地寻个计较处置他,不怕你不搬出去。当初呕了他的气,未曾泄得他。今日又来欺负人,此恨如何消得!"那时正是十月中旬天气,月明如昼。陈秀才偶然走出湖房上来步月,闲行了半晌。又道是无巧不成话,只见秦淮湖里上流头,黑洞洞滠将一件物事来。陈秀才注目一看,吃了一惊。元来一个死尸,却是那扬子江中流入来的。那尸却好流近湖房边来。陈秀才正为着卫朝奉一事踌躕,默然自语道:"有计了!有计了!"便唤了家僮陈禄到来。那陈禄是陈秀才极得用的人,为人忠直,陈秀才每事必与他商议。当时对他说道:"我受那卫家狗奴的气,无处出豁。他又不肯出屋还我,怎得个计较摆布他便好?"陈禄道:"便是官人也是富贵过来的人,又不是小家子,如何受这些狗蛮的气!我们看不过,常想与他性命相博,替官人泄恨。"陈秀才道:"我而今有计在此,你须依着我,如此如此而行,自有重赏。"陈禄不胜之喜,道:"好计!好计!"唯唯从命,依计而行。当夜各自散了。

次日,陈禄穿了一身宽敞衣服,央了平日与主人家往来得好的陆三官做了媒人[①],引他望对湖去投靠卫朝奉[②]。卫朝奉见他人物整齐,说话伶俐,收纳了,拨一间房与他歇落。叫他穿房入户使用,且是勤谨得用。过了月馀。忽一日,卫朝奉早起寻陈禄,叫他买柴。却见房门开着,看时,不见在里面。到各处寻了一会,则不见他。又着人四处找寻,多回说不见。卫朝奉也不曾费了什么本钱在他身上,也不甚要紧。正要寻原媒来问他,只见陈秀才家三五个仆人到卫家说道:“我家一月前逃走了一个人,叫做陈禄。闻得陆三官领来投靠你家,快叫他出来随我们去,不要藏匿过了。我家主见告着状哩!”卫朝奉道:“便是一月前一个人投靠我,也不晓得是你家的人。不知何故,前夜忽然逃去了,委实没这人在我家。”众人道:“岂有又逃的理?分明是你藏匿过了,哄骗我们。既不在时,除非等我们搜一搜看。”卫朝奉托大道[③]:“便由你们搜,搜不出时,吃我几个面光[④]!”众人一拥入来,除了老鼠穴中不搜过。卫朝奉正待发作,只见众人发声喊道:“在这里了!”卫朝奉不知是甚事头,近前来看,元来在土松处翻出一条死人腿。卫朝奉惊得目睁口呆。众人一片声道:“已定是卫朝奉将我家这人杀害了,埋这腿在这里。去请我家相公到来,商量去出首。”一个人慌忙去请了陈秀才到来。陈秀才大发雷霆,嚷道:“人命关天,怎便将我家人杀害了?不去府里出首,更待何时!”叫众人提了人腿便走。卫朝奉扢搭搭地抖着拦住了[⑤],道:“我的爷!委实我不曾谋害人命。”陈秀才道:“放屁!这个人腿那里来的?你只到官分辨去!”那富的人怕的是见官,况是人命。只得求告道:“且慢慢商量,如今凭陈相公怎地处分,饶我到官罢。怎吃得这个没头官司?”陈秀才道:“当初图我产业,不肯找我银子的是你。今

---

①媒人:此处指引见介绍人、中人。

②投靠:自愿与人当仆人叫“投靠”。

③托大:装架子,自大。

④面光:耳光。

⑤扢(gē)搭搭地:牙齿打战貌。

日占住房子,要我找价的也是你。恁般强横！今日又将我家人收留了,谋死了他。正好公报私仇,却饶不得。”卫朝奉道:“我的爷,是我不是。情愿出屋还相公。”陈秀才道:“你如何谎说添造房屋？你如今只将我这三百两利钱出来还我,修理庄居。一纸伏辨与我[①],我们便净了口,将这只脚烧化了,此事便泯然无迹。不然时,今日天清日白,在你家里搜出人腿来,众目昭彰,一传出去,不到得轻放过了你。”卫朝奉冤屈无伸,却只要没事,只得写了伏辨,递与陈秀才。又逼他兑还三百银子,催他出屋。卫朝奉没奈何,连夜搬往三山街解铺中去。这里自将腿藏过了。陈秀才那一口气方才消得。

你道卫家那人腿是那里的？元来陈秀才十月半步月之夜,偶见这死尸滬来,却叫家僮陈禄取下一条腿。次日只做陈禄去投靠卫家,却将那只腿悄地带入。乘他每不见,却将腿去埋在空处停当,依旧走了回家。这里只做去寻陈禄,将那人腿搜出,定要告官,他便慌张,没做理会处,只得出了屋去,又要他白送还这三百银子利钱,此陈秀才之妙计也。陈秀才自此恢复了庄,便将馀财十分作家,竟成富室。后亦举孝廉[②],不仕而终。陈禄走在外京多时,方才重到陈家来。卫朝奉有时撞着,情知中计。却是房契已还,当日一时急促中事,又没个把柄,无可申辨处。又毕竟不知人腿来历,到底怀着鬼胎,只得忍着罢了。这便是陈秀才巧计赚原房的话。有诗为证:

撒漫虽然会破家,欺贪克剥也难夸。
试看横事无端至,只为生平种毒赊。

---

①伏辨:认罪书,认错书。就是今时的检讨。

②孝廉:举人。明代举人、监生均可以出任小官。

卷十六

张溜儿熟布迷魂局　陆蕙娘立决到头缘

诗曰：深机密械总徒然，诡计奸谋亦可怜。

赚得人亡家破日，还成捞月在空川。

话说世间最可恶的是拐子。世人但说是盗贼，便十分防备他。不知那拐子，便与他同行同止，也识不出弄喧捣鬼，没形没影的做将出来，神仙也猜他不到，倒在怀里信他。直到事后晓得，已此追之不及了。这却不是出跳的贼精[1]，隐然的强盗？

今说国朝万历十六年，浙江杭州府北门外一个居民，姓扈。年已望六[2]。妈妈新亡，有两个儿子，两个媳妇，在家过活。那两个媳妇俱生得有些颜色，且是孝敬公公。一日，爷儿三个多出去了，只留两个媳妇在家，闭上了门，自在里面做生活。那一日大雨淋漓，路上无人行走。日中时分，只听得外面有低低哭泣之声，十分凄惨悲咽，却是妇人声音。从日中哭起，直到日没，哭个不住。两个媳妇听了半日，忍耐不住，只得开门同去外边一看。正是：

闭门家里坐，祸从天上来。

若是说话的与他同时生，并肩长，便劈手扯住，不放他两个出去，纵有天大的事也惹他不着。元来大凡妇人家，那闲事切不可管，动止最宜谨慎。丈夫在家时还好，若是不在时，只宜深闺静处，便自高枕无忧。若是轻易揽着个事头，必要缠出些不妙来。那两个媳妇当日不合开门出来。却见是一个中年婆娘，人物也倒生得干净。两个见是个妇人，无甚妨碍，便动问道："妈妈何来？为甚这般苦楚？可对我们说知则个。"那婆娘掩着眼泪道："两位娘子听着，老妾在这

---

①出跳：出格，冒尖。

②望六：快到六十岁。

城外乡间居住。老儿死了[①]，止有一个儿子和媳妇。媳妇是个病块，儿子又十分不孝，动不动将老身骂詈。养赡又不周全，有一顿没一顿的。今日憋口气，与我的兄弟相约了，去县里告他忤逆，他叫我前头先走，随后就来。谁想等了一日，竟不见到。雨又落得大，家里又不好回去，枉被儿子媳妇耻笑。左右两难，为此想起这般命苦，忍不住伤悲，不想惊动了两位娘子。多承两位娘子动问，不敢隐瞒，只得把家丑实告。"他两个见那婆娘说得苦恼，又说话小心，便道："如此，且在我们家里坐一坐，等他来便了。"两个便扯了那婆子进去，说道："妈妈宽坐一坐，等雨住了回去。自亲骨肉，虽是一时有些不是处，只宜好好宽解。不可便经官动府，坏了和气，失了体面。"那婆娘道："多谢两位相劝，老身且再耐他几时。"一递一句，说了一回。天色早黑将下来。婆娘又道："天黑了，只不见来，独自回去不得，如何好？"两个又道："妈妈便在我家歇一夜何妨？粗茶淡饭，便吃了餐把，那里便费了多少！"那婆娘道："只是打搅不当。"那婆娘当时就裸起双袖，到灶下去烧火，又与他两人量了些米煮夜饭。揩台抹凳，担汤担水，一揽包收，多是他上前替力。两人道："等媳妇们伏侍，甚么道理倒要妈妈费气力？"妈妈道："在家里惯了，是做时便倒安乐，不做时便要困倦。娘子们但有事，任凭老身去做不妨。"当夜洗了手脚，就安排他两个睡了，那婆娘方自去睡。次日清早，又是那婆娘先起身来，烧热了汤，将昨夜剩下米煮了早饭，拂拭净了椅桌。力力碌碌[②]，做了一朝，七了八当[③]。两个媳妇起身，要东有东，要西有西，不费一毫手脚，便有七八分得意了。便两个商议道："那妈妈且是熟分肯做[④]。他在家里不像意，我们这里正少个人相帮。公公常说要娶个晚婆婆，我每劝公公纳了他，岂不两便？只是未好与那妈妈启得齿。但只留着他，等公公来再处。"不一日，爷儿三个回来了，见家里有这

①老儿：老头子，老汉。指称丈夫。

②力力碌碌：利利索索。形容做事麻利能干。

③七了八当：样样妥当。

④熟分：亲热，和气。

个妈妈，便问媳妇缘故。两个就把那婆娘家里的事，依他说了一遍。又道："这妈妈且是和气，又十分勤谨。他已无了老儿，儿子又不孝，无所归了。可怜！可怜！"就把妯娌商量的见识，叫两个丈夫说与公公知道。扈老道："知他是甚样人家，便好如此草草！且留他住几时着。"口里一时不好应承，见这婆娘干净，心里也欲得的。又过了两日，那老儿没搭煞[1]，黑暗里已自和那婆娘摸上了。媳妇们看见了些动静，对丈夫道："公公常是要娶婆婆，何不就与这妈妈成了这事。省得又去别寻头脑[2]，费了银子。"儿子每也道："说得是。"多去劝着父亲。媳妇们已自与那婆娘说通了，一让一个肯。摆个家筵席儿，欢欢喜喜，大家吃了几杯，两口儿成合了。

过得两日。只见两个人问将来。一个说是妈妈的兄弟，一个说是妈妈的儿子。说道："寻了好几日，方问得着是这里。"妈妈听见走出来，那儿子拜跪讨饶，兄弟也替他请罪。那妈妈怒色不解，千咒万骂。扈老从中好言劝开。兄弟与儿子又劝他回去。妈妈又骂儿子道："我在这里吃口汤水也是安乐的，倒回家里在你手中讨死吃？你看这家媳妇，待我如何孝顺？"儿子见说这话，已此晓得娘嫁了这老儿了。扈老便整酒留他两人吃，那儿子便拜扈老道："你便是我继父了。我娘喜得终身有托，万千之幸。"别了自去。似此两三个月中，往来了几次。忽一日，那儿子来道："孙子明日行聘，请爹娘与哥嫂一门同去吃喜酒。"那妈妈回言道："两位娘子怎好轻易就到我家去？我与你爷、两位哥哥同来便了。"次日妈妈同他父子去吃了一日喜酒，欢欢喜喜，醉饱回家。又过了一个多月，只见这个孙子又来登门，说道："明日毕姻，来请阖家尊长，同观花烛。"又道："是必求两位大娘同来，光辉一光辉。"两个媳妇巴不得要认妈妈家里，还悔道前日不去得，堆下笑来应承。次日盛妆了，随着翁妈丈夫一同到彼。那妈妈的媳妇出来接着，是一个黄瘦有病的。日将下午，那儿子请

[1]没搭煞：没头没脑，冒失荒唐。

[2]头脑：对象。

妈妈同媳妇迎亲，又要请两位嫂子同去，说道："我们乡间风俗，是女眷都要去的。不然，只道我们不敬重新亲。"妈妈对儿子道："汝妻虽病，今日已做了婆婆了。只消自去，何必烦劳二位嫂子？"儿子道："妻子病中，规模不雅①，礼数不周，恐被来亲轻薄。两位嫂子既到此了，何惜往迎这片时，使我们好看许多。"妈妈道："这也是。"那两个媳妇也是巴不得去看看耍子的。妈妈就同他自己媳妇，四人作队儿，一伙下船去了。更馀不见来，儿子道："却又作怪！待我去看一看来。"又去一回。那孙子穿了新郎衣服，也说道："公公宽坐，孙儿也出门望望去。"摇摇摆摆，踱了出来，只剩得爷儿三个在堂前灯下坐着，等候多时，再不见一个来了。肚里又饥，心下疑惑，两个儿子走进灶下看时，清灰冷火，全不象个做亲的人家。出来对父亲说了，拿了堂前之灯，到里面一照，房里空荡荡，并无一些箱笼衣衾之类，止有几张椅桌，空着在那里。心里大惊道："如何这等！"要问邻舍时，夜深了，各家都关门闭户了。三人却象热地上蝼蚁，钻出钻入，乱到天明。才问得个邻舍道："他每一班何处去了？"邻人多说不知。又问："这房子可是他家的？"邻人道："是城中杨衙里的，五六月前，有这一家子来租他的住，不知做些甚么。你们是亲眷，来往了多番，怎么倒不晓得细底，却来问我们？"问了几家，一般说话。有个把有见识的道："定是一伙大拐子。你们着了他道儿，把媳妇骗的去了。"父子三人见说，忙忙若丧家之狗，踉踉跄跄，跑回家去。分头去寻，那里有个去向！只得告了一纸状子，出个广捕，却是渺渺茫茫的事了。那扈老儿要娶晚婆，他道是白得的，十分便宜。谁知倒为这婆子白白里送了两个后生媳妇。这叫做"贪小失大"，所以为人切不可做那讨便宜苟且之事。正是：

莫信直中直，须防仁不仁。
贪看天上月，失却世间珍。

这话丢过一边。如今且说一个拐儿，拐了一世的人，倒后边反

①规模：模样，形象。

着了一个道儿。这本话,却是在浙江嘉兴府桐乡县内。有一秀才,姓沈,名灿若,年可二十岁,是嘉兴有名才子。容貌魁峨,胸襟旷达。娶妻王氏,姿色非凡,颇称当对。家私丰裕,多亏那王氏守把。两个自道佳人才子,一双两好,端的是如鱼似水,如胶似漆价相得。只是王氏生来娇怯,恹恹弱病尝不离身的。灿若十二岁上进学,十五岁超增补廪①。少年英锐,自恃才高一世,视一第何啻拾芥!平时与一班好朋友,或以诗酒娱心,或以山水纵目,放荡不羁。其中独有四个秀才情好更笃。自古道:"惺惺惜惺惺,才子惜才子。"却是嘉善黄平之,秀水何澄,海盐乐尔嘉,同邑方昌,都一般儿你羡我爱。这多是同郡朋友,那他州府与灿若往来的,不计其数,大约不过是并时的才人。那本县知县姓稽,单讳一个清字②,常州江阴县人,平日敬重斯文,喜欢才士。也道灿若是个青云决科之器③,与他认了师生,往来相好。是年正是大比之年④,有了科举。灿若归来,打叠衣装,上杭应试,与王氏话别。王氏挨着病躯,整顿了行李,眼中流泪道:"官人前程远大,早去早回。奴未知有福分能勾与你同享富贵与否?"灿若道:"娘子说那里话?你有病在身,我去后须十分保重。"也不觉掉下泪来。二人执手分别,王氏送出门外,望灿若不见,掩泪自进去了。

灿若一路行程,心下觉得不快。不一日,到了杭州,寻客店安下。匆匆的进过了三场⑤,颇称得意。一日,灿若与众好朋友游了一

①超增补廪:明代儒学制度,府州县学生员分为三级:新入学的为附学生、高一级的为增广生,最高的为廪膳生。岁考优等(一等)的,而且名次前列的,补为廪生;次一点的补增广生。此处是岁考名次高直接补为廪生(有公费待遇)。

②单讳:单名。古人有名有字,外人一般称呼他的字或号,表示尊重。直呼其名是不礼貌,所以名为讳。

③青云决科之器:大有前途科举高中的人材。

④大比:此指乡试,考举人。

⑤三场:明代科举定式,乡试以八月初九、十二、十五分三场进行。第一场考试四书义三道、经义四道(即做八股文);第二场考试论一道,判五道,诏、策、表、内科一道;第三场考试经史时务策五道。内容很繁重。每场整日进行,入夜给烛。

日湖，大醉，回来睡了。半夜，忽听得有人扣门，披衣而起。只见一人高冠敞袖，似是道家妆扮。灿若道："先生夤夜至此[①]，何以教我？"那人道："贫道颇能望气，亦能断人阴阳祸福。偶从东南来此，暮夜无处投宿，因扣尊扃，多有惊动。"灿若道："既先生投宿，便同榻何妨？先生既精推算，目下榜期在迩，幸将贱造推算[②]。未知功名有分与否，愿决一言。"那人道："不必推命，只须望气。观君丰格，功名不患无缘，但必须待尊阃天年之后[③]，便得如意。我有二句诗，是君终身遭际[④]，君切记之。'鹏翼抟时歌《六忆》[⑤]，鸾胶续处舞双凫[⑥]。'"灿若不解其意。方欲再问，外面猫儿捕鼠，扑地一响，灿若吃了一跳，却是南柯一梦。灿若道："此梦甚是诧异。那道人分明说待我荆妻亡故，功名方始称心。我情愿青衿没世也罢[⑦]。割恩爱而博功名，非吾愿也。"两句诗又明明记得，翻来覆去，睡不安稳。又道："梦中言语，信他则甚？明日倘若榜上无名，作速回去了便是。"正想之际，只听得外面叫喊连天，锣声不绝。扯住讨赏，报灿若中了第三名经魁[⑧]。灿若写了票，众人散讫。慌忙梳洗上轿，见座主会同年去

---

①夤(yín)夜：深夜。

②贱造：贱命。自谦语。造，指生辰八字。

③尊阃(kǔn)：称对方妻子的敬语。阃，内室。古礼，妇人主于内，足不出阃。天年：死的委婉语。

④遭际：遭遇。

⑤《六忆》：南朝沈约悼亡诗名，是追悼亡妻的。全句意思是说，鹏程万里之日即是悼亡之时。

⑥舞双凫：指当知县。此处用典。《后汉书·王乔传》，王乔任叶县令，有神术，每月初一、十五必从县里到朝廷，又没有车骑。皇帝很怀疑，令人侦察，发现王乔要到时总有一双凫从东南飞来。这里诗句是说，灿若续弦的时候才任知县。

⑦青衿：指学子。此指秀才。《诗经·子衿》："青青子衿，悠悠我心。"青衿是青领，学子的服装。

⑧第三名经魁：经魁，经义考试分五经，即《易经》、《书经》、《诗经》、《春秋》、《礼记》，考生任选一经；每经考分第一名为经魁。这前五名又排名，此处沈灿若排第三名。

了①。那座师却正是本县稽清知县。那时解元何澄②,又是极相知的朋友。黄平之、乐尔嘉、方昌,多已高录,俱各欢喜。

灿若理了正事,天色傍晚,乘轿回寓。只见那店主赶着轿,慌慌的叫道:"沈相公!宅上有人到来,有紧急家信报知,候相公半日了。"灿若听了"紧急家信"四字,一个冲心③。忽思量着梦中言语,却似十五个吊桶打水,七上八落。正是:

青龙白虎同行④,吉凶全然未保。

到得店中下轿。见了家人沈文穿一身素净衣服,便问道:"娘子在家安否?谁着你来寄信?"沈文道:"不好说得,是管家李公着寄信来。官人看书便是。"灿若接过书来,见封筒逆封⑤,心里有如刀割。拆开看罢,方知是王氏于二十六日身故。灿若惊得呆了,却似:

分开八片顶阳骨⑥,倾下半桶雪水来。

半晌做声不得,蓦然倒地。众人唤醒,扶将起来。灿若咽住喉咙,千妻万妻的哭,哭得一店人无不流泪。道:"早知如此,就不来应试也罢,谁知便如此永诀了!"问沈文道:"娘子病重,缘何不早来对我说?"沈文道:"官人来后,娘子只是旧病恹恹,不为甚重。不想二十六日忽然晕倒不醒,为此星夜赶来报知。"灿若又哽咽了一回,疾忙叫沈文雇船回家去,也顾不得他事了。暗思一梦之奇,二十七日放榜,王氏却于二十六日间亡故,正应着那"鹏翼抟时歌六忆"这句诗了。当时整备离店,行不多路,却遇着黄平之抬将来。二人又是同门,相见罢。黄平之道:"观兄容貌,十分悲惨,未知何故?"灿若噙着眼泪,将那得梦情由与那放榜报丧,今赶回家之事,说了一遍。平

①座主:主考官。也称"座师"。举人与座主为师生关系。

②解元:乡试第一名举人。

③冲心:心里一动,一惊。也写作"忡心"。

④青龙白虎:阴阳五行家说法,东方木,为青龙,主生成,为吉神;西方金,为白虎,主肃杀,为凶神。

⑤封筒逆封:信封倒封口,即封下面口。凶信才这样封口。

⑥顶阳骨:颅顶骨。由八片组成。

之嗟叹不已，道："尊兄且自宁耐[1]，毋得过伤。待小弟见座师与众同袍[2]，为兄代言其事，兄自回去不妨。"两人别了。灿若急急回来，进到里面，抚尸恸哭，几次哭得发昏。择时入殓已毕，停柩在堂，夜间灿若只在灵前相伴。不多时，过了三、四七。众朋友多来吊唁。就中便有说着会试一事的，灿若漠然不顾，道："我多因这蜗角虚名，赚得我连理枝分，同心结解。如今就把一个会元撇在地下[3]，我也无心去拾他了。"这是王氏初丧时的说话。

转眼间又过了断七，众亲友又相劝道："尊阃既已夭逝，料无起死回生之理。兄枉自灰其志，竟亦何益？况在家无聊，未免有孤栖之叹。同到京师，一则可以观景舒怀，二则众同袍剧谈竟日，可以解愠。岂可为无益之悲，误了终身大事？"灿若吃劝不过，道："既承列位佳意，只得同走一遭。"那时就别了王氏之灵，嘱付李主管照管羹饭香火，同了黄、何、方、乐四友登程，正是那十一月中旬光景。五人夜住晓行，不则一日，来到京师。终日成群挈队，诗歌笑傲，不时往花街柳陌，闲行遣兴。只有灿若，没一人看得在眼里。韶华迅速，不觉的换了一个年头。又早上元节过[4]，渐渐的桃香浪暖。那时黄榜动，选场开。五人进过了三场[5]，人人得意，个个夸强。沈灿若始终心下不快，草草完事。过不多时揭晓，单单奚落了灿若[6]，他也不在心上。黄、何、方、乐四人，自去传胪[7]。何澄是二甲[8]，选了兵部主

①宁耐：安静，忍耐。

②同袍：广泛含义。此指同年、同门。语出《诗经·无衣》："岂曰无衣，与子同袍。"

③会元：会试第一名进士。

④上元节：正月十五元宵节。

⑤三场：会试在春二月初九、十二、十五分三场进行。内容和乡试相同。

⑥奚落：冷落。指落榜。

⑦传胪：也叫"唱胪"。宣布进士名单名次的典礼。

⑧二甲：名次次于一甲前三名(状元、榜眼、探花)。也算较高名次。二甲人数较少，授官职也较高，多为各部各衙门办事官。

事[1]，带了家眷在京。黄平之到是庶吉士[2]，乐尔嘉选了太常博士[3]，方昌选了行人[4]，稽清知县已行取做刑科给事中[5]，各守其职，不题。

灿若又游乐了多时回家，到了桐乡。灿若进得门来，在王氏灵前拜了两拜，哭了一场，备羹饭浇奠了。又隔了两月，请个地理先生，择地殡葬了王氏已讫。那时便渐渐有人来议亲。灿若自道是第一流人品，王氏恁地一个娇妻，兀自无缘消受，再那里寻得一个厮对的出来？必须是我目中亲见，果然像意，方才可议此事。以此，多不着紧[6]。光阴似箭，日月如梭，有话即长，无话即短。却又过了三个年头，灿若又要上京应试，只恨着家里无人照顾。又道是："家无主，屋倒竖。"灿若自王氏亡后，日间用度，箸长碗短，十分的不像意。也思量道："须是续弦一个掌家娘子方好，只恨无其配偶。"心中闷闷不已。仍把家事且付与李主管照顾，收拾起程。那时正是八月间天道，金风乍转[7]，时气新凉，正好行路。夜来皓魄当空[8]，澄波万里，上下一碧。灿若独酌无聊，触景伤怀，遂尔口占一曲：

露滴野塘秋，下帘笼不上钩，徒劳明月穿窗牖。鸳衾远丢，孤身远游，浮槎怎得到阳台右[9]？漫凝眸，空临皓魄，人不在月中留。——词寄《黄莺儿》

---

①主事：正六品官阶。

②庶吉士：翰林院学习三年的官名。作为储才。在二甲中选取文学优长书法好的授予此职。

③太常博士：太常寺是掌管礼乐祭祀的中央官署。博士为正七品官阶。

④行人：行人司属官。正八品。奉使为钦差，传旨、册封、慰问等事务。

⑤行取：外任地方官提升京官，由吏部行文调取为行取。刑科给事中：六科给事中相应于六部而设立；刑科为其一。给事中官位不高，而职权甚大，有监督和建议权，与御史同为皇帝耳目。

⑥不着紧：不起劲，不热心。

⑦金风：西风。西方五行属金，故称西风为金风。

⑧皓魄：明月。

⑨阳台：宋玉《高唐赋》，神女自称："妾在巫山之阳，高丘之阻。旦为朝云，暮为行雨；朝朝暮暮，阳台之下。"此处是借以代指自己理想的妻子尚无法得到。

吟罢，痛饮一醉，舟中独寝。

话休絮烦，灿若行了二十馀日，来到京中。在举厂东边[1]，租了一个下处，安顿行李已好。一日同几个朋友到齐化门外饮酒[2]。只见一个妇人，穿一身缟素衣服，乘着蹇驴，一个闲的挑了食榼随着[3]。恰像那里去上坟回来的。灿若看那妇人，生得：

敷粉太白，施朱太赤。加一分太长，减一分太短。十相具足，是风流占尽无馀；一味温柔，差丝毫便不厮称！巧笑倩兮，笑得人魂灵颠倒；美目盼兮，盼得你心意痴迷。假使当时逢妒妇，也言我见且犹怜。

灿若见了此妇，却似顶门上丧了三魂，脚底下荡了七魄。他就撇了这些朋友，也雇了一个驴，一步步赶将去。呆呆的尾着那妇人只顾看，那妇人在驴背上，又只顾转一对秋波过来，看那灿若。走上了里把路，到一个僻静去处，那妇人走进一家人家去了。灿若也下了驴，心下不舍，钉住了脚，在门首呆看。看了一晌，不见那妇人出来。正没理会处，只见内里走出一个人来，道："相公只望门内观看，却是为何？"灿若道："适才同路来，见个白衣小娘子走进此门去。不知这家是甚等人家？那娘子是何人？无个人来问问。"那人道："此妇非别，乃舍表妹陆蕙娘，新近寡居在此，方才出去辞了夫墓，要来嫁人。小人正来与他作伐[4]。"灿若道："足下高姓大名？"那人道："小人姓张。因为做事是件顺溜，为此人起一个混名，只叫小人张溜儿。"灿若道："令表妹要嫁何等样人？肯嫁在外方去否？"溜儿道："只要是读书人，后生些的便好了[5]。地方不论远近。"灿若道："实不相瞒，小生是前科举人，来此会试。适见令表妹丰姿绝世，实切想慕。足下肯与

---

①举厂：即贡院。会试场所。其故地今为中国社会科学院大楼所在。

②齐化门：元代和明代初期用此名。后改"朝阳门"。今名同。

③食榼(léi)：食物盒子。

④作伐：作媒。

⑤后生些：年轻些。

作媒，必当重谢。”溜儿道：“这事不难，料我表妹见官人这一表人才，也决不推阻的。包办在小人身上，完成此举。”灿若大喜，道：“既如此，就烦足下往彼一通此情。”在袖中模出一锭银子，递与溜儿，道：“些小薄物①，聊表寸心。事成之后，再容重谢。”溜儿推逊了一回，随即接了。见他出钱爽快，料他囊底充饶，道：“相公明日来讨回话。”灿若欢天喜地，回下处去了。次日，又到郊外那家门首，来探消息。只见溜儿笑嘻嘻的走将来，道：“相公喜事上头，恁地出门的早哩！昨日承相公分付，即便对表妹说知。俺妹子已自看上了相公，不须三回五次，只说着便成了。相公只去打点纳聘做亲便了。表妹是自家做主的，礼金不计论，但凭相公出得手罢了。”灿若依言，取三十两银子，折了衣饰送将过去。那家也不争多争少，就许定来日过门。灿若看见事体容易，心里倒有些疑惑起来。又想是北方再婚，说是鬼妻，所以如此相应②。

至日，鼓吹灯轿到门，迎接陆蕙娘。蕙娘上轿，到灿若下处来做亲。灿若灯下一看，正是前日相逢之人，不觉大喜过望，方才放下了心。拜了天地，吃了喜酒，众人俱各散讫。两人进房，蕙娘只去椅上坐着。约莫一更时分，夜阑人静，灿若久旷之后，欲火燔灼，便开言道：“娘子请睡了罢。”蕙娘啭莺声，吐燕语，道：“你自先睡。”灿若只道蕙娘害羞，不去强他，且自先上了床，那里睡得着！又歇了半个更次，蕙娘兀自坐着。灿若只得又央及道：“娘子日来困倦，何不将息将息。只管独坐，是甚意思？”蕙娘又道：“你自睡。”口里一头说，眼睛却不转的看那灿若。灿若怕新来的逆了他意，依言又自睡了一会。又起来款款问道③：“娘子为何不睡？”蕙娘又将灿若上上下下仔细看了一会，开口问道：“你京中有甚势要相识否④？”灿若道：“小生

---

①些小：不多一点。也作“些少”。

②相应：便宜。“占相应”即占便宜，今方言中为口头语。

③款款：徐徐，轻轻，软软。

④势要：有权势。

交游最广。同袍同年，无数在京，何论相识！”蕙娘道：“既如此，我而今当真嫁了你罢！”灿若道：“娘子又说得好笑。小生千里相遇，央媒纳聘，得与娘子成亲，如何到此际还说个当真当假？”蕙娘道：“官人有所不知，你却不晓得，此处张溜儿，是有名的拐子。妾身岂是他表妹？便是他浑家。为是妾身有几分姿色，故意叫妾赚人到门。他却只说是表妹寡居，要嫁人，就是他做媒。多有那慕色的，情愿聘娶妾身。他却不受重礼，只要哄得成交，就便送妾做亲。叫妾身只做害羞，不肯与人同睡，因不受人点污。到了次日，却合了一伙棍徒，图赖你奸骗良家女子，连人和箱笼尽抢将去。那些被赚之人，客中怕吃官司，只得忍气吞声，明受火囤[①]。如此也不止一个了。昨日妾身哭母墓而归，原非新寡。天杀的撞见官人，又把此计来使。妻每每自思，此岂终身道理？有朝一日惹出事来，并妾此身付之乌有。况以清白之身，暗地迎新送旧，虽无所染，情何以堪！几次劝取丈夫，他只不听。以此妾之私意，只要将计就计，倘然遇着知音，愿将此身许他，随他私奔了罢。今见官人态度非凡，抑且志诚软款[②]，心实欢羡。但恐相从奔走，或被他找着，无人护卫，反受其累。今君既交游满京邸，愿以微躯托之官人。官人只可连夜便搬往别处，好朋友家谨密所在去了，方才娶得妾安稳。此是妾身自媒，以从官人，官人异日弗忘此情。”灿若听罢，呆了半晌，道：“多亏娘子不弃，见教小生。不然，几受其祸。”连忙开出门来，叫起家人，打叠行李。把自己喂养的一个蹇驴，驮了蕙娘。家人挑箱笼，自己步行。临出门，叫应主人道：“我们有急事回去了。”晓得何澄带家眷在京，连夜敲开他门。细将此事说与，把蕙娘与行李都寄在何澄寓所。那何澄房尽空阔，灿若也就一宅两院做了下处。不题。

---

①火囤：即扎火囤。以妻子或以娼妓假充妻妾亲眷，做成圈套引诱人上当，借以讹诈财物。也叫“仙人跳”。

②软款：温柔。

却说张溜儿次日果然纠合了一伙破落户①,前来抢人。只见空房开着,人影也无。忙问下处主人道:"昨日成亲的举人那里去了?"主人道:"相公连夜回去了。"众人各各呆了一回。大家嚷道:"我们随路追去!"一哄的望张家湾乱奔去了②。却是诺大所在,何处找寻?元来北京房子,惯是见租与人住,来来往往,主人不来管他东西去向,所以但是搬过了,再无处跟寻的。

灿若在何澄处看了两月书,又早是春榜动,选场开。灿若三场满志,正是专听春雷第一声。果然金榜题名,传胪三甲③。灿若选了江阴知县,却是稽清的父母④。不一日领了凭,带了陆蕙娘起程赴任。却值方昌出差苏州,竟坐了他一只官船到任。陆蕙娘平白地做了知县夫人,这正是"鸾胶续处舞双凫"之验也。灿若后来做到开府而止⑤。蕙娘生下一子,后亦登第。至今其族繁盛,有诗为证:

女侠堪夸陆蕙娘,能从萍水识檀郎⑥。
巧机反借机来用,毕竟强中手更强。

---

①破落户:即今语"流氓"。

②张家湾:在今通县。为运河码头,南下的旅客在此处乘船。

③三甲:名次低于一甲二甲,人数也较多。三甲进士大多任地方官或教官。

④父母:地方官称为父母官,典出汉代。西汉召信臣、东汉杜诗,都任过南阳太守。二人重农兴利,凿渠修陂,广拓农田,造福人民。人民感戴,歌之曰:"前有召父,后有杜母。"

⑤开府:开建府署,自辟僚属。汉代惟三公才能开府。晋代刺史带将军衔者亦可开府。明代则指巡抚、总督。

⑥檀郎:晋代美男子潘岳小名叫檀奴。后人以檀郎代指情人和丈夫,有如意郎君之意。

卷十七

西山观设箓度亡魂　开封府备棺追活命

诗曰：

三教从来有道门[①]，一般鼎足在乾坤。
只因装饰无殊异，容易埋名与俗浑。

说这道家一教，乃是李老君青牛出关[②]，关尹文始真人恳请留下《道德真经》五千言[③]，传流至今。这家教门，最上者冲虚清净，出有入无，超尘俗而上升，同天地而不老。其次者修真炼性，吐故纳新，筑坎离以延年[④]，煮铅汞以济物[⑤]。最下者行持符箓[⑥]，役使鬼神，设章醮以通上界[⑦]，建考召以达冥途[⑧]。这家学问却是后汉张角[⑨]，能

---

①三教：儒、释、道。

②李老君：老子，李耳。道教奉为太上老君。青牛出关：此据《史记·老庄申韩列传》司马贞《索隐》引《列异记》之说。关，一说函谷关，一说散关。

③关尹文始真人：关尹，即关令尹喜，周大夫。道教奉为文始真人。《道德真经》：即《老子》书。道教奉为经典，有此名。

④筑坎离：内丹术术语。指坎离交济。坎离，为神与气的异名。元神、元气相交于丹田。这是一种静坐凝神调气的内丹术。

⑤煮铅汞：铅汞，也是内丹术术语。铅是元神，汞是元气。此法也称作"铅汞相投"、"水火既济"。先修心静之法。"心定则神安，铅汞相投"。达到的境界也是元神、元气相交于丹田。上述同实而异名，就是"修真养性、吐故纳新"的内丹术，今人俗称气功者也。

⑥持符箓：符箓是道家的秘密文书、符咒。书符作法为持符箓。为道士作法禳解，传达天神旨令驱遣众神祇、鬼卒的活动；除灾降福。

⑦设章醮(jiào)：道士设坛祭礼，焚表上章，诵经，书符，祈福消灾治病。

⑧建考召：道士作法，书符派遣天将天兵，提拿恶鬼阴魂疫疠审讯，驱邪打鬼的活动。说话人说以上三种是道家最下者所行，因为装神弄鬼极不可信。

⑨张角：东汉巨鹿(今河北平乡县)人。他创立太平道，以号召群众；活动于河北一带，是黄巾起义的领袖。

作五里雾。人欲学他的，先要五斗米为贽见礼，故叫得“五斗米道”①。后来其教盛行，那学了与民间祛妖除害的，便是正法；若是去为非作歹的，只叫得妖术。虽是邪正不同，却也是极灵验难得的。流传至今，以前两项高人，绝世不能得有。只是符箓这家，时时有人习学，颇有高妙的在内。却有一件作怪：学了这家术法，一些也胡乱做事不得了。尽有奉持不谨，反取其祸的。

宋时乾道年间②，福建福州有个太常少卿任文荐的长子③，叫做任道元。少年慕道，从个师父是欧阳文彬，传授五雷天心正法④。建坛在家，与人行持，甚著效验。他有个妻侄，姓梁名鲲，也好学这法术。一日，有永福柯氏之子⑤，因病发心，投坛请问，尚未来到任家。那任道元其日与梁鲲同宿斋舍，两人同见神将来报道：“如有求报应者，可书‘香’字与之，叫他速速归家。”任道元听见，即走将起来，点起灯烛。写好了，封押停当，依然睡觉。明早柯子已至，道元就把夜间所封的递与他，叫他急急归家去。柯子还家，十八日而死。盖“香”字乃是一十八日也。由此远近闻名，都称他做法师。后来少卿已没，道元袭了父任，出仕在外。官府事体烦多，把那奉真香火之敬，渐渐疏懒。每日清晨在神堂边过，只在门外略略瞻礼。叫小童进去炷香完事，自己竟不入门。家人每多道：“老爷一向奉道虔诚，而今有些懈怠，恐怕神天嗔怪！”道元体贵心骄，全不在意，由家人每自议论，日逐只是如此。

淳熙十三年正月十五日上元之夜⑥，北城居民，相约纠众，在于

①五斗米道：东汉末张道陵所创立。活动于巴蜀、汉中一带，时代略早于太平道。说话人在这里将二者混在一起了。

②乾道：南宋孝宗赵昚(shèn)年号，公元1165—1173年。

③少卿：太常寺副长官。

④五雷天心正法：道教所说的一种法术，能呼风唤雨，驱使鬼神，驱邪捉鬼。

⑤永福：今福建永泰县。

⑥淳熙十三年：公元1186年。淳熙是宋孝宗又一个年号。

张道者庵内,启建黄箓大醮一坛[①]。礼请任道元为高功[②],主持坛事。那日观看的人何止挨山塞海!内中有两个女子,双鬟高髻,并肩而立,丰神绰约,宛然并蒂芙蓉。任道元抬头起来看见,惊得目眩心花,魄不附体。那里还顾什么醮坛不醮坛,斋戒不斋戒?便开口道:"两位小娘子,请稳便[③],到里面来看一看。"两女道:"多谢法师。"正轻移莲步,走进门来。道元目不转睛,看上看下。口里诌道:"小娘子提起了裥裙。"盖是福建人叫女子"抹胸"做裥裙。提起了是要摸他双乳的意思,乃彼处乡谈讨便宜的说话。内中一个女子正色道:"法师做醮,如何却说恁地话?"拉了同伴,转身便走。道元又笑道:"既来看法事,便与高功法师结个缘何妨?"两女耳根通红,口里喃喃,微骂而去。到得醮事已毕,道元便觉左耳后边有些作痒,又带些疼痛。叫家人看看,只见一个红蓓蕾,如粟粒大,将指头按去,痛不可忍。次日归家,情绪不乐。隔数日,对妻侄梁鲲道:"夜来神将见责,得梦甚恶。我大数已定[④],密书于纸,待请商日宣法师考照[⑤]。"商日宣法师到了,看了一看,说道:"此非我所能辨,须圣童至,乃可决。"少顷,门外一村童到来,即跳升梁间,作神语道:"任道元,诸神保护汝许久,汝乃不谨香火,贪淫邪行,罪在不赦!"道元深悼前非,磕头谢罪。神语道:"汝十五夜的说话说得好!"道元百拜乞命,愿从今改过自新。神语道:"如今还讲甚么?吾亦不欠汝一个奉事,当以为奉法弟子之戒!且看你日前分上,宽汝二十日日期。"说罢,童子堕地醒来,懵然一毫不知。梁鲲拆开道元所封之书与商日宣看,内中也是"二十日"三个字。道元是夜梦见神将手持铁鞭来追逐,道元惊惶奔走,神将赶来,环绕所居九仙山下一匝,被他赶着。一鞭打在脑后,猛然惊觉。自此疮越加大了,头胀如栲栳。每夜二鼓叫呼,宛

①黄箓大醮:设坛做法事,普荐天神、地祇、人鬼,忏悔罪过,祈求福佑。
②高功:主持醮事的大法师。
③稳便:方便。
④大数:死期。也称"大限"。
⑤考照:即考召。参见前注。此处是请神考察魔障是什么。

若被鞭之状。到得二十日将满,梁鲲在家,梦见神将对他道:"汝到五更初,急到任家看吾扑道元。"鲲惊起,忙到任家来。道元一见哭道:"相见只有此一会了!"披衣要下床来,忽然跌倒。七八个家人共扶将起来,暗中恰像一只大手拽出,扑在地上。仔细看看,已此无气了。梁鲲送了他的终,看见利害,自此再不敢行法。

看官,你道任道元奉的是正法,行持了半世。只为一时间心中懈怠,口内亵渎,又不曾实干了甚么污秽法门之事,便受显报如此。何况而今道流,专一做邪淫不法之事的,神天岂能容恕?所以幽有神谴,明有王法,不到得被你瞒过了。但是邪淫不法之事,偏是道流容易做。只因和尚服饰异样,先是光着一个头,好些不便。道流打扮起来,簪冠着袍,方才认得是个道士;若是卸下装束,仍旧巾帽长衣,分毫与俗人没有两样,性急看不出破绽来。况且还有火居道士①,原是有妻小的,一发与俗人无异了。所以做那奸淫之事,比和尚十分便当。而今再说一个道流,借设符箓醮坛为由,拐上一个妇人,弄得死于非命。说来与奉道的人,做个鉴戒。有诗为证:

坎离交垢育婴儿②,只在身中相配宜。
生我之门死我户,请无误读守其雌③。

这本话文,乃是宋时河南开封府,有个女人吴氏,十五岁嫁与本处刘家。所生一子,名唤刘达生。达生年一十二岁上,父亲得病身亡。母亲吴氏,年纪未满三十,且是生得聪俊飘逸,早已做了个寡妇。上无公姑,下无族党,是他一个主持门户,守着儿子度日。因念

---

①火居道士:居士,不出家住道观而奉道的信徒。

②坎离交垢:坎离交媾。内丹术术语。即坎离交济。坎离为水火,亦为阴阳。气功学或内丹术指称体内相应部位,"坎者,肾官也;离者,心田也"。练气的要领是:"故午前静坐凝神,待阳极阴生之际,心中自然一阴之气下降,即举情以合之,存于心田神腑,勿令咽下,乃为坎离交媾之道也"。(见《脉望》)文中所说"婴儿"指的是内丹就可知了;"只在身中"也就可解了。

③守其雌:本是《老子》中语,教人清静无为,谦退而不争强好胜。此处是诙谐用法,意为追求女性。那就是道士误会了"坎离交垢"之意了。

亡夫恩义，思量做些斋醮功果超度他。本处有个西山观，乃是道流修真之所。内中有个道士，叫做黄妙修，符箓高妙，仪容俊雅，众人推他为知观①。是日正在观中与人家书写文疏，忽见一个年小的妇人，穿着一身缟素，领了十一二岁的孩子走进观来。俗话说得好："若要俏，带三分孝。"那妇人本等生得姿容美丽，更兼这白衣白髻，越显得态度潇洒。早是在道观中，若是僧寺里，就要认做白衣送子观音出现了。走到黄知观面前，插烛也似拜了两拜。知观一眼瞅去，早已魂不附体。连忙答拜道："何家宅眷，甚事来投？"妇人道："小妾是刘门吴氏。因是丈夫新亡，欲求渡拔，故率领亲儿刘达生，母子虔诚，特求法师广施妙法，利济冥途。"黄知观听罢，便怀着一点不良之心，答道："既是贤夫新亡求荐②，家中必然设立孝堂。此须在孝堂内设箓行持，方有专功实际。若只在观中大概附醮，未必十分得益。凭娘子心下如何？"吴氏道："若得法师降临茅舍，此乃万千之幸！小妾母子不胜感激。回家收拾孝堂，专等法师则个。"知观道："几时可到宅上？"吴氏道："再过八日，就是亡夫百日之期。意要设建七日道场③，须得明日起头，恰好至期为满。得法师侵早下降便好。"知观道："一言已定，必不失期。明日准造宅上。"吴氏袖中取出银一两，先奉做纸札之费，别了回家。一面收拾打扫，专等来做法事。

元来吴氏请醮荐夫，本是一点诚心，原无邪意。谁知黄知观是个色中饿鬼，观中一见吴氏姿容，与他说话时节，恨不得就与他做起光来。吴氏虽未就想到邪路上去，却见这知观丰姿出众，语言爽朗，也暗暗地喝采道："好个齐整人物，如何却出了家！且喜他不装模

---

①知观：道观主持。

②荐：荐拔，超度。

③道场：做法事斋醮诵经等的场所，也可指做法事本身。"做道场"在今时老一辈乡间人口中仍然是口头语。

样,见说做醮,便肯轻身出观,来到我家,也是个出热的人①。"心里也就有几分欢喜了。次日清早,黄知观领了两个年少道童,一个火工道人挑了经箱卷轴之类②,一径到吴氏家来。吴氏只为儿子达生年纪尚小,一切事务都是自家支持。与知观拜见了,接进孝堂。知观与同两个道童、火工道人张挂三清众灵③,铺设齐备,动起法器。免不得宣扬大概,启请,摄召,放赦,招魂,闹了一回。吴氏出来上香朝圣,那知观一眼估定④,越发卖弄精神。同两个道童齐声朗诵经典毕,起身执着意旨,跪在圣像面前毯上宣白,叫吴氏也一同跪着通诚。跪的所在,与吴氏差不得半尺多路。吴氏闻得知观身上衣服扑鼻薰香,不觉偷眼瞧他。知观有些觉得,一头念着,一头也把眼回看。你觑我,我觑你,恨不得就移将拢来,搅作一团。念毕各起。吴氏又到各神将面前上香稽首,带眼看着道场。只见两个道童,黑发披肩,头戴着小冠,且是生得唇红齿白,清秀娇嫩。吴氏心里想道:"这些出家人到如此受用!这两个大起来,不知怎生标致哩。"自此动了一点欲火,按捺不住,只在堂中孝帘内频频偷看外边。元来人生最怕的是眼里火。一动了眼里火,随你左看右看,无不中心像意的。真是长有长妙,短有短强;壮的丰美,瘦的俌俏⑤,无有不妙。况且妇人家阴性专一,看上了一个人,再心里打撇不下的⑥。那吴氏在堂中把知观看了又看,只觉得风流可喜。他少年新寡,春心正盛,转一个念头,把个脸儿红了又白,白了又红。只在孝帘前趄来趄去,或露半面,或露全身,恰像要道士晓得他的意思一般。那黄知观本是

①出热:热心。

②火工道人:道观中的杂役。

③三清众灵:三清诸神法相。三清,太清太上老君、玉清元始天尊、上清灵宝道君。(《通俗编》)

④估定:注目不舍,死盯住不放。今方言中仍用这"估"字,多是用于财物、美色等对象,也用于仇恨不满的人或物。

⑤俌(fǔ)俏:清丽。

⑥打撇:放手,放开。

有心的，岂有不觉？碍着是头一日来到，不敢就造次，只好眉梢眼角做些功夫，未能勾入港①。那儿子刘达生未知事体，正好去看神看佛，弄钟弄鼓，那里晓得母亲这些关节？看看点上了灯，吃了晚斋，吴氏收拾了一间洁净廊房，与他师徒安歇。那知观打发了火工道人回观，自家同两个道童一床儿宿了，打点早晨起来朝真，不题。

却说吴氏自同儿子达生房里睡了。上得床来，心里想道："此时那道士毕竟搂着两个标致小童，干那话儿了，我却独自个宿。"想了又想，阴中火发，着实难熬。噤了一噤，把牙齿咬得跄跄的响，出了一身汗。刚刚朦胧睡去，忽听得床前脚步响。抬头起看，只见一个人揭开帐子，飕的钻上床来。吴氏听得声音，却是日里的知观。轻轻道："多蒙娘子秋波示意，小道敢不留心？趁此夜深人静，娘子作成好事则个。"就将黄瓜般一条玉茎塞将过去，吴氏并不推辞，慨然承受。正到酣畅之处，只见一个小道童也揭开帐，来寻师父。见师父干事兴头，喊道："好内眷，如何偷出家人？做得好事！与我捉个头，便不声张。"就伸只手去吴氏腰里乱摸。知观喝道："我在此，不得无礼！"吴氏被道士弄得爽快，正待要丢了，吃此一惊，飒然觉来，却是南柯一梦。把手摸摸阴门边，只见两腿俱湿，连席上多有了阴水，忙把手帕抹净。叹了一口气，道："好个梦！怎能勾如此侥幸？"一夜睡不安稳。

天明起来，外边钟鼓响。叫丫鬟担汤担水，出去伏侍道士。那两个道童倚着年小，也进孝堂来讨东讨西，看看熟分了。吴氏正在孝堂中坐着，只见一个道童进来讨茶吃。吴氏叫住，问他道："你叫甚么名字？"道童道："小道叫做太清。"吴氏道："那一位大些的？"道童道："叫做太素。"吴氏道："你两个昨夜那一个与师父做一头睡？"道童道："一头睡，便怎么？"吴氏道："只怕师父有些不老成。"道童嘻嘻的笑道："这大娘到会取笑。"说罢，走了出去。把适间所言，私下对师父一一说了。不由这知观不动了心，想道："说这般话的，定是

①入港：入手，勾搭上。

有风情的。只是虽在孝堂中，相离咫尺，却分个内外，如何好大大撩拨他撩拨？"以心问心，忽然道："有计了！"须臾，吴氏出来上香，知观一手拿着铃杵，一手执笏，急急走去并立着，口中唱着《浪淘沙》，词云：

稽首大罗天[①]，法眷姻缘。如花玉貌正当年，帐冷帏空孤枕畔，枉自熬煎。　为此建斋筵，追荐心虔。亡魂超度意无牵。急到蓝桥来解渴[②]，同做神仙。

这知观把此词朗诵，分明是打动他自荐之意。那吴氏听得，也解其意，微微笑道："师父说话，如何夹七夹八？"知观道："都是正经法门。当初前辈神仙遗下美话，做吾等榜样的。"吴氏老大明白[③]，晓得知观有意于他了。进去剥了半碗细果，烧了一壶好清茶，叫丫鬟送出来与知观吃。分付丫鬟对知观说："大娘送来与师父解渴的。"把这句话与知观词中之语，暗地照应，只当是写个"肯"字。知观听得，不胜之喜，不觉手之舞之，足之蹈之。那里还管甚么《灵宝道经》、《紫霄秘箓》，一心只念的是风月机关、洞房春意。密叫道童打听吴氏卧房，见说与儿子同房歇宿，有丫鬟相伴，思量不好竟自闯得进去。到晚来，与两个道童上床宿了。一心想着吴氏日里光景，且把道童太清出出火气，弄得床板格格价响。搂着背脊，口里说道："我的乖！我与你两个商量件事体，我看主人娘子十分有意于我，若是弄得到手，连你们也带挈得些甜头不见得。只是内外隔绝，他房中有儿子，有丫鬟，我这里须有你两个不便，如何是好？"太清接口道："我们须不妨事。"知观道："他初起头，也要避生人眼目。"太素道："我见孝堂中有张魂床，且是帐褥铺设得齐整。此处非内非外，正好做偷情之所。"知观道："我的乖，说得有理。我明日有计了。"对他两个耳畔说

①大罗天：道教所说三十三天最高一层为大罗天。泛指上界神仙。

②蓝桥：蓝桥驿。在今陕西蓝田县境内。唐人裴铏《传奇》写落第书生裴航，在蓝桥游玩，渴了向人求水，遇到美女云英，双双成了神仙。

③老大：非常，好，很。

道："须得如此如此。"太清、太素齐拍手道："妙，妙！"说得动火，知观便与太清完了事，弄得两个小伙子兴发难遏，没出豁，各放了一个手铳，一夜无词。

次日天早起来，与吴氏相见了。对吴氏道："今日是斋坛第三日了。小道有法术摄召，可以致得尊夫亡魂，来与娘子相会一番。娘子心下如何？"吴氏道："若得如此，可知好哩！只不知法师要如何作用①？"知观道："须用白绢作一条桥在孝堂中，小道摄召亡魂渡桥来相会。却是只好留一个亲人守着。人多了，阳气盛，便不得来。又须关着孝堂，勿令人窥视，泄了天机。"吴氏道："亲人只有我与小儿两人。儿子小，不晓得甚么，就会他父亲也无干。奴家须是要会丈夫一面，待奴家在孝堂守着，看法师作用罢。"知观道："如此最妙。"吴氏到里边箱子里，取出白绢二匹与知观。知观接绢在手，叫吴氏扯了一头，他扯了一头。量来量去，东折西折，只管与吴氏调眼色。交着手时，便轻轻把指头弹着手腕，吴氏也不做声。知观又指拨把台桌搭成一桥，恰好把孝堂路径塞住，外边就看帘里边不着了。知观出来分付两个道童道："我闭着孝堂，召请亡魂。你两个须守着门，不可使外人窥看，破了法术。"两人心照，应声："晓得了。"吴氏也分付儿子与丫鬟道："法师召请亡魂，与我相会，要秘密寂静。你们只在房里，不可出来罗唣②。"那儿子达生见说召得父亲魂，口里嚷道："我也要见见爹爹。"吴氏道："我的儿，法师说生人多了阳气盛，召请不来，故此只好你母亲一个守灵。你要看不打紧，万一为此召不来，空成画饼。且等这番果然召得爹爹来，以后却教你相见便是。"吴氏心里也晓得，知观必定是托故，有此蹊跷，把甜言美语稳住儿子，又寻好些果子与了他。把丫鬟同他反关住在房里了，出来进孝堂内坐着。知观扑地把两扇门拴上了。假意把令牌在桌上敲了两敲，口里不知念了些甚么。笑嘻嘻对吴氏道："请娘子魂床上坐

①作用：作为，办理。

②罗唣：罗嗦，麻烦。

着。只有一件，亡魂虽召得来，却不过依稀影响，似梦里一般，与娘子无益。”吴氏道：“但愿亡魂会面，一叙苦情，论甚有益无益！”知观道：“只好会面，不能勾与娘子重叙平日被窝的欢乐，所以说道无益。”吴氏道：“法师又来了！一个亡魂，只指望见见也勾了，如何说到此话？”知观道：“我有本事弄得来与娘子重欢重乐。”吴氏失惊道：“那有这事？”知观道：“魂是空虚的，摄来附在小道身上，便好与娘子同欢乐了。”吴氏道：“亡魂是亡魂，法师是法师，这事如何替得？”知观道：“从来我们有这家法术，多少亡魂来附体相会的。”吴氏道：“却怎生好干这事？”知观道：“若有一些不像尊夫，凭娘子以后不信罢了。”吴氏骂道：“好巧言的贼道，到会脱骗人[①]！”知观便走去，一把抱定，搀倒在魂床上。笑道：“我且权做尊夫一做。”吴氏此时，已被引动了兴，两个就在魂床上面弄将起来：

一个玄门聪俊，少尝闺阁家风；一个空室娇姿，近旷衾裯事业。风雷号令，变做了握雨携云；冰蘖贞操，翻成了残花破蕊。满堂圣象，本属虚无；一脉亡魂，还归冥漠。噙着的，呼吸元精而不歇；耨着的，出入玄牝以无休。寂寂朝真，独乌来时丹路滑；殷殷慕道，百花深处一僧归。个中味，真夸羡，玄之又玄；色里身，不耐烦，寡之又寡。

两个云雨才罢，真正弄得心满意足。知观对吴氏道：“比尊夫手段有差池否？”吴氏啐了一口道：“贼禽兽！羞答答的，只管提起这话做甚！”知观才谢道：“多承娘子不弃，小道粉身难报。”吴氏道：“我既被你哄了，如今只要相处得情长则个。”知观道：“我和你须认了姑舅兄妹，才好两下往来，瞒得众人过。”吴氏道：“这也有理。”知观道：“娘子今年尊庚？”吴氏道：“二十六岁了。”知观道：“小道长一岁，叨认做你的哥哥罢。我有道理。”爬起来，又把令牌敲了两敲，把门开了。对着两个道童道：“方才召请亡魂来，元来主人娘子是我的表妹，一向不晓得，倒是亡魂明白说出来的。问了详细，果然是。而今是至

①脱骗：骗，哄骗。

亲了。”道童笑嘻嘻道：“自然是至亲了。”吴氏也叫儿子出来，把适才道士搗鬼的说话，也如此学与儿子听了。道：“这是你父亲说的。你可过来认了舅舅。”那儿子小，晓得甚么好歹？此后依话只叫舅舅。

从此日日推说召魂，就弄这事。晚间，吴氏出来，道士进来，只把孝堂魂床为交欢之处，一发亲密了。那儿子但听说“召魂”，便道要见爹爹。只哄他道：“你是阳人，见不得的。”儿子只得也罢了。心里却未免有些疑心，道：“如何只却了我？”到了七昼夜，坛事已完，百日孝满。吴氏谢了他师徒三众，收了道场，暗地约了相会之期，且瞒生眼，到观去了。吴氏就把儿子送在义学堂中先生处，仍旧去读书。早晨出去，晚上回来。吴氏日里自有两个道童常来通信，或是知观自来，只等晚间儿子睡了，便开门放进来，恣行淫乐。只有丫鬟晓得风声，已自买嘱定了。如此三年，竟无间阻。不题。

且说刘达生年纪渐渐大了，情窦已开①，这事情也有些落在眼里了。他少年聪慧，知书达礼，晓得母亲有这些手脚，心中常是忧闷，不敢说破。一日在书房里，有同伴里头戏谑，称他是“小道士”。他脸儿通红，走回家来。对母亲道：“有句话对娘说，这个舅舅不要他上门罢。有人叫儿子做小道士，须是被人笑话。”吴氏见说罢，两点红直从耳根背后，透到满脸。把儿子凿了两个栗暴，道：“小孩子不知事！舅舅须是为娘的哥哥，就往来谁人管得？那个天杀的对你讲这话！等娘寻着他，骂他一个不歇！”达生道：“前年未做道场时，不曾见说有这个舅舅。就果是舅舅，娘只是与他兄妹相处，外人如何有得说话？”吴氏见道着真话，大怒道：“好儿子！几口气养得你这等大？你听了外人的说话，嘲拨母亲，养这忤逆的做甚！”反敲台拍凳哭将起来。达生慌了，跪在娘面前道：“是儿子不是了，娘饶恕则个。”吴氏见他讨饶，便住了哭，道：“今后切不可听人乱话。”达生忍气吞声，不敢再说。心里想道：“我娘如此口强，须是捉破了他，方得杜绝。我且冷眼张他则个。”

①情窦：知道男女之事、爱情之事。

一夜,人静后,达生在娘房睡了一觉醒来。只听得房门响,似有人走了出去的模样。他是有心的,轻轻披了衣裳,走起来张着。只见房门开了,料道是娘又去做歹勾当了。转身到娘床里一摸,果然不见了娘。他也不出来寻,心生一计,就把房门闩好,又掇张桌子顶住了,自上床去睡觉。元来是夜吴氏正约了知观黄昏后来。堂中灵座已除,专为要做这勾当,床仍铺着,这所在反加些围屏,围得紧簇。知观先在里头睡好了,吴氏却开了门出来就他,两个颠鸾倒凤,弄这一夜。到得天色将明,起来放了他出去,回进房来。每常如此放肆惯了,不以为意。谁知这夜走到房前,却见房门关好,推着不开。晓得是儿子知风①,老大没趣。呆呆坐着,等他天亮。默默的咬牙切齿的恨气,却无说处。直到天大明了,达生起来开了门,见了娘,故意失惊道:"娘如何反在房门外坐地?"吴氏只得说个谎道:"昨夜外边脚步响,恐怕有贼,所以开门出来看看。你却如何把门关了?"达生道:"我也见门开了,恐怕有贼,所以把门关好了,又顶得牢牢的。只道娘在床上睡着,如何反在门外?既然娘在外边,如何不叫开了门?却坐在这里这一夜,是甚意思?"吴氏见他说了,自想一想,无言可答,只得罢了。心里想道:"这个业种!须留他在房里不得了。"忽然一日对他说道:"你年纪长成,与娘同房睡,有些不雅相②。堂中这张床,铺得好好的,你今夜在堂中睡罢。"吴氏意思,打发了他出来,此后知观来,只须留在房里,一发安稳像意了。谁知这儿子是个乖觉的,点头会意,就晓得其中就里③。一面应承,日里仍到书房中去,晚来自在堂中睡了,越加留心察听。

其日,道童来到,吴氏叫他回去说前夜被儿子关在门外的事,又说:"因此打发儿子另睡,今夜来只须小门进来,竟到房中。"到夜知观来了。达生虽在堂中,却不去睡,各处挨着看动静。只听得小门

---

①知风:看出苗头。

②不雅相:不雅观,不好看。

③就里:底细,内情。

响，达生躲在黑影里头，看得明白，晓得是知观进门了。随后丫鬟关好了门，竟进吴氏房中，掩上了门睡了。达生心里想道："娘的奸事，我做儿子的不好捉得，只去炒他个不安静罢了。"过了一会，听得房里已静，连忙寻一条大索，把那房门扣得紧紧的。心里想道："眼见得这门拽不开，贼道出去不得了，必在窗里跳出，我且蒿恼他则个。"走到庭前去，掇一个尿桶，一个半破了的屎缸，量着跳下的所在摆着，自却去堂里睡了。那知观淫荡了一夜，听见鸡啼了两番，恐怕天明，披衣走出。把房门拽了又拽，再拽不开，不免叫与吴氏知道，吴氏自家也来帮拽，只拽得门响，门外似有甚么缚住的。吴氏道："却又作怪！莫不是这小业畜又来弄手脚？既然拽不开，且开窗出去了，明早又处。而今看看天亮，迟不得了。"知观朦胧着两眼，走来开了窗，扑的跳下来。只听得扑通的一响，一只右脚早踹在尿桶里了，这一只左脚做不得力，头轻脚重，又蹝在屎缸里[①]。忙抽起右脚待走，尿桶却深，那时着了慌，连尿桶绊倒了，一交跌去，尿屎污了半身。嘴唇也磕绽了。却不敢声高，忍着痛，捂着鼻，急急走去。开了小门，一道烟走了。吴氏看见拽门不开，已自着恼。及至开窗出去了，又听得这劈扑之响，有些疑心。自家走到窗前看时，此时天色尚黑，但只满鼻闻得些臭气，正不知是甚么缘故。别着一肚闷气，又上床睡去了。达生直等天大明了起来，到房门前，仍把绳索解去。看那窗前时，满地尿屎，桶也倒了。肚里又气，又忍不住好笑。趁着娘未醒，他不顾污秽，轻轻把屎缸尿桶多搬过了。又一会，吴氏起来开门，却又一开就是，反疑心夜里为何开不得，想是性急了些。及至走到窗前，只见满地多是尿屎，一路到门，是湿印的鞋迹，叫儿子达生来问道："这窗前尿屎是那里来的？"达生道："不知道。但看这一路湿印，多是男人鞋迹，想来是个人急出这些尿屎来的。"吴氏对口无言，脸儿红了又白，不好回得一句，着实忿恨。自此怪煞了这儿子，一似眼中之钉，恨不得即时拔去了。却说那夜黄知观吃了这一场

---

①蹝(xǐ)：踩。

亏,香喷喷一身衣服没一件不污秽了,闷闷在观中洗净整治。又是嘴唇跌坏,有好几日不到刘家来走。吴氏一肚子恼恨,正要见他分诉商量,却不见到来,又想又气。

一日,知观叫道童太素来问信。吴氏对他道:"你师父想是着了恼不来。"太素道:"怕你家小官人利害,故此躲避几日。"吴氏道:"他日里在学堂中,到不如日间请你师父过来,商量句话。"那太素是个十八九岁的人,晓得吴氏这些行径,也自丢眉丢眼,来挑吴氏。道:"十分师父不得工夫,小道童权替遭儿也使得。"吴氏道:"小奴才!你也来调戏我?我对你师父说了,打你下截。"太素笑道:"我的下截须与大娘下截一般,师父要用的,料不舍得打。"吴氏道:"没廉耻小奴才,亏你说!"吴氏一了见他标致①,动火久了,只是还嫌他小些。而今却长得好了,见他说风话,不觉有意,便一手勾他拢来,做一个嘴。伸手去摸太素,此物翘然。却待要扯到床上干那话儿,不匡黄知观见太素不来②,又叫太清来寻他,到堂中叫唤。太素听得声音,恐怕师父知道嗔怪,慌忙住了手,冲散了好事。两个同到观中,回了师父。次日,果然知观日间到刘家来。吴氏关了大门,接进堂中坐了。问道:"如何那夜一去了,再无消息,直到昨日才着道童过来?"知观道:"你家儿子刁钻异常,他日渐渐长大,好不利害。我和你往来不便,这件事弄不成了。"吴氏正贪着与道士往来,连那两个标致小道童,一鼓而擒之。却见说了这话,心里怫然,便道:"我无尊人拘管③,只碍得这个小业畜。不问怎的,结果了他,等我自由自在。这几番我也忍不过他的气了。"知观道:"是你亲生儿子,怎舍得结果他?"吴氏道:"亲生的正在乎知疼着热,才是儿子。却如此拗别搅炒,何如没有他倒干净!"知观道:"这须是你自家发得心尽,我们不

①一了:一向,从来。

②不匡:不料,不想。

③尊人:此指丈夫。也可用以指称他人的父亲。

好搉掇得[1]，恐有后悔。”吴氏道：“我且再耐他一两日，你今夜且放心前来快活。就是他有些知觉，也顾不得他，随他罢了。他须没本事奈何得我。”你一句，我一句，说了大半日话，知观方去，等夜间再来。

这日达生那馆中先生要归去，散学得早。路上撞见知观走来，料是在他家里出来，早上了心。却当面勉强叫声“舅舅”，作了个揖。知观见了，一个忡心[2]；还了一礼，不讲话，竟去了。达生心里想道：“是前日这番，好两夜没动静。今日又到我家，今夜必然有事。我不好屡次捉破，只好防他罢了。”一路回到家里。吴氏问道：“今日如何归得恁早？”达生道：“先生回家了，我须有好几日不消馆中去得。”吴氏心里暗暗不悦，勉强问道：“你可要些点心吃？”达生道：“我正要点心吃了睡觉去。连日先生要去，积趱读书辛苦，今夜图早睡些个。”吴氏见说此句，便有些像意了，叫他去吃了些点心。果然达生到堂中床里，一觉睡了。吴氏暗暗地放了心，安排晚饭自吃了，收拾停当，暂且歇息。叫丫鬟要半掩了门，专等知观来。谁知达生假意推睡，听见人静了，却轻轻走起来。前后门边一看，只见前门锁着，腰门从内关着。他撬开了，走到后边小门一看，只见门半掩着不关。他就轻轻把栓拴了，掇张凳子紧紧在旁边坐地[3]。坐了更馀，只听得外边推门响；又不敢重用力，或时把指头弹两弹。达生只不做声，看他怎地。忽对门缝里低言道：“我来了，如何却关着？可开开。”达生听得明白，假意插着口气道：“今夜来不得了，回去罢，莫惹是非！”从此不听见外边声息了。吴氏在房里悬悬盼望偷期，欲心如火，见更馀无动静，只得叫丫鬟到小门边看看。丫鬟走来黑处，一把摸着达生，吓了一跳。达生厉声道：“好贼妇！此时走到门边来，做甚勾当？”惊得丫鬟失声而走。进去对吴氏道：“法师不见来，倒是小官人坐在那里，几乎惊杀。”吴氏道：“这小业畜一发可恨了！他如何又使

---

①搉掇：怂恿。

②忡心：冲心。前已注。

③坐地：坐着。

此心机，来搅破我事？”磨拳擦掌的气。却待发作，又是自家理短，只得忍耐着。又恐怕失了知观期约，使他空返，彷徨不宁，那里得睡？达生见半晌无声息，晓得去已久了，方才自上床去睡了。吴氏再叫丫鬟打听，说小官人已不在门口了。寂地开出外边[①]，走到街上，东张西望，那里得有个人？回覆了吴氏。吴氏倍加扫兴，忿怒不已，眼不交睫，直至天明。见了达生，不觉发话道：“小孩子家，晚间不睡，坐在后门口做甚？”达生道：“又不做甚歹事，坐坐何妨？”吴氏胀得面皮通红，骂道：“小杀才！难道我又做甚歹事不成？”达生道：“谁说娘做歹事？只是夜深无事，儿子便关上了门，坐着看看，不为大错。”吴氏只好肚里恨，却说他不过，只得强口道：“娘不到得逃走了，谁要你如此监守！”含着一把眼泪，进房去了，再待等个道童来问这夜的消息。却是这日达生不到学堂中去，只在堂前摊本书儿看着，又或时前后行走。看见道童太清走进来，就拦住道：“有何事到此？”太清道：“要见大娘子。”达生道：“有话我替你传说。”吴氏里头听得声音，知是道童，连忙叫丫鬟唤进。怎当得达生一同跟了进去，不走开一步。太清不好说得一句私话，只大略道：“师父问大娘子、小官人的安。”达生接口道：“都是安的，不劳记念。请回罢了。”太清无奈，四目相觑，怏怏走出去了。吴氏越加恨毒。从此一连十来日没处通音耗。

又一日，同窗伴伙传言来道：“先生已到馆。”达生辞了母亲，又到书堂中去了。吴氏只当接得九重天上赦书。元来太清、太素两个道童，不但为师父传情，自家也指望些滋味，时常穿梭也似在门首往来探听的。前日吃了达生这场淡[②]，打听他在家，便不进来。这日达生出去，吴氏正要传信，太清也来了。吴氏经过儿子几番道儿，也该晓得谨慎些。只是色胆迷天，又欺他年小，全不照顾。又约他叫知观今夜到来；反要在大门里来，他不防备的，只是要夜深些。”期约已

①寂地：悄悄地。

②淡：无趣。

定。达生回家已此晚了,同娘吃了夜饭。吴氏领了丫鬟,故意点了火把,把前后门关锁好了。叫达生去睡,他自进房去了。达生心疑道:"今日我不在家,今夜必有勾当,如何反肯把门关锁?也只是要我不疑心。我且不要睡着,必有缘故。"坐到夜深,悄自走去看看,腰门掩着不拴,后门原自关好上锁的。达生想道:"今夜必在前边来了。"闪出堂前,黑影里蹲着。看时星光微亮,只见母亲同丫鬟走将出来。母亲立住中堂门首,意是防着达生。丫鬟走去门边听听,只听得弹指响,轻轻将锁开了,拽开半边门,一个人早闪将入来。丫鬟随关好了门,三个人做一块,侮手侮脚的走了进去①。达生连忙开了大门,就把挂在门内警夜的锣捽在手里,筛得一片价响。口中大喊"有贼!"元来开封地方,系是京都旷远,广有偷贼。所以官司立令,每家门内各置一锣。但一家有贼,筛得锣响,十家俱起救护。如有失事,连坐陪偿,最是严紧的。这里知观正待进房,只听得本家门首锣响。晓得不尴尬,惊得魂不附体,也不及开一句口,掇转身往外就走。去开小门时,是夜却是锁了的。急望大门奔出,且喜大门开的,恨不得多生两只脚跑。达生也只是赶他,怕娘面上不好看,原无意捉住他。见他奔得慌张,却去拾起一块石头,尽力打将去,正打在腿上。把腿一缩,一只履鞋早脱掉了。那里还有工夫敢来拾取,拖了袜子走了。比及有邻人走起来问,达生只回说贼已逃去了。带了一只履鞋,仍旧关了门进来。这吴氏正待与知观欢会,吃那一惊也不小。同丫鬟两个,抖做了一团。只见锣声已息,大门已关,料道知观已去,略略放心。达生故意走进来问道:"方才赶贼,娘受惊否?"吴氏道:"贼在那里?如此大惊小怪!"达生把这只鞋提了,道:"贼拿不着,拿得一只鞋在此。明日须认得出。"吴氏已知儿子故意炒破的,愈加忿恨,又不好说得他。此后,知观不敢来了。吴氏想着他受惊,好生过意不去。又恨着儿子,要商量计较摆布他。却提防着儿子,也不敢再约他来。

①侮手侮脚:轻手轻脚。侮,今时一般写作"捂"。

过了两日，却是亡夫忌辰。吴氏心生一计，对达生道："你可先将纸钱，到你爹坟上打扫。我随后备着羹饭，抬了轿就来。"达生心里想道："忌辰何必到坟上去？且何必先要我去？此必是先打发了我出门，自家私下到观里去。我且应允，不要说破。"达生一面对娘道："这等，儿子自先去，在那里等候便是。"口里如此说了，一径出门，却不走坟上，一直望西山观里来了，走进观中。黄知观见了，吃了一惊。你道为何？还是那夜吓坏了的。定了性①，问道："贤甥何故到此？"达生道："家母就来。"知观心里怀着鬼胎道："他母子两个几时做了一路？若果然他要来，岂叫儿子先到？这事又蹊跷了。"似信不信的。只见观门外一乘轿来，抬到跟前下了，正是刘家吴氏。才走出轿，猛抬头，只见儿子站在面前，道："娘也来了。"吴氏那一惊，又出不意。心里道："这冤家如何先在此？"只得捣个鬼道："我想今日是父亲忌日，必得符箓超拔，故此到观中见你舅舅。"达生道："儿子也是这般想。忌日上坟无干，不如来央舅舅的好，所以先来了。"吴氏好生怀恨，却没奈他何。知观也免不得陪茶陪水，假意儿写两道符箓，通个意旨，烧化了，却不便做甚手脚。乱了一回，吴氏要打发儿子先去。达生不肯，道："我只是随着娘轿走。"吴氏不得已，只得上了轿去了。枉奔波了一番，一句话也不说得，在轿里一步一恨。这番决意要断送儿子了。那轿走得快，达生终是年纪小，赶不上，又肚里要出恭，他心里道："前面不过家去的路，料无别事，也不必跟随得。"就住在后面了。也是合当有事，只见道童太素在前面走将来，吴氏轿中看见了，问轿夫道："我家小官人在后面么？"轿夫道："跟不上，还在后头，望去不见。"吴氏大喜，便叫太素到轿边来。轻轻说道："今夜我用计遣开了我家小业畜，是必要你师父来商量一件大事则个。"太素道："师父受惊多次，不敢进大娘的门了。"吴氏道："若是如此，今夜且不要进门，只在门外，以抛砖为号。我出来门边，相会说话了，再看光景进门。万无一失。"又与太素丢个眼色。

①定了性：定了定神，镇定下来。

太素眼中出火，恨不得就在草地里做半点儿事，只碍着轿夫。吴氏又附耳叮嘱道："你夜间也来，管你有好处。"太素颠头耸脑的去了。吴氏先到家中，打发了轿夫。达生也来了。天色将晚，吴氏是夜备了些酒果，在自己房中，叫儿子同吃夜饭，好言安慰他道："我的儿，你爹死了，我只看得你一个。你何苦凡事与我鹜强？"达生道："专为爹死了，娘须立个主意，撑持门面，做儿子的敢不依从？只为外边人有这些言三语四，儿子所以不伏气。"吴氏回嗔作喜道："不瞒你说，我当日实是年纪后生，有了些不老成，故见得外边造出作业的话来[①]。今年已三十来了，懊悔前事无及。如今立定主意，只守着你清净过日罢。"达生见娘是悔过的说话，便堆着笑道："若得娘如此，儿子终身有幸。"吴氏满斟一杯酒与达生，道："你不怪娘，须满饮此杯。"达生吃了一惊，想道："莫不娘怀着不好意，把这杯酒毒我？"接在手，不敢饮。吴氏见他沉吟，晓得他疑心，便道："难道做娘的有甚歹意不成？"接他的酒来，一饮而尽。达生知是疑心差了，好生过意不去，连把壶来自斟道："该罚儿子的酒。"一连吃了两三杯。吴氏道："我今已自悔，故与你说过。你若体娘的心，不把从前事体记怀，你陪娘吃个尽兴。"达生见娘如此说话，心里也喜欢，斟了就吃，不敢推托。元来吴氏吃得酒，达生年小吃不得多，所以吴氏有意把他灌醉。已此呵欠连天，只思倒头去睡了。吴氏又灌了他几杯，达生只觉天旋地转，支持不得。吴氏叫丫头扶他在自己床上睡了。出来把门上了锁，口里道："惭愧！也有日着了我的道儿。"

正出来静等外边消息，只听得屋上瓦响，晓得是外边抛砖进来。连忙叫丫鬟开了后门。只见太素走进来道："师父在前门外，不敢进来，大娘出去则个。"吴氏叫丫鬟看守定了房门，与太素暗中走到前边来。太素将吴氏一抱，吴氏回转身抱着道："小奴才！我有意久了。前日不曾成得事，今且先勾了帐。"就同他走到儿子平日睡的堂前空床里头，云雨起来：

---

①作业：作孽，造孽。罪过。

一个是未试的真阳，一个是惯偷的老手。新簇簇小伙，偏是这一番极景堪贪；老辣辣淫精，更有那十分骚风自快。这里小和尚且冲头水阵，由他老道士拾取下风香。

事毕，整整衣服，两个同走出来，开了前门。果然知观在门外，呆呆立着等候。吴氏走出来，叫他进去。知观迟疑不肯。吴氏道："小业畜已醉倒在我房里了。我正要与你算计，趁此时了帐他[①]。快进来商量！"知观一边随了进来，一边道："使不得！亲生儿子，你怎下得了帐他[②]？"吴氏道："为了你，说不得！况且受他的气不过了。"知观道："就是做了这事，有人晓得，后患不小。"吴氏道："我是他亲生母，就是故杀了他，没甚大罪。"知观道："我与你的事，须有人晓得。若摆布了儿子，你不过是故杀子孙。倘有对头根究到我同谋，我须偿他命去！"吴氏道："若如此怕事，留着他没收场，怎得像意？"知观道："何不讨一房媳妇与他，我们同弄他在混水里头一搅，他便做不得硬汉，管不得你了。"吴氏道："一发使不得！取来的未知心性如何。倘不与我同心合意，反又多了一个做眼的了[③]，更是不便。只是除了他的是高见。没有了他，我虽是不好嫁得你出家人，只是认做兄妹往来，谁禁得我？这便可以日久岁长的了。"知观道："若如此，我有一计。当官做罢。"吴氏道："怎的计较？"知观道："此间开封官府，平日最恨的是忤逆之子。告着的，不是打死，便是问重罪坐牢。你如今只出一状，告他不孝，他须没处辨！你是亲生的，又不是前亲晚后，自然是你说得话是，别无疑端。就不得他打死，等他坐坐监，也就性急不得出来，省了许多碍眼。况且你若舍得他，执意要打死，官府也无有不依做娘的说话的。"吴氏道："倘若小业畜极了，说出这些事情来怎好？"知观道："做儿子怎好执得娘的奸？他若说到那些话头，你

①了帐：了结，结果。

②下得：方言。舍得。也有怜悯之意。

③做眼：证见，证明人。此指知情。

便说是儿子不才[①]，污口横蔑。官府一发怪是真不孝了，谁肯信他？况且捉奸抱双，我和你又无实迹凭据，随他说长说短，官府不过道是拦词抵辨[②]，决不反为了儿子究问娘奸情的。这决然可以放心！"吴氏道："今日我叫他去上父坟，他却不去，反到观里来。只这件不肯拜父坟，便是一件不孝实迹，就好坐他了[③]。只是要瞒着他做。"知观道："他在你身边，不好弄手脚。我与衙门人厮熟，我等暗投文时，设法准了状，差了人径来拿他。那时你才出头折证[④]。神鬼不觉。"吴氏道："必如此方停当。只是我儿子死后，你须至诚待我，凡百要像我意才好[⑤]。倘若有些好歹，却不枉送了亲生儿子？"知观道："你要如何像意？"吴氏道："我夜夜须要同睡，不得独宿。"知观道："我观中还有别事，怎能勾夜夜来得？"吴氏道："你没工夫，随分着个徒弟来相伴，我耐不得独自寂寞。"知观道："这个依得，我两个徒弟，都是我的心腹，极是知趣的。你看得上，不要说叫他来相伴，就是我来时节，两三个混做一团，通同取乐，岂不妙哉！"吴氏见说，淫兴勃发，就同到堂中床上，极意舞弄了一回，娇声细语道："我为你这冤家，儿子都舍了，不要忘了我！"知观罚誓道："若负了此情，死后不得棺殓。"知观弄了一火，已觉倦怠。吴氏兴还未尽，对知观道："何不就叫太素来试试？"知观道："最妙。"知观走起来，轻轻拽了太素的手道："吴大娘叫你。"太素走到床边。知观道："快上床去相伴大娘。"那太素虽然已干过了一次，他是后生，岂怕再举。托地跳将上去，又弄起来。知观坐在床沿上道："作成你这样好处。"却不知已是第二番了。吴氏一时应付两个，才觉心满意足。对知观道："今后我没了这小业种，此等乐事可以长做，再无拘碍了。"事毕，恐怕儿子酒醒，打发他两个且去。"明后日专等消息，万勿有误！"千叮万嘱了，送出门去。

①不才：行为不正。

②拦词抵辨：强词夺理。

③坐：把罪名加在某人头上叫"坐"。

④折证：申诉质对。

⑤凡百：凡事，百事。

知观前行，吴氏又与太素捻手捻脚的，暗中抱了一抱，又做了一个嘴，方才放了去，关了门进来。丫鬟还在房门口坐着打盹。开进房时，儿子兀自未醒，他自到堂中床里睡了。明日达生起来，见在娘床里，吃了一惊道："我昨夜直恁吃得醉！"细思娘昨夜的话，不知是真是假，"莫不乘着我醉，又做别事了？"吴氏见了达生，有心与他寻事，骂道："你噇醉了①，不知好歹，倒在我床里了，却叫我一夜没处安身！"达生甚是过意不去，不敢回答。

又过了一日，忽然清早时分，有人在外敲得门响，且是声高②。达生疑心，开了门，只见两个公人一拥入来③，把条绳子望达生脖子上就套。达生惊道："上下，为甚么事？"公人骂道："该死的杀囚！你家娘告了你不孝，见官便要打死的，还问是甚么事？"达生慌了，哭将起来，道："容我见娘一面。"公人道："你娘少不得也要到官的！"就着一个押了进去。吴氏听见敲门，又闻得堂前嚷起，儿子哭声，已知是这事了，急走出来。达生抱住，哭道："娘！儿子虽不好，也是娘生下来的，如何下得此毒手？"吴氏道："谁叫你凡事逆我，也叫你看看我的手段！"达生道："儿子那件逆了母亲？"吴氏道："只前日叫你去拜父坟，你如何不肯去？"达生道："娘也不曾去，怎怪得儿子？"公人不知就里，在旁边插嘴道："拜爹坟是你该去，怎么推得娘？我们只说是前亲晚后，今见说是亲生的，必然是你不孝。没得说，快去见官。"就同了吴氏，一齐拖到开封府来。正值府尹李杰升堂。

那府尹是个极廉明聪察的人，他生平最怪的是忤逆人。见是不孝状词，人犯带到，作了怒色待他。及到跟前，却是十五六岁的孩

①噇(chuáng)：狠吃狠喝，吃相馋。一般字书如此注音。今南北方言有此语，实际发音为 tān，也宜写作此字。从字取音符"童"，如北京地名白家疃(tuǎn)，情形类似。人地名、口语中常保留古音。

②且是：真是，实在是。且，加强语气，助词。今方言中仍有此用法，略同于加强语气的"可是"。

③公人：公差。衙门差役卒吏。也称做"公的"。

子。心里疑道:“这小小年纪,如何行径,就惹得娘告不孝?”敲着气拍问道[①]:“你娘告你不孝,是何理说?”达生道:“小的年纪虽小,也读了几行书,岂敢不孝父母? 只是生来不幸,既亡了父亲,又失了母亲之欢,以致兴词告状,即此就是小的罪大恶极! 凭老爷打死,以安母亲,小的别无可理说。”说罢,泪如雨下。府尹听说了这一篇,不觉恻然,心里想道:“这个儿子会说这样话的,岂是个不孝之辈? 必有缘故。”又想道:“或者是个乖巧会说话的,也未可知。”随唤吴氏,只见吴氏头兜着手帕,袅袅婷婷走将上来,揭去了帕,府尹叫抬起头来。见是后生妇人,又有几分颜色,先自有些疑心了。且问道:“你儿子怎么样不孝?”吴氏道:“小妇人丈夫亡故,他就不由小妇人管束,凡事自做自主。小妇人开口说他,便自恶言怒骂。小妇人道是孩子家,不与他一般见识。而今日甚一日,管他不下,所以只得请官法处治。”府尹又问达生道:“你娘如此说你,你有何分辨?”达生道:“小的怎敢与母亲辨? 母亲说的就是了。”府尹道:“莫不你母亲有甚偏私处?”达生道:“母亲极是慈爱,况且是小的一个,有甚偏私?”府尹又叫他到案桌前,密问道:“中间必有缘故,你可直说,我与你做主。”达生叩头道:“其实别无缘故,多是小的不是。”府尹道:“既然如此,天下无不是底父母,母亲告你,我就要责罚了。”达生道:“小的该责。”府尹见这般形状,心下愈加狐疑,却是免不得体面,喝叫:“打着!”当下拖翻,打了十竹篦。府尹冷眼看吴氏时节,见他面上毫无不忍之色,反跪上来道:“求老爷一气打死罢!”府尹大怒道:“这泼妇! 此必是你夫前妻或妾出之子,你做人不贤,要做此忍心害理之事么?”吴氏道:“爷爷,实是小妇人亲生的。问他就是。”府尹就问达生道:“这敢不是你亲娘?”达生大哭道:“是小的生身之母,怎的不是?”府尹道:“却如何这等恨你?”达生道:“连小的也不晓得。只是依着母亲打死小的罢。”府尹心下着实疑惑,晓得必有别故,反假意喝达生道:“果然不孝,不怕你不死!”吴氏见府尹说得利害,连连叩头道:“只求

①气拍:也称“惊堂木”。用以拍案镇住人的木块。

老爷早早决绝，小妇人也得干净。”府尹道：“你还有别的儿子，或是过继的否？”吴氏道：“并无别个。”府尹道：“既只是一个，我戒诲他一番，留他性命，养你后半世也好。”吴氏道：“小妇人情愿自过日子，不情愿有儿子了。”府尹道：“死了不可复生，你不可有悔。”吴氏咬牙切齿道：“小妇人不悔。”府尹道：“既没有悔，明日买一棺木，当堂领尸。今日暂且收监。”就把达生下在牢中，打发了吴氏出去。

吴氏喜容满面，往外就走。府尹直把眼看他出了府门，忖道：“这妇人气质，是个不良之人，必有隐情。那小孩子不肯说破，是个孝子。我必要剖明这一件事。”随即叫一个眼明手快的公人，分付道：“那妇人出去，不论走远走近，必有个人同他说话的。你看何等样人物，说何说话，不拘何等，有一件报一件。说得的确，重重有赏，倘有虚伪隐瞒，我知道了，致你死地！”那府尹威令素严，公人怎敢有违，密地尾了吴氏走去。只见吴氏出门数步，就有个道士接着，问道：“事怎么了？”吴氏笑嘻嘻的道：“事完了。只要你替我买具棺材，明日领尸。”道士听得，拍手道：“好了！好了！棺材不打紧，明日我自着人抬到府前来。”两人做一路，说说笑笑去了。公人却认得这人是西山观道士，密将此话细细报与李府尹。李府尹道：“果有此事。可知要杀亲子，略无顾惜。可恨！可恨！”就写一纸付公人道：“明日妇人进衙门，我喝叫抬棺木来。此时可拆开，看了行事。”次日升堂，吴氏首先进来，禀道：“昨承爷爷分付，棺木已备，来领不孝子尸首。”府尹道：“你儿子昨夜已打死了。”吴氏毫无戚容，叩头道：“多谢爷爷做主！”府尹道：“快抬棺木进来！”公人听见此句，连忙拆开昨日所封之帖。一看，乃是朱票①，写道：“立拿吴氏奸夫，系道士看抬棺者，不得放脱。”那公人是昨日认杀的②，那里肯差？亦且知观指点杠棺的，正在那里点手画脚时节，公人就一把擒住了，把朱笔帖与他看。知观挣扎不得，只得随来，见了府尹。府尹道：“你是道士，何故与人买

①朱票：用朱砂书写的红字命令。

②认杀：认得。

棺材，又替他雇人扛抬？"知观一时赖不得，只得说道："那妇人是小道姑舅兄妹，央浼小道，所以帮他。"府尹道："亏了你是舅舅，所以帮他杀外甥！"知观道："这是他家的事，与小道无干。"府尹道："既是亲戚，他告状时你却调停不得，取棺木时你就帮衬有馀。却不是你有奸与谋的？这奴才死有馀辜！"喝教取夹棍来夹起，严刑拷打，要他招出实情。知观熬不得，一一招了。府尹取了亲笔画供，供称是"西山观知观黄妙修，因奸唆杀是实"。吴氏在庭下看了，只叫得苦。府尹随叫取监犯，把刘达生放将出来。达生进监时道："府尹说话好，料必不致伤命。"及至经过庭下，见是一具簇新的棺木摆着。心里慌了，道："终不成今日当真要打死我？"战兢兢地跪着。只见府尹问道："你可认得西山观道士黄妙修？"达生见说着就里，假意道："不认得。"府尹道："是你仇人，难道不认得？"达生转头看时，只见黄知观被夹坏了，在地下哼，吃了一惊，正不知个甚么缘故。只得叩头道："爷爷青天神见，小的再不敢说。"府尹道："我昨日再三问你，你却不肯说出，这还是你孝处。岂知被我一一查出了。"又叫吴氏起来道："还你一个有尸首的棺材！"吴氏心里还认做打儿子，只见府尹喝叫："把黄妙修掩翻，加力行杖。"打得肉绽皮开，看看气绝。叫几个禁子，将来带活放在棺中，用钉钉了。吓得吴氏面如土色，战抖抖的牙齿捉对儿厮打。府尹看钉了棺材，就喝吴氏道："你这淫妇！护了奸夫，忍杀亲子，这样人留你何用？也只是活敲死你。皂隶拿下去，着实打！"皂隶似鹰拿燕雀，把吴氏向阶下一摔。正待用刑，那刘达生见要打娘，慌忙走去，横眠在娘的背上了。口里连连喊道："小的代打！小的代打！"皂隶不好行杖，添几个走来着力拖开。达生只是吊紧了娘的身子，大哭不放。府尹看见如此真切，叫皂隶且住了。唤达生上来道："你母亲要杀你，我就打他几下，你正好出气，如何如此护他？"达生道："生身之母，怎敢记仇？况且爷爷不责小的不孝，反责母亲，小的至死心里不安。望爷爷台鉴。"叩头不止。府尹唤吴氏起来，道："本该打死你，看你儿子分上，留你性命。此后要去学好，倘有再犯，必不饶你！"吴氏起初见打死了道士，心下也道是自己不得活了。见儿子如此要替，如此讨饶，心里悲伤，还不知怎地。听得府尹如此分付，念着儿子好处，不觉掉下泪来。对府尹道："小妇人该死，负了亲儿。今后情愿守着儿子成人，再不敢非为了。"府尹道："你儿子是个成器的，不消说。吾正待表扬其孝。"达生叩头道："若如此，是显母之失，以章己之名，小的至死不敢。"吴氏见儿子说罢，母子两个就在府堂上相抱了，大哭一场。府尹发放回家去了。随出票，唤西山观黄妙修的本房道众来领尸棺[1]。观中已晓得这事，推那太素、太清两个道童出来。公人领了他进府堂。府尹抬眼看时，见是两个美丽少年。心里道："这些出家人，引诱人家少年子弟，遂其淫欲。这两个美貌的，他日必更累人家妇女出丑。"随唤公人，押令两个道童领棺埋讫。即令还归俗家父母，永远不许入观，讨了收管回话。其该观道士另行申敕，不题。

且说吴氏同儿子归家，感激儿子不尽，此后把他看待得好了。儿子也自承颜顺旨，不敢有违，再无说话。又且道士已死，道童已散，吴氏无奈，也只得收了心过日。只是思想前事，未免悒悒不快，又有些惊悸成病，不久而死。刘达生将二亲合葬已毕。孝满了，娶了一房媳妇，且是夫妻相敬，门风肃然。已后出去求名，却又得府尹李杰一力抬举，仕宦而终。

再说那太素、太清当日押出，两个一路上共话此事。太清道："我昨夜梦见老君对我道：'你师父道行非凡[2]，我与他一个官做。你们可与他领了。'我心里想来，师父如此胡行，有甚道行？且那里有官得与他做，却叫我们领？谁知今日府中叫去领棺木？却应在这个棺上了。"太素道："师父受用得多了，死不为枉。只可惜师父没了，连我们也断了这路。"太清道："师父就在，你我也只好干咽唾。"太素道："我倒不干，已略略沾些滋味了。"便将前情一一说与太清知道。

---

①本房：道士有师徒关系的为本房。

②道行(héng)：本领，修炼的本事。

太清道："一同跟师父，偏你打了偏手[①]。而今喜得还了俗，大家寻个老小[②]，解解馋罢了。"两个商量，共将师父尸棺安在祖代道茔上了，各自还俗。

太素过了几时，想着吴氏前日之情，业心不断[③]。再到刘家去打听，乃知吴氏已死，好生感伤。此后，恍恍惚惚，合眼就梦见吴氏来与他交感，又有时梦见师父来争风。染成遗精梦泄痨瘵之病[④]，未几身死。太清此时已自娶了妻子，闻得太素之死，自叹道："今日方知道家不该如此破戒。师父胡做，必致杀身，太素略染，也得病死。还亏我当日侥幸，不曾有半点事。若不然时，我也一同做枉死之鬼了。"自此安守本分，为良民而终。可见报应不爽。这本话文，凡是道流俱该猛省！

后人有诗咏着黄妙修云：

西山符录最高强，能摄生人岂度亡！
直待盖棺方事定，元来魔祟在裈裆[⑤]。

又有诗咏着吴氏云：

腰间仗剑岂虚词，贪着奸淫欲杀儿。
妖道捐生全为此，即同手刃亦何疑。

又有诗咏着刘达生云：

不孝由来是逆伦，堪怜难处在天亲。
当堂不肯分明说，始信孤儿大孝人。

又有诗咏着太素、太清二道童云：

后庭本是道家妻[⑥]，又向闺房作媚姿。

---

①偏手：分外所得，多得一份。
②老小：妻子，浑家。
③业心：罪恶念头。业，恶业。佛家语。
④痨瘵(zhài)：痨病。即肺结核。
⑤裈(kūn)裆：裤裆。
⑥后庭：隐语。指男风，即鸡奸。俗语叫"屁精"。

毕竟无侵能幸脱，一时染指岂便宜[①]？

又有诗单赞李杰府尹明察云：

黄堂太尹最神明[②]，忤逆加诛法不轻。

偏为鞫奸成反案，从前不是浪施刑。

---

①染指：沾上了，参与。语出《左传·宣公四年》：郑灵公煮了一鼎鼋肉。请大夫吃的时候，把子公叫来而不叫他吃。“子公怒，染指于鼎，尝之而出。”

②黄堂：公堂。太守公堂以雌黄涂抹以除不祥，故称黄堂。此处指知府大堂。

卷十八

丹客半黍九还　富翁千金一笑

诗曰：

破布衫巾破布裙，逢人惯说会烧银。
自家何不烧些用，担水河头卖与人！

这四句诗，乃是国朝唐伯虎解元所作①。世上有这一伙烧丹炼汞之人，专一设立圈套，神出鬼没，哄那贪夫痴客。道能以药草炼成丹药，铅铁为金，死汞为银。名为"黄白之术"，又叫得"炉火之事"。只要先将银子为母，后来觑个空儿，偷了银子便走，叫做"提罐"。曾有一个道人，将此术来寻唐解元，说道："解元仙风道骨，可以做得这件事。"解元贬驳他道："我看你身上蓝缕，你既有这仙术，何不烧些来自己用度，却要作成别人？"道人道："贫道有的是术法，乃造化所忌。却要寻个大福气的，承受得起，方好与他作为。贫道自家却没这些福气，所以难做。看见解元正是个大福气的人，来投合伙。我们术家叫做访外护。"唐解元道："这等，与你说过，你的法术施为，我一些都不管。我只管出着一味福气帮你，等丹成了，我与你平分便是。"道人见解元说得蹊跷，晓得是奚落他，不是主顾，飘然而去了。所以唐解元有这首诗，也是点明世人的意思。却是这伙里的人更有花言巧语，如此说话说他不倒的，却是为何？他们道："神仙必须度世，妙法不可自私。必竟有一种具得仙骨、结得仙缘的，方可共炼共修。内

①唐伯虎：唐寅，字伯虎。吴县人。他是明代弘治乡试第一名举人。文学家、画家。

丹成[1],外丹亦成[2]。”有这许多好说话。这些说话,何曾不是正理?就是炼丹,何曾不是仙法?却是当初仙人留此一种丹砂化黄金之法,只为要广济世间的人。尚且纯阳吕祖虑他五百年后复还原质[3],误了后人。原不曾说道与你置田买产,蓄妻养子,帮做人家的。只如杜子春遇仙[4],在云台观炼药将成,寻他去做“外护”,只为一点爱根不断,累他丹鼎飞败。如今这些贪人,拥着娇妻美妾,求田问舍,损人肥己,掂斤播两,何等肚肠!寻着一伙酒肉道人,指望炼成了丹,要受用一世,遗之子孙,岂不痴了?只叫他把“内丹成,外丹亦成”这两句想一想,难道是掉起内养工夫,单单弄那银子的?只这点念头,也就万万无有炼得丹成的事了。看官,你道小子说到此际,随你愚人,也该醒悟这件事没影响,做不得的。却是这件事,偏是天下一等聪明的要落在圈套里,不知何故。

今小子说一个松江富翁,姓潘,是个国子监监生[5]。胸中广博,极有口才,也是一个有意思的人。却有一件癖性,酷信丹术。俗语道:“物聚于所好。”果然,有了此好,方士源源而来。零零星星,也弄

①内丹:气功家的修炼成果,相对于外丹而言。说法甚多,神气相交为物,神气结于丹田,内气,先天之气,先天之性,身心合一,清净寡欲,等等。

②外丹:相对于内丹而言,指以矿物等作原料所炼之“仙丹”。《通幽诀》:“气能存生,内丹也;药能固形,外丹也。服饵长生,莫过于内外丹。”又有说外丹即内丹者,神气相交、坎离相济炼成之丹。《谷神记》:“合精炼炁,吐故纳新,上入泥丸,下注丹田,谓之内丹。阳龙阴虎,木液金精,二炁交会,烹炼而成,谓之外丹。”(炁,即气。道家分为自身之元炁和天地之元炁。)文中所说偏重于内外丹合一说,“内丹成,外丹亦成”。

③纯阳吕祖:指吕岩,吕洞宾。唐代人。道教全真派尊奉吕洞宾为北五祖之一,称为纯阳祖师。他是民间所传八仙之一。

④杜子春:李复言《续玄怪录》载,唐代大败子富豪杜子春,后受仙人指点在华山云台峰修道。因一点爱心(亲子之情)不断,炼丹不成。《醒世恒言》卷三十七《杜子春三入长安》即描述其人其事。

⑤国子监监生:国子监即太学,最高儒学。永乐以后有南北二监,即北京国子监和南京国子监。取得监生资格有多种途径,贡、荫、纳粟等。监生高于一般生员,可以做小官。

掉了好些银子，受过了好些丹客的骗。他只是一心不悔，只说无缘，遇不着好的。"从古有这家法术，岂有做不来的事？毕竟有一日弄成了，前边些小所失，何足为念！"把这事越好得紧了。这些丹客我传与你，你传与我，远近尽闻其名。左右是一伙的人[①]，推班出色[②]，没一个不思量骗他的。一日秋间，来到杭州西湖上游赏，赁一个下处住着。只见隔壁园亭上，歇着一个远来客人，带着家眷，也来游湖。行李甚多，仆从齐整。那女眷且是生得美貌，打听来是这客人的爱妾。日日雇了天字一号的大湖船[③]，摆了盛酒，吹弹歌唱俱备。携了此妾下湖，浅斟低唱，觥筹交举。满桌摆设酒器，多是些金银异巧式样，层见迭出。晚上归寓，灯火辉煌，赏赐无算。潘富翁在隔壁寓所，看得呆了，想道："我家里也算是富的，怎能勾到得他这等挥霍受用？此必是个陶朱、猗顿之流[④]，第一等富家了。"心里艳慕，渐渐教人通问，与他往来相拜。通了姓名，各道相慕之意。富翁乘间问道[⑤]："吾丈如此富厚，非人所及。"那客人谦让道："何足挂齿。"富翁道："日日如此用度，除非家中有金银高北斗，才能像意。不然也有尽时。"客人道："金银高北斗，若只是用去，要尽也不难。须有个用不尽的法儿。"富翁见说，就有些着意了，问道："如何是用不尽的法？"客人道："造次之间[⑥]，不好就说得。"富翁道："毕竟要请教。"客人道："说来吾丈未必解，也未必信。"富翁见说得跷蹊，一发殷勤求

①左右：反正。

②推班出色：差的和好的。推班是吴语，差、次、坏。今上海话常用。

③天字一号：第一。《千字文》第一个字即天字（"天地玄黄"）。旧时常用《千字文》作数码编号。

④陶朱：陶朱公，即范蠡。原是春秋时越国大夫。勾践灭吴后，他弃官从商，在太湖一带经商，成为富豪，号陶朱公。猗顿：鲁国人。向陶朱公求教致富之道后，放牧牲畜成为富豪。

⑤乘间：趁机会。

⑥造次：仓促，轻率。

恳，必要见教。客人屏去左右从人，附耳道："吾有九还丹[①]，可以点铅汞为黄金。只要炼得丹成，黄金与瓦砾同耳，何足贵哉！"富翁见说是丹术，一发投其所好。欣然道："原来吾丈精于丹道，学生于此道，最是心契，求之不得。若吾丈果有此术，学生情愿倾家受教。"客人道："岂可轻易传得？小小试看，以取一笑则可。"便教小童炽起炉炭，将几两铅汞熔化起来。身边腰袋里摸出一个纸包，打开来都是些药末。就把小指甲挑起一些些来[②]，弹在罐里。倾将出来，连那铅汞不见了，都是雪花也似的好银。

看官，你道药末可以变化得铜铅做银，却不是真法了？元来这叫得"缩银之法"。他先将银子用药炼过，专取其精，每一两直缩做一分少些。今和铅汞在火中一烧，铅汞化为青气去了，遗下糟粕之质，见了银精，尽化为银。不知原是银子的原分量，不曾多了一些。丹客专以此术哄人，人便死心塌地信他，道是真了。富翁见了，喜之不胜，道："怪道他如此富贵受用，原来银子如此容易。我炼了许多时，只有折了的。今番有幸，遇着真本事的了，是必要求他去替我炼一炼则个。"遂问客人道："这药是如何炼成的？"客人道："这叫做母银生子。先将银子为母，不拘多少，用药锻炼，养在鼎中。须要九转，火候足了，先生了黄芽，又结成白雪。启炉时，就扫下这些丹头来。只消一黍米大，便点成黄金白银。那母银仍旧分毫不亏的。"富翁道："须得多少母银？"客人道："母银越多，丹头越精。若炼得有半合许丹头[③]，富可敌国矣。"富翁道："学生家事虽寒，数千之物，还尽可办。若肯不吝大教，拜迎到家下，点化一点化，便是生平愿足。"客人道："我术不易传人，亦不轻与人烧炼。今观吾丈虔心，又且骨格有些道气，难得在此联寓，也是前缘，不妨为吾丈做一做。但见教高居何处，异日好来相访。"富翁道："学生家居松江，离此处只有两三

---

①九还丹：炼丹术士所谓九转还丹，即多次提炼而成之丹。

②一些些：一点点。些些，些少。

③合（gě）：量名。十合为一升。

日路程。老丈若肯光临，即此收拾，同到寒家便是。若此间别去，万一后会不偶，岂不当面错过了？”客人道：“在下是中州人①，家有老母在堂。因慕武林山水佳胜②，携了小妾到此一游。空身出来，游资所需，只在炉火，所以乐而忘返。今遇吾丈知音，不敢自秘。但直须带了小妾回家安顿，兼就看看老母，再赴吾丈之期，未为迟也。”富翁道：“寒舍有别馆园亭，可贮尊眷。何不就同携到彼住下，一边做事，岂不两便？家下虽是看待不周，决不致有慢尊客，使尊眷有不安之理。只求慨然俯临，深感厚情。”客人方才点头道：“既承吾丈如此真切，容与小妾说过，商量收拾起行。”富翁不胜之喜，当日就写了请帖，请他次日下湖饮酒。到了明日，殷殷勤勤，接到船上。备将胸中学问，你夸我逞，谈得津津不倦，只恨相见之晚，宾主尽欢而散。又送着一桌精洁酒肴，到隔壁园亭上去，请那小娘子。来日客人答席，分外丰盛。酒器家伙，都是金银，自不必说。两人说得好着，游兴既阑，约定同到松江。在关前雇了两个大船，尽数搬了行李下去，一路相傍同行。那小娘子在对船舱中，隔帘时露半面。富翁偷眼看去，果然生得丰姿美艳，体态轻盈。只是：

盈盈一水间，脉脉不得语。

又裴航赠同舟樊夫人诗云③：

同舟吴越犹怀想④，况遇天仙隔锦屏。
但得玉京相会去⑤，愿随鸾鹤入青冥。

此时富翁在隔船望着美人，正同此景，所恨无一人通音问耳。

话休絮烦，两只船不一日至松江。富翁已到家门首，便请丹客

---

①中州：黄河中游河南地区。

②武林：杭州亦称武林，因境内有武林山而得名。

③樊夫人：裴铏《传奇》中裴航在舟中所遇仙人，貌极美。裴航赠诗对她表示爱慕。经她诗中指点，裴航在蓝桥遇到了云英。

④吴越：犹言仇敌。春秋时吴国和越国是敌对国家，互相攻伐吞灭。后以吴越代指仇人。

⑤玉京：白玉京。神仙天帝所居。

上岸。登堂献茶已毕,便道:“此是学生家中,往来人杂不便。离此一望之地[①],便是学生庄舍,就请尊眷同老丈至彼安顿。学生也到彼外厢书房中宿歇。一则清净,可以省烦杂;二则谨密,可以动炉火。尊意如何?”丹客道:“炉火之事,最忌俗嚣,又怕被外人触犯。况又小妾在身畔,一发宜远外人。若得在贵庄住止,行事最便了。”富翁便指点移船到庄边来,自家同丹客携手步行,来到庄门口。门上一匾,上写“涉趣园”三字。进得园来,但见:

古木干霄,新篁夹境。榱题虚厂[②],无非是月榭风亭;栋宇幽深,饶有那曲房邃室。叠叠假山数仞,可藏太史之书;层层岩洞几重,疑有仙人之箓。若还奏曲能招凤[③],在此观棋必烂柯[④]。

丹客观玩园中景致,欣然道:“好个幽雅去处!正堪为修炼之所,又好安顿小妾,在下便可安心与吾丈做事了。看来吾丈果是有福有缘的。”富翁就叫人接了那小娘子起来。那小娘子乔妆了[⑤],带着两个丫头,一个唤名春云,一个唤名秋月。摇摇摆摆,走到园亭上来。富翁欠身回避,丹客道:“而今是通家了,就等小妾拜见不妨。”就叫那小娘子与富翁相见了。富翁对面一看,真个是沉鱼落雁之容,闭月羞花之貌。天下凡是有钱的人,再没一个不贪财好色的。富翁此时,好像雪狮子向火,不觉软瘫了半边。炼丹的事,又是第二着了。便对丹客道:“园中内室尽宽,凭尊嫂拣个像意的房子住下了。人少时,学生还再去唤几个妇女来伏侍。”丹客就同那小娘子去看内房

---

①一望:看得见,还远。

②榱(cuī)题虚厂:指屋檐高大开阔。榱题,屋檐。厂,同“敞”。

③招凤:秦穆公女儿弄玉,爱上了善吹箫的萧史。成婚后每日向萧史学习吹箫,引来了凤凰。后夫妇双双乘凤升天,做了神仙。(刘向《列仙传》)

④烂柯:祖冲之《述异记》载,王质砍柴入山,见二童子下棋,就停斧观棋。棋下完了,斧柯(把)已经腐烂了,过去了百年时光。以上二句用典是描述园中如同仙境。

⑤乔妆:打扮得妖异。

了。富翁急急走到家中，取了一对金钗，一双金手镯，到园中奉与丹客道："些小薄物，奉为尊嫂拜见之仪。望勿嫌轻鲜。"丹客一眼估去，见是金的，反推辞道："过承厚意，只是黄金之物，在下颇为易得，老丈实为重费。于心不安，决不敢领。"富翁见他推辞，一发不过意道[①]："也知吾丈不希罕此些微之物。只是尊嫂面上略表芹意[②]，望吾丈鉴其诚心，乞赐笑留。"丹客道："既然这等美情，在下若再推托，反是自外了。只得权且收下，容在下竭力炼成丹药，奉报厚惠。"笑嘻嘻走入内房，叫个丫头捧了进去。又叫小娘子出来，再三拜谢。富翁多见得一番，就破费这些东西，也是心安意肯的。口里不说，心中想道："这个人有此丹法，又有此美姬，人生至此，可谓极乐。且喜他肯与我修炼，丹成料已有日。只是见放着这等美色在自家庄上，不知可有些缘法否？若一发勾搭得上手，方是心满意足的事。而今拼得献些殷勤，做工夫不着磨他去，不要性急。"且一面打点烧炼的事，便对丹客道："既承吾丈不弃，我们几时起手？"丹客道："只要有银为母，不论早晚，可以起手。"富翁道："先得多少母银？"丹客道："多多益善，母多丹多，省得再费手脚。"富翁道："这等，打点将二千金下炉便了。今日且偏陪[③]，在家下料理。明日学生搬过来，一同做事。"是晚，就具酌在园亭上款待过，尽欢而散。又送酒肴内房中去，殷殷勤勤，自不必说。

次日，富翁准准兑了二千金，将过园子里来。一应炉器家伙之类，家里一向自有，只要搬将来。富翁是久惯这事的，颇称在行，铅汞药物，一应俱备。来见丹客，丹客道："足见主翁留心，但在下尚有秘妙之诀，与人不同，炼起来便见。"富翁道："正是秘妙之诀，要求相传。"丹客道："在下此丹，名为九转还丹，每九日火候一还，到九九八十一日开炉，丹物已成。那时节主翁大福到了。"富翁道："全仗提携

---

①不过意：难为情。今方言中仍有此说法。

②芹意：小意思。

③偏陪：失陪。

则个。”丹客就叫跟来一个家僮，依法动手，炽起炉火，将银子渐渐放将下去。取出丹方，与富翁看了，将几件希奇药料放将下去，烧得五色烟起，就同富翁封住了炉。又唤这跟来几个家人，分付道：“我在此将有三个月日担阁。你们且回去，回覆老奶奶一声再来。”这些人只留一二个惯烧炉的在此，其馀都依话散去了。从此，家人日夜烧炼，丹客频频到炉边看火色，却不开炉。闲了却与富翁清谈，饮酒下棋，宾主相得，自不必说。又时时送长送短，到小娘子处讨好。小娘子也有时回敬几件知趣的东西，彼此致意。如是二十馀日。忽然一个人，穿了一身麻衣，浑身是汗，闯进园中来。众人看时，却是前日打发去内中的人。见了丹客，叩头大哭道：“家里老奶奶没有了，快请回去治丧！”丹客大惊失色，哭倒在地。富翁也一时惊惶，只得从旁劝解道：“令堂天年有限，过伤无益，且自节哀。”家人催促道：“家中无主，作速起身。”丹客住了哭，对富翁道：“本待与主翁完成美事，少尽报效之心。谁知遭此大变，抱恨终天。今势既难留，此事又未终，况是间断不得的，实出两难。小妾虽是女流，随侍在下已久。炉火之候，尽已知些底里，留他在此看守丹炉才好。只是年幼，无人管束，须有好些不便处。”富翁道：“学生与老丈通家至交，有何妨碍？只须留下尊嫂在此。此炼丹之所，又无闲杂人来往。学生当唤几个老成妇女，前来陪伴，晚间或是接到拙荆处，一同寝处。学生自在园中安歇看守，以待吾丈到来，有何不便？至于茶饭之类，自然不敢有缺。”丹客又踌躇了半晌，说道：“今老母已死，方寸乱矣[①]！想古人多有托妻寄子的，既承高谊，只得敬从。留他在此看看火候。在下回去料理一番，不日自来启炉。如此方得两全其事。”富翁见说肯留妾，心里恨不得许下了半般的天[②]。满面笑容，应承道：“若得如此，足见有始有终。”丹客又进去与小娘子说了来因，并要留他在此看炉的话，一一分付了。就叫小娘子出来，再见了主翁，嘱托与他了。叮

①方寸：指心。这是套用《三国演义》中徐庶的话。

②半般：半边，半个。

咛道:"只好守炉,万万不可私启。倘有所误,悔之无及。"富翁道:"万一尊驾来迟,误了八十一日之期,如何是好?"丹客道:"九还火候已足,放在炉中,多养得几日,丹头愈生得多,就迟些开也不妨的。"丹客又与小娘子说了些衷肠密语,忙忙而去了。

这里富翁见丹客留下了美妾,料他不久必来,丹事自然有成,不在心上。却是趁他不在,亦且同住园中,正好勾搭,机会不可错过。时时亡魂失魄,只思量下手。方在游思妄想,可可的那小娘子叫个丫头春云来[①],道:"俺家娘请主翁到丹房看炉。"富翁听得,急整衣巾,忙趋到房前来。请道:"适才尊婢传命,小子在此伺候尊步同往。"那小娘子啭莺声,吐燕语,道:"主翁先行,贱妾随后。"只见袅袅娜娜,走出房来,道了万福[②]。富翁道:"娘子是客,小子岂敢先行?"小娘子道:"贱妾女流,怎好僭妄?"推逊了一回,单不扯手扯脚的相让,已自觌面谈唾相接了一回,有好些光景。毕竟富翁让他先走了,两个丫头随着。富翁在后面看去,真是步步生莲花,不由人不动火。来到丹房边,转身对两个丫头说道:"丹房忌生人,你们只在外住着,单请主翁进来。"主翁听得,三脚两步跑上前去,同进了丹房。把所封之炉,前后看了一回。富翁一眼估定这小娘子,恨不得寻口水来吞他下肚去,那里还管炉火的青红皂白。可惜有这个烧火的家僮在房,只好调调眼色,连风话也不便说得一句。直到门边,富翁才老着脸皮道:"有劳娘子尊步。尊夫不在,娘子回房须是寂寞。"那小娘子口不答应,微微含笑。此番却不推逊,竟自冉冉而去。富翁愈加狂荡,心里想道:"今日丹房中若是无人,尽可撩拨他的,只可惜有这个家僮在内。明日须用计遣开了他,然后约那人同出看炉,此时便可用手脚了。"是夜即分付从人:"明日早上备一桌酒饭,请那烧炉的家僮。说道:'一向累他辛苦了,主翁特地与他浇手[③]。'要灌得烂醉方

①可可的:刚刚好,偏偏的。

②万福:女子行礼,双手合在大襟前,口里说"万福"。

③浇手:洗手。对匠人等动手做活表示酬谢的敬语。

住。”分付已毕，是夜独酌无聊，思量美人只在内室，又念着日间之事，心中痒痒，彷徨不已。乃吟诗一首道：

名园富贵花，移种在山家。
不道栏杆外，春风正自赊。

走至堂中，朗吟数遍，故意要内房里听得。只见内房走出一个丫头秋月来，手捧一盏茶来送道：“俺家娘听得主翁吟诗，恐怕口渴，特奉清茶。”富翁笑逐颜开，再三称谢。秋月进得去，只听得里边也朗吟道：

名花谁是主？飘泊任春风。
但得东君惜①，芳心亦自同。

富翁听罢，知是有意，却不敢造次闯进去。又只听里边关门响，只得自到书房睡了，以待天明。

次日早上，从人依了昨日之言，把个烧火的家僮请了去。他日逐守着炉灶边，原不耐烦，见了酒杯，那里肯放，吃得烂醉，就在外边睡着了。富翁已知他不在丹房了，却走到内房前自去请看丹炉。那小娘子听得，即便移步出来，一如昨日在前先走。走到丹房门边，丫头仍留在外，止是富翁紧随入门去了。到得炉边看时，不见了烧火的家僮。娘子假意失惊道：“如何没人在此，却歇了火？”富翁笑道：“只为小子自家要动火，故叫他暂歇了火。”小娘子只做不解，道：“这火须是断不得的！”富翁道：“等小子与娘子坎离交媾，以真火续将起来。”小娘子正色道：“炼丹学道之人，如何兴此邪念，说此邪话！”富翁道：“尊夫在这里，与小娘子同眠同起，少不得也要炼丹，难道一事不做，只是干夫妻不成？”小娘子无言可答，道：“一场正事，如此歪缠！”富翁道：“小子与娘子夙世姻缘，也是正事。”一把抱住，双膝跪将下去。小娘子扶起道：“拙夫家训颇严，本不该乱做的，承主翁如此殷勤，贱妾不敢自爱，容晚间约着相会一话罢。”富翁道：“就此恳赐一欢，方见娘子厚情。如何等得到晚？”小娘子道：“这里有人来，

①东君：东方春神称“东君”。此处双关语，也指东家富翁。

使不得!"富翁道:"小子专为留心要求小娘子,已着人款住了烧火的了[①]。别的也不敢进来。况且丹房邃密,无人知觉。"小娘子道:"此间须是丹炉,怕有触犯,悔之无及。决使不得。"富翁此时兴已勃发,那里还顾什么丹炉不丹炉,只是紧紧抱住道:"就是要了小子的性命,也说不得了。只求小娘子救一救!"不由他肯不肯,搿到一只醉翁椅上[②],扯脱裤兜,就舞将进去,此时快乐,何异登仙。

独弦琴一翕一张,无孔箫统上统下。红炉中拨开邪火,玄关内走动真铅。舌搅华池,满口馨香尝玉液;精穿牝屋,浑身酥快吸琼浆。何必丹成入九天?即此魂销归极乐。

两下云雨已毕,整了衣服。富翁谢道:"感谢娘子不弃,只是片时欢娱,晚间愿赐通宵之乐。"扑的又跪下去。小娘子急抱起来,道:"我原许下你晚间的,你自喉急等不得[③]。那里有丹鼎旁边,就弄这事起来?"富翁道:"错过一时,只恐后悔无及。还只是早得到手一刻,也是见成的了。"小娘子道:"晚间还是我到你书房来,你到我卧房来?"富翁道:"但凭娘子主见。"小娘子道:"我处须有两个丫头同睡,你来不便。我今夜且瞒着他们,自出来罢。待我明日叮嘱丫头过了,然后接你进来。"是夜果然人静后,小娘子走出堂中来。富翁也在那里伺候,接至书房,极尽衾枕之乐。以后或在内,或在外,总是无拘无管。富翁以为天下奇遇,只愿得其夫一世不来,丹炼不成也罢了。

绸缪了十数宵。忽然一日,门上报说:"丹客到了。"富翁吃了一惊,接进寒温毕。他就进内房,来见了小娘子,说了好些说话。出外来,对富翁道:"小妾说丹炉不动。而今九还之期已过,丹已成了,正好开看。今日匆匆,明日献过了神启炉罢。"富翁是夜虽不得再望欢娱,却见丹客来了,明日启炉,丹成可望。还赖有此,心下自解自乐。到得明日,请了些纸马福物,祭献了毕。丹客同富翁刚走进丹房,就

①款住:款待住,留下。

②搿(gé):用力抱。醉翁椅:交脚靠椅。古称胡床。《三才图会》:"今之醉翁诸椅,竹木间为之,制各不同,然皆胡床之遗意也。"

③喉急:性急。

变色沉吟道："如何丹房中气色恁等的？有些诧异！"便就亲手启开鼎炉一看，跌足大惊，道："败了！败了！真丹走失，连银母多是糟粕了。此必有做交感污秽之事，触犯了的。"富翁惊得面如土色，不好开言。又见道着真相，一发慌了。丹客懊怒，咬得牙齿趷趷的响。问烧火的家僮道："此房中别有何人进来？"家僮道："只有主翁与小娘子，日日来看一次，别无人敢进来。"丹客道："这等如何得丹败了？快去叫小娘子来问！"家僮走去，请了出来。丹客厉声道："你在此看炉，做了甚事，丹俱败了！"小娘子道："日日与主翁来看，炉是原封不动的，不知何故。"丹客道："谁说炉动了封？你却动了封了！"又问家僮道："主翁与娘子来时，你也有时节不在此么？"家僮道："止有一日，是主翁怜我辛苦，请去吃饭。多饮了几杯，睡着在外边了。只这一日，是主翁与小娘子自家来的。"丹客冷笑道："是了！是了！"忙走去行囊里，抽出一根皮鞭来。对小娘子道："分明是你这贱婢做出事来了！"一鞭打去。小娘子闪过了，哭道："我原说做不得的，主人翁害了奴也！"富翁直着双眼，无言可答，恨没个地洞钻了进去。丹客怒目直视富翁道："你前日受托之时，如何说的？我去不久，就干出这样昧心的事来！元来是狗彘不值的。如此无行的人，如何妄思烧丹炼药？是我眼里不识人。我只是打死这贱婢罢。羞辱门庭，要你怎的！"拿着鞭一赶赶来，小娘子慌忙走进内房。亏得两个丫头拦住，劝道："官人耐性。"每人接了一皮鞭，却把皮鞭摔断了。富翁见他性发，没收场，只得跪下去道："是小子不才，一时干差了事。而今情愿弃了前日之物，只求宽恕罢。"丹客道："你自作自受！你干坏了事，走失了丹，是应得的，没处怨怅。我的爱妾，可是与你解馋的？受了你点污，却如何处？我只是杀却了，不怕你不偿命！"富翁道："小子情愿赎罪罢。"即忙叫家人到家中，拿了两个元宝，跪着讨饶。丹客只是佯着眼不瞧，道："我银甚易，岂在乎此！"富翁只是磕头，又加了二百两，道："如今以此数再娶了一位如夫人也勾了①。实是小

---

①如夫人：妾，小老婆。

子不才，望乞看平日之面，宽恕尊嫂罢！”丹客道：“我本不希罕你银子。只是你这样人，不等你损些己财，后来不改前非。我偏要拿了你的，将去济人也好。”就把三百金拿去，装在箱里了。叫齐了小娘子与家僮、丫头等，急把衣装行李尽数搬出，下在昨日原来的船里，一径出门。口里喃喃骂道：“受这样的耻辱，可恨！可恨！”骂詈不止，开船去了。富翁被他吓得魂不附体，恐怕弄出事来，虽是折了些银子，得他肯去，还自道侥幸。至于炉中之银，真个认做触犯了他，丹鼎走败。但自悔道：“忒性急了些。便等丹成了，多留他住几时，再图成此事，岂不两美？再不然，不要在丹房里头弄这事，或者不妨，也不见得。多是自己莽撞了，枉自破了财物也罢，只是遇着真法，不得成丹，可惜！可惜！”又自解自乐道：“只这一个绝色佳人，受用了几时，也是风流话柄，赏心乐事，不必追悔了。”却不知多是丹客做成圈套。当在西湖时，原是打听得潘富翁上杭，先装成这些行径来炫惑他的。及至请他到家，故意要延缓，却像没甚要紧。后边那个人来报丧之时，忙忙归去，已自先把这二千金提了罐去了。留着家小，使你不疑。后来勾搭上场，也都是他教成的计较，把这堆狗屎堆在你鼻头上。等你开不得口，只好自认不是，没工夫与他算帐了。那富翁是破财星照，堕其计中。先认他是巨富之人，必有真丹点化，不知那金银器皿，都是些铜铅为质，金银汁粘裹成的。酒后灯下，谁把试金石来试？一时不辨，都误认了。此皆神奸诡计也。

富翁遭此一骗，还不醒悟。只说是自家不是，当面错了。越好那丹术不已。一日，又有个丹士到来，与他谈着炉火，甚是投机，延接在家。告诉他道：“前日有一位客人，真能点铁为金，当面试过，他已此替我烧炼了。后来自家有些得罪于他，不成而去，真是可惜。”这丹士道：“吾术岂独不能？”便叫把炉火来试，果然与前丹客无二。些少药末，投在铅汞里头，尽化为银。富翁道：“好了，好了。前番不着，这番着了。”又凑千金与他烧炼。丹士呼朋引类，又去约了两三个帮手来做。富翁见他银子来得容易，放胆大了，一些也不防他。岂知一个晚间，提了罐走了。次日又挥了个空。富翁此时连被拐去，手内已窘，且怒且羞道："我为这事费了多少心机，弄了多少年月！前日自家错过，指望今番是了，谁知又遭此一闪。我不问那里，寻将去。他不过又往别家烧炼，或者撞得着，也不可知。纵不然，或者另遇着真正法术，再得炼成真丹，也不见得。"自此收拾了些行李，东游西走。

忽然一日，在苏州阊门人丛里，劈面撞着这一伙人。正待开口发作，这伙人不慌不忙，满面生春，却像他乡遇故知的一般，一把邀了那富翁。邀到一个大酒肆中，一副洁净座头上坐了，叫酒保烫酒，取嗄饭来。殷勤谢道："前日有负厚德，实切不安。但我辈道路如此，足下勿以为怪。今有一法与足下计较，可以偿足下前物，不必别生异说。"富翁道："何法？"丹士道："足下前日之银，吾辈得来随手费尽，无可奉偿。今山东有一大姓，也请吾辈烧炼，已有成约。只待吾师到来，才交银举事。奈吾师远游，急切未来。足下若权认作吾师，等他交银出来，便取来先还了足下前物，直如反掌之易。不然，空寻吾辈也无干。足下以为何如？"富翁道："尊师是何人物？"丹士道："是个头陀[①]。今请足下略剪去了些头发，我辈以师礼事奉，径到彼处便了。"富翁急于得银，便依他剪发，做一齐了。彼辈殷殷勤勤，直侍奉到山东。引进见了大姓，说道是他师父来了。大姓致敬迎接，到堂中略谈炉火之事。富翁是做惯了的，亦且胸中原博，高谈阔论，尽中机宜。大姓深相敬服，是夜即兑银二千两，约在明日起火。只管把酒相劝，吃得酩酊，扶去另在一间内书房睡着。到得天明，商量安炉。富翁见这伙人科派[②]，自家晓得些，也在里头指点。当日把银子下炉烧炼，这伙人认做徒弟守炉。大姓只管来寻师父去请教，攀话饮酒，不好却得。这些人看个空儿，又提了罐各各走了，单撇下了师父。大姓只道师父在家不妨，岂知早晨一伙都不见了，就拿住了师父，要去送在当官，捉拿馀党。富翁只得哭诉道："我是松江潘某，

①头陀：梵语。僧人。后世多指行脚乞食、头发不全剃光的僧人。

②科派：分派，动作；也指势派、架式。

元非此辈同党。只因性好烧丹，前日被这伙人拐了。路上遇见他，说道在此间烧炼，得来可以赔偿。又替我剪发，叫我妆做他师父来的，指望取还前银，岂知连宅上多骗了，又撇我在此?”说罢大哭。大姓问其来历详细，说得对科。果是松江富家，与大姓家有好些年谊的。知被骗是实，不好难为得他，只得放了。一路无了盘缠，倚着头陀模样，沿途乞化回家。

到得临清马头上①，只见一只大船内，帘下一个美人，揭着帘儿，露面看着街上。富翁看见，好些面染②，仔细一认，却是前日丹客所带来的妾，与他偷情的。疑道:“这人缘何在这船上?”走到船边，细细访问，方知是河南举人某公子，包了名娼，到京会试的。富翁心里想道:“难道当日这家的妾毕竟卖了?”又疑道:“敢是面庞相像的?”不离船边，走来走去，只管看。忽见船舱里叫个人出来，问他道:“官舱里大娘问:你可是松江人?”富翁道:“正是松江。”又问道:“可姓潘否?”富翁吃了一惊道:“怎晓得我的姓?”只见舱里人说:“叫他到船边来。”富翁走上前去，帘内道:“妾非别人，即前日丹客所认为妾的便是。实是河南妓家。前日受人之托，不得不依他嘱付的话，替他捣鬼，有负于君。君何以流落至此?”富翁大恸，把连次被拐，今在山东回来之由，诉说一遍。帘内人道:“妾与君不能无情，当赠君盘费，作急回家。此后遇见丹客，万万勿可听信。妾亦是骗局中人，深知其诈。君能听妾之言，是即妾报君数宵之爱也。”言毕，着人拿出三两一封银子来，递与他。富翁感谢不尽，只得收了。自此方晓得前日丹客美人之局，包了娼妓做的，今日却亏他盘缠。到得家来，感念其言，终身不信炉火之事。却是头发纷披，亲友知其事者，无不以为笑谈。奉劝世人好丹术者，请以此为鉴:

丹术须先断情欲，尘缘岂许相驰逐?
贪淫若是望丹成，阴沟洞里天鹅肉。

---

①马头:今写作“码头”。

②面染:面善，面熟;似曾相识。

卷十九

李公佐巧解梦中言　谢小娥智擒船上盗

赞云：

士或巾帼，女或弁冕。

行不逾阈，谟能致远。

睹彼英英，惭斯谫谫①。

这几句赞，是赞那有智妇人，赛过男子。假如有一种能文的女子，如班婕妤、曹大家、鱼玄机、薛校书、李季兰、李易安、朱淑真之辈②，上可以并驾班、扬③，下可以齐驱卢、骆④。有一种能武的女子，

①谫谫(jiān)：陋劣，浅薄。

②班婕妤：西汉成帝妃，史佚其名。婕妤是嫔妃位号。今存少数诗赋，文词哀婉。曹大家(gū)：班昭。班固之妹，东汉著名学问家。在宫中任女官的师傅，为曹世叔之妻，尊称为曹大家。著《女诫》，并续成《汉书》。鱼玄机：唐代女道士、女诗人。薛校书：薛涛。唐代名妓、女诗人。因诗人王建赠薛涛诗中称她为女校书，后世“校书”作为妓女的雅称。李季兰：唐代女道士李冶，字季兰。曾有诗集，今多不存。李易安：宋代女词人李清照，号“易安居士”。朱淑真：宋代女词人。有《断肠集》传世。

③班、扬：班固和扬雄。

④卢、骆：唐代文学家卢照邻和骆宾王。

如夫人城、娘子军、高凉冼氏、东海吕母之辈①，智略可方韩、白②，雄名可赛关、张③。有一种善能识人的女子，如卓文君、红拂妓、王浑妻钟氏、韦皋妻母苗氏之辈④，俱另具法眼⑤，物色尘埃。有一种报仇雪耻女子，如孙翊妻徐氏、董昌妻申屠氏、庞娥亲、邹仆妇之辈⑥，俱中怀胆智，力歼强梁。又有一种希奇作怪，女扮为男的女子，如秦木

①夫人城：东晋朱序之母韩氏曾率妇女守城抗拒苻丕，即襄阳城。此处代指韩氏。娘子军：唐高祖李渊之女平阳公主协助其父组建女兵，号称娘子军。高凉冼氏：高凉，今广东阳江县。冼氏，冼夫人，南北朝时高凉太守冯宝妻。后岭南大乱，冼夫人镇抚一方，陈、隋两朝都予以封诰。东海吕母：吕母为西汉末琅玡海曲县人。其子被县官冤杀，她散家财聚众数千人起事，自称将军，是中国史上妇女中第一个起义的领袖。(《后汉书·刘盆子传》)此处言东海，东海亦汉郡名，亦有海曲县(今山东日照)；琅玡郡之海曲县注为"故城在密州莒县东"。称"东海"，误。

②韩、白：韩信、白起。秦、汉二名将。

③关、张：关羽、张飞。三国时名将。

④卓文君：西汉成都富豪卓王孙之女。新寡居家，辨琴声识司马相如于寒微之时。王浑妻钟氏：晋代人，字琰。善于鉴识人才。韦皋妻母苗氏：苗氏为唐代西川节度使张延赏之妻。韦皋未发迹时颇受岳父张延赏轻视，苗氏却很赏识他。

⑤法眼：佛家所说"五眼"之一。指善于观察的卓越眼力。

⑥孙翊妻徐氏：孙翊，三国时吴大帝孙权之弟。任丹阳太守，其部下妫览等谋杀了他，徐氏设计报仇杀妫览等人。董昌妻申屠氏：此为明末话本《石点头》卷十二《侯官县烈女歼仇》故事。叙宋代董昌继母徐氏时常吵闹，董昌将搬弄是非的姚二妈赶出，姚二妈勾结歹徒方六一陷害董昌致死。方六一又要娶申屠氏，申屠氏假意答应，在洞房中刺死方六一报了仇。庞娥亲：庞娥，东汉酒泉庞淯之母。本姓赵。其父为同县人所杀。兄弟三人俱病故，仇家以为赵家已无人可报仇。娥暗藏兵刀，伺机十馀年。后于都亭遇仇人，杀之而后自首，后遇赦。"庞娥亲"即指赵娥为父亲报仇事。(见《后汉书》)邹仆妇：五代梁时人。其夫为襄州都军务邹景温之仆。邹仆携妻至宋州为盗所杀，邹仆妻假装高兴骗过强盗，暗里报告驻军，擒盗复仇。(见《太平广记》卷270)

兰、南齐东阳娄逞、唐贞元孟妪、五代临邛黄崇嘏[1]，俱以权济变，善藏其用，窜身仕宦，既不被人识破，又能自保其身，多是男子汉未必做得来的，算得是极巧极难的了。而今更说一个遭遇大难，女扮男身，用尽心机，受尽苦楚，又能报仇，又能守志，一个绝奇的女人，真个是千古罕闻。有诗为证：

侠概惟推古剑仙，除凶雪恨只香烟。
谁知估客生奇女，只手能翻两姓冤。

这段话文，乃是唐元和年间[2]，豫章郡有个富人[3]，姓谢，家有巨产，隐名在商贾间。他生有一女，名唤小娥，生八岁，母亲早丧。小娥虽小，身体壮硕，如男子形。父亲把他许了历阳一个侠士[4]，姓段，名居贞。那人负气仗义，交游豪俊，却也在江湖上做大贾。谢翁慕其声名，虽是女儿尚小，却把来许下了他。两姓合为一家，同舟载货，往来吴楚之间。两家弟兄子侄童仆等众，约有数十馀人，尽在船内。贸易顺济，辎重充盈。如是几年，江湖上多晓得是谢家船，昭耀耳目。此时小娥年已十四岁，方才与段居贞成婚。未及一月，忽然一日舟行至鄱阳湖口，遇着几只江洋大盗的船，各执器械，团团围住。为头的两人，当先跳过船来，先把谢翁与段居贞一刀一个，结果了性命。以后众人一齐动手，排头杀去[5]。总是一个船中，躲得在那里？间有个把慌忙奔出舱外，又被盗船上人拿去

---

①秦木兰：即《木兰辞》中的木兰，女扮男装代父从军。娄逞：南北朝齐代东阳女子。女作男装，遍游公卿间，任官至扬州议曹从事。发觉以后齐明帝驱令她还东阳。事见《南史》卷四十五。孟妪：其丈夫张詧为郭子仪部下。张詧死，孟氏女扮男装假冒张詧之弟，接替其夫之职在军中效力。七十二岁时任御史大夫。贞元末死时已有百馀岁。黄崇嘏：五代前蜀人。工词章书画，幼孤。女扮男装，献诗蜀相周庠受赏识，曾任府司户参军。

②元和：唐宪宗李纯年号。

③豫章郡：治所在洪州，即今江西南昌市。

④历阳：今安徽和县。

⑤排头：一个接一个。

杀了。或有得跳在水中,只好图得个全尸;湖水溜急,总无生理。谢小娥还亏得溜撒[①],乘众盗杀人之时,忙自去掿在舵上,一个失脚,跌下水去了。众盗席卷舟中财宝金帛一空,将死尸尽抛在湖中,弃船而去。小娥在水中漂流,恍惚之间,似有神明护持,流到一只渔船边。渔人夫妻两个捞救起来,见是一个女人,心头尚暖,知是未死。拿几件破衣破袄,替他换下湿衣,放在舱中眠着。小娥口中泛出无数清水,不多几时,醒将转来。见身在渔船中,想着父与夫被杀光景,放声大哭。渔翁夫妇问其缘故,小娥把湖中遇盗、父夫两家人口尽被杀害情由,说了一遍。原来谢翁与段侠士之名,著闻江湖上,渔翁也多曾受他小惠过的,听说罢不胜惊异,就权留他在船中。调理了几日,小娥觉得身子好了。他是个点头会意的人,晓得渔船上生意淡薄,便想道:"我怎好搅扰得他?不免辞谢了他,我自上岸,一路乞食,再图安身立命之处。"小娥从此别了渔翁夫妇,沿途抄化[②]。到建业上元县[③],有个妙果寺,内是尼僧。有个住持叫净悟,见小娥言语伶俐,说着遭难因由,好生哀怜,就留他在寺中,心里要留他做个徒弟。小娥也情愿出家,道:"一身无归,毕竟是皈依佛门,可了终身。但父夫被杀之仇未复,不敢便自落发,且随缘度日[④],以待他年再处。"小娥自此日间在外乞化,晚间便归寺中安宿。晨昏随着净悟做功果[⑤],稽首佛前[⑥],心里就默祷,祈求报应。

只见一个夜间,梦见父亲谢翁来对他道:"你要晓得杀我的人姓名,有两句谜语,你牢牢记着:'车中猴,门东草。'"说罢,正要再问,

---

①溜撒:敏捷利索。此语今口语中仍用。

②抄化:乞讨。

③建业上元县:县城即今南京市。

④随缘:随便,随遇而安。

⑤功果:礼佛,诵经。

⑥稽(qǐ)首:佛徒行跪拜大礼以头触地为稽首;见僧俗行礼致敬则举手至胸前也为稽首。此处当是前者,下文则为后者。

父亲撒手而去。大哭一声，飒然惊觉。梦中之语，明明记得，只是不解。隔得几日，又梦见丈夫段居贞来对他说："杀我的人姓名，也是两句谜语：'禾中走，一日夫'。"小娥连得了两梦，便道："此是亡灵未泯，故来显应。只是如何不竟把真姓名说了，却用此谜语？想是冥冥之中，天机不可轻泄，所以如此。如今既有这十二字谜语，必有一个解说。虽然我自家不省得，天下岂少聪明的人，不问好歹，求他解说出来。"遂走到净悟房中，说了梦中之言。就将一张纸，写着十二字，藏在身边了。对净悟道："我出外乞食，逢人便拜求去。"净悟道："此间瓦官寺有个高僧，法名齐物，极好学问，多与官员士大夫往来。你将此十二字到彼，求他一辨，他必能参透。"小娥依言，径到瓦官寺求见齐公。稽首毕，便道："弟子有冤在身，梦中得十二字谜语，暗藏人姓名，自家愚懵，参解不出，拜求老师父解一解。"就将袖中所书一纸，双手递与齐公。齐公看了，想着一会，摇首道："解不得，解不得。但老僧此处来往人多，当记着在此，逢人问去。倘遇有高明之人，解得当以相告。"小娥又稽首道："若得老师父如此留心，感谢不尽。"自此，谢小娥沿街乞化，逢人便把这几句请问。齐公有客来到，便举此谜相商。小娥也时时到寺中问齐公消耗①。如此多年，再没一个人解得出。

说话的，若只是这样解不出，那两个梦不是枉做了？看官，不必性急，凡事自有个机缘。此时谢小娥机缘未到，所以如此。机缘到来，自然遇着巧的。却说元和八年春，有个洪州判官李公佐②，在江西解任。扁舟东下，停泊建业，到瓦官寺游耍。僧齐物一向与他相厚，出来接陪了。登阁眺远，谈说古今。语话之次，齐公道："檀越博闻闳览③。今有一谜语，请檀越一猜。"李公佐笑道："吾师好学，何至

①消耗：消息。

②李公佐：唐代文学家。陇西人。曾作传奇《谢小娥传》，本篇即据以推衍发挥而成。

③檀越：佛僧称施主为"檀越"。

及此稚子戏?"齐公道:"非是作戏,有个缘故。此间孀妇谢小娥示我十二字谜语,每来寺中求解,说道中间藏着仇人名姓。老僧不能辨,遍示来往游客,也多懵然,已多年矣。故此求明公一商之。"李公佐道:"是何十二字,且写出来,我试猜看。"齐公就取笔把十二字写出来。李公佐看了一遍,道:"此定可解,何至无人识得?"遂将十二字念了又念,把头点了又点,靠在窗槛上,把手在空中画了又画。默然凝想了一会,拍手道:"是了,是了,万无一差!"齐公速要请教,李公佐道:"且未可说破,快去召那个孀妇来,我解与他。"齐公即叫行童到妙果寺①,寻将谢小娥来。齐公对他道:"可拜见了此间官人。此官人能解谜语。"小娥依言,上前拜见了毕。公佐开口问道:"你且说你的根由来。"小娥呜呜咽咽,哭将起来。好一会说话不出,良久才说道:"小妇人父及夫,俱为江洋大盗所杀。以后梦见父亲来说道:'杀我者,车中猴,门东草。'又梦见夫来说道:'杀我者,禾中走,一日夫。'自家愚昧,解说不出。遍问旁人,再无能省悟。历年已久,不识姓名,报冤无路,衔恨无穷。"说罢又哭。李公佐笑道:"不须烦恼。依你所言,下官俱已审详在此了。"小娥住了哭,求明示。李公佐道:"杀汝父者,是申蘭,杀汝夫者,是申春。"小娥道:"尊官何以解之?"李公佐道:"'车中猴','车'中去上下各一画,是'申'字;申属猴,故曰'车中猴'。'草'下有'门','门'中有'东',乃'蘭'字也。又'禾中走'是穿田过;'田'出两头,亦是'申'字也。'一日夫'者,'夫'上更一画,下一'日',是'春'字也。杀汝父,是申蘭;杀汝夫,是申春。足可明矣,何必更疑!"齐公在旁听解罢,抚掌称快,道:"数年之疑,一旦豁然,非明公聪鉴盖世,何能及此?"小娥愈加恸哭道:"若非尊官,到底不晓仇人名姓,冥冥之中,负了父夫。"再拜叩谢。就向齐公借笔来,将"申蘭"、"申春"四字,写在内襟一条带子上了。拆开里面,反将转来,仍旧缝好。李公佐道:"写此做甚?"小娥道:"既有了主名,身虽女子,不问那里,誓将访杀此二贼,以复其冤!"李公佐向齐

①行童:寺院中的杂役小童。

公叹道:"壮哉!壮哉!然此事却非容易。"齐公道:"天下无难事,只怕有心人。此妇坚忍之性,数年以来,老僧颇识之,彼是不肯作浪语的。"小娥因问齐公道:"此间尊官姓氏宦族,愿乞示知,以识不忘。"齐公道:"此官人是江西洪州判官李二十三郎也①。"小娥再三顶礼念诵②,流涕而去。李公佐阁上饮罢了酒,别了齐公,下船解缆,自往家里。

话分两头。却说小娥自得李判官解辨二盗姓名,便立心寻访。自念身是女子,出外不便,心生一计,将累年乞施所得,买了衣服,打扮作男子模样,改名谢保。又买了利刀一把,藏在衣襟底下。想道:"在湖里遇的盗,必是原在江湖上走,方可探听消息。"日逐在埠头伺候③。看见船上有雇人的,就随了去,佣工度日。在船上时,操作勤紧,并不懈怠,人都喜欢雇他。他也不拘一个船上,是雇着的便去。商船上下往来之人,看看多熟了。水火之事④,小心谨秘,并不露一毫破绽出来。但是船到之处,不论那里上岸,挨身察听体访⑤。如此年馀,竟无消耗。

一日,随着一个商船到浔阳郡⑥,上岸行走。见一家人家竹户上有纸榜一张,上写道:"雇人使用,愿者来投。"小娥问邻居之人:"此是谁家要雇用人?"邻人答应:"此是申家,家主叫做申蘭,是申大官人。时常要到江湖上做生意,家里止是些女人,无个得力男子看守,所以顾唤。"小娥听得"申蘭"二字,触动其心。心里便道:"果然有这个姓名!莫非正是此贼?"随对邻人说道:"小人情愿投赁佣工,烦劳引进则个。"邻人道:"申家急缺人用,一说便成的。只是要做个东道

①二十三郎:唐人喜欢大排行,本支亲叔伯兄妹通排;以排行称呼,表示亲昵。

②顶礼:佛徒五体投地之大礼,如今西藏人朝拜寺庙即是行此五体投地之顶礼。

③埠头:即码头、港口。今上海等地吴语区常用。

④水火:大小便。

⑤挨身:接近,近前。

⑥浔阳郡:治所即今江西九江市。

谢我。”小娥道：“这个自然。”邻人问了小娥姓名地方，就引了他一径走进申家[①]。只见里边踱出一个人来，你道生得如何？但见：

> 伛兜怪脸[②]，尖下颏生几茎黄须；突兀高颧，浓眉毛压一双赤眼。出言如虎啸，声撼半天风雨寒；行步似狼奔，影摇千尺龙蛇动。远观是丧船上方相[③]，近觑乃山门外金刚。

小娥见了，吃了一惊。心里道：“这个人岂不是杀人强盗么？”便自十分上心。只见邻人道：“大官人要雇人，这个人姓谢名保，也是我们江西人。他情愿投在大官人门下使唤。”申蘭道：“平日作何生理的？”小娥答应道：“平日专在船上趁工度日。埠头船上多有认得小人的。大官人去问问看就是。”申蘭家离埠头不多远，三人一同走到埠头来。问问各船上，多说着谢保勤紧小心、志诚老实，许多好处。申蘭大喜。小娥就在埠头一个认得的经纪家里[④]，借着纸墨笔砚。自写了佣工文契，写邻人做了媒人，交与申蘭收着。申蘭就领了他同邻人到家里来，取酒出来请媒，就叫他陪待。小娥就走到厨下，掇长掇短，送酒送肴，且是熟分。申蘭取出二两工银，先交与他了。又取二钱银子，做了媒钱。小娥也自梯己秤出二钱来[⑤]，送那邻人。邻人千欢万喜，作谢自去了。申蘭又领小娥去见了妻子蔺氏。自此小娥只在申蘭家里佣工。

小娥心里看见申蘭动静，明知是不良之人。想着梦中姓名，必然有据，大分是仇人[⑥]。然要哄得他喜欢亲近，方好探其真确，乘机取事。故此千唤千应，万使万当，毫不逆着他一些事故。也是申蘭冤业所在，自见小娥，便自分外喜欢。又见他得用，日加亲爱，时刻

---

①一径：一直，直接。

②伛(yǔ)兜：窝抠，凹陷。今北京方言常说的“窝抠脸儿”即此种脸型。

③方相：古代管理驱鬼事务的官员。后世作为出丧时在前引路的偶像，面恶魁梧。

④经纪：生意，商人。

⑤梯己：体己，私房钱。

⑥大分：大概。

不离左右。没一句说话不与谢保商量,没一件事体不叫谢保营干,没一件东西不托谢保收拾,已做了申蘭贴心贴腹之人。因此,金帛财宝之类,尽在小娥手中出入。看见旧时船中掠去锦绣衣服、宝玩器具等物,都在申蘭家里。正是:见鞍思马,睹物思人,每遇一件,常自暗中哭泣多时。方才晓得,梦中之言有准,时刻不忘仇恨。却又怕他看出,愈加小心。又听得他说有个堂兄弟,叫做二官人,在隔江独树浦居住。小娥心里想道:"这个不知可是申春否?父梦既应,夫梦必也不差。只是不好问得姓名,怕惹疑心。如何得他到来,便好探听。"却是小娥自到申蘭家里,只见申蘭口说要到二官人家去,便去了经月方回。回来必然带好些财帛归家,便分付交与谢保收拾,却不曾见二官人到这里来。也有时口说要带谢保同去走走,小娥晓得是做私商勾当,只推家里脱不得身。申蘭也放家里不下,要留谢保看家,再不提起了。但是出外去,只留小娥与妻蔺氏,与同一两个丫鬟看守。小娥自在外厢歇宿照管。若是蔺氏有甚差遣,无不遵依停当。合家都喜欢他,是个万全可托得力的人了。说话的,你差了。小娥既是男扮了,申蘭如何肯留他一个寡汉伴着妻子在家?岂不疑他生出不伶俐事来?看官,又有一说。申蘭是个强盗中人,财物为重,他们心上有甚么闺门礼法?况且小娥有心机,申蘭平日毕竟试得他老实头,小心不过的,不消虑得到此。所以放心出去,再无别说。

且说小娥在家多闲,乘空便去交结那邻近左右之人,时时买酒买肉,破费钱钞在他们身上。这些人见了小娥,无不喜欢契厚的。若看见有个把豪气的,能事了得的,更自十分倾心结纳;或周济他贫乏,或结拜做弟兄,总是做申蘭这些不义之财不着。申蘭财物来得容易,又且信托他的,那里来查他细帐?落得做人情。小娥又报仇心重,故此先下工夫,结识这些党与在那里。只为未得申春消耗,恐怕走了风,脱了仇人。故此申蘭在家时,几番好下得手,小娥忍住不动,且待时至而行。如此过了两年有多。忽然一日,有人来说:"江北二官人来了!"只见一个大汉,同了一伙拳长臂大之人,走将进来,问道："大哥何在？"小娥应道："大官人在里面，等谢保去请出来。"小娥便去对申蘭说了。申蘭走出堂前来，道："二弟多时不来了，甚风吹得到此？况且又同众兄弟来到，有何话说？"二官人道："小弟申春，今日江上获得两个二十斤来重的大鲤鱼。不敢自吃，买了一坛酒来，与大哥同享。"申蘭道："多承二弟厚意。如此大鱼，也是罕物。我辈托神道福佑多年，我意欲将此鱼此酒，再加些鸡肉果品之类，赛一赛神，以谢覆庇。然后我们同散福受用方是[①]。不然只一味也不好下酒。况列位在此，无有我不破钞反吃白食的。二弟意下如何？"众人都拍手道："有理，有理。"申蘭就叫谢保过来，见了二官人。道："这是我家雇工，极是老实勤紧可托的，就分付他，叫去买办食物。"小娥领命走出，一霎时就办得齐齐整整，摆列起来。申春道："此人果是能事。怪道大哥出外，放得家里下，元来有这样得力人在这里。"众人都赞叹一番。申蘭叫谢保把福物摆在一个养家神道前了[②]。申春道："须得写众人姓名，通诚一番[③]。我们几个都识字不透，这事却来不得。"申蘭道："谢保写得好字。"申春道："又会写字，难得，难得！"小娥就走去，将了纸笔，排头写来，少不得申蘭、申春为首，其馀各报将名来，一个个写。小娥一头写着，一头记着，方晓得果然这个叫得申春。献神已毕，就将福物收去。整理一整理，重新摆出来，大家欢哄饮啖。却不提防小娥是有心的，急把其馀名字一个个都记将出来，写在纸上，藏好了。私自叹道："好个李判官，精悟玄鉴，与梦语符合如此！此乃我父夫精灵不泯，天启其心。今日仇人都在，我志将就了。"急急走来伏侍，只拣大碗，频频斟与蘭、春二人。二人都是酒徒，见他如此殷勤，一发喜欢，大碗价只顾吃，那里猜他有甚别意？天色将晚，众贼俱已酣醉。各自散去，只有申春留在这里过夜未散。小娥又满满斟了热酒，奉与申春道："小人谢保到

①散福：祭神后将祭品酒肉等福物分食，称作"散福"。

②养家神道：私家供奉的神，如财神之类。

③通诚：向神上疏祷祝，祈求保佑。

此两年,不曾伏侍二官人。今日小人借花献佛,多敬一杯。”又斟一杯与申蘭道:“大官人请陪一陪。”申春道:“好个谢保,会说会劝!”申蘭道:“我们不要辜负他孝敬之意,尽量多饮一杯才是。”又与申春说谢保许多好处。小娥谦称一句,就献一杯,不干不住。两个被他灌得十分酩酊。元来江边苦无好酒,群盗只吃的是烧刀子[1]。这一坛是他们因要尽兴,买那真正滴花烧酒,是极狠的。况吃得多了,岂有不醉之理?申蘭醉极苦热,又走不动了,就在庭中坦了衣服眠倒了。申春也要睡,还走得动,小娥就扶他到一个房里床上眠好了。走到里面看时,元来蔺氏在厨下整酒时,闻得酒香扑鼻,因吃夜饭,也自吃了碗把。两个丫头递酒出来,各各偷些尝尝。女人家经得多少浓味?一个个伸腰打盹,却像着了孙行者磕睡虫的。小娥见如此光景,想道:“此时不下手,更待何时?”又想道:“女人不打紧,只怕申春这厮未睡得稳,却是利害。”就拿把锁,把申春睡的房门锁好了。走到庭中,衣襟内拔出佩刀,把申蘭一刀,断了他头。欲待再杀申春,终究是女人家,见申春起初走得动,只怕还未甚醉,不敢轻惹他。忙走出来邻里间,叫道:“有烦与我出力拿贼则个!”邻人多是平日与他相好的,听得他的声音,多走将拢来,问道:“贼在那里?我们帮你拿去!”小娥道:“非是小可的贼[2],乃是江洋杀人的大强盗,赃仗都在[3]。今被我灌醉,锁住在房中,须赖人力擒他。”小娥平日结识的好些好事的人在内,见说是强盗,都摩拳擦掌道:“是甚么人?”小娥道:“就是小人的主人与他兄弟,惯做强盗。家中货财千万,都是赃物。”内中也有的道:“你在他家中,自然知他备细不差。只是没有被害失主,不好卤莽得。”小娥道:“小人就是被害失主。小人父亲与一个亲眷,两家数十口,都被这伙人杀了。而今家中金银器皿上,还有我家名字记号,须认得出。”一个老成的道:“此话是真。那申家踪迹可

[1]烧刀子:烧酒。今河北多处方言中仍称烧酒为“烧刀子”。

[2]小可:平常,一般。

[3]赃仗:抢劫的财物和作案工具、器械。

疑，身子常不在家，又不做生理，却如此暴富。我们只是不查得他的实迹，又怕他凶暴，所以不敢发觉。今既有谢小哥做证，我们助他一臂，擒他兄弟两个送官，等他当官追究为是。"小娥道："我已手杀一人，只须列位助擒得一个。"众人见说已杀了一人，晓得事体必要经官。又且与小娥相好的多，恨申蘭的也不少，一齐点了火把，望申家门里进来，只见申蘭已挺尸在血泊里。开了房门，申春鼾声如雷，还在睡梦。众人把索子捆住，申春还挣扎道："大哥不要取笑。"众人骂他：强盗，他兀自未醒[1]。众人捆好了，一齐闯进内房来。那蔺氏饮酒不多，醒得快。惊起身来。见了众人火把，只道是强盗上了[2]。口里道："终日去打劫人，今日却有人来打劫了。"众人听得，一发道是谢保之言为实，喝道："胡说！谁来打劫你家？你家强盗事发了。"也把蔺氏与两个丫鬟拴将起来。蔺氏道："多是丈夫与叔叔做的事，须与奴家无干。"众人道："说不得，自到当官去对。"此时小娥恐人多，抢散了赃物。先已把平日收贮之处安顿好了，锁闭着，明请地方加封，告官起发。

闹了一夜，明日押进浔阳郡来。浔阳太守张公升堂，地方人等解到一干人犯。小娥手执首词，首告人命强盗重情。此时申春宿酒已醒，明知事发，见对理的却是谢保[3]，晓得哥哥平日有海底眼在他手里[4]。却不知其中就里，乱喊道："此是雇工人背主，假捏出来的事。"小娥对张太守指着申春道："他兄弟两个为首，十年前杀了豫章客谢、段二家数十人，如何还要抵赖？"太守道："你敢在他家佣工[5]，同做此事，而今待你有些不是处，你先出首了么？"小娥道："小人在他家佣工，止得二年。此是他十年前事。"太守道："这等，你如何晓

---

①兀自：还，仍然。

②上了：来了。

③对理：对证，原告。

④海底眼：底细，内情。

⑤敢：莫非，可能。

得？有甚凭据？”小娥道：“他家中所有物件，还有好些是谢、段二家之物。即此便是凭据。”太守道：“你是谢家何人？却认得是？”小娥道：“谢是小人父家，段是小人夫家。”太守道：“你是男子，如何说是夫家？”小娥道：“爷爷听禀：小妇人实是女人，不是男子。只因两家都被二盗所杀，小妇人撺入水中，遇救得活。后来父夫托梦，说杀人姓名，乃是十二个字谜，解说不出。遍问识者，无人参破。幸有洪州李判官，解得是‘申蘭’、‘申春’。小妇人就改妆作男子，遍历江湖，寻访此二人。到得此郡，有出榜雇工者，问是申蘭，小妇人有心，就投了他家。看见他出没踪迹，又认识旧物，明知他是大盗，杀父的仇人。未见申春，不敢动手。昨日方才同来饮酒，故此小妇人手刃了申蘭，叫破地方，同擒了申春。只此是实。”太守见说得希奇，就问道：“那十二字谜语如何的？”小娥把十二字念了一遍。太守道：“如何就是申蘭、申春？”小娥又把李公佐所解之言，照前述了一遍。太守连连点头，道：“是，是，是。快哉李君，明悟若此！他也与我有交，这事是真无疑。但你既是女人扮作男子，非止一日，如何得不被人看破？”小娥道：“小妇人冤仇在身，日夜提心吊胆，岂有破绽露出在人眼里？若稍有泄漏，冤仇怎报得成？”太守心中叹道：“有志哉，此妇人也！”又唤地方人等起来，问着事由。地方把申家向来踪迹可疑，及谢保两年前雇工，昨夜杀了申蘭，协同擒了申春并他家属，今日解府的话，备细述了一遍。太守道：“赃物何在？”小娥道：“赃物向托小妇人掌管，昨夜眼同地方封好在那里①。”太守即命公人押了小娥，与同地方到申蘭家起赃。金银财货，何止千万！小娥俱一一登有簿籍，分毫不爽。即时送到府堂。太守见金帛满庭，知盗情是实，把申春严刑拷打，蔺氏亦加拶指，都抵赖不得，一一招了。太守又究馀党，申春还不肯说。只见小娥袖中取出所抄的名姓，呈上太守道：“这便是群盗的名了。”太守道：“你如何知得恁细？”小娥道：“是昨日叫小妇人写了连名赛神的。小妇人嘿自抄记，一人也不差。”太守一

①眼同：跟同，作证见。

发叹赏他能事。便唤申春,研问着这些人住址[1],逐名注明了。先把申春下在牢里,蔺氏、丫鬟讨保官卖。然后点起兵快[2],登时往各处擒拿。正似瓮中捉鳖,没有一个走得脱的。齐齐擒到,俱各无词。太守尽问成重罪,同申春下在死牢里。乃对小娥道:"盗情已真,不必说了。只是你不待报官,擅行杀戮,也该一死。"小娥道:"大仇已报,立死无恨[3]。"太守道:"法上虽是如此,但你孝行可嘉,志节堪敬,不可以常律相拘。待我申请朝廷,讨个明降,免你死罪。"小娥叩首称谢。太守叫押出讨保。小娥禀道:"小妇人而今事迹已明,不可复与男子混处,只求发在尼庵听候发落为便。"太守道:"一发说得是。"就叫押在附近尼庵,讨个收管,一面听候圣旨发落。

太守就将备细情节奏上。内云:

谢小娥立志报仇,梦寐感通,历年乃得。明系父仇,又属真盗。不惟擅杀之条,原情可免;又且矢志之事,核行可旌云云。

元和十二年四月

明旨批下:"谢小娥节行异人,准奏免死,有司旌表其庐。申春即行处斩。"不一日到浔阳郡府堂,开读了毕。太守命牢中取出申春等死囚来,读了犯由牌,押付市曹处斩。小娥此时已复了女装,穿了一身素服。法场上看斩了申春,再到府中拜谢张公。张公命花红鼓乐送他归本里[4]。小娥道:"父死夫亡,虽蒙相公奏请朝廷恩典,花红鼓乐之类,决非孀妇敢领。"太守越敬他知礼,点一官媪,伴送他到家。另自差人旌表。此时哄动了豫章一郡。小娥父夫之族,还有亲属在家的,多来与小娥相见问讯。说起事由,无不悲叹惊异。里中豪族慕小娥之名,央媒求聘的,殆无虚日。小娥誓心不嫁,道:"我混迹多年,已非得已。若今日嫁人,女贞何在?宁死不可!"争奈来缠的人

---

①研问:追,究。

②兵快:官府捉拿犯人的兵卒,即今武装警察。

③立死:立刻死,马上死。

④花红:披挂在身上的彩带。

越多了[①]。小娥不耐烦分诉，心里想道："昔年妙果寺中，已愿为尼。只因冤仇未报，不敢落发。今吾事已毕，少不得皈依三宝[②]，以了终身。不如趁此落发，绝了众人之愿。"小娥遂将剪子先将髻子剪下，然后用剃刀剃净了，穿了褐衣，做个行脚僧打扮。辞了亲属，出家访道，竟自飘然离了本里。里中人越加叹诵，不题。

且说元和十三年六月，李公佐在家被召，将上长安，道经泗滨，有善义寺尼师大德，戒律精严，多曾会过，信步往谒。大德师接入客座，只见新来受戒的弟子数十人，俱净发鲜披，威仪雍容，列侍师之左右。内中一尼，仔细看了李公佐一回，问师道："此官人岂非是洪州判官李二十三郎？"师点头道："正是。你如何认得？"此尼即泣下数行，道："使我得报家仇，雪冤耻，皆此判官恩德也！"即含泪上前，稽首拜谢。李公佐却不认得，惊起答拜，道："素非相识，有何恩德可谢？"此尼道："某名小娥，即向年瓦官寺中乞食孀妇也。尊官其时以十二字谜语，辨出申蘭、申春二贼名姓，尊官岂忘之乎？"李公佐想了一回，方才依稀记起，却记不全。又问起是何十二字，小娥再念了一遍，李公佐豁然省悟道："一向已不记了，今见说来，始悟前事。后来果访得有此二人否？"小娥因把扮男子，投申蘭，擒申春并馀党，数年经营艰苦之事，从前至后，备细告诉了毕，又道："尊官恩德，无可以报，从今惟有朝夕诵经保佑而已。"李公佐问道："今如何恰得在此处相会？"小娥道："复仇已毕，其时即剪发披褐，访道于牛头山[③]。师事大士庵尼将律师[④]，苦行一年。今年四月始受具戒于泗州开元寺，所以到此。岂知得遇恩人，莫非天也？"李公佐道："即已受戒，是何法号？"小娥道："不敢忘本，只仍旧名。"李公佐叹息道："天下有如此至心女子！我偶然辨出二盗姓名，岂知誓志不舍，毕竟访出其人，复了冤仇。又且佣保杂处，无人识得是个女人，岂非天下难事？我当作

①争奈：无奈，岂料。

②三宝：佛教以佛、法、僧为三宝。

③牛头山：在南京市。

④律师：善于解说佛教戒律的僧人称为"律师"。

传以旌其美。"小娥感泣，别了李公佐，仍归牛头山。扁舟泛淮，云游南国，不知所终。李公佐为撰《谢小娥传》，流传后世，载入《太平广记》。

诗云：

匕首如霜铁作心，精灵万载不销沉。
西山木石填东海①，女子衔仇分外深。

又云：

梦寐能通造化机，天教达识剖玄微。
姓名一解终能报，方信双魂不浪归。

---

①填东海：指精卫填海。《山海经》载，精卫"常衔西山之木石，以堙东海"。精卫即女娲。

卷二十

李克让竟达空函　刘元普双生贵子

诗曰：

全婚昔日称裴相①，助殡千秋慕范君②。
慷慨奇人难屡见，休将仗义望朝绅。

这一首诗，单道世间人周急者少，继富者多。为此，达者便说："只有锦上添花，那得雪中送炭！"只这两句话，道尽世人情态。比如一边有财有势，那趋财慕势的多只向一边去。这便是俗语叫做"一帆风"，又叫做"鹁鸽子旺边飞"。若是财利交关，自不必说。至于婚姻大事，儿女亲情，有贪得富的，便是王公贵戚，自甘与团头作对③；有嫌着贫的，便是世家巨族，不得与甲长联亲。自道有了一分势要，两贯浮财，便不把人看在眼里。况有那身在青云之上，拔人于淤泥之中，重捐己资，曲全婚配，恁般样人，实是从前寡见，近世罕闻。冥冥之中，天公自然照察。元来那夫妻二字，极是郑重，极宜斟酌，报应极是昭彰，世人决不可戏而不戏④，胡作乱为。或者因一句话上，成就了一家儿夫妇；或者因一纸字中拆散了一世的姻缘。就是陷于不知，因果到底不爽。

---

①裴相：唐代裴度。此处所称"全婚"，是指裴度成全唐璧、黄小娥的婚姻。故事载《太平广记》卷167。《喻世明言》卷九《裴晋公义还原配》即描述此事。

②范君：东汉范式。"助殡"指范式乘白马从远地为好友张劭吊孝事。原出《搜神记》，并载《后汉书》。《喻世明言》卷十六《范巨卿鸡黍生死交》即演绎此一故事。

③团头：叫化子头。

④戏而不戏：有意无意。

且说南直长洲[①]，有一村农，姓孙，年五十岁，娶下一个后生继妻。前妻留下个儿子，一房媳妇，且是孝顺。但是爹娘的说话，不论好歹真假，多应在骨里的信从。那老儿和儿子，每日只是锄田耙地，出去养家过活。婆媳两个，在家绩麻拈苎，自做生理。却有一件奇怪，元来那婆子虽数上了三十多个年头，十分的不长进，又道是"妇人家入土方休"。见那老子是个养家经纪之人，不恁地理会这些勾当，所以闲常也与人做了些不伶俐的身分。几番几次，漏在媳妇眼里。那媳妇自是个老实勤谨的，只以孝情为上，小心奉事翁姑[②]，那里有甚心去捉他破绽？谁知道无心人对有心人，那婆子自做了这些话把，被媳妇每每冲着，虚心病了，自没意思。却恐怕有甚风声吹在老子和儿子耳朵里，颠倒在老子面前搬斗[③]。又道是"枕边告状，一说便准"，那老子信了婆子的言语，带水带浆的，羞辱毁骂了儿子几次。那儿子是个孝心的人，听了这些话头，没个来历，直摆布得夫妻两口，终日合嘴合舌[④]，甚不相安。看官听说：世上只有一夫一妻，一竹竿到底的，始终有些正气，自不甘学那小家腔派。独有最狠毒、最狡猾、最短见的是那晚婆，大概不是一婚两婚人，便是那低门小户减(捡)剩货，与那不学好，为夫所弃的这几项人，极是老唧溜[⑤]，也会得使人喜，也会得使人怒，弄得人死心塌地，不敢不从。元来世上妇人，除了那十分贞烈的，说着那话儿，无不着紧。男子汉到中年，筋力渐衰，那娶晚婆的，大半是中年人做的事，往往男大女小。假如一个老苍男子，娶了水也似一个娇嫩妇人，纵是千箱万斛，尽你受用，却是那话儿有些支吾不过。自觉得过意不去，随你有万分不是处，也只得依顺了他。所以那家庭间，每每被这等人吵得十清九浊。

---

①南直长洲：南直，南直隶。明代南直隶由南京管辖，相当于行省。下属14个府、4个直隶州、17个属州、97个县。长洲属苏州府，今已并入吴县。

②翁姑：公公婆婆。

③搬斗：挑拨。

④合嘴合舌：吵架。

⑤老唧溜：老油滑。

这闲话且放过，如今再接前因。话说吴江有个秀才萧王宾，胸藏锦绣，笔走龙蛇。因家贫，在近处人家处馆，早出晚归。主家间壁，是一座酒肆，店主唤做熊敬溪。店前一个小小堂子，供着五显灵官[①]。那王宾因在主家出入，与熊店主厮熟。忽一夜，熊店主得其一梦，梦见那五位尊神对他说道："萧状元终日在此来往，吾等见了，坐立不安。可为吾等筑一堵短壁儿，在堂子前遮蔽遮蔽。"店主醒来，想道："这梦甚是蹊跷，说甚么萧状元，难道便是在间壁处馆的那个萧秀才？我想恁般一个寒酸措大[②]，如何便得做状元？"心下疑惑，却又道："除了那个姓萧的，却又不曾与第二个姓萧的识熟。凡人不可貌相，海水不可斗量。况是神道的言语，宁可信其有，不可信其无。"次日起来，当真在堂子前面堆起一堵短墙，遮了神圣，却自放在心里。不题。

隔了几日，萧秀才往长洲探亲，经过一个村落人家。只见一伙人聚做一块，在那里喧嚷。萧秀才挨在人丛里看一看。只见众人指着道："这不是一位官人？来得凑巧，是必央及这官人则个，省得我们村里去寻门馆先生。"连忙请萧秀才坐着，将过纸笔，道："有烦官人写一写，自当相谢。"萧秀才道："写个甚么？且说个缘故。"只见一个老儿与一个小后生走过来，道："官人听说：我们是这村里人，姓孙，爷儿两个，一个阿婆，一房媳妇。叵耐媳妇十分不学好，到终日与阿婆斗气。我两个又是养家经纪人，一年到头，没几时住在家里。这样妇人，若留着他，到底是个是非堆。为此，今日将他发还娘家，任从别嫁。他每众位多是地方中见，为是要写一纸休书，这村里人没一个通得文墨。见官人经过，想必是个有才学的，因此相烦官人替写一写。"萧秀才道："原来如此，有甚难处！"便逞着一时见识，举笔一挥，写了一纸休书，交与他两个。他两个便将五钱银子，送秀才作润笔之资。秀才笑道："这几行字值得甚么，我却受你银子！"再三

①五显灵官：五路财神。

②措大：对读书人的蔑称。

不接，拂着袖子，撇开众人，径自去了。这里自将休书付与妇人。那妇人可怜勤勤谨谨做了三四年媳妇，没缘没故的休了。他咽着这一口怨气，扯住了丈夫，哭了又哭，号天拍地的不肯放手。口里说道："我委实不曾有甚歹心负了你，你听着一面之词，离异了我。我生前无分辨处，做鬼也要明白此事。今世不能和你相见了，便死也不忘记你。"这几句话，说得旁人俱各掩泪。他丈夫也觉得伤心，忍不住哭起来。却只有那婆子看着，恐怕儿子有甚变卦，流水和老儿两个拆开了手①，推出门外。那妇人只得含泪去了，不题。

再说那熊店主重梦见五显灵官对他说道："快与我等拆了面前短壁，拦着十分郁闷。"店主梦中道："神圣前日分付小人起造，如何又要拆毁？"灵官道："前日为萧秀才时常此间来往，他后日当中状元，我等见了他坐立不便，所以教你筑墙遮蔽。今他于某月某日替某人写了一纸休书，拆散了一家夫妇，上天鉴知，减其爵禄。今职在吾等之下，相见无碍，以此可拆。"那店主正要再问时，一跳惊醒。想道："好生奇异，难道有这等事？明日待我问萧秀才，果有写休书一事否，便知端的。"明日当真先拆去了壁。却好那萧秀才踱将来，店主邀住道："官人，有句说话。请店里坐地②。"入到里面，坐定吃茶。店主动问道："官人曾于某月某日与别人代写休书么？"秀才想了一会道："是曾写来，你怎地晓得？"店主遂将前后梦中灵官的说话，一一告诉了一遍。秀才听罢，目睁口呆，懊悔不迭。后来果然举了孝廉，只做到一个知州地位。那萧秀才因一时无心失误上，白送了一个状元。世人做事，决不可不检点。曾有诗道得好：

人生常好事，作者不自知。
起念埋根际，须思决局时。
动止虽微渺，干连已弥滋。
昏昏罹天网，方知悔是迟。

---

①流水：连忙，急忙。今武汉、长沙等地仍是口头语。

②坐地：坐，坐着。

试看那拆人夫妇的，受祸不浅，便晓得那完人夫妇的，获福非轻。如今牵说前代一个公卿，把几个他州外族之人，认做至亲骨肉，撮合了才子佳人，保全了孤儿寡妇，又安葬了朽骨枯骸。如此阴德，又不止是完人夫妇了。所以后来受天之报，非同小可。

这话文出在宋真宗时，西京洛阳县有一官人，姓刘，名弘敬，字元普。曾任过青州刺史，六十岁上告老还乡。继娶夫人王氏，年尚未满四十。广有家财，并无子女。一应田园典铺，俱托内侄王文用管理。自己只是在家中广行善事，仗义疏财，挥金如土。从前至后，已不知济过多少人了，四方无人不闻其名。只是并无子息，日夜忧心。时遇清明节届，刘元普分付王文用整备了牲牷酒醴①，往坟茔祭扫。与夫人各乘小轿，仆从在后相随。不逾时到了坟上，浇奠已毕，元普拜伏坟前，口中说着几句道：

堪怜弘敬年垂迈，不孝有三无后大②。七十人称自古稀，残生不久留尘界。今朝夫妇拜坟茔，他年谁向坟茔拜？膝下萧条未足悲，从前血食何容艾③？天高听远实难凭，一脉宗亲须悯爱。诉罢中心泪欲枯，先灵英爽知何在！

当下刘元普说到此处，放声大哭。旁人俱各悲凄。那王夫人极是贤德的，拭着泪上前劝道："相公请免愁烦。虽是年纪将暮，筋力未衰。妾身纵不能生育，当别娶少年为妾，子嗣尚有可望。徒悲无益。"刘元普见说，只得勉强收泪。分付家人，送夫人乘轿先回。自己留一个家僮相随，闲行散闷，徐步回来。将及到家之际，遇见一个全真先生④。手执招牌，上写道："风鉴通神。"元普见是相士，正要卜问子嗣，便延他到家中来坐。吃茶已毕，元普端坐，求先生细相。先生仔

①牲牷：纯色的猪牛羊作祭品称全牲。

②"无后大"句："不孝有三，无后为大"，是孟子的话。赵岐注："阿意曲从，陷亲不义，一不孝也。家贫亲老，不为禄仕，二不孝也。不娶无子，绝先祖祀，三不孝也。"

③血食：指祭祀。祭祀必用牲，故称"血食"。艾：删除，废止。

④全真先生：道士。

细相了一回，略无忌讳，说道："观使君气色①，非但无嗣，寿亦在旦夕矣。"元普道："学生年近古稀，死亦非夭。子嗣之事，至此暮年，亦是水中捞月了。但学生自想生平虽无大德，济弱扶倾，矢心已久②。不知如何罪业，遂至殄绝祖宗之祀？"先生微笑道："使君差矣！自古道：'富者怨之丛。'使君广有家私，岂能一一综理？彼任事者只顾肥家，不存公道，大斗小秤，侵剥百端，以致小民愁怨。使君纵然行善，只好功过相酬耳，恐不能获福也。使君但当悉杜其弊，益广仁慈；多福，多寿，多男，特易易耳。"元普闻言，默然听受。先生起身作别，不受谢金，飘然去了。元普知是异人，深信其言，遂取田园典铺帐目，一一稽查。又潜往街市乡间，各处探听，尽知其实。遂将众管事人，一一申饬，并妻侄王文用也受了一番呵叱。自此益修善事，不题。

却说汴京有个举子李逊，字克让，年三十六岁。亲妻张氏，生子李彦青，小字春郎，年方十七。本是西粤人氏，只为与京师窎远③，十分孤贫，不便赴试。数年前挈妻携子，流寓京师。却喜中了新科进士，除授钱塘县尹。择个吉日，一同到了任所。李克让看见湖山佳胜，宛然神仙境界，不觉心中爽然。谁想贫儒命薄，到任未及一月，犯了个不起之症。正是：

浓霜偏打无根草，祸来只奔福轻人。

那张氏与春郎请医调治，百般无效，看看待死。一日，李克让唤妻子到床前，说道："我苦志一生，得登黄甲④，死亦无恨。但只是无家可奔，无族可依，撇下寡妇孤儿，如何是了？可痛！可怜！"说罢，泪如雨下。张氏与春郎在旁劝住。克让想道："久闻洛阳刘元普仗义疏财，名传天下，不论识认不识认，但是以情相求，无有不应。除是此人，可以托妻寄子。"便叫："娘子，扶我起来坐了。"又叫儿子春郎，取过文房四宝。正待举笔，忽又停止。心中好生踌躇，道："我与他从

①使君：汉代称郡守州牧为"使君"。刘元普曾任过刺史。

②矢心：立志。

③窎(diào)远：遥远。

④黄甲：考中进士，登了黄榜。

来无交，难叙寒温，这书如何写得？”疾忙心生一计，分付妻儿，取汤取水，把两个人都遣开了。及至取得汤水来时，已自把书重重封固，上面写十五字，乃是“辱弟李逊书呈洛阳恩兄刘元普亲拆”。把来递与妻儿收好，说道：“我有个八拜为交的故人，乃青州刺史刘元普，本籍洛阳人氏。此人义气干霄，必能济汝母子。将我书前去投他，料无阻拒。可多多拜上刘伯父，说我生前不及相见了。”随分付张氏道：“二十载恩情，今长别矣。倘蒙伯父收留，全赖小心相处，必须教子成名，补我未逮之志。你已有遗腹两月，倘得生子，使其仍读父书。若生女时，将来许配良人，我虽死亦瞑目。”又分付春郎道：“汝当事刘伯父如父，事刘伯母如母。又当孝敬母亲，励精学业，以图荣显，我死犹生。如违我言，九原之下，亦不安也。”两人垂泪受教。又嘱咐道：“身死之后，权寄棺木浮丘寺中。俟投过刘伯父，徐图殡葬。但得安土埋藏，不须重到西粤。”说罢，心中哽咽，大叫道：“老天！老天！我李逊如此清贫，难道要做满一个县令也不能勾？”当时蓦然倒在床上，已自叫唤不醒了。正是：

君恩新荷喜相随，谁料夭年已莫追。
休为李君伤夭逝，四龄已可傲颜回①。

张氏、春郎各各哭得死而复苏。张氏道：“撇得我孤孀二人好苦！倘刘君不肯相容，如何处置？”春郎道：“如今无计可施，只得依从遗命。我爹爹最是识人，或者果是好人，也不见得。”张氏即将囊橐检点，那曾还剩得分文？元来李克让本是极孤极贫的，做人甚是清方。到任又不上一月，虽有些少，已为医药废尽了。还亏得同僚相助，将来买具棺木盛殓，停在衙中。母子二人，朝夕哭奠，过了七七之期，依着遗言，寄柩浮丘寺内。收拾些小行李盘缠，带了遗书，饥餐渴饮，夜宿晓行，取路投洛阳县来。

却说刘元普，一日正在书斋闲玩古典。只见门上人报道：“外有

①傲颜回：傲视颜回，比颜回活得长。颜回，孔子弟子，三十二岁死，称为短命。李克让三十六岁死，多活四年。

母子二人，口称西粤人氏，是老爷至交亲戚，有书拜谒。”元普心下着疑，想道：“我那里来这样远亲？”便且叫请进。母子二人走到跟前，施礼已毕。元普道：“老夫与贤母子在何处识面？实有遗忘，伏乞详示。”李春郎答道：“家母、小侄，其实不曾得会。先君却是伯父至交。”元普便请姓名。春郎道：“先君李逊，字克让，母亲张氏。小侄名彦青，字春郎。本贯西粤人氏。先君因赴试流落京师，以后得第，除授钱塘县尹，一月身亡。临终时，怜我母子无依，说有洛阳刘伯父，是幼年八拜至交。特命亡后赍了手书，自任所前来拜恳。故此母子造宅，多有惊动。”元普闻言，茫然不知就里。春郎便将书呈上，元普看了封签上面十五字，好生诧异。及至拆封看时，却是一张白纸。吃了一惊，默然不语。左思右想了一回，猛可里心中省悟道①：“必是这个缘故无疑。我如今不要说破，只教他母子得所便了。”张氏母子见他沉吟，只道不肯容纳，岂知他却是天大一场美意。元普收过了书，便对二人说道：“李兄果是我八拜至交，指望再得相会，谁知已作古人，可怜！可怜！今你母子就是我自家骨肉，在此居住便了。”便叫请出王夫人来，说知来历，认为妯娌。春郎以子侄之礼自居。当时摆设筵席，款待二人。酒间说起李君灵柩在任所寺中，元普一力应承殡葬之事。王夫人又与张氏细谈，已知他有遗腹两月了。酒散后，送他母子到南楼安歇。家伙器皿，无一不备，又拨几对僮仆服侍。每日三餐，十分丰美。张氏母子得他收留，已自过望。谁知如此殷勤，心中感激不尽。过了几时，元普见张氏德性温存，春郎才华英敏，更兼谦谨老成，愈加敬重。又一面打发人往钱塘扶柩了。

忽一日，正与王夫人闲坐，不觉掉下泪来。夫人忙问其故，元普道：“我观李氏子，仪容志气，后来必然大成。我若得这般一个儿子，真可死而无恨。今年华已去，子息杳然，为此不觉伤感。”夫人道：

---

①猛可里：突然间。

"我屡次劝相公娶妾,只是不允。如今定为相公觅一侧室,管取宜男[①]。"元普道:"夫人休说这话,我虽垂暮,你却尚是中年。若是天不绝我刘门,难道你不能生育?若是命中该绝,纵使姬妾盈前,也是无干。"说罢,自出去了。夫人这番却主意要与丈夫娶妾[②]。晓得与他商量,定然推阻,便私下叫家人唤将做媒的薛婆来,说知就里,又嘱付道:"直待事成之后,方可与老爷得知。必用心访个德容兼备的,或者老爷才肯相爱。"薛婆一一应诺而去。过不多日,薛婆寻了几头来说。领来看了,没一个中夫人的意。薛婆道:"此间女子只好恁样。除非汴梁帝京,五方杂聚去处,才有出色女子。"恰好王文用有别事要进京,夫人把百金密托了他,央薛婆与他同去寻觅。薛婆也有一头媒事要进京,两得其便,就此起程。不题。

如今再表一段缘因,话说汴京开封府祥符县[③],有一进士,姓裴,名习,字安卿。年登五十,夫人郑氏早亡,单生一女,名唤兰孙。年方二八,仪容绝世。裴安卿做了郎官几年[④],升任襄阳刺史。有人对他说道:"官人向来清苦,今得此美任,此后只愁富贵不愁贫了。"安卿笑道:"富自何来?每见贪酷小人,惟利是图,不过使这几家治下百姓卖儿贴妇,充其囊橐,此真狼心狗行之徒!天子教我为民父母,岂是教我残害子民?我今此去,惟吃襄阳一杯淡水而已[⑤]。贫者人之常,叨朝廷之禄,不至冻馁足矣,何求富为?"裴安卿立心要作个好官。选了吉日,带了女儿起程赴任。不则一日,到了襄阳。莅任半年,治得那一府物阜民安,词清讼简。民间造成几句谣词,说道:

---

①宜男:即萱草(俗称黄花、金针)。古人相传孕妇戴萱草即会生男孩,故祝人生子为"宜男"。

②主意:立意。

③祥符县:今已并入开封。

④郎官:六部各司中的郎中、员外郎称"郎官"。

⑤吃襄阳一杯淡水:此处用典故,表示绝不贪取。《晋书·邓攸传》:"时吴郡阙守,人多欲之。帝以授攸。攸载米之郡,俸禄无所受,唯饮吴水而已。"

襄阳府前一条街，一朝到了裴天台[1]。

六房吏书去打盹[2]，门子皂隶去砍柴。

光阴荏苒，又是六月炎天。一日，裴安卿与兰孙吃过午饭，暴暑难当。安卿命汲井水解热。霎时井水将到，安卿吃了两盅，随后叫女儿吃。兰孙饮了数口，说道："爹爹，恁样淡水，亏爹爹怎生吃下偌多！"安卿道："休说这般折福的话！你我有得这水吃时，也便是神仙了，岂可嫌淡？"兰孙道："爹爹，如何便见得折福？这样时候，多少王孙公子，雪藕调冰，浮瓜沉李，也不为过。爹爹身为郡侯，饮此一杯淡水，还道受用，也太迂阔了。"安卿道："我儿不谙事务，听我道来。假如那王孙公子，倚傍着祖宗的势耀，顶戴着先人积攒下的浮财，不知稼穑，又无甚事业，只图快乐，落得受用。却不知乐极悲生，也终有马死黄金尽的时节。纵不然，也是他生来有这些福气。你爹爹贫寒出身，又叨朝廷民社之责[3]，须不能勾比他。还有那一等人，假如当此天道，为将边廷，身披重铠，手执戈矛，日夜不能安息，又且死生朝不保暮。更有那荷锸农夫，经商工役，辛勤陇陌，奔走泥涂，雨汗通流，还禁不住那当空日晒。你爹爹比他不已是神仙了？又有那下一等人，一时过误，问成罪案，困在囹圄，受尽鞭箠，还要肘手镣足。这般时节，拘于那不见天日之处，休说冷水，便是泥汁也不能勾。求生不得生，求死不得死，父娘皮肉，痛痒一般，难道偏他们受得苦起？你爹爹比他，岂不是神仙？今司狱司中见有一二百名罪人[4]，吾意欲散禁他每在狱。日给冷水一次，待交秋再作理会。"兰孙道："爹爹未可造次。狱中罪人，皆不良之辈，若轻松了他，倘有不测，受累不浅。"安卿道："我以好心待人，人岂负我？我但分付牢子紧守监门便了。"也是合当有事，只因这一节，有分教：

①天台：清天大老爷。

②六房：州县衙门机构设吏、户、礼、兵、刑、工六房，处理日常政事。也称"六曹"。

③民社：人民与社稷。

④司狱司：府以上官府管理牢狱事务的官署。此处代指监狱。

应死囚徒俱脱网，施仁郡守反遭殃。

次日安卿升堂，分付狱吏将囚人散禁在牢，日给凉水与他，须要小心看守。狱卒应诺了。当日便去牢里松放了众囚，各给凉水。牢子们紧紧看守，不致疏虞。过了十来日，牢子们就懈怠了。

忽又是七月初一日，狱中旧例：每逢月朔便献一番利市[①]。那日烧过了纸，众牢子们都去吃酒散福。从下午吃起，直吃到黄昏时候，一个个酩酊烂醉。那一干囚犯，初时见狱中宽纵，已自起心越牢。内中有几个有亲识的，密地教对付些利器，暗藏在身边。当日见众人已醉，就便乘机发作。约莫到二更时分，狱中一片声喊起，一二百罪人一齐动手。先将那当牢的禁子杀了。打出牢门，将那狱吏牢子一个个砍翻，撞见的多是一刀一个。有的躲在黑暗里听时，只听得喊道："太爷平时仁德，我每不要杀他。"直反到各衙，杀了几个佐贰官[②]。那时正是清平时节，城门还未曾闭，众人呐声喊，一哄逃走出城。正是：

鳌鱼脱却金钩去，摆尾摇头再不来。

那时裴安卿听得喧嚷，在睡梦中惊觉，连忙起来。早已有人报知。裴安卿听说，却正似顶门上失了三魂，脚底下荡了七魄，连声只叫得苦。悔道："不听兰孙之言，以至于此。谁知道将仁待人，被人不仁。"一面点起民壮，分头追捕。多应是海底捞针，那寻一个？次日，这桩事早报与上司知道，少不得动了一本。不上半月，已到汴京，奏章早达天听，天子与群臣议处。若是裴安卿是个贪赃刻剥、阿谀谄佞的，朝中也还有人喜他。只为平素心性刚直，不肯趋奉权贵。况且一清如水，俸资之外毫不苟取，那有钱财夤缘势要[③]？所以无一人与他辨冤。多道："纵囚越狱，典守者不得辞其责。又且杀了佐贰，独留刺史，事属可疑，合当拿问。"天子准奏，即便批下本来，着法司

①利市：烧纸烛敬神求吉利。

②佐贰官：指同知、推官等府署官员。

③夤缘：交结，请托。

差官扭解到京。那时裴安卿便是重出世的召父[①],再生来的杜母[②],也只得低头受缚。却也道自己素有政声,还有辨白之处。叫兰孙收拾了行李,父女两个,同了押解人起程。

不则一日,来到东京。那裴安卿旧日住居,已奉圣旨抄没了。僮仆数人,分头逃散,无地可以安身。还亏得郑夫人在时,与清真观女道往来,只得借他一间房子,与兰孙住下了。次日,青衣小帽,同押解人到朝候旨。奉圣旨:下大理狱鞫审[③]。即刻便自进牢。兰孙只得将了些钱钞,买上告下,去狱中传言寄语,担茶送饭。元来裴安卿年衰力迈,受了惊惶,又受了苦楚,日夜忧虞,饮食不进。兰孙设处送饭,枉自费了银子。一日,见兰孙正到狱门首来,便唤住女儿。说道:"我气塞难当,今日大分必死。只为为人慈善,以致招祸,累了我儿。虽然罪不及孥,只是我死之后,无路可投;作婢为奴,定然不免。"那安卿说到此处,好如万箭钻心,长号数声而绝。还喜未及会审,不受那三木囊头之苦[④]。兰孙跌脚捶胸,哭得个发昏章第十一[⑤]。欲要领取父亲尸首,又道是朝廷罪人,不得擅便。当时兰孙不顾死生利害,闯进大理寺衙门,哭诉越狱根由,哀感旁人。幸得那大理寺卿还是个有公道的人[⑥],见了这般情状,恻然不忍,随即进一道表章。上写着:

大理寺卿臣某,勘得襄阳刺史裴习,抚字心劳[⑦],提防政拙。虽法禁多疏,自干天谴;而反情无据,可表臣心。今已毙囹圄,宜从宽

①召父:召信臣。西汉良吏。任南阳太守,民称"召父"。

②杜母:杜诗。东汉良吏。任南阳太守,民称"杜母"。上二条参看卷十六"父母"注。

③大理狱:大理寺为中央司法机构,钦命案件多由大理寺审理。

④三木:刑具。加在犯人颈、手、足上,故称"三木"。

⑤发昏章第十一:模仿经书的俏皮话,即发昏。如《孝经》"开宗明义章第一"。

⑥大理寺卿:大理寺长官。正职为正卿,副职为少卿。

⑦抚字:管理爱护人民,爱民如子。此句是唐代阳城自我考语。下句是套用其语改"催科"为"提防"。

贷。伏乞速降天恩,赦其遗尸归葬,以彰朝廷优待臣下之心。臣某惶恐上言。

那真宗也是个仁君①,见裴习已死,便自不欲苛求,即批准了表章。兰孙得了这个消息,还算是黄连树下弹琴,苦中取乐。将身边所剩馀银,买口棺木,雇人抬出尸首,盛殓好了,停在清真观中。做些羹饭,浇奠了一番,又哭得一佛出世②。

那裴安卿所带盘费,原无几何,到此已用得干干净净了。虽是已有棺木,殡葬之资,毫无所出。兰孙左思右想,道:"只有个舅舅郑公,见任西川节度使,带了家眷在彼,却是路途险远,万万不能搭救。"真正无计可施。事到头来不自由,只得手中拿个草标,将一张纸写着"卖身葬父"四字。到灵柩前拜了四拜,祷告道:"爹爹阴灵不远,保奴前去,得遇好人。"拜罢起身,噙着一把眼泪,抱着一腔冤恨,忍着一身羞耻,沿街喊叫。可怜裴兰孙是个娇滴滴的闺中处子,见了一个蓦生人,也要面红耳热的,不想今日出头露面,思念父亲临死言词,不觉寸肠俱裂。正是:

天有不测风云,人有旦夕祸福。
生来运蹇时乖,只得含羞忍辱。
父兮桎梏亡身,女兮街衢痛哭。
纵教血染鹃红,彼苍不念茕独。

又道是"天无绝人之路"。正在街上卖身,只见一个老妈妈走近前来,欠身施礼,问道:"小娘子,为着甚事卖身?又恁般愁容可掬?"仔细认认,吃了一惊道:"这不是裴小姐?如何到此地位?"元来那妈妈正是洛阳的薛婆。郑夫人在时,薛婆有事到京,常在裴家往来的,故此认得。兰孙抬头见是薛婆,就同他走到一个僻静所在,含泪把上项事说了一遍。那婆子家最易眼泪出的,听到伤心之处,不觉也哭起来。道:"元来尊府老爷遭此大难。你是个宦家之女,如何做得以下之人?若要卖身,虽然如此娇

①真宗:北宋真宗赵恒,在位二十四年。

②一佛出世:俏皮话。一佛出世,二佛生天。指死去活来。

姿,不到得便为奴作婢[1],也免不得是个偏房了。”兰孙道:“今日为了父亲,就是杀身也说不得,何惜其他。”薛婆道:“既如此,小姐请免愁烦。洛阳县刘刺史老爷年老无儿,夫人王氏要与他娶个偏房。前日曾嘱付我,在本处寻了多时,并无一个中意的。如今因为洛阳一个大姓,央我到京中相府求一头亲事。夫人乘便嘱付亲侄王文用,带了身价,同我前来遍访。也是有缘,遇着小姐。王夫人原说要个德容两全的。今小姐之貌,绝世无双。卖身葬父,又是大孝之事,这事十有九分了。那刘刺史仗义疏财,王夫人大贤大德。小姐到彼虽则权时落后,尽可快活终身。未知尊意何如?”兰孙道:“但凭妈妈主张。只是卖身为妾,玷辱门庭。千万莫说出真情,只认做民家之女罢了。”薛婆点头道:“是。”随引了兰孙小姐,一同到王文用寓所来,薛婆就对他说知备细。王文用远远地瞟去,看那小姐,已觉得倾国倾城。便道:“有如此绝色佳人,何怕不中姑娘之意。”正是:

踏破铁鞋无觅处,得来全不费工夫。

当下,一边是落难之际,一边是富厚之家,并不消争短论长,已自一说一中。整整兑足了一百两雪花银子,递与兰孙小姐收了,就要接他起程。兰孙道:“我本为葬父,故此卖身。须是完葬事过,才好去得。”薛婆道:“小娘子,你孑然一身,如何完得葬事?何不到洛阳成亲之后,那时凂刘老爷差人埋葬[2],何等容易!”兰孙只得依从。

那王文用是个老成才干的人,见是要与姑夫为妾的,不敢怠慢。教薛婆与他作伴同行,自己常在前后。东京到洛阳,只有四百里之程。不上数日,早已到了刘家。王文用自往解库中去了[3]。薛婆便悄悄地领他进去,叩见了王夫人。夫人抬头看兰孙时,果然是:

脂粉不施,有天然姿格;梳妆略试,无半点尘纷。举止处,态度从容;语言时,声音凄婉。双娥频蹙,浑如西子入吴时;两颊含愁,正

---

①不到得:不至于。

②凂(měi):请托。

③解库:典当铺。

似王嫱辞汉日①。可怜妩媚清闺女，权作追随宦室人。

当时王夫人满心欢喜，问了姓名，便收拾一间房子，安顿兰孙。拨一个养娘服事他。次日，便请刘元普来。从容说道："老身今有一言，相公幸勿嗔怪。"刘元普道："夫人有话即说，何必讳言。"夫人道："相公，你岂不闻'人生七十古来稀'？今你寿近七十，前路几何，并无子息。常言道：'无病一身轻，有子万事足。'久欲与相公纳一侧室，一来为相公持正，不好妄言；二来未得其人，姑且隐忍。今娶得汴京裴氏之女，正在妙龄，抑且才色两绝。愿相公立他做个偏房，或者生得一男半女，也是刘门后代。"刘元普道："老夫只恐命里无嗣，不欲耽误人家幼女。谁知夫人如此用心，而今且唤他出来见我。"当下兰孙小姐移步出房，倒身拜了。刘元普看见，心中想道："我观此女仪容动止，决不是个以下之人。"便开口问道："你姓甚名谁，是何等样人家之女？为甚事卖身？"兰孙道："贱妾乃汴京小民之女。姓裴，小名兰孙。父死无资，故此卖身殡葬。"口中如此说，不觉暗地里偷弹泪珠。刘元普相了又相，道："你定不是民家之女，不要哄我。我看你愁容可掬，必有隐情。可对我一一直言，与你作主分忧便了。"兰孙初时隐讳，怎当得刘元普再三盘问。只得将那放囚得罪缘由，从前至后，细细说了一遍，不觉泪如涌泉。刘元普大惊失色，也不觉泪下，道："我说不像民家之女，夫人几乎误了老夫。可惜一个好官，遭此屈祸！"忙向兰孙小姐连称"得罪"。又道："小姐身既无依，便住在我这里。待老夫选择地基，殡葬尊翁便了。"兰孙道："若得如此周全，此恩惟天可表。相公先受贱妾一拜。"刘元普慌忙扶起。分付养娘好生服事裴家小姐，不得有违。当时走到厅堂，即刻差人往汴京迎裴使君灵柩。不多日，扶柩到来。却好钱塘李县令灵柩，一齐到了。刘元普将来共停在一个庄厅之上，备了两个祭筵拜奠。张氏自领了儿子拜了亡夫，元普也领兰孙拜了亡父。又延一个有名的地理师，拣寻了两块好地基。等待腊月吉日安葬。

一日，王夫人又对元普说道："那裴氏女虽然贵家出身，却是落难之

---

①王嫱：王昭君。

中,得相公救拔他的。若是流落他方,不知如何下贱去了。相公又与他择地葬亲,此恩非小,他必甘心与相公为妾的。既是名门之女,或者有些福气,诞育子嗣,也不见得。若得如此,非但相公有后,他也终身有靠,未为不可。望相公思之。"夫人不说犹可,说罢,只见刘元普勃然作色道:"夫人说那里话!天下多美妇人,我欲娶妾,自可别图,岂敢污裴使君之女?刘弘敬若有此心,神天鉴察!"夫人听说,自道失言,顿口不语。刘元普心里不乐,想了一回道:"我也太呆了。我既无子嗣,何不索性认他为女,断了夫人这点念头?"便叫丫鬟请出裴小姐来,道:"我叨长尊翁多年,又同为刺史之职。年华高迈,子息全无。小姐若不弃嫌,欲待螟蛉为女[①],意下何如?"兰孙道:"妾蒙相公、夫人收养,愿为奴婢,早晚服事。如此厚待,如何敢当?"刘元普道:"岂有此理!你乃宦家之女,偶遭挫折,焉可贱居下流?老夫自有主意,不必过谦。"兰孙道:"相公、夫人正是重生父母,虽粉骨碎身,无可报答。既蒙不鄙微贱,认为亲女,焉敢有违?今日就拜了爹妈。"刘元普欢喜不胜,便对夫人道:"今日我以兰孙为女,可受他全礼。"当下兰孙插烛也似的拜了八拜。自此便叫刘相公、夫人为爹爹、母亲,十分孝敬,倍加亲热。夫人又说与刘元普道:"相公既认兰孙为女,须当与他择婿。侄儿王文用,青年丧偶,管理多年,才干精敏,也不辱没了女儿。相公何不与他成就了这头亲事?"刘元普微微笑道:"内侄继娶之事,少不得在老夫身上。今日自有个主意,你只管打点妆奁便了。"夫人依言。元普当时便拣下了一个成亲吉日。到期宰杀猪羊,大排筵会。遍请乡绅亲友,并李氏母子,内侄王文用,一同来赴庆喜华筵。众人还只道是刘公纳宠,王夫人也还只道是与侄儿成婚。正是:

万丈广寒难得到[②],嫦娥今夜落谁家?

看看吉时将及,只见刘元普教人捧出一套新郎衣饰,摆在堂中。刘元普拱手向众人说道:"列位高亲在此,听弘敬一言。敬闻'利人之色不仁,乘

---

①螟蛉:代指义子。语出《诗经·小宛》:"螟蛉有子,蜾蠃负之。"经训家解释,螟蛉是桑虫,蜾蠃取去养为己子。

②广寒:广寒宫,即月宫。嫦娥所居。

人之危不义’。襄阳裴使君以枉事系狱身死，有女兰孙，年方及笄。荆妻欲纳为妾。弘敬宁乏子嗣，决不敢污使君之清德。内侄王文用，虽有综理之才，却非仕宦中人，亦难以配公侯之女。惟我故人李县令之子彦青者，既出望族，又值青年，貌比潘安，才过子建，诚所谓‘窈窕淑女，君子好逑’者也①。今日特为两人成其佳耦。诸公以为何如?”众人异口同声，赞叹刘公盛德。李春郎出其不意，却待推逊，刘元普那里肯从？便亲手将新郎衣巾与他穿带了。次后笙歌鼎沸，灯火荧煌，远远听得环佩之声。却是薛婆做了喜娘，几个丫鬟，一同簇拥着兰孙小姐出来。二位新人，立在花毡之上，交拜成礼。真是说不尽那奢华富贵，但见：

“粉孩儿”对对挑灯②，“七娘子”双双执扇。观看的是“风检才”、“麻婆子”，夸称道“鹊桥仙”，并进“小蓬莱”。伏侍的是“好姐姐”，“柳青娘”，帮衬道“贺新郎”，同入“销金帐”。做娇客的，磨枪备箭，岂宜重问“后庭花”？做新妇的，半喜还忧，此夜定然“川拨棹”。“脱布衫”时欢未艾，“花心动”处喜非常。

当时张氏和春郎，魂梦之中也不想得到此，真正喜自天来。兰孙小姐灯烛之下，觑见新郎容貌不凡，也自暗暗地欢喜。只道嫁个老人星③，谁知却嫁了个文曲星④。行礼已毕，便伏侍新人上轿。刘元普亲自送到南楼，结烛合卺。又把那千金妆奁，一齐送将过来。刘元普自回去陪宾，大吹大擂，直饮至五更而散。这里洞房中一对新人，真正佳人遇着才子。那一宵欢爱，端的是如胶似漆，似水如鱼。枕边说到刘公大德，两下里感激，深入骨髓。次日天明起来，见了张氏。张氏又同他夫妇拜见刘公，十万分称谢。随后张氏就办些祭物，到灵柩前，叫媳妇拜了公公，儿子拜了岳父。张氏抚棺哭道：“丈夫生前为人正直，死后必有英灵。刘伯父周济了寡妇孤儿，又把名门贵女做你媳妇。恩德如天，非同小可。幽冥之中，

---

①“窈窕”二句：《诗经·关雎》中句子。美丽贤慧的姑娘是君子的好配偶。

②“粉孩儿”：曲牌名。下文加引号的都是曲牌。

③老人星：寿星，即南极星。代指老人。

④文曲星：魁星。代指才子。

乞保佑刘伯父早生贵子，寿过百龄。”春郎夫妻，也各自默默地祷祝。自此上和下睦，夫唱妇随，日夜焚香保刘公冥福。

不觉光阴荏苒，又是腊月中旬，茔葬吉期到了。刘元普便自聚起匠役人工，在庄厅上抬取一对灵柩，到坟茔上来。张氏与春郎夫妻，各各带了重孝相送。当下埋棺封土已毕，各立一个神道碑：一书“宋故襄阳刺史安卿裴公之墓”，一书“宋故钱塘县尹克让李公之墓”。只见松柏参差，山水环绕，宛然二冢相连。刘元普设三牲礼仪，亲自举哀拜奠。张氏三人，放声大哭。哭罢，一齐望着刘元普，拜倒在荒草地上不起。刘元普连忙答拜，只是谦让无能，略无一毫自矜之色。随即回来，各自散讫。是夜，刘元普睡到三更，只见两个人幞头象简①，金带紫袍，向刘元普扑地倒身拜下，口称“大恩人”。刘元普吃了一惊，慌忙起身扶住，道：“二位尊神，何故降临？折杀老夫也！”那左手的一位说道：“某乃襄阳刺史裴习，此位即钱塘县令李克让也。上帝怜我两人清忠，封某为天下都城隍，李公为天曹府判官之职。某系狱身死之后，幼女无投，承公大恩，赐之佳婿，又赐佳城②，使我两人冥冥之中，遂为儿女姻眷。恩同天地，难效涓涘。已曾合表上奏天庭。上帝鉴公盛德，特为官加一品，寿益三旬，子生双贵。幽明虽隔，敢不报知？”那右手的一位又说道：“某只为与公无交，难诉衷曲。故此空函寓意。不想公一见即明，慨然认义。养生送死，已出殊恩；淑女承祧，尤为望外。虽益寿添嗣，未足报洪恩之万一。今有遗腹小女凤鸣，明早已当出世，敢以此女奉长郎君箕帚。公与我媳，我亦与公媳，略尽报效之私。”言讫，拱手而别。刘元普慌忙出送，被两人用手一推，瞥然惊觉。却正与王夫人睡在床上。便将梦中所见所闻，一一说了。夫人道：“妾身亦慕相公大德，古今罕有，自然得福非轻。神明之言，谅非虚谬。”刘元普道：“裴、李二公，生前正直，死后为神。他感我嫁女婚男，故来托梦，理之所有。但说我寿增三十，世间那有百岁之人？又说赐我二

①幞头象简：官员所服用。幞头即折上巾，有四个脚；两个小脚在头上，两个长脚后垂。宋代官帽为平直硬脚幞头。象简即笏，品官朝见君王时所执。

②佳城：好棺材。

子，我今年已七十，虽然精力不减少时，那七十岁生子，却也难得，恐未必然。”次日早晨，刘元普思忆梦中言语，整了衣冠，步到南楼。正要说与他三人知道，只见李春郎夫妇出来相迎。春郎道：“母亲生下小妹，方在坐草之际[1]。昨夜我母子三人，各有异梦。正要到伯父处报知贺喜，岂知伯父已先来了。”刘元普见说张氏生女，思想梦中李君之言，好生有验。只是自己不曾有子，不好说得。当下问了张氏平安，就问梦中所见如何。李春郎道：“梦见父亲、岳父俱已为神，口称伯父大德，感动天庭，已为延寿添子。三人所梦，总只一样。”刘元普暗暗称奇，便将自己梦中光景，一一对两人说了。春郎道：“此皆伯父积德所致，天理自然，非虚幻也。”刘元普随即回家与夫人说知，各各骇叹。又差人到李家贺喜。不逾时，又及满月。张氏抱了幼女，来见伯父伯母。元普便问：“令爱何名?”张氏道：“小名凤鸣，是亡夫梦中所嘱。”刘元普见与己梦相符，愈加惊异。

话休絮烦。且说王夫人当时年已四十岁了，只觉得喜食咸酸，时常作呕。刘元普只道中年人病发，延医看脉，没一个解说得出。就有个把有手段的忖道：“像是有喜的气脉。”却晓得刘元普年已七十，王夫人年已四十，从不曾生育的，为此都不敢下药。只说道：“夫人此病不消服药，不久自瘳。”刘元普也道：“这样小病，料是不妨。”自此也不延医，放下了心。只见王夫人又过了几时，当真病好。但觉得腰肢日重，裙带渐短，眉低眼慢，乳胀腹高。刘元普半信半疑，道：“梦中之言，果然不虚么?”日月易过，不觉已及产期。刘元普此时不由你不信是有孕，提防分娩。一面唤了收生婆进来，又雇了一个奶子[2]。忽一夜，夫人方睡，只闻得异香扑鼻，仙音嘹亮，夫人便觉腹痛，众人齐来服侍分娩，不上半个时辰，生下一个孩儿。香汤沐浴过了，看时，只见眉清目秀，鼻直口方，十分魁伟。夫妻两人欢喜无限。元普对夫人道：“一梦之灵验如此，若如裴、李二公之言，皆上天之赐也!”就取名刘天佑，字梦祯。此事便传遍洛阳一城，把做新闻传说。百姓们编出四句口号道：

---

①坐草：坐月子。

②奶子：乳母。

刺史生来有奇骨，为人专好积阴骘①。

嫁了裴女换刘儿，养得头生做七十。

转眼间又是满月，少不得做汤饼会②。众乡绅亲友，齐来庆贺，真是宾客填门吃了三五日筵席。春郎与兰孙自梯己设宴贺喜，自不必说。

且说李春郎自从成婚葬父之后，一发潜心经史，希图上进，以报大恩。又得刘元普扶持，入了国子学。正与伯父、母、妻商量到京赴学，以待试期。只见汴京有个公差到来，说是郑枢密府中所差，前来接取裴小姐一家的。元来那兰孙的舅舅郑公，数月之内，已自西川节度内召为枢密院副使③。还京之日，已知姊夫被难而亡，遂到清真观问取甥女消息，说是卖在洛阳。又遣人到洛阳探问，晓得刘公仗义全婚，称叹不尽。因为思念甥女，故此欲接取他姑嫜、夫婿，一同赴京相会。春郎得知此信，正是两便。兰孙见说舅舅回京，也自十分欢喜。当下禀过刘公夫妇，就要择个吉日，同张氏和凤鸣起程。到期刘元普治酒饯别。中间说起梦中之事，刘元普便对张氏说道："旧岁老夫梦中得见令先君，说令爱与小儿有婚姻之分。前日小儿未生，不敢启齿。如今倘蒙不鄙，愿结葭莩④。"张氏欠身答道："先夫梦中曾言，又蒙伯伯不弃，大恩未报，敢惜一女？只是母子孤寒如故，未敢仰攀。倘得犬子成名，当以小女奉郎君箕帚。"当下酒散，刘公又嘱付兰孙道："你丈夫此去，前程万里。我两人在家安乐，孩儿不必挂怀。"诸人各各流涕，恋恋不舍。临行，又自再三下拜，感谢刘公夫妇盛德，然后垂泪登程去了。洛阳与京师却不甚远，不时常有音信往来，不必细说。

再表公子刘天佑，自从生育，日往月来，又早周岁过头。一日，奶子抱了小官人，同了养娘朝云，往外边要子⑤。那朝云年十八岁，颇有姿色。随了奶子出来玩要了一晌，奶子道："姐姐，你与我略抱

①阴骘(zhì)：阴功，阴德，行善。此词也偶指作恶。

②汤饼会：新生儿做满月或三朝、周岁的宴会。

③枢密院副使：枢密院为宋代两府之一，管理全国军务。副使为副长官。

④葭莩：指结成姻亲。本是附于芦苇内壁的薄膜，比喻亲属关系。

⑤要子：玩要。

一抱。怕风大,我去将衣服来与他穿。"朝云接过抱了。奶子进去了一回出来,只听得公子啼哭之声。着了忙,两步当一步,走到面前。只见朝云一手抱了,一手伸在公子头上揉着。奶子疾忙近前看时,只见跌起老大一个跎踏。便大怒,发话道:"我略转得一转背,便把他跌了!你岂不晓得他是老爷、夫人的性命?若是知道,须连累我吃苦。我便去告诉老爷、夫人,看你这小贱人逃得过这一顿责罚也不?"说罢,抱了公子气愤愤的便走。朝云见他势头不好,一时性发,也接应道:"你这样老猪狗!倚仗公子势利,便欺负人,破口骂我。不要使尽了英雄!莫说你是奶子,便是公子,我也从不曾见有七十岁的养头生。知他是拖来也是抱来的人?却为这一跌,便凌辱我!"朝云虽是口强,却也心慌,不敢便走进来。不想那奶子一五一十,竟将朝云说话对刘元普说了。元普听罢,忻然说道:"这也怪他不得。七十生子,原是罕有,他一时妄言,何足计较?"当时奶子只道搬斗朝云一场,少也敲个半死。不想元普如此宽容,把一片火性,化做半杯冰水,抱了公子自进去了。

却说元普当夜与夫人吃夜饭罢,自到书房里去安歇。分付女婢道:"唤朝云到我书房里来!"众女婢只道为日里事发,要难为他,倒替他担着一把干系,疾忙鹰拿燕雀的把朝云拿到。可怜朝云怀着鬼胎,战兢兢的立在刘元普面前,只打点领责。元普分付众人道:"你每多退去,只留朝云在此。"众人领命,一齐都散,不留一人。元普便叫朝云闭上了门。朝云正不知刘元普葫芦里卖出甚么药来,只见刘元普叫他近前,说道:"人之不能生育,多因交会之际,精力衰微,浮而不实,故艰于种子。若精力健旺,虽老犹少。你却道老年人不能生产,便把那抱别姓、借异种这样邪说疑我。我今夜留你在此,正要与你试一试精力,消你这点疑心。"元来刘元普初时只道自己不能生儿,所以不肯轻纳少年女子。如今已得过头生,便自放胆大了。又见梦中说尚有一子,一时间不觉通融起来。那朝云也是偶然失言,不想到此分际,却也不敢违拗,只得伏侍元普,解衣同寝。但见:

一个似八百年彭祖的长兄,一个似三十岁颜回的少女。尤云殢雨，宓妃倾洛水[①]，浇着寿星头；似水如鱼，吕望持钩竿，拨动杨妃舌。乘牛老君，搂住捧珠盘的龙女；骑驴古老[②]，搭着执抓篱的仙姑[③]。胥靡藤缠定牡丹花，绿毛龟采取芙蕖蕊。太白金星淫性发，上青玉女欲情来。

刘元普虽则年老，精神强悍。朝云只得忍着痛苦承受，约莫弄了一个更次，阳泄而止。是夜刘元普便与朝云同睡。天明朝云自进去了。刘元普起身，对夫人说知此事，夫人只是笑。众女婢和奶子多道老爷一向极有正经，而今到恁般老没志气。谁想刘元普和朝云只此一宵，便受了娠。刘元普也是一时要他不疑，卖弄本事，也不道如此快杀。夫人便铺个下房，劝相公册立朝云为妾。刘元普应允了，便与朝云戴笄，纳为后房，不时往朝云处歇宿。朝云想起当初一时失言，倒得了这一个好地位。刘元普与朝云戏语道："你如今方信公子不是拖来抱来的了么？"朝云耳红面赤，不敢言语。

转眼之间，又已十月满了。一日，朝云腹痛难禁，也觉得异香满室，生下一个儿子。方才落地，只听得外面喧嚷。刘元普出来看时，却是报李春郎状元及第的。刘元普见侄儿登第，不辜负了从前认义之心，又且正值生子之时，也是个大大吉兆，心下不胜快乐。当时报喜人就呈上李状元家书。刘元普拆开看道：

侄子母孤孀，得延残息足矣。赖伯父保全终始，遂得成名，皆伯父之赐也。迩来二尊人起居，想当佳胜。本欲给假，一候尊颜，缘侍讲东宫[④]，不离朝夕，未得如心。姑寄御酒二瓶，为伯父颐老之资；宫花二朵，为贤郎鼎元之兆[⑤]。临风神往，不尽鄙忱。

---

①宓妃：洛水女神。

②古老：八仙中的张果老。

③仙姑：八仙中的何仙姑。

④东宫：太子。

⑤鼎元：指状元。

刘元普看毕，收了御酒宫花。正进来与夫人说知，只见公子天佑走将过来。刘元普唤住，递宫花与他，道："哥哥在京得第，特寄宫花与你，愿我儿他年琼林赐宴，与哥哥今日一般。"公子欣然接去，向头上乱插。望着爹娘唱了两个深喏，引得那两个老人家欢喜无限。刘元普随即修书贺喜，并说生次子之事。打发京中人去讫，便把皇封御酒祭献裴、李二公，然后与夫人同饮。从此，又将次子取名天锡，表字梦符。兄弟日渐长成，十分乖觉。刘元普延师训诲，以待成人。又感上天佑庇，一发修桥砌路，广行阴德。裴、李二墓，每年春秋祭扫。不题。

再表这李状元在京之事。那郑枢密院夫人魏氏，止生一幼女，名曰素娟，尚在襁褓。他只为姐夫、姐姐早亡，甚是爱重甥女，故此李氏一门在他府中十分相得。李状元自成名之后，授了东宫侍讲之职，深得皇太子之心。自此十年有馀，真宗皇帝崩了，仁宗皇帝登极①。优礼师傅，便超升李彦青为礼部尚书，进阶一品。那刘元普仗义之事，自仁宗为太子时已自几次奏知。当日便进上一本，恳赐还乡祭扫，并乞褒封。仁宗颁下诏旨："钱塘县尹李逊追赠礼部尚书；襄阳刺史裴习追复原官，各赐御祭一筵。青州刺史刘弘敬，以原官加升三级。礼部尚书李彦青，给假半年，还朝复职。"李尚书得了圣旨，便同张老夫人、裴夫人、凤鸣小姐，谢别了郑枢密，驰驿回洛阳来。一路上车马旌旗，炫耀数里，府县官员出郭迎接。那李尚书去时尚是弱冠，来时已作大臣，却又年止三十。洛阳父老，观者如堵，都称叹刘公不但有德，抑且能识好人。当下李尚书家眷先到刘家下马。刘元普夫妇闻知，忙排香案，迎接圣旨。三呼已毕，张老夫人、李尚书、裴夫人，俱各红袍玉带，率了凤鸣小姐，齐齐拜倒在地，称谢洪恩。刘元普扶起尚书，王夫人扶起夫人、小姐，就唤两位公子出来，相见婶婶、兄、嫂。众人看见兄弟二人，相貌魁梧，又酷似刘元普模样，无不欢喜。都称叹道："大恩人生此双璧，无非积德所招。"随

①仁宗：宋仁宗赵祯。在位四十年。

即排着御祭，到裴、李二公坟茔，焚黄奠酒。张氏等四人，各各痛哭一场，撤祭而回。刘元普开筵贺喜。食供三套，酒行数巡。刘元普起身对尚书母子说道："老夫有一衷肠之话，含藏十馀年矣，今日不敢不说。令先君与老夫，生平实无一面之交。当贤母子来投，老夫茫然不知就里。及至拆书看时，并无半字。初时不解其意，仔细想将起来，必是闻得老夫虚名，欲待托妻寄子，却是从无一面，难叙衷情，故把空书藏着哑谜。老夫当日认假为真，虽妻子跟前，不敢说破。其实所称八拜为交，皆虚言耳。今日喜得贤侄功成名遂，耀祖荣宗。老夫若再不言，是埋没令先君一段苦心也。"言毕，即将原书递与尚书母子展看。尚书母子，号恸感谢。众人直至今日，才晓得空函认义之事，十分称叹不止。正是：

故旧托孤天下有，虚空认义古来无。

世人尽效刘元普，何必相交在始初？

当下刘元普又说起长公子求亲之事，张老夫人欣然允诺。裴夫人起身说道："奴受爹爹厚恩，未报万一。今舅舅郑枢密生一表妹，名曰素娟，正与次弟同庚，奴家愿为作伐，成其配偶。"刘元普称谢了。当日无话。刘元普随后就与天佑聘了李凤鸣小姐。李尚书一面写表，转达朝廷，奏闻空函认义之事；一面修书与郑公说合。不逾时，仁宗看了表章，龙颜大喜。惊叹刘弘敬盛德，随颁恩诏，除建坊旌表外，特以李彦青之官封之，以彰殊典。那郑公素慕刘公高义，求婚之事，无有不从。李尚书既做了天佑舅舅，又做了天锡中表联襟，亲上加亲，十分美满。

以后天佑状元及第，天锡进士出身，兄弟两人，青年同榜。刘元普直看二子成婚，各各生子。然后，忽一夜梦见裴使君来拜，道："某任都城隍已满，乞公早赴瓜期①，上帝已有旨矣。"次日无疾而终，恰好百岁。王夫人也自寿过八十。李尚书夫妇痛哭倍常，认作亲生父

①瓜期：及瓜而代，到期交代。语出《左传·庄公八年》："齐侯使连称、管至父戍葵丘，瓜时而往，曰：'及瓜而代。'"

母，心丧六年①。虽然刘氏自有子孙，李尚书却自年年致祭。这教做知恩报恩。唯有裴公无后，也是李氏子孙世世拜扫。自此世居洛阳，看守先茔，不回西粤。裴夫人生子，后来也出仕贵显。那刘天佑直做到同平章事②，刘天锡直做到御史大夫③。刘元普屡受褒封，子孙蕃衍不绝。此阴德之报也。这本话文，出在《空缄记》。如今依传编成演义一回，所以奉劝世人为善。有诗为证：

阴阳总一理，祸福唯自求。
莫道天公远，须看刺史刘。

①心丧：不穿孝服，只心中悼念。

②同平章事：宋代任宰相即加此官衔。

③御史大夫：御史台长官。最高监察官。

卷二十一

袁尚宝相术动名卿　郑舍人阴功叨世爵

诗曰：

燕门壮士吴门豪[①]，筑中注铅鱼隐刀。

感君恩重与君死，泰山一掷若鸿毛。

话说唐德宗朝有个秀才，南剑州人[②]，姓林名积，字善甫。为人聪俊，广览诗书，九经三史[③]，无不通晓，更兼存心梗直，在京师太学读书，给假回家，侍奉母亲之病。母病愈，不免再往学中。免不得暂别母亲，相辞亲戚邻里。教当直王吉挑着行李[④]，迤逦前进。在路但见：

或过山林，听樵歌于云岭；又经别浦，闻渔唱于烟波。或抵乡村，却遇市井。才见绿杨垂柳，影迷几处之楼台；那堪啼鸟落花，知是谁家之院宇。看处有无穷之景致，行时有不尽之驱驰。

饥餐渴饮，夜住晓行，无路登舟。不只一日，至蔡州[⑤]。到个去处，天色已晚。但见：

十里俄惊雾暗，九天倏睹星明。八方商旅卸行装，七级浮

---

①燕门壮士：指高渐离。战国末燕国人，善于演奏筑（古乐器）。下句“筑中注铅”，即指荆轲刺秦王不成被杀后，高渐离为荆轲复仇，在筑中注铅，用以投掷秦王，不中被杀。吴门豪：指专诸。春秋时吴国人。伍子胥推荐给公子光，由他刺杀吴王僚。下句“鱼隐刀”，即指专诸把匕首藏在烤熟的鱼腹中，用以刺杀王僚。

②南剑州：南宋时始设立南剑州，唐时无。州治即今福建南平市。

③九经三史：唐代以《易经》、《尚书》、《诗经》、《周礼》、《仪礼》、《礼记》、《左传》、《公羊传》、《穀梁传》为九经，用于科举考试。《史记》、《汉书》、《后汉书》为三史。

④当直：差人，仆人。

⑤蔡州：今河南汝南县。

屠燃夜火。六翮飞鸟，争投栖于树杪；五花画舫，尽返棹于洲边。四野牛羊皆入栈，三江渔钓悉归家。两下招商，俱说此间可宿；一声画角，应知前路难行。

两个投宿于旅邸，小二哥接引。拣了一间宽洁房子，当直的安顿了担杖。善甫稍歇，讨了汤，洗了脚，随分吃了些晚食，无事闲坐则个。不觉早点灯，交当直安排宿歇，来日早行。当直王吉在床前打铺自睡。且说林善甫脱了衣裳也去睡，但觉物瘾其背，不能睡着。壁上有灯尚犹未灭。遂起身，揭起荐席看时，见一布囊，囊中有一锦囊，中有大珠百颗，遂收于箱箧中。当夜不在话下。到来朝天色已晓，但见：

晓雾妆成野外，残霞染就荒郊。耕夫陇上，朦胧月色将沉①；织女机边，幌荡金乌欲出②。牧牛儿尚睡，养蚕女未兴。樵舍外已闻犬吠，招提内尚见僧眠③。

天色将晓，起来洗漱罢，系裹毕，教当直的一面安排了行李。林善甫出房中来，问店主人："前夕恁人在此房内宿?"店主人说道："昨夕乃是一巨商。"林善甫见说："此乃吾之故友也，因俟我失期。"看着那店主人道："此人若回来寻时，可使他来京师上庠贯道斋④，寻问林上舍⑤，名积字善甫，千万千万，不可误事！"说罢，还了房钱，相揖作别去了。王吉前面挑着行李什物，林善甫后面行，迤逦前进。林善甫放心不下，恐店主人忘了，遂于沿路上，令王吉于墙壁粘手榜云⑥："某年某月某日，有剑浦林积，假馆上庠，有故人元珠，可相访于贯道斋。"不止一日，到了学中，参了假，仍旧归斋读书。

---

①"耕夫"二句：耕夫，指牵牛星，在银河西边。二句即指夜快尽了。

②"织女"二句：织女，即织女星，在银河东边。二句即指天快亮了。金乌：指太阳。

③招提：寺庙。

④上庠：指太学。

⑤上舍：资历高的太学生称"上舍"。

⑥手榜：字条，启事。

且说这囊珠子，乃是富商张客遗下了去的。及至到于市中，取珠欲货，方知失去。唬得魂不附体，道："苦也！我生受数年[①]，只选得这包珠子。今已失了，归家妻子孩儿如何肯信？"再三思量，不知失于何处，只得再回沿路店中寻讨，直寻到林上舍所歇之处。问店小二时，店小二道："我却不知你失去物事。"张客道："我歇之后，有恁人在此房中安歇？"店主人道："我便忘了。从你去后，有个官人来歇一夜了，绝早便去。临行时分付道：'有人来寻时，可千万使他来京师上庠贯道斋，问林上舍，名积。'"张客见说，言语蹺蹊，口中不道，心下思量："莫是此人收得我之物？"当日只得离了店中，迤逦再取京师路上来。见沿路贴着手榜，中有"元珠"之句，略略放心。不止一日，直到上庠，未去歇泊，便来寻问。学对门有个茶坊，但见：

木匾高悬，纸屏横挂。壁间名画，皆唐朝吴道子丹青[②]；瓯内新茶，尽山居玉川子佳茗[③]。

张客入茶坊吃茶。茶罢，问茶博士道[④]："此间有个林上舍否？"博士道："上舍姓林的极多，不知是那个林上舍？"张客说："贯道斋，名积，字善甫。"茶博士见说："这个便是个好人。"张客见说道是好人，心下又放下二三分。张客说："上舍多年个远亲，不相见，怕忘了。若来时，相指引则个。"正说不了，茶博士道："兀的出斋来的官人便是[⑤]。他在我家寄衫帽。"张客见了，不敢造次。林善甫入茶坊，脱了衫帽。张客方才向前，看着林上舍，唱个喏便拜。林上舍道："男儿膝下有黄金，如何拜人？"那时林上舍不识他有甚事，但见张客簌簌地泪下，哽咽了，说不得。歇定，便把这上件事一一细说一遍。林善甫见说，便道："不要慌。物事在我处[⑥]。我且问你则个，里面有甚么？"张客

---

①生受：难受，受辛苦。

②吴道子：唐代大画家吴道玄，人称"画圣"。

③玉川子：唐诗人卢仝，号"玉川子"。曾作《茶歌》，讲品茶。

④茶博士：茶肆卖茶的跑堂。酒楼卖酒的则称"酒博士"。

⑤兀的：那个，这个。

⑥物事：东西。

道："布囊中有锦囊，内有大珠百颗。"林上舍道："多说得是。"带他到安歇处，取物交还。张客看见了，道："这个便是，不愿都得，但只觅得一半归家，养膳〔赡〕老小，感戴恩德不浅。"林善甫道："岂有此说！我若要你一半时，须不沿路粘贴手榜，交你来寻。"张客再三不肯都领，情愿只领一半。林善甫坚执不受。如此数次相推，张客见林上舍再三再四不受，感戴洪恩不已，拜谢而去，将珠子一半，于市货卖。卖得银来，舍在有名佛寺斋僧，就与林上舍建立生祠供养，报答还珠之恩。善甫后来一举及第。诗云：

林积还珠古未闻，利心不动道心存。
暗施阴德天神助，一举登科耀姓名。

善甫后来位至三公[①]，二子历任显宦。古人云："积善有善报，积恶有恶报。积善之家，必有馀庆；作恶之家，必有馀殃。"正是：

黑白分明造化机，谁人会解劫中危？
分明指与长生路，争奈人心着处迷！

此本话文，叫做《积善阴骘》，乃是京师老郎传留至今[②]。小子为何重宣这一遍？只为世人贪财好利，见了别人钱钞，昧着心就要起发了。何况是失下的，一发是应得的了，谁肯轻还本主？不知冥冥之中，阴功极重。所以裴令公相该饿死[③]，只因还了玉带，后来出将入相；窦谏议命主绝嗣[④]，只为还了遗金，后来五子登科。其馀小小报应，说不尽许多。而今再说一个一点善念，直到得脱了穷胎，变成贵骨，说与看官们一听。方知小子劝人做好事的说话，不是没来历

---

①三公：泛指大官。三公之名随时而异，太师、太傅、太保，大司徒、大司空、大司马，古代三公；汉代则称丞相、太尉、御史大夫为三公。

②京师老郎：汴梁说话人师傅。

③裴令公：即裴度。此说所写见《醒世恒言》卷十八《施润泽滩阙遇友》的入话和《喻世明言》卷九《裴晋公义还原配》的入话。

④窦谏议：五代窦禹钧，渔阳（今蓟县）人。后周时任谏议大夫。此处所写见《醒世恒言》卷十八的入话，亦见明人王稺登《全德记》。

的。你道这件事出在何处？国朝永乐爷爷未登帝位[①]，还为燕王。其时有个相士，叫袁柳庄，名珙。在长安酒肆，遇见一伙军官打扮的在里头吃酒。柳庄把内中一人看了一看，大惊。下拜道："此公乃真命天子也。"其人摇手道："休得胡说！"却问了他姓名去了。明日只见燕府中有懿旨召这相士。相士朝见，抬头起来，正是昨日酒馆中所遇之人。元来燕王装作了军官，与同护卫数人，出来微行的[②]。就密教他仔细再相，柳庄相罢称贺。从此燕王决了大计。后来靖了内难[③]，乃登大宝，酬他一个三品京职。其子忠彻，亦得荫为尚宝司丞[④]。人多晓得柳庄神相，却不知其子忠彻传了父术，也是一个百灵百验的。京师显贵公卿，没一个不与他往来，求他风鉴的。其时有一个姓王的部郎[⑤]，家中人眷不时有病。一日，袁尚宝来拜，见他面有忧色，问道："老先生尊容滞气，应主人眷不宁。然不是生成的，恰似有外来妨碍，原可趋避。"部郎道："如何趋避？望请见教。"正说话间，一个小厮捧了茶盘出来送茶。尚宝看了一看，大惊道："元来如此！"须臾吃罢茶，小厮接了茶钟进去了。尚宝密对部郎道："适来送茶小童，是何名字？"部郎道："问他怎的？"尚宝道："使宅上人眷不宁者，此子也。"部郎道："小厮姓郑，名兴儿，就是此间收的，未上一年。老实勤紧，颇称得用。他如何能使家下不宁？"尚宝道："此小厮相能妨主，若留过一年之外，便要损人口，岂止不宁而已！"部郎意犹不信道："怎便到此？"尚宝道："老先生岂不闻马有的卢能妨主[⑥]，手版能

---

①永乐：明成祖朱棣年号。

②微行：俗称"私访"。帝王或高官化装为常人闲游民间，或查访民情，或游玩，都称"微行"。

③内难：指朱棣推翻建文帝的内战。

④尚宝司丞：尚宝司负责皇帝玺印，丞为主官。

⑤部郎：郎中。六部司的主官。

⑥的卢：一种马名。《三国志·先主传》注记刘备的乘马名叫"的卢"。《相马经》说这种马"白额入口齿"，无论仆人、主人乘坐都不利。

忤人君的故事么[①]?”部郎省悟道:“如此,只得遣了他罢了。”部郎送了尚宝出门,进去与夫人说了适间之言。女眷们见说了这等说话,极易听信的。又且袁尚宝相术有名,那一个不晓得。部郎是读书之人,还有些倔强未服,怎当得夫人一点疑心之根,再拔不出了。部郎就唤兴儿到跟前,打发他出去。兴儿大惊道:“小的并不曾坏老爷事体,如何打发小的?”部郎道:“不为你坏事,只因家中人口不安,袁尚宝爷相道,都是你的缘故。没奈何,打发你在外去过几时,看光景再处。”兴儿也晓得袁尚宝相术通神,如此说了,毕竟难留。却又舍不得家主,大哭一场,拜倒在地。部郎也有好些不忍,没奈何强遣了他。果然,兴儿出去了,家中人口从此平安。部郎合家越信尚宝之言,不为虚谬。

话分两头。且说兴儿含悲离了王家,未曾寻得投主,权在古庙栖身。一日,走到坑厕上屙屎,只见壁上挂着一个包裹。他提下来一看,乃是布线密扎,且是沉重。解开看,乃是二十多包银子。看见了,伸着舌头缩不进来,道:“造化!造化!我有此银子,不忧贫了。就是家主赶了出来,也不妨。”又想一想,道:“我命本该穷苦,投靠了人家,尚且道是相法妨碍家主,平白无事赶了出来。怎得有福气受用这些物事?此必有人家干甚紧事,带了来用,因为登东司[②],挂在壁间失下了的,未必不关着几条性命。我拿了去,虽无人知道,却不做了阴骘事体?毕竟等人来寻,还他为是。”左思右想,带了这个包裹,不敢走离坑厕。沉吟到将晚,不见人来。放心不下,取了一条草荐,竟在坑板上铺了,把包裹塞在头底下,睡了一夜。明日绝早,只见一个人斗蓬眼肿,走到坑中来,见有人在里头,看一看壁间,吃了

---

①手版能忤人君:南北朝时山阳王刘休祐屡次以言语冲犯宋明帝。庾道愍精于相手版(即笏),刘休祐以手版假托是别人的请庾道愍相一相;道愍说:“此乃甚贵,然使人多愆。”(见《南史·庾道愍传》)。这就是手版能忤人君的故事。

②登东司:上厕所。“登东”今方言中仍说。古时厕所建在住室东侧,故称“东司”。今北京四合院一般厕所则建在西南角。

一惊道:“东西已不见了,如何回去得?”将头去坑墙上乱撞。兴儿慌忙止他道:“不要性急! 有甚话,且与我说个明白。”那个人道:“主人托俺将着银子到京中做事。昨日偶因登厕,寻个竹钉,挂在壁上。已后登厕已完,竟自去了,忘记取了包裹。而今主人的事既做不得,银子又无了,怎好白手回去见他? 要这性命做甚?”兴儿道:“老兄不必着忙。银子是小弟拾得在此,自当奉璧①。”那个人听见了,笑逐颜开,道:“小哥若肯见还,当以一半奉谢。”兴儿道:“若要谢时,我昨夜连包拿了去不得? 何苦在坑板上,忍了臭气睡这一夜,不要昧了我的心。”把包裹一撩,竟还了他。那个人见是个小厮,又且说话的确,做事慷慨,便问他道:“小哥高姓?”兴儿道:“我姓郑。”那个人道:“俺的主人,也姓郑,河间府人,是个世袭指挥②。只因进京来讨职事做,叫俺拿银子来使用。不知是昨日失了,今日却得小哥还俺。俺明日做事停当了,同小哥去见俺家主,说小哥这等好意,必然有个好处。”两个欢欢喜喜,同到一个饭店中,殷殷勤勤,买酒请他,问他本身来历。他把投靠王家,因相被逐,一身无归,上项苦情备细述了一遍。那个人道:“小哥患难之中见财不取,一发难得。而今不必别寻道路,只在我下处同住了。待我干成了这事,带小哥到河间府罢了。”兴儿就问那个人姓名。那个人道:“俺姓张,在郑家做都管③,人只叫我做张都管。不要说俺家主人,就是俺自家,也盘缠得小哥一两个月起的。”兴儿正无投奔,听见如此说,也自喜欢。从此只在饭店中安歇,与张都管看守行李。张都管自去兵部做事,有银子得用了,自然无不停当,取郑指挥做了巡抚标下旗鼓官。张都管欣然走到下处,对兴儿道:“承小哥厚德,主人已得了职事。这分明是小哥作成的。俺与你只索同到家去报喜罢了,不必在此停留。”即忙收拾行李,雇了两个牲口,做一路回来。

---

①奉璧:原物奉还。用蔺相如完璧归赵典故。

②指挥:明代卫的长官为指挥。世袭指挥则无实职,只是虚衔。

③都管:仆人头儿,即管家。

到了家门口，张都管留兴儿在外边住了，先进去报与家主郑指挥。郑指挥见有了衙门，不胜之喜，对张都管道："这事全亏你能干得来。"张都管说道："这事全非小人之能。一来主人福荫，二来遇个恩星，得有今日。若非那个恩星，不要说主人官职，连小人性命也不能勾回来见主人了。"郑指挥道："是何恩星？"张都管把登厕失了银子，遇着郑兴儿厕板上守了一夜，原封还他，从头至尾说了一遍。郑指挥大惊道："天下有这样义气的人！而今这人在那里？"张都管道："小人不敢忘他之恩，邀他同到此间拜见主人。见在外面。"郑指挥道："正该如此，快请进来。"张都管走出门外，叫了兴儿，一同进去见郑指挥。兴儿是做小厮过的，见了官人，不免磕个头下去。郑指挥自家也跪将下去，扶住了，说道："你是俺恩人，如何行此礼？"兴儿站将起来。郑指挥仔细看了一看，道："此非下贱之相，况且器量宽洪，立心忠厚，他日必有好处。"讨坐来与他坐了。兴儿那里肯坐，推逊了一回，只得依命坐了。指挥问道："足下何姓？"兴儿道："小人姓郑。"指挥道："忝为同姓，一发妙了。老夫年已望六，尚无子嗣。今遇大恩，无可相报。不是老夫要讨便宜，情愿认义足下做个养子，恩礼相待，少报万一。不知足下心下如何？"兴儿道："小人是执鞭坠镫之人，怎敢当此？"郑指挥道："不如此说，足下高谊，实在古人之上。今欲酬以金帛，足下既轻财重义，岂有重资不取，反受薄物之理？若便恝然无关①，视老夫为何等负义之徒？幸叨同姓，实是天缘，只恐有屈了足下，于心不安。足下何反见外如此？"指挥执意既坚，张都管又在旁边一力撺掇，兴儿只得应承。当下拜了四拜，认义了。此后，内外人多叫他是郑大舍人②，名字叫做郑兴邦，连张都管也让他做小家主了。那舍人北边出身，从小晓得些弓马。今在指挥家，带了同往蓟州任所，广有了得的教师，日日教习，一发熟闲，指挥愈加喜欢。况且做人和气，又凡事老成谨慎，合家之人，无不相投。指挥

①恝(jiá)然：忍心，冷淡。

②舍人：对官员贵家子弟的称呼，与"公子"差不多。

已把他名字报去，做了个应袭舍人。那指挥在巡抚标下，甚得巡抚之心。年终累荐，调入京营，做了游击将军[①]，连家眷进京，郑舍人也同往。到了京中，骑在高头骏马上，看见街道，想起旧日之事，不觉凄然泪下。有诗为证：

昔年在此拾遗金，蓝缕身躯乞丐心。

怒马鲜衣今日过，泪痕还似旧时深。

却说郑游击又与舍人用了些银子，得了应袭冠带，以指挥职衔听用。在京中往来拜客，好不气概。他自离京中，到这个地位，还不上三年。此时王部郎也还在京中。舍人想道："人不可忘本，我当时虽被王家赶了出来，却是主人原待得我好的。只因袁尚宝有妨碍主人之说，故此听信了他，原非本意。今我自到义父家中，何曾见妨了谁来？此乃尚宝之妄言，不关旧主之事。今得了这个地步，还该去见他一见，才是忠厚。只怕义父怪道翻出旧底本，人知不雅，未必相许。"即把此事从头至尾来与义父郑游击商量。游击称赞道："贵不忘贱，新不忘旧，都是人生实受用好处，有何妨碍？古来多少王公大人、天子宰相，在尘埃中屠沽下贱起的。大丈夫正不可以此芥蒂。"舍人得了养父之言，即便去穿了素衣服，腰系金镶角带，竟到王部郎寓所来。手本上写着"门下走卒应袭听用指挥郑兴邦叩见"[②]。

王部郎接了手本，想了一回道："此是何人，却来见我？又且写'门下走卒'，是必曾在那里相会过来。"心下疑惑。元来京里部官清澹，见是武官来见，想是有些油水的，不到得作难，就叫"请进"。郑舍人一见了王部郎，连忙磕头下去。王部郎虽是旧主人，今见如此冠带换扮了，一时那里遂认得，慌忙扶住。道："非是统属，如何行此礼？"舍人道："主人岂不记那年的兴儿么？"部郎仔细一看，骨格虽然不同，体态还认得出，吃了一惊。道："足下何自能致身如此？"舍人把认了义父，讨得应袭指挥，今义父见在京营做游击的话，说了一

①游击将军：总兵下属武官。

②手本：即名帖。下属见上官、学生见老师都递手本求见。用语谦恭。

遍。道:“因不忘昔日看待之恩,敢来叩见。”王部郎见说罢,只得看坐。舍人再三不肯道:“分该侍立。”部郎道:“今足下已是朝廷之官,如何拘得旧事?”舍人不得已,旁坐了。部郎道:“足下有如此后步①,自非家下所能留。只可惜袁尚宝妄言误我,致得罪于足下,以此无颜。”舍人道:“凡事有数,若当时只在主人处,也不能得认义父,以有今日。”部郎道:“事虽如此,只是袁尚宝相术可笑,可见向来浪得虚名耳②。”正要摆饭款待,只见门上递上一帖进来,道:“尚宝袁爷要来面拜。”部郎抚掌大笑,道:“这个相不着的又来了,正好取笑他一回。”便对舍人道:“足下且到里面去,只做旧时妆扮了。停一会,待我与他坐了,竟出来照旧送茶,看他认得出认不出?”舍人依言,进去卸了冠带,与旧日同伴,取了一件青长衣披了。听得外边尚宝坐定讨茶,双手捧了一个茶盘,恭恭敬敬出来送茶。袁尚宝注目一看,忽地站了起来,道:“此位何人?乃在此送茶?”部郎道:“此前日所逐出童子兴儿便是。今无所归,仍来家下服役耳。”尚宝道:“何太欺我?此人不论后日,只据目下,乃是一金带武职官,岂宅上服役之人哉?”部郎大笑道:“老先生不记得前日相他妨碍主人,累家下人口不安的说话了?”尚宝方才省起向来之言,再把他端相了一回,笑道:“怪哉!怪哉!前日果有此言。却是前日之言也不差,今日之相也不差。”部郎道:“何解?”尚宝道:“此君满面阴德纹起③,若非救人之命,必是还人之物,骨相已变。看来有德于人,人亦报之。今日之贵,实由于此。非学生有误也。”舍人不觉失声道:“袁爷真神人也!”遂把厕中拾金还人,与挈到河间认义父亲,应袭冠带,前后事备细说了一遍。道:“今日念旧主人,所以到此。”部郎起初只晓得认义之事,不晓得还金之事,听得说罢,肃然起敬。道:“郑君德行,袁公神术,俱足不朽。”快教取郑爷冠带来穿着了,重新与尚宝施礼。部郎连尚宝多留

①后步:进步。

②浪得:不应得而得。

③阴德纹:又名“阴骘纹”。相术以眼睛下眶纹为卧蚕,主阴骘之事。

了筵席，三人尽欢而散。次日王部郎去拜了郑游击，就当答拜了舍人。遂认为通家，往来不绝。后日郑舍人也做到游击将军而终，子孙竟得世荫。只因一点善念，脱胎换骨，享此爵禄。所以奉劝世人，只宜行好事，天并不曾亏了人。有古风一首为证[①]：

袁公相术真奇绝，唐举许负无差别[②]。
片言甫出鬼神惊，双眸略展荣枯决。
儿童妨主运何乖？流落街衢实可哀。
还金一举堪夸羡，善念方萌已脱胎。
郑公生平原倜傥，百计思酬恩谊广。
螟蛉同姓是天缘，冠带加身报不爽。
京华重忆主人情，一见袁公便起惊。
阴功获福从来有，始信时名不浪称。

①古风：诗体的一种。别于律诗、绝句等近体诗，格律与用韵都宽松。

②唐举：战国人。荀子说："今之世，梁有唐举，相人之形状颜色，而知其吉凶妖祥。"许负：汉代老妪，善相面。曾相周亚夫以后饿死，果如其言，称为"神相"。

卷二十二

钱多处白丁横带　运退时刺史当艄

诗云：

> 菀枯本是无常数①，何必当风使尽帆？
> 东海扬尘犹有日，白衣苍狗刹那间②。

话说人生荣华富贵，眼前的多是空花③，不可认为实相④。如今人一有了时势，便自道是万年不拔之基，旁边看的人，也是一样见识。岂知转眼之间，灰飞烟灭。泰山化作冰山，极是不难的事。俗语两句说得好："宁可无了有，不可有了无。"专为贫贱之人，一朝变泰，得了富贵，苦尽甜来，滋味深长。若是富贵之人，一朝失势，落泊起来，这叫做树倒猢狲散，光景着实难堪了。却是富贵的人，只据目前时势，横着胆，昧着心，任情做去，那里管后来有下稍没下稍⑤？曾有一个笑话，道是一个老翁有三子，临死时分付道："你们倘有所愿，实对我说。我死后求之上帝。"一子道："我愿官高一品。"一子道："我愿田连万顷。"末一子道："我无所愿，愿换大眼睛一对。"老翁大骇道："要此何干？"其子道："等我撑开了大眼，看他们富的富，贵的贵。"此虽是一个笑话，正合着古人云：

> 常将冷眼观螃蟹，看你横行得几时。

虽然如此，然那等熏天赫地富贵人，除非是遇了朝廷诛戮，或是生下子孙不肖，方是败落散场，再没有一个身子上先前做了贵人，以后流

---

①菀（wǎn）枯：荣枯，繁华与凋谢。

②白衣苍狗：风云变幻无常。语出杜甫诗句："天上浮云如白衣，斯须变幻为苍狗。"

③空花：佛家所说虚幻不实，非真实。

④实相：佛家语。事物的真相。

⑤下稍：结果。

为下贱，现世现报，做人笑柄的。看官，而今且听小子先说一个好笑的，做个“入话”①。唐朝僖宗皇帝即位，改元乾符②。是时阉宦骄横③。有个小马坊使内官田令孜④，是上为晋王时有宠⑤。及即帝位，使知枢密院⑥，遂擢为中尉⑦。上时年十四，专事游戏，政事一委令孜，呼为“阿父”，迁除官职，不复关白⑧。其时，京师有一流棍，名叫李光，专一阿谀逢迎，谄事令孜。令孜甚是喜欢信用，荐为左军使。忽一日，奏授朔方节度使⑨。岂知其人命薄，没福消受，敕下之日，暴病卒死。遗有一子，名唤德权，年方二十馀岁。令孜老大不忍，心里要抬举他，不论好歹，署了他一个剧职⑩。时黄巢破长安⑪。中和元年⑫，陈敬瑄在成都⑬，遣兵来迎僖皇。令孜遂劝僖皇幸蜀。令孜扈驾，就便叫了李德权同去。僖皇行在住于成都⑭。令孜与敬瑄相与交结，盗专国柄，人皆畏威。德权在两人左右，远近仰奉，凡

---

①入话：说话人术语。正话（故事）之前的引子，多为短小故事。也称“得胜头回”。

②改元：新皇帝登基，改换新年号。

③阉宦：太监，即下文“内官”。

④田令孜：本姓陈，用其义父姓。晚唐权宦，掌握兵权。后为王建所杀。

⑤晋王：当为“普王”，晋字误。

⑥枢密院：唐时无此机构，五代始设立。唐代宗时有枢密使，太监充任，职掌章奏。

⑦中尉：田令孜曾任神策军（禁军）中尉、左监门卫大将军。

⑧关白：报告，通知。

⑨朔方：唐代西北军事重镇。其地即今宁夏灵武。

⑩剧职：要职。

⑪黄巢：唐末起义领袖。山东冤句人。乾符六年（公元879年）破长安，建立大齐。后失败自杀。

⑫中和元年：公元881年。黄巢即于当年被李克用战败自杀。“中和”仍是唐僖宗李儇年号。

⑬陈敬瑄：田令孜之弟，时任西川节度使。

⑭行在：皇帝出行时所在居住地，称为“行在所”。

奸豪求名求利者，多贿赂德权，替他两处打关节。数年之间，聚贿千万，累官至金紫光禄大夫、检校右仆射[①]，一时薰灼无比。后来僖皇薨逝，昭皇即位[②]。大顺二年四月[③]，西川节度使王建屡表请杀令孜、敬瑄。朝廷惧怕二人，不敢轻许。建使人告敬瑄作乱，令孜通凤翔书，不等朝廷旨意，竟执二人杀之。草奏云：

开柙出虎，孔宣父不责他人[④]；当路斩蛇，孙叔敖盖非利己[⑤]。专杀不行于阃外[⑥]，先机恐失于彀中。

于时追捕二人馀党甚急，德权脱身，遁于复州[⑦]，平日枉有金银财货万万千千，一毫却带不得，只走得空身。盘缠了几日，衣服多当来吃了，单衫百结，乞食通途。可怜昔日荣华，一旦付之春梦。却说天无绝人之路。复州有个后槽健儿[⑧]，叫做李安。当日李光未际时，与他相熟。偶在道上行走，忽见一人褴褛丐食。仔细一看，认得是李光之子德权。心里恻然，邀他到家里，问他道："我闻得你父子在长安富贵，后来破败，今日何得在此？"德权将官司追捕田、陈馀党，脱身亡命，到此困穷的话，说了一遍。李安道："我与汝父有交，你便权在舍下住几时。怕有人认得，你可改个名，只认做我的侄儿，便可无事。"德权依言，改名彦思，就认他这看马的做叔叔，不出街上乞化了。未及半年，李安得病将死，彦思见后槽有官给的工食，遂叫李安

---

①金紫光禄大夫：加于高官显宦的荣誉官衔。右仆射(yè)：在唐太宗后是宰相的官衔。加"检校"二字即是虚衔，表示恩宠。

②昭皇：唐昭宗李晔，在位十六年。

③大顺：唐昭宗的一个年号。

④孔宣父：孔子。此处套用孔子的话："虎兕出于柙，龟玉毁于椟中，是谁之过与？"(《论语·季氏》)是责备季氏要攻打颛臾的话。

⑤孙叔敖：春秋时楚国大夫。此处引用典故，孙叔敖小时在途中遇见两头蛇，为了不贻害旁人，把蛇杀了。

⑥阃外：指统兵在外。

⑦复州：今湖北沔阳县。

⑧后槽健儿：养马兵卒。唐代始称兵士为"健儿"。

投状，道："身已病废，乞将侄彦思继充后槽。"不数日，李安果死，彦思遂得补充健儿，为牧守圉人。不须忧愁衣食，自道是十分侥幸。岂知渐渐有人晓得他曾做仆射过的。此时朝政紊乱，法纪废弛，也无人追究他的踪迹。但只是起他个混名，叫他做"看马李仆射"。走将出来时，众人便指手点脚，当一场笑话。

看官，你道仆射是何等样大官，后槽是何等样贱役！如今一人身上，先做了仆射，收场结果，做得个看马的，岂不可笑？却又一件，那些人依附内相①，原是冰山，一朝失势，破败死亡。此是常理。留得残生看马，还是便宜的事，不足为怪。如今再说当日同时有一个官员，虽是得官不正，侥幸来的，却是自己所挣。谁知天不帮衬，有官无禄。并不曾犯着一个对头，并不曾做着一件事体，都是命里所招，下梢头弄得没出豁，比此更为可笑。诗曰：

富贵荣华何足论，从来世事等浮云。
登场傀儡休相吓，请看当艄郭使君。

这本话文，就是唐僖宗朝，江陵有一个人，叫做郭七郎。父亲在日，做江湘大商，七郎长随着船上去走的。父亲死过，是他当家了。真个是家资巨万，产业广延，有鸦飞不过的田宅，贼扛不动的金银山，乃楚城富民之首。江淮河朔的贾客，多是领他重本，贸易往来。却是这些富人，惟有一项不平心，是他本等：大等秤进，小等秤出。自家的，歹争做好；别人的，好争做歹。这些领他本钱的贾客，没有一个不受尽他累的。各各吞声忍气，只得受他，你道为何？只为本钱是他的，那江湖上走的人，拚得陪些辛苦在里头，随你尽着欺心算帐，还只是仗他资本营运，毕竟有些便宜处。若一下冲撞了他，收拾了本钱去，就没蛇得弄了。故此随你克剥，只是行得去的，本钱越弄越大，所以富的人只管富了。那时有一个极大商客，先前领了他几万银子，到京都做生意。去了几年，久无音信。直到乾符初年，郭七郎在家，想着这主本钱没着落。他是大商，料无所失，可惜没个人往

①内相：内官。即太监。

京去一讨。又想一想道："闻得京都繁华去处，花柳之乡。不若借此事由，往彼一游。一来可以索债，二来买笑追欢，三来觑个方便，觅个前程，也是终身受用。"算计已定。七郎有一个老母、一弟、一妹在家，奴婢下人无数，只是未曾娶得妻子。当时分付弟妹承奉母亲，着一个都管看家，馀人各守职业做生理。自己却带几个惯走长路会事的家人在身边，一面到京都来。七郎从小在江湖边生长，贾客船上往来。自己也会撑得篙，摇得橹，手脚快便，把些饥餐渴饮之路，不在心上，不则一日到了。

元来那个大商，姓张名全，混名张多宝。在京都开几处解典库，又有几所缣段铺。专一放官吏债，打大头脑的[①]；至于居间说事，卖官鬻爵，只要他一口担当，事无不成。也有叫他做张多保的，只为凡事多是他保得过，所以如此称呼。满京人无不认得他的，郭七郎到京，一问便着。他见七郎到了，是个江湘债主。起初进京时节，多亏他的几万本钱做桩，才做得开，成得这个大气概。一见了欢然相接，叙了寒温，便摆起酒来。把轿去教坊里请了几个有名的衏衏[②]，前来陪侍，宾主尽欢。酒散后，就留一个绝顶的妓者，叫做王赛儿，相伴了七郎，在一个书房里宿了。富人待富人，那房舍精致，帷帐华侈，自不必说。次日起来，张多保不待七郎开口，把从前连本连利一算，约该有十来万了，就如数搬将出来，一手交兑。口里道："只因京都多事，脱身不得，亦且挈了重资，江湖上难走，又不可轻易托人，所以迟了几年。今得七郎自身到此，交明了此一宗，实为两便。"七郎见他如此爽利，心下喜欢。便道："在下初入京师，未有下处。虽承还清本利，却未有安顿之所，有烦兄长替在下寻个寓舍何如？"张多保道："舍下空房尽多，闲时还要招客，何况兄长通家[③]，怎到别处作寓？

①打大头脑：指在有钱谋官职的人身上打主意。

②教坊：本是掌管女乐的官署。此指乐户、妓院。

③通家：世代友好，亲谊。

只须在舍下安歇。待要启行时，在下周置动身[1]，管取安心无虑[2]。”七郎大喜，就在张家间壁一所大客房住了。当日取出十两银子送与王赛儿，做昨日缠头之费[3]。夜间七郎摆还席，就央他陪酒。张多保不肯要他破钞，自己也取十两银子来送，叫还了七郎银子。七郎那里肯！推来推去，大家多不肯收进去。只便宜了这王赛儿，落得两家都收了，两人方才快活。是夜，宾主两个与同王赛儿行令作乐饮酒，愈加熟分有趣，吃得酩酊而散。王赛儿本是个有名的上厅行首[4]，又见七郎有的是银子，放出十分擒拿的手段来。七郎一连两宵，已此着了迷魂汤。自此同行同坐，时刻不离左右，径不放赛儿到家里去了。赛儿又时常接了家里的姊妹，轮递来陪酒插趣[5]，七郎赏赐无算。那鸨儿又有做生日、打差买物事，替还债，许多科分出来[6]。七郎挥金如土，并无吝惜。才是行径如此，便有帮闲钻懒一班儿人出来，诱他去跳槽[7]。大凡富家浪子，心性最是不常，搭着便生根的，见了一处，就热一处。王赛儿之外，又有陈娇、黎玉、张小小、郑翩翩，几处往来，都一般的撒漫使钱[8]。那伙闲汉又领了好些王孙贵戚好赌博的，牵来局赌[9]，做圈做套，赢少输多，不知骗去了多少银子。

七郎虽是风流快活，终久是当家立计好利的人。起初见还的利钱都在里头，所以放松了些手。过了三数年，觉道用得多了，捉捉后手看[10]，已用过了一半有多了。心里猛然想着家里头，要回家。来与

①周置：精心安排。

②管取：保险。

③缠头：对艺妓的赏赐、报酬。

④上厅行首：头等妓女。

⑤插趣：凑趣。

⑥科分：做作，名目。

⑦跳槽：本意即是另换妓女。今口语中用以指改变职业、另寻主顾等。

⑧撒漫：浪费，挥霍。

⑨局赌：做成圈套的骗赌。今方言中称为“抬和子”。

⑩捉后手：计算所剩多少。

张多保商量，张多保道："此时正是濮人王仙芝作乱[①]，劫掠郡县，道路梗塞。你带了偌多银两，待往那里去？恐到不得家里。不如且在此盘桓几时，等路上平静好走，再去未迟。"七郎只得又住了几日。偶然一个闲汉，叫做"包走空"包大，说起朝廷用兵紧急，缺少钱粮，纳了些银子，就有官做。官职大小，只看银子多少。说得郭七郎动了火，问道："假如纳他数百万钱，可得何官？"包大道："如今朝廷昏浊，正正经经纳钱，就是得官，也只有数，不能勾十分大的。若把这数百万钱拿去，私下买嘱了主爵的官人，好歹也有个刺史做。"七郎吃一惊，道："刺史也是钱买得的？"包大道："而今的世界，有甚么正经？有了钱，百事可做，岂不闻崔烈五百万买了个司徒么[②]？而今空名大将军告身[③]，只换得一醉；刺史也不难的，只要通得关节，我包你做得来便是。"正说时，恰好张多保走出来。七郎一团高兴，告诉了适才的说话。张多保道："事体是做得来的，在下手中也弄过几个了。只是这件事，在下不撺掇得兄长做。"七郎道："为何？"多保道："而今的官，有好些难做。他们做得兴头的，多是有根基，有脚力，亲戚满朝，党与四布，方能勾根深蒂固，有得钱赚，越做越高。随你去剥削小民，贪污无耻，只要有使用，有人情，便是万年无事的。兄长不过是白身人[④]，便弄上一个显官，须无四壁倚仗，到彼地方，未必行得去。就是行得去时，朝里如今专一讨人便宜，晓得你是钱换来的，略略等你到任一两个月，有了些光景，便道勾你了，一下子就涂抹着，岂不枉费了这些钱？若是官好做时，在下也做多时了。"七郎道："不是这等说，小弟家里有的是钱，没的是官。况且身边现有钱财，总是不便带得到家。何不于此处用了些，博得个腰金衣紫，也是人

①王仙芝：唐末起义领袖。黄巢即其旧部。濮州（今山东鄄城）人。

②崔烈：东汉人。汉灵帝时以五百万钱买了一个司徒的官职。

③空名大将军告身：告身即委任凭证。唐末空名（未填名字）告身随意请领，一则朝廷用以赏赐褒奖官员，加以虚衔，一则用以敛财，卖给想过官瘾的有钱人。大将军、尚书之类都容易得到。

④白身：也称"白丁"。没有官职也没有科举身份的普通百姓。

生一世，草生一秋。就是不赚得钱时，小弟家里原不希罕这钱的。就是不做得兴时，也只是做过了一番官了。登时住了手，那荣耀是落得的[1]。小弟见识已定，兄长不要扫兴。”多保道：“既然长兄主意要如此，在下当得效力。”当时就与包大两个商议，去打关节。那个包大走跳路数极熟[2]，张多保又是个有身家干大事惯的人[3]，有什么弄不来的事？元来唐时使用的是钱，千钱为“缗”，就用银子准时，也只是以钱算帐。当时一缗钱，就是今日的一两银子，宋时却叫做一贯了。张多保同包大将了五千缗，悄悄送到主爵的官人家里。那个主爵的官人，是内官田令孜的收纳户，百灵百验。又道是无巧不成话。其时有个粤西横州刺史郭翰[4]，方得除授，患病身故，告身还在铨曹[5]。主爵的受了郭七郎五千缗，就把籍贯改注，即将郭翰告身，转付与了郭七郎。从此改名做了郭翰。张多保与包大接得横州刺史告身，千欢万喜，来见七郎称贺。七郎此时头轻脚重，连身子都麻木起来。包大又去唤了一部梨园子弟[6]，张多保置酒张筵，是日就换了冠带。那一班闲汉晓得七郎得了个刺史，没一个不来贺喜撮空[7]。大吹大擂，吃了一日的酒。又道是：“苍蝇集秽，蝼蚁集膻，鹁鸽子旺边飞。”七郎在京都，一向撒漫有名。一旦得了刺史之职，就有许多人来投靠他做使令的[8]。少不得官不威，牙爪威；做都管，做大叔，走头站，打驿吏，欺估客，诈乡民，总是这一干人了。郭七郎身子如在云雾里一般，急思衣锦荣归，择日起身。张多保又设酒饯行。起初

①落得：方言。剩下。

②走跳：活动。

③身家：财产。

④横州：今广西横县。

⑤铨曹：吏部。

⑥梨园子弟：戏子。唐玄宗在梨园教授乐工三百、宫女数百人乐曲，称为“梨园子弟”。后用以指称戏曲演员。

⑦撮空：捧场。

⑧使令：当差的。

这些往来的闲汉、姊妹，多来送行。七郎此时眼孔已大，各各赍发些赏赐，气色骄傲，旁若无人。那些人让他是个见任刺史，胁肩谄笑，随他怠慢。只消略略眼梢带去，口角惹着，就算是十分殷勤好意了。如此撺哄了几日，行装打迭已备，齐齐整整起行，好不风骚！一路上想道："我家里资产既饶，又在大郡做了刺史，这个富贵不知到那里才住。"心下喜欢，不觉日逐卖弄出来。那些原跟去京都家人，又在新投的家人面前，夸说着家里许多富厚之处。那新投的一发喜欢，道是投得着好主了，前路去耀武扬威，自不必说。

无船上马，有路登舟，看看到得江陵境上来。七郎看时吃了一惊。但见：

人烟稀少，闾井荒凉。满前败宇颓垣，一望断桥枯树。乌焦木柱，无非放火烧残；赭白粉墙，尽是杀人染就。尸骸没主，乌鸦与蝼蚁相争；鸡犬无依，鹰隼与豺狼共饱。任是石人须下泪，总教铁汉也伤心。

元来江陵渚宫一带地方①，多被王仙芝作寇残灭，里闾人物，百无一存。若不是水道明白，险些认不出路径来。七郎看见了这个光景，心头已自劈劈地跳个不住。到了自家岸边，抬头一看，只叫得苦。原来都弄做了瓦砾之场，偌大的房屋，一间也不见了。母亲、弟妹、家人等，俱不知一个去向。慌慌张张，走头无路，着人四处找寻。找寻了三四日，撞着旧时邻人，问了详细。方知地方被盗兵抄乱，弟被盗杀，妹被抢去，不知存亡。止剩得老母与一两个丫头，寄居在古庙旁边两间茅屋之内。家人俱各逃窜，囊橐尽已荡空。老母无以为生，与两个丫头替人缝针补线，得钱度日。七郎闻言，不胜痛伤。急急领了从人，奔至老母处来。母子一见，抱头大哭。老母道："岂知你去后，家里遭此大难！弟妹俱亡，生计都无了！"七郎哭罢，拭泪道："而今事已到此，痛伤无益。亏得儿子已得了官，还有富贵荣华日子在后面，母亲且请宽心。"母亲道："儿得了何官？"七郎道："官也

①渚宫：春秋时楚成王所建别宫，故址在今江陵城内。

不小，是横州刺史。”母亲道：“如何能勾得此显爵？”七郎道：“当今内相当权，广有私路，可以得官。儿子向张客取债，他本利俱还，钱财尽多在身边，所以将钱数百万，勾干得此官。而今衣锦荣归，省看家里，随即星夜到任去。”七郎叫众人取冠带过来穿着了，请母亲坐好，拜了四拜。又叫身边随从旧人，及京中新投的人，俱各磕头，称太夫人。母亲见此光景，虽然有些喜欢，却叹口气道：“你在外边荣华，怎知家丁尽散，分文也无了。若不营勾这官，多带些钱归来用度也好。”七郎道：“母亲诚然女人家识见，做了官，怕少钱财？而今那个做官的家里，不是千万百万，连地皮多卷了归家的？今家业既无，只索撇下此间，前往赴任。做得一年两年，重撑门户，改换规模，有何难处！儿子行囊中还剩有二三千缗，尽勾使用，母亲不必忧虑。”母亲方才转忧为喜，笑逐颜开，道：“亏得儿子峥嵘有日，奋发有时，真是谢天谢地！若不是你归来，我性命只在目下了。而今何时可以动身？”七郎道：“儿子原想此一归来，娶个好媳妇，同享荣华。而今看这个光景，等不得做这个事了。且待上了任，再做商量。今日先请母亲上船安息。此处既无根绊，明日换个大船，就做好日开了罢。早到得任一日，也是好的。”当夜，请母亲先搬在来船中了。茅舍中破锅破灶破碗破罐，尽多撇下。又分付当直的，雇了一只往西粤长行的官船。次日搬过了行李，下了舱口停当。烧了利市神福，吹打开船。此时老母与七郎俱各精神荣畅，志气轩昂。七郎不曾受苦，是一路兴头过来的，虽是对着母亲，觉得满盈得意，还不十分怪异。那老母是历过苦难的，真是地下超升在天上，不知身子几多大了。

一路行去，过了长沙，入湘江，次永州①。州北江漂有个佛寺②，名唤兜率禅院，舟人打点泊船在此过夜。看见岸边有大槠树一株，围合数抱，遂将船缆结在树上，结得牢牢的，又钉好了桩橛。七郎同老母进寺随喜，从人撑起伞盖跟后。寺僧见是官员，出来迎接送茶。

---

①永州：治所即今湖南永州市。

②江漂：江边。

私问来历，从人答道："是见任西粤横州刺史。"寺僧见说是见任官，愈加恭敬，陪侍指引，各处游玩。那老母但看见佛菩萨像，只是磕头礼拜，谢他覆庇。天色晚了，俱各回船安息。黄昏左侧[①]，只听得树梢呼呼的风响。须臾之间，天昏地黑，风雨大作。但见：

封姨逞势[②]，巽二施威[③]。空中如万马奔腾，树杪似千军拥沓。浪涛澎湃，分明战鼓齐鸣；圩岸倾颓，恍惚轰雷骤震。山中猇虎啸，水底老龙惊。尽知巨树可维舟，谁道大风能拔木！

众人听见风势甚大，心下惊惶。那艄公心里道是："江风虽猛，亏得船系在极大的树上，生根得牢，万无一失。"睡梦之中，忽听得天崩地裂价一声响亮。元来那株樜树年深日久，根行之处，把这些帮岸都拱得松了。又且长江巨浪[④]，日夜淘洗，岸如何得牢？那树又大了，本等招风，怎当这一只狼犺的船[⑤]，尽做力生根在这树上？风打得船猛，船牵得树重，树趁着风威，底下根在浮石中绊不住了，豁喇一声，竟倒在船上来，把只船打得粉碎。船轻树重，怎载得起？只见水乱滚进来，船已沉了。船中碎板，片片而浮，睡的婢仆，尽没于水。说时迟，那时快，艄公慌了手脚，喊将起来。郭七郎梦中惊醒。他从小原晓得些船上的事，与同艄公竭力死拖住船缆，才把个船头凑在岸上，搁得住。急在舱中水里，扶得个母亲，搀到得岸上来，逃了性命。其后艄人等，舱中什物行李，被几个大浪泼来，船底俱散，尽漂没了。其时，深夜昏黑，山门紧闭，没处叫唤，只得披着湿衣，三人捶胸跌脚价叫苦。守到天明，山门开了。急急走进寺中，问着昨日的主僧。主僧出来，看见他慌张之势，问道："莫非遇了盗么？"七郎把树倒舟沉之话，说了一遍。寺僧忙走出看，只见岸边一只破船沉在水里，岸

---

①左侧：将近、接近，附近。

②封姨：风神。

③巽二：风神名。

④长江：大江。此处是湘江。

⑤狼犺(kàng)：粗大，笨重。

上大槠树倒来压在其上了，吃了一惊。急叫寺中火工道者人等，一同艄公到破板舱中，遍寻东西。俱被大浪打去，没讨一些处。连那张刺史的告身，都没有了。寺僧权请进一间静室，安住老母。商量到零陵州州牧处陈告情由①，等所在官司替他动了江中遭风失水的文书，还可赴任。计议已定，有烦寺僧一往。寺僧与州里人情厮熟，果然叫人去报了。谁知：

浓霜偏打无根草，祸来只奔福轻人。

那老母原是兵戈扰攘中，看见杀儿掠女，惊坏了再苏的。怎当夜来这一惊，可又不小。亦且婢仆俱亡，生资都尽，心中转转苦楚。面如腊查，饮食不进，只是哀哀啼哭，卧倒在床，起身不得了。七郎愈加慌张，只得劝母亲道："留得青山在，不怕没柴烧。虽是遭此大祸，儿子官职还在，只要到得任所便好了。"老母带着哭道："儿，你娘心胆俱碎，眼见得无那活的人了，还说这太平的话则甚！就是你做得官，娘看不着了。"七郎一点痴心，还指望等娘好起来，就地方起个文书，前往横州到任，有个好日子在后头。谁想老母受惊太深，一病不起。过不多两日，呜呼哀哉，伏惟尚飨。

七郎痛哭一场，无计可施。又与僧家商量，只得自往零陵州哀告州牧。州牧几日前曾见这张失事的报单过，晓得是真情。毕竟官官相护，道他是隔省上司，不好推得干净身子。一面差人替他殡葬了母亲，又重重赍助他盘缠，以礼送了他出门。七郎亏得州牧周全，幸喜葬事已毕，却是丁了母忧②，去到任不得了。寺僧看见他无了根蒂，渐渐怠慢，不肯相留。要回故乡，已此无家可归。没奈何就寄住在永州一个船埠经纪人的家里。原是他父亲在时，走客认得的③。却是囊橐俱无，止有州牧所助的盘缠，日吃日减，用不得几时，看看没有了。那些做经纪的人，有甚情谊？日逐有些怨咨起来，未免茶

①零陵州：即永州。

②丁了母忧：父母死儿子守丧，有官职的要停职，叫"丁忧"。服满才可谋求复任。

③走客：经商。

迟饭晏，箸长碗短。七郎觉得了，发话道："我也是一郡之主，当是一路诸侯。今虽丁忧，后来还有日子，如何恁般轻薄？"店主人道："说不得一郡两郡，皇帝失了势，也要忍些饥饿，吃些粗粝。何况于你是未任的官！就是官了，我每又不是什么横州百姓，怎么该供养你？我们的人家，不做不活，须是吃自在食不起的。"七郎被他说了几句，无言可答，眼泪汪汪，只得含着羞耐了。再过两日，店主人的寻事吵闹，一发看不得了。七郎道："主人家，我这里须是异乡，并无一人亲识可归，一向叨扰府上，情知不当，却也是没奈何了。你有甚么觅衣食的道路，指引我一个儿？"店主人道："你这样人，种火又长[①]，拄门又短，郎不郎秀不秀的[②]。若要觅衣食，须把个官字儿阁起，照着常人佣工做活，方可度日。你却如何去得？"七郎见说到佣工做活，气忿忿地道："我也是方面官员，怎便到此地位？"思想零陵州州牧前日相待甚厚，不免再将此苦情告诉他一番，定然有个处法。难道白白饿死一个刺史在他地方了不成？写了个帖，又无一个人跟随，自家袖了，葳葳蕤蕤[③]，走到州里衙门上来递。那衙门中人见他如此行径，必然是打抽丰没廉耻的[④]，连帖也不肯收他的。直到再三央及，把上项事一一分诉。又说到替他殡葬，厚礼赆行之事。这却衙门中都有晓得的，方才肯接了进去，呈与州牧。州牧看了，便有好些不快活起来，道："这人这样不达时务的。前日吾见他在本州失事，又看上司体面，极意周全他去了。他如何又在此缠扰？或者连前日之事，未必是真；多是神棍假装出来骗钱的，未可知。纵使是真，必是个无耻的人，还有许多无厌足处。吾本等好意，却叫得引鬼上门。我而今不便追究，只不理他罢了。"分付门上不受他帖，只说'概不见

---

①种火：烧火。此指烧火棍。

②郎不郎秀不秀：不成材。元明时称贵族官僚子弟为"秀"，平民子弟为"郎"。不郎不秀，即是不上不下，不伦不类。

③葳葳蕤蕤：蔫蔫的样子，不精神。

④打抽丰：打秋风。依托某种关系向人求取财物称作"打抽丰"。

客'，把原帖还了。七郎受了这一场冷淡，却又想回下处不得，住在衙门上守他出来时，当街叫喊。州牧坐在轿上问道："是何人叫喊？"七郎口里高声答道："是横州刺史郭翰。"州牧道："有何凭据？"七郎道："原有告身，被大风飘舟，失在江里了。"州牧道："既无凭据，知你是真是假？就是真的，赍发已过，如何只管在此缠扰？必是光棍，姑饶打，快走！"左右虞候看见本官发怒①，乱棒打来。只得闪了身子开来，一句话也不说得。有气无力的，仍旧走回下处闷坐。店主人早已打听他在州里的光景，故意问道："适才见州里相公，相待如何？"七郎羞惭满面，只叹口气，不敢则声。店主人道："我教你把官字儿阁起，你却不听我，直要受人怠慢。而今时势，就是个空名宰相，也当不出钱来了。除是靠着自家气力，方挣得饭吃。你不要痴了！"七郎道："你叫我做甚勾当好？"店主人道："你自想，身上有甚本事？"七郎道："我别无本事，止是少小随着父亲涉历江湖，那些船上风水，当艄拿舵之事，尽晓得些。"店主人喜道："这个却好了，我这里埠头上来往船只多，尽有缺少执艄的。我荐你去几时，好歹觅几贯钱来，饿你不死了。"七郎没奈何，只得依从。从此，只在往来船只上替他执艄度日。去了几时，也就觅了几贯工钱，回到店家来。永州市上人认得了他，晓得他前项事的，就传他一个名，叫他做"当艄郭使君"。但是要寻他当艄的船，便指名来问郭使君。永州市上编成他一只歌儿道：

问使君，你缘何不到横州郡？元来是天作对，不作你假斯文，把家缘结果在风一阵②。舵牙当执板，绳缆是拖绅③。这是荣耀的下稍头也，还是把着舵儿稳。

——词名《挂枝儿》

---

①虞候：本是下级武官，此指随从。

②家缘：家计。即财产。

③拖绅：官员大带束腰，留下一部分垂下叫"绅"。

在船上混了两年，虽然挨得服满[①]，身边无了告身，去补不得官。若要京里再打关节时，还须照前得这几千缗使用，却从何处讨？眼见得这话休题了。只得安心塌地，靠着船上营生。又道是"居移气，养移体"[②]。当初做刺史，便像个官员。而今在船上多年，状貌气质，也就是些篙工水手之类，一般无二。可笑个一郡刺史，如此收场。可见人生荣华富贵，眼前算不得帐的。上覆世间人，不要十分势利。听我四句口号：

富不必骄，贫不必怨。
要看到头，眼前不算。

---

①服满：服除。三年丧实守二十七个月。

②居移气，养移体：语出《孟子·尽心下》。意思是说，生活环境和条件改变，也改变人的精神气质和身体状况。

卷二十三

大姊魂游完宿愿　小姨病起续前缘

诗曰：

生死由来一样情，豆萁燃豆并根生[①]。

存亡姊妹能相念，可笑阋墙亲弟兄[②]。

话说唐宪宗元和年间，有个侍御李十一郎[③]，名行修。妻王氏夫人，乃是江西廉使王仲舒女[④]，贞懿贤淑，行修敬之如宾。王夫人有个幼妹，端妍聪慧，夫人极爱他，常领他在身边鞠养。连行修也十分爱他，如自家养的一般。一日，行修在族人处赴婚礼喜筵，就在这家歇宿。晚间忽做一梦，梦见自身再娶夫人。灯下把新人认看，不是别人，正是王夫人的幼妹。猛然惊觉，心里甚是不快活。巴到天明，连忙归家。进得门来，只见王夫人清早已起身了，闷坐着，将手频频拭泪，行修问着，不答。行修便问家人道："夫人为何如此？"家人辈齐道："今早当厨老奴，在厨下自说五更头做一梦，梦见相公再娶王家小娘子。夫人知道了，恐怕自身有甚山高水低，所以悲哭了一早起了[⑤]。"行修听罢，毛骨耸然，惊出一身冷汗。想道："如何与我所梦正合？"他两个是恩爱夫妻。心下十分不乐，只得勉强劝谕夫人道："此老奴颠颠倒倒，是个愚懵之人，其梦何足凭准？"口里虽如此说，心下因是两梦不约而同，终久有些疑惑。只见隔不多几日，夫人生

---

①豆萁燃豆：指曹植的七步诗："煮豆持作羹，漉菽以为汁。萁在釜下燃，豆在釜中泣。本是同根生，相煎何太急！"比喻兄弟相残。

②阋(xì)墙：兄弟不和。语出《诗经·常棣》："兄弟阋于墙，外御其侮。"阋，争吵。

③侍御：官职名。侍御史，朝中监察官。

④廉使：唐代观察使，亦称廉使。考察地方州县官吏政绩的方面大员。

⑤一早起：一早晨。今方言中仍如此说。

出病来。累医不效，两月而亡。行修哭得死而复苏。书报岳父王公，王公举家悲恸。因不忍断了行修亲谊，回书还答，便有把幼女续婚之意。行修伤悼正极，不忍说起这事，坚意回绝了岳父。于时有个卫秘书卫随[①]，最能广识天下奇人。见李行修如此思念夫人，突然对他说道："侍御怀想亡夫人如此深重，莫不要见他么？"行修道："一死永别，如何能勾再见？"秘书道："侍御若要见亡夫人，何不去问'稠桑王老'[②]？"行修道："王老是何人？"秘书道："不必说破，侍御只牢牢记着'稠桑王老'四字，少不得有相会之处。"行修见说得作怪，切切记之于心。

过了两三年，王公幼女越长成了，王公思念亡女，要与行修续亲，屡次着人来说。行修不忍背了亡夫人，只是不从。此后，除授东台御史[③]，奉诏出关，行次稠桑驿，驿馆中先有敕使住下了[④]，只得讨个官房歇宿。那店名就叫做稠桑店。行修听得"稠桑"二字，触着便自上心，想道："莫不什么'王老'正在此处？"正要跟寻问[⑤]，只听得街上人乱嚷。行修走到店门边一看，只见一伙人，团团围住一个老者。你扯我扯，你问我问，缠得一个头昏眼暗。行修问店主人道："这些人何故如此？"主人道："这个老儿姓王，是个希奇的人，善谈禄命。乡里人敬他如神。故此见他走过，就缠住问祸福。"行修想着卫秘书之言道："元来果有此人！"便叫店主人快请他到店相见。店主人见行修是个出差御史，不敢稽延。拨开人丛，走进去扯住他道："店中有个李御史李十一郎奉请。"众人见说是官府请，放开围，让他出来，一哄多散了。到店相见，行修见是个老人，不要他行礼，就把想念亡妻，有卫秘书指引来求他的话，说了一遍。便道："不知老翁果有奇

①秘书：秘书郎。管理皇家图书文籍的官员。

②稠桑：地名。稠桑驿，在今河南灵宝县西。

③东台御史：东都洛阳御史台下御史。

④敕使：传达圣旨的太监。

⑤跟寻：追查，打听。

术，能使亡魂相见否？”老人道：“十一郎要见亡夫人，就是今夜罢了。”老人前走，叫行修打发开了左右，引了他，一路走入一个土山中。又升了一个数丈的高坡，坡侧隐隐见有个丛林。老人便住在路旁，对行修道：“十一郎可走去林下，高声呼‘妙子’，必有人应。应了，便说道：‘传语九娘子，今夜暂借妙子同看亡妻。’”行修依言，走去林间呼着，果有人应。又依着前言说了。

少顷，一个十五六岁的女子走出来道：“九娘子差我随十一郎去。”说罢，便折竹二枝，自跨了一枝，一枝与行修跨。跨上，便同马一般快。行勾三四十里，忽到一处，城阙壮丽。前经一大宫，宫前有门。女子道：“但循西廊直北，从南第二宫，乃是贤夫人所居。”行修依言，趋至其处。果见十数年前一个死过的丫头出来拜迎，请行修坐下。夫人就走出来，涕泣相见。行修伸诉离恨，一把抱住不放。却待要再讲欢会，王夫人不肯，道：“今日与君幽显异途，深不愿如此，贻妾之患。若是不忘平日之好，但得纳小妹为婚，续此姻亲，妾心愿毕矣。所要相见，只此奉托。”言罢，女子已在门外厉声催叫道：“李十一郎速出！”行修不敢停留，含泪而出。女子依前与他跨了竹枝同行。到了旧处，只见老人头枕一块石头眠着正睡。听得脚步响，晓得是行修到了，走起来问道：“可如意么？”行修道：“幸已相会。”老人道：“须谢九娘子遣人相送。”行修依言，送妙子到林间，高声称谢。回来问老人道：“此是何等人？”老人道：“此原上有灵应九子母祠耳①。”老人复引行修到了店中，只见壁上灯盏荧荧，槽中马啖刍如故，仆夫等个个熟睡。行修疑道做梦，却有老人尚在可证。老人当即辞行修而去，行修叹异了一番。因念妻言谆恳，才把这段事情备细写与岳丈王公。从此遂续王氏之婚，恰应前日之梦。正是：

旧女婿为新女婿，大姨夫做小姨夫。

古来只有娥皇、女英姊妹两个②，一同嫁了舜帝。其他姊姊亡

---

①九子母：神名。佛经鬼子母，一次生了九子，亦称“九子母”。僧徒祀之。

②娥皇、女英：帝尧的两个女儿，嫁给虞舜。

故,不忍断亲,续上小姨,乃是世间常事。从来没有个亡故的姊姊,怀此心愿,在地下撮合完成好事的。今日小子先说此一段异事,见得人生只有这个"情"字至死不泯的。只为这王夫人身子虽死,心中还念着亲夫恩爱,又且妹子是他心上喜欢的,一点情不能忘,所以阴中如此主张,了其心愿。这个还是做过夫妇多时的,如此有情,未足为怪。小子如今再说一个不曾做亲过的,只为不忘前盟,阴中完了自己姻缘,又替妹子联成婚事。怪怪奇奇,真真假假,说来好听。有诗为证:

还魂从古有,借体亦其常。
谁摄生人魄,先将宿愿偿!

这本话文,乃是元朝大德年间①,扬州有个富人,姓吴,曾做防御使之职②,人都叫他做吴防御。住居春风楼侧。生有二女,一个叫名兴娘,一个叫名庆娘,庆娘小兴娘两岁,多在襁褓之中。邻居有个崔使君,与防御往来甚厚。崔家有子,名曰兴哥,与兴娘同年所生。崔公即求聘兴娘为子妇,防御欣然相许,崔公以金凤钗一只为聘礼。定盟之后,崔公合家多到远方为官去了。一去一十五年,竟无消息回来。此时兴娘已一十九岁,母亲见他年纪大了,对防御道:"崔家兴哥一去十五年,不通音耗,今兴娘年已长成,岂可执守前说,错过他青春?"防御道:"一言已定,千金不移。吾已许吾故人了,岂可因他无耗,便欲食言?"那母亲终究是妇人家识见,见女儿年长无婚,眼中看不过意,日日与防御絮聒,要另寻人家。兴娘肚里,一心专盼崔生来到,再没有二三的意思。虽是亏得防御有正经,却看见母亲说起激聒③,便暗地恨命自哭。又恐怕父亲被母亲缠不过,一时更变起来,心中长怀着忧虑,只愿崔家郎早来得一日也好。眼睛几望穿了,那里叫得崔家应?看看饭食减少,生出病来,沉眠枕席,半载而亡。

①大德:元成宗奇渥温铁穆耳年号。
②防御使:元代防御使州县原有专官,后为兼官。任务是团结义兵。
③激聒:烦琐,絮絮叨叨。

父母与妹及合家人等，多哭得发昏章第十一。临入殓时，母亲手持崔家原聘这只金凤钗，抚尸哭道："此是你夫家之物，今你已死，我留之何益？见了徒增悲伤，与你戴了去罢。"就替他插在髻上，盖了棺。三日之后，抬去殡在郊外了。家里设个灵座，朝夕哭奠。

殡过两个月，崔生忽然来到。防御迎进问道："郎君一向何处？尊父母平安否？"崔生告诉道："家父做了宣德府理官①，没于任所。家母亦先亡了数年。小婿在彼守丧，今已服除，完了殡葬之事。不远千里，特到府上，来完前约。"防御听罢，不觉吊下泪来，道："小女兴娘薄命，为思念郎君成病，于两月前饮恨而终，已殡在郊外了。郎君便早到得半年，或者还不到得死的地步。今日来时，却无及了。"说罢又哭。崔生虽是不曾认识兴娘，未免感伤起来。防御道："小女殡事虽行，灵位还在。郎君可到他席前看一番，也使他阴魂晓得你来了。"噙着眼泪，一手拽了崔生，走进内房来。崔生抬头看时，但见：

> 纸带飘摇，冥童绰约②。飘摇纸带，尽写着梵字金言；绰约冥童，对捧着银盆绣帨。一缕炉烟常袅，双台灯火微荧。影神图③，画个绝色的佳人；白木牌④，写着新亡的长女。

崔生看见了灵座，拜将下去。防御拍着桌子大声道："兴娘吾儿，你的丈夫来了！你灵魂不远，知道也未？"说罢，放声大哭。合家见防御说得伤心，一齐号哭起来，直哭得一佛出世，二佛生天，连崔生也不知陪下了多少眼泪。哭罢，焚了些楮钱⑤，就引崔生在灵位前拜见了妈妈。妈妈兀自哽哽咽咽的，还了个半礼。防御同崔生出到堂前来，对他道："郎君父母既没，道途又远，今既来此，可便在吾家住宿。

---

①宣德府理官：宣德府府治即今河北宣化。至元三年改名顺宁府。理官，管理刑狱的官员，元代府为推官。

②冥童：纸扎泥塑的童男童女。

③影神图：遗像。

④白木牌：死者牌位，即灵牌。

⑤楮(chǔ)钱：纸钱，冥钱。楮树即谷树，树皮可制纸。

不要论到亲情,只是故人之子,即同吾子。勿以兴娘没故,自同外人。”即令人替崔生搬将行李来,收拾门侧一个小书房,与他住下了。朝夕看待,十分亲热。

将及半月,正值清明节届。防御念兴娘新亡,合家到他家上挂钱祭扫。此时兴娘之妹庆娘,已是十七岁,一同妈妈抬了轿,到姊姊坟上去了。只留崔生一个在家中看守。大凡好人家女眷,出外稀少,到得时节头边,看见春光明媚,巴不得寻个事由,来外边散心耍子。今日虽是到兴娘新坟上,心中怀着凄惨的;却是荒郊野外,桃红柳绿,正是女眷们游耍去处。盘桓了一日,直到天色昏黑,方才到家。崔生步出门外等候,望见女轿二乘来了,走在门左迎接。前轿先进。后轿至前,到崔生身边经过,只听得地下砖上铿的一声,却是轿中掉一件物事出来。崔生待轿过了,急去拾起来看,乃是金凤钗一只。崔生知是闺中之物,急欲进去纳还,只见中门已闭。元来防御合家在坟上辛苦了一日,又各带了些酒意,进得门,便把门关了,收拾睡觉。崔生也晓得这个意思,不好去叫得门,且待明日未迟。

回到书房,把钗子放好在书箱中了,明烛独坐。思念婚事不成,只身孤苦,寄迹人门。虽然相待如子婿一般,终非久计,不知如何是个结果。闷上心来,叹了几声。上了床,正要就枕,忽听得有人扣门响。崔生问道:“是那个?”不见回言。崔生道是错听了,方要睡下去,又听得敲的毕毕剥剥。崔生高声又问,又不见声响了。崔生心疑,坐在床沿。正要穿鞋到门边静听,只听得又敲响了,却只不见则声。崔生忍耐不住,立起身来,幸得残灯未熄,重添亮了,拿在手里,开门出来一看。灯却明亮,见得明白,乃是十七八岁一个美貌女子,立在门外。看见门开,即便褰起布帘走将进来。崔生大惊,吓得倒退了两步。那女子笑容可掬,低声对崔生道:“郎君不认得妾耶?妾即兴娘之妹庆娘也。适才进门时,钗坠轿下,故此乘夜来寻。郎君曾拾得否?”崔生见说是小姨,恭恭敬敬答应道:“适才娘子乘轿在后,果然落钗在地。小生当时拾得,即欲奉还,见中门已闭,不敢惊动,留待明日。今娘子亲寻至此,即当持献。”就在书箱取出,放在桌上道："娘子亲拿了去。"女子出纤手来取钗，插在头上了，笑嘻嘻的，对崔生道："早知是郎君拾得，妾亦不必乘夜来寻了。如今已是更阑时侯[①]，妾身出来了，不可复进。今夜当借郎君枕席，侍寝一宵。"崔生大惊道："娘子说那里话？令尊令堂待小生如骨肉，小生怎敢胡行，有污娘子清德？娘子请回步，誓不敢从命的。"女子道："如今合家睡熟，并无一个人知道的。何不趁此良宵，完成好事？你我悄悄往来，亲上加亲，有何不可？"崔生道："欲人不知，莫若勿为。虽承娘子美情，万一后边有些风吹草动，被人发觉，不要说道无颜面见令尊，传将出去，小生如何做得人成？不是把一生行止多坏了[②]！"女子道："如此良宵，又兼夜深，我既寂寥，你亦冷落。难得这个机会，同在一个房中，也是一生缘分。且顾眼前好事，管甚么发觉不发觉？况妾自能为郎君遮掩，不至败露，郎君休得疑虑，挫过了佳期。"崔生见他言词娇媚，美艳非常，心里也禁不住动火[③]。只是想着防御相待之厚，不敢造次，好像个小儿放纸炮，真个又爱又怕。却待依从，转了一念，又摇头道："做不得！做不得！"只得向女子哀求道："娘子，看令姊兴娘之面，保全小生行止吧！"女子见他再三不肯，自觉羞惭，忽然变了颜色，勃然大怒道："吾父以子侄之礼待你，留置书房，你乃敢于深夜诱我至此，将欲何为？我声张起来，去告诉了父亲，当官告你。看你如何折辨？不到得轻易饶你！"声色俱厉。崔生见他反跌一着[④]，放刁起来，心里好生惧怕。想道："果是老大的利害！如今既见在我房中了，清浊难分，万一声张，被他一口咬定，从何分剖？不若且依从了他，倒还未见得即时败露，慢慢图个自全之策罢了。"正是：

---

①更阑：更深，夜深了。

②行止：品行。

③动火：动心，引起欲望。

④反跌一着：倒打一耙。

羝羊触藩①，进退两难。

只得陪着笑，对女子道："娘子休要声高。既承娘子美意，小生但凭娘子做主便了。"女子见他依从，回嗔作喜道："元来郎君恁地胆小的。"崔生闭上了门，两个解衣就寝。有《西江月》为证：

旅馆羁身孤客，深闺皓齿韶容。合欢裁就两情浓，好对娇鸾雏凤。　　认道良缘辐辏，谁知哑谜包笼？新人魂梦雨云中，还是故人情重。

两人云雨已毕，真是千恩万爱，欢乐不可名状。将至天明，就起身来辞了崔生，闪将进去。崔生虽然得了些甜头，心中只是怀着个鬼胎，战兢兢的，只怕有人晓得。幸得女子来踪去迹，甚是秘密。又且身子轻捷，朝隐而入，暮隐而出。只在门侧书房私自往来快乐，并无一个人知觉。

将及一月有馀。忽然一晚对崔生道："妾处深闺，郎处外馆，今日之事，幸而无人知觉。诚恐好事多磨，佳期易阻。一旦声迹彰露，亲庭罪责，将妾拘系于内，郎赶逐于外，在妾便自甘心，却累了郎之清德，妾罪大矣。须与郎从长商议一个计策便好。"崔生道："前日所以不敢轻从娘子，专为此也。不然，人非草木，小生岂是无情之物？而今事已到此，还是怎的好？"女子道："依妾愚见，莫若趁着人未及知觉，先自双双逃去。在他乡外县居住了，深自敛藏，方可优游偕老，不致分离。你心下如何？"崔生道："此言固然有理，但我目下零丁孤苦，素少亲知。虽要逃亡，还是向那边去好？"想了又想，猛然省起来道："曾记得父亲在日，常说有个旧仆金荣，乃是信义的人。见居镇江吕城②，以耕种为业，家道从容。今我与你两个前去投他，他有旧主情分，必不拒我。况且一条水路，直到他家，极是容易。"女子道："既然如此，事不宜迟，今夜就走罢。"商量已定，起个五更，收拾

①羝(dī)羊触藩：这是《易经·大壮》的爻辞："羝羊触藩，羸其角。"是说公羊用角去触篱笆，叫篱笆困住了。比喻进退两难。

②吕城：吕城镇。在丹阳县境内。丹阳属镇江府辖县。

停当了。那个书房即在门侧，开了甚便。出了门，就是水口。崔生走到船帮里[①]，叫了一只小划子船[②]。到门首下了女子，随即开船。径到瓜洲[③]，打发了船，又在瓜洲另讨了一个长路船。渡了江，进了润州[④]，奔丹阳；又四十里，到了吕城。泊住了船，上岸访问一个村人道："此间有个金荣否？"村人道："金荣是此间保正[⑤]，家道殷富，且是做人忠厚，谁不认得？你问他则甚？"崔生道："他与我有些亲，特来相访。有烦指引则个。"村人把手一指，道："你看那边有个大酒坊，间壁大门就是他家。"崔生问着了，心下喜欢，到船中安慰了女子。先自走到这家门首，一直走进去。金保正听得人声，在里面踱将出来，道："是何人下顾？"崔生上前施礼。保正问道："秀才官人何来？"崔生道："小生是扬州府崔公之子。"保正见说了"扬州崔"三字，便吃一惊道："是何官位？"崔生道："是宣德府理官，今已亡故了。"保正道："是官人的何人？"崔生道："正是我父亲。"保正道："这等，是衙内了[⑥]。请问当时乳名可记得么？"崔生道："乳名叫做兴哥。"保正道："说起来，是我家小主人也。"推崔生坐了，纳头便拜。问道："老主人几时归天的？"崔生道："今已三年了。"保正就走去掇张椅桌，做个虚位，写一神主牌放在桌上，磕头而哭。哭罢，问道："小主人今日何故至此？"崔生道："我父亲在日，曾聘定吴防御家小娘子兴娘……"保正不等说完，就接口道："正是。这事老仆晓得的。而今想已完亲事了么？"崔生道："不想吴家兴娘，为盼望吾家音信不至，得了病症。我到得吴家，死已两月。吴防御不忘前盟，款留在家。喜得他家小姨庆娘，为亲情顾盼，私下成了夫妇。恐怕发觉，要个安身之所；我没处投奔，想着父亲在时，曾说你是忠义之人，住在吕城，故此带了

---

①船帮：船业行会。

②小划子船：单人驾驶的双桨小船。

③瓜洲：瓜洲镇。在江都县南，濒长江，与镇江相对，为重要渡口。

④润州：即镇江。

⑤保正：宋代保长。元代五十家一个社长。此用旧名。

⑥衙内：对官员子弟的称呼。

庆娘，一同来此。你既不忘旧主，一力周全则个。”金保正听说罢，道：“这个何难？老仆自当与小主人分忧。”便进去唤嬷嬷出来①，拜见小主人。又叫他带了丫头，到船边接了小主人娘子起来。老夫妻两个亲自洒扫正堂，铺叠床帐，一如待主翁之礼。衣食之类，供给周备，两个安心住下。

将及一年，女子对崔生道：“我和你住在此处，虽然安稳，却是父母生身之恩，竟与他永绝了，毕竟不是个收场，心里也觉过不去。”崔生道：“事已如此，说不得了。难道还好去相见得？”女子道：“起初一时间做的事，万一败露，父母必然见责。你我离合，尚未可知。思量永久完聚，除了一逃，再无别着。今光阴似箭，已及一年。我想爱子之心，人皆有之。父母那时不见了我，必然舍不得的。今日若同你回去，父母重得相见，自觉喜欢。前事必不记恨，这也是料得出的。何不拚个老脸，双双去见他一面？有何妨碍？”崔生道：“丈夫以四方为事，只是这样潜藏在此，原非长算。今娘子主见如此，小生拚得受岳丈些罪责，为了娘子，也是甘心的。既然做了一年夫妻，你家素有门望，料没有把你我重拆散了，再嫁别人之理。况有令姊旧盟未完，重续前好，正是应得。只须陪些小心往见，元自不妨。”两人计议已定，就央金荣讨了一只船，作别了金荣，一路行去。渡了江，进瓜洲，前到扬州地方。看看将近防御家，女子对崔生道：“且把船歇在此处，未要竟到门口，我还有话和你计较。”崔生叫船家住好了船，问女子道：“还有甚么说话？”女子道：“你我逃窜一年，今日突然双双往见，幸得容恕，千好万好了。万一怒发，不好收场。不如你先去见见，看着喜怒，说个明白。大约没有变卦了，然后等他来接我上去，岂不婉转些？我也觉得有颜采。我只在此等你消息就是。”崔生道：“娘子见得不差。我先去见便了。”跳上了岸，正待举步。女子又把手招他转来。道：“还有一说。女子随人私奔，原非美事。万一家中忌讳，故意不认帐起来的事，也是有的，须要防他。”伸手去头上拔那

①嬷嬷（mā ma）：对乳母和老妇的称呼。

只金凤钗下来，与他带去。道："倘若言语支吾，将此钗与他们一看，便推故不得了。"崔生道："娘子恁地精细！"接将钗来，袋在袖里了。望着防御家里来。到得堂中，传进去。防御听知崔生来了，大喜出见。不等崔生开口，一路说出来道："向日看待不周①，致郎君住不安稳，老夫有罪。幸看先君之面，勿责老夫！"崔生拜伏在地，不敢仰视。又不好直说，口里只称："小婿罪该万死！"叩头不止。防御倒惊骇起来道："郎君有何罪过？口出此言，快快说个明白！免老夫心里疑惑。"崔生道："是必岳父高抬贵手，恕着小婿，小婿才敢出口。"防御说道："有话但说，通家子侄，有何嫌疑？"崔生见他光景是喜欢的，方才说道："小婿蒙令爱庆娘不弃，一时间结了私盟，房帏事密，儿女情多，负不义之名，犯私通之律。诚恐得罪非小，不得已夤夜奔逃②，潜匿村墟。经今一载，音容久阻，书信难传。虽然夫妇情深，敢忘父母恩重？今日谨同令爱到此拜访。伏望察其深情，饶恕罪责，恩赐偕老之欢，永遂于飞之愿。岳父不失为溺爱，小婿得完美室家，实出万幸。只求岳父怜悯则个！"防御听罢，大惊道："郎君说的是甚么话？小女庆娘卧病在床，经今一载。茶饭不进，转动要人扶靠，从不下床一步。方才的话在那里说起的？莫不见鬼了！"崔生见他说话，心里暗道："庆娘真是有见识。果然怕玷辱门户，只推说病在床上，遮掩着外人了。"便对防御道："小婿岂敢说谎。目今庆娘见在船中，岳父叫个人去，接了起来，便见明白。"防御只是冷笑不信，却对一个家僮说："你可走到崔家郎船上去看看，与同来的是什么人，却认做我家庆娘子？岂有此理！"

家僮走到船边，向船内一望，舱中悄然，不见一人。问着船家，船家正低着头艄上吃饭。家僮道："你舱里的人那里去了？"船家道："有个秀才官人，上岸去了。留个小娘子在舱中，适才看见也上去了。"家僮走来，回覆家主道："船中不见有什么人。问船家说，有个

---

①向日：往日，从前。

②夤夜：深夜。

小娘子上了岸了,却是不见。"防御见无影响,不觉怒形于色道:"郎君少年,当诚实些。何乃造此妖妄,诬玷人家闺女,是何道理?"崔生见他发出话来,也着了急。急忙袖中摸出这只金凤钗来,进上防御道:"此即令爱庆娘之物,可以表信,岂是脱空说的[①]?"防御接来看了,大惊道:"此乃吾亡女兴娘殡殓时戴在头上的钗。已殉葬多时了,如何得在你手里?奇怪!奇怪!"崔生却把去年坟上女轿归来,轿下拾得此钗,后来庆娘因寻钗夜出,遂得成其夫妇,恐怕事败,同逃至旧仆金荣处,住了一年,方才又同来的说话,备细述了一遍。防御惊得呆了,道:"庆娘见在房中床上卧病。郎君不信,可以去看得的。如何说得如此有枝有叶?又且这钗如何得出世?真是蹊跷的事。"执了崔生的手,要引他房中去看病人,证辨真假。

却说庆娘果然一向病在床上,下地不得。那日外厢正在疑惑之际,庆娘托地在床上走将起来[②],竟望堂前奔出。家人看见奇怪,同防御的嬷嬷一哄的都随了出来,嚷道:"一向动不得的,如今忽地走将起来!"只见庆娘到得堂前,看见防御便拜。防御见是庆娘,一发吃惊道:"你几时走起来的?"崔生心里还暗道是船里走进去的,且听他说甚么。只见庆娘道:"儿乃兴娘也,早离父母,远殡荒郊。然与崔郎缘分未断,今日来此,别无他意。特为崔郎方便,要把爱妹庆娘续其婚姻。如肯从儿之言,妹子病体,当即痊愈。若有不肯,儿去妹也死了。"合家听说,个个惊骇。看他身体面庞是庆娘的,声音举止,却是兴娘。都晓得是亡魂归来附体说话了。防御正色责他道:"你既已死了,如何又在人世妄作胡为,乱惑生人?"庆娘又说着兴娘的话道:"儿死去见了冥司。冥司道儿无罪,不行拘禁,得属后土夫人帐下[③],掌传笺奏。儿以世缘未尽,特向夫人给假一年,来与崔郎了此一段姻缘。妹子向来的病,也是儿假借他精魄,与崔郎相处来。

---

①脱空:平白无故,无根据。

②托地:突然,一下子。

③后土夫人:神名。起于西汉。

今限满当去，岂可使崔郎自此孤单，与我家遂同路人？所以特来拜求父母，是必把妹子许了他[1]，续上前姻。儿在九泉之下，也放得心下了。”防御夫妻见他言词哀切，便许他道：“吾儿放心。只依着你主张，把庆娘嫁他便了。”兴娘见父母许出，便喜动颜色，拜谢防御道：“多感父母肯听儿言，儿安心去了。”走到崔生面前，执了崔生的手，哽哽咽咽哭起来道：“我与你恩爱一年，自此别了。庆娘亲事，父母已许我了，你好作娇客[2]，与新人欢好时节，不要竟忘了我旧人。”言毕大哭。崔生见说了来踪去迹，方知一向与他同住的，乃是兴娘之魂。今日听罢叮咛之语，虽然悲切，明知是小姨身体，又在众人面前，不好十分亲近得。只见兴娘的魂语分付已罢，大哭数声，庆娘身体蓦然倒地。众人惊惶，前来看时，口中已无气了。摸他心头，却温温的，急把生姜汤灌下。将有一个时辰，方醒转来。病体已好，行动如常。问他前事，一毫也不晓得。人丛之中，举眼一看，看见崔生站在里头，急急遮了脸，望中门奔了进去。崔生如梦初觉，惊疑了半日始定。防御就拣个黄道吉日，将庆娘与崔生合了婚。花烛之夜，崔生见过庆娘惯的，且是熟分。庆娘却不十分认得崔生的，老大羞惭[3]。真个是：

一个闺中弱质，与新郎未经半晌交谈；一个旅邸故人，共娇面曾做一年相识。一个只觉耳畔声音稍异，面目无差；一个但见眼前光景皆新，心胆尚怯。一个还认蝴蝶梦中寻故友[4]，一个正在海棠枝上试新红。

却说崔生与庆娘定情之夕，只见庆娘含苞未破，元红尚在，仍是处子之身。崔生悄悄地问他道：“你令姊借你的身体，陪伴了我一年，如何你身子还是好好的？”庆娘怫然不悦道：“你自撞见了姊姊鬼

---

①是必：一定。

②娇客：新郎。也可用于称呼新娘。

③老大：很，非常。方言词。

④蝴蝶梦：隐含庄周梦为蝴蝶故事。见《庄子·齐物论》。

魂,做作出来的,干我甚事?说到我身上来!"崔生道:"若非令姊多情,今日如何能勾与你成亲?此恩不可忘了。"庆娘道:"这个也说得是。万一他不明不白,不来周全此事,借我的名头,出了我偌多时丑,我如何做得人成?只你心里到底认是我随你逃走了的,岂不羞死人!今幸得他有灵,完成你我的事,也是他十分情分了。"次日崔生感兴娘之情不已,思量荐度他。却是身边无物,只得就将金凤钗到市货卖,卖得钞二十锭,尽买香烛楮锭,赍到琼花观中,命道士建醮三昼夜,以报恩德。醮事已毕,崔生梦中见一个女子来到,崔生却不认得。女子道:"妾乃兴娘也,前日是假妹子之形,故郎君不曾相识。却是妾一点灵性,与郎君相处一年了。今日郎君与妹子成亲过了,妾所以才把真面目与郎相见。"遂拜谢道:"蒙郎荐拔,尚有馀情。虽隔幽明,实深感佩。小妹庆娘,禀性柔和,郎好看觑他。妾从此别矣!"崔生不觉惊哭而醒。庆娘枕边见崔生哭醒来,问其缘故。崔生把兴娘梦中说话,一一对庆娘说。庆娘问道:"你见他如何模样?"崔生把梦中所见容貌,备细说来。庆娘道:"真是我姊也!"不觉也哭将起来。庆娘再把一年中相处事情,细细问崔生。崔生逐件和庆娘备说始末根由,果然与兴娘生前情性光景无二。两人感叹奇异,亲上加亲,越然过得和睦了①。自此兴娘别无影响。要知只是一个"情"字为重,不忘崔生,做出许多事体来②。心愿既完,便自罢了。此后崔生与庆娘年年到他坟上拜扫。后来崔生出仕,讨了前妻封诰。遗命三人合葬。曾有四句口号,道着这本话文:

大姊精灵,小姨身体。
到得圆成,无此无彼。

---

①越然:越加,越发。

②事体:吴方言。事情。今上海话仍如此说。

卷二十四

盐官邑老魔魅色　会骸山大士诛邪

诗曰：

王濬楼船下益州[①]，金陵王气黯然收。
千寻铁锁沉江底，一片降帆出石头。
人世几回伤往事，山形依旧枕清流。
而今四海为家日，故垒萧萧芦荻秋。

这八句诗，唐朝刘梦得所作[②]，乃是金陵燕子矶怀古的[③]。这个燕子矶在金陵西北，正是大江之滨，跨江而出，在江里看来，宛然是一只燕子扑在水面上，有头有翅。昔贤好事者恐怕他飞去，满山多用铁锁锁着。就在这燕子项上，造着一个亭子，镇住他。登了此亭，江山多在眼前，风帆起于足下，最是金陵一个胜处。就在矶边，相隔一里多路，有个弘济寺。寺左转去，一派峭壁，插在半空，就如石屏一般。壁尽处，山崖回抱将来。当时寺僧于空处建个阁，半嵌石崖，半临江水。阁中供养观世音像，像照水中，毫发皆见，宛然水月之景，就名为观音阁。载酒游观者，殆无虚日。奔走既多，灵迹颇著，香火不绝。只是清静佛地，做了吃酒的所在，未免作践。亦且这些游客，随喜的多，布施的少。那阁年深月久，没有钱粮修葺，日渐坍塌了些。

一日，有个徽商某泊舟矶下，随步到弘济寺游玩。寺僧出来迎接着，问了姓名，邀请吃茶。茶罢，寺僧问道："客官何来？今往何处？"徽商答道："在扬州过江来，带些本钱，要进京城小铺中去。天

---

①王濬：晋代人。任益州刺史，力主伐吴，大作战船。以龙骧将军监梁益诸军事，统兵东下，攻入石头城（今南京），接受孙皓投降。

②刘梦得：唐代诗人刘禹锡，字梦得。

③燕子矶怀古：燕子矶在南京长江岸边。刘禹锡原作题为《西塞山怀古》，西塞山在湖北大冶县东。引诗文句小有不同。

色将晚,在此泊着,上来耍耍。”寺僧道:“此处走去,就是外罗城观音门了,进城止有二十里,客官何不搬了行李,到小房宿歇了?明日一肩行李,脚踏实地,绝早到了。若在船中,还要过龙江关盘验,许多担阁。又且晚间此处矶边风浪最大,是歇船不得的。”徽商见说得有理,果然走到船边,把船打发去了。搬了行李,竟到僧房中来。安顿了,寺僧就陪着登阁上观看。徽商看见阁已颓坏,问道:“如此好风景,如何此阁颓坏至此?”寺僧道:“此间来往的尽多,却多是游耍的,并无一个舍财施主。寺僧又贫,修理不起,所以如此。”徽商道:“游耍的人,毕竟有大手段的在内,难道不布施些?”寺僧道:“多少王孙公子,只是带了娼妓来吃酒作乐,那些人身上,便肯撒漫;佛天面上,却不照顾。还有豪奴狠仆,家主既去,剩下酒肴,他就毁门拆窗,将来烫酒煮饭,只是作践,怎不颓坏!”徽商叹惜不已。寺僧便道:“朝奉若肯喜舍时,小僧便修葺起来不难。”徽商道:“我昨日与伙计算帐,我多出三十两一项银子来,我就舍在此处。修好了阁,一来也是佛天面上,二来也在此间留个名。”寺僧大喜称谢,下了阁到寺中来。元来徽州人心性俭啬,却肯好胜喜名,又崇信佛事。见这个万人往来去处,只要传开去,说观音阁是某人独自修好了,他心上便快活,所以一口许了三十两。走到房中,解开行囊,取出三十两一包,交付与寺僧。不想寺僧一手接银,一眼瞟去,看见馀银甚多,就上了心。一面分付行童整备夜饭款待,着地奉承①,殷勤相劝,把徽商灌得酩酊大醉。夜深人静,把来杀了。启他行囊来看,看见搭包多是白物,约有五百馀两,心中大喜。与徒弟计较,要把尸来抛在江里。徒弟道:“此时山门已锁,须要住持师父处取匙钥。盘问起来,遮掩不得。不但做出事来,且要分了东西去。”寺僧道:“这等如何处置?”徒弟道:“酒房中有个大瓮,莫若权把来断碎了,入在瓮中。明日觑个空便,连瓮将去抛在江中,方无人知觉。”寺僧道:“有理,有理。”果然依话而行。可怜一个徽商,做了几段碎物。好意布施,得此惨祸!

---

①着地:下力,用功夫。

那僧徒收拾净尽，安贮停当，放心睡了。自道神鬼莫测，岂知天理难容。是夜有个巡江捕盗指挥，也泊舟矶下，守候甚么公事。天早起来，只见一个妇人走到船边，将一个担桶汲水，且是生得美貌。指挥留心，一眼望他那条路去。只见不走到民家，一直走到寺门里来。指挥疑道："寺内如何有美妇担水？必是僧徒不公不法。"带了哨兵，一路赶来，见那妇人走进一个僧房。指挥人等又赶进去，却走向一个酒房中去了。寺僧见个官带了哨兵，绝早来到，虚心病发，个个面如土色，慌慌张张。却是出其不意，躲避不及。指挥先叫把僧人押定，自己坐在堂中，叫两个兵到酒房中搜看。只见妇人进得房门，隐隐还在里头，一见人来，钻入瓮里去了。走来禀了指挥，指挥道："瓮中必有冤枉。"就叫哨兵取出瓮来。打开看时，只见血肉狼藉，头颅劈破，是一个人碎割了的。就把僧徒两个缚了，解到巡江察院处来①。一上刑罚，僧徒熬苦不过，只得从实供招，就押去寺中起赃来为证，问成大辟，立时处决。众人见僧口招，因为布施修阁，起心谋杀，方晓得适才妇人，乃是观音显灵，那一个不念一声"南无灵感观世音菩萨"？要见佛天甚近，欺心事是做不得的。

从来说观世音极灵，固然无处不显应，却是燕子矶的还是小可；香火之盛，莫如杭州三天竺。那三天竺，是上天竺、中天竺、下天竺。三天竺中，又是上天竺为极盛。这个天竺峰在府城之西、西湖之南。登了此峰，西湖如掌，长江如带，地胜神灵，每年间人山人海，挨挤不开的。而今小子要表白天竺观音一件显灵的，与看官们听着。且先听小子《风》、《花》、《雪》、《月》四词，然后再讲正话。

风袅袅，风袅袅，各岭泣孤松，春郊摇弱草。收云月色明，卷雾天光早。清秋暗送桂香来，极夏频将炎气扫。风袅袅，野花乱落令人老。右《咏风》

花艳艳，花艳艳，妖娆巧似妆，锁碎浑如剪。露凝色更鲜，

①巡江察院：明代专设提督操江衙门，为都察院下属机构。设副签都御史，主管上下江防事务。巡江察院即指此。

风送香常远。一枝独茂逞冰肌，万朵争妍含醉脸。花艳艳，上林富贵真堪羡[①]。右《咏花》。

雪飘飘，雪飘飘，翠玉封梅萼，青盐压竹梢[②]。洒空翻絮浪，积槛锁银桥。千山浑骇铺铅粉，万木依稀拥素袍。雪飘飘，长途游子恨迢遥。右《咏雪》

月娟娟，月娟娟，乍缺钩横野，方团镜挂天。斜移花影乱，低映水纹连。诗人举盏搜佳句，美女推窗迟月眠[③]。月娟娟，清光千古照无边。右《咏月》

看官，你道这四首是何人所作？话说洪武年间，浙江盐官会骸山中[④]，有一个老者，缁服苍颜，幅巾绳履，是个道人打扮。不见他治甚生业，日常醉歌于市间，歌毕起舞，跳木缘枝，宛转盘旋，身子轻捷，如惊鱼飞燕。又且知书善咏，诙谐笑浪，秀发如泻。有文士登游此山者，常与他倡和谈谑。一日大醉，索酒家笔砚，题此四词在石壁上，观者称赏。自从写过，墨迹渐深，越磨越亮。山中这些与他熟识的人，见他这些奇异，疑心他是个仙人，却再没处查他的踪迹。日日往来山中，又不见个住家的所在。虽然有些疑怪，习见习闻，日月已久，也不以为意了，平日只以老道相呼而已。

离山一里之外，有个大姓仇氏，夫妻两个。年登四十，极是好善，并无子嗣。乃舍钱刻一慈悲大士像[⑤]，供礼于家。朝夕香花灯果，拜求如愿。每年二月十九日是大士生辰。夫妻两个，斋戒虔诚，躬往天竺。三步一拜，拜将上去，烧香祈祷，不论男女，求生一个，以续后代。如是三年，其妻果然有了妊孕。十月期满，晚间生下一个女孩。夫妻两个，欢喜无限，取名夜珠。因是夜里生人，取掌上珠之

---

①上林：上林苑。汉武帝扩建，极其广阔，有离宫别馆数百处，为打猎游宴之所。故址在西安以西。

②青盐：指雪。

③迟月：待月。

④盐官：今浙江海宁县。

⑤慈悲大士：即观音菩萨。

意；又是夜明珠宝贝一般。年复一年，看看长成，端慧多能，工容兼妙。父母爱惜他，真个如珠似玉。倏忽已是十九岁，父母俱是六十以上了，尚未许聘人家。你道老来子，做父母的巴不得他早成配偶，奉事暮年，怎的二八当年多过了，还未嫁人？只因夜珠是这大姓的爱女，又且生得美貌伶俐。夫妻两个做了一个大指望，道是必要拣个十全毫无嫌鄙的女婿来嫁他。等他名成利遂，老夫妇靠他终身。亦且只要入赘的，不肯嫁出的。左近人家，有几家来说的，两个老人家嫌好道歉[①]。便有数家像意的，又要娶去，不肯入赘。有女婿人物好学问高的，家事又或者淡薄些。有人家资财多门户高的，女婿又或者愚蠢些。所以高不辏，低不就。那些做媒的，见这两个老人家难理会，也有好些不耐烦，所以亲事越迟了。却把仇家女子美貌择婿难为人事之名，远近都传播开来，谁知其间动了一个人的火。看官，你道这个人是那个？敢是石崇之富[②]，要买绿珠的[③]？敢是相如之才，要挑文君的？敢是潘安之貌，要引那掷果妇女的[④]？看官，若如此，这多是应得想着的了。说来一场好笑，元来是：

周时吕望[⑤]，要寻个同钓鱼的对手。汉世伏生[⑥]，要娶个共讲书的配头。

你道是甚人？乃就是题《风》、《花》、《雪》、《月》四词的这个老头儿。终日缠着这些媒人，央他仇家去说亲。媒人问是那个要娶，说来便是他自己。这些媒人也只好当做笑话罢了，谁肯去说？大家说了，笑道："随你千选万选，这家女儿臭了烂了，也轮不到说起他。正是老没志气，阴沟洞里思量天鹅肉吃起来。"

---

①嫌好道歉：好坏都不中意。

②敢是：可是，难道是。

③绿珠：石崇的美妾。

④掷果妇女：晋代潘岳，字子安。潘安即潘岳。他是美男子，在洛阳大街上被妇女围住了，连肩踏臂跳舞，并用果子投他，掷了一车。

⑤吕望：即姜太公。他在渭水钓鱼时，已经八十岁了。

⑥伏生：原是秦朝博士。汉代晁错向他学习《尚书》时，已经九十岁了。

那老道见没人肯替他做媒，他就老着脸，自走上仇大姓门来。大姓夫妻二人，正同在堂上，说着女儿婚事未谐，唧唧哝哝的商量。忽见老道走将进来。大姓平日晓得这人有些古怪的，起来相迎。那妈妈见是大家老人家，也不回避。三人施礼已毕，请坐下了。大姓问道："老道今日为何光降茅舍？"老道道："老仆特为令爱亲事而来。"两人见说是替女儿说亲的，忙叫看茶。就问道："那一家？"老道道："就是老仆家。"大姓见说了就是他家，正不知这老道住在那里的，心里已有好些不快意了。勉强答他道："从来相会，不知老道有几位令郎？"老道道："不是小儿。老仆晓得令爱不可作凡人之配，老仆自己要娶。"大姓虽怪他言语不伦，还不认真，说道："老道平日专好说笑说要。"老道道："并非要笑，老仆果然愿做门婿。是必要成的，不必推托。"大姓夫妇见他说得可恶，勃然大怒，道："我女闺中妙质，等闲的不敢求聘。你是何人？辄敢胡言乱语！"立起身把他一扨①。老道从容不动，拱立道："老丈差了。老丈选择东床②，不过为养老计耳。若把令爱嫁与老仆，老仆能孝养吾丈于生前，礼祭吾丈于身后，大事已了，可谓极得所托的。这个不为佳婿，还要怎的才佳么？"大姓大声叱他道："人有贵贱，年有老少。贵贱非伦，老少不偶，也不肚里想一想，敢来唐突③，戏弄吾家。此非病狂，必是丧心！何足计较？"叫家人们持杖赶逐。仇妈妈只是在旁边夹七夹八的骂。老道笑嘻嘻，且走且说道："不必赶逐，我去罢了。只是后来追悔，要求见我，就无门了。"大姓又指着他骂道："你这个老枯骨！我要求见你做甚么？少不得看见你早晚倒在路旁，被狗拖鸦啄的日子在那里。"老道把手掀着须髯，长笑而退。

大姓叫闭了门，夫妻二人气得个漶胸塞肚，两相埋怨道："只为

---

①扨(sǒng)：推。今河南潢川、湖北一些地方，此字仍读 suān，近于古音。

②东床：即女婿。故事：晋代郗鉴派人到王导家选择女婿，选上了袒腹东床的王羲之。

③唐突：冲撞，莽撞。

女儿不受得人聘，受此大辱！”分付当直的，分头去寻媒婆来说亲。这些媒婆走将来，闻知老道自来求亲之事，笑一个不住，道：“天下有此老无知！前日也曾央我们几次，我们没一个肯替他说，他只得自来了。”大姓道：“此老腹中有些文才，最好调戏。他晓得吾家择婿太严，未有聘定，故此奚落我。你们如今留心，快与我寻寻人家，差不多的，也罢了。我自重谢则个！”媒人应承自去了，不题。过得两日，夜珠靠在窗上绣鞋，忽见大蝶一双飞来。红翅黄身，黑须紫足，且是好看。旋绕夜珠左右不舍，恰像眷恋他这身子芳香的意思。夜珠又喜又异。轻以罗帕扑他，扑个不着，略略飞将开去。夜珠忍耐不定，笑呼丫鬟，同来扑他，看看飞得远了，夜珠一同丫鬟，随他飞去处赶将来。直至后园牡丹花侧，二蝶渐大如鹰。说时迟，那时快，飞近夜珠身边来。各将翅攒定夜珠两腋，就如两个大箬笠一般，扶挟夜珠，从空而起。夜珠口里大喊，丫鬟惊报大姓。夫妻急忙赶至园中，已见夜珠同两蝶在空中，向墙外飞去了。大姓惊喊号叫，没法救得。老夫妻两个放声大哭，道：“不知是何妖术，摄将去了。”却没个头路猜得出，从此各处探访，不在话下。

却说夜珠被两蝶夹起在空中，如登云雾。心里明知堕了妖术，却是脚不点地，身不自主。眼望下去，却见得明白。看见过了好些荆蓁路径，几个险峻山头，到一巑岏山窟中①，方才渐渐放下。看看小小一洞，止可容头，此外别无走路。那两蝶已自不见了。只见洞边一个老人家，道者装扮，拱立在那里。见了夜珠，欢欢喜喜，伸手来拽了夜珠的手，对洞口喝了一声。听得轰雷也似响亮，洞忽开裂，老道同夜珠身子已在洞内。夜珠急回头看时，洞已抱合如旧，出去不得了。夜珠慌忙之中，偷眼看那洞中，宽敞如堂。有人面猴形之辈二十馀个，皆来迎接这老道，口称“洞主”。老道分付道：“新人到了，可设筵席。”猴形人应诺。又看见旁边一房，甚是精洁，颇似僧室。几窗间有笔砚书史；竹床石磴摆列两行。又有美妇四五人，丫

①巑岏（cuán wán）：尖锐险峻。

鬟六七人。妇人坐，丫鬟立侍。床前特设一席，不见荤腥，只有香花酒果。老道对众道："吾今且与新人成礼则个。"就来牵夜珠同坐。夜珠又恼又怕，只是站立不动。老道着恼，喝叫猴形人四五个来，揪采将来，按住在坐上。夜珠到此无奈，只得坐了。老道大喜，频频将酒来劝，夜珠只推不饮。老道自家大碗价吃，不多时大醉了。一个妇人、一个丫鬟，扶去床中相伴寝了。夜珠只在石磴之下蹲着，心中苦楚。想着父母，只是哭泣，一夜不曾合眼。明早起来，老道看见夜珠泪痕不干，双眼尽肿。将手抚他背，安慰他道："你家中甚近。胜会方新，何乃不趁少年取乐，自苦如此？若从了我，就同你还家拜见爹娘，骨肉完聚，极是不难。你若执迷不从，凭你石烂海枯，此中不可复出了。只凭你算计，走那一条路！"夜珠闻言，自想："我断不从他，料无再出之日了。要这性命做甚？不如死休。"将头撞在石壁上去，要求自尽。老道忙使众妇人拦住，好言劝他道："娘子既已到此，事不由己，且从容住着。休得如此轻生。"夜珠只是啼哭。从此不进饮食，欲要自饿而死。不想不吃了十多日，一毫无事。夜珠求死不得，无计可施，自怕不免污辱，只是心里暗祷观世音，求他救拔。老道日与众妇淫戏，要动夜珠之心。争奈夜珠心如铁石，毫不为动。老道见他不快，也不来强他。只是在他面前百般弄法弄巧，要图他笑颜开了，欢喜成事。所以日逐把些奇怪的事，做与他看。一来要他快活，二来卖弄本事高强，使他绝了出外之念，死心塌地随他。你道他如何弄法？他秋时出去，取田间稻花，放好在石柜中了。每日只将花合馀爨起[①]，开锅时，满锅多是香米饭。又将一瓮水，用米一撮，放在水中，纸封了口，藏于松间。两三日，开封取吸，多变做扑鼻香醪。所以供给满洞人口，酒米不须营求，自然丰足。若是天雨不出，就剪纸为戏，或蝶或凤，或狗或燕，或狐狸、猿猱、蛇鼠之类皆有；嘱他去到某家取某物来用，立刻即至。前取夜珠的双蝶，即是此法。若取着家火什物之类，用毕无事，仍教拿去还了。桃梅果品，日轮猴

①合(gě)：容量名。十合为一升。

形人两个供办，都是带叶连枝，是山中树上所取，不是摄将来的。夜珠日日见他如此作用，虽然心里也道是奇怪，再没有一毫随顺他的意思。老道略来缠缠，即便要死要活，大哭大叫。老道不耐烦，便去搂着别个妇女去适兴了。还亏得老道心性只爱喜欢，不爱烦恼的，所以夜珠虽摄在洞里多时，还得全身不损。

一日，老道出去了，夜珠对众妇人道："你我俱是父母遗体，又非山精木魅，如何顺从了这妖人，自受其辱？"众美叹息，对夜珠道："我辈皆是人身，岂甘做这妖人野偶？但今生不幸，被他用术陷在此中，撇父母，弃糟糠[①]。虽朝暮忧思，竟成无益。所以忍耻偷生，譬如做了一世猪羊犬马罢了。事势如此，你我拗他何用？不若放宽了心度日去，听命于天。或者他罪恶有个终时，那日再见人世。"言罢，各各泪下如雨。有《商调·醋葫芦》一篇，咏着众妇云：

> 众娇娥，黯自伤，命途乖，遭魍魉。虽然也颠鸾倒凤喜非常，觑形容不由心内慌。总不过匆匆完帐，须不是桃花洞里老刘郎[②]。

又有一篇咏着仇夜珠云：

> 夜光珠，世所希，未登盘，坠淤泥。清光到底不差池，笑妖人枉劳色自迷。有一日天开日霁，只怕得便宜翻做了落便宜。

众人正自各道心事，哀伤不已，忽见猴形人传来道："洞主回来了！"众人恐怕他知觉，掩泪而散，只有夜珠泪不曾干。老道又对他道："多时了，还哭做甚？我只图你渐渐厮熟，等你心顺了我，大家欢畅。省得逼你做事，终久不像我意，故不强你。今日子已久，你只不转头，不要讨我恼怒起来，叫几个按住了你，强做一番。不怕你飞上天去！"夜珠见说心慌，不敢啼哭，只是心中默祷观音救护。不在话下。

---

①糟糠：指原来的丈夫。

②刘郎：指刘晨。南朝宋刘义庆《幽明录》载，东汉时刘晨与阮肇到天台山采药迷路，遇到两个仙女，被邀到家中。历来作为浪漫神话故事，见于诗人吟咏和戏剧家扮演成杂剧。

却说仇大姓夫妻二人，自不见了女儿，终日思念。出一单榜在通衢，道："有能探访得女儿消息来报者，罄赔家产，将女儿与他为妻。"虽然如此，荏苒多时，并无影响。又且目见他飞升去的，晓得是妖人摄去，非人力可及。没计奈何，只好日日在慈悲大士像前，悲哭拜祝。道："灵感菩萨，女儿夜珠，元是在菩萨面前求得的。今遭此妖术摄去，若菩萨不救拔还我，当时何不不要见赐，也到罢了。望菩萨有灵有感！"日日如此叫号。精诚所感，真是叫得泥神也该活现起来的。

一日，会骸山岭上，忽然有一根幡竿，逼直竖将起来。竿上挂着一件物事。这岭上从无此竿的。一时哄动了许多人，万众齐观。竿末之物，俱各不识明白，胡猜乱讲。内中有一秀士，姓刘，名德远，乃是名家之子。少年饱学，极是个负气好事的人。他见了这个异事，也是书生心性，心里毕竟要跟寻着一个实实下落。便叫几个家人，去拿了些粗布绳索，做了软梯；带些挠钩、钢叉、木板之类，叫一声道："有高兴要看的，都随我来！"你看他使出聪明，山高无路处，将钢叉叉着软梯，搭在大树上去；不平处，用板衬着；有路险难走处，用挠钩吊着。他一个上前，赶兴的就不少了①，连家人共有一二十人，一直吊了上去。到得岭上，地却宽平。立定了脚，望下一看，只见山腰一个巑岏之处，有洞甚大。妇女十数个，或眠或坐，多如醉迷之状。有老猴数十，皆身首二段，血流满地。站得高了，自上看下，纤细皆见。然后看那幡竿及所挂之物，乃是一个老猕猴的骷髅。刘德远大加惊异。先此，那仇家失女出榜，是他一向知道的。当时便自想道："这些妇女里头，莫不仇氏之女也在？"急忙下岭来，叫人报了县里，自己却走去报了仇大姓。大姓喜出非常，同他到县里，听候遣拔施行。县令随即差了一队兵快，到彼收勘。兵快同了刘德远，再上岭来。大姓年老，走不得山路，只在县前伺候。德远指与兵快路径，一拥前来。原来那洞在高处方看得见，在山下却与外不通，所以妖魅

①赶兴：凑热闹。

藏得许多人在里头。今在岭上，却都在目前了。兵快看见了这些妇女，攀藤附葛，开条路径，一个个领了出来。到了县里，仇大姓还不知女儿果在内否。远远望去，只见夜珠头蓬发乱，杂随在妇女队里。大姓吊住夜珠，父子抱头大哭。

到了县堂，县令叫众妇上来，问其来历备细。众妇将始终所见，日逐事体说了。县令晓得多是良家妇女，为妖术所迷的。又问道："今日谁把这些妖物斩了？"众妇道："今日正要强奸仇夜珠，忽然天昏地暗。昏迷之中，只听得一派喧嚷啼哭之声，刀剑乱响，却不知个缘故。直等兵快人众来救，方才苏醒。只见群猴多杀倒在地，那老妖不见了。"刘德远同众人献上骷髅与幡竿，禀道："那骷髅标示在幡竿之首，必竟此是老妖，为神明所诛的。"县令道："那幡竿一向是岭上的么？"众人道："岭上并无。"县令道："奇怪！这却那里来的？"叫刘德远把竿验看。只见上有细字数行，乃是上天竺大士殿前之物，年月犹存。县令晓得是观音显见，不觉大骇。随令该房出示[①]。把妇女逐名点明，召本家认领。那仇大姓在外边伺候，先具领状，领了夜珠出来。真就是黑夜里得了一颗明珠，"心肝肉"的，口里不住叫。到家里，见了妈妈，又哭个不住。问夜珠道："你那时被妖法摄起半空，我两个老人家赶来，已飞过墙了。此后将你到那里去？却怎么？"夜珠道："我被两个大蝶抬在空中，心里明白的。只是身子下来不得。爹妈叫喊，都听得的。到得那里，一个道装的老人家迎着，进了洞去。这些妖怪，叫老人家做洞主，逼我成亲。这里头先有这几个妇女在内，却是同类之人，被他摄在洞奸宿的，也来相劝。我到底只是执意不肯。"妈妈便道："儿只要今日归来，再得相见便好了！随是破了身子，也是出于无奈，怪不得你的。"夜珠道："娘，不是这话。亏我只是要死要活，那老妖只去与别个淫媾了，不十分来缠我，幸得全身。今日见我到底不肯，方才用强，叫几个猴形人拿住手脚，两三个妇女来脱小衣。正要奸淫，儿晓得此番定是难免，心下发极，大叫

①该房：指县衙值班吏曹令史。

'灵感观世音'起来。只听得一阵风过处,天昏地黑,鬼哭神嚎,眼前伸手不见五指,一时晕倒了。直到有许多人进洞相救,才醒转来。看见猴形人个个被杀了,老妖不见了,正不知是个甚么缘故?"大姓道:"自你去后,爹妈只是拜祷观世音,日夜不休。人多见我虔诚,十分怜悯,替我体访,却再无消耗。谁想今日果是观世音显灵,诛了妖邪。前日这老道便来求亲时,我们只怪他不揣[①],岂知是个妖魔。今日也现世报了。虽然如此,若非刘秀才做主为头,定要探看幡竿上物事下落,怎晓得洞里有人?又得他报县救取,又且先来报我,此恩不可忘了。"

正说话处,只见外边有几个妇女,同了几家亲识,来访夜珠并他爹妈。三人出来接进,乃是同在洞中还家的。各人自家里相会过了,见外边传说仇家爹妈祈祷虔诚,又得夜珠力拒妖邪,大呼菩萨,致得神明感应,带挈他们重见天日,齐来拜谢。爹妈方晓得夜珠所言全身是真话。众人称谢已毕,就要商量被害几家协力出资,建庙山顶,奉祠观世音,尽皆喜跃。正在议论间,只见刘秀才也到仇家相访。他书生好奇,只要来问洞中事体备细,去书房里记录新闻,原无他意,恰好撞见许多人在内,问着,却多是洞里出来的,与亲眷人等。尽晓得是刘秀才,是为头到岭上看见了报县的,方得救出,乃是大恩人,尽皆罗拜称谢。秀才便问:"你们众人都聚此一家,是甚缘故?"众人把仇老虔诚祷神,女儿拒奸呼佛,方得观音灵感,带挈众人脱难,故此一来走谢,二来就要商量敛资造庙。"难得秀才官人在此,也是一会之人,替我们起个疏头[②],说个缘起,明日大家禀了县里,一同起事。"刘秀才道:"这事在我身上。我明日到县间,与县官说明。一来是造庙的事,二来难得仇家小姐子贞坚感应,也该表扬的。"那仇大姓口里连称"不敢"。看见刘秀才语言慷慨,意气轩昂,也就上

①不揣:不自量。

②疏头:募捐疏文。旧时常见。

心了[①]。便问道:“秀才官人,令岳是那家?”秀才道:“年幼磋跎,尚未娶得。”仇大姓道:“老夫有誓言在先:有能探访女儿消息来报者,罄赔家产,将女儿与他为妻。这话人人晓得。今日得秀才亲至岭上,探得女儿归来,又且先报老夫,老夫不敢背前言。趁着众人都在舍下,做个证见,结此姻缘。意下如何?”众人大家喝采起来道:“妙!妙!正是女貌郎才,一双两好。”刘秀才不肯起来,道:“老丈休如此说。小生不过是好奇高兴,故此不避险阻,穷讨怪迹,偶得所见如此。想起宅上失了令爱,沿街贴榜已久,故此一时喜事,走来奉报,原无心望谢。若是老丈今日如此说,小觑了小生,是一团私心了。不敢奉命!”众人共相撺掇,刘秀才反觉得没意思,不好回答得,别了自去。众人约他明日县前相会。刘秀才去了。众人多称赞他果是个读书君子,有义气好人,难得。仇大姓道:“明日老夫央请一人为媒,是必完成小女亲事。”众人中有个老成的,走出来道:“我们少不得到县里动公举呈词,何不就把此事禀知知县相公,倒凭知县相公做个主,岂不妙哉?”众人齐道:“有理!”当下散了。大姓与妈妈、女儿说知此事,又说刘秀才许多好处,大家赞叹。不题。

且说次日县令升堂,先是刘秀才进见。把大士显灵、众心喜舍造庙,及仇女守贞,感得神力诛邪等事,一一禀知已过,众人才拿连名呈词进见。县令批准建造。又自取库中公费银十两,开了疏头,用了印信,就中给与老成耆民收贮了讫[②]。众人谢了,又把仇老女儿要招刘生报德的情禀出来。县令问仇老道:“此意如何?”仇老道:“女儿被妖摄去,固然感得大士显应,诛杀妖邪若非刘生出力梯攀至岭,妖邪虽死,女儿到底也是洞中枯骨了。今一家完聚,庆幸非浅。情愿将女儿嫁他,实系真心。不道刘秀才推托,故此公同禀知爷爷,望与老汉做一个主。”县令便请刘秀才过来,问道:“适才仇某所言姻事,众口一词。此美事也,有何不可?”刘秀才道:“小生一时探奇穷

①上心:留心,注意。今方言中也常作叮咛语。

②就中:即便。耆民:老年人。六十为耆。

异，实出无心。若是就了此亲，外人不晓得的，尽道是小生有所贪求而为此，反觉无颜。亦且方才对父母大人说仇氏女守贞好处，若为己妻，此等言语，皆是私心。小生读几行书，义气廉耻为重，所以不敢应承。”县令跌足道①：“难得！难得！仇女守贞，刘生尚义，仇某不忘报，皆盛事也。本县幸而躬逢目击，可不完成其美？本县权做个主婚，贤友万不可推托。”立命库上取银十两，以助聘礼。即令鼓乐送出县来，竟到仇家先行聘定了。拣个吉日，入赘仇家，成了亲事。一月之后，双双到上天竺烧香，拜谢大士，就送还前日幡竿。过不多时，众人齐心协力，山岭庙也自成了。又去烧香点烛，自不消说。后来刘秀才得第，夫荣妻贵。仇大姓夫妻俱登上寿，同日念佛而终。此又后话。

又说会骸山石壁，自从诛邪之后，那《风》、《花》、《雪》、《月》四词，却像那个刷洗过了一番的，毫无一字影迹。众人才悟前日老道便是老妖，不是个好人，踪迹方得明白。有诗为证：

巑岏石洞老光阴，只此幽栖致自深。
诛殛忽然烦大士，方知佛戒重邪淫。

---

①跌足：跺脚，此处是表示兴奋。

卷二十五

赵司户千里遗音　苏小娟一诗正果

诗曰：

青楼原有掌书仙，未可全归露水缘。

多少风尘能自拔，淤泥本解出青莲。

这四句诗，头一句"掌书仙"，你道是甚么出处？列位听小子说来。唐朝时，长安有一个倡女，姓曹，名文姬，生四五岁，便好文字之戏。及到笄年，丰姿艳丽，俨然神仙中人。家人教以丝竹宫商，他笑道："此贱事，岂吾所为？惟墨池笔冢①，使吾老于此间，足矣。"他出口落笔，吟诗作赋，清新俊雅，任是才人，见他钦伏。至于字法，上逼钟、王②，下欺颜、柳③，真是重出世的卫夫人④，得其片纸只字者，重如拱璧。一时称他为"书仙"，他等闲也不肯轻与人写。长安中富贵之家，豪杰之士，辇输金帛，求聘他为偶的，不记其数。文姬对人道："此辈岂我之偶！如欲偶吾者，必先投诗，吾当自择。"此言一传出去，不要说吟坛才子争奇斗异，各献所长，人人自以为得大将⑤。就是张打油、胡钉铰也来做首把⑥，撮个空。至于那强斯文，老脸皮，虽

---

①墨池：本指古代书法家洗笔砚的池。如浙江绍兴墨池、江西临川墨池，都是王羲之洗砚池。河南陕州有汉代张芝洗砚墨池。此处即指墨砚。笔冢：本指埋笔的坟。唐代书法家怀素用过的笔成堆，埋于山下，号曰笔冢。此即指毛笔。

②钟、王：三国魏钟繇和晋代王羲之。

③颜、柳：唐代颜真卿和柳公权。

④卫夫人：卫铄。晋代书法家。王羲之曾向她学习书法。

⑤人人自以为得大将：都认为一定是自己。汉王刘邦设坛拜韩信为大将时，许多汉将以为是自己。有自以为是之意。

⑥张打油、胡钉铰：唐代两位爱写诙谐俚俗诗歌的诗人。

不成诗，叶韵而已的[①]，也偏不识廉耻，谄他娘两句，出丑一番。谁知投去的，好歹多选不中。这些人还指望出张续案[②]，放遭告考。把一个长安的子弟，弄得如醉如狂的。文姬只是冷笑。最后有个岷江任生，客于长安，闻得此事，喜道："吾得配矣！"旁人问之，他道："凤栖梧，鱼跃渊，物有所归，岂妄想乎？"遂投一诗云：

玉皇殿上掌书仙，一染尘心谪九天。
莫怪浓香薰骨腻，霞衣曾惹御炉烟。

文姬看诗毕，大喜道："此真吾夫也。不然，怎晓得我的来处？吾愿与之为妻。"即以此诗为聘定，留为夫妇。自此春朝秋夕，夫妇相携，小酌微吟，此唱彼和，真如比翼之鸟，并头之花，欢爱不尽。如此五年后，因三月终旬，正是九十日春光已满，夫妻二人设酒送春。对饮间，文姬忽取笔砚，题诗云：

仙家无夏亦无秋，红日清风满翠楼。
况有碧霄归路稳，可能同驾五云虬？

题毕，把与任生看。任生不解其意，尚在沉吟，文姬笑道："你向日投诗，已知吾来历，今日何反生疑？吾本天上司书仙人，偶以一念情爱，谪居人间二纪[③]。今限已满，吾欲归，子可偕行。天上之乐，胜于人间多矣。"说罢，只闻得仙乐飘空，异香满室。家人惊异间，只见一个朱衣吏，持一玉版，朱书篆文。向文姬前稽首道："李长吉新撰《白玉楼记》成[④]，天帝召汝写碑。"文姬拜命毕，携了任生的手，举步腾空而去。云霞闪烁，鸾鹤缭绕。于时观者万计，以其所居地为书仙里。这是掌书仙的故事，乃是倡家第一个好门面话柄。

看官，你道倡家这派起于何时？元来起于春秋时节。齐大夫管

---

①叶(xié)韵：押韵。

②续案：再考一次。

③二纪：二十四年。一纪十二年。

④李长吉：唐代诗人李贺，字长吉。

仲[1]，设女闾七百[2]，征其合夜之钱以为军需。传至于后，此风大盛。然不过是侍酒陪歌，追欢买笑，遣兴陶情，解闷破寂，实是少不得的，岂至遂为人害！争奈“酒不醉人人自醉，色不迷人人自迷”。才有欢爱之事，便有迷恋之人；才有迷恋之人，便有坑陷之局。做姊妹的[3]，飞絮飘花，原无定主；做子弟的[4]，失魂落魄，不惜馀生。怎当得做鸨儿龟子的，吮血磨牙，不管天理，又且转眼无情，回头是计，所以弄得人倾家荡产，败名失德，丧躯殒命。尽道这娼妓一家是陷人无底之坑，填雪不满之井了。总由子弟少年浮浪，没主意的多，有主意的少；娼家习惯风尘，有圈套的多，没圈套的少。至于那雏儿们[5]，一发随波逐浪，那晓得叶落归根？所以百十个姊妹里头，讨不出几个要立妇名、从良到底的[6]。就是从了良，非男负女，即女负男，有结果的也少。却是人非木石，那鸨儿只以钱为事，愚弄子弟，是他本等，自不必说。那些做妓女的，也一样娘生父养，有情有窍。日陪欢笑，夜伴枕席，难道一些心也不动，一些情也没有，只合着鸨儿做局骗人过日不成？这却不然。其中原有真心的，一意绸缪，生死不变；原有肯立志的，亟思超脱，时刻不忘。从古以来，不止一人。而今小子说一个妓女，为一情人相思而死，又周全所爱妹子，也得从良，与看官们听，见得妓女也有好的。有诗为证，诗云：

有心已解相思死，况复留心念连理。
似此多情世所稀，请君听我歌天水[7]。

---

①管仲：春秋时齐桓公相，辅佐桓公成为诸侯中的霸主。

②女闾：宫中女市。本是由妇女经营的集市，后转化为娼妓。《战国策》载：“齐桓公宫中七市，女闾七百。国人非之。”后人即以中国娼妓制度起源于齐桓公。

③姊妹：妓女。

④子弟：嫖客。

⑤雏儿：少年妓女，妓女。

⑥从良：妓女脱籍嫁人。

⑦天水：天水郡，赵姓郡望。《百家姓》开首即赵姓，旧本下注天水郡。宋太祖祖籍。本卷写赵不敏事。

天水才华席上珍，苏娘相向转相亲。
一官各阻三年约，两地同归一日魂。
遗言弱妹曾相托，敢谓冥途忘旧诺？
爱推同气了良缘①，赓歌一绝于飞乐②。

话说宋朝钱塘有个名妓苏盼奴，与妹苏小娟，两人俱俊丽工诗，一时齐名。富豪子弟到临安者③，无不愿识其面。真个车马盈门，络绎不绝。他两人没有嬷嬷④，只是盼儿当门抵户，却是姊妹两个多自家为主的。自道品格胜人，不耐烦随波逐浪。虽在繁华绮丽所在，心中常怀不足。只愿得遇个知音之人，随他终身，方为了局的。姊妹两人，意见相同，极是过得好。盼奴心上有一个人，乃是皇家宗人⑤，叫做赵不敏，是个太学生。元来宋时宗室，自有本等禄食，本等职衔。若是情愿读书应举，就不在此例了。所以赵不敏有个房分兄弟赵不器，就自去做了个院判⑥。惟有赵不敏自恃才高，务要登第，通籍在太学⑦。他才思敏捷，人物风流；风流之中，又带些忠诚真实。所以盼奴与他相好；盼奴不见了他，饭也是吃不下的。赵太学是个书生，不会经管家务，家事日渐萧条。盼奴不但不嫌他贫，凡是他一应灯火酒食之资，还多是盼奴周给他。恐怕他因贫废学，常对他道："妾看君决非庸下之人，妾也不甘久处风尘。但得君一举成名，提掇了妾身出去，相随终身，虽布素亦所甘心。切须专心读书，不可懈怠，又不可分心他务。衣食之需，只在妾的身上，管你不缺便了。"小娟见姐姐真心待赵太学，自也时常存一个拣人的念头，只是未曾有个中意的。盼奴体着小娟意思，也时常替他留心，对太学道："我这

①同气：同心，同志。语出《易经·乾卦》："同声相应，同气相求。"
②于飞：比翼而飞。《诗经·卷阿》："凤凰于飞，翙翙其羽。"比喻夫妻恩爱。
③临安：府治即钱塘(今杭州)。
④嬷嬷：此指老鸨。即妓院老板，妓女的假母。
⑤宗人：本家。
⑥院判：官府佐吏。
⑦通籍：记名，注册。

妹子性格极好，终久也是良家的货。他日你若得成名，完了我的事，你也替他寻个好主，不枉了我姊妹一对儿。”太学也自爱着小娟，把盼奴的话牢牢记在心里了。太学虽在盼奴家往来情厚，不曾破费一个钱，反得他资助读书，感激他情意，极力发愤。应过科试，果然高捷南宫①。盼奴心中不胜欢喜，正是：

银缸斜背解鸣珰，小语低声唤玉郎。

从此不知兰麝贵，夜来新惹桂枝香②。

太学榜下，未授职，只在盼奴家里。两情愈浓，只要图个终身之事。却有一件，名妓要落籍③，最是一件难事。官府恐怕缺了会承应的人，上司过往嗔怪，许多不便，十个倒有九个不肯。所以有的批从良牒上道：“慕《周南》之化④，此意良可矜；空冀北之群⑤，所请宜不允。”官司每每如此。不是得个极大的情分，或是撞个极帮衬的人，方肯周全。而今苏盼奴是个有名的能诗妓女，正要插趣，谁肯轻轻便放了他？前日与太学往来虽厚，太学既无钱财，也无力量，不曾替他营脱得乐籍。此时太学固然得第，盼奴还是个官身⑥，却就娶他不得。正在计较间，却选下官来了，除授了襄阳司户之职。初授官的人，碍了体面，怎好就与妓家讨分上脱籍⑦？况就是自家要取的，一发要惹出议论来。欲待别寻婉转，争奈凭上日子有限，一时等不出

①南宫：即礼部。礼部主持会试。

②桂枝：比喻及第。《晋书·郤诜传》：“臣举贤良对策，为天下第一，犹桂林之一枝，昆山之片玉。”后又演变出“蟾宫摘桂”的成语，也即金榜题名。

③落籍：脱离乐籍，即从良。

④《周南》之化：此指从良。《周南》是《诗经》国风之始，第一篇风诗即《关雎》，讲恋爱的。《毛诗》序说：“周南召南，正始之道，王化之基。”“《关雎》乐得淑女以配君子”。这里是说想从良的动机是好的。

⑤空冀北之群：韩愈《送温处士赴河阳军序》中引用过此语：“伯乐一过冀北之野，而马群遂空。”这里是说名妓都走（从良）了。

⑥官身：官妓有乐籍为官身。有应承差遣的义务。

⑦分上：人情，面子。

个机会。没奈何,只得相约到了襄阳,差人再来营干。当下司户与盼奴两个抱头大哭。小娟在旁,也陪了好些眼泪。当时作别了,盼奴自掩着泪眼归房。不题。

司户自此赴任襄阳,一路上鸟啼花落,触景伤情,只是想着盼奴。自道一到任所,便托能干之人,进京做这件事。谁知到任事忙,匆匆过了几时,急切里没个得力心腹之人可以相托。虽是寄了一两番信,又差了一两次人,多是不尴不尬,要能不勾的。也曾写书相托在京友人,替他脱籍了当,然后图谋接到任所。争奈路途既远,亦且寄信做事,所托之人不过道是娼妓的事,有紧没要,谁肯知痛着热,替你十分认真做的?不过讨得封把书信儿,传来传去,动不动便是半年多。司户得一番信,只添得悲哭一番,当得些甚么?如此三年,司户不遂其愿,成了相思之病。自古说得好:"心病还须心上医。"眼见得不是盼奴来,医药怎得见效?看看不起。只见门上传进来道:"外边有个赵院判,称是司户兄弟,在此候见。"司户闻得,忙叫请进。相见了,道:"兄弟你便早些个来,你哥哥不见得如此。"院判道:"哥哥为何病得这等了?你要兄弟早来便怎么?"司户道:"我在京时,有个教坊妓女苏盼奴,与我最厚。他赍助我读书成名,得有今日。因为一时匆匆,不替他落得籍,同他到此不得。原约一到任所,差人进京图干此事。谁知所托去的多不得力,我这里好不盼望,不甫能勾回个信来①,定是东差西误的。三年以来,我心如火,事冷如冰,一气一个死。兄弟,你若早来几时,把这个事托你替哥哥干去,此时盼奴也可来,你哥哥也不死。如今却已迟了!"言罢,泪如雨下。院判道:"哥哥且请宽心!哥哥千金之躯,还宜调养,望个好日。如何为此闲事,伤了性命?"司户道:"兄弟,你也是个中人②,怎学别人说淡话?情上的事,各人心知,正是性命所关,岂是闲事!"说得痛切,又发昏上来。隔不多两日,恍惚见盼奴在眼前,愈加沉重。自知不起,呼院

①不甫:"不"字加强语气,不是否定词。甫,才。

②个中人:内行,知情人。

判到床前嘱付道："我与盼奴，不比寻常，真是生死交情。今日我为彼而死，死后也还不忘的。我三年以来，共有俸禄馀赀若干。你与我均匀分作两分，一分是你收了，一分你替我送与盼奴去。盼奴知我既死，必为我守。他有妹小娟，俊雅能吟，盼奴曾托我替他寻人。我想兄弟风流才俊，能了小娟之事。你到京时，可将我言传与他家，他家必然喜纳。你若得了小娟，诚是佳配，不可错过了。一则完了我的念头，一则接了我的瓜葛①。此临终之托，千万记取！"院判涕泣领命，司户言毕而逝。院判勾当丧事了毕②，带了灵柩，归葬临安。一面收拾东西，竟望钱塘进发。不题。

却说苏盼奴自从赵司户去后，足不出门，一客不见，只等襄阳来音。岂知来的信虽有两次，却不曾见干着了当的实事。他又是个女流，急得乱跳也无用，终日盼望，纳闷而已。一日，忽有个於潜商人③，带着几箱官绢，到钱塘来。闻着盼奴之名，定要一见。缠了几番，盼奴只是推病不见。以后果然病得重了，商人只认做推托，心怀愤恨。小娟虽是接待两番，晓得是个不在行的蠢物，也不把眼稍带着他。几番要研在小娟处宿歇④，小娟推道："姐姐病重，晚间要相伴，伏侍汤药，留客不得。"毕竟缠不上，商人自到别家嫖宿去了。以后盼奴相思之极，恍恍惚惚。一日忽对小娟道："妹子好住，我如今要去会赵郎了。"小娟只道他要出门，便道："好不远的途程。你如此病体，怎好去得！可不是痴话么？"盼奴道："不是痴话，相会只在霎时间了。"看看声丝气咽，连呼赵郎而死。小娟哭了一回，买棺盛贮，设个灵位，还望乘便捎信赵家去。只见门外两个公人，大剌剌的走将进来，说道府判衙里唤他姊妹，去对甚么官绢词讼。小娟不知事由，对公人道："姊姊亡逝已过，见有棺柩灵位在此，我却随上下去回

①瓜葛：关系。

②勾当：作动词，干、办理；作名词，事、行为。

③於潜：旧县名。今合并入临安县。

④研：强行。方言词。也写作"挜"。

复就是。"免不得赔酒赔饭，又把使用钱送了公人。分付丫头看家，锁了房门，随着公人到了府前。才晓得於潜客人被同伙首发，将官绢费用宿娼，拿他到官。怀着旧恨，却把盼奴、小娟攀着。小娟好生负屈，只待当官分诉。带到时，府判正赴堂上公宴，没工夫审理。知是钱粮事务，喝令："权且寄监！"可怜：

粉黛丛中艳质，囹圄队里愁形。

吉凶全然未保，青龙白虎同行。

不说小娟在牢中受苦，却说赵院判扶了兄柩，来到钱塘，安厝已了。奉着遗言，要去寻那苏家。却想道："我又不曾认得他一个，突然走去，那里晓得真情？虽是吾兄为盼奴而死，知他盼奴心事如何，近日行径如何，却便孟浪去打破了[①]！"猛然想道："此间府判是我宗人，何不托他去唤他到官来，当堂问他明白，自见下落。"一直径到临安府来，与府判相见了。叙寒温毕，即将兄长亡逝已过，所托盼奴、小娟之事，说了一遍。要府判差人去唤他姊妹二人到来，府判道："果然好两个妓女，小可着人去唤来，宗丈自与他说端的罢了[②]。"随即差个祗候人拿根签去唤他姊妹[③]。祗候领命去了。须臾来回话道："小人到苏家去，苏盼奴一月前已死，苏小娟见系府狱。"院判、府判俱惊道："何事系狱？"祗候回答道："他家里说为於潜客人诬攀官绢的事。"府判点头道："此事正在我案下。"院判道："看亡兄分上，宗丈看顾他一分则个。"府判道："宗丈且到敝衙一坐。小可叫来问个明白，自有区处。"院判道："亡兄有书礼与盼奴，谁知盼奴已死了。亡兄却又把小娟托在小可，要小可图他终身。却是小可未曾与他一面，不知他心下如何。而今小弟且把一封书打动他，做个媒儿，烦宗丈与小可婉转则个。"府判笑道："这个当得，只是日后不要忘了媒人。"大家笑了一回，请院判到衙中坐了，自己升堂。叫人狱中取出

①孟浪：鲁莽。

②宗丈：对同姓男子的尊称。端的：来龙去脉，详情。

③祗候人：差人，随从。

小娟来，问道："於潜商人缺了官绢百匹，招道在你家花费，将何补偿？"小娟道："亡姊盼奴在日，曾有个於潜客人来了两番。盼奴因病不曾留他，何曾受他官绢？今姊已亡故无证，所以客人落得诬攀。判府若赐周全开豁[①]，非唯小娟感荷，盼奴泉下也得蒙恩了。"府判见他出语宛顺，心下喜他，便问道："你可认得襄阳赵司户么？"小娟道："赵司户未第时，与姊盼奴交好，有婚姻之约，小娟故此相识。以后中了科第，做官去了。屡有书信，未完前愿。盼奴相思，得病而亡，已一月多了。"府判道："可伤！可伤！你不晓得，赵司户也去世了！"小娟见说，想着姊姊，不觉凄然吊下泪来。道："不敢拜问，不知此信何来？"府判道："司户临死之时，不忘你家盼奴，遣人寄一封书，一罨礼物与他[②]。此外又有司户兄弟赵院判有一封书与你，你可自开看。"小娟道："自来不认得院判是何人，如何有书？"府判道："你只管拆开，看是甚话，就知分晓。"小娟领下书来，当堂拆开读着。元来不是什么书，却是一首七言绝句。诗云：

当时名伎镇东吴，不好黄金只好书。
借问钱塘苏小小[③]，风流还似大苏无？

小娟读罢诗，想道："此诗情意，甚是有情于我。若得他提挈，官事易解。但不知赵院判何等人品。看他诗句清俊，且是赵司户的兄弟，多应也是风流人物，多情种子。"心下踌躇，默然不语。府判见他沉吟，便道："你何不依韵和他一首？"小娟对道："从来不会做诗。"府判道："说那里话？有名的苏家姊妹能诗，你如何推托？若不和诗，就要断赔官绢了。"小娟谦词道："只好押韵献丑，请给纸笔。"府判叫取文房四宝与他。小娟心下道："正好借此打动他官绢之事。"提起笔来，毫不思索，一挥而就，双手呈上府判。府判读之，诗云：

---

①判府：对府判（此即临安府判官）的尊称。

②一罨（yǎn）：一网兜。

③苏小小：南北朝齐时钱塘名妓。此处一语双关，借古代苏小小代指苏小娟。

君住襄江妾在吴，无情人寄有情书。

当年若也来相访，还有於潜绢也无。

府判读罢，道："既有风致，又带诙谐玩世的意思，如此女子，岂可使溷于风尘之中？"遂取司户所寄盼奴之物，尽数交与了他，就准他脱了乐籍。官绢着商人自还，小娟无干，释放宁家。小娟既得辨白了官绢一事，又领了若干物件，更兼脱了籍。自想姊姊如此烦难，自身却如此容易，感激无尽，流涕拜谢而去。

府判进衙，会了院判，把适才的说话与和韵的诗，对院判说了，道："如此女子，真是罕有！小可体贴宗丈之意，不但免他偿绢，已把他脱籍了。"院判大喜，称谢万千，函辞了府判①，竟到小娟家来。小娟方才到得家里，见了姊姊灵位，感伤其事，把司户寄来的东西，一件件摆在灵位前。看过了，哭了一场，收拾了。只听得外面叩门响，叫丫头问明白了开门。丫头问："是那个？"外边答道："是适来寄书赵院判。"小娟听得"赵院判"三字，两步移做了一步，叫丫头急开门迎接。院判进了门，抬眼看那小娟时，但见：

脸际芙蓉掩映，眉间杨柳停匀。若教梦里去行云，管取襄王错认。　　殊丽全由带韵，多情正在含颦。司空见惯也销魂，何况风流少俊！

说那院判一见了小娟，真个眼迷心荡，暗道："吾兄所言佳配，诚不虚也。"小娟接入堂中，相见毕。院判笑道："适来和得好诗。"小娟道："若不是院判的大情分，妾身官事何由得解？况且乘此又得脱籍，真莫大之恩，杀身难报。"院判道："自是佳作打动，故此府判十分垂情。况又有亡兄所嘱，非小可一人之力。"小娟垂泪道："可惜令兄这样好人，与妾亡姊真个如胶似漆的，生生的阻隔两处，俱谢世去了。"院判道："令姊是几时没有的？"小娟道："方才一月前某日。"院判吃惊道："家兄也是此日，可见两情不舍，同日归天，也是奇事！"小娟道："怪道姊姊临死，口口说去会赵郎，他两个而今必定做一处了。"院判道：

①函辞：辞谢。"函"字表尊敬。

“家兄也曾累次打发人进京。当初为何不脱籍，以致阻隔如此？”小娟道：“起初令兄未第，他与亡姊恩爱，已同夫妻一般。未及虑到此地，匆匆过了日子。及到中第，来不及了。虽然打发几次人来，只因姊姊名重，官府不肯放脱。这些人见略有些难处，丢了就走，那管你死活，白白里把两个人的性命误杀了！岂知今日妾身托赖着院判，脱籍如此容易。若是令兄未死，院判早到这里一年半年，连姊姊也超脱去了。”院判道：“前日家兄也如此说。可惜小可浪游薄宦，到家兄衙里迟了，故此无及。这都是他两人数定，不必题了。前日家兄说，令姊曾把娟娘终身的事，托与家兄寻人。这话有的么？”小娟道：“不愿迎新送旧，我姊妹两人同心。故此姊姊以妾身托令兄寻人，实有此话的。”院判道：“亡兄临终，把此言对小可说了。又说娟娘许多好处，撺掇小可来会令姊与娟娘，就与娟娘料理其事。故此不远千里，到此寻问。不想盼娘过世，娟娘被陷。而今幸得保全了出来，脱了乐籍，已不负亡兄与令姊了。但只是亡兄所言，娟娘终身之事，不知小可当得起否？凭娟娘意下裁夺。”小娟道：“院判是贵人，又是恩人，只怕妾身风尘贱质，不敢仰攀。赖得令兄与亡姊一脉，亲上之亲。前日蒙赐佳篇，已知属意；若蒙不弃，敢辞箕帚？”院判见说得入港，就把行李什物都搬到小娟家来。是夜即与小娟同宿。赵院判在行之人，况且一个念着亡兄，一个念着亡姊，两个只恨相见之晚，分外亲热。此时小娟既已脱籍，便可自由。他见院判风流蕴藉，一心待嫁他了。只是亡姊灵柩未殡，有此牵带，与院判商量。院判道：“小可也为扶亡兄灵柩至此，殡事未完。而今择个日子，将令姊之柩与亡兄合葬于先茔之侧，完他两人生前之愿，有何不可？”小娟道：“若得如此，亡魂俱称心快意了。”院判一面择日，如言殡葬已毕。就央府判做个主婚，将小娟娶到家里，成其夫妇。是夜小娟梦见司户、盼奴，如同平日坐在一处，对小娟道：“你的终身有托，我两人死亦瞑目。又谢得你夫妻将我两人合葬，今得同栖一处，感恩非浅。我在冥中，保佑你两人后福，以报成全之德。”言毕，小娟惊醒，把梦中言语对院判说了。院判明日设祭，到司户坟上致奠。两人感念他生前相托,指引成就之意,俱各恸哭一番而回。此后院判同小娟花朝月夕,赓酬唱和,诗咏成帙。后来生二子,接了书香。小娟直与院判齐白而终。

看官,你道此一事,苏盼奴助了赵司户功名,又为司户而死,这是他自己多情,已不必说。又念着妹子终身之事,毕竟所托得人,成就了他从良。那小娟见赵院判出力救了他,他一心遂不改变,从他到了底。岂非多是好心的伎女?而今人自没主见,不识得人,乱迷乱撞,着了道儿,不要冤枉了这一家人,一概多似蛇蝎一般的。所以有编成《青泥莲花记》[1],单说的是好姊姊出处,请有情的自去看。有诗为证:

血躯总属有情伦,宁有章台独异人[2]?
试看死生心似石,反令交道愧沉沦。

---

①《青泥莲花记》:明人梅鼎祚所辑,卷八即记苏小娟事。

②章台独异人:指柳氏。唐许尧佐《柳氏传》载,韩翊姬柳氏美艳。安史乱中失散为尼。后为蕃将沙陀利劫去。虞侯许俊设计以勇力夺回柳氏,使二人团圆。

卷二十六

夺风情村妇捐躯　假天语幕僚断狱

诗云：

美色从来有杀机，况同释子讲于飞[①]。
色中饿鬼真罗刹[②]，血污游魂怎得归？

话说临安有一个举人，姓郑，就在本处庆福寺读书。寺中有个西北房，叫做净云房。寺僧广明，做人俊爽风流，好与官员士子每往来。亦且衣钵充牣[③]，家道从容，所以士人每喜与他交游。那郑举人在他寺中最久，与他甚是说得着，情意最密。凡是精致禅室，曲折幽居，广明尽引他游到。只有极深奥的所在一间小房，广明手自锁闭出入，等闲也不开进去，终日是关着的，也不曾有第二个人走得进。虽是郑举人如此相知，无有不到的所在，也不领他进去。郑举人也只道是僧家藏叠资财的去处，大家凑趣[④]，不去窥觑他。

一日，殿上撞得钟响，不知是什么大官府来到。广明正在这小房中，慌忙趋出山门外迎接去了。郑生独自闲步，偶然到此房前。只见门开在那里，郑生道："这房从来锁着，不曾看见里面。今日为何却不锁？"一步步进房中来，却是地板铺的房。四下一看，不过是摆设得精致，别无甚奇怪珍秘，与人看不得的东西。郑生心下道："这些出家人，毕竟心性古撇[⑤]，此房有何秘密，直得转手关门？"带眼看去，那小床帐钩上，吊着一个紫檀的小木鱼，连槌系着，且是精致

---

①释子：和尚，僧人。

②罗刹：佛经中所称恶鬼。

③衣钵充牣(rèn)：广有财物。

④凑趣：知趣。

⑤古撇：古怪。

滑泽。郑生好戏子[①]，除下来，手里捏了看看。有要没紧的[②]，把小槌敲他两下。忽听得床后地板铛的一声铜铃响。一扇小地板推起，一个少年美貌妇人钻头出来。见了郑生，吃了一惊，缩了下去。郑生也吃了一惊，仔细看去，却是认得的中表亲威某氏[③]。元来那个地板做得巧，合缝处推开来，就当是扇门，关上了，原是地板。里头顶得上，外头开不进。只听木鱼为号，里头铃声相应，便出来了。里头是个地窖，别开窗牖，有暗衖地道，到灶下通饮食，就是神仙也不知道的。郑生看见了道："怪道贼秃关门得紧，元来有此缘故。我却不该撞破了他，未必无祸。"心下慌张，急挂木鱼在原处了，疾忙走出来，劈面与广明撞着。广明见房门失锁，已自心惊。又见郑生有些仓惶气质[④]，面上颜色红紫。再眼瞟去，小木鱼还在帐钩上摆动未定，晓得事体露了。问郑生道："适才何所见？"郑生道："不见什么。"广明道："便就房里坐坐何妨？"挽着郑生手进房，就把门闩了。床头掣出一把刀来，道："小僧虽与足下相厚，今日之事，势不两立。不可使吾事败，死在别人手里。只是足下自己悔气到了，错进此房。急急自裁，休得怨我。"郑生哭道："我不幸自落火坑，晓得你们不肯舍我，我也逃不得死了。只是容我吃一大醉，你断我头去，庶几醉后无知[⑤]，不觉痛苦。我与你往来多时，也须怜我。"广明也念平日相好的，说得可怜，只得依从，反锁郑生在里头了。带了刀走去厨下，取了一大锡壶酒来，就把大碗来灌郑生。郑生道："寡酒难吃，须赐我盐菜少许。"广明又依他，到厨下去取菜。郑生寻思："走脱无路，要寻一件物事暗算他！"房中多是轻巧物件，并无砖石棍棒之类。见酒壶罍巨[⑥]，便心生一计：扯下一幅衫子，急把壶口塞得紧紧的，连酒连

---

①戏子：玩笑，戏耍。

②有要没紧的：随随便便。

③中表：姑、舅、姨的子女与本父母的子女互为中表，即俗称的姑舅老表。

④气质：此指神气。

⑤庶几：或许。

⑥罍(léi)巨：硕大。

壶约有五六斤重了。一手提着，站在门背后。只见广明搪门进来[①]，郑生估着光头[②]，把这壶尽着力一下打去。广明打得头昏眼暗。急伸手摸头时，郑生又是两三下，打着脑袋，扑的晕倒。郑生索性把酒壶在广明头上似砧杵槌衣一般，连打数十下。脑浆迸出而死，眼见得不活了。郑生反锁僧尸在房了，走将出来。外边未有人知觉。忙到县官处说了，县官差了公人，又添差兵快，急到寺中，把这本房围住。打进房中，见一个僧人脑破血流，死于地下，搜不出妇女来。只见郑生嘻嘻笑道："我有一法，包得就见。"伸手去帐钩上取了木鱼，敲得两下。果然一声铃响，地板顶将起来，一个妇女钻出。公人看见，发一声喊，抢住地板，那妇人缩进不迭[③]。一伙公人，打将进去。元来是一间地窖子。四围磨砖砌着，又有周围栅栏，一面开窗，对着石壁天井，乃是人迹不到之所。有五六个妇人在内，一个个领了出来。问其来历，多是乡村人家拐将来的。郑生的中表，乃是烧香求子，被他灌醉了轿夫，溜了进去的。家里告了状，两个轿夫还在狱中。这个广明既有世情[④]，又无踪迹，所以累他不着。谁知正在他处。县官把这一房僧众，尽行屠戮了。

看官，你道这些僧家，受用了十方施主的东西，不忧吃，不忧穿，收拾了干净房室，精致被窝，眠在床里，没事得做，只想得是这件事体。虽然有个把行童解谗，俗语道："吃杀馒头当不得饭。"亦且这些妇女们，偏要在寺里来烧香拜佛，时常在他们眼前晃来晃去。看见了美貌的，叫他静夜里怎么不想？所以千方百计，弄出那奸淫事体来。只这般奸淫，已是罪不容诛了。况且不毒不秃，不秃不毒。转毒转秃，转秃转毒，为那色事上，专要性命相搏、杀人放火的。就是小子方才说这临安僧人，既与郑举人是相厚的，就被他看见了破绽，

---

①搪(táng)门：踢开门。用脚蹬东西为"搪"，今方言中仍用。

②估着：看定，看准，狠看。

③不迭：不及。

④世情：交情。

只消求告他[1],买嘱他,要他不泄漏罢了。何致就动了杀心,反丧了自己?这须是天理难容处,要见这些和尚狠得没道理的。而今再讲一个狠得诧异的,来与看官们听着,有诗为证:

奸杀本相寻,其中妒更深。
若非男色败,何以警邪淫!

话说四川成都府汶川县,有一个庄农人家,姓井名庆。有妻杜氏,生得有些姿色,颇慕风情,嫌着丈夫粗蠢,不甚相投,每日寻是寻非的激聒。一日,也为有两句口面,走到娘家去。住了十来日。大家厮劝,气平了,仍旧转回夫家来。两家隔不上三里多路。杜氏长独自个来去惯了的,也是合当有事,正行之间,遇着大雨下来。身边并无雨具,又在荒野之中,没法躲避。远远听得铃声响,从小径里望去,有所寺院在那里。杜氏只得冒着雨,迂道走去避着,要等雨住再走。那个寺院叫做太平禅寺,是个荒僻去处。寺中共有十来个僧人。门首一房,师徒三众。那一个老的叫做大觉,是他掌家。一个后生的徒弟,叫做智圆。生得眉清目秀,风流可喜,是那老和尚心头的肉。又有一个小沙弥[2],叫做慧观,只有十一二岁。这个大觉年有五十七八了,却是极淫毒的心性,不异少年。夜夜搂着这智圆,做一床睡了。两个说着妇人家滋味,好生动兴,就弄那话儿消遣一番,淫亵不可名状。是日师徒正在门首闲站,忽见个美貌妇人走进来避雨,正似老鼠走到猫口边,怎不动火?老和尚看见了,丢眼色对智圆道:"观音菩萨进门了,好生迎接着。"智圆头颠尾颠,走上前来问杜氏道:"小娘子,敢是避雨的么?"杜氏道:"正是。路上逢雨,借这里避避则个。"智圆嘻着脸笑道:"这雨还有好一会下。这里没好坐处,站着不雅,请到小房坐了,奉杯清茶。等雨住了,走路何如?"那妇人家若是个正气的,由他自说,你只外边站站,等雨过了走路便罢。那僧房里好是轻易走得进的?谁知那杜氏是个爱风月的人,见小和尚

---

①只消:只要。

②沙弥:初受十诫的出家人。

生得青头白脸，语言聪俊，心里先有几分看上了。暗道："总是雨大，在此闲站，便依他进去坐坐也不妨事。"就一步步随了进来。那老和尚见妇人挪动了脚，连忙先走进去，开了卧房等候。小和尚陪了杜氏，你看我，我看你，同走了进门，到得里头坐下了。小沙弥掇了茶盘送茶。智圆拣个好磁碗，把袖子展一展[①]，亲手来递与杜氏。杜氏连忙把手接了，看了智圆丰度，越觉得可爱。偷眼觑着，有些魂出了，把茶侧翻了一袖。智圆道："小娘子茶泼湿了衣袖，到房里薰笼上烘烘。"杜氏见要他房里去，心里已瞧科了八九分[②]。怎当得是要在里头的，并不推阻，反问他："那个房里是?"智圆领到师父房前，晓得师父在里头等着，要让师父，不敢抢先。见杜氏进了门里，指着薰笼道："这个上边烘烘就是，有火在里头的。"却把身子倒退了出来。

杜氏见他不进来，心里不解，想道："想是他未敢轻动手。"正待将袖子去薰笼上烘，只见床背后一个老和尚，托地跳出来，一把抱住。杜氏杀猪也似叫将起来，老和尚道："这里无人，叫也没干。谁教你走到我房里来?"杜氏却待奔脱，外边小和尚凑趣，已把门拽上了。老和尚擒住了杜氏身子，将阳物隔着衣服只是乱送。杜氏虽推拒了一番，不觉也有些兴动，问道："适才小师父那里去了?却换了你?"老和尚道："你动火我的徒弟么?这是我心爱的人儿，你作成我完了事，我叫他与你快活。"杜氏心里道："我本看上他小和尚，谁知被这老厌物缠着。虽然如此，到这地位，料应脱不得手，不如先打发了他，他徒弟少不得有分的了。"只得勉强顺着老和尚，搂到床上。行起云雨来：

一个欲动情浓，仓忙唐突；一个心慵意懒，勉强应承。一个相会有缘，吃了自来之食；一个偶逢无意，栽着无主之花。喉急的，浑如那扇火的风箱；体懈的，只当得盛血的皮袋。虽然卤莽无些趣，也算依稀一度春。

---

①展：揩。今方言中仍有此音。

②瞧科：看出。

那老和尚淫兴虽高，精力不济。起初搂抱推拒时，已此有好些流精淌出来。及至干事，不多一会就弄倒了。杜氏本等不耐烦的，又见他如此光景，未免有些不足之意。一头走起来系裙，一头怨怅道："如此没用的老东西，也来厌世[①]，死活缠人做甚么？"老和尚晓得扫了兴，自觉没趣，急叫徒弟把门开了。门开处，智圆迎着，问师父道："意兴如何？"老和尚道："好个知味的人！可惜今日本事不帮衬[②]，弄得出了丑。"智圆道："等我来助兴。"急跑进房。把门掩了，回身来抱着杜氏，道："我的亲亲，你被老头儿缠坏了！"杜氏道："多是你哄我进房，却叫这厌物来摆布我！"智圆道："他是我师父，没奈何，而今等我赔礼罢。"一把搂着就要床上去。杜氏刚被老和尚一出完得也觉没趣，拿个班道[③]："那里有这样没廉耻的？师徒两个，轮替缠人！"智圆道："师父是冲头阵，垫刀头的。我与娘子须是年貌相当，不可错过了姻缘！"扑的跪将下去。杜氏扶起道："我怪你让那老物先将人奚落，故如此说。其实我心上也爱你的。"智圆就势抱住，亲了个嘴。挽到床上，弄将起来。这却与先前的情趣大不相同：

> 一个身逢美色，犹如饿虎吞羊；一个心慕少年，好似渴龙得水。庄家妇，性情淫荡，本自爱耍贪欢；空门人[④]，手段高强，正是能征惯战。巿的巿，㮟的㮟，没一个肯将就伏输；往的往，来的来，都一般愿辛勤出力。虽然老和尚先开方便之门，争似小阇黎漫领菩提之水[⑤]。

说这小和尚正是后生之年，阳道壮伟，精神旺相。亦且杜氏见他标致，你贪我爱，一直弄了一个多时辰，方才歇手，弄得杜氏心满意足。杜氏道："一向闻得僧家好本事，若如方才老厌物，羞死人了。

---

①厌世：现世。出丑。吴语"厌"、"现"音同。

②帮衬：帮忙，凑趣。

③拿个班：拿班。摆架子。

④空门：佛门。

⑤阇(shé)黎：师父。本是梵语。僧徒之师。

元来你如此着人[①]，我今夜在此与你睡了罢。”智圆道：“多蒙小娘子不弃，不知小娘子何等人家，可是住在此不妨的？”杜氏道：“奴家姓杜，在井家做媳妇，家里近在此间。只因前日与丈夫有两句说话，跑到娘家这几日，方才独自个回转家去。遇着雨，走进来避，撞着你这冤家的。我家未知道我回，与娘家又不打照会，便私下住在此两日，无人知觉。”智圆道：“如此却侥幸，且图与娘子做个通宵之乐。只是师父要做一床。”杜氏道：“我不要这老厌物来。”智圆道：“一家是他做主，须却不得他，将就打发他罢了。”杜氏道：“羞人答答的[②]，怎好三人在一块做事？”智圆道：“老和尚是个骚头，本事不济。南北齐来，或是你，或是我，做一遭不着，结识了他[③]，他就没用了。我与你自在快活，不要管他。”两人说得着[④]，只管说了去。怎当得老和尚站在门外，听见床响了半日，已自恨着自己忒快，不曾插得十分趣，倒让他们恣意去了，好些妒忌。等得不耐烦，再不出来，忍不住开房进去。只见两个紧紧搂抱，舌头还在口里，老和尚便有些怒意。暗想道：“方才待我怎肯如此亲热？”就不觉捻酸起来[⑤]，嚷道：“得了些滋味，也该商量个长便。青天白日，没廉没耻的，只顾关着门睡甚么？”智圆见师父发话，笑道：“好教师父得知，这滋味长哩！”老和尚道：“怎见得？”智圆道：“那娘子今晚不去了。”老和尚放下笑脸道：“我们也不肯放他就去。”智圆道：“我们强主张不放，须防干系[⑥]。而今是这娘子自家主意，说道可以住得的。我们就放心得下了。”老和尚道：“这小娘子何宅？”智圆把方才杜氏的言语述了一遍。老和尚大喜。急整夜饭，摆在房中，三人共桌而食。杜氏不十分吃酒，老和尚劝他，只是推故。智圆斟来，却又吃了。坐间眉来眼去，与智圆甚是

---

①着人：中人意。

②羞人答答：小说、戏曲中常用语。害羞。

③结识：结果，解决。

④说得着：投机，合意。

⑤捻酸：吃醋。

⑥干系：关系，责任。

肉麻。老和尚硬挨光[①],说得句把风话,没着没落的,冷淡的当不得。老和尚也有些看得出,却如狗舔热煎盘,恋着不放。夜饭撤去,毕竟赖着三人一床睡了。到得床里,杜氏与小和尚先自搂得紧紧的,不管那老和尚。老和尚刚是日里弄得过,那话软郎当,也没力量再举。意思便等他们弄一火看看,发了自己的兴再处。果然,他两个击击格格,弄将起来。极得老和尚在旁边东呜一口,西咂一口,左勾一勾,右抱一抱。一手捏着自己的阳物摩弄,又将手去摸他两个斗笋处。觉得有些兴动了,就要推开了小和尚,自家上场。那小和尚正在兴头上,那里肯放,杜氏又双手抱住,推不开来。小和尚叫道:"师父,我住不得手了,你十分高兴,倒在我背后,做个天机自动罢。"老和尚道:"使不得,野味不吃吃家食!"咬咬掐掐,缠帐不住[②]。小和尚只得爬了下来让他。杜氏心下好些不像意,那有好气待他?那老和尚是极坏了的,忍不住一泻如注,早已气喘声嘶,不济事了。杜氏冷笑道:"何苦呢!"老和尚羞惭无地,不敢则声[③],寂寂向了里床,让他两个再整旗枪,恣意交战。两人多是少年,无休无歇的,略略睡睡,又弄起来。老和尚只好咽唾,蛊毒魇魅的[④],做尽了无数的厌景。

天明了,杜氏起来梳洗罢,对智圆道:"我今日去休[⑤]。"智圆道:"娘子昨日说多住几日不妨的,况且此地僻静,料无人知觉。我你方得欢会,正在好头上,怎舍得就去,说出这话来?"杜氏悄悄说道:"非是我舍得你去,只是吃老头子缠得苦,你若要我住在此,我须与你两个自做一床睡,离了他才使得。"智圆道:"师父怎么肯?"杜氏道:"若不肯时,我也不住在此。"智圆没奈何,只得走去对师父说道:"那杜娘子要去,怎么好?"老和尚道:"我看他和你好得紧[⑥],如何要去?"智

---

①挨光:调情。

②缠帐:纠缠。

③则声:做声,吱声。

④蛊毒魇魅:胡乱鼓捣。

⑤去休:走掉,走了。

⑥紧:元明白话副词语尾,相当于现代口语中的"很"。

圆道:"他须是良人家出身,有些羞耻,不肯三人同床,故此要去。依我愚见,不若等我另铺下一床,在对过房里,与他两个同睡晚把①,哄住了他。师父乘空,便中取事。等他熟分了,然后团做一块不迟。不然逆了他性,他走了去,大家多没分了。"老和尚听说罢,想着夜间三人一床,枉动了许多火,讨了许多厌,不见快活;又恐怕他去了,连寡趣多没绰处②,不如便等他们背后去做事。有时我要他房里来,独享一夜也好,何苦在旁边惹厌。便对智圆道:"就依你所见也好。只要留得他住,毕竟大家有些滋味。况且你是我的心,替你好了,也是好的。"老和尚口里如此说,心里原有许多醋意,只得且如此许了他,慢慢再看。智圆把铺房另睡的话,回了杜氏。杜氏千欢万喜,住下了,只等夜来欢乐。到了晚间,老和尚叫智圆分付道:"今夜我养养精神,让你两个去快活一夜。须把好话哄住了他,明日却要让我。"智圆道:"这个自然,今夜若不是我伴住他,只如昨夜混搅,大家不爽利,留他不住的。等我团熟了他③,牵与师父,包你像意。"老和尚道:"这才是知心着意的肉!"智圆自去与杜氏关了房门睡了。此夜自由自在,无拘无束,快活不尽。

却说那老和尚一时怕妇人去了,只得依了徒弟的言语。是夜独自个在房里,不但没有了妇人,反去了个徒弟,弄得孤眠独宿了,好些不像意。又且想着他两个此时快乐,一发睡不去了,倒枕捶床了一夜。次日起来,对智圆道:"你们好快活!撇得我清冷。"智圆道:"要他安心留住,只得如此。"老和尚道:"今夜须等我像心像意一晚。"到得晚间,智圆不敢逆师父,劝杜氏到师父房中去。杜氏死也不肯,道:"我是替你说过了方住在此的,如何又要我去陪这老厌物?"智圆道:"他须是吾主家的师父。"杜氏道:"我又不是你师父讨的,我怕他做甚?逼得我紧,我连夜走了家去!"智圆晓得他不肯去,

①把:数量词性语尾,表示约数。今南方方言中常用。

②寡趣:淡味,少许趣味。没绰(chāo)处:没有地方寻找。

③团熟:弄得顺从。

对师父道："他毕竟有些害羞，不肯来，师父你到他房里去罢。"老和尚依言，摸将进去。杜氏先自睡好了，只待等智圆来干事，不晓得是老和尚走来，跳上床去，杜氏只道是智圆，一把抱来亲个嘴，老和尚骨头都酥了，直等做起事来，杜氏才晓得不是了，骂道："又是你这老厌物，只管缠我做甚么？"老和尚不揣，恨命价弄送抽拽。只指望讨他的好处，不想用力太猛，忍不住吁吁气喘将来。杜氏方得他抽拽一番，正略觉得有些兴动。只见已是收兵锣光景，晓得阳精将泄，一场扫兴。把自家身子一歪，将他尽力一推，推下床来。那老和尚的阳精，不曾泄得在里头，粘粘涎涎，都弄在床沿上与自己腿上了。老和尚地上爬起来，心里道："这婆娘如此狠毒！"恨恨地走了自房里去。智圆见师父已出来了，然后自己进去补空。杜氏正被和尚引起了兴头，没收场的，却得智圆来，正好解渴。两个不及讲话，搂着就弄，好不热闹。只有老和尚到房中，气还未平，想道："我出来了，他们又自快活，且去听他一番。"走到房前，只听得山摇地动的，在床里淫戏。摩拳擦掌的道："这婆娘直如此分厚薄！你便多少分些情趣与我，也图得大家受用。只如此让了你两个罢！明日拚得个大家没帐[①]！"闷闷的自去睡了。

一觉睡到天明起来，觉得阳物茎中有些作痒，又有些梗痛，走去撒尿，点点滴滴的。元来昨夜被杜氏推落身子，阳精泻得不畅，弄做了个白浊之病。一发恨道[②]："受这歹婆娘这样累！"及至杜氏起来了，老和尚还皮着脸撩拨他几句，杜氏一句话也不来招揽，老大没趣。又见他与智圆交头接耳，嘻嘻哈哈，心怀忿毒。到得夜来，智圆对杜氏道："省得老和尚又来歪厮缠，等我先去弄倒了他。"杜氏道："你快去，我睡着等你。"智圆走到老和尚房中，装出平日的媚态，说道："我两夜抛撇了师父，心里过意不去，今夜同你睡休。"老和尚道："见放着雌儿在家里，却自寻家常饭吃？你好好去叫他来

①没帐：没份。

②一发：更加。

相伴我一夜。”智圆道：“我叫他不肯来，除非师父自去求他。”老和尚发恨道：“我今夜不怕他不来！”一直的走到厨下，拿了一把厨刀。走进杜氏房来，道：“看他若再不知好歹，我结果了他！”杜氏见智圆去了好一会，一定把师父安顿过！听得床前脚步响，只道他来了。口里叫道：“我的哥，快来关门罢。我只怕老厌物又来缠。”老和尚听得明白，真个怒从心上起，恶向胆边生。厉声道：“老厌物今夜偏要你去睡一觉！”就把一只手去床上拖他下来。杜氏见他来的狠，便道：“怎的如此用强？我偏不随你去！”吊住床楞，狠命挣住。老和尚力拖不休，杜氏喊道：“杀了我，我也不去！”老和尚大怒道：“真个不去，吃我一刀！大家没得弄。”按住脖子一勒。老和尚是性发的人，使得力重，早把咽喉勒断。杜氏跳得两跳，已此呜呼了。智圆自师父出了房门，且眠在床里，等师父消息。只听得对过房里叫喊罢，就劈扑的响，心里疑心。跑出看时，正撞着老和尚拿了把刀，房里出来。看见智圆，便道：“那鸟婆娘可恨，我已杀了！”智圆吃了一惊，道：“师父当真做出来？”老和尚道：“不当真？只让你快活？”智圆移个火，进房一看，只叫得苦道：“师父直如此下得手！”老和尚道：“那鸟婆娘嫌我，我一时性发了。你不要怪我，而今事已如此，不必迟疑，且并叠过了①。明日另弄个好的来，与你快活便是。”智圆苦在肚里说不出。只得随了老和尚，拿着锹镢，背到后园中埋下了。智圆暗地垂泪道：“早知这等，便放他回去了也罢，直恁地害了他性命！”老和尚又怕智圆烦恼，越越的撺哄他欢喜②，瞒得水泄不通。只有小沙弥怪道不见了这妇人，却是娃子家，不来跟究③，以此无人知道。不题。

却说杜氏家里，见女儿回去了两三日，不知与丈夫和睦未曾，叫个人去望望。那井家正叫人来杜家接着，两下里都问个空。井家又

---

①并叠：收拾，清理。

②撺哄：讨好，哄。

③跟究：追问。

道杜家因夫妻不睦,将来别嫁了。杜家又道井家夫妻不睦,定然暗算了。两边你赖我,我赖你,争个不清。各写一状,告到县里。县里此时缺大尹①,却是一个都司断事在那里署印②。这个断事,姓林,名大合,是个福建人。虽然太学出身,却是吏才敏捷,见事精明,提取两家人犯审问。那井庆道:"小的妻子向来与小的争竞口舌,彆气归家的。丈人欺心,藏过了,不肯还了小的。须有王法!"杜老道:"专为他夫妻两个不和,归家几日。三日前,老夫妻已相劝他气平了,打发他到夫家去。又不知怎地相争,将来磨灭死了③,反来相赖。望青天做主!"言罢,泪如雨下。林断事看那井庆是个朴野之人,不像恶人,便问道:"儿女夫妻,为甚么不和?"井庆道:"别无甚差池。只是平日嫌小的粗卤,不是他对头④,所以寻非闹炒。"断事问道:"你妻子生得如何?"井庆道:"也有几分颜色的。"断事点头,叫杜老问道:"你女儿心嫌错了配头,鄙薄其夫。你父母之情,未免护短,敢是赖着,另要嫁人?这样事也有。"杜老道:"小的家里与女婿家差不多路,早晚婚嫁之事,瞒得那个?难道小的藏了女儿,舍得私下断送在他乡外府,再不往来不成?是必有个人家,人人晓得的,这样事怎么做得!小的藏他何干?自然是他家摆布死了,所以无影无踪。"林断事想了一回,道:"都不是这般说。必是一边归来,两不照会⑤,遇不着好人,中途差池了。且各召保,听候缉访。"遂出了一纸广缉的牌,分付公人四下探访。过了多时,不见影响。

---

①大尹:知县。

②都司断事:都司是军事机构,下辖若干卫所。明代成都有都指挥使司。约略相当于今之省军区。断事,都司下属官员,正六品。此处是断事临时代理汶川知县之职。

③磨灭:折磨。

④对头:对手。此指不相配。

⑤照会:通知,打招呼。

却说那县里有一门子[①]，姓俞，年方弱冠[②]，姿容娇媚，心性聪明。元来这家男风[③]，是福建人的性命，林断事喜欢他，自不必说。这门子未免恃着爱宠，做件把不法之事。一日，当堂犯了出来。林断事虽然要爱护他，公道上却去不得。便思量一个计较周全他[④]，等他好将功折罪。密叫他到衙中分付道："你罪本当革役，我若轻恕了你，须被衙门中谈议。我而今只得把你革了名，贴出墙上，塞了众人之口。"门子见说要革他名字，叩头不已，情愿领责。断事道："不是这话，我有周全之处。那井、杜两家不见妇人的事，其间必有缘故。你只做得罪于我，逃出去，替我密访。只在两家相去的中间路里，不分乡村市井[⑤]，道院僧房，俱要走到，必有下落。你若访得出来，我不但许你复役，且有重赏。那时别人就议论我不得了。"门子不得已，领命而去。果然东奔西撞，无处不去探听。他是个小厮家[⑥]，就到人家去处，绰着嘴闲话，带着眼瞧科，人都不十分疑心的；却不见甚么消息。一日有一伙闲汉聚坐闲谈，门子挨去听着。内中一个抬眼看见了，魆魆对众人道[⑦]："好个小官儿！"又一个道："这里太平寺中有个小和尚，还标致得紧哩！可恨那老和尚，又骚又吃醋，极不长进。"门子听得，只做不知，洋洋的走了开来。想道："怎么样的一个小和尚，这等赞他？我便去寻他看看，有何不可？"元来门子是行中之人[⑧]，风月心性。见说小和尚标致，心里就有些动兴。问着太平寺的路走来。进得山门，看见一个僧房门槛上坐着一个小和尚，果然清

①门子：门房。此处是县衙门房。

②弱冠：古代男子二十岁为成人，加冠。因为还不够强壮老练，称为"弱冠"。后指少年。

③男风：现在称为"同性恋"。

④计较：计策，办法。

⑤市井：城镇。

⑥小厮家：小孩子，少年。

⑦魆魆(xū)：悄悄。

⑧行(háng)中：内中、个中，这一门路。

秀异常。心里道："这个想是了。"那小和尚见个美貌小厮来到，也就起心。立起身来迎接道："小哥何来?"门子道："闲着进寺来玩耍。"小和尚殷勤请进奉茶。门子也贪着小和尚标致，欢欢喜喜，随了进去。老和尚在里头，看见徒弟引得个小伙子进来，道是个道地货来了①，笑逐颜开，来问他姓名居址。门子道："我原是衙中门官，为了些事，逐了出来。今无处栖身，故此游来游去。"老和尚见说大喜，说道："小房尽可住得，便宽留几日不妨。"便同徒弟留茶留酒，着意殷勤。老僧趁着两杯酒兴，便溜他进房，褪下裤儿，行了一度。门子是个惯家，就是老僧也承受了，不比那庄家妇女，见人不多，嫌好道歉的。老和尚喜之不胜。看官听说，元来是本事不济的，专好男风。你道为甚么？男风勉强做事，受淫的没甚大趣，软硬迟速，一随着你，图个完事罢了，所以好打发。不像妇女，彼此兴高，若不满意，半途而废，没些收场，要发起极来的，故此支吾不过。不如男风，自得其乐。这番老和尚算是得趣的了。事毕，智圆来对师父说："这小哥是我引进来的，到让你得了先头。晚间须与我同榻。"老和尚笑道："应得，应得。"那门子也要在里头的，晚间果与智圆宿了。有诗为证：

少年彼此不相饶，我后伊先递自熬。
虽是智圆先到手，劝酬毕竟也还遭。

说这两个都是美少，各干一遭已毕，搂抱而睡。

第二日，老和尚只管来绰趣，又要缠他到房里干事。智圆经过了前边的毒，这番倒有些吃醋起来，道："天理人心，这个小哥该让与我，不该又来抢我的。"老和尚道："怎见得?"智圆道："你终日把我泄火，我须没讨还伴处，忍得不好过。前日这个头脑，正有些好处，又被你乱炒，弄断绝了。而今我引得这小哥来，明该让我与他乐乐，不为过分。"老和尚见他说得倔强，心下好些着恼。又不敢冲撞他，嘴

①道地货：好货。

骨都的[1]，彼此不快活。那门子是有心的，晚间兑得高兴时，问智圆道："你日间说，前日甚么头脑弄断绝了？"智圆正在乐头上，不觉说道："前日有个邻居妇女，被我们留住，大家耍耍罢了。且是弄得兴头，不匡老无知见他与我相好，只管吃醋捻酸，搅得没收场。至今想来可惜！"门子道："而今这妇女那里去了？何不再寻将他来走走？"智圆叹个气道："还再那里寻处？"门子见说得有些缘故，还要探他备细。智圆却再不把以后的话漏出来，门子没计奈何。明日，见小沙弥在没人处，轻轻问他道："你这门中前日有个妇女来？"小沙弥道："有一个。"门子道："在此几日？"小沙弥道："不多几日。"门子道："而今那里去了？"小沙弥道："不曾那里去，便是这样一夜不见了。"门子道："在这里这几日，做些甚么？"小沙弥道："不晓得做些甚么。只见老师父与小师父，搅来搅去了两夜。后来不见了，两个常自激激聒聒的一番，我也不知一个清头[2]。"门子虽不曾问得根由，却想得是这件来历了。只做无心的走来，对他师徒二人道："我在此两日了，今日外边去走走再来。"老和尚道："是必再来，不要便自去了。"智圆调个眼色，笑嘻嘻的道："他自不去的。掉得你下，须掉我不下。"门子也与智圆调个眼色，道："我就来的。"

门子出得寺门，一径的来见林公，把智圆与小沙弥话，备细述了一遍。林公点头道："是了，是了。只是这样看起来，那妇人必死于恶僧之手了。不然，三日之后，既不见在寺中了，怎不到他家里来？却又到那里去？以致争讼半年，尚无影踪。"分付门子不要把言语说开了。明日起早，率了随从人等，打轿竟至寺中。分付头踏先来报道[3]："林爷做了甚么梦，要来寺中烧香。"寺中纠了合寺众僧，都来迎接。林公下轿，拜神焚香已毕。住持送过茶了，众僧正分立两旁。只见林公走下殿阶来，仰面对天看着，却像听甚说话的。看了一回，

---

①嘴骨都：撅着嘴。

②清头：方言。清楚，明白。

③头踏：官员出行的仪仗。

忽对着空中打个躬道："臣晓得这事了。"再仰面上去，又打一躬道："臣晓得这个人了。"急走进殿上来，喝一声："皂隶那里？快与我拿杀人贼！"众皂隶吆喝一声，答应了。林公偷眼看去，众僧虽然有些惊异，却只恭敬端立，不见慌张。其中独有一个半老的，面如土色，牙关寒战。林公把手指定，叫皂隶捆将起来，对众僧道："你们见么？上天对我说道：'杀井家妇人杜氏的，是这个大觉。'快从实招来！"众僧都不知详悉，却疑道："这老爷不曾到寺中来，如何晓得他叫大觉？分明是上天说话是真了。"却不晓得尽是门子先问明了去报的。那老和尚出于突然，不曾打点[①]。又道是上天显应，先吓软了，那里还遮饰得来？只得叩头，说不出一句。林公叫取夹棍夹起，果然招出前情。是长是短，为与智圆同好，争风致杀。林公又把智圆夹起。那小和尚柔脆，一发禁不得。套上未收，满口招承："是师父杀的，尸见埋后园里。"林公叫皂隶，押了二僧到园中。掘下去，果然一个妇人，项下勒断，血迹满身。林公喝叫带了二僧，到县里来，取了供案。大觉因奸杀人，问成死罪。智圆同奸不首[②]，问徒三年[③]，满日还俗当差。随唤井、杜两家进来，认尸领埋，方才两家疑事得解。林公重赏了俞门子，准其复役。合县颂林公神明，恨和尚淫恶。后来上司详允[④]，秋后处决了。人人称快。都传说林公精明，能通天上，辨出无头公事。至今蜀中以为美谈。有诗为证：

庄家妇拣汉太分明，色中鬼争风忒没情。
舍得去后庭俞门子[⑤]，妆得来鬼脸林县君。

---

①打点：准备。

②首：出首，告发。

③问徒：判徒刑。

④详允：审批同意。

⑤后庭：后庭花。隐语。即鸡奸。俗称"屁精"。

卷二十七

顾阿秀喜舍檀那物[①] 崔俊臣巧会芙蓉屏

诗曰：

夫妻本是同林鸟，大限来时各自飞[②]。

若是遗珠还合浦[③]，却教拂拭更生辉。

话说宋朝汴梁有个王从事[④]，同了夫人到临安调官，赁一民房。居住数日，嫌他窄小不便。王公自到大街坊上，寻得一所宅子。宽敞洁净，甚是像意，当把房钱赁下了。归来与夫人说："房子甚是好住。我明日先搬东西去了，临完，我雇轿来接你。"次日并叠箱笼，结束齐备，王公押了行李，先去收拾。临出门，又对夫人道："我先去。你在此等等。轿到便来就是。"王公分付罢，到新居安顿了，就叫一乘轿，到旧寓接夫人。轿已去久，竟不见到。王公等得心焦，重到旧寓来问。旧寓人道："官人去不多时，就有一乘轿来接夫人。夫人已上轿去了。后边又是一乘轿来接，我回他夫人已有轿去了。那两个就打了空轿回去，怎么还未到？"王公大惊，转到新寓来看。只见两个轿夫来讨钱，道："我等打轿去接夫人，夫人已先来了。我等虽不抬得，却要赁轿钱与脚步钱。"王公道："我叫的是你们的轿，如何又有甚人的轿先去接着？而今竟不知抬向那里去了！"轿夫道："这个我们却不知道。"王公将就拿几十钱打发了去。心下好生无主，暴躁如雷，没个出豁处。次日，到临安府进了状。拿得旧主人来，只如昨说，并无异词。问他邻舍，多见是上轿去的。又拿后边两个轿夫来

---

①檀那：佛家语。布施，施舍。

②大限：死期。

③珠还合浦：失而复得。注已见本书卷八。

④从事：汉代至六朝时官名。这里指州县佐吏同知、县丞、主簿之类官员，非正职。

问,说道:"只打得空轿往回一番,地方街上人多看见的,并不知馀情。"临安府也没奈何,只得行个缉捕文书,访拿先前的两个轿夫。却又不知姓名住址,有影无踪,海中捞月。眼见得一个夫人,送在别处去了。王公凄凄惶惶,苦痛不已。自此失了夫人,也不再娶。五年之后,选了衢州教授[①]。衢州首县是西安县附郭的[②],那县宰与王教授时相往来[③]。县宰请王教授衙中饮酒,吃到中间,嗄饭中拿出鳖来。王教授吃了两箸,便停了箸,哽哽咽咽,眼泪如珠,落将下来。县宰惊问缘故。王教授道:"此味颇似亡妻所烹调,故此伤感。"县宰道:"尊阃夫人几时亡故?"王教授道:"索性亡故[④],也是天命。只因在临安移寓,相约命轿相接,不知是甚奸人,先把轿来骗拙妻,错认是家里轿,上的去了。当时告了状,至今未有下落。"县宰色变了道:"小弟的小妾,正是在临安用三十万钱娶的外方人。适才叫他治庖,这鳖是他烹煮的。其中有些怪异了。"登时起身进来,问妾道:"你是外方人,如何却在临安嫁得在此?"妾垂泪道:"妾身自有丈夫,被奸人赚来卖了[⑤]。恐怕出丈夫的丑,故此不敢声言。"县宰问道:"丈夫何姓?"妾道:"姓王,名某,是临安听调的从事官。"县宰大惊失色,走出对王教授道:"略请先生移步到里边,有一个人要奉见。"王教授随了进去。县宰声唤处,只见一个妇人走将出来。教授一认,正是失去的夫人。两下抱头大哭。王教授问道:"你何得在此?"夫人道:"你那夜晚间说话时,民居浅陋,想当夜就有人听得把轿相接的说话。只见你去不多时,就有轿来接。我只道是你差来的,即便收拾上轿去。却不知把我抬到一个甚么去处,乃是一个空房。有三两个

①教授:州学、府学教官。

②西安县:即今浙江衢州市。宋代为州治所在地,故称首县。当时衢州所辖尚有礼贤、龙遊、信安和开化,共五县。附郭:本意是靠近城都邑处,犹今言城关。这里即是"共城"的意思,州治县治在同一城中。

③县宰:即县令、知县。宋代用此二名。

④索性:干脆,真是。

⑤赚:骗。

妇女在内。一同锁闭了一夜。明日把我卖在官船上了。明知被赚，我恐怕你是调官的人，说出真情，添你羞耻。只得含羞忍耐，直至今日。不期在此相会。”那县官好生过意不去[①]。传出外厢，忙唤值日轿夫，将夫人送到王教授衙里。王教授要赔还三十万原身钱。县宰道：“以同官之妻为妾，不曾察听得备细，恕不罪责勾了，还敢说原钱耶？”教授称谢而归。夫妻欢会，感激县宰不尽。

元来临安的光棍，欺王公远方人，是夜听得了说话，即起谋心，拐他卖到官船上。又是到任去的，他州外府，道是再无有撞着的事了。谁知恰恰选在衢州，以致夫妻两个失散了五年，重得在他方相会。也是天缘未断，故得如此。却有一件：破镜重圆，离而复合，因是好事，这美中有不足处。那王夫人虽是所遭不幸，却与人为妾，已失了身。又不曾查得奸人跟脚出[②]，报得冤仇。不如崔俊臣芙蓉屏故事，又全了节操，又报了冤仇，又重会了夫妻。这个话本好听，看官，容小子慢慢敷演。先听《芙蓉屏歌》一篇[③]，略见大意。歌云：

画芙蓉，妾忍题屏风，屏间血泪如花红。败叶枯梢两萧索，断缣遗墨俱零落。去水奔流隔死生，孤身只影成漂泊。成漂泊，残骸向谁托？泉下游魂竟不归，图中艳姿浑似昨[④]。浑似昨，妾心伤，那禁秋雨复秋霜！宁肯江湖逐舟子，甘从宝地礼医王[⑤]。医王本慈悯，慈悯超群品。逝魄愿提撕，茕嫠赖将引。芙蓉颜色娇，夫婿手亲描。花萎因折蒂，干死为伤苗。蕊干心尚

---

①好生：实在，非常。

②跟脚：来历，底细。

③《芙蓉屏歌》：原载于明人李祯《剪灯馀话》卷四《芙蓉屏记》。原题《画芙蓉屏歌》，真州(今仪征)陆仲畅所作。

④浑：完全，简直。

⑤医王：佛教药师琉璃光如来，俗称“药师佛”。又称“大医王佛”、“医王善逝”。佛经说他发十二大誓愿，令诸有情所求皆得。

苦，根朽恨难消！但道章台泣韩翊①，岂期甲帐遇文箫②？芙蓉良有意，芙蓉不可弃。幸得宝月再团圆，相亲相爱莫相捐。谁能听我芙蓉篇，人间夫妇休反目，看此芙蓉真可怜！

这篇歌，是元朝至正年间真州才士陆仲旸所作③。你道他为何作此歌？只因当时本州有个官人，姓崔，名英，字俊臣。家道富厚，自幼聪明，写字作画，工绝一时。娶妻王氏，少年美貌，读书识字，写染皆通④。夫妻两个，真是才子佳人，一双两好，无不厮称，恩爱异常。是年辛卯⑤，俊臣以父荫得官，补浙江温州永嘉县尉，同妻赴任。就在真州闸边，有一只苏州大船，惯走杭州路的，船家姓顾，赁定了。下了行李，带了家奴使婢，由长江一路进发，包送到杭州交卸。行到苏州地方，船家道："告官人得知，来此已是家门首了。求官人赏赐些，并买些福物纸钱，赛赛江湖之神。"俊臣依言，拿出些钱钞，教如法置办。完事毕，船家送一桌牲酒到舱里来。俊臣叫家僮接了，摆在桌上，同王氏暖酒少酌。俊臣是宦家子弟，不懂得江湖上的禁忌。吃酒高兴，把箱中带来的金银杯觥之类，拿出与王氏欢酌。却被船家后舱头张见了⑥，就起不良之心。此时是七月天气。船家对官舱里道："官人，娘子，在此闹处歇船，恐怕热闷。我们移船到清凉些的所在泊去，何如？"俊臣对王氏道："我们船中闷躁得不耐烦，如此最好。"王氏道："不知晚间谨慎否？"俊臣道："此处须是内地，不比外

---

①章台泣韩翊：许尧佐《柳氏传》故事，已见本书卷二十五"章台独异人"注。

②甲帐遇文箫：文箫是唐末进士。传奇故事载，文箫在钟陵西山遇仙女吴彩鸾，听到她唱歌："若能相伴陟仙坛，应与文箫结彩鸾。自有绣襦并甲帐，瑶台不怕雪霜寒。"二人结为夫妇。（见《全唐诗》卷八六三）甲帐，珍宝装饰的帐幕，神仙所居。亦指美丽的住宅。

③至正：元顺帝奇渥温妥懽帖睦尔年号。真州：今江苏仪征。

④写染：写字和绘画。

⑤辛卯：元顺帝至正十一年，公元 1351 年。

⑥张见：看见。张，看。

江[①]。况船家是此间人，必知利害，何妨得呢[②]？"就依船家之言，凭他移船。那苏州左近太湖，有的是大河大洋[③]，官塘路上还有不测[④]，若是傍港中去，多是贼的家里。俊臣是江北人，只晓得扬子江有强盗，道是内地港道小了，境界不同，岂知这些就里[⑤]？是夜，船家直把船放到芦苇之中，泊定了。黄昏左侧，提了刀，竟奔舱里来，先把一个家人杀了，俊臣夫妻见不是头，磕头讨饶，道："是有的东西都拿了去，只求饶命。"船家道："东西也要，命也要！"两个只是磕头。船家把刀指着王氏道："你不必慌，我不杀你，其馀都饶不得！"俊臣自知不免，再三哀求道："可怜我是个书生，只教我全尸而死罢！"船家道："这等，饶你一刀。快跳在水中去！"也不等俊臣从容，提着腰胯，扑通的撩下水去。其馀家僮使女，尽行杀尽，只留得王氏一个。对王氏道："你晓得免死的缘故么？我第二个儿子未曾娶得媳妇，今替人撑船到杭州去了，再是一两个月才得归来，就与你成亲。你是吾一家人了，你只安心住着，自有好处，不要惊怕。"一头说，一头就把船中所有，尽检点收拾过了。王氏起初怕他来相逼，也拚一死。听见他说了这些话，心中略放宽些道："且到日后再处。"果然，此船家只叫王氏做媳妇，王氏假意也就应承。凡是船家教他做些甚么，他千依百顺，替他收拾零碎，料理事务，真像个掌家的媳妇伏侍公公一般，无不任在身上，是件停当。船家道是寻得个好媳妇，真心相待。看看熟分，并不提防他有外心了。

如此一月有馀，乃是八月十五日中秋节令。船家会聚了合船亲属、水手人等，叫王氏治办酒肴，盛设在舱中，饮酒看月。个个吃得

①外江：指长江。行船在运河上，称长江为"外江"。

②妨得：妨碍。

③大河大洋：指宽阔水面。

④官塘：指长堤。从唐至明历代修筑，主要完成于宋代。东接长江，西连太湖。一名"挽路"。全长八十三里，有石桥十三座。这里说的"官塘路"就是指苏州府这一带的南运河水路。

⑤就里：内情，情形。

酩酊大醉，东倒西歪，船家也在船里宿了。王氏自在船尾，听得鼾睡之声彻耳，于时月光明亮如昼，仔细看看舱里，没有一个不睡沉了。王氏想道："此时不走，更待何时？"喜得船尾贴岸泊着，略摆动一些些，就好上岸。王氏轻身跳了起来，趁着月色，一气走了二三里路。走到一个去处，比旧路绝然不同，四望尽是水乡，只有芦苇菰蒲，一望无际。仔细认去，芦苇中间有一条小小路径。草深泥滑，且又双弯纤细，鞋弓袜小，一步一跌，吃了万千苦楚。又恐怕后边追来，不敢停脚，尽力奔走。渐渐东方亮了，略略胆大了些。遥望林木之中，有屋宇露出来。王氏道："好了，有人家了。"急急走去，到得面前，抬头一看，却是一个庵院的模样，门还关着。王氏欲待叩门，心里想道："这里头不知是男僧女僧。万一敲开门来是男僧，撞着不学好的，非礼相犯，不是才脱天罗，又罹地网？且不可造次。总是天已大明，就是船上有人追着，此处有了地方①，可以叫喊求救，须不怕他了。只在门首坐坐，等他开出来的是。"须臾之间，只听得里头托的门栓响处，开将出来，乃是一个女僮，出门担水。王氏心中喜道："元来是个尼庵。"一径的走将进去。院主出来见了，问道："女娘是何处来的？大清早到小院中。"王氏对蓦生人，未知好歹，不敢把真话说出来。哄他道："妾是真州人，乃是永嘉崔县尉次妻，大娘子凶悍异常，万般打骂。近日家主离任归家，泊舟在此。昨夜中秋赏月，叫妾取金杯饮酒。不料偶然失手，落到河里去了。大娘子大怒，发愿必要置妾死地。妾自想料无活理，乘他睡熟，逃出至此。"院主道："如此说来，娘子不敢归舟去了。家乡又远，若要别求匹偶，一时也未有其人。孤苦一身，何处安顿是好？"王氏只是哭泣不止。院主见他举止端重，情状凄惨，好生慈悯，有心要收留他。便道："老尼有一言相劝，未知尊意若何？"王氏道："妾身患难之中，若是师父有甚么处法，妾身敢不依随？"院主道："此间小院，僻在荒滨，人迹不到。茭葑为

①地方：指地方公事人保正、里长、甲长。

邻①,鸥鹭为友,最是个幽静之处。幸得一二同伴,都是五十以上之人。侍者几个,又皆淳谨。老身在此住迹②,甚觉清修味长。娘子虽然年芳貌美,争奈命蹇时乖,何不舍离爱欲,披缁削发,就此出家?禅榻佛灯,晨飧(餐)暮粥,且随缘度其日月。岂不强如做人婢妾,受今世的苦恼,结来世的冤家么?"王氏听说罢,拜谢道:"师父若肯收留做弟子,便是妾身的有结果了,还要怎的?就请师父替弟子落了发,不必迟疑。"果然院主装起香,敲起磬来,拜了佛,就替他落了发:

可怜县尉孺人,忽作如来弟子。

落发后,院主起个法名,叫做慧圆。参拜了三宝,就拜院主做了师父。与同伴都相见已毕,从此在尼院中住下了。王氏是大家出身,性地聪明③,一月之内,把经典之类,一一历过,尽皆通晓,院主大相敬重。又见他知识事体,凡院中大小事务,悉凭他主张,不问过他,一件事也不敢轻做。且是宽和柔善,一院中的人,没一个不替他相好④,说得来的。每日早晨,在白衣大士前礼拜百来拜,密诉心事。任是大寒大暑⑤,再不间断。拜完,只在自己静室中清坐。自怕貌美,惹出事来,再不轻易露形,外人也难得见他面的。

如是一年有馀,忽一日,有两个人到院随喜,乃是院主认识的近地施主,留他吃了些斋。这两个人是偶然闲步来的,身边不曾带得甚么东西来回答。明日将一幅纸画的芙蓉来,施在院中张挂,以答谢昨日之斋。院主受了,便把来裱在一格素屏上面。王氏见了,仔细认了一认,问院主道:"此幅画是那里来的?"院主道:"方才檀越布施的。"王氏道。"这檀越是何姓名?住居何处?"院主道:"就是同县顾阿秀兄弟两个。"王氏道:"做甚么生理的?"院主道:"他两个原是个船户,在江湖上赁载营生。近年忽然家事从容了,有人道他劫掠

---

①茭葑:茭白,蔓菁。泛指蔬菜、植物。

②住迹:隐居。指出家。

③性地:生性,天分。

④替:方言词。与,和。

⑤任是:哪怕,不管。

了客商，以致如此。未知真否如何。”王氏道：“长到这里来的么？”院主道：“偶然来来，也不长到。”王氏问得明白，记了顾阿秀的姓名，就提起笔来，写一首词在屏上。词云：

少日风流张敞笔[①]，写生不数今黄筌[②]。芙蓉画出最鲜妍。岂知娇艳色，翻抱死生冤。　　粉绘凄凉馀幻质，只今流落有谁怜？素屏寂寞伴枯禅。今生缘已断，愿结再生缘。——右调《临江仙》。

院中之尼虽是识得经典上的字，文义不十分精通。看见此词，只道是王氏卖弄才情，偶然题咏，不晓中间缘故。谁知这画来历，却是崔县尉自己手笔画的，也是船中劫去之物。王氏看见物在人亡，心内暗暗伤悲。又晓得强盗踪迹已有影响，只可惜是个女身，又已做了出家人，一时无处申理。忍在心中，再看机会。却是冤仇当雪，姻缘未断，自然生出事体来。

姑苏城里有一个人，名唤郭庆春。家道殷富，最肯结识官员士夫。心中喜好的是文房清玩。一日游到院中来，见了这幅芙蓉画得好，又见上有题咏，字法俊逸可观，心里喜欢不胜，问院主要买。院主与王氏商量。王氏自忖道：“此是丈夫遗迹，本不忍舍。却有我的题词在上，中含冤仇意思在里面。遇着有心人，玩着词句，究问根由，未必不查出踪迹来。若只留在院中，有何益处，就叫师父卖与他罢。”庆春买得，千欢万喜去了。其时有个御史大夫高公，名纳麟，退居姑苏，最喜欢书画。郭庆春想要奉承他，故此出价钱买了这幅纸屏去献与他。高公看见画得精致，收了他的。忙忙里也未看着题词，也不查着款字[③]，交与书僮，分付且张在内书房中。送庆春出门来别了。只见外面一个人，手里拿着草书四幅，插个标儿要卖。高

①张敞：西汉人。曾任京兆尹、冀州刺史等官。他为妻子画眉毛的故事，成为夫妻恩爱的典实。

②写生：即绘画。黄筌：五代后蜀画家。以画花鸟著称。

③款字：落款署名。

公心性既爱这行物事，眼里看见，就不肯便放过了，叫取过来看。那人双手捧过，高公接上手一看：

字格类怀素①，清劲不染俗。

若列法书中，可载《金石录》②。

高公看毕，道："字法颇佳，是谁所写？"那人答道："是某自己学写的。"高公抬起头来看他，只见一表非俗，不觉失惊。问道："你姓甚名谁？何处人氏？"那个人吊下泪来，道："某姓崔，名英，字俊臣，世居真州。以父荫补永嘉县尉，带了家眷，同往赴任。自不小心，为船人所算，将英沉于水中。家财妻小，都不知怎么样了。幸得生长江边，幼时学得泅水之法。伏在水底下多时，量他去得远了，然后爬上岸来，投一民家。浑身沾湿，并无一钱在身。赖得这家主人良善，将干衣出来换了，待了酒饭，过了一夜。明日又赠盘缠少许，打发道：'既遭盗劫，理合告官。恐怕连累，不敢奉留。'英便问路进城，陈告在平江路案下了③。只为无钱使用，缉捕人役不十分上紧④。今听候一年，杳无消耗。无计可奈，只得写两幅字卖来度日。乃是不得已之计，非敢自道善书，不意恶札，上达钧览。"高公见他说罢，晓得是衣冠中人，遭盗流落，深相怜悯。又见他字法精好，仪度雍容，便有心看顾他。对他道："足下既然如此，目下只索付之无奈。且留吾西塾，教我诸孙写字，再作道理。意下如何？"崔俊臣欣然道："患难之中，无门可投。得明公提携⑤，万千之幸！"高公大喜，延入内书房中，即治酒榼相待。正欢饮间，忽然抬起头来，恰好前日所受芙蓉屏正张在那里。俊臣一眼睃去见了，不觉泫然垂泪。高公惊问道："足下见此芙蓉，何故伤心？"俊臣道："不敢欺明公，此画亦是舟中所失

①怀素：唐代僧人。俗姓钱。以草书著称。

②《金石录》：宋代赵明诚著。著录并考订五代以前钟鼎彝器铭文款识与碑铭墓志石刻文字的书，三十卷。

③平江路：元代平江路辖吴县、常熟、昆山等县。治所即在苏州城中。

④上紧：用力，用心。

⑤明公：对人的尊称。多用于显贵之人。

物件之一，即是英自己手笔。只不知何得在此？”站起身来，再看看，只见上有一词。俊臣读罢，又叹息道：“一发古怪！此词又即是英妻王氏所作。”高公道：“怎么晓得？”俊臣道：“那笔迹从来认得，且词中意思有在，真是拙妻所作无疑。但此词是遭变后所题，拙妇想是未曾伤命，还在贼处。明公推究此画来自何方，便有个根据了。”高公笑道：“此画来处有因，当为足下任捕盗之责。且不可泄漏！”是日酒散，叫两个孙子出来拜了先生，就留在书房中住下了。自此俊臣只在高公门馆，不题。

却说高公明日密地叫当直的，请将郭庆春来，问道：“前日所惠芙蓉屏，是那里得来的？”庆春道：“买自城外尼院。”高公问了去处，别了庆春，就差当直的到尼院中。仔细盘问这芙蓉屏是那里来的，又是那个题咏的。王氏见来问得蹊跷，就叫院主转问道：“来问的是何处人？为何问起这些缘故？”当直的回言：“这画而今已在高府中，差来问取来历。”王氏晓得是官府门中来问，或者有些机会在内，叫院主把真话答他道：“此画是同县顾阿秀舍的，就是院中小尼慧圆题的。”当直的把此言回覆高公。高公心下道：“只须赚得慧圆到来，此事便有着落。”进去与夫人商议定了。隔了两日，又差一个当直的，分付两个轿夫，抬了一乘轿，到尼院中来。当直的对院主道：“在下是高府的管家。本府夫人喜诵佛经，无人作伴。闻知贵院中小师慧圆了悟①，愿礼请拜为师父，供养在府中。不可推却。”院主迟疑道：“院中事务，大小都要他主张，如何接去得？”王氏闻得高府中接他，他心中怀着复仇之意，正要到官府门中走走，寻出机会来。亦且前日来盘问芙蓉屏的，说是高府，一发有些疑心。便对院主道：“贵宅门中礼请，岂可不去？万一推托了，惹出事端来②，怎生当抵？”院主晓得王氏是有见识的，不敢违他，但只是道：“去便去，只不知几时可来？院中有事怎么处？”王氏道：“等见夫人过，住了几日，觑个空便，

---

①了悟：聪明悟道。

②事端：事故，事情。

可以来得就来。想院中也没甚事，倘有疑难的，高府在城不远，可以来问信商量得的。”院主道：“既如此，只索就去。”当直的叫轿夫打轿进院，王氏上了轿，一直的抬到高府中来。高公未与他相见，只叫他到夫人处见了。就叫夫人留他在卧房中同寝，高公自到别房宿歇。夫人与他讲些经典，说些因果王氏问一答十，说得夫人十分喜欢敬重。闲中问道：“听小师父口谈①，不是这里本处人。还是自幼出家的？还是有过丈夫，半路出家的？”王氏听说罢，泪如雨下，道：“覆夫人，小尼果然不是此间，是真州人。丈夫是永嘉县尉，姓崔名英，一向不曾敢把实话对人说，而今在夫人面前，只索实告，想自无妨。”随把赴任到此，舟人盗劫财物，害了丈夫全家，自己留得性命，脱身逃走，幸遇尼僧留住，落发出家的说话，从头至尾，说了一遍，哭泣不止。夫人听他说得伤心，恨恨地道：“这些强盗，害得人如此！天理昭彰，怎不报应？”王氏道：“小尼躲在院中一年，不见外边有些消耗。前日，忽然有个人，拿一幅画芙蓉到院中来施。小尼看来，却是丈夫船中之物。即向院主问施人的姓名，道是同县顾阿秀兄弟。小尼记起丈夫赁的船，正是船户顾姓的。而今真赃已露，这强盗不是顾阿秀是谁？小尼当时就把舟中失散的意思，做一首词，题在上面。后来被人买去了。前日贵府有人来院，查问题咏芙蓉下落。其实即是小尼所题，有此冤情在内。”即拜夫人一拜，道：“强盗只在左近，不在远处了。只求夫人转告相公，替小尼一查。若是得了罪人，雪了冤仇，以下报亡夫，相公、夫人恩同天地了。”夫人道：“既有了这些影迹，事不难查，且自宽心，等我与相公说就是。”夫人果然把这些备细一一与高公说了。又道：“这人且是读书识字，心性贞淑，决不是小家之女。”高公道：“听他这些说话，与崔县尉所说正同。又且芙蓉屏是他所题，崔县尉又认得是妻子笔迹。此是崔县尉之妻，无可疑心。夫人只是好好看待他，且不要说破。”高公出来见崔俊臣时，俊臣也屡屡催高公替他查查芙蓉屏的踪迹。高公只推未得其详，略不提起

①口谈：口音。

慧圆的事。高公又密密差人,问出顾阿秀兄弟居址所在,平日出没行径,晓得强盗是真。却是居乡的官,未敢轻自动手。私下对夫人道:“崔县尉事查得十有七八了,不久当使他夫妻团圆。但只是慧圆还是个削发尼僧,他日如何相见,好去做孺人[①]? 你须慢慢劝他长发改妆才好。”夫人道:“这是正理。只是他心里不知道丈夫还在,如何肯长发改妆?”高公道:“你自去劝他,或者肯依固好;毕竟不肯时节,我另自有说话。”夫人依言,来对王氏道:“吾已把你所言,尽与相公说知。相公道,捕盗的事,多在他身上,管取与你报冤。”王氏稽首称谢。夫人道:“只有一件:相公道,你是名门出身,仕宦之妻,岂可留在空门没个下落? 叫我劝你长发改妆,你若依得,一力与你擒盗便是[②]。”王氏道:“小尼是个未亡之人,长发改妆何用? 只为冤恨未申,故此上求相公做主。若得强盗歼灭,只此空门静守,便了终身。还要甚么下落?”夫人道:“你如此妆饰,在我府中也不为便。不若你留了发,认义我老夫妇两个,做个孀居寡女,相伴终身,未为不可。”王氏道:“承家相公、夫人抬举,人非木石,岂不知感? 但重整云鬟,再施铅粉,丈夫已亡,有何心绪? 况老尼相救深恩,一旦弃之,亦非厚道。所以不敢从命。”夫人见他说话坚决,一一回报了高公。高公称叹道:“难得这样立志的女人!”又叫夫人对他说道:“不是相公苦苦要你留头,其间有个缘故。前日因去查问此事,有平江路官吏相见。说旧年曾有人告理[③],也说是永嘉县尉,只怕崔生还未必死。若是不长得发,他日一时擒住此盗,查得崔生出来,此时僧俗各异,不得团圆,悔之何及! 何不权且留了头发,等事体尽完,崔生终无下落,那时任凭再净了发,还归尼院,有何妨碍?”王氏见说是有人还在此告状,心里也疑道:“丈夫从小会没水[④],是夜眼见得囫囵抛在水中的,

①孺人:古代贵族、官吏的母亲或妻子的封号。此指官员之妻。

②一力:全力,尽力。

③旧年:去年。告理:告状。

④没水:泅水,游泳。

或者天幸留得性命，也不可知。”遂依了夫人的话，虽不就改妆，却从此不剃发，权扮作道姑模样了。

又过了半年，朝廷差个进士薛溥化为监察御史，来按平江路①。这个薛御史，乃是高公旧日属官。他吏才精敏，是个有手段的。到了任所，先来拜谒高公。高公把这件事，密密托他，连顾阿秀姓名住址去处，都细细说明白了。薛御史谨记在心，自去行事，不在话下。且说顾阿秀兄弟，自从那年八月十五夜，一觉直睡到天明，醒来不见了王氏。明知逃去，恐怕形迹败露，不敢明明追寻。虽在左近打听两番②，并无踪影。这是不好告诉人的事，只得隐忍罢了。此后一年之中，也曾做个十来番道路③，虽不能如崔家之多，侥幸再不败露，甚是得意。一日正在家欢呼饮酒间。只见平江路捕盗官带着一哨官兵④，将宅居围住。拿出监察御史发下的访单来，顾阿秀是头一名强盗。其馀许多名字，逐名查去，不曾走了一个。又拿出崔县尉告的赃单来，连他家里箱笼，悉行搜卷，并盗船一只，即停泊门外港内，尽数起到了官，解送御史衙门。薛御史当堂一问，初时抵赖。及查物件，见了永嘉县尉的敕牒尚在箱中⑤，赃物一一对款。薛御史把崔县尉旧日所告失盗状，念与他听，方各俯首无词。薛御史问道：“当日还有孺人王氏，今在何处？”顾阿秀等相顾，不出一语。御史喝令严刑拷讯。顾阿秀招道：“初意实要留他配小的次男，故此不杀。因他一口应承，愿做新妇，所以再不防备。不期当年八月中秋，乘睡熟逃去，不知所向。只此是实情。”御史录了口词，取了供案，凡是在船之人，无分首从，尽问成枭斩死罪，决不待时⑥。原赃照单给还失主。御史差人回覆高公，就把赃物送到高公家来，交与崔县尉。俊臣出

①按：巡视，检查。即充当巡按。

②左近：附近。

③道路：生意，行当。此指抢劫。

④一哨：一队。

⑤敕牒：即官凭、告身。

⑥决不待时：立即执行。旧时一般在秋后行刑。重大案犯则立即斩首。

来，一一收了。晓得敕牒还在，家物犹存。只有妻子没查下落处，连强盗肚里也不知去向了，真个是渺茫的事。俊臣感新思旧，不觉恸哭起来。有诗为证：

堪笑聪明崔俊臣，也应落难一时浑。
既然因画能追盗，何不寻他题画人？

元来高公有心，只将画是顾阿秀施在尼院的，说与俊臣知道，并不曾提起题画的人，就在院中为尼。所以俊臣但得知盗情因画败露，妻子却无查处，竟不知只在画上可以跟寻得出来的。当时俊臣恸哭已罢，想道："既有敕牒，还可赴任。若再稽迟，便恐另补有人，到不得地方了。妻子既不见，留连于此无益。"请高公出来，拜谢了他，就把要去赴任的意思说了。高公道："赴任是美事，但足下青年无偶，岂可独去？待老夫与足下做个媒人，娶了一房孺人，然后夫妻同往，也未为迟。"俊臣含泪答道："糟糠之妻①，同居贫贱多时。今遭此大难，流落他方，存亡未卜。然据着芙蓉屏上，尚及题词，料然还在此方②。今欲留此寻访，恐事体渺茫，稽迟岁月，到任不得了。愚意且单身到彼，差人来高揭榜文，四处追探。拙妇是认得字的，传将开去，他闻得了，必能自出。除非忧疑惊恐，不在世上了。万一天地垂怜，尚然留在，还指望伉俪重谐。英感明公恩德，虽死不忘，若别娶之言，非所愿闻。"高公听他说得可怜，晓得他别无异心，也自凄然道："足下高谊如此，天意必然相佑，终有完全之日。吾安敢强逼？只是相与这几时③，容老夫少尽薄设奉饯，然后起程。"次日开宴饯

①糟糠之妻：俗称结发之妻、原配。东汉光武帝刘秀曾示意宋弘："谚言：'贵易交，富易妻。'人情乎？"想叫他离婚再娶其姊。宋弘回答："臣闻，贫贱之知不可忘，糟糠之妻不下堂。"拒绝了刘秀。见《后汉书·宋弘传》。糟糠，吃糠咽菜。比喻贫贱共患难的妻子，也指原配或妻。

②料然：大概，料想。

③相与：相交，相处，共事。

行，邀请郡中门生、故吏[①]。各官与一时名士毕集，俱来奉陪崔县尉。酒过数巡，高公举杯告众人道："老夫今日为崔县尉了今生缘[②]。"众人都不晓其意，连崔俊臣也一时未解。只见高公命传呼后堂，请夫人打发慧圆出来。俊臣惊得木呆，只道高公要把甚么女人强他纳娶，故设此宴，说此话，也有些着急了。梦里也不晓得他妻子叫得甚么慧圆。当时夫人已知高公意思，把崔县尉在馆内多时，昨已获了强盗，问了罪名，追出敕牒，今日饯行赴任，特请你到堂厮认团圆，逐项逐节的事情，说了一遍。王氏如梦方醒，不胜感激。先谢了夫人，走出堂前来。此时王氏发已半长，照旧妆饰。崔县尉一见，乃是自家妻子，惊得如醉里梦里。高公笑道："老夫原说道与足下为媒，这可做得着么？"崔县尉与王氏相持大恸，说道："自料今生死别了，谁知在此却得相见！"座客见此光景，尽有不晓得详悉的，向高公请问根由。高公便叫书僮，去书房里取出芙蓉屏来。对众人道："列位要知此事，须看此屏。"众人争先来看，却是一画一题。看的看，念的念，却不明白这个缘故。高公道："好教列位得知，只这幅画，便是崔县尉夫妻一段大因缘。这画即是崔县尉所画，这词即是崔孺人所题。他夫妻赴任到此，为船上所劫。崔孺人脱逃，于尼院出家，遇人来施此画，认出是船中之物，故题此词。后来此画却入老夫之手。遇着崔县尉到来，又认出是孺人之笔。老夫暗地着人细细问出根由[③]，乃知孺人在尼院，叫老妻接将家来住着。密行访缉，备得大盗踪迹。托了薛御史，究出此事，强盗俱已伏罪。崔县尉与孺人在家下各有半年，多只道失散在那里，竟不知同在一处多时了。老夫一向隐忍，不通他两人知道，只为崔孺人头发未长，崔县尉敕牒未获，不知事体如何，两人心事如何，不欲造次漏泄。今罪人既得，试他义夫节妇，两下心坚。今日特地与他团圆这段因缘，故此方才说替他

---

①门生：弟子，学生。科举时代贡举之士称主考官为师，自称"门生"。故吏：旧部属。高纳麟是退休的御史大夫，旧时三公，自然有许多门生故吏。

②了今生缘：完成今世婚姻大事。

③着人：派人。

了今生缘，即是崔孺人词中之句。方才说'请慧圆'，乃是崔孺人尼院中所改之字，特地使崔君与诸公不解，为今日酒间一笑耳。"崔俊臣与王氏听罢，两个哭拜高公。连在坐之人，无不下泪，称叹高公盛德，古今罕有。王氏自到里面去拜谢夫人了。高公重入座席，与众客尽欢而散。是夜特开别院，叫两个养娘，伏侍王氏与崔县尉在内安歇。明日，高公晓得崔俊臣没人伏侍，赠他一奴一婢。又赠他好些盘缠，当日就道。他夫妻两个感念厚恩，不忍分别，大哭而行。王氏又同丈夫到尼院中来。院主及一院之人，见他许久不来，忽又改妆，个个惊异。王氏备细说了遇合缘故，并谢院主看待厚意。院主方才晓得顾阿秀劫掠是真，前日王氏所言妻妾不相容，乃是一时掩饰之词。院中人个个与他相好的，多不舍得他去。事出无奈，各各含泪而别。夫妻两个，同到永嘉去了。

在永嘉任满回来，重过苏州，差人问候高公，要进来拜谒。谁知高公与夫人俱已薨逝，殡葬已毕了。崔俊臣同王氏大哭，如丧了亲生父母一般。问到他墓下，拜奠了。就请旧日尼院中各众，在墓前建起水陆道场三昼夜①，以报大恩。王氏还不忘经典，自家也在里头持诵。事毕，同众尼再到院中。崔俊臣出宦赀，厚赠了院主。王氏又念昔日朝夜祷祈观世音暗中保佑，幸得如愿，夫妇重谐，出白金十两，留在院主处，为烧香点烛之费。不忍忘院中光景，立心自此长斋，念观音不辍，以终其身。当下别过众尼，自到真州宁家，另日赴京补官。这是后事，不必再题。此本话文，高公之德，崔尉之谊，王氏之节，皆是难得的事。各人存了好心，所以天意周全。好人相逢，毕竟冤仇尽报，夫妇重完。此可为世人之劝。

诗云：

王氏藏身有远图，间关到底得逢夫②。

舟人妄想能同志，一月空将新妇呼。

---

①水陆道场：超度水中和陆地饿鬼冤魂的法事。诵经、施舍饮食等等活动。

②间关：历尽艰难险阻。

又云：

芙蓉本似美人妆，何意飘零在路傍？
画笔词锋能巧合，相逢犹自墨痕香。

又有一首赞叹御史大夫高公云：

高公德谊薄云天，能结今生未了缘。
不使初时轻逗漏①，致令到底得团圆。
芙蓉画出原双蒂，萍藻浮来亦共联。
可惜白杨堪作柱②，空教洒泪及黄泉。

---

①逗漏：虚度时光。

②白杨：古人多在墓地种白杨。白杨堪作柱，表示人死多年了。

卷二十八

金光洞主谈旧迹　玉虚尊者悟前身

诗云：

近有人从海上回，海山深处见楼台。
中有仙童开一室，皆言此待乐天来①。

又云：

吾学空门不学仙，恐君此语是虚传。
海山不是吾归处，归即应归兜率天②。

这两首绝句，乃是唐朝侍郎白香山白乐天所作，答浙东观察使李公的。乐天一生精究内典③，勤修上乘之业④，一心超脱轮回⑤，往生净土⑥。彼时李公师稷观察浙东⑦。有一个商客，在他治内明州⑧，同众下海，遭风飘荡，不知所止。一月有馀，才到一个大山。瑞云奇花，白鹤异树，尽不是人间所见的。山侧有人出来迎问道："是何等人来得到此？"商客具言随风飘到。岸上人道："既到此地，且系定了

---

①乐天：唐白居易，字乐天。文宗时曾任刑部侍郎，故文中称他"侍郎"。晚年居洛阳香山，又号香山居士，故文中又称"白香山"。唐代大诗人。有《白氏长庆集》七十五卷、《六帖》三十卷传世。

②兜率天：佛教所说欲界第四天，即俗称的天界。

③内典：佛经。

④上乘：佛教中的大乘，别于小乘。大乘开启一切智慧，穷尽未来，超度一切众生。

⑤轮回：佛教所说一切众生都展转生死于六道之中，循环往复，如车轮运转一般，故名"轮回"。

⑥净土：佛教所说排除了一切烦恼痛苦的极乐世界，即西方净土。

⑦浙东：指今浙江东南部，唐时为杭州、睦州、越州、明州等数州，属江南道之一部分。李师稷为观察分使。

⑧明州：唐代置，以境内有四明山而得名。治所在鄮县，即今鄞县。

船，上岸来见天师。”同舟中胆小，不知上去有何光景，个个退避。只有这一个商客，跟将上去。岸上人领他到一个所在，就像大寺观一般。商客随了这人，依路而进。见一个道士，须眉皆白，两旁侍卫数十人，坐大殿上，对商客道：“你本中国人①，此地有缘，方得一到。此即世传所称蓬莱山也②。你既到此地，可要各处看看去么？”商客口称要看。道士即命左右领他宫内游观。玉台翠树，光彩夺目。有数十处院宇，多有名号。只有一院关锁得紧紧的。在门缝里窥进去，只见满庭都是奇花。堂中设一虚座，座中有裀褥，阶下香烟扑鼻。商客问道：“此是何处？却如此空锁着！”那人答道：“此是白乐天前生所驻之院。乐天今在中国未来，故关闭在此。”商客心中原晓得白乐天是白侍郎的号，便把这些去处光景一一记着。别了那边人，走下船来。随风使帆，不上十日，已到越中海岸。商客将所见之景，备细来禀知李观察。李观察尽录其所言，书报白公。白公看罢笑道：“我修净业多年③，西方是我世界，岂复往海外山中去做神仙耶？”故此把这两首绝句回答李公，见得他修的是佛门上乘，要到兜率天宫，不希罕蓬莱仙岛意思。

后人评论：道是白公脱屣烟埃，投弃轩冕，一种非凡光景，岂不是个谪仙人④？海上之说，未为无据。但今生更复勤修精进，直当超脱玄门⑤，上证大觉⑥，后来果位，当胜前生。这是正理。要知从来名人达士、巨卿伟公，再没一个不是有宿根再来的人⑦。若非仙官谪

①中国：犹如说“陆地”、“大陆”。道士自以海外仙人口气而言。

②蓬莱山：传说的三神山之一。“海中有三神山，名曰蓬莱、方丈、瀛洲，仙人居之。”（《史记·秦始皇本纪》）

③净业：指佛教。

④谪仙人：有罪罚到人世的仙人。唐贺知章曾称李白为“谪仙人”。

⑤玄门：即道门、道教。从《老子》“玄之又玄，众妙之门”语来。

⑥大觉：佛的觉悟。

⑦宿根：前世根源。

降,便是古德转生[1],所以聪明正直,在世间做许多好事。如东方朔是岁星[2],马周是华山素灵宫仙官[3],王方平是琅玡寺僧[4],真西山是草庵和尚[5],苏东坡是五戒禅师[6]。就是死后,或原归故处,或另补仙曹,如卜子夏为修文郎[7],郭璞为水仙伯[8],陶弘景为蓬莱都水监[9],李长吉召撰《白玉楼记》[10],皆历历可考,不能尽数。至如奸臣叛贼,必是药叉、罗刹、修罗、鬼王之类[11],决非善根[12]。乃有小说中说:李林甫遇道士,卢杞遇仙女[13],说他本是仙种,特来度他;他两个都不愿做仙人,愿做宰相,以至堕落。此多是其家门生故吏一党之

---

①古德:对佛门先辈的尊称。

②东方朔:字曼倩。汉武帝时文士,滑稽多智。

③马周:字宾王。唐太宗时名臣,官至中书令。

④王方平:名远。东汉人。官至中散大夫。后弃官不仕,不知所终。

⑤真西山:真德秀。宋代人。曾官参知政事。学者称为"西山先生"。草庵和尚:亦作"草堂和尚"。唐代僧人,马祖道一禅师弟子。

⑥苏东坡:宋诗人苏轼。曾向庐山东林寺常总照觉禅师学佛。五戒禅师:《喻世明言》卷三十《明悟禅师赶五戒》说,五戒禅师是宋真宗时僧人,洛阳人,俗姓金。因犯了色戒而悔恨坐化,即转世投生为苏东坡。

⑦卜子夏:卜商,字子夏。孔子弟子。序《诗经》,传《易经》,为魏文侯师。

⑧郭璞:晋代人,字景纯。博学多识,通阴阳历算卜筮之术,好古文奇字。注《尔雅》、《方言》、《山海经》、《穆天子传》等。后被王敦所杀。

⑨陶弘景:南北朝时人,字通明。齐时为诸王侍读,隐居于句曲山,自号华阳隐居。梁时参与机密,号为山中宰相。博学多识,著道书《真灵位业图》、《真诰》等;对医学亦有贡献,著《本草经集注》、《肘后百一方》等。谥"贞白先生"。

⑩李长吉:即李贺。相传他临死时,白天见一绯衣人持一板,上写:"上帝成白玉楼,召君作记。"以上从东方朔至李长吉,灵异之事多见于《神仙传》、《太平广记》诸书所载,所谓小说家言也。

⑪药叉、罗刹、修罗:都是佛经所说异类。梵语。凶恶怪异。药叉,又作"夜叉"。意思是勇健、捷疾鬼。能食鬼伤人。罗刹,意思是暴恶、可畏。即罗刹鬼。修罗,阿修罗。常与帝释天战斗之鬼神。鬼王:即俗说的冥王。

⑫善根:佛家说人的根器(今言本质、素质)有善有恶。素质好的是善根。

⑬卢杞:唐德宗时宰相,奸臣。

人，撰造出来，以掩其平生过恶的。若依他说，不过迟做得仙人五六百年，为何阴间有李林甫十世为牛九世倡之说？就是说道业报尽了[①]，还归本处，五六百年后便不可知，为何我朝万历年间，河南某县雷击死娼妇，背上还有唐朝李林甫五字？此却六百年不止了。可见说恶人也是仙种，其说荒唐，不足凭信。小子如今引白乐天的故事，说这一番话，只要有好根器的人[②]，不可在火坑欲海恋着尘缘[③]，忘了本来面目。待小子说一个宋朝大臣，在当生世里看见本来面目的一个故事，与看官听一听。诗云：

昔为东掖垣中客[④]，今作西方社里人[⑤]。
手把杨枝临水坐，寻思往事是前身。

却说西方双摩诃池边，有几个洞天。内中有两个洞，一个叫作金光洞，一个叫做玉虚洞。凡是洞中，各有一个尊者[⑥]，在内做洞主。住居极乐胜境，同修无上菩提[⑦]。忽一日，玉虚洞中尊者，来对金光洞中尊者道："吾佛以救度众生为本，吾每静修洞中，固是正果[⑧]。但只独善其身，便是辟支小乘[⑨]。吾意欲往震旦地方打一转轮回[⑩]，游

---

①业报：报应。佛教说因人作恶业（罪孽），或当世或后世受报应为业报。也称"果报"。

②根器：佛家譬喻词。人性如木，可以成器，叫"根器"。

③尘缘：佛家语。人世所接触的一切（色、声、香、味、触、法为六尘之境），为人心所缘而污染心性，叫做"尘缘"。

④东掖垣：左掖垣，即左省。门下省所在地。因在宫中左掖宫墙下，亦即东掖垣。简称"左掖"、"东掖"。代指朝廷、政府。

⑤西方社：指佛说西方极乐世界。

⑥尊者：梵语。意思是说智德具备，对罗汉的尊称。

⑦菩提：梵语。觉悟，无上智慧；正觉无相之真智。也译作"道"。

⑧正果：学佛之人觉悟有心得，叫做"证果"。与外道相区别，叫做"正果"。

⑨辟支：梵语，独觉。无师自通而悟道。小乘：梵语。求得灰身灭智、归于空寂涅槃之悟，达到阿罗汉果辟支佛果为小乘。相对于大乘而言。小乘对象以调教下劣根性，也是佛度众生。

⑩震旦：古代印度对中国的称呼。

戏他七八十年，做些济人利物的事。然后回来复居于此，可不好么?"金光洞尊者道："尘世纷嚣[1]，有何好处？虽然可以济人利物，只怕为欲火所烧，迷恋起来。没人指引回头，忘却本来面目，便要堕落轮回道中。不知几劫才得重修圆满[2]，怎么说得复居此地这样容易话?"玉虚洞尊者见他说罢，自悔错了念头。金光洞尊者道："此念一起，吾佛已知。伽蓝韦驮即有密报[3]，岂可复悔？须索向阎浮界中去走一遭[4]，受享些荣华富贵。就中做些好事，切不可迷了本性。倘若恐怕浊界汩没[5]，一时记不起，到得五十年后，我来指你个境头，等你心下洞彻罢了。"玉虚洞尊者当下别了金光洞尊者，自到洞中，分付行童："看守着洞中，原自早夜焚香诵经。我到人间走一遭去也。"一灵真性，自去拣那善男信女有德有福的人家，好处投生。不题。

却说宋朝鄂州江夏有个官人[6]，官拜左侍禁[7]，姓冯，名式，乃是个好善积德的人。夫人一日梦一金身罗汉下降[8]，产下一子。产时异香满室。看那小厮时，生得天庭高耸，地角方圆，两耳垂珠，是个不凡之相。两三岁时就颖悟非凡，看见经卷上字，恰像原是认得的，一见不忘。送入学中，取名冯京，表字当世。过目成诵，万言立就。虽读儒书，却又酷好佛典，敬重释门，时常瞑目打坐，学那禅和子的

---

①尘世：人世。佛教说人世一切事法都是污染真性的，尘即污垢。

②劫：梵语。指世界成坏经历的长时间。

③伽蓝：即佛寺。韦驮：佛教的护法神。

④阎浮界：阎浮提，梵语。教佛称人世为"阎浮界"。

⑤浊界：佛教所说五浊十恶炽盛之世。《观无量寿经》："不乐阎浮提浊恶世也。此浊恶处地狱饿鬼畜生充满，多不善聚。"

⑥鄂州江夏：即今武汉市武昌。

⑦左侍禁：宫中侍卫武官。

⑧罗汉：阿罗汉。小乘佛教修行达到的最高果位。罗汉已是不生不灭涅槃，此处又说投胎，俗说罢了。

模样①。不上二十岁，连中了三元②。说话的，你错了。据着《三元记》戏本上③，他父亲叫做冯商，是个做客的人④。如何而今说是做官的，连名字多不是了？看官听说：那戏文本子多是胡诌，岂可凭信？只如南北戏文极顶好的，多说《琶琶》、《西厢》⑤。那蔡伯喈⑥，汉时人。未做官时，父母双亡，庐墓致瑞⑦，公府举他孝廉，何曾为做官不归，父母饿死？且是汉时不曾有状元之名；汉朝当时，正是董卓专权⑧，也没有个牛丞相⑨。郑恒是唐朝大官。夫人崔氏，皆有封号，何曾有失身张生的事？后人虽也有晓得是元微之不遂其欲⑩，托名丑诋的。却是戏文倒说崔、张做夫妻到底，郑恒是个花脸衙内，撞阶死了，却不是颠倒得没道理？只这两本出色的，就好笑起来，何况别本，可以准信得的？所以小子要说冯当世的故事，先据正史，把父亲名字说明白了，免得看官每信着戏文上说话，千古不决。

闲话休题。且说那冯公自中三元以后，任官累典名藩，到处兴利除害，流播美政，护持佛教，不可尽述。后来入迁政府，做了丞相。忽一日，体中不快，遂告个朝假，在寓静养调理。其时英宗皇帝⑪，圣

---

①禅和子：参禅的人。

②连中了三元：乡试、会试、殿试都考得第一名，即解元、会元、状元。

③《三元记》：明沈受先所著戏剧，收在《六十种曲》中。

④客：客商，即行商。

⑤《琵琶》：《琵琶记》，明代高则诚所作传奇剧本。演赵五娘、蔡伯喈故事。《西厢》：《西厢记》，元代王实甫所作杂剧。演崔莺莺与张生恋爱婚姻纠纷事。

⑥蔡伯喈：蔡邕，字伯喈。东汉人，艺术家、文学家。曾任中郎将。有《蔡中郎集》。

⑦庐墓：于双亲坟边盖小屋守丧，称为“庐墓”。

⑧董卓：字仲颖。大将军何进谋诛宦官，召董卓拥兵入朝。董卓诛宦官后擅权，自为相国，废少帝，立献帝。迁都长安，又自为太师。汉末大乱，卓为元凶。

⑨牛丞相：《琵琶记》中招蔡伯喈停妻再娶的即此人。

⑩元微之：唐代元稹，字微之。他写的《会真记》，即是《西厢记》的来源。

⑪英宗：赵曙。在位仅四年。冯京任参知政事在神宗朝，与王安石共事。

眷方隆，连命内臣问安，不绝于道路。又诏令翰院有名医人数个，到寓诊视。圣谕尽心用药，期在必愈。服药十来日，冯相病已好了，却是羸瘦了好些，拄了杖才能行步。久病新愈，气虚多惊，倦视绮罗，厌闻弦管。思欲静坐养神，乃策杖徐步入后园中来。后园中花木幽深之处，有一所茅庵，名曰“容膝庵”，乃是取陶渊明《归去来辞》中语，见得庵小，只可容着两膝的话。冯相到此，心意欣然，便叫侍妾每都各散去。自家取龙涎香焚些在博山炉中①，叠膝瞑目，坐在禅床中蒲团上②。默坐移时③，觉神清气和，肢体舒畅。徐徐开目，忽见一个青衣小童，神貌清奇，冰姿潇洒，拱立在禅床之右。冯相问小童道：“婢仆皆去，你是何人，独立在此？”小童道：“相公久病新愈，心神忻悦，恐有所游，小童愿为参从，不敢擅离。”公伏枕日久，沉疾既愈，心中正要闲游，忽闻小童之言，意思甚快。乘兴离榻，觉得体力轻健，与平日无病时节无异。步至庵外，小童禀道：“路径不平，恐劳尊重。请登羊车，缓游园圃。”冯相喜小童如此慧黠，笑道：“使得，使得。”说话之间，小童挽羊车一乘，来到面前。但见：

帘垂斑竹，轮斫香檀。同心结带系鲛绡④，盘角曲栏雕美玉。坐褥铺锦褥，盖顶覆青毡。

冯相也不问羊车来历，忻然升车而坐。小童挥鞭在前驭着，车去甚速，势若飘风。冯相惊怪道：“无非是羊，为何如此行得速？”低头前视，见驾车的全不似羊，也不是牛马之类。凭轼仔细再看⑤，只见背尾皆不辨，首尾足上毛五色，光彩射人。奔走挽车，稳如磐石。冯相公大惊。方欲询问小童，车行已出京都北门，渐渐路入青霄。行去

---

①龙涎香：抹鱼鲸病胃分泌物，名贵香料。博山炉：古器玩。古人说香炉像海中博山，刻镂奇禽怪兽图纹，形制精美。

②蒲团：坐具。用棕或蒲草制成。

③移时：过了一段时间。

④同心结：用丝线结成的菱形连环带子。也叫“同心方胜”。鲛绡：海底鲛人织的绡。绡即生丝。

⑤轼：车上横木。

多是翠云深处，下视尘寰，直在底下。虚空之中，过了好些城郭。将有一饭时侯，车才着地住了。小童前禀道："此地胜绝，请相公下观。"冯相下得车来，小童不知所向，连羊车也不见了。举头四顾，身在万山之中。但见：

山川秀丽，林麓清佳。出没万壑烟霞，高下千峰花木。静中有韵，细流石眼水涓涓；相逐无心，闲出岭头云片片。溪深绿草茸茸茂，石老苍苔点点斑。

冯相身处朝市，向为尘俗所役。乍见山光水色，洗涤心胸。正如酷暑中行，遇着清泉百道。多时病滞，一旦消释。冯相心中喜乐，不觉拊腹而叹道："使我得顶笠披蓑，携锄趁犊，躬耕数亩之田，归老于此地。每到秋苗熟后，稼穑登场，旋煮黄鸡，新篘白酒，与邻叟相邀。瓦盆磁瓯，量晴较雨。此乐虽微，据我所见，虽玉印如霜，金印如斗，不足比之。所恨者君恩未报，不敢归田。他日必欲遂吾所志！"

方欲纵步玩赏，忽闻清磬一声，响于林杪。冯相幸目仰视，向松阴竹影疏处，隐隐见山林间有飞檐碧瓦，栋宇轩窗。冯相道："适才磬声必自此出，想必有幽人居止，何不前去寻访？"遂穿云踏石，历险登危，寻径而走。过往处，但闻流水松风，声喧于步履之下。渐渐林麓两分，峰峦四合。行至一处，溪深水漫，风软云闲，下枕清流，有千门万户。但见：

嵬嵬宫殿，虬松镇碧瓦朱扉；
寂寂回廊，凤竹映雕栏玉砌。

玲珑楼阁，干霄覆云，工巧非人世之有。岩畔洞门开处，挂一白玉牌，牌上金书"金光第一洞"。冯相见了洞门，知非人世，惕然不敢进步入洞。因是走得路多了，觉得肢体倦怠，暂歇在门阃石上坐着。坐还未定，忽闻大声起于洞中，如天摧地塌，岳撼山崩。大声方住，狂风复起。松竹低偃，瓦砾飞扬，雄气如奔，顷刻而止。冯相惊骇，急回头看时，一巨兽自洞门奔出外来。你道怎生模样？但见：

目光闪烁，毛色斑斓。剪尾岩谷风生①，移步郊园草偃。山前一吼，摄将百兽潜形；林下独行，威使群毛震悚。满口利牙排剑戟，四蹄刚爪利锋铓。

奔走如飞，将至坐侧。冯相怆惶，欲避无计。忽闻金锡之声震地，那个猛兽恰像有人赶逐他的，窜伏亭下，敛足瞑目，犹如待罪一般。冯相惊异未定，见一个胡僧自洞内走将出来。你道怎生模样？但见：

修眉垂雪，碧眼横波。衣披烈火七幅鲛绡；杖拄降魔九环金锡。若非圆寂光中客②，定是楞迦峰顶人③。

将至洞门，将锡杖横了，稽首冯相道："小兽无知，惊恐丞相。"冯相答礼道："吾师何来？得救残喘。"胡僧道："贫僧即此间金光洞主也。相公别来无恙？粗茶相邀，丈室闲话则个④。"冯相见他说"别来无恙"的话，举目细视胡僧面貌，果然如旧相识，但仓卒中不能记忆。遂相随而去。到方丈室中，啜茶已罢。正要款问仔细，金光洞主起身对冯相道："敝洞荒凉，无以看玩。若欲游赏烟霞，遍观云水，还要邀相公再游别洞。"遂相随出洞后而去。但觉天清景丽，日暖风和，与世俗溪山迥然有异。

须臾到一处，飞泉千丈，注入清溪。白石为桥，斑竹夹径。于巅峰之下见一洞门，门用玻璃为牌，牌上金书"玉虚尊者之洞"。冯相对金光洞主道："洞中景物，料想不凡。若得一观，此心足矣。"金光洞主道："所以相邀相公远来者，正要相公游此间耳。"遂排扉而入。冯相本意，只道洞中景物可赏；既到了里面，尘埃满地，门户寂寥，似若无人之境。但见：

金炉断烬，玉磬无声。绛烛光消，仙扃昼掩。蛛网遍生虚室，宝钩低压重帘。壁间纹幕空垂，架上金经生蠹。闲庭悄悄，

---

①剪尾：摇尾。

②圆寂光：涅槃之光。涅槃为圆寂，是德无不备、障无不除的最高境界。

③楞迦峰顶：佛顶。

④丈室：方丈室。寺院住持居室。

芊绵碧草侵阶；幽槛沉沉，散漫绿苔生砌。松阴满院鹤相对，山色当空人未归。

冯相犹豫不决，逐步走至后院。忽见一个行童，凭案诵经。冯相问道："此洞何独无僧？"行童闻言，掩经离榻，拱揖而答道："玉虚尊者游戏人间，今五十六年，更三十年方回此洞。缘主者未归，是故无人相接。"金光洞主道："相公不必问，后当自知。此洞有个空寂楼台，迥出群峰，下视千里，请相公登楼，款歇而归。"遂与登楼。看那楼上时，碧瓦甃地，金兽守扃。饰异宝于虚檐，缠玉虬于巨栋。犀轴仙书，堆积架上。冯相正要取卷书来看看，那金光洞主指楼外云山，对冯相道："此处尽堪寓目，何不凭栏一看？"冯相就不去看书，且凭栏凝望。遥见一个去处：

翠烟掩映，绛雾氤氲。美木交枝，清阴接影。琼楼碧瓦玲珑，玉树翠柯摇曳。波光泊岸，银涛映天。翠色逼人，冷光射目。

其时日影下照，如万顷琉璃。冯相驻目细视，良久，问金光洞主道："此是何处？其美如此！"金光洞主愕然而惊，对冯相道："此地即双摩诃池也。此处溪山，相公多曾游赏，怎么就不记得了？"冯相闻得此语，低头仔细回想。自儿童时，直至目下，一一追算来，并不记曾到此，却又有些依稀认得。正不知甚么缘故，乃对金光洞主道："京心为事夺，壮岁旧游[①]，悉皆不记。不知几时曾到此处，隐隐已如梦寐。人生劳役，至于如此。对景思之，令人伤感。"金光洞主道："相公儒者，当达大道，何必浪自伤感！人生寄身于太虚之中，其间荣瘁悲欢，得失聚散，彼死此生，投形换壳，如梦一场。方在梦中，原不足问；及到觉后，又何足悲？岂不闻《金刚经》云[②]：'一切有为法，如梦

---

①壮岁：青年时。

②《金刚经》：全称是《金刚般若波罗蜜经》一卷，简明扼要，佛经最基本的经典。

幻泡影,如露亦如电。应作如是观①。'自古皆以浮生比梦,相公只要梦中得觉,回头即是,何用伤感? 此尽正理,愿相公无轻老僧之言。"冯相闻语,贴然敬伏。方欲就坐款话,忽见虚檐日转,晚色将催。冯相意要告归,作别金光洞主道:"承挈游观,今兴尽而返,此别之后,未知何日再会?"金光洞主道:"相公是何言也? 不久当与相公同为道友,相从于林下,日子正长,岂无相见之期?"冯相道:"京病既愈,旦夕朝参,职事相索,自无暇日,安能再到林下,与吾师游乐哉?"金光洞主笑道:"浮世光阴迅速,三十年只同瞬息。老僧在此,转眼间伺候相公来,再居此洞便了。"冯相道:"京虽不才,位居一品。他日若荷君恩,放归田野,苟不就宫祠微禄②,亦当为田舍翁③。躬耕自乐,以终天年。况自此再三十年,京已寿登耄耋④,岂更削发披缁,坐此洞中为衲僧耶?"金光洞主但笑而不答。冯相道:"吾师相笑,岂京之言有误也?"金光洞主道:"相公久羁浊界,认杀了现前身子⑤,竟不知身外有身耳!"冯相道:"岂非除此色身之外⑥,别有身耶?"金光洞主道:"色身之外,元有前身。今日相公到此,相公的色身又是前身了。若非身外有身,相公前日何以离此? 今日怎得到此?"冯相道:"吾师何术使京得见身外之身?"金光洞主道:"欲见何难?"就把手指向壁间画一圆圈,以气吹之。对冯相道:"请相公观此景界!"冯相遂近壁视之,圆圈之内,莹洁明朗,如挂明镜。注目细看其中,见有:

①"一切有为法"四句:是佛说《金刚经》末尾的四句偈语,归纳性的结论。李文会曰:"一切有为法者,生老病死,贫富贵贱,士农工商,赤白青黄,馨香臭秽,有无虚实,深浅高低,皆是妄心起灭有为之法也。如梦幻泡影,如露亦如电者,一切有为之法即是;世间万事皆如梦幻泡影,不得久长。"(《金刚经集注》)

②宫祠微禄:宋代大臣罢职,令管理道教宫观,借名食俸禄(拿干薪),是一种优待。

③田舍翁:老农夫。

④耄耋(mào dié):八九十岁。

⑤认杀:认定,看死。

⑥色身:佛教称人体肉身为"色身"。是不真实、不永久的。

风轩水榭，月坞花畦。小桥跨曲水横塘，垂柳笼绿窗朱户。

遍看池亭，皆似曾到，但不知是何处园圃在此壁间。冯相疑心是障眼之法，正色责金光洞主道："我佛以正法度人，吾师何故将幻术变现，惑人心目？"金光洞主大笑而起，手指园圃中东南隅道："如此景物，岂是幻也？请相公细看，真伪可见。"冯相走近前边，注目再看，见园圃中有粉墙小径，曲槛雕栏。向花木深处，有茅庵一所：

半开竹牖，低下疏帘。闲阶日影三竿，古鼎香烟一缕。

茅庵内有一人，叠足瞑目，靠蒲团坐禅床上。冯相见此，心下踌躇。金光洞主将手拍着冯相背上道："容膝庵中，尔是何人？"大喝一偈道①：

五十六年之前，各占一所洞天。容膝庵中莫误，玉虚洞里相延。

向冯相耳畔叫一声："咄！"冯相于是顿省，游玉虚洞者乃前身，坐容膝庵者乃色身。不觉失声道："当时不晓身外身，今日方知梦中梦！"因此顿悟无上菩提，喜不自胜。方欲参问心源，印证禅觉，回顾金光洞主，已失所在。遍视精舍迦蓝②，但只见：

如云藏宝殿，似雾隐回廊。审听不闻钟磬之清音，仰视已失峰岩之险势。玉虚洞府，想却在海上瀛洲；空寂楼台，料复归极乐国土。只疑看罢僧繇画③，卷起丹青十二图。

一时廊殿洞府溪山，捻指皆无踪迹④。单单剩得一身，俨然端坐后园容膝庵中禅床之上。觉茶味犹甘，松风在耳；鼎内香烟尚袅，座前花影未移。入定一晌之间⑤，身游万里之外。冯相想着境界了然，语话

---

①偈：佛经中诵词，在演说一段某处咏叹大意。汉译多用四字句排比；也不局限于字句，也有用三字至多字的句式。不一定押韵。禅师往往用作表达机锋的禅语。

②迦蓝：伽蓝，佛寺。

③僧繇：姓张。南北朝梁时曾任吴兴太守。画家。

④捻指：弹指之间，转瞬。

⑤入定：僧人坐禅，心中杂念不起，定于一处。此境界叫做"入定"。

分明,全然不象梦境。晓得是禅静之中,显见宿本。况且自算其寿,正是五十六岁,合着行童说尊者游戏人间之年数,分明己身是金光洞主的道友玉虚尊者的转世。

自此,每与客对,常常自称老僧。后三十年,一日无疾而终。自然仍归玉虚洞中去矣。诗曰:

玉虚洞里本前身,一梦回头八十春。
要识古今贤达者,阿谁不是再来人?

卷二十九

通闺闼坚心灯火　闹囹圄捷报旗铃

诗曰：

世间何物是良图？惟有科名救急符。

试看人情翻手变，窗前可不下功夫！

话说自汉以前，人才只是举荐征辟[①]，故有贤良方正、茂材异等之名[②]；其高尚不出，又有不求闻达之科[③]。所以野无遗贤，人无匿才，天下尽得其用。自唐宋以来，俱重科名[④]。虽是别途进身，尽能致位权要，却是惟以此为华美。往往有只为不得一第，情愿老死京华的。到我国朝，初时三途并用[⑤]，多有名公大臣，不由科甲出身，一般也替朝廷干功立业，青史标名不朽，那见得只是进士才做得事？

---

①征辟：征召。由朝廷聘请，或由地方长官录用而授予官职。

②贤良方正：汉代选取人材的科目，古称选举法。由地方州郡和王国举荐德行好和有文献知识的优秀人材到中央，汉文帝时名为贤良方正，汉武帝时名贤良文学。同时还有孝弟力田科目。茂材异等：指特别优异的人材。汉武帝诏书："其令州郡察吏民有茂材异等可为将相及使绝国者。"简称"茂异"。茂材，也作"茂才"，原即秀才。

③不求闻达之科："不求闻达于诸侯"是诸葛亮的话。指不仕隐居的处士，由朝廷以礼聘请，但不是固定的科目。

④科名：科举、科甲。特指进士。进士考试起于隋代。唐代科目为秀才、明经、俊士、进士、明法、明字、明算等等五十馀种。天子自诏的为制举，亦称恩科。宋代科目有进士、诸科(后停)、武举；外加制科。

⑤三途并用：明代取士制度，一为进士，二为举贡，三为吏员。进士即由生员、举人至进士，逐级考取，为正途。举贡即由地方州县长官推荐，越级参加进士考试选用的，少数特例。吏员是官署中的承差、知印、书算、译字、通事诸杂流，由吏部三年初考、六年再考、九年通考，考满称职的，可以授予州县佐贰官，数量不少而难以担任主官。

直到近来，把这件事越重了，不是科甲的人①，不得当权。当权所用的，不是科甲的人，不与他好衙门好地方，多是一帆布置。见了以下出身的②，就不是异途，也必拣个惫懒所在打发他；不上几时，就勾销了。总是不把这几项人看得在心上。所以别项人内便尽有英雄豪杰在里头，也无处展布。晓得没甚长筵广席，要做好官也没干③，都把那志气灰了，怎能勾有做得出头的？及至是个进士出身，便贪如柳盗跖④，酷如周兴、来俊臣⑤，公道说不去，没奈何，考察坏了，或是参论坏了，毕竟替他留些根。又道是："百足之虫，至死不僵。"跌扑不多时，转眼就高官大禄，仍旧贵显；岂似科贡的人⑥，一勾了帐？只为世道如此重他，所以一登科第，便像升天。却又一件好笑，就是科第的人⑦，总是那穷酸秀才做的，并无第二样人做得。及至肉眼愚眉，见了穷酸秀才，谁肯把眼稍来管顾他⑧？还有一等豪富亲眷，放出倚富欺贫的手段，做尽了恶薄腔子待他⑨。到得忽一日榜上有名，掇将转来，呵脬捧卵⑩，偏是平日做腔欺负的，头名就是他上前出力。

---

①科甲：汉唐考试都分甲乙丙等科，后来通称科举为"科甲"。明代科举只有进士一科，所以"科甲"、"科举"为同义词，可以互换。

②以下出身：出身低贱的人。如工、商、仆役等。

③没干：没份儿。

④柳盗跖：柳下惠之弟，春秋时鲁国大盗。见《史记·伯夷列传》。

⑤周兴、来俊臣：唐代武则天时著名酷吏，发明使用多种酷刑，大肆陷害朝臣。

⑥科贡：贡士。明代府州县学生员按成绩和资历，由地方官选送国子监（太学）肄业，可以授予佐贰官职。这就是贡士。贡士除生员出贡外，尚有恩贡、荫贡、纳贡多种，资历上都比不上由生员、举人至进士科举正途出身的人，发展前途不大。

⑦科第：即指科举、科甲。明代三名同实。

⑧管顾：看待。

⑨腔子：心肠，嘴脸。

⑩呵脬（pāo）捧卵：即今普通话中的"拍马屁"。今方言中此类说法甚多，北方话的"舔腚"、"溜沟子"，南方话的"呵热卵子"、"捧热卵子"等等都是。脬，尿脬。

真个世间惟有这件事，贱的可以立贵，贫的可以立富；难分难解的冤仇，可以立消；极险极危的道路，可以立平。遮莫做了没脊梁、惹羞耻的事[①]，一床锦被可以遮盖了。

说话的，怎见得如此？看官，你不信，且先听在下说一件势利好笑的事。唐时有个举子叫做赵琮，累随计吏赴南宫春试[②]，屡次不第。他的妻父是个钟陵大将[③]。赵琮贫穷，只得靠着妻父度日。那妻家武职官员，宗族兴旺，见赵琮是个多年不利市的寒酸秀才[④]，没一个不轻薄他的。妻父妻母看见别人不放他在心上，也自觉得没趣，道女婿不争气，没长进。虽然是自家骨肉，未免一科厌一科[⑤]，弄做个老厌物了。况且有心嫌鄙了他，越看越觉得寒酸，不足敬重起来。只是不好打发得他开去，心中好些不耐烦。赵琮夫妻两个，不要说看了别人许多眉高眼低，只是父母身边，也受多少两般三样的怠慢[⑥]。没奈何，争气不来，只得怨命忍耐。一日，赵琮又到长安赴试去了。家里撞着迎春日子，军中高会，百戏施呈[⑦]，唐时名为春设，倾城士女，没一个不出来看。大户人家搭了棚厂，设了酒席在内，邀请亲戚共看。大将阖门多到棚上去，女眷们各各盛妆斗富，惟有赵娘子衣衫褴褛。虽是自心里觉得不入队[⑧]，却是大家多去，又不好独自一人推掉不去得。只得含羞忍耻，随众人之后，一同上棚。众女眷们憎嫌他妆饰弊陋，恐怕一同坐着外观不雅。将一个帷屏遮着

---

①遮莫：就算是，哪怕。

②计吏：考察官吏的官员。南宫春试：即礼部考试、会试、进士考试。

③钟陵：唐代置钟陵县，后废，并入南昌。故城在今江西进贤县西北。

④不利市：卖不出去。指落第。

⑤一科厌一科：件件、样样都讨厌。

⑥两般三样：不一样，瞧不起。

⑦百戏：古代散乐杂技，如扛鼎、寻橦、吞刀、爬竿、履火、要龙灯等等。今北京称为“杂要”。

⑧不入队：指衣饰不入时。

他，叫他独坐在一处，不与他同席。他是受憎嫌惯的，也自揣己[1]，只得凭人主张，默默坐下了。正在摆设酣畅时节，忽然一个吏典走到大将面前[2]，说道："观察相公特请将军，立等说话。"大将吃了一惊道："此与民同乐之时，料无政务相关，为何观察相公见召？莫非有甚不测事体？"心中好生害怕，捏了两把汗，到得观察相公厅前。只见观察手持一卷书，笑容可掬，当厅问道："有一个赵琮，是公子婿否？"大将答道："正是。"观察道："恭喜！恭喜！适才京中探马来报[3]，令婿已及第了。"大将还谦逊道："恐怕未能有此地步。"观察即将手中所持之书，递与大将道："此是京中来的全榜。令婿名在其上，请公自拿去看。"大将双手接着，一眼瞟去，赵琮名字朗朗在上，不觉惊喜。谢别了观察，连忙走回。远望见棚内家人，多在那里注目看外边。大举着榜，对着家人大呼道："赵郎及第了！赵郎及第了！"众人听见，大家都吃一惊。掇转头来看那赵娘子时，兀自寂寂寞寞，没些意思，在帷屏外坐在那里。却是耳朵里已听见了，心下暗暗地叫道："惭愧[4]！谁知也有这日！"众亲眷急把帷屏撤开，到他跟前称喜道："而今就是夫人县君了[5]。"一齐来拉他去同席。赵娘子回言道："衣衫蓝褛，玷辱诸亲，不敢来混，只是自坐了看看罢！"众人见他说呕气的话[6]，一发不安。一个个强陪笑脸道："夫人说那里话？"就有献勤的，把带来包里的替换衣服拿出来，与他穿了。一个起头，个个争先。也有除下簪的，也有除下钗的，也有除下花钿的，耳铛的。霎时间把一个赵娘子打扮的花一团，锦一簇，还恐怕他不喜欢。

---

①揣己：自知，知趣，识相。

②吏典：官府吏员，令史之类。

③探马：探骑。军中侦察敌情的骑兵。这里是打听消息的探事人。

④惭愧：侥幸。庆幸之词。

⑤夫人县君：都是对贵显官员妻子和母亲的封诰。唐代三品以上大官的母、妻才得封夫人；宋、明为执政官和一品官母、妻封号。县君，唐代五品官母、妻封县君。这里都是恭维话。

⑥呕气：生气。今方言中仍用此词。

是日，那里还有心想看春会？只个个撺哄赵娘子，看他眉头眼后罢了。本是一个冷落的货，只为丈夫及第，一时一霎，更变起来。人也原是这个人，亲也原是这些亲，世情冷暖，至于如此。

在下为何说这个做了引头[1]？只因有一个人，为些风情事，做了出来。正在难分难解之际，忽然登第，不但免了罪过，反得团圆了夫妻。正应着在下先前所言，做了没脊梁、惹羞耻的事，一床锦被可以遮盖了的说话。看官每试听着，有诗为证：

同年同学，同林宿鸟。好事多磨，受人颠倒。

私情败露，官非难了。一纸捷书，真同月老。

这个故事，在宋朝端平年间[2]。浙东有一个饱学秀才，姓张，字忠父，是衣冠宦族。只是家道不足，靠着人家聘出去，随任做书记，馆谷为主。邻居有个罗仁卿，是崛起白屋人家[3]，家事尽富厚。两家同日生产。张家得了个男子，名唤幼谦。罗家得了个女儿，名唤惜惜。多长成了。因张家有个书馆，罗家把女儿寄在学堂中读书。旁人见他两个年貌相当，戏道："同日生的，合该做夫妻。"他两个多是娃子家心性，见人如此说，便信杀道是真，私下密自相认。又各写了一张券约，罚誓必同心到老。两家父母，多不知道的。同学堂了四五年，各有十四岁了，情窦渐渐有些开了[4]。见人说做夫妻的要做那些事，便两个合了伴，商议道："我们既是夫妻，也学着他每做做。"两个你欢我爱，亦且不晓得些利害，有甚么不肯？书房前有株石榴树，树边有一只石凳。罗惜惜就坐在凳上，身靠着树，张幼谦早把他脚来跷起，就搂抱了弄将起来。两个小小年纪，未知甚么大趣味，只是两个心里喜欢，作做耍笑。以后见弄得有些好处，就日日做番把，不肯住手了。冬间，先生散了馆，惜惜回家去过了年。明年，惜惜已是

---

①引头：即入话。

②端平：南宋理宗赵昀年号。

③白屋：穷人所居茅屋。指穷人家。

④情窦：萌发爱情的愿望。

十五岁。父母道他年纪长成，不好到别人家去读书，不教他来了。幼谦屡屡到罗家门首探望，指望撞见惜惜。那罗家是个富家，闺院深邃，怎得轻易出来？惜惜有一丫鬟，名唤蜚英，常到书房中伏侍惜惜，相伴往返的。今惜惜不来读书，连蜚英也不来了。只为早晨采花，去与惜惜插戴，方得出门。到了冬日，幼谦思想惜惜不置，做成新词两首。要等蜚英来时，递去与惜惜。词名《一剪梅》，词云：

同年同日又同窗。不似鸾凰，谁似鸾凰？石榴树下事匆忙，惊散鸳鸯，拆散鸳鸯！　　一年不到读书堂。教不思量，怎不思量？朝朝暮暮只烧香，有分成双，愿早成双！

写词已罢，等那蜚英不来，又做诗一首，诗云：

昔人一别恨悠悠，犹把梅花寄陇头。
咫尺花开君不见，有人独自对花愁。

诗毕，恰好蜚英到书房里来采梅花，幼谦折了一技梅花，同一词一诗，递与他去。又密嘱蜚英道："此花正盛开，你可托折花为名，递个回信来。"蜚英应诺，带了去与惜惜看了。惜惜只是偷垂泪眼，欲待依韵答他，因是年底匆匆，不曾做得。竟无回信。

到得开年，越州太守请幼谦的父亲忠父去做记室①。忠父就带了幼谦去，自教他。去了两年，方得归家。惜惜知道了，因是两年前不曾答得幼谦的信，密遣蜚英持一小箧子来赠他。幼谦收了，开箧来看。中有金钱十枚，相思子一粒②。幼谦晓得是惜惜藏着哑谜。钱取团圆之象，相思子自不必说。心下大喜，对蜚英道："多谢小娘子好情记念，何处再会得一会便好！"蜚英道："姐姐又不出来，官人又进去不得，如何得会？只好传消递息罢了。"幼谦复作诗一首，与蜚英拿去做回柬。诗云：

一朝不见似三秋，真个三秋愁不愁？

①越州：治所即今浙江绍兴市。

②相思子：红豆。王维《相思子》："红豆生南国，秋来发几枝？愿君多采撷，此物最相思。"

金钱难买尊前笑，一粒相思死不休！

蜚英去后，幼谦将金钱系在着肉的汗衫带子上，想着惜惜时节，便解下来跌卦问卜，又当耍子。被他妈妈看见了，问幼谦道："何处来此金钱？自幼不曾见你有的。"幼谦回母亲道："娘面前不敢隐情，实是与孩儿同学堂读书的罗氏女近日所送。"张妈妈心中已解其意，想道："儿子年已弱冠，正是成婚之期。他与罗氏女幼年同学堂，至今寄着物件往来，必是他两情相爱。况且罗氏女在我家中，看他德容俱备。何不央人去求他为子妇，可不两全其美？"隔壁有个卖花杨老妈，久惯做媒，在张罗两家多走动。张妈妈就接他到家来，把此事对他说道："家里贫寒，本不敢攀他富室。但罗氏小娘子自幼在我家，与小官人同窗。况且是同日生的，或者为有这些缘分，不弃嫌，肯成就，也不见得。"杨老妈道："孺人怎如此说？宅上虽然清淡些，到底是官宦人家。罗宅眼下富盛，却是个暴发。两边扯来相对，还亏着孺人宅上些哩。待老媳妇去说就是。"张妈妈道："有烦妈妈委曲则个[①]。"幼谦又私下叮嘱杨老妈许多说话，教他见惜惜小娘子时，千万致意。杨老妈多领诺去了，一径到罗家来。罗仁卿同妈妈问其来意，杨老妈道："特来与小娘子作伐[②]。"仁卿道："是那一家？"杨老妈道："说起来，连小娘子吉帖都不消求[③]。那小官人就是同年月日的。"仁卿道："这等说起来，就是张忠父家了？"杨老妈道："正是。且是好个小官人！"仁卿道："他世代儒家，门第也好，只是家道艰难，靠着终年出去处馆过日，有甚么大长进处[④]？"杨老妈道："小官人聪俊非凡，必有好日。"仁卿道："而今时势，人家只论见前，后来的事那个包得！小官人看来是好的，但功名须有命，知道怎么？若他要来求我家女儿，除非会及第做官，便与他了。"杨老妈道："依老媳妇看起

---

①委曲：这里是"成全"、"照顾"的意思。

②作伐：作媒。

③吉帖：八字。生年月日时。

④长进：出息，前途，好处。

来,只怕这个小官人这日子也有。”仁卿道:“果有这日子,我家决不失信。”罗妈妈也是一般说话。杨老妈道:“这等,老媳妇且把这话回覆张老孺人,教他小官人用心读书,巴出身则个①。”罗妈妈道:“正是,正是。”杨老妈道:“老媳妇也到小娘子房里去走走。”罗妈妈道:“正好在小女房里坐坐,吃茶去。”杨老妈原在他家走熟的,不消引路,一直到惜惜房里来。惜惜请杨老妈坐了,叫蜚英看茶,就问道:“妈妈何来?”杨老妈道:“专为隔壁张家小官人求小娘子亲事而来。小官人多多拜上小娘子,说道:‘自小同窗,多时不见,无刻不想。’今特教老身来到老员外、老安人处做媒②,要小娘子怎生从中自做个主,是必要成。”惜惜道:“这个事须凭爹妈做主,我女儿家怎开得口?不知方才爹妈说话何如?”杨老妈道:“方才老员外与安人的意思,嫌张家家事澹泊些,说道:‘除非张小官人中了科名,才许他。’”惜惜道:“张家哥哥这个日子倒有。只怕爹妈性急,等不得,失了他信。既有此话,有烦妈妈上覆他,叫他早自挣挫③,我自一心一意守他这日罢了。”惜惜要杨老妈替他传语,密地取两个金指环送他,道:“此后有甚说话,妈妈悄悄替他传与我知道,当有厚谢。不要在爹妈面前说了。”看官,你道这些老妈家是马泊六的领袖,有甚么解不出的意思?晓得两边说话多有情,就做不成媒,还好私下牵合他两个,赚主大钱。又且见了两个金指环,一面堆下笑来道:“小娘子凡有所托,只在老身身上④,不误你事。”出了罗家门,再到张家来回覆,把这些说话一一与张妈妈说了。张幼谦听得,便冷笑道:“登科及第,是男子汉分内事,何足为难!这老婆稳取是我的了⑤。”杨老妈道:“他家小娘子也说道:‘官人毕竟有这日,只怕爹娘等不得,或有变卦。

①巴:奔,努力。

②老员外、老安人:这里是对有钱人的尊称。员外,员外郎,官职名。安人,官员命妇封号。

③挣挫(zhèng chuài):挣扎,努力。也写作“挣揣”、“阐囤”。

④老身:老年妇女谦称。也可用于老年男子自称。

⑤稳取:肯定,保险。

他心里只守着你，教你自要奋发。”张妈妈对儿子道：“这是好说话，不可负了他。”杨老妈又私下对幼谦道：“罗家小娘子好生有情于官人。临动身，又分付老身道，下次有说话，悄地替他传传。送我两个金指环。这个小娘子，实是贤慧。”幼谦道：“他日有话相烦，是必不要推辞则个。”杨老妈道：“当得，当得。”当下别了去。明年，张忠父在越州打发人归家，说要同越州太守到京候差。恐怕幼谦在家失学，接了同去，幼谦只得又去了。不题。

却说罗仁卿主意，嫌张家贫穷，原不要许他的。这句“做官方许”的说话，是句没头脑的话。做官是期不得的，女儿年纪一年大似一年，万一如姜太公八十岁才遇文王，那女儿不等做老婆婆了？又见张家只是远出，料不成事，他那里管女儿心上的事？其时同里有个巨富之家，姓辛，儿子也是十八岁了。闻得罗家女子才色双全，央媒求聘。罗仁卿见他家富盛，心里喜欢。又且张家只来口说得一番，不曾受他一丝，不为失约，那里还把来放在心上？一口许下了辛家，择日行聘。惜惜闻知这消息，只叫得苦。又不好对爹娘说得出心事，暗暗纳闷①，私下对蜚英这丫头道：“我与张官人同日同窗，谁不说是天生一对？我两个自小情如姊妹，谊等夫妻。今日却叫我嫁着别个，这怎使得？不如早寻个死路，倒得干净！只是不曾会得张官人一面，放心不下。”蜚英道：“前日张官人也问我要会姐姐，我说没个计较，只得罢了。而今张官人不在家。就是在时，也不便相会。”惜惜道：“我倒想上一计，可以相会。只等他来了便好。你可时常到外边去打听打听。”蜚英谨记在心。

且说张幼谦京中回来得②，又是一年。闻得罗惜惜已受了辛家之聘，不见惜惜有甚么推托不肯的事。幼谦大恨道：“他父母是怪不得。难道惜惜就如此顺从，并无说话？”一气一个死。提起笔来，做词一首，词名《长相思》。云：

---

①纳闷：发闷，不痛快。

②得：口语中助词，无义。

天有神，地有神，海誓山盟字字真。如今墨尚新。　过一春，又一春，不解金钱变作银。如何忘却人？

写毕了，放在袖中，急急走到杨老妈家里来。杨老妈接进了，问道："官人有何事见过？"幼谦道："妈妈晓得罗家小娘子已许了人家么？"杨老妈道："也见说，却不是我做媒的。好个小娘子，好生注意官人，可惜错过了。"幼谦道："我不怪他父母，倒怪那小娘子。如何凭父母许别人，不则一声？"杨老妈道："叫他女孩儿家怎好说得？他必定有个主意，不要错怪了人！"幼谦道："为此要妈妈去通他一声，我有首小词，问他口气的。烦妈妈与我带一带去。"袖中摸出词来，并越州太守所送赆礼一两，转送与杨老妈做脚步钱①。杨老妈见了银子，如苍蝇见血，有甚么不肯做？欣然领命去了。把卖花为由，竟到罗家，走进惜惜房中来。惜惜接着，问道："一向不见妈妈来走走。"杨老妈道："一向无事，不敢上门。今张官人回来了，有话转达，故此走来。"惜惜见说幼谦回了，道："我正叫蜚英打听，不知他已回来。"杨老妈道："他见说小娘子许了辛家，好生不快活。有封书，托我送来小娘子看。"袖中摸出书来，递与惜惜。惜惜叹口气接了，拆开从头至尾一看，却是一首词。落下泪来道："他错怪了我也。"杨老妈道："老身不识字，书上不知怎地说？"惜惜道："他道我忘了他，岂知受聘，多是我爹妈的意思，怎由得我来？"杨老妈道："小娘子，你而今怎么发付他？"惜惜道："妈妈，你肯替张郎递信，必定受张郎之托。我有句真心话，对你说不妨么？"老妈道："去年受了小娘子尊赐，至今丝毫不曾出得力。又且张官人相托，随你分付。水里水里去，火里火里去。尽着老性命做得的，只管做去，决不敢泄漏半句话的！"惜惜道："多感妈妈盛心。先要你去对张郎说明我的心事。我只为未曾面会得张郎，所以含忍至今。若得张郎当面一会，我就情愿同张郎死在一处，决不嫁与别人，偷生在世间的。"老妈道："你心事我好替你说得，只是要会他，却不能勾，你家院宇深密，张官人又不会飞，我衣袖里

①脚步钱：旧时也称"草鞋钱"。请人办事跑腿，给的酬谢。

又袋他不下，如何弄得他来相会?”惜惜道：“我有一计，尽可使张郎来得。只求妈妈周全，十分稳便。”老妈道：“老身方才说过了，但凭使唤。只要早定妙计，老身无不尽心。”惜惜道：“奴家卧房在这阁儿上，是我家中落末一层①，与前面隔绝。阁下有一门，通后边一个小圃。圃周围有短墙，墙外便是荒地，通着外边的了。墙内有四五株大山茶花树，可以上得墙去的。烦妈妈相约张郎在墙外等，到夜来，我叫丫头打从树枝上登墙，将个竹梯挂在墙外来。张郎从梯上上墙，也从山茶树上下地，可以径到我房中阁上了。妈妈可怜我两人情重如山，替奴家备细传与张郎则个。”走到房里，摸出一锭银子来，约有四五两重。望杨老妈袖中就塞，道：“与妈妈将就买些点心吃。”杨老妈假意道：“未有功劳，怎么当这样重赏？只一件，若是不受，又恐怕小娘子反要疑心我未是一路，只得斗胆收了。”谢别了惜惜出来，一五一十，走来对张幼谦说了。幼谦得了这个消息，巴不得立时间天黑将下来。张、罗两家相去原不甚远。幼谦日间先去把墙外路数看看，望进墙去，果然四五株山茶花树透出墙外来。幼谦认定了，晚上只在这墙边等候。等了多时，并不见墙里有些些声响，不要说甚么竹梯不竹梯。等到后半夜，街鼓将动②，方才闷闷回来了。到第二晚，第三晚，又复如此。白白守了三个深夜，并无动静。想道：“难道要我不成？还是相约里头，有甚么说话参差了？不然，或是女孩儿家贪睡忘记了。不知我外边人守候之苦。”不免再央杨老妈去问个明白。又题一首诗于纸。云：

山茶花树隔东风，何啻云山万万重！
销金帐暖贪春梦③，人在月明风露中。

写完，走到杨老妈家，央他递去，就问失约之故。元来罗家为惜惜能

①落末：最后。

②街鼓：城坊警夜之鼓。始于唐代。日暮时敲八百下，坊里闭门。五更二点，街鼓齐响，坊市门开启。这里是说天快亮了，街鼓要响了。

③销金帐：用金或金线装饰的帐子。华丽的床帐。

事，一应家务俱托他所管。那日央杨老妈约了幼谦，不想有个姨娘到来。要他支陪自不必说，晚间送他房里同宿，一些手脚做不得了。等得这日才去，杨老妈恰好走来，递他这诗。惜惜看了道："张郎又错怪了奴也！"对杨老妈道："奴家因有姨娘在此房中宿，三夜不曾合眼，无半点空隙机会，非奴家失约。今姨娘已去，今夜点灯后，叫他来罢，决不误期了！"杨老妈得了消息，走来回覆张幼谦说："三日不得机会说话，准期在今夜点烛后了。"

幼谦等到其时，踱到墙外去看，果然有一条竹梯倚在墙边。幼谦喜不自禁，蹑了梯子，一步一步走上去。到得墙头上，只见山茶树枝上有个黑影，吃了一惊。却是蜚英在此等候，咳嗽一声，大家心照了。攀着树枝多挂了下去。蜚英引他到阁底下，惜惜也在了，就一同挽了手，登阁上来。灯下一看，俱觉长成得各别了①。大家欢极，齐声道："也有这日相会也！"也不顾蜚英在面前，大家搂抱定了。蜚英会意，移灯到阁外来了。于时月光入室，两人厮偎厮抱，竟到卧床上云雨起来。

> 一别四年，相逢半霎。回想幼时滋味，浑如梦境。欢娱当时，小阵争锋，今日全军对垒。含苞微破；大创元有馀红，玉茎顿雄。骤当不无半怯，只因尔我心中爱，拚却爷娘眼后身。

云雨既散，各诉衷曲。幼谦道："我与你欢乐，只是暂时，他日终须让别人受用。"惜惜道："哥哥兀自不知奴心事？奴自受聘之后，常拚一死。只为未到得嫁期，且贪图与哥哥落得欢会。若他日再把此身伴别人，犬豕不如矣！直到临时便见。"两人卿卿哝哝，讲了一夜的话。将到天明，惜惜叫幼谦起来，穿衣出去。幼谦问晚间事如何，惜惜道："我家中时常有事，未必夜夜方便。我把个暗号与你，我阁之西楼，墙外远望可见。此后楼上若点起三个灯来，便将竹梯来度你进来。若望来只是一灯，就是来不得的了。不可在外边痴等，似前番的样子，枉吃了辛苦。"如此约定而别。幼谦仍旧上山茶树，蹑竹梯

---

①各别：不一样。

而下。随后蜚英就登墙抽了竹梯起来。真个神鬼不觉。以后幼谦只去远望,但见楼西点了三个灯,就步至墙外来,只见竹梯早已安下了,即便进去欢会。如此每每四五夜,连宵行乐。若遇着不便,不过隔得夜把儿。往来一月有多,正在快畅之际。真是好事多磨,有个湖北大帅慕张忠父之名,礼聘他为书记。忠父辞了越州太守的馆,回家收拾去赴约,就要带了幼谦到彼乡试。幼谦得了这个消息,心中舍不得惜惜,甚是烦恼,却违拗不得。只得将情告知惜惜,就与哭别。惜惜拿出好些金帛来,赠他做盘缠。哭对他道:"若是幸得未嫁,还好等你归来再会。倘若你未归之前,有了日子,逼我嫁人,我只是死在阁前井中,与你再结来世姻缘。今世无及,只当永别了。"哽哽咽咽,两个哭了半夜。虽是交欢,终带惨凄,不得如常尽兴。临别,惜惜执了幼谦的手,叮咛道:"你勿忘恩情,觑个空,便只是早归来得一日也是好的。"幼谦道:"此不必分付,我若不为乡试,定寻个别话,推着不去了。今却有此,便须推不得,岂是我的心愿?归得便归,早见得你一日也是快活。"相抱着多时,不忍分开,各含眼泪而别。

幼谦自随父亲到湖北去,一路上触景伤心,自不必说。到了那边,正值试期。幼谦痴心自想:"若夺得魁名,或者亲事还可挽回得转,也未可料。"尽着平生才学,做了文赋。出场来就对父亲说道:"掉母亲家里不下①,算计要回家。"忠父道:"怎不看了榜去?"幼谦道:"揭榜不中,有何颜面?况且母亲家里孤寂,早晚悬望。此处离家须是路远,比不得越州时节,信息常通的,做儿的怎放心得下?那功名是外事,有分无分,已前定了,看那榜何用?"缠了几日,忠父方才允了,放回家来。不则一日②,到了家里。元来辛家已拣定是年冬里的日子,来娶罗惜惜了。惜惜心里着急,日望幼谦到家,真是眼睛

①掉:放,担心。

②不则:不止。

多望穿了。时时叫蜚英寻了头由①,到幼谦家里打听。此日蜚英打听得幼谦已回,忙来对惜惜说了。惜惜道:"你快去约了他,今夜必要相会,原仍前番的法儿进来就是。"又写一首词,封好了,一同拿去与他看。蜚英领命,走到张家门首,正撞见了张幼谦。幼谦道:"好了,好了。我正走出来,要央杨老妈来通信,恰好你来了。"蜚英道:"我家姐姐盼官人不来,时常啼哭。日日叫我打听,今得知官人到了,登时遣我来约官人②,今夜照旧竹梯上进来相会。有一个柬帖在此。"幼谦拆开来,乃是一首《卜算子》词。词云:

幸得那人归,怎便教来也?一日相思十二时,直是情难舍。

本是好姻缘,又怕姻缘假。若是教随别个人,相见黄泉下③。

幼谦读罢词,回他说:"晓得了。"蜚英自去。幼谦把词来珍藏过了。到得晚间,远望楼西,已有三灯明亮。急急走去墙外看,竹梯也在了。进去见了惜惜,惜惜如获珍宝,双手抱了。口里埋怨道:"亏你下得④,直到这时节才归来!而今已定下日子了,我与你就是无夜不会,也只得两月多,有限的了。当与你极尽欢娱而死,无所遗恨。你少年才俊,前程未可量。奴不敢把世俗儿女态,强你同死。但日后对了新人,切勿忘我!"说罢大哭。幼谦也哭道:"死则俱死,怎说这话?我一从别去,那日不想你?所以试毕不等揭晓就回,只为不好违拗得父亲,故迟了几日。我认个不是罢了,不要怪我。蒙寄新词,我当依韵和一首,以见我的心事。"取过惜惜的纸笔,写道:

去时不由人,归怎由人也?罗带同心结到成,底事教拚舍⑤? 心是十分真,情没些儿假。若道归迟打掉篦⑥,甘受

①头由:由头,理由,借口。

②登时:顿时,立刻。

③黄泉:地下,阴间。指死。

④下得:舍得。今方言中仍如此说。

⑤底事:何事。

⑥篦(bì):竹篦,竹板子。

三千下。

惜惜看了词中之意，晓得他是出于无奈，也不怨他。同到罗帏之中，极其缱绻。俗语道："新婚不如远归。"况且晓得会期有数，又是一刻千金之价，你贪我爱，尽着心性做事，不顾死活。

如是半月。幼谦有些胆怯了，对惜惜道："我此番无夜不来，你又早睡晚起，觉得忒胆大了些。万一有些风声，被人知觉，怎么了？"惜惜道："我此身早晚拚是死的，且尽着快活！就败露了，也只是一死，怕他甚么？"果然，惜惜忒放泼了些[①]。罗妈妈见他日间做事有气无力，长打呵欠，又有时早晨起来，眼睛红肿的。心里疑惑起来，道："这丫头有些改常了，莫不做下甚么事来？"就留了心。到人静后，悄悄到女儿房前察听动静。只听得女儿在阁上，低低微微与人说话。罗妈妈道："可不作怪，这早晚，难道还与蜚英这丫头讲甚么话不成？就讲话，何消如此轻的，听不出落句来[②]？"再仔细听了一回，又听得阁底下房里打鼾响，一发惊异道："上边有人讲话，下边又有人睡下，可不是三个人了？睡的若是蜚英丫头，女儿却与那个说话？这事必然跷蹊。"急走去对老儿说了这些缘故。罗仁卿大惊道："吉期近了，不要做将出来！"对妈妈道："不必迟疑，竟闯上阁去一看，好歹立见。那阁上没处去的。"妈妈去叫起两个养娘[③]，拿了两灯火，同妈妈前走，仁卿执着杆棒押后[④]，一径到女儿房前来。见房内关得紧紧的，妈妈出声叫："蜚英丫头！"蜚英还睡着不应，阁上先听见了。惜惜道："娘来叫，必有甚家事。"幼谦慌张起来。惜惜道："你不要慌，悄悄住着，待我迎将下去。夜晚间他不走起来的。"忙起来穿了衣服，一面走下楼来。张幼谦有些心虚，怕不尴尬，也把衣服穿起。却是没个走路，只得将就闪在暗处静听。惜惜只认做母亲一个来问甚么

①放泼：更大胆，放肆。

②落句：一句。

③养娘：丫头，使女。

④杆棒：擀面杖。

话的，道是迎住就罢了，岂知一开了门，两灯火照得通红，连父亲也在。吃了一惊，正说不及话出来。只见母亲抓了养娘手里的火，父亲带者杆棒，望阁上直奔。惜惜见不是头①，情知事发。便走向阁外来，望井里要跳。一个养娘见他走急，带了火来照。一个养娘是空手的，见他做势，连忙抱住，道："为何如此？"便喊道："姐姐在此投井！"蜚英惊醒，走起来看。只见姐姐正在那里苦挣，两个养娘尽力拖住。蜚英走去，伏在井栏上了，口里哼道："姐姐，使不得！"不说下边鸟乱②，且说罗仁卿夫妻，走到阁上暗处，搜出一个人来。仁卿举起杆棒，正待要打，妈妈将灯上前一照，仁卿却认得，是张忠父的儿子幼谦。且歇了手，骂道："小畜生！贼禽兽！你是我通家子侄，怎干出这等没道理的勾当来，玷辱我家？"幼谦只得跪下，道："望伯伯恕小侄之罪，听小侄告诉。小侄自小与令爱，只为同日同窗，心中相契。前年曾着人相求为婚，伯伯口许道：'等登第方可。'小侄为此，发奋读书，指望完成好事。岂知宅上忽然另许了人家，故此令爱不忿，相招私合。原约同死同生，今日事已败露，令爱必死，小侄不愿独生，凭伯伯打死罢！"仁卿道："前日此话固有，你几时又曾登第了来？却怪我家另许人！你如此无行的禽兽，料也无功名之分。你罪非轻，自有官法，我也不私下打你！"一把扭住。妈妈听见阁前嚷得慌，也恐怕女儿短见，忙忙催下了阁。仁卿拖幼谦到外边堂屋，把条索子捆住，关好在书房里。叫家人看守着他，只等天明送官。自家复身进来。看女儿时，只见撕得头鬅发乱③。妈妈与养娘们还搅做了一团，在那里嚷。仁卿怒道："这样不成器的，等他死了罢！拦他何用？"举起杆棒要打。却得妈妈与养娘们搀的搀，驮的驮，拥上阁去了，剩得仁卿一个在底下。抬头一看，只见蜚英还在井栏边。仁卿一肚子恼怒，正无发泄处，一手揪住头发，拖将过来便打，道："多

---

①不是头：来头不妙。

②鸟乱：混乱，乱成一片。

③鬅（péng）：蓬松。指头发松散。

是你做了牵头，牵出事来的！还不实说，是怎么样起头的？”蜚英起初还推一向在阁下睡，不知就里。被打不过，只得把来踪去迹，细细招了。又说道：“姐姐与张官人时常哭泣，只求同死的。”仁卿见说了这话，喝退了蜚英，心里也有些懊悔，道：“前日便许了他，不见得如此。而今却有辛家在那里，其事难处，不得不经官了。”

闹嚷了大半夜，早已天明。元来但是人家有事，觉得天也容易亮些。妈妈自和养娘窝伴住了女儿[①]，不容他寻死路。仁卿却押了幼谦，一路到县里来。县宰升堂，收了状词，看是奸情事，乃当下捉获的，知是有据。又见状中告他是秀才，就叫张幼谦上来问道：“你读书知礼，如何做此败坏风化之事？”幼谦道：“不敢瞒大人，这事有个委曲。非孟浪男女宣淫也[②]。”县宰道：“有何委屈？”幼谦道：“小生与罗氏女，同年月日所生。自幼罗家即送在家下读书，又系同窗。情孚意洽，私立盟书，誓成偕老。后来曾央媒求聘，罗家回道：‘必待登第，方许成婚。’小生随父游学，两年归家，谁知罗家不记前言，竟自另许了辛家。罗氏女自道难负前誓，只待临嫁之日，拼着一死，以谢小生，所以约小生去，觑面永诀。踪迹不密，却被擒获。罗女强嫁必死，小生义不独生。事情败露，不敢逃罪。”县宰见他人材俊雅，言词慷慨，有心要周全他。问罗仁卿道：“他说的是实否？”仁卿道：“话多实的，这事却是不该做。”县宰要试他才思，拿过纸笔来与他，道：“你情既如此，口说无凭，可将前后事写一供状来我看。”幼谦当堂提笔，一挥而就。供云：

窃惟情之所钟[③]，正在吾辈；义之不歉，何恤人言？罗女生同月日，曾与共塾而作书生；幼谦契合金兰[④]，匪仅逾墙而搂处

---

①窝伴：也写作“窝盘”。抚慰，笼络住。绊住。

②孟浪：不正经，浪漫，莽撞。宣淫：行淫。

③窃惟：古文发语词。习惯套语。愚意以为。

④金兰：喻朋友交情深厚。

子[①]。长卿之悦[②]，不为挑琴；宋玉之招[③]，宁关好色？原许乘龙须及第[④]，未曾经打毷氉[⑤]；却教跨凤别吹箫[⑥]，忍使顿成怨旷[⑦]！临嫁而期永诀，何异十年不字之贞[⑧]；赴约而愿捐生，无忝千里相思之谊。既藩篱之已触[⑨]，总桎梏而自甘。伏望悯此缘悭[⑩]，巧赐续貂奇遇[⑪]；怜其情至，曲施解网深仁。寒谷逢乍转之春，死灰有复燃之色。施同种玉[⑫]，报拟衔环。上供。

县宰看了供词，大加叹赏。对罗仁卿道："如此才人，足为快婿。尔女已是覆水难收，何不宛转成就了他？"罗仁卿道："已受过辛氏之聘，小人如今也不得自由。"县宰道："辛氏知此风声，也未必情愿了。"县宰正待劝化罗仁卿，不想辛家知道，也来补状，要追究奸情。那辛家是大富之家，与县宰平日原有往来的，这事是他理直，不好曲

---

①逾墙而搂处子：《孟子》中的话："逾东家墙搂其处子则得妻。"是非礼行为。

②长卿：司马相如，字长卿。他爱上了卓文君，弹琴表达爱慕。

③宋玉：战国时楚国大夫，文学家。他在《登徒子好色赋》中说，东邻美女看上了他，在墙缺处偷看了他三年。

④乘龙：选女婿、佳婿。故事，东汉刘焉两个女儿嫁给孙儁和李膺，二人都是有名望的贵官，时人说两女俱乘龙。

⑤打毷氉（mào sào）：唐朝落第的士子，自我排遣，吃喝一个醉饱，实际是烦恼，叫做"打毷氉"。

⑥跨凤别吹箫：反用春秋箫史与弄玉夫妻故事。箫史吹箫引凤，夫妻双双跨凤成仙而去。这里表示拆散夫妻。

⑦怨旷：怨女旷男。

⑧不字：不出嫁。

⑨藩篱之已触：落入困境。参见本书卷二十三"羝羊触藩"注。

⑩缘悭：姻缘不顺利。

⑪续貂：狗尾续貂。勉强成就。这是向官府请求的话。

⑫种玉：指成就婚姻。故事，杨伯雍居终南山，常汲水于岭上供人饮。三年后有一人饮水后给他一斗石子，教他种在好地方可以得到玉，并可得一美丽媳妇。果然杨伯雍种石得玉，又于种玉处得白璧五双，以璧作礼物，聘得徐公家的美貌女儿。见《搜神记》。

拗得。又恐怕张幼谦出去，被他两家气头上蛮打坏了。只得准了辛家状词，把张幼谦权且收监。还要提到罗氏，再审虚实。

却说张妈妈在家，早晨不见儿子来吃早饭，到书房里寻他，却又不见，正不知那里去了，只见杨老妈走来，慌张道："孺人知道么？小官人被罗家捉奸，送在牢中去了！"张妈妈大惊道："怪道他连日有些失张失智[①]，果然做出来！"杨老妈道："罗、辛两家都是富豪，只怕官府处难为了小官人，怎生救他便好。"张妈妈道："除非着人去对他父亲说知，讨个商量。我是妇人家，干不得甚么事，只好管他牢中送饭罢了！"张妈妈叫着一个走使的家人[②]，写了备细书一封，打发他到湖北去，通张忠父知道，商量寻个方便。家人星夜去了。这边张幼谦在牢中，自想："县宰十分好意，或当保全。但不知那晚惜惜死活如何，只怕今生不能再会了。"正在思念流泪，那牢中人来索常例钱、油火钱[③]。亏得县宰曾分付过，不许难为他，不致动手动脚。却也言三语四[④]，絮聒得不好听[⑤]。幼谦是个书生，又兼心绪不快时节，怎耐烦得这些模样？分解不开之际，忽听得牢门外一片锣声筛着，一伙人从门上直打进来。满牢中多吃一惊。幼谦看那为头的，肩上掮着一面红旗，旗上挂下铜铃，上写"帅府捷报"。乱嚷道："那一位是张幼谦秀才？"众人指着幼谦道："这个便是。你们是做甚么的？"那伙人不来分说，一拥将来。团团把幼谦围住了，道："我们是湖北帅府，特来报秀才高捷的，快写赏票！"就有个摸出纸笔来，揿住他手，要写五百贯三百贯的乱嘈[⑥]。幼谦道："且不要忙。拿出单来看，是何名次，写赏未迟。"报的人道："高哩！高哩！"取出一张红单来，乃是第三名。幼谦道："我是犯罪被禁之人，你如何不到我家里报去，却在

---

①失张失智：慌慌张张，六神无主。

②走使：跑腿听用。

③常例钱：此指例行贿赂。

④言三语四：口里不干不净。

⑤絮聒：唠叨，没完没了。

⑥乱嘈：乱讲，乱说。

此狱中罗唣？知县相公知道，须是不便。”报的人道：“咱们到府上来，见说秀才在此。方才也曾着人禀过知县相公的。这是好事，知县相公料不嗔怪。”幼谦道：“我身命未知如何，还要知县相公做主，我枉自写赏何干？”报的人只是乱嚷，牢中人从旁撮哄①，把一个牢里闹做了一片。只听得喝道之声②，牢中人乱窜了去，喊道：“知县相公来了！”须臾，县宰笑嘻嘻的踱进牢来。见众人尚拥住幼谦不放，县宰喝道：“为甚么如此？”报的人道：“正要相公来。张秀才自道在牢中，不肯写赏，要请相公做主。”县宰笑道：“不必喧嚷，张秀才高中，本县原有公费，赏钱五十贯文。在我库上来领。”取过笔来，写与他了，众人嫌少，又添了十贯，然后散去。县宰请过张幼谦来，换了衣巾。施礼过，拱他到公厅上③，称贺道：“恭喜高掇④！”幼谦道：“小生蒙覆庇之恩，虽得侥幸，所犯愆尤，还仗大人保全。”县宰道：“此纤芥之事，不必介怀。下官自当宛转。”此时正出牌去拘罗惜惜出官对理未到，县宰当厅就发个票下来。票上写道：“张子新捷，鼓乐送归，罗女免提，候申州定夺。”写毕，就唤吏典取花红鼓乐、马匹伺候。县宰敬幼谦酒三杯，上了花红，送上了马。鼓乐前导，送出县门来。正是：

昨日牢中囚犯，今朝马上郎君。
风月场添彩色⑤，氤氲使也欢欣⑥。

却说幼谦迎到半路上，只见前面两个公人，押着一乘女轿，正望县里而来，轿中隐隐有哭声。这边领票的公人认得，知是罗惜惜在内。高叫道：“不要来了，张秀才高中，免提了！”就取出票来，与那边的公人看。惜惜在轿中分明听得，顶开轿帘窥看。只见张生气昂

---

①撮哄：起哄。
②喝道：官员出外，由衙役吆喝清道，让闲人回避。
③拱：打恭作揖。
④高掇：拿了好名次。
⑤风月场：爱情场，情场。
⑥氤氲使：氤氲大使。管理婚姻爱情之神。

昂,笑欣欣,骑在马上,到面前来。心中暗暗自乐。幼谦望去,见惜惜在轿中,晓得那晚不曾死,心中放下了一个大疙瘩。当下四目相视,悲喜交集。抬惜惜的转了轿,正在幼谦马的近边。先先后后,一路同走,恰像新郎迎着新人轿的一般,单少的是轿上结彩。直到分路处,两人各丢眼色而别。幼谦回来,见了母亲,拜过了,赏赐了迎送之人,俱各散讫。张妈妈道:"你做了不老成的事,几把我老人家急死。若非有此番天救星,这事怎生了结?今日报事的打进来,还只道是官府门中人来嚷,慌得娘没躲处哩!直到后边说得明白,方得放心。我说你在县牢里,他们一径来了。却是县间如何就肯放了你?"幼谦道:"孩儿不才,为儿女私情,做下了事,连累母亲受惊。亏得县里大人好意,原有周全婚姻之意,只碍着辛家不肯。而今侥幸有了这一步,县里大人十分欢喜,送孩儿回来,连罗氏女也免提了。孩儿痴心想着,不但可以免罪,或者还有些指望,也不见得。"妈妈道:"虽然知县相公如此,却是闻得辛家恃富,不肯住手。要到上司陈告,恐怕对他不过。我起初曾着人到你父亲处商量去了,不知有甚关节来否?"幼谦道:"这事且只看县里申文到州,州里旨意如何,再作道理。娘且宽心。"须臾之间,邻舍人家多来叫喜①,杨老妈也来了。母亲欢喜,不在话下。

却说本州太守升堂,接得湖北帅使的书一封。拆开来看,却为着张幼谦、罗氏事,托他周全。此书是张忠父得了家信,央求主人写来的。总是就托忠父代笔,自然写得十分恳切。那时帅府有权,太守不敢不尽心,只不知这件事的头脑备细,正要等县宰来时问他。恰好是日本县申文也到。太守看过,方知就里。又晓得张幼谦新中,一发要周全他了。只见辛家来告状道:"张幼谦犯奸禁狱,本县为情擅放,不行究罪,实为枉法。"太守叫辛某上来,晓谕他道:"据你所告,那罗氏已是失行之妇,你争他何用?就断与你家了,你要了这媳妇,也坏了声名。何不追还了你原聘的财礼,另娶了一房好的,毫

---

①叫喜:道喜。

无瑕玷,可不是好?你须不比罗家,原是干净的门户,何苦争此闲气?"辛某听太守说得有理,一时没得回答,叩头道:"但凭相公做主。"太守即时叫吏典取纸笔与他,要他写了情愿休罗家亲事一纸状词。行移本县,在罗仁卿名下,追辛家这项聘财还他。辛家见太守处分[①],不敢生词说,叩头而出。太守当下密写一书,钉封在文移中,与县宰道:"张、罗,佳偶也。茂宰可为了此一段姻缘[②],此奉帅府处分,毋忽!"县宰接了州间文移,又看了这书,具两个名帖,先差一个吏典,去请罗仁卿公厅相见。又差一个吏典,去请张幼谦。分头去了。罗仁卿是个白身富翁[③],见县官具帖相请,敢不急赴?即忙换了小帽,穿了大摆褶子[④],来到公厅。县宰只要完成好事,优礼相待。对他道:"张幼谦是个快婿,本县前日曾劝足下纳了他。今已得成名,若依我处分,诚是美事。"罗仁卿道:"相公分付小人,怎敢有违。只是已许下辛家,辛家断然要娶,小人将何辞回得他?有此两难,乞相公台鉴。"县宰道:"只要足下相允,辛家已不必虑。"笑嘻嘻的,叫吏典在州里文移中,取出辛家那纸休亲的状来,把与罗仁卿看。县宰道:"辛家已如此,而今可以贺足下得佳婿矣。"仁卿沉吟道:"辛家如何就肯写这一纸?"县宰笑道:"足下不知,此皆州守大人主意,叫他写了,以便令婿完姻的。"就在袖里摸出太守书来,与仁卿看了。仁卿见州县如此为他,怎敢推辞,只得谢道:"儿女小事,劳烦各位相公费心,敢不从命。"只见张幼谦也请到了。县宰接见,笑道:"适才令岳亲口许下亲事了。"就把密书并辛氏休状,与幼谦看过,说知备细。幼谦喜出望外,称谢不已。县宰就叫幼谦当堂拜认了丈人,罗仁卿心下也自喜欢。县宰邀进后堂,治酒待他翁婿两人。罗仁卿谦逊不敢与席,县宰道:"有令婿面上,一坐何妨?"当下尽欢而散。幼

①处分:处理。

②茂宰:对县令的尊称。

③白身:即白丁。没有官职功名的平民。

④褶(xí)子:一种长至膝部的便服。

谦回去,把父亲求得湖北帅府关节,托太守,太守又把县宰如此如此,备细说一遍,张妈妈不胜之喜。那罗仁卿吃了知县相公的酒,身子也轻了好些。晓得是张幼谦面上带挈的,一发敬重女婿。罗妈妈一向护短女儿,又见仁卿说州县如此做主,又是个新得中的女婿,得意自不必说。次日,是黄道吉日,就着杨老妈为媒,说不舍得放女儿出门,把张幼谦赘了过来。洞房花烛之夜,两新人原是旧相知。又多是吃惊吃吓,哭哭啼啼死边过的,竟得团圆,其乐不可名状。成亲后,夫妇同到张家拜见妈妈。妈妈看见佳儿佳妇,十分美满。又分付道:"州县相公之恩,不可有忘。既已成亲,须去拜谢。"幼谦道:"孩儿正欲如此。"遂留下惜惜在家,相伴婆婆闲话。张妈妈从幼认得媳妇的,愈加亲热。幼谦却去拜谢了州县归来。州县各遣人送礼致贺。打发了毕,依旧一同到丈人家里来了。

明年,幼谦上春官①,一举登第,仕至别驾②,夫妻偕老而终。诗曰:

漫说囹圄是福堂,谁知在内报新郎。
不是一番寒彻骨,怎得梅花扑鼻香?

---

①上春官:参加会试。

②别驾:汉代刺史的佐吏。唐宋常称州府通判为"别驾"。此即指通判,协助知府管理一府行政的官员。

卷三十

王大使威行部下　李参军冤报生前

诗云：

冤业相报，自古有之。
一作一受，天地无私。
杀人还杀，自刃何疑？
有如不信，听取谈资。

话说天地间，最重的是生命。佛说戒杀，还说杀一物要填还一命。何况同是生人，欺心故杀，岂得不报？所以律法上最严杀人偿命之条。汉高祖除秦苛法，止留下三章[①]，尚且头一句，就是"杀人者死"，可见杀人罪极重。但阳世间不曾败露，无人知道，那里正得许多法？尽有漏了网的，却不那死的人落得一死了？所以就有阴报。那阴报事也尽多，却是在幽冥地府之中，虽是分毫不爽，无人看见。就有人死而复苏，传说得出来。那口强心狠的人，只认做说的是梦话，自己不曾经见，那里肯个个听？却有一等，即在阳间受着再生冤家现世花报的[②]，事迹显著，明载史传，难道也不足信？还要口强心狠哩！在下而今不说那彭生惊齐襄公[③]，赵王如意赶吕太后[④]，窦

①三章：约法三章。汉高祖刘邦入关中时与诸侯定三条律法："杀人者死，伤人及盗抵罪。"见《史记·高祖纪》。

②花报：即果报。佛教语。因果报应，种善因得善报，种恶因得恶报。即俗说的"善有善报，恶有恶报"。

③彭生惊齐襄公：彭生是春秋时齐国公子，被齐襄公所杀。后来齐襄公打猎，遇见一个大豕，从者说是公子彭生。齐襄公发怒射中大豕。这受伤的豕像人一样站起来啼哭，齐襄公受惊坠车受伤，后来死去。见《左传·庄公八年》。

④赵王如意赶吕太后：赵王如意，戚夫人子。为太子废立事，刘邦死后为吕后所杀。此事《史记》有记载。刘如意鬼魂追赶吕太后，取自元人平话小说。

婴、灌夫鞭田蚡[1]，这还是道"时衰鬼弄人"，又道是"疑心生暗鬼"，未必不是阳命将绝，自家心上的事发，眼花缭花上头起来的。只说些明明白白的现世报，但是报法有不同。看官不嫌絮烦，听小子多说一两件，然后入正话。

一件是唐《逸史》上说的[2]。长安城南，曾有僧日中求斋。偶见桑树上有一女子，在那里采桑，合掌问道："女菩萨，此间侧近何处有信心檀越[3]，可化得一斋的么？"女子用手指道："去此三四里，有个王家，见在设斋之际。见和尚来到，必然喜舍，可速去。"僧随他所指处前往。果见一群僧，正要就坐吃斋。此僧来得恰好，甚是喜欢。斋罢，王家翁姥见他来得及时，问道："师父像个远来的，谁指引到此？"僧道："三四里外，有一个小娘子在那里采桑，是他教导我的。"翁姥大惊道："我这里设斋，并不曾传将开去，三四里外女子从何知道？必是个未卜先知的异人，非凡女也。"对僧道："且烦师父与某等同往，访这女子则个。"翁姥就同了此僧，到了那边，那女子还在桑树上。一见了王家翁姥，即便跳下树来，连桑篮丢下了，望前极力奔走。僧人自去了，翁姥随后赶来。女子走到家，自进去了。王翁认得这家，是村人卢叔伦家里，也走进来。女子跑进到房里，掇张床来抵住了门，牢不可开。卢母惊怪他两个老人家赶着女儿，问道："为甚么？"王翁、王母道："某今日家内设斋，落末有个远方僧来投斋，说是小娘子指引他的。某家做此功德，并不曾对人说。不知小娘子如何知道，故来问一声，并无甚么别故。"卢母见说，道："这等打甚么

---

①窦婴、灌夫鞭田蚡(fěn)：灌夫，西汉武帝时人。曾任燕国相。为人任侠，刚直。他与魏其侯窦婴是好朋友。窦婴宴请丞相田蚡。灌夫使酒骂座，为田蚡所劾，被杀灭族。窦婴为营救灌夫，触怒王太后，亦被诛。田蚡，汉景帝王皇后同母弟，封武安侯，任丞相。事载《史记》。窦婴、灌夫鬼魂鞭打田蚡事，亦当出自小说戏文。

②唐《逸史》：不是宋蒋芾《逸史》。此处故事原型载《太平广记》卷125"卢叔伦女"，"出《逸史》"。此书已佚。

③信心：虔诚。

紧！老身去叫他出来。"就走去敲门叫女儿，女儿坚不肯出。卢母大怒道："这是怎的起？这小奴才作怪了！"女子在房内回言道："我自不愿见这两个老货，也没甚么罪过。"卢母道："邻里翁婆看你，有甚不好意思？为何躲着不出？"王翁、王姥见他躲避得紧，一发疑心道："必有奇异之处。"在门外着实恳求，必要一见。女子在房内大喝道："某年月日，有贩胡羊的父子三人①，今在何处？"王翁、王姥听见说了这句，大惊失色。急急走出，不敢回头一看。恨不得多生两只脚，飞也似的去了。女子方开出门来，卢母问道："适才的话，是怎么说？"女子道："好叫母亲得知，儿再世前曾贩羊，从夏州来到此翁姥家里投宿②。父子三人尽被他谋死了，劫了资货，在家里受用。儿前生冤气不散，就投他家做了儿子，聪明过人，他两人爱同珍宝。十五岁害病，二十岁死了。他家里前后用过医药之费，已比劫得的多过数倍了。又每年到了亡日，设了斋供，夫妻啼哭，总算他眼泪也出了三石多了③。儿今虽生在此处，却多记得前事。偶然见僧化饭，所以指点他。这两个是宿世冤仇，我还要见他怎么？方才提破他心头旧事，吃这一惊不小，回去即死，债也完了。"卢母惊异，打听王翁夫妻，果然到得家里，虽不知这些清头④，晓得冤债不了，惊悸恍惚成病。不多时，两个多死了。看官，你道这女儿三生，一生被害，一生索债，一生证明讨命，可不利害么？略听小子胡诌一首诗：

采桑女子实堪奇，记得为儿索债时。
导引僧家来乞食，分明追取赴阴司。

这是三生的了。再说个两世的，死过了，鬼来报冤的。这一件，在宋《夷坚志》上⑤。说吴江县二十里外因渎村，有个富人吴泽，曾做

---

①胡羊：山羊。

②夏州：唐代夏州朔方郡，为都督府治所。在今陕西横山县西。

③石(dàn)：量名。十斗为一石。

④清头：来由，原因。

⑤《夷坚志》：宋洪迈著，笔记小说集。今存为残本。

个将仕郎①，叫做吴将仕。生有一子，小字云郎。自小即聪明勤学。应进士第，预待补籍，父母望他指日峥嵘。绍兴五年八月②，一病而亡。父母痛如刀割，竭尽资财替他追荐超度，费了若干东西。心里只是苦痛，思念不已。明年冬，将仕有个兄弟，做助教的③，名滋，要到洞庭东山妻家去④。未到数里，暴风打船，船行不得，暂泊在福善王庙下，躲过风势。登岸闲步，望庙门半掩，只见庙内一人，着皂绨背子⑤，缓步而出，却像云郎。助教走上前，仔细一看，元来正是他，吃了一大惊。明知是鬼魂，却对他道："你父母晓夜思量你，不知赔了多少眼泪，要会你一面不能勾。你却为何在此？"云郎道："儿为一事，拘系在此。留连证对，况味极苦。叔叔可为我致此意于二亲，若要相见，须亲自到这里来乃可。我却去不得。"叹息数声而去。助教得此消息，不到妻家去了，急还家来对兄嫂说知此事。三个人大家恸哭了一番。就下了助教这只原船，三人同到庙前来。只见云郎已立在水边。见了父母，奔到面前哭拜，具述幽冥中苦恼之状。父母正要问他详细，说自家思念他的苦楚，只见云郎忽然变了面孔，挺竖双眉，捽住父衣，大呼道："你陷我性命，盗我金帛，使我衔冤茹痛四五十年。虽曾费耗过好些钱，性命却要还我。今日决不饶你！"说罢，便两相击搏，滚入水中。助教慌了，喝叫仆从及船上人，多跳下水去捞救。那太湖边人多是会水的，救得上岸。还见将仕指手画脚，挥拳相争。到夜方定。助教不知甚么缘故，却听得适才的说话，分明晓得定然有些蹊跷的阴事，来问将仕。将仕蹙着眉头道："昔日

①将仕郎：文官阶中最低一级。

②绍兴五年：公元 1136 年。绍兴，南宋高宗赵构的年号。

③助教：国子监教官。

④洞庭东山：太湖两洞庭山之一。今已为半岛。

⑤绨（tí）：质地粗厚光泽的丝织品。背子：褙子，明代称作"披风"。一种罩在衫外的对襟长衣，宽大有袖子。见《三才图会》衣服卷三。陈迩冬注本说是背心，误。

壬午年间[1],虏骑破城[2],一个少年子弟相投寄宿,所赍囊金甚多。吾心贪其所有,数月之后,乘醉杀死,尽取其赀。自念冤债在身,从壮至老,心中长怀不安。此儿生于壬午,定是他冤魂再世。今日之报,已显然了。"自此忧闷不食,十馀日而死。这个儿子只是两生,一生被害,一生讨债,却就做了鬼来讨命。比前少了一番,又直捷些。再听小子胡诌一首诗:

冤魂投托原财耗,落得悲伤作利钱。
儿女死亡何用哭?须知作业在生前[3]。

这两件事希奇些的说过。至于那本身受害,即时做鬼取命的,就是年初一起,说到年晚除夜,也说不尽许多,小子要说正话,不得工夫了。说话的,为何还有个正话?看官,小子先前说这两个,多是一世再世,心里牢牢记得前生,以此报了冤仇,还不希罕。又有一个再世转来,并不知前生甚么的,遇着各别道路的一个人,没些意思[4],定要杀他,谁知是前世冤家做定的。天理自然果报,人多猜不出来,报的更为直捷,事儿更为奇幻,听小子表白来。这本话,却在唐朝贞元年间。有一个河朔李生[5],从少时膂力过人,恃气好侠,不拘细行。常与这些轻薄少年,成群作队,驰马试剑,黑夜里往来太行山道上,不知做些什么不明不白的事。后来家事忽然好了,尽改前非,折节读书[6],颇善诗歌,有名于时,做了好人了。累官河朔,后至深州录事参军[7]。李生美风仪,善谈笑,曲晓吏事[8],又且廉谨明干,甚为深州

---

①壬午:北宋崇宁元年,公元1102年。

②虏骑:指金兵。

③作业:作了罪孽。

④没些意思:无缘无故。

⑤河朔:泛指北方。

⑥折节:屈己尊重他人,虚心。

⑦深州:治所即今河北深县。录事参军:州郡总管各官署文簿,并负责纠察善恶的官员。

⑧曲晓:通晓。

太守所知重。至于击鞠、弹棋、博弈诸戏，无不曲尽其妙。又饮量尽大，酒德又好，凡是宴会酒席，没有了他，一坐多没兴。太守喜欢他，真是时刻少不得的。其时成德军节度使王武俊①，自恃曾为朝廷出力，与李抱真同破朱滔②，功劳甚大，又兼兵精马壮，强横无比，不顾法度。属下州郡太守，个个惧怕他威令，心胆俱惊。其子士真，就受武俊之节，官拜副大使。少年骄纵，倚着父亲威势，也是个杀人不眨眼的魔君。一日，武俊遣他巡行属郡，真个是：

轰天吓地，掣电奔雷。喝水成冰，驱山开路。川岳为之震动，草木尽是披靡。深林虎豹也潜形，村舍犬鸡都不乐。

别郡已过，将次到深州来。太守畏惧武俊，正要奉承得士真欢喜，好效殷勤。预先打听他前边所经过，喜怒行径详悉。闻得别郡多因陪宴的言语举动，每每触犯忌讳，不善承颜顺旨，以致不乐。太守于是大具牛酒，精治肴撰，广备声乐。妻孥手自烹庖，太守躬亲陈设。百样整齐，只等副大使来。只见前驱探马来报，副大使头踏到了。但见：

旌旗蔽日，鼓乐喧天。开山斧闪烁生光，还带杀人之血；流星锤蓓蕾出色，犹闻磕脑之腥。铁链响琅玱，只等悔气人冲节过；铜铃声杂沓，更无拚死汉逆前来。蹂躏得地上草不生，蒿恼得梦中魂也怕③。

士真既到，太守郊迎过，请在极大的一所公馆里安歇了。登时酒筵，嗄程礼物④，抬将过来。太守恐怕有人触犯，只是自家一人小心陪

①成德军：唐代方镇。唐代宗宝应元年设置。领有恒州、定州、易州、赵州、深州之地，后又增领冀州和沧州；治所在恒州。节度使：唐官。总管数州军事民政、用人财政，权力很大。有郡王封号的，专诛杀。王武俊：契丹族人。

②李抱真：其时任昭义军节度使。王武俊曾与卢龙节度使朱滔勾结叛唐，各自称王。李抱真劝说王武俊反正归唐，同破朱滔。

③蒿恼：打扰，骚扰。

④嗄程：接风和送行的礼品。

侍。一应僚吏宾客，一个也不召来与席。士真见他酒肴丰美，礼物隆重，又且太守谦恭谨慎，再无一个杂客敢轻到面前，心中大喜。道是经过的各郡，再没有到得这郡齐整谨饬了。饮酒至夜。

士真虽是威严，却是年纪未多，兴趣颇高，饮了半日酒，止得一个太守在面前唯喏趋承，心中虽是喜欢，觉得没些韵味。对太守道："幸蒙使君雅意，相待如此之厚，欲尽欢于今夕。只是我两人对酌，觉得少些高兴，再得一两个人同酌，助一助酒兴为妙。"太守道："敝郡偏僻，实少名流。况兼惧副大使之威，恐忤尊旨，岂敢以他客奉陪宴席?"士真道："饮酒作乐，何所妨碍？况如此名郡，岂无嘉宾？愿得召来，帮我们鼓一鼓兴，可以尽欢。不然，酒伴寂寥，虽是盛筵，也觉吃不畅些。"太守见他说得在行，想道："别人卤莽不济事，难得他恁地喜欢高兴。不要请个人不凑趣，弄出事来。只有李参军风流蕴藉，且是谨慎，又会言谈戏艺，酒量又好。除非是他，方可中意，我也放得心下。第二个就使不得了。"想了一回，方对士真说道："此间实少韵人①，可以佐副大使酒政②。止有录事参军李某，饮量颇洪，兴致亦好。且其人善能诙谐谈笑，广晓技艺，或者可以赐他侍坐，以助副大使雅兴万一。不知可否，未敢自专，仰祈尊裁。"士真道："使君所幸，必是妙人。召他来看。"太守呼唤从人，速请李参军来。看官，若是说话的人那时也在深州地方，与李参军一块儿住着，又有个未卜先知之法，自然拦腰抱住，劈胸揪着，劝他不吃得这样吕太后筵席也罢③，叫他不要来了。只因李生闻召，虽是自觉有些精神恍惚，却是副大使的钧旨，本郡太守命令，召他同席，明明是抬举他，怎敢不来？谁知此一去，却似：

猪羊入屠户之家，一步步来寻死路。

---

①韵人：风流之人，有趣味的人。

②酒政：酒事，即饮酒。

③吕太后筵席：相传吕后设宴请群臣饮酒，用军法劝酒。有人逃酒要走，当场被杀。

说话的，你差了！无非叫他去帮吃杯酒儿，是个在行的人，难道有甚么言语冲撞了他，闯出祸来不成？看官，你听，若是冲撞了他，惹出祸来，这是本等的事，何足为奇？只为不曾说一句，白白地就送了性命，所以可笑。且待我接上前因，便见分晓。那时，李参军随命而来，登了堂望着士真就拜。拜罢，抬起头来。士真一看，便勃然大怒。既召了来，免不得赐他坐了。李参军勉强坐下，心中悚惧，状貌益加恭谨。士真越看越不快活起来。看他揎拳裸袖，两眼睁得铜铃也似；一些笑颜也没有，一句闲话也不说，却像个怒气填胸，寻事发作的一般，比先前竟似换了一个人了。太守慌得无所措手足，且又不知所谓，只得偷眼来看李参军。但见李参军面如土色，冷汗淋漓，身体颤抖抖的，坐不住。连手里拿的杯盘，也只是战，几乎掉下地来。太守恨不得身子替了李参军，说着句把话，发个甚么喜欢出来便好。争奈一个似鬼使神差，一个似失魂落魄。李参军平日枉自许多风流俏倬①，谈笑科分，竟不知撩在爪哇国那里去了。比那泥塑木雕的，多得一味抖。连满堂伏侍的人，都慌得来没头没脑，不敢说一句话，只冷眼瞧他两个光景。只见不多几时，士真像个忍耐不住的模样，忽地叫一声："左右那里？"左右一伙人，暴雷也似答应了一声："喏！"士真分付把李参军拿下。左右就在席上如鹰拿雁雀，揪了下来听令。士真道："且收郡狱！"左右即牵了李参军衣袂，付在狱中，来回话了。士真冷笑了两声，仍旧欢喜起来，照前发兴吃酒②。他也不说出甚么缘故来。太守也不敢轻问，战战兢兢陪他。酒散，早已天晓了。

太守只这一出，被他惊坏。又恐怕因此惹恼了他，连自家身子立不勾。却又不见得李参军触恼他一些处，正是不知一个头脑。叫着左右伏侍的人，逐个盘问道："你们旁观仔细，曾看出甚么破绽么？"左右道："李参军自不曾开一句口，在那里触犯了来？因是众人

---

①俏倬：俊俏豪迈。

②发兴：高兴，起劲。

多疑心这个缘故。却又不知李参军如何便这般惊恐,连身子多主张不住,只是个颤抖抖的。”太守道:“既是这等,除非去问李参军,他自家或者晓得甚么冲撞他处,故此先慌了,也不见得。”太守说罢,密地叫个心腹的祗候人去到狱中,传太守的说话。问李参军道:“昨日的事,参军貌甚恭谨,且不曾出一句话,原没处触犯了副大使。副大使为何如此发怒?又且系参军在狱?参军自家可晓得甚么缘故么?”李参军只是哭泣,把头摇了又摇,只不肯说甚么出来。祗候人又道是奇怪,只得去告诉太守道:“李参军不肯说话,只是一味哭。”太守一发疑心了,道:“他平日何等一个精细爽利的人,今日为何却失张失智到此地位!真是难解。”只得自己走进狱中来问他。他见了太守,想着平日知重之恩,越哭得悲切起来。太守忙问其故。李参军沉吟了半晌,叹了一口气,才拭眼泪说道:“多感君侯惓惓垂问,某有心事,今不敢隐。曾闻释家有现世果报①,向道是惑人的说话,今日方知此话不虚了。”太守道:“怎见得?”李参军道:“君侯不要惊怪,某敢尽情相告。某自少贫,无以自资衣食,因恃有几分膂力,好与侠士剑客往来,每每掠夺里人的财帛,以充己用。时常驰马腰弓,往还太行道上,每日走过百来里路,遇着单身客人,便劫了财物归家。一日,遇着一个少年,手执皮鞭,赶着一个骏骡,骡背负着两个大袋。某见他沉重,随了他一路走去。到一个山坳之处,左右岩崖万仞。彼时日色将晚,前无行人,就把他尽力一推,推落崖下,不知死活。因急赶了他这头骏骡,到了下处,解开囊来一看,内有缯缣百馀匹②。自此家事得以稍赡。自念所行非谊,因折弓弃矢,闭门读书,再不敢为非。遂出仕至此官位。从那时算至今岁,凡二十七年了。昨蒙君侯台旨,召侍王公之宴。初召时就有些心惊肉颤,不知其由。自料道决无他事,不敢推辞。及到席间灯下,一见王公之貌,正是我向时推在崖下的少年,相貌一毫不异。一拜之后,心中悚惕,魂魄俱无。

---

①释家:佛家,佛教。

②缯缣:缯,即帛;缣,细绢。都是丝织品。

晓得冤业见在面前了，自然死在目下，只消延颈待刃，还有甚别的说话来？幸得君侯知我甚深，不敢自讳。而今再无可逃，敢以身后为托，不使吾暴露尸骸足矣。”言毕大哭。太守也不觉惨然，欲要救解，又无门路。又想道：“既是有此冤业，恐怕到底难逃。”似信不信的，且看怎么？

太守叫人悄地打听，副大使起身了来报。再伺候有什么动静，快来回话。太守怀着一肚子鬼胎，正不知葫芦里卖出甚么药来。还替李参军希冀道：“或者酒醒起来，忘记了便好。”须臾之间，报说副大使睡醒了，即叫了左右进去。不知有何分付，太守叫再去探听。只见士真刚起身来，便问道：“昨夜李某，今在何处？”左右道：“蒙副大使发在郡狱。”士真便怒道：“这贼还在，快枭他首来！”左右不敢稽迟，来禀太守。早已有探事的人飞报过了。太守大惊失色，叹道：“虽是他冤业，却是我昨日不合举荐出来，害了他也！”好生不忍。没计奈何，只得任凭左右到狱中斩了李参军之首。正是：

阎王注定三更死，并不留人到四更。

眼见得李参军做了一世名流，今日死于非命。左右取了李参军之头，来士真跟前献上取验。士真反覆把他的头看了又看，哈哈大笑，喝叫：“拿了去！”士真梳洗已毕，太守进来参见。心里虽有此事恍惚，却装做不以为意的坦然模样，又请他到自家郡斋赴宴。逢迎之礼，一发小心了。士真大喜，比昨日之情，更加款洽。太守几番要问他，嗫嚅数次，不敢轻易开口。直到见他欢喜头上，太守先起，请罪道：“有句说话，斗胆要请教副大使。副大使恕某之罪，不嫌唐突，方敢启口。”士真道：“使君相待甚厚，我与使君相与甚欢，有话尽情直说，不必拘忌。”太守道：“某本不才，幸得备员，叨守一郡。副大使车驾枉临，下察弊政，宽不加罪，恩同天地了。昨日副大使酒间，命某召他客助饮。某属郡僻小，实无佳宾可以奉欢宴者。某愚不揣事，私道李某善能饮酒，故请命召之。不想李某愚戆，不习礼法，触忤了副大使，实系某之大罪。今副大使既已诛了李某，李某已伏其罪，不必说了。但某心愚鄙，窃有所未晓。敢此上问，不知李某罪起于何处？愿得副大使明白数他的过误，使某心下洞然。且用诫将来之人，晓得奉上的礼法，不致舛错，实为万幸。"士真笑道："李某也无罪过，但吾一见了他，便忿然激动吾心，就有杀之之意。今既杀了，心方释然，连吾也不知所以然的缘故。使君但放心吃酒罢，再不必提起他了。"宴罢，士真欢然致谢而行，又到别郡去了。来这一番，单单只结果得一个李参军。太守得他去了，如释重负，背上也轻松了好些。只可惜无端害了李参军，没处说得苦。太守记着狱中之言，密地访问王士真的年纪，恰恰正是二十七岁，方知太行山少年被杀之年，士真已生于王家了。真是冤家路窄，今日一命讨了一命。那心上事，只有李参军知道。连讨命的做了事，也不省得，不要说旁看的人，那里得知这些缘故！太守嗟叹怪异，坐卧不安了几日。因念他平日交契的分上，又是举他陪客，致害了他，只得自出家财，厚葬了李参军。常把此段因果劝人，教人不可行不义之事。有诗为证：

冤债原从隔世深，相逢便起杀人心。
改头换面犹相报，何况容颜俨在今！

卷三十一

何道士因术成奸　周经历因奸破贼

诗云：

天命从来自有真，岂容奸术恣纷纭？
黄巾张角徒生乱[①]，大宝何曾到彼人[②]！

话说唐乾符年间，上党铜鞮县山村有个樵夫[③]，姓侯，名元，家道贫穷，靠着卖柴为业。已亥岁，在县西北山中采樵回来，歇力在一个谷口。旁有一大石峭然，像几间屋大。侯元对了大石自言自语道："我命中直如此辛苦！"叹息声未绝，忽见大石砉然豁开如洞[④]。中有一老叟，羽衣乌帽，鬓发如霜，拄杖而出。侯元惊愕，急起前拜。老叟道："吾神君也。你为何如此自苦？学吾法，自能取富，可随我来！"老叟复走入洞，侯元随他走去。走得数十步，廓然清朗。一路奇花异草，修竹乔松；又有碧槛朱门，重楼复榭。老叟引了侯元，到别院小亭子坐了。两个童子请他进食。食毕，复请他到便室，具汤沐浴，进新衣一袭[⑤]。又命他冠带了，复引至亭上。老叟命僮设席于地，令侯元跪了。老叟授以秘诀数万言，多是变化隐秘之术。侯元素性蠢戆，到此一听不忘。老叟诫他道："你有些小福分，该在我至法中进身[⑥]。却是面有败气未除，也要谨慎。若图谋不轨，祸必丧

①黄巾张角：东汉末年，由太平道首领张角发动的起义，因以黄巾包头，称为"黄巾军"。简称"黄巾"。

②大宝：指皇帝宝座。

③上党：郡名。唐代为潞州州治，即今山西长治市。铜鞮（chí）：今山西沁县。

④砉（xū）然：物体分开的声音。

⑤一袭：一套。有衣有裳。

⑥至法：大法，秘术。

生。今且归去习法，如欲见吾，但至心叩石①，自当有人应门，与你相见。”元因拜谢而出。老叟仍令一童送出洞门。既出来了，不见了洞穴，依旧是块大石，连樵采家火多不见了。到得家里，父母兄弟多惊喜道：“去了一年多，道是死于虎狼了，幸喜得还在。”其实侯元只在洞中得一日。家里又见他服装华洁，神气飞扬，只管盘问他。他晓得瞒不得，一一说了。遂入静室中，把老叟所传术法尽行习熟。不上一月，其术已成：变化百物，役召鬼魅。遇着草木土石，念念有词，便多是步骑甲兵。神通既已广大，传将出去，便自有人来扶从。于是收好些乡里少年勇悍的为将卒。出入陈旌旗，鸣鼓吹，宛然像个小国诸侯。自称曰“贤圣”。设立官爵，有三老、左右弼、左右将军等号②。每到初一、十五，即盛饰往谒神君。神君每见，必戒道：“切勿称兵，若必欲举事，须待天应。”侯元唯唯。到庚子岁，聚兵已有数千人了。县中恐怕妖术生变，乃申文到上党节度使高公处③，说他行径。高公令潞州郡将以兵讨之。侯元已知其事，即到神君处问事宜。神君道：“吾向已说过，但当偃旗息鼓以应之。彼见我不与他敌，必不乱攻。切记不可交战。”侯元口虽应着，心里不伏。想道：“出我奇术，制之有馀。且此是头一番小敌，若不能当抵，后有大敌来，将若之何？且众人见吾怯弱，必不伏我，何以立威！”归来不用其言，戒令党与勒兵以待。是夜潞兵离元所三十里，据险扎营。侯元用了术法，潞兵望来，步骑戈甲，蔽满山泽，尽有些胆怯。明日，潞兵结了方阵前来，侯元领了千馀人，直突其阵。锐不可当，潞兵少却。侯元自恃法术，以为无敌，且叫拿酒来吃，以壮军威。谁知手下之人，多是不习战阵乌合之人，毫无纪律。侯元一个吃酒，大家多乱窜起来。潞兵乘乱，大队赶来，多四散落荒而走。刚剩得侯元一个，带了酒性，急念不出咒语，被擒住了。送至上党，发在潞州府狱，重枷

①至心：诚心。

②三老：秦汉为乡官名。赤眉首领樊崇自称“三老”。此处亦是高官名称。

③上党节度使：即泽潞节度使。因节度使府在上党，故称“上党节度使”。

枷着，团团严兵卫守。天明看枷中，只有灯台一个，已不见了侯元。却连夜遁到铜鞮，径到大石边见神君谢罪。神君大怒，骂道："庸奴！不听吾言，今日虽然幸免，到底难逃刑戮。非吾徒也。"拂衣而入，洞门已闭，止是块大石。侯元悔之无及，虔心再叩，竟不开了。自此，侯元心中所晓符咒，渐渐遗忘。就记得的，做来也不十分灵了。却是先前相从这些党与，不知缘故，聚着不散，还推他为主。自恃其众，是秋率领了人，在并州太谷地方劫掠①。也是数该灭了，恰好并州将校偶然领了兵马经过，知道了，围之数重。侯元极了，施符念咒，一毫不灵，被斩于阵，党与遂散。不听神君说话，果然没个收场。

可见悖叛之事，天道所忌。若是得了道术，辅佐朝廷，如张留侯、陆信州之类②，自然建功立业，传名后世。若是萌了私意，打点起兵谋反，不成见有妖术成功的③。从来张角、徵侧、徵贰、孙恩、卢循等④，非不也是天赐的兵书法术，毕竟败亡。所以《平妖传》上也说道"白猿洞天书后边，深戒着谋反一事"的话⑤。就如侯元，若依得神君分付，后来必定有好处，都是自家弄杀了。事体本如此明白，不知这些无生意的愚人，住此清平世界，还要从着白莲教⑥，到处哨聚倡乱，死而无怨，却是为何！而今说一个得了妖书倡乱被杀的，与看官听一听。有诗为证：

　　早通武艺杀亲夫，反获天书起异图。

---

①并州：唐时太原府。今为山西阳曲县。太谷：为太原府属县。

②张留侯：张良，封留侯。陆信州：陆贾，西汉初年谋士。

③不成见：不曾见，没看见。

④徵侧、徵贰：二人是姐妹俩。东汉末年在交趾起事称王，兵败被杀。孙恩、卢循：孙恩，字灵秀。奉五斗米道。东晋末年起义首领，失败后自杀。卢循是孙恩妹夫，也是首领。

⑤《平妖传》：《三遂平妖传》。罗贯中原著，冯梦龙增补。通行的是四十回本，长篇白话小说。写宋代王则起事故事。

⑥白莲教：也称"白莲社"。起源于宋末的民间秘密宗教结社，历经元、明、清至民国，都没有完全消失。

扰乱青州旋被戮，福兮祸伏理难诬。

话说国朝永乐中，山东青州府莱阳县有个妇人，姓唐，名赛儿[①]。其母少时，梦神人捧一金盒，盒内有灵药一颗，令母吞之。遂有娠，生赛儿。自幼乖觉伶俐，颇识字，有姿色，常剪纸人马厮杀为儿戏。年长，嫁本镇石麟街王元椿。这王元椿弓马熟娴，武艺精通，家道丰裕。自从娶了赛儿，贪恋女色，每日饮酒取乐。时时与赛儿说些弓箭刀法，赛儿又肯自去演习戏耍。光阴捻指，不觉赔费五六年[②]，家道萧索，衣食不足。赛儿一日与丈夫说："我们枉自在此忍饥受饿，不若将后面梨园卖了，买匹好马，干些本分求财的勾当，却不快活？"王元椿听得说，道："贤妻何不早说！今日天晚了，不必说。"明日，王元椿早起来，写个出帐[③]，央李媒为中，卖与本地财主贾包，得银二十馀两。王元椿就去青州镇上，买一匹快走好马回来。弓箭腰刀自有。拣个好日子，元椿打扮做马快手的模样[④]。与赛儿相别，说："我去便回。"赛儿说："保重，保重。"元椿叫声："惭愧！"飞身上马，打一鞭，那马一道烟去了。来到酸枣林，是琅琊后山。止有中间一条路，若是阻住了，不怕飞上天去。王元椿只晓得这条路上好打劫人，不想着来这条路上走的人，只贪近，都不是依良本分的人，不便道白白的等你拿了财物去。也是元椿合当悔气[⑤]，却好撞着这一起客人。望见褡连颇有些油水，元椿自道："造化了！"把马一扑，攒风的一般，前后左右都跑过了。见没人，元椿就扯开弓，搭上箭，飙地一箭射将来。那客人伙里有个叫做孟德，看见元椿跑马时，早已防备。拿起弓梢，拨过这箭，落在地下。王元椿见头箭不中，杀住马，又放第二

①赛儿：唐赛儿。明初山东蒲台(今并入博兴县)人。夫林三。永乐十八年发动起事。以益都石棚寨为基地，攻陷莒州、即墨等城。兵败后不知所终。此处话本为明人所写，或有某些道听途说的传闻作依据，可与历史相参看。

②赔费：加倍消费。

③出帐：字据。

④马快手：缉捕强盗的武装差役。也称"兵快"。

⑤悔气：晦气。倒霉。

箭来。孟德又照前拨过了，就叫："汉子，我也回礼。"把弓虚扯一扯，不放。王元椿只听得弦响，不见箭。心里想道："这男女不会得弓马的[①]，他只是虚张声势。"只有五分防备，把马慢慢的放过来。孟德又把弓虚扯一扯，口里叫道："看箭！"又不放箭来。王元椿不见箭来，只道是真不会射箭的，放心赶来。不晓得孟德虚扯弓时，就乘势搭上箭射将来，正对元椿当面。说时迟，那时快，元椿却好抬头看时，当面门上中一箭，从脑后穿出来，翻身跌下马来。孟德赶上，拔出刀来，照元椿喉咙里连搠上几刀，眼见得元椿不活了。诗云：

剑光动处悲流水，羽簇飞时送落花。
欲寄兰闺长夜梦，清魂何自得还家？

孟德与同伙这五六个客人说："这个男女也是才出来的，不曾得手。我们只好去罢，不要担误了程途。"一伙人自去了。

且说唐赛儿等到天晚，不见王元椿回来，心里记挂。自说道："丈夫好不了事！这早晚还不回来！想必发市迟[②]，只叫我记挂。"等到一二更，又不见王元椿回来。只得关上门，进房里，不脱衣裳去睡，只是睡不着。直等到天明，又不见回来。赛儿正心慌撩乱，没做道理处，只听得街坊上说道："酸枣林杀死个兵快手。"赛儿又惊又慌，来与间壁卖豆腐的沈老儿，叫做沈印时，两老口儿说这个始末根由。沈老儿说："你不可把真话对人说。大郎在日[③]，原是好人家，又不惯做这勾当的，又无赃证。只说因无生理，前日卖个梨园，得些银子，买马去青州镇上贩卖，身边止有五六钱盘缠银子，别无馀物。且去酸枣林看得真实，然后去见知县相公。"赛儿就与沈印时一同来到酸枣林。看见王元椿尸首，赛儿哭起来。惊动地方里甲人等都来，说得明白。就同赛儿一干人，都到莱阳县，见史知县相公。赛儿照前说一遍，知县相公说："必然是强盗劫了银子并马去了。你且去殡

①男女：贱称。仆役，下贱东西。

②发市：开张，得手。

③大郎：对男子的尊称。

葬丈夫，我自去差人去捕缉强贼。拿得着时，马与银子都给还你。”赛儿同里甲人等，拜谢史知县，自回家里来。对沈老儿公婆两个说：“亏了干爷、干娘，瞒倒瞒得过了，只是衣衾棺椁，无从置办，怎生是好？”沈老儿说道：“大娘子，后面园子既卖与贾家，不若将前面房子再去戤典他几两银子来①，殡葬大郎，他必不推辞。”赛儿就央沈公沈婆同到贾家，一头哭，一头说这缘故。贾包见说，也哀怜王元椿命薄，说道：“房子你自住着，我应付你饭米两担，银子五两，待卖了房子还我。”赛儿得了银米，急忙买口棺木，做些衣服，来酸枣林盛贮王元椿尸首了当，送在祖坟上安厝。做些羹饭，看匠人攒砌得了时，急急收拾回来，天色已又晚了。与沈公沈婆三口儿取旧路回家。来到一个林子里古墓间，见放出一道白光来。正值黄昏时分，照耀如同白日。三个人见了，吃这一惊不小。沈婆惊得跌倒在地下擂，赛儿与沈公还耐得住。两个人走到古墓中，看这道光，从地下放出来。赛儿随光将根竹杖头儿拄将下去。拄得一拄，这土就似虚的一般，脱将下去，露出一个小石匣来。赛儿乘着这白光看里面时，有一口宝剑，一副盔甲。都叫沈公拿了，赛儿扶着沈婆，回家里来。吹起灯火，开石匣看时，别无他物，止有抄写得一本天书。沈公沈婆又不识字，说道：“要他做甚么？”赛儿看见天书卷面上写道：“九天玄元混世真经”。旁有一诗，诗云：

唐唐女帝州，赛比玄元诀。
儿戏九环丹，收拾朝天阙。

赛儿虽是识字的，急忙也解不得诗中意思。沈公两口儿辛苦了，打熬不过，别了赛儿自回家里去睡。赛儿也关上了门睡。方才合得眼，梦见一个道士，对赛儿说：“上帝特命我来，教你演习九天玄旨，普救万民。与你宿缘未了，辅你做女主。”醒来，犹有馥馥香风，记得且是明白。次日，赛儿来对沈公夫妻两个备细说夜里做梦一节，便道：“前日得了天书，恰好又有此梦。”沈公说：“却不怪哉？有这

①戤(gài)典：典当。

等事!”

元来世上的事最巧,赛儿与沈公说话时,不想有个玄武庙道士何正寅,在间壁人家诵经,备细听得。他就起心,因日常里走过,看见赛儿生得好,就要乘着这机会来骗他。晓得他与沈家公婆往来,故意不走过沈公店里,倒大宽转往上头走回玄武庙里来[1]。独自思想道:“帝主非同小可,只骗得这个妇人做一处,便死也罢。”当晚置办些好酒食来,请徒弟董天然、姚虚玉,家童孟靖、王小玉一处坐了,同吃酒。这道士何正寅殷富,平日里作聪明,做模样,今晚如此相待,四个人心疑。齐说道:“师傅若有用着我四人处,我们水火不避,报答师傅。”正寅对四个人悄悄的说唐赛儿一节的事:“要你们相帮我做这件事,我自当好看待你们,决不有负。”四人应允了,当夜尽欢而散。次日,正寅起来梳洗罢,打扮做赛儿梦儿里说的一般,齐齐整整。且说何正寅如何打扮,诗云:

秋水盈盈玉绝尘,簪星闲雅碧纶巾。

不求金鼎长生药,只恋桃源洞里春。

何正寅来到赛儿门首,咳嗽一声,叫道:“有人在此么?”只见布幕内走出一个美貌年少的妇人来。何正寅看着赛儿,深深的打个问讯[2],说:“贫道是玄武殿里道士何正寅。昨夜梦见玄帝分付贫道[3],说:‘这里有个唐某,当为此地女主,尔当辅之。汝可急急去讲解天书,共成大事。’”赛儿听得这话,一来打动梦里心事,二来又见正寅打扮与梦里相同,三来见正寅生得聪俊,心里也欢喜。说:“师傅真天神也。前日送丧回来,果然掘得个石匣,盔甲、宝剑、天书。奴家解不得,望师傅指迷,请到里边看。”赛儿指引何正寅到草堂上坐了,又自去央沈婆来相陪。赛儿忙来到厨下,点三盏好茶,自托个盘子拿出来。正寅看见赛儿尖松松雪白一双手,春心摇荡,说道:“何劳女主

---

①大宽转:绕路。

②问讯:僧道行礼。先打恭,将手举到眉间然后放下。

③玄帝:太上玄元皇帝。即道教的太上老君。

亲自赐茶!”赛儿说:“因家道消乏[1],女使伴当都逃亡了,故此没人用。”正寅说:“若要小厮,贫道着两个来服事。再讨大些的女子在里面用。”又见沈婆在旁边,想道:“世上虔婆无不爱财[2],我与他些甜头滋味,就是我心腹,怕不依我使唤?”就身边取出十两一锭银子来,与赛儿说:“央干爷干娘,作急去讨个女子。如少,我明日再添。只要好,不要计较银子。”赛儿只说:“不消得。”沈婆说:“赛娘,你权且收下,待老拙去寻。”赛儿就收了银子。入去烧炷香,请出天书来,与何正寅看。却是金书玉篆,韬略兵机。正寅自幼曾习举业[3],晓得文理。看了面上这首诗,偶然心悟,说:“女主解得这首诗么?”赛儿说:“不晓得。”正寅说:“唐唐女帝州,头一字是个唐字。下边这二句,头上两字,说女主的名字。末句头上是‘收’字,说收了,就成大事。”赛儿被何道点破机关,心里痒将起来,说道:“万望师傅扶持。若得成事时,死也不敢有忘。”正寅说:“正要女主抬举,如何恁的说?”又对赛儿说:“天书非同小可,飞沙走石,驱逐虎豹,变化人马。我和你日间演习,必致疏漏,不是要处。况我又是出家人,每日来往不便。不若夜间打扮着平常人来演习,到天明,依先回庙里去。待法术演得精熟,何用怕人?”赛儿与沈婆说:“师傅高见。”赛儿也有意了,巴不得到手[4],说:“不要迟慢了,只今夜便请起手。”正寅说:“小道回庙里收拾,到晚便来。”赛儿与沈婆相送到门边。赛儿又说:“晚间专等,不要有误。”

正寅回到庙里,对徒弟说:“事有六七分了。只今夜便可成事。我先要董天然、王小玉你两个,只扮做家里人模样到那里。务要小心在意,随机应变。”又取出十来两碎银子,分与两个。两个欢天喜地,自去收拾衣服箱笼,先去赛儿家里来。到王家门首,叫道:“有人在这里么?”赛儿知道是正寅使来的人,就说道:“你们进里面来。”二

①消乏:贫寒,困难。

②虔婆:骂人话。贼婆。

③举业:举子应付科举考试的学习,即举子业。

④巴不得:恨不得,指望。

人进到堂前，歇下担子。看着赛儿，跪将下去，叫道："董天然、王小玉叩奶奶的头。"赛儿见二人小心，又见他生得俊俏，心里也欢喜。说道："阿也！不消如此。你二人是何师傅使来的人，就是自家人一般。"领到厨房小侧间，打扫铺床。自来拿个篮秤，到市上用自己的碎银子买些东西，无非是鸡鹅鱼肉时鲜果子点心回来。赛儿见天然拿这许多事物回来，说道："在我家里，怎么叫你们破费，是何道理？"天然回话道："不多大事，是师傅吩咐的。"又去拿了酒回来，到厨下自去整理，要些油酱柴火。"奶奶"不离口，不要赛儿费一些心。看看天色晚了，何正寅儒巾便服，扮做平常人。先到沈婆家里，请沈公沈婆吃夜饭。又送二十两银子与沈公，说："凡百事，要老爹老娘看取[①]。后日另有重报。"沈公沈婆自暗里会意道："这贼道来得跷蹊，必然看上赛儿，要我们做脚[②]。我看这妇人日里也骚托托的[③]，做妖撒娇，捉身不住。我不应承他，两个夜里演习时，也自要做出来。我落得做人情，骗些银子。"夫妻两个回覆道："师傅但放心。赛娘没了丈夫，又无亲人，我们是他心腹。凡百事奉承，只是不要忘了我两个。"何正寅对天说誓。三个人同来到赛儿家里，正是黄昏时分。关上门，进到堂上坐定。赛儿自来陪侍。董天然、王小玉两个来摆列果子下饭，一面烫酒出来。正寅请沈公坐客位，沈婆、赛儿坐主位，正寅打横坐[④]。沈公不肯坐，正寅说："不必推辞。"各人多依次坐了。吃酒之间，不是沈公说何道好处，就是沈婆说何道好处，兼入些风情话儿，打动赛儿。赛儿只不做声。正寅想道："好便好了，只是要个杀着[⑤]，如何成事！"就里生这计出来。元来何正寅有个好本钱，又长又大，道："我不卖弄与他看，如何动得他？"此时是十五六天色。那

①看取：照顾。

②做脚：当拐棍，做引线。

③骚托托的：鄙薄人的话。骚气，酸溜溜的。

④打横：下位。一般提壶斟酒人坐下位。

⑤杀着：棋语。决定的一手。

轮明月，照耀如同白日一般。何道说："好月！略行一行再来坐。"沈公众人都出来，堂前黑地里立着看月，何道就乘此机会，走到女墙边月亮去处[①]。假意解手，护起那物来，拿在手里撒尿。赛儿暗地里看明处，最是明白。见了何道这物件，累累垂垂，且是长大。赛儿夫死后，旷了这几时，怎不动火？恨不得抢了过来。何道也没奈何，只得按住，再来邀坐。说话间，两个不时丢个情眼儿，又冷看一看，别转头暗笑。何道就假装个要吐的模样，把手揿着肚子，叫："要不得[②]！"沈老儿夫妻两个会意，说道："师傅身子既然不好，我们散罢了。师傅胡乱在堂前权歇，明日来看师傅。"相别了自去，不在话下。赛儿送出沈公，急忙关上门。略略温存何道了，就说："我入房里去便来。"一径走到房里来，也不关门，就脱了衣服，上床去睡。意思明是叫何道走入来。不知何道已此紧紧跟入房里来，双膝跪下道："小道该死，冒犯花魁[③]，可怜见小道则个。"赛儿笑着说："贼道不要假小心，且去拴了房门来说话。"正寅慌忙拴上房门。脱了衣服，扒上床来，尚自叫"女主"不迭。诗云：

绣枕鸳衾叠紫霜，玉楼并卧合欢床。

今宵别是阳台梦[④]，惟恐银灯剔不长。

且说二人做了些不伶不俐的事，枕上说些知心的话，那里管天晓日高，还不起身。董天然两个早起来，打点面汤、早饭齐整等着[⑤]。正寅先起来，穿了衣服，又把被来替赛儿塞着肩头，说："再睡睡起来。"开得房门，只见天然托个盘子，拿两盏早汤过来。正寅拿一盏放在桌上，拿一盏在手里，走到床头傍着赛儿，口叫："女主吃早汤。"赛儿撒娇，抬起头来，吃了两口，就推与正寅吃。正寅也吃了几口。天然

---

①女墙：矮墙。

②要不得：方言。不好了，坏了。

③花魁：本指出色妓女，这里是恭维唐赛儿漂亮。

④阳台梦：用宋玉《高唐赋》典故。襄王梦巫山神女来欢会。代指男女交欢。

⑤面汤：洗脸热水。

又走进来，接了碗去，依先扯上房门。赛儿说："好个伴当，百能百俐。"正寅说："那灶下是我的家人，这个是我心腹徒弟，特地使他来伏侍你。"赛儿说："这等，难为他两个。"又摸索了一回，赛儿也起来。只见天然就拿着面汤进来，叫："奶奶，面汤在这里。"赛儿脱了上盖衣服，洗了面，梳了头。正寅也梳洗了头。天然就请赛儿吃早饭。正寅又说道："去请间壁沈老爹老娘来同吃。"沈公夫妻二人也来同吃。沈公又说道："师傅不要去了。这里人眼多，不见走入来，只见你走出去，人要生疑。且在此再歇一夜。明日要去时，起个早去。"赛儿道："说得是。"正寅也正要如此。沈公别了，自过家里去。

话不细烦，赛儿每夜与正寅演习法术符咒，夜来晓去。不两个月，都演得会了。赛儿先剪些纸人纸马来试看，果然都变得与真的人马一般。二人且来拜谢天地，要商量起手①。却不防街坊邻里，都晓得赛儿与何道两个有事了。又有一等好闲的，就要在这里用手钱②。有首诗说这些闲中人，诗云：

每日张鱼又捕虾，花街柳陌是生涯。
昨宵赊酒秦楼醉，今日帮闲进李家。

为头的叫做马绶，一个叫做福兴，一个叫做牛小春，还有几个没三没四帮闲的③，专一在街上寻些空头事过日子。当时马绶先得知了，撞见福兴、牛小春，说："你们近日得知沈豆腐隔壁有一件好事么？"福兴说："我们得知多日了。"马绶道："我们捉破了他，赚些油水何如？"牛小春道："正要来见阿哥，求带挈。"马绶说："好便好，只是一件，何道那厮也是个了得的，广有钱钞，又有四个徒弟。沈公沈婆得那贼道东西，替他做眼。一伙人干这等事，如何不做手脚？若是毛团把戏④，做得不好，非但不得东西，反遭毒手，倒被他笑。"牛小春说："这

①起手：动手，开始。指造反。

②用手钱：犹今方言中的"抽头钱"。要好处费。敲诈勒索的名目。

③没三没四：不三不四。

④毛团把戏：犹如说要猴儿戏，玩把戏。

不打紧。只多约几个人同去，就不妨了。”马绶又说道：“要人多不打紧，只是要个安身去处。我想陈林住居，与唐赛儿远不上十来间门面。他那里最好安身。小牛即今便可去约石丢儿、安不着、褚偏嘴、朱百简一班兄弟，明日在陈林家取齐。陈林我须自去约他。”各自散了。且说马绶径来石麟街，来寻陈林。远远望见陈林立在门首，马绶走近前，与陈林深喏一个①。陈林慌忙回礼，就请马绶来里面客位上坐。陈林说：“连日少会，阿哥下顾，有何分咐？”马绶将众人要拿唐赛儿的奸，就要在他家里安身的事，备细对陈林说一遍。陈林道：“都依得。只一件，这是被头里做的事，兼有沈公沈婆，我们只好在外边做手脚，如何俟候得何道着？我有一计。王元椿在日，与我结义兄弟，彼此通家。王元椿杀死时，我也曾去送殡。明日，叫老妻去看望赛儿。若何道不在，罢了，又别做道理。若在时，打个暗号，我们一齐入去。先把他大门关了，不要大惊小怪，替别人做饭。等捉住了他，若是如意，罢了；若不如意，就送两个到县里去，没也诈出有来。此计如何？”马绶道：“此计极妙。”两个相别。陈林送得马绶出门，慌忙来对妻子钱氏要说这话。钱氏说：“我在屏风后，都听得了，不必烦絮，明日只管去便了。”当晚过了。

次日，陈林起来，买两个荤素盒子。钱氏就随身打扮，不甚穿带，也自防备。到时分，马绶一起，前后各自来陈林家里躲着。陈林就打发钱氏起身。是日，却好沈公下乡去取帐，沈婆也不在。只见钱氏领着挑盒子的小厮在后，一往来到赛儿门首。见没人，悄悄的直走到卧房门口，正撞着赛儿与何道同坐在房里说话。赛儿先看见，疾忙跄出来，迎着钱氏，厮见了。钱氏假做不晓得，也与何道万福。何道慌忙还礼。赛儿红着脸，气塞上来，舌滞声涩，指着何道说：“这个是我嫡亲的堂兄，自幼出家，今日来望我。不想又起动老娘来②。”正说话未了，只见一个小厮挑两个盒子进来。钱氏对着赛

①深喏：深深作揖打恭唱喏。

②起动：劳动。

儿说："有几个枣子，送来与娘子点茶。"就叫赛儿去出盒子，要先打发小厮回去。赛儿连忙去出盒子时，顾不得钱氏，被钱氏走到门首，见陈林把嘴一努，仍又忙走入来。陈林就招呼众人，一齐赶入赛儿家里，拴上门，正要拿何道与赛儿。不晓得他两个妖术已成，都遁去了。那一伙人眼花撩乱，倒把钱氏拿住，口里叫道："快拿索子来！先捆了这淫妇。"就踩倒在地下。只见是个妇人，那里晓得是钱氏？元来众人从来不认得钱氏，只早晨见得一见，也不认得真。钱氏在地喊叫起来，说："我是陈林的妻子。"陈林慌忙分开人，叫道："不是！"扯得起来时，已自旋得蓬头乱鬼了。众人吃一惊，叫道："不是着鬼？明明的看见赛儿与何道在这里，如何就不见了？"元来他两个有化身法，众人不看见他，他两个明明看众人乱窜，只是暗笑。牛小春说道："我们一齐各处去搜。"前前后后，搜到厨下，先拿住董天然，柴房里又拿得王小玉，将条索子缚了，吊在房门前柱子上，问道："你两个是甚么人？"董天然说："我两个是何师傅的家人。"又道："你快说，何道、赛儿躲在那里？直直说[1]，不关你事。若不说时，送你两个到官，你自去拷打。"董天然说："我们只在厨下伏侍，如何得知前面的事？"众人又说道："也没处去，眼见得只躲在家里。"小牛说："我见房侧边，有个黑暗的阁儿，莫不两个躲在高处？待我掇梯子扒上去看。"何正寅听得小牛要扒上阁儿来，就拿根短棍子，先伏在阁子黑地里等。小牛掇得梯子来，步着阁儿口，走不到梯子两格上，正寅照小牛头上，一棍打下来。小牛儿打昏晕了，就从梯子上倒跌下来。正寅走去空处立了看，小牛儿醒转来，叫道："不好了，有鬼！"众人扶起小牛来看时，见他血流满面，说道："梯子又不高，扒得两格，怎么就跌得这样凶？"小牛说："却好扒得两格梯子上，不知那里打一棍子在头上。又不见人，却不是作怪？"众人也没做道理处。钱氏说："我见房里床侧首空着一段，有两扇纸风窗门，莫不是里边还有藏得身的去处？我领你们去搜一搜去看。"正寅听得说，依先拿着棍子在这

---

①直直说：照直说，老实说。

里等。只见钱氏在前，陈林众人在后，一齐走进来。正寅又想道："这花娘吃不得这一棍子[①]。"等钱氏走近来，伸出那一只长大的手来，撑起五指，照钱氏脸上一掌打将去。钱氏着这一掌，叫声："阿也，不好了！"鼻子里鲜血奔流出来，眼睛里都是金圈儿。又得陈林在后面扶得住，不跌倒。陈林道："却不作怪！我明明看见一掌打来，又不见人，必然是这贼道有妖法的。不要只管在这里缠了，我们带了这两个小厮，径送到县里去罢。"众人说："我们被活鬼弄这一日，肚里也饥了。做些饭吃了去见官。"陈林道："也说得是。"钱氏带着疼，就在房里打米出来，去厨下做饭。石丢儿说着："小牛吃打坏了，我去做。"走到厨下，看见风炉子边有两坛好酒在那里。又看见几只鸡在灶前，丢儿又说道："且杀了吃。"这里方要淘米做饭，且说赛儿对正寅说："你要了两次，我只文要一要。"正寅说："怎么叫做文要？"赛儿说："我做出你看。"石丢儿一头烧着火，钱氏做饭，一头拿两只鸡来杀了，破洗了，放在锅里煮。那饭也却好将次熟了[②]，赛儿就扒些灰与鸡粪，放在饭锅里，搅得匀了，依先盖了锅。鸡在锅里正滚得好，赛儿又挽几杓水浇灭灶里火。丢儿起去作用[③]，并不晓得灶底下的事。此时众人也有在堂前坐的，也有在房里寻东西出来的。丢儿就把这两坛好酒提出来，开了泥头，就兜一碗好酒先敬陈林吃。陈林说："众位都不曾吃，我如何先吃？"丢儿说："老兄先尝一尝。"随后又敬，陈林吃过了。丢儿又兜一碗，送马绶吃。陈林说："你也吃一碗。"丢儿又倾一碗，正要吃时，被赛儿劈手打一下，连碗都打坏。赛儿就走一边。三个人说道："作怪，就是这贼道的妖法。"三个说："不要吃了，留这酒，待众人来同吃。"众人看不见赛儿，赛儿又去房里，拿出一个夜壶来。每坛里倾半壶尿在酒里，依先盖了坛头。众人也不晓得。众人又说道："鸡想必好了，且捞起来，切来吃酒。"丢

①花娘：妓女。这里是骂人话。

②将次：将要，就要。

③作用：做事，干活。

儿揭开锅盖看时，这鸡还是半生半熟，锅里汤也不滚。众人都来埋怨丢儿说："你不管灶里，故此鸡也煮不熟。"丢儿说："我烧滚了一会，又添许多柴，着得好了才去。不晓得怎么不滚？"低倒头去张灶里时，黑洞洞都是水，那里有个火种？丢儿说："那个把水浇灭了灶里火？"众人说道："终不然是我们伙里人[①]？必是这贼道又弄神通。我们且把厨里见成下饭，切些去吃酒罢！"众人依次坐定，丢儿拿两把酒壶出来装酒，不开坛罢了，开来时，满坛都是尿骚臭的酒。陈林说："我们三个吃时，是喷香的好酒，如何是恁的！必然那个来偷吃，见浅了，心慌撩乱，错拿尿做水，倒在坛里。"众人鬼厮闹，赛儿、正寅两个，看了只是笑。赛儿对正寅说："两个人被缚在柱子上一日了，肚里饥，趁众人在堂前，我拿些点心下饭与他吃。"又拿些碎银子与两个，来到柱边。傍着天然耳边轻轻的说："不要慌。若到官直说，不要赖了吃打。我自来救你。东西银子，都在这里。"天然说："全望奶奶救命。"赛儿去了。众人说："酒便吃不得了，败杀老兴[②]。且胡乱吃些饭罢。"丢儿厨下去盛饭，都是乌黑臭的，闻也闻不得，那里吃得？说道："又着这贼道的手了。可恨这厮无礼，被他两个侮弄这一日。我们带这两个尿鳖送去县里，添差了人来拿人。"一起人开了门，走出去。只因里面嚷得多时了，外面晓得是捉奸，看的老幼男妇，立满在街上。只见人丛里缚着两个俊俏后生，又见陈林妻子跟在后头，只道是了。一齐拾起砖头土块来，口里喊着，望钱氏、两个道童乱打将来，那时那里分得清洁？钱氏吃打得头开额破。救得脱，一道烟逃走去了。

一行人离了石麟街，径往县前来。正值相公坐晚堂点卯[③]。众人等点了卯，一齐跪过去，禀知县相公。从沈公做脚，赛儿、正寅通奸，妖法惑众，扰害地方情由，说了一遍。"两个正犯脱逃，只拿得为

---

①终不然：难道是。

②败杀老兴：吴方言。非常扫兴。

③点卯：点名。清点当堂值班吏员皂隶，准备晚堂办案。

从的两个董天然、王小玉，送在这里。”知县相公就问董天然两个道：“你直说，我不拷打你。”董天然答应道：“不须拷打，小人只直说，不敢隐情。”备细都招了。知县对众人说：“这奸夫淫妇还躲在家里。”就差兵快头吕山、夏盛两个，带领一干馀人，押着这一干人，认拿正犯。两个小厮权且收监。吕山领了相公台旨，出得县门时，已是一更时分。与众人商议道：“虽是相公立等的公事，这等乌天黑地，去那里敲门打户惊觉他？他又要遁了去，怎生回相公的话？不若我们且不要惊动他，去他门外埋伏，等待天明了拿他。”众人道：“说得是。”又请吕山两个到熟的饭铺里，赊些酒饭吃了。都到赛儿门首埋伏。连沈公也不惊动他，怕走了消息。且说姚虚玉、孟清两个，在庙，见说师傅有事，恰好走来打听。赛儿见众人已去，又见这两个小厮，问得是正寅的人，放他进来。把门关了，且去收拾房里。一个收拾厨下，做饭吃了。对正寅说：“这起男女去县禀了，必然差人来拿，我与你终不成坐待死？预先打点在这里，等他那悔气的来着毒手。”赛儿就把符咒、纸人、马、旗仗打点齐备了，两个自去宿歇。直待天明起来，梳洗饭毕了，叫孟清去开门。孟清开得门，只见吕山那伙人，一齐跄入来。孟清见了，慌忙踅转身，望里面跑，口里一头叫。赛儿看见兵快来拿人，嘻嘻的笑，拿出二三十纸人马来，往空一撒，叫声：“变!”只见纸人都变做彪形大汉，各执枪刀，就里面杀出来。又叫姚虚玉把小皂旗招动，只见一道黑气，从屋里卷出来。吕山两个还不晓得，只管催人赶入来，早被黑气遮了，看不见人。赛儿是王元椿教的武艺，尽去得①，被赛儿一剑一个，都斫下头来。众人见势头不好，都慌了，转身齐跑。前头走的，还跑了几个。后头走的，反被前头的拉住，一时跑不脱。赛儿说：“一不做，二不休。”随手杀将去。也被正寅用棍打死了好几个。又去追赶前头跑得脱的，直喊杀过石麟桥去。赛儿见众人跑远了，就在桥边收了兵回来，对正寅说：“杀的虽然杀了，走的必去禀知县，那厮必起兵来杀我们。我们不先

①尽去得：满可以，行。

下手，更待何时？”就带上盔甲，变二三百纸人马，竖起七星旗号来招兵。使人叫道：“愿来投兵者，同去打开库藏，分取钱粮财宝！”街坊远近人因昨日这番，都晓得赛儿有妖法，又见变得人马多了，道是气概兴旺。城里城外人喉极的，齐来投他。有地方豪杰方大、康昭、马效良、戴德如四人为头，一时聚起二三千人。又抢得两匹好马，来与赛儿、正寅骑。鸣锣擂鼓，杀到县里来。

说这史知县，听见走的人说赛儿杀死兵快一节，慌忙请典史来商议时①，赛儿人马早已跄入县来，拿住知县、典史。就打开库藏门，搬出金银来，分给与人。监里放出董天然、王小玉两个。其馀狱囚尽数放了。愿随顺的，共有七八十人。到申未时，有四个人，原是放响马的②，风闻赛儿有妖法，都来归顺赛儿。此四人叫做郑贯、王宪、张天禄、祝洪。各带小喽罗，共有二千馀名，又有四五十匹好马。赛儿见了，十分欢喜。这郑贯，不但武艺出众，更兼谋略过人，来禀赛儿说道：“这是小县，僻在海角头，若坐守日久，朝廷起大军，把青州口塞住了，钱粮没得来，不须厮杀，就坐困死了。这青州府人民稠密，钱粮广大，东据南徐之险③，北控渤海之利，可战可守。兵贵神速，莱阳县虽破，离青州府颇远。一日之内，消息未到。可乘此机会，连夜去袭了，权且安身。养成蓄锐，气力完足，可以横行。”赛儿说：“高见。”每人各赏元宝二锭、四表礼④，权受都指挥⑤，说：“待取了青州，自当升赏重用。”四人去了。赛儿就到后堂，叫请史知县、徐典史出来。说道：“本府知府是你至亲，你可与我写封书。只说这县小，我在这里安身不得，要过东去打汶上县，必由府里经过。恐有疏虞，特着徐典史领三百名兵快，协同防守。你若替我写了，我自厚赠

---

①典史：官员。掌管收发公文。主簿缺员时，由典史掌管缉捕和刑狱事务。

②放响马：做强盗。

③南徐：南徐州，东晋曾暂置徐州于京口，称“南徐”。至隋废。

④表礼：表里。衣料、绸缎之类。

⑤都指挥：明代都司的长官为都指挥，高级军职。

盘缠，连你家眷同送回去。”知县初时不肯，被赛儿逼勒不过，只得写了书。赛儿就叫兵房吏做角公文，把这私书都封在文书里，封筒上用个印信。仍送知县、典史软监在衙里。赛儿自来调方大、康昭、马效良、戴德如四员骁将，各领三千人马。连夜悄悄的到青州曼草坡，听候炮响，都到青州府东门策应。又寻一个象徐典史的小卒，着上徐典史的纱帽圆领，等候赛儿。又留一班投顺的好汉，协同正寅守着莱阳县，自选三百精壮兵快，并董天然、王小玉二人，指挥郑贯四名，各与酒饭了。赛儿全装披挂，骑上马，领着人马连夜起行。行了一夜，来到青州府东门时，东方才动，城门也还未开。赛儿就叫人拿着这角文书，朝城上说：“我们是莱阳县差捕衙里来下文书的。”守门军就放下篮来，把文书吊上去。又晓得是徐典史，慌忙拿这文书径到府里来。正值知府温章坐衙，就跪过去，呈上文书。温知府拆开文书，看见印信、图书都是真的，并不疑忌。就与递文书军说：“先放徐典史进来，兵快人等，且住着在城外。”守门军领知府钧语①，径来开门。说道：“太爷只叫放徐老爹进城，其馀且不要人去。”赛儿叫人答应说：“我们走了一夜，才到得这里，肚饥了，如何不进城去寻些吃？”三百人一齐都跄入门里去，五六个人怎生拦得住？一搅入得门，就叫人把住城门。一声炮响，那曼草坡的人马都趱入府里来，填街塞巷。赛儿领着这三百人，真个是疾雷不及掩耳，杀入府里来。知府还不晓得，坐在堂上等徐典史。见势头不好，正待起身要走，被方大赶上，望着温知府一刀，连肩砍着。一交跌倒，在地下挣命。又复一刀，就割下头来。提在手里，叫道：“不要乱动！”惊得两廊门隶人等，尿流屁滚，都来跪下。康昭一伙人，打入知府衙里来。只获得两个美妾家人并媳妇，共八名。同知、通判都越墙走了。赛儿就挂出安民榜子，不许诸色人等抢掳人口财物。开仓赈济，招兵买马，随行军官兵将都随功升赏。莱阳知县、典史，不负前言，连他家眷放了还乡。俱各抱头鼠窜而去，不在话下。只见指挥王宪，押两个美貌

①钧语：指示。钧，敬词。

女子，一个十八九岁的后生；这个后生比这两个女子更又标致，献与赛儿。赛儿问王宪道："那里得来的？"王宪禀道："在孝顺街绒线铺里萧家得来的。这两个女子，大的叫做春芳，小的叫做惜惜，这小厮叫做萧韶。三个是姐妹兄弟。"赛儿就将这大的赏与王宪做妻子，看上了萧韶欢喜，倒要偷他。与萧韶道："你姐妹两个，只在我身边服事，我自看待你。"赛儿又把知府衙里的两个美妾紫兰、香娇，配与董天然、王小玉。赛儿也自叫萧韶去宿歇。说这萧韶，正是妙年好头上。带些惧怕，夜里尽力奉承赛儿，只要赛儿欢喜，赛儿得意非常。两个打得热了，一步也离不得萧韶，那里记挂何正寅？

且说府里有个首领官周经历[①]，叫做周雄。当时逃出府，家眷都被赛儿软监在府里。周经历躲了几日，没做道理处，要保全老小，只得假意来投顺赛儿。见赛儿下个礼，说道："小官原是本府经历，自从奶奶得了莱阳县、青州府，爱军惜民，人心悦服，必成大事。经历去暗投明。家眷俱蒙奶奶不杀之恩，周某自当倾心竭力，图效犬马。"赛儿见他说家眷在府里，十分疑也只有五六分，就与周经历商议守青州府并取旁县的事务。周经历说："这府上倚滕县，下通临海卫[②]，两处为青府门户，若取不得滕县与这卫，就如没了门户的一般，这府如何守得住？实不相瞒，这滕县许知县是经历姑表兄弟。经历去，必然说他来降。若说得滕县下了，这临海卫就如没了一臂一般，他如何支撑得住？"赛儿说："若得如此，事成与你同享富贵。家眷我自好好的供养在这里，不须记挂。"周经历说道："事不宜迟，恐他那里做了手脚。"赛儿忙拨几个伴当，一匹好马，就送周经历起身。周经历来到滕县，见了许知县。知县吃一惊说："老兄如何走得脱，来

---

①经历：官职名。知府下属官员，正八品。职责是收发公文，磨勘（即检查删定）六房宗卷。

②临海卫：此处有误。明初山东都司无临海卫。或为"宁海卫"之误。其地即今牟平县，在青州和莱阳之东。观下文，"县"、"卫"在一处。滕县无卫，只有千户所；而长官称"指挥"，恐误。

到这里?”周经历将假意投顺赛儿,赛儿使来说降的话,说了一遍。许知县回话道:“我与你虽是假意投顺,朝廷知道,不是等闲的事。”周经历道:“我们一面去约临海卫戴指挥同降,一面申闻各该抚按上司,计取赛儿。日后复了地方,有何不可?”许知县忙使人去请戴指挥,来见周经历。三个商议伪降计策定了。许知县又说:“我们先备些金花表礼羊酒去贺,说离不得地方,恐有疏失。”周经历领着一行拿礼物的人来见赛儿,递上降书。赛儿接着降书看了,受了礼物。伪升许知县为知府,戴指挥做都指挥,仍着二人各照旧守着地方。戴指挥见了这伪升的文书,就来见许知县。说:“赛儿必然疑忌我们,故用阳施阴夺的计策。”许知县说道:“贵卫有一班女乐、小侑儿①,不若送去与赛儿做谢礼,就做我们里应外合的眼目。”戴指挥说:“极妙!”就回衙里,叫出女使王娇莲、小侑头儿陈鹦儿来。说:“你二人是我心腹,我欲送你们到府里去,做个反间细作。若得成功,升赏我都不要,你们自去享用富贵。”二人都欢喜应允了。戴指挥又做些好锦绣鲜明衣服、乐器,县、卫各差两个人,送这两班人来献与赛儿。且看这歌童舞女如何?诗云:

舞袖香茵第一春,清歌婉转貌超群。
剑霜飞处人星散,不见当年劝酒人。

赛儿见人物标致,衣服齐整,心中欢喜,都受了。留在衙里。每日吹弹歌舞取乐。

且说赛儿与正寅相别半年有馀,时值冬尽年残,正寅欲要送年礼物与赛儿。就买些奇异吃食,蜀锦文葛,金银珍宝,装做一二十小车,差孟清同车脚人等送到府里来。世间事最巧,也是正寅合该如此。两月前正寅要去奸宿一个女子,这女子苦苦不从,自缢死了。怪孟清说是“唐奶奶起手的,不可背本,万一知道,必然见怪”,谏得激切,把孟清一顿打得几死,却不料孟清仇恨在心里。孟清领着这车从,来到府里见赛儿。赛儿一见孟清,就如见了自家里人一般,叫

---

①小侑儿:陪宴唱曲劝酒的小优儿,即小戏子。下文歌童即小侑儿。

进衙里去安歇。孟清又见董天然等都有好妻子，又有钱财，自思道："我们一同起手的人，他两个有造化，落在这里，我如何能勾也同来这里受用？"自思量道："何不将正寅在县里的所为，说他一番？倘或赛儿欢喜，就留在衙里，也不见得。"到晚，赛儿退了堂来到衙里，乘间叫过孟清，问正寅的事。孟清只不做声。赛儿心疑，越问得紧，孟清越不做声。问不过，只得哭将起来。赛儿就说道："不要哭。必然在那里吃亏了。实对我说，我也不打发你去了。"孟清假意口里咒着道："说也是死，不说也是死。爷爷在县里，每夜捱去排门[①]，轮要两个好妇人好女子，送在衙里歇。标致得紧的多歇几日；少不中意的，一夜就打发出来。又娶了个卖唱的妇人李文云。时常乘醉打死人。每日又要轮坊的一百两坐堂银子[②]。百姓愁怨思乱，只怕奶奶这里，不敢。两月前，蒋监生有个女子，果然生得美貌。爷爷要奸宿他，那女子不从。逼迫不过，自缢死了。小人说：'奶奶怎生看取我们！别得半年，做出这勾当来，这地方如何守得住？'怪小人说，将小人来吊起，打得几死，半月扒不起来。"赛儿听得说了，气满胸膛，顿着足说道："这禽兽忘恩负义，定要杀这禽兽，才出得这口气！"董天然并伙妇人，都来劝道："奶奶息怒！只消取了老爷回来便罢。"赛儿说："你们不晓得这般事。从来做事的人，一生嫌隙，不知伙并了多少[③]！如何好取他回来？"一夜睡不着。次日来堂上，赶开人。与周经历说："正寅如此淫顽不法，全无仁义，要自领兵去杀他。"周经历回话道："不知这话从那里得来的，未知虚实，倘或是反间，也不可知。地方重大，方才取得，人心未固，如何轻易自相厮杀？不若待周雄同个奶奶的心腹去访得的实[④]，任凭奶奶裁处也不迟。"赛儿道："说得极是，就劳你一行。若访得的实，就与我杀了那禽兽。"周经历又说道："还

①排门：挨门挨户。

②轮坊：街坊。

③伙并：自相残杀。

④的实：确实。

得几个同去才好。若周雄一个去时，也不济事。”赛儿就令王宪、董天然领一二十人去。又把一口刀与王宪，说：“若这话是实，你便就取了那禽兽的头来。违误者以军法从事！”又与郑贯一角文书：“若杀了何正寅，你就权摄县事。”一行人辞别了赛儿，取路往莱阳县来。周经历在路上，还恐怕董天然是何道的人，假意与他说：“何公是奶奶的心腹，若这事不真，谢天地，我们都好了。若有这话，我们不下手时，奶奶要军法从事。这事如何处？”董天然说：“我那老爷是个多心的人，性子又不好，若后日知道你我去访他，他必仇恨。羹里不着饭里着，倒遭他毒手。若果有事，不若奉法行事，反无后患。”郑贯打着窜鼓儿[①]，巴不得杀了何正寅，他要权摄县事。周经历见众人都是为赛儿的，不必疑了。又说：“我们先在外边访得的确。若要下手时，我捻须为号，方可下手。”一行人入得城门，满城人家，都是咒骂何正寅的。董天然说：“这话真了。”一行径入县里来见何正寅。正寅大落落坐着[②]，不为礼貌。看着董天然说：“拿得甚么东西来看我？”董天然说：“来时慌忙，不曾备得，另差人送来。”又对周经历说：“你们来我这县里来何干？”周经历假小心，轻轻的说：“因这县里有人来告奶奶，说大人不肯容县里女子出嫁，钱粮又比较得紧[③]，因此奶奶着小官来禀上。”正寅听得这话，拍案高嗔，大骂道：“泼贱婆娘！你亏我夺了许多地方，享用快活。必然又搭上好的了。就这等无礼。你这起人，不晓得事体，没上下的！”王宪见不是头，紧紧的帮着周经历，走近前说：“息怒消停[④]，取个长便[⑤]，待小官好回话！”正寅又说道：“不取长便，终不成不去回话。”周经历把须一捻，王宪就人嚷里拔出刀来，望何正寅项上一刀，早斫下头来。提在手里，说：“奶

---

①打着窜鼓儿：帮腔。今说“敲边鼓”，意思相同。

②大落落：大剌剌。大模大样。

③比较：催逼。

④消停：停止。

⑤长便：长久，妥善办法。

奶只叫我们杀何正寅一个，馀皆不问。”郑贯就把权摄的文书来晓谕各人。就把正寅先前强留在衙里的妇人女子都发出，着娘家领回去，轮坊银子也革了。满城百姓，无不欢喜。衙里有的是金银，任凭各人取了些。又拿几车并绫段，送到府里来。周经历一起人到府里回了话，各人自去方便。不在话下。

说这山东巡按金御史，因失了青州府，杀了温知府，起本到朝廷。兵部尚书按着这本，是地方重务，连忙转奏朝廷。朝廷就差总兵官傅奇充兵马副元帅①，两个游骑将军黎晓②、来道明充先锋。领京军一万，协同山东巡抚都御史杨汝待③，克日进剿扑灭。钱粮兵马，除本省外，河南、山西两省，任从调用。傅总兵带领人马来到总督府，与杨巡抚一班官军说朝廷紧要擒拿唐赛儿一节。杨巡抚说：“唐赛儿妖法通神，急难取胜。近日周经历与滕县许知县、临海卫戴指挥诈降。我们去打他后面莱阳县，叫戴指挥、许知县从那青州府后面杀出来。叫他首尾不能相顾，可获全胜。”杨巡抚说④：“此计大妙。”傅总兵就分五千人马与黎晓充先锋，来取莱阳县。又调都指挥杜总、吴秀，指挥六员高雄、赵贵、赵天汉、崔球、密宣、郭谨，各领新调来二万人马，离莱阳县二十里下寨，次日准备厮杀。郑贯得了这个消息，闭上城门，连夜飞报到府里来。赛儿接得这报子，就集各将官说：“如今傅总兵领大军来征剿我们，我须亲自领兵去杀退他。”着王宪、董天然守着这府。又调马效良、戴德如各领人马一万，去滕县、临海卫三十里内，防备袭取的人马。就是滕县、临海卫的人马，也不许放过来。周经历暗地叫苦说：“这妇人这等利害！”赛儿又调方大领五千人马先行，随后赛儿自也领二万人马到莱阳县来。离县

---

①总兵官：军队统领。简称“总兵”。明代京营出征任命统领官，一般是部堂官、宦官等。

②游骑将军：游击将军。位在参将下。

③都御史：监察官衙最高的就是左右都御史。明代巡抚为一省军政最高官员，都加有都御史或签都御史头衔。

④杨巡抚：观上下文，此处当是“傅总兵”。

十里,就着个大营。前、后、左、右、正中五寨,又置两枝游兵在中营。四下里摆放鹿角、蒺藜、铃索齐整①,把辕门闭上。造饭吃了,将息一回。就有人马来冲阵,也不许轻动。且说黎先锋领着五千人马,喊杀半日,不见赛儿营里动静。就着人来禀总兵,如此如此。傅总兵同杨巡抚领一班将官到阵前来,扒上云梯。看赛儿营里布置齐整,兵将猛勇,旗帜鲜明,戈戟光耀,褐罗伞下坐着那个英雄美貌的女将。左右立着两个年少标致的将军,一个是萧韶,一个是陈鹦儿,各拿一把小七星皂旗。又有两个俊俏女子,都是戎装。一个是萧惜惜,捧着一口宝剑;一个是王娇莲,捧着一袋弓箭。营前树着一面七尾玄天上帝皂旗,飘扬飞绕。总兵看得呆了,走下云梯来。令先锋领着高雄、赵贵、赵天汉、崔球等一齐杀入去,且看赛儿如何?诗云:

剑光动处见玄霜,战罢归来意气狂。
堪笑古今妖妄事,一场春梦到高唐②。

赛儿就开了辕门,令方大领着人马也杀出来,正好接着。两员将斗不到三合,赛儿不慌不忙,口里念起咒来,两面小皂旗招动。那阵黑气从寨里卷出来,把黎先锋人马罩得黑洞洞的,你我不看见。黎晓慌了手脚,被方大拦头一方天戟,打下马来,脑浆奔流。高雄、赵天汉俱被拿了。傅总兵见先锋不利,就领着败残人马,回大营里来纳闷。方大押着,把高雄两个解入寨里见赛儿。赛儿道:"监候在县里,我回军时发落便了。"赛儿又与方大说:"今日虽赢得他一阵,他的大营人马还不损折。明日又来厮杀。不若趁他喘息未定,众人慌张之时,我们赶到,必获全胜。"留方大守营。令康昭为先锋。赛儿自领一万人马,悄悄的赶到傅总兵营前。呐声喊,一齐杀将入去。傅总兵只防赛儿夜里来劫营,不防他日里乘势就来,都慌了手脚,厮杀不得。傅总兵、杨巡抚二人骑上马,往后逃命。二万五千人,杀不

①鹿角、蒺藜、铃索:营垒防御设施。鹿角,带杈木桩,拒马队冲击。蒺藜,带刺铁制物,阻滞兵丁行动。铃索,为报警用。

②高唐:《高唐赋》所写梦境。参见前。

得一二千人，都齐齐投降。又拿得千馀匹好马，钱粮器械，尽数搬掳。自回到青州府去了。

军官有逃得命的，跟着傅总兵到都堂府来商议，再欲起奏，另自添遣兵将。杨巡抚说："没了三四万人马，杀了许多军官，朝廷得知，必然加罪我们。我晓得滕县许知县，是个清廉能干忠义的人。与周经历、戴指挥委曲协同，要保这地方无事，都设计诈降。而今周经历在贼中，不能得出。许、戴二人，原在本地方。不若密密取他来，定有破敌良策。"傅总兵慌忙使人请许知县、戴指挥到府，计议要破赛儿一事。许知县近前，轻轻的与傅总兵、杨巡抚二人说："如此如此。不出旬日，可破赛儿。"傅总兵说："若得如此，我自当保奏升赏。"许知县辞了总制[①]，回到县里。与戴指挥各备礼物，各差个的当心腹人来贺赛儿[②]，就通消息与周经历。却不知周经历先有计了。元来周经历见萧韶甚得赛儿之宠，又且乖觉聪明，时时结识他，做个心腹，着实奉承他。萧韶不过意[③]，说："我原是治下子民[④]，今日何当老爷如此看觑[⑤]？"周经历说："你是奶奶心爱的人，怎敢怠慢？"萧韶说道："一家被害了，没奈何偷生，甚么心爱不心爱！"周经历道："不要如此说。你姐妹都在左右，也是难得的。"萧韶说："姐姐嫁了个响马贼。我虽在被窝里，也只是伴虎眠，有何心绪？妹妹只当得丫头。我一家怨恨，在何处说？"周经历见他如此说，又说："既如此，何不乘机反邪归正？朝廷必有酬报。不然，他日一败，玉石俱焚。你是同衾共枕之人，一发有口难分了[⑥]，不要说被害冤仇没处可报。"萧韶道："我也晓得事体果然如此. 只是没个好计脱身。"周经历说："你在身伴，只消如此如此。外边接应，都在于我。"却把许、戴来的消息，通知了

①总制：也称"总督"。明代出征主帅常加此官衔。

②的当：可靠。

③不过意：不好意思。今方言中常说。

④子民：百姓。

⑤看觑（qū）：看待。

⑥一发：更加，一起。

他。萧韶欢喜，说："我且通知妹子，做一路则个。"计议得熟了，只等中秋日起手，后半夜点天灯为号。周经历就通这个消息与许知县、戴指挥。这是八月十二日的话。到十三日，许知县、戴指挥各差能事兵快应捕，各带士兵军官三四十人，预先去府里四散埋伏。只听炮响，策应周经历拿贼。许知县又密令亲子许德，来约周经历。十五夜放炮夺门的事，都得知了，不必说。且说萧韶姐妹二人，来对王娇莲、陈鹦儿通知外边消息。他两人原是戴家细作①，自然留心。

至十五晚上，赛儿就排筵宴来赏月。饮了一回，只见王娇莲来禀赛儿说："今夜八月十五日，难得晴明，更兼破了傅总兵，得了若干钱粮人马。我等蒙奶奶抬举，无可报答，每人各要与奶奶上寿②。"王娇莲手执檀板，唱一歌。歌云：

虎渡三江迅若风，龙争四海竞长空。

光摇剑术和星落，狐兔潜藏一战功。

赛儿听得，好生欢喜，饮过三大杯。女人都依次奉酒，俱是不会唱的，就是王娇莲代唱。众人只要灌得赛儿醉了，好行事。陈鹦儿也要上寿，赛儿又说道："我吃得多了。你们恁的好心，每一人只吃一杯罢。"又饮了二十馀杯，已自醉了。又复歌舞起来，轮番把盏，灌得赛儿烂醉，赛儿就倒在位上。萧韶说："奶奶醉了，我们扶奶奶进房里去罢。"萧韶抱住赛儿，众人齐来相帮，抬进房里床上去。萧韶打发众人出来，就替赛儿脱了衣服，盖上被，拴上房门。众人也自去睡。只有与谋知因的人都不睡，只等赛儿消息。萧韶又恐假醉，把灯剔得明亮，仍上床来搂住赛儿，扒在赛儿身上。故意着实要戏，赛儿那里知得。被萧韶舞弄得久了，料算外边人都睡静了。自想道："今不下手，更待何时？"起来慌忙再穿上衣服。床头拔出那口宝刀来，轻轻的掀开被来。尽力朝着赛儿项上剁下一刀来，连肩斫做两段。赛儿醉得凶了，一动也动不得。萧韶慌忙走出房来。悄悄对妹

①细作：奸细，间谍。

②上寿：敬酒。

妹、王娇莲、陈鹦儿说道："赛儿被我杀了!"王娇莲说："不要惊动董天然这两个，就暗去袭了他。"陈鹦儿道："说得是。"拿着刀来敲董天然的房门，说道："奶奶身子不好，你快起来!"董天然听得这话，就磕睡里慌忙披着衣服，来开房门。不防备被陈鹦儿手起刀落，斫倒在房门边挣命;又复一刀，就放了命。这王小玉也醉了，不省人事，众人把来杀了。众人说："好倒好了，怎么我们得出去?"萧韶说："不要慌，约定的。"就把天灯点起来，扯在灯竿上。不移时，周经历领着十来名火夫，平日收留的好汉，敲开门，一齐拥入衙里来。萧韶对周经历说："赛儿、董天然、王小玉都杀了。这衙里人都是被害的，望老爷做主。"周经历道："不须说。"衙里的金银财宝，各人尽力拿了些。其馀山积的财物，都封锁了入官。周经历又把三个人头割下来，领着萧韶一起，开了府门，放个铳。只见兵快应捕，共有七八十人，齐来见周经历。说："小人们是县卫两处差来兵快，策应拿强盗的。"周经历说："强盗多拿了，杀的人头在这里。都跟我来。"到得东门城边，放三个炮，开得城门，许知县、戴指挥各领五百人马，杀入城来。周经历说："不关百姓事。赛儿杀了，还有馀党，不曾剿灭。"各人分头去杀。且说王宪、方大听得炮响，都起来，不知道为着甚么。正没做道理处，周经历领的人马，早已杀入方大家里来。方大正要问备细时，被侧边一枪搠倒，就割了头。戴指挥拿得马效良、戴德如。阵上许知县杀死康昭、王宪一十四人。沈印时两月前害疫病死了，不曾杀得。又恐军中有变，急忙传令：只杀有职事的，小卒良民一概不究。多属周经历招抚。许知县对众人说："这里与莱阳县相隔四五十里，他那县里未便知得。兵贵神速，我与戴大人连夜去袭了那县。留周大人守着这府。"二人就领五千人马，杀奔莱阳县来。假说道："府里调来的军，去取旁县的。"城上径放入县里来。郑贯正坐在堂上，被许知县领了兵齐抢入去，将郑贯杀了。张天禄、祝洪等慌了，都来投降。把一干人犯解到府里监禁，听候发落。安了民，许知县仍回到府里。同周经历、萧韶一班，解赛儿等首级来见傅总兵、杨巡抚。把赛儿事说一遍，傅总兵说："足见各官神算。"称誉不已。就起奏捷本，一边打点回京。朝廷升周经历做知州，戴指挥升都指挥[1]，萧韶、陈鹦儿各授个巡检[2]，许知县升兵备副使[3]。各随官职大小，赏给金花银子表礼。王娇莲、萧惜惜等，俱着择良人为聘。其馀的在赛儿破败之后投降的，不准投首，另行问罪。此可为妖术杀身之鉴。有诗为证：

四海纵横杀气冲，无端女寇犯山东。
吹箫一夕妖氛尽，月缺花残送落风。

---

①都指挥：都指挥使司（都司）的长官。高级军职。

②巡检：县令下属官员。镇市、关隘、边地设巡检，分治一方事务。

③兵备副使：兵备使的副职。按察使分巡道兼管兵备事务的称为兵备道。青州府即为一处分巡道。其原官多为按察司副使或佥事。兵备副使无定员。

卷三十二

乔兑换胡子宣淫　显报施卧师入定

词云：

丈夫只手把吴钩[①]，欲斩万人头。如何铁石打成心性，却为花柔？　君看项籍并刘季[②]，一怒使人愁。只因撞着虞姬戚氏[③]，豪杰都休。

这首词是昔贤所作，说着人生世上，"色"字最为要紧。随你英雄豪杰，杀人不眨眼的铁汉子，见了油头粉面，一个袋血的皮囊，就弄软了三分。假如楚霸王、汉高祖，分争天下，何等英雄！一个临死不忘虞姬[④]，一个酒后不忍戚夫人[⑤]，仍旧做出许多缠绵景状出来。何况以下之人，风流少年，有情有趣的，牵着个"色"字，怎得不荡了三魂，走了七魄？却是这一件事，关着阴德极重。那不肯淫人妻女、保全人家节操的人，阴受厚报，有发了高魁的，有享了大禄的，有生了贵子的，往往见于史传，自不消说。至于贪淫纵欲，使心用腹，污秽人家女眷，没有一个不减算夺禄，或是妻女见报，阴中再不饶过的。

且说宋淳熙末年间[⑥]，舒州有个秀才刘尧举[⑦]，表字唐卿，随着

---

①吴钩：春秋时吴国产的一种刀，弯弧形，故名"吴钩"。

②项籍：楚霸王项羽，名籍。刘季：汉高祖刘邦，字季。

③虞姬：楚霸王帐下美人，常跟随着他出征。戚氏：刘邦宠爱的一位夫人。

④临死不忘虞姬：指项羽兵困垓下时唱出的歌词末句"虞兮虞兮，奈若何！"（"虞啊虞啊，我把你怎么办！"）

⑤酒后不忍戚夫人：指戚夫人曾日夜啼泣，要立她生的儿子如意代替已立的太子，刘邦几次想废太子立如意。

⑥淳熙：南宋孝宗赵昚年号。

⑦舒州：治所即今安徽潜山县。

父亲在平江做官，是年正当秋荐[①]，就依随任之便，雇了一只船，往秀州赴试[②]。开了船，唐卿举目向梢头一看[③]，见了那持揖的，吃了一惊。元来是十六七岁一个美貌女子，鬒鬟亸媚[④]，眉眼含娇。虽只是荆布淡妆，种种绰约之态，殊异寻常。女子当梢而立，俨然如海棠一枝，斜映水面。唐卿观之不足，看之有馀，不觉心动。在舟中密密体察光景，晓得是船家之女。称叹道："从来说'老蚌出明珠'，果有此事！"欲待调他一二句话，碍着他的父亲同在梢头行船，恐怕识破。妆做老成[⑤]，不敢把眼正觑梢上。却时时偷看他一眼，越看越媚，情不能禁。心生一计，只说舟重行迟，赶路不上，要船家上去帮扯纤。元来这只船上老儿为船主，一子一女相帮。是日，儿子三官保先在岸上扯纤，唐卿定要强他老儿上去了，止是女儿在那里当梢。唐卿一人在舱中，旬意好做光了，未免先寻些闲话试问他。他十句里边也回答着一两句，韵致动人。唐卿趁着他说话，就把眼色丢他。他有时含羞敛避，有时正颜拒却。及至唐卿看了别处，不来兜搭了[⑥]，却又说句把冷话。背地里忍笑，偷眼斜盼着唐卿。正是明中妆样，暗地撩人，一发叫人当不得[⑦]，要神魂飞荡了。唐卿思量，要大大撩拨他一撩拨。开了箱子，取出一条白罗帕子来。将一个胡桃系着，绾上一个同心结，抛到女子面前。女子本等看见了，故意假做不知，呆着脸，只自当橹。唐卿恐怕女子真个不觉，被人看见，频频把眼送意，把手指着，要他收取。女子只是大剌剌的在那里，竟像个不会意的。看看船家收了纤，将要下船，唐卿一发着急了，指手画脚。见他只是不动，没个是处，倒懊悔无及，恨不得伸出一只长手，仍旧取了

①秋荐：乡试，考举人。

②秀州：治所即今浙江嘉兴市。

③梢头：船尾部，舵手所在。

④亸(duǒ)：下垂。

⑤老成：稳重。

⑥兜搭：招揽，纠缠。

⑦当不得：受不了。

过来。船家下得舱来,唐卿面挣得通红,冷汗直淋,好生置身无地。只见那女儿不慌不忙,轻轻把脚伸去帕子边,将鞋尖勾将过来,遮在裙底下了。慢慢低身,倒去拾在袖中。腆着脸,对着水外只是笑。唐卿被他急坏,却又见他正到利害头上,如此做作,遮掩过了。心里私下感他,越觉得风情着人。自此两下多有意了。明日复依昨说,赶那船家上去,两人扯纤。唐卿便老着面皮,谢女子道:"昨日感卿包容,不然,小生面目难施了。"女子笑道:"胆大的人,元来恁地虚怯么?"唐卿道:"卿家如此国色,如此慧巧,宜配佳偶,方为厮称。今文鹓彩凤,误堕鸡栖中,岂不可惜?"女子道:"君言差矣。红颜薄命,自古如此,岂独妾一人?此皆分定之事,敢生嗟怨!"唐卿一发伏其贤达。自此语话投机。一在舱中,一在梢上,相隔不多几尺路,眉来眼去,两情甚浓。却是船家虽在岸上,回转头来,就看得船上见的。只好话说往来,做不得一些手脚,干热罢了。

到了秀州,唐卿更不寻店家,就在船上作寓。入试时,唐卿心里放这女子不下,题目到手,一挥而就。出院甚早,急奔至船上。只见船家父子两人,趁着舱里无人,身子闲着,叫女儿看好了船,进城买货物去了。唐卿见女儿独在船中,喜从天降。急急跳下船来,问女子道:"你父亲兄弟那里去了?"女子道:"进城去了。"唐卿道:"有烦娘子,移船到静处一话何如?"说罢,便去解缆。女子会意,即忙当橹,把船移在一个无人往来的所在。唐卿便跳在梢上来,搂着女子道:"我方壮年,未曾娶妻。倘蒙不弃,当与子缔百年之好。"女子推逊道:"陋质贫姿,得配君子,固所愿也。但枯藤野蔓,岂敢仰托乔松?君子自是青云之器①,他日宁肯复顾微贱?妾不敢承,请自尊重。"唐卿见他说出正经话来,一发怜爱,欲心如火。恐怕强他不得,发起极来,拍着女子背道:"怎么说那较量的话!我两日来,被你牵得我神魂飞越,不能自禁。恨没个机会,得与你相近,一快私情。今日天与其便,只吾两人在此。正好恣意欢乐,遂平生之愿。你却如

---

①青云之器:登科的人才。做官的人才。

此坚拒，再没有个想头了[①]。男子汉不得如愿，要那性命何用？你昨者为我隐藏罗帕，感恩非浅；今既无缘，我当一死以报。”说罢，望着河里便跳。女子急牵住他衣裾，道：“不要慌，且再商量。”唐卿转身来抱住道：“还商量甚么！”抱至舱里来，同就枕席。乐事出于望外，真个如获珍宝。事毕，女子起身来，自掠了乱发，就与唐卿整了衣。说道：“辱君俯爱，冒耻仰承。虽然一霎之情，义坚金石。他日勿使剩蕊残葩，空随流水。”唐卿道：“承子雅爱，敢负心盟？目今揭晓在即，倘得寸进，必当以礼娶子，贮于金屋。”两人千恩万爱，欢笑了一回。女子道：“恐怕父亲城里出来。”原移船到旧处住了。唐卿假意上岸，等船家归了，方才下船。竟无人知觉此事。谁想：

暗室亏心，神目如电！

唐卿父亲在平江任上，悬望儿子赴试消息。忽一日，晚间得一梦。梦见两个穿黄衣的人，手持一张纸，突然来报，道：“天门放榜，郎君已得首荐[②]。”旁边走过一人，急掣了这张纸去，道：“刘尧举近日作了欺心事，已压了一科了。”父亲吃一惊，觉来乃是一梦。思量来得古怪，不知儿子做甚么事。想了此言，未必成名了。果然，秀州揭晓，唐卿不得与荐。元来场中考官道是唐卿文卷好，要把他做头名。有一个考官另看中了一卷，要把唐卿做第二。那个考官不肯，道：“若要做第二，宁可不中，留在下科，不怕不是头名，不可中坏了他。”忍着气，把他黜落了。唐卿在船等候，只见纷纷嚷乱，各自分头去报喜。唐卿船里静悄悄，鬼也没个走将来，晓得没帐，只是叹气。连那梢上女子，也道是失望了，暗暗泪下。唐卿只得看无人处，把好言安慰他，就用他的船转了。到家见过父母。父亲把梦里话来问他道：“我梦如此，早知你不得中。只是你曾做了甚欺心事来？”唐卿口里赖道：“并不曾做甚事。”却是老大心惊，道：“难道有这样话？”似信不信。及到后边，得知场里这番光景，才晓得不该得荐，却为阴德上损

①想头：希望。

②首荐：第一名，即解元。

了，迟了功名。心里有些懊悔，却还念那女子不置。到第二科，唐卿果然领了首荐，感念女子旧约，遍令寻访，竟无下落，不知流泛在那里去了。后来唐卿虽得及第，终身以此为恨。看官，你看刘唐卿只为此一着之错，罚他磋跎了一科，后边又不得团圆。盖因不是他姻缘，所以阴骘越重了。奉劝世上的人，切不可轻举妄动，淫乱人家妇女。古人说得好：

我不淫人妻女，妻女定不淫人。

我若淫人妻女，妻女也要淫人。

而今听小子说一个淫人妻女，妻女淫人，辗转果报的话。元朝沔州原上里有个大家子[1]，姓铁，名镕，先祖为绣衣御史[2]。娶妻狄氏，姿容美艳，名冠一城。那汉、沔风俗[3]，女子好游。贵宅大户，争把美色相夸。一家娶得个美妇，只恐怕别人不知道，倒要各处去卖弄张扬，出外游耍，与人看见。每每花朝月夕，士女喧阗，稠人广众，挨肩擦背，目挑心招，恬然不以为意。临晚归家，途间一一品题，某家第一，某家第二。说着好的，喧哗谑浪，彼此称羡，也不管他丈夫听得不听得。就是丈夫听得了，也道是别人赞他妻美，心中暗自得意。便有两句取笑了他，总是不在心上的。到了至元、至正年间[4]，此风益甚。铁生既娶了美妻，巴不得领了他各处去摇摆。每到之处，见了的无不啧啧称赏。那与铁生相识的，调笑他，夸美他，自不必说。只是那些不曾识面的，一见了狄氏，问知是铁生妻子，便来桠相知[5]，把言语来撩拨，酒食来撺哄，道他是有缘之人，有福之人，大家来奉承他。所以铁生出门，不消带得本钱在身边，自有这一班人扳他去吃酒吃肉，常得醉饱而归。满城内外人，没一个不认得他，没

①沔州：治所在今陕西勉县。

②绣衣御史：本汉代官职。因穿绣衣而得名。又称“绣衣直指”。此处指监察御史，巡视纠察地方官吏的官员，宋代属于察院。

③汉、沔：指今陕西汉中地区。汉，汉水。沔，沔水。出略阳，为汉水上游。

④至元、至正：元代末年的两个年号。

⑤桠相知：硬充朋友。

一个不怀一点不良之心，打点勾搭他妻子。只是铁生是个大户人家，又且做人有些性气刚狠，没个因由，不敢轻惹得他。只好干咽唾沫，眼里口里讨些便宜罢了。

古人两句说得好：

漫藏诲盗，冶容诲淫①。

狄氏如此美艳，当此风俗，怎容他清清白白过世，自然生出事体来。又道是"无巧不成话"，其时同里有个人，姓胡名绥，有妻门氏，也生得十分娇丽。虽比狄氏略差些儿，也算得是上等姿色。若没有狄氏在面前，无人再赛得过了。这个胡绥亦是个风月浪荡的人，虽有了这样好美色，还道是让狄氏这一分，好生心里不甘伏。谁知铁生见了门氏，也羡慕他，思量一网打尽，两美俱备，方称心愿。因而两人各有欺心，彼此交厚，共相结纳。意思便把妻子大家兑用一用，也是情愿的。铁生性直，胡生性狡。铁生在胡生面前，时常露出要勾上他妻子的意思来。胡生将计就计，把说话曲意倒在铁生怀里，再无推拒。铁生道是胡生好说话，毕竟可以图谋。不知胡生正要乘此机会，营勾狄氏，却不漏一些破绽出来。铁生对狄氏道："外人都道你是第一美色。据我所见，胡生之妻也不下于你，怎生得设个法儿，到一到手。人生一世，两美俱为我得，死也甘心。"狄氏道："你与胡生恁地相好，把话实对他说不得？"铁生道："我也曾微露其意，他也不以为怪。却是怎好直话得出？必是你替我做个牵头才弄得成，只怕你要吃醋拈酸。"狄氏道："我从来没有妒心的，可以帮衬处，无不帮衬。却有一件：女人的买卖，各自门，各自户，如何能到惹得他？除非你与胡生内外通家，出妻见子，彼此无忌。时常引得他到我家里来，方好觑个机会，弄你上手。"铁生道："贤妻之言，甚是有理。"从此愈加结识胡生，时时引他到家里吃酒，连他妻子请将过来，叫狄氏陪

①"谩藏"二句：《易经·系辞》中语。意思是说，财物藏得不好招来强盗，打扮得妖艳招来淫乱。

着。外边广接名姬狎客[①]，调笑戏谑。一来要奉承胡生喜欢，二来要引动门氏情性。但是宴乐时节，狄氏引了门氏在里面帘内窥看。看见外边淫昵亵狎之事，无所不为，随你石人也要动火。两生心里，各怀着一点不良之心，多各卖弄波俏[②]，打点打动女佳人。谁知里边看的女人，先动火了一个。你道是谁。元来门氏虽然同在那里窥看，到底是做客人的，带些拘束，不象狄氏自家屋里，恣性瞧看[③]，惹起春心。那胡生比铁生，不但容貌胜他，只是风流身分，温柔性格，在行气质，远过铁生。狄氏反看上了，时时在帘内露面调情，越加用意支持酒肴，毫无倦色。铁生道是有妻内助，心里快活，那里晓得就中之意？铁生酒后对胡生道："你我各得美妻，又且两人相好至极，可谓难得。"胡生谦逊道："拙妻陋质，怎能比得尊嫂生得十全。"铁生道："据小弟看来，不相上下的了，只是一件：你我各守着自己的，亦无别味。我们做个痴兴不着，彼此更换一用，交收其美，心下何如？"此一句话正中胡生深机，假意答道："拙妻陋质，虽蒙奖赏，小弟自揣怎敢有犯尊嫂？这个于理不当。"铁生笑道："我们醉后谑浪至此，可谓忘形之极。"彼此大笑而散。铁生进来，带醉看了狄氏，抬他下颏道："我意欲把你与胡家的兑用一兑用，何如？"狄氏假意骂道："痴乌龟！你是好人家儿女。要偷别人的老婆，倒舍着自己妻子身体？亏你不羞，说得出来。"铁生道："总是通家相好的，彼此便宜何妨？"狄氏道："我在里头帮衬你凑趣使得，要我做此事，我却不肯。"铁生道："我也是取笑的说话，难道我真个舍得你不成？我只是要勾着他罢了。"狄氏道："此事性急不得，你只要撺哄得胡生快活，他未必不像你一般见识，舍得妻子也不见得。"铁生搂着狄氏道："我那贤惠的娘！说得有理。"一同狄氏进房睡了。不题。

却说狄氏虽有了胡生的心，只为铁生性子不好，想道："他因一

---

①狎（xiá）客：嫖客。

②波俏：风流。

③恣性：恣意，随心所欲。

时间思量勾搭门氏，高兴中有此痴话。万一做下了事，被他知道了，后边有些嫌忌起来，碍手碍脚，到底不妙。何如只是用些计较，瞒着他做，安安稳稳，快乐不得？"心中算计已定了。一日，胡生又到铁生家饮酒，此日只他两人，并无外客。狄氏在帘内往往来来，示意胡生。胡生心照了，留量不十分吃酒，却把大瓯劝铁生，哄他道："小弟一向蒙兄长之爱，过于骨肉。兄长俯念拙妻，拙妻也仰幕兄长。小弟乘间下说词说他，已有几分肯了。只要兄长看顾小弟，不消说。先要兄长做百来个妓者东道，请了我，方与兄长图成此事。"铁生道："得兄长肯赐周全，一千个东道也做。"铁生见说得快活，放开了量，大碗价吃。胡生只把肉麻话哄他吃酒，不多时烂醉了。胡生只做扶他的名头，抱着铁生进帘内来。狄氏正在帘边，他一向不避忌的，就来接手搀扶，铁生已自一些不知。胡生把嘴唇向狄氏脸上做要亲的模样，狄氏就把脚尖儿勾他的脚。声唤使婢艳雪、卿云两人来，扶了家主进去。刚剩得胡生、狄氏在帘内，胡生便抱住不放，狄氏也转身来回抱。胡生就求欢道："渴慕极矣，今日得谐天上之乐，三生之缘也。"狄氏道："妾久有意，不必多言。"褪下裤来，就在堂中椅上坐了，跷起双脚，任胡生云雨起来。可笑铁生心贪胡妻，反被胡生先淫了妻子。正是：

舍却家常慕友妻，谁知背地已偷期。
卖了馄饨买面吃，恁样心肠痴不痴？

胡生风流在行，放出手段，尽意舞弄。狄氏欢喜无尽，叮嘱胡生不可泄漏。胡生道："多谢尊嫂不弃小生，赐与欢会。却是尊兄许我多时，就知道了，也不妨碍。"狄氏道："拙夫因贪贤阃①，故有此话。虽是好色心重，却是性刚心直，不可惹他。只好用计赚他，私图快活，方为长便。"胡生道："如何用计？"狄氏道："他是个酒色行中人。你访得有甚名妓，牵他去吃酒嫖宿。等他不归来，我与你就好通宵取乐了。"胡生道："这见识极有理。他方才欲营勾我妻，许我妓馆中一

①贤阃(kǔn)：对他人妻子的尊称。阃，闺门。指妇女和妻室。

百个东道，我就借此机会，撺唆一两个好妓者，绊住了他，不怕他不留恋。只是怎得许多缠头之费供给他？”狄氏道：“这个多在我身上。”胡生道：“若得尊嫂如此留心，小生拚尽着性命，陪尊嫂取乐。”两个计议定了，各自散去。

元来胡家贫，铁家富，所以铁生把酒食结识胡生，胡生一面奉承，怎知反着其手？铁生家道虽富，因为花酒面上费得多[①]，把膏腴的产业，逐渐费掉了。又遇狄氏搭上了胡生，终日撺掇他出外取乐，狄氏自与胡生治酒欢会，珍馐备具，日费不赀。狄氏喜欢过甚，毫不吝惜，只乘着铁生急迫，就与胡生内外撺哄他，把产业贱卖了。狄氏又把价钱藏起些，私下奉养胡生。胡生访得有名妓，就引着铁生去入马[②]，置酒留连，日夜不归。狄氏又将平日所藏之物，时时寄些与丈夫，为酒食犒赏之助。只要他不归来，便与胡生畅情作乐。铁生道是妻贤不妒，越加放恣，自谓得意。有两日归来[③]，狄氏见了，千欢万喜，毫无嗔妒之意。铁生感激不胜，梦里也道妻子是个好人。有一日，正安排了酒果，要与胡生享用。恰遇铁生归来，见了说道：“为何置酒？”狄氏道：“晓得你今日归来，恐怕寂寞，故设此等待。已着人去邀胡生来陪你了。”铁生道：“知我心者，我妻也。”须臾胡生果来，铁生又与尽欢，商量的只是衏衏门中说话。有时醉了，又挑着门氏的话。胡生道：“你如今有此等名姬相交，何必还顾此糟糠之质？果然不嫌丑陋，到底设法上你手罢了。”铁生感谢不尽，却是口里虽如此说，终日被胡生哄到妓家，醉梦不醒，弄得他眼花撩乱，也那有闲日子去与门氏做绰趣工夫[④]？胡生与狄氏却打得火一般热，一夜也间不的。碍着铁生在家，须不方便。胡生又有一个吃酒易醉的方，私下传授了狄氏，做下了酒，不上十来杯，便大醉软摊，只思睡

①花酒：狎妓饮酒。

②入马：上手，勾搭成奸。马，妓女的隐语。

③有两日：方言。偶尔。

④绰（cháo）趣：取乐。

去。自有了此方，铁生就是在家，或与狄氏，或与胡生，吃不多几杯，已自颓然在旁。胡生就出来，与狄氏换了酒，终夕笑语淫戏，铁生竟是不觉得。有番把归来时[1]，撞着胡生、狄氏正在欢饮。胡生虽悄地避过，杯盘狼藉，收拾不迭。铁生问起狄氏，只说是某亲眷到来，留着吃饭，怕你来强酒，吃不过，逃去了。铁生便就不问。只因前日狄氏说了不肯交兑的话，信以为实，道是个心性贞洁的人。那胡生又狎呢奉承，惟恐不及，终日陪嫖妓，陪吃酒的，一发那里疑心着？况且两个有心人算一个无心人，使婢又做了脚，便有些小形迹，也都遮饰过了。到底外认胡生为良朋，内认狄氏为贤妻，迷而不悟。街坊上人知道此事的渐渐多了，编着一只《畲调山坡羊》来嘲他道：

那风月场，那一个不爱？只是自有了娇妻，也落得个自在。又何须终日去乱走胡行，反把个贴肉的人儿送别人还债。你要把别家的一手擎来，谁知在家的把你双手托开。果然是氽的倒先氽了，你曾见他那门儿安在？割猫儿尾拌着猫饭来，也落得与人用了些不疼的家财。乖乖！这样贪花，只算得折本消灾[2]。乖乖！这场交易，不做得公道生涯。

却说铁生终日耽于酒色，如醉如梦，过了日子，不觉身子淘出病来，起床不得，眠卧在家。胡生自觉有些不便，不敢往来。狄氏通知他道："丈夫是不起床的，亦且使婢们做眼的多，只管放心来走，自不妨事。"胡生得了这个消息，竟自别无顾忌。出入自擅，惯了脚步，不觉忘怀了，错在床面前走过。铁生忽然看见了，怪问起来，道："胡生如何在里头走出来？"狄氏与两个使婢同声道："自不曾见人走过，那里甚么胡生？"铁生道："适才所见，分明是胡生。你们又说没甚人走过。难道病眼模糊，见了鬼了？"狄氏道："非是见鬼。你心里终日想其妻子，想得极了，故精神恍惚，开眼见他，是个眼花。"次日，胡生知道了这话，说道："虽然一时扯谎，哄了他，他后边病好了，必然静想

---

①番把：回把。也是"偶尔"、"碰巧"的意思。

②折(shé)本：赔本。

得着，岂不疑心？他既认是鬼，我有道理，真个把鬼来与他看看。等他信实，是眼花了，以免日后之疑。"狄氏笑道："又来调喉[①]，那里得有个鬼？"胡生道："我今夜乘暗躲在你家后房，落得与你欢乐。明日我妆做一个鬼，走了出去，却不是一举两得？"果然是夜狄氏安顿胡生在别房，却叫两个使婢在床前相伴家主。自推不耐烦伏侍，图在别床安寝，撇了铁生，径与胡生睡了一晚。明日，打听得铁生睡起朦胧，胡生把些靛涂了面孔[②]，将鬓发染红了，用绵裹了两只脚，要走得无声，故意在铁生面前直冲而出。铁生病虚的人，一见大惊。喊道："有鬼！有鬼！"忙把被遮了头，只是颤。狄氏急忙来问道："为何大惊小怪？"铁生哭道："我说昨日是鬼，今日果然见鬼了。此病凶多吉少，急急请个师巫，替我禳解则个！"自此一惊，病势渐重。狄氏也有些过意不去，只得去访求法师。其时离原上百里[③]，有一个了卧禅师，号虚谷，戒行为诸山首冠[④]。铁生以礼请至，建忏悔法坛，以祈佛力保佑。是日卧师入定，过时不起，至黄昏始醒。问铁生道："你上代有个绣衣公么？"铁生道："就是吾家公公[⑤]。"卧师又问道："你朋友中有个胡生么？"铁生道："是吾好友。"狄氏见说着胡生，有些心病，也来侧耳听着。卧师道："适间所见甚奇。"铁生道："有何奇处？"卧师道："贫僧初行，见本宅土地，恰遇宅上先祖绣衣公在那里诉冤，道其孙为胡生所害。土地辞是职卑，理不得这事，教绣衣公道：'今日南北二斗，会降玉笥峰下。可往诉之，必当得理。'绣衣公邀贫僧同往，到得那里，果然见两个老人。一个着绯，一个着绿，对坐下棋。绣衣公叩头仰诉，老人不应。绣衣公诉之不止。棋罢，方开言道："福善祸淫，天自有常理。尔是儒家，乃昧自取之理，为无益之求。

---

①调喉：瞎说。

②靛（diàn）：靛青，蓝靛。用蓼蓝叶泡水制成的蓝色染料。

③原：今字多写作"塬"。陕西称高而平、适于耕作的地方为"原"。

④戒行：恪守戒律。

⑤公公：祖父。

尔孙不肖，有死之理，但尔为名儒，不宜绝嗣，尔孙可以不死。胡生宣淫败度，妄诱尔孙，不受报于人间，必受罪于阴世。尔且归，胡生自有主者，不必仇他，也不必诉我。'说罢，顾贫僧道：'尔亦有缘，得见吾辈。尔既见此事，尔须与世人说知，也使知祸福不爽。'言讫而去，贫僧定中所见如此。今果有绣衣公与胡生，岂不奇哉？"狄氏听见大惊，没做理会处。铁生也只道胡生诱他嫖荡，故公公诉他，也还不知狄氏有这些缘故。但见说可以不死，是有命的，把心放宽了，病体减动好些。反是狄氏替胡生耽忧，害出心病来。

不多几时，铁生全愈，胡生腰痛起来。旬日之内，痈疽大发①。医者道是酒色过度，水竭无救。铁生日日直进卧内问病，一向通家，也不避忌。门氏在床边伏侍，遮遮掩掩。见铁生日常周济他家的，心中带些感激，渐渐交通说话，眉来眼去。铁生出于久慕，得此机会，老大撩拨。调得情熟，背了胡生眼后，两人已自搭上了。铁生从来心愿，赔了妻子多时，至此方才勾帐。正是：

一报还一报，皇天不可欺。
向来打交易，正本在斯时②。

门氏与铁生成了此事，也似狄氏与胡生起初一般的，如胶似漆。晓得胡生命在旦夕，到底没有好的日子了，两人恩山义海，要做到头夫妻。铁生对门氏道："我妻甚贤，前日尚许我接你来，帮衬我成好事。而今若得娶你同去相处，是绝妙的了。"门氏冷笑了一声，道："如此肯帮衬人，所以自家也会帮衬。"铁生道："他如何自家帮衬？"门氏道："他与我丈夫往来已久，晚间时常不在我家里睡。但看你出外，就到你家去了。你难道一些不知？"铁生方才如梦初觉，如醉方醒。晓得胡生骗着他，所以卧师入定，先祖有此诉。今日得门氏上手，也是果报。对门氏道："我前日眼里亲看见，却被他们把鬼话遮掩了。今日若非娘子说出，到底被他两人瞒过。"门氏道："切不可到你家说

①痈疽：毒疮。
②正本：还本。

破，怕你家的怪我。”铁生道：“我既有了你，可以释恨。况且你丈夫将危了，我还家去张扬做甚么？”悄悄别了门氏，回家里来，且自隐忍不言。不两日，胡生死了。铁生吊罢归家，狄氏念着旧情，心中哀痛，不觉掉下泪来。铁生此时有心看人的了，有甚么看不出？冷笑道：“此泪从何而来？”狄氏一时无言。铁生道：“我已尽知，不必瞒了。”狄氏紫涨了面皮，强口道：“是你相好往来的死了，不觉感叹堕泪，有甚么知不知，瞒不瞒？”铁生道：“不必口强！我在外面宿时，他何曾在自家家里宿？你何曾独自宿了？我前日病时，亲眼看见的又是何人？还是你相好往来的死了，故此感叹堕泪。”狄氏见说着真话，不敢分辨，默默不乐。又且想念胡生，阖眼就见他平日模样。恹恹成病，饮食不进而死。死后半年，铁生央媒把门氏娶了过来，做了续弦。铁生与门氏甚是相得，心中想着卧师所言，祸福之报，好生警悟。对门氏道：“我只因见你姿色，起了邪心。却被胡生先淫媾了妻子，这是我的花报。胡生与吾妻子背了我淫媾，今日却一时俱死。你归于我，这却是他们的花报。此可为妄想邪淫之戒。先前卧师入定转来，已说破了。我如今悔心已起，家业虽破，还好收拾支撑。我与你安分守己过日罢了。”铁生就礼拜卧师为师父，受了五戒①。戒了邪淫，也再不放门氏出去游荡了。汉沔之间，传将此事出去，晓得果报不虚。卧师又到处把定中所见劝人，变了好些风俗。有诗为证：

江汉之俗，其女好游。
自非文化②，谁不可求？
睹色相悦，彼此营勾。
宁知捷足③，反占先头。

---

①五戒：佛家以不杀生、不偷盗、不邪淫、不妄语、不饮酒为五戒。
②文化：文明教化。
③宁知：岂知，哪里晓得。

诱人荡败，自己绸缪①。
一朝身去，田土人收。
眼前还报，不爽一筹②。
奉劝世人，莫爱风流！

①绸缪：妇女的带结。指防守牢固。
②不爽一筹：一点不差。

卷三十三

张员外义抚螟蛉子　包龙图智赚合同文

诗曰：

得失荣枯总在天，机关用尽也徒然。
人心不足蛇吞象，世事到头螳捕蝉①。
无药可延卿相寿，有钱难买子孙贤。
甘贫守分随缘过，便是逍遥自在仙。

话说大梁有个富翁②，姓张。妻房已丧，没有孩儿，止生一女，招得个女婿。那张老年纪已过七十，因把田产家缘尽交女婿③，并做了一家，赖其奉养，以为终身之计。女儿女婿也自假意奉承，承颜顺旨，他也不作生儿之望了。不想已后渐渐疏懒，老大不堪。忽一日，在门首闲立，只见外甥走出来寻公公吃饭④。张老便道："你寻我吃饭么？"外甥答道："我寻自已的公公，不来寻你。"张老闻得此言，满怀不乐，自想道："女儿落地便是别家的人，果非虚话。我年纪虽老，精力未衰，何不娶个偏房⑤，倘或生得一个男儿，也是张门后代。"随把自已留下馀财，央媒娶了鲁氏之女。成婚未久，果然身怀六甲⑥。方及周年，生下一子。张老十分欢喜，亲戚之间都来庆贺。惟有女儿女婿暗暗地烦恼。张老随将儿子取名一飞，众人皆称他为张一

①螳捕蝉：比喻算计别人的，也遭到他人的暗算。强调第二句"机关用尽也徒然"。此典出自《吴越春秋》："螳螂捕蝉，志在有利，不知黄雀在后啄之。"亦见《说苑·正谏》。

②大梁：今河南开封市。亦称"汴梁"。宋代都城。

③家缘：家计，家业。同义词。都指家产。

④外甥：外孙。吴语。

⑤偏房：妾，小老婆。

⑥六甲：紫微垣中六颗星名。称妇女怀孕为"身怀六甲"。

郎。又过了一二年，张老患病，沉重不起。将及危急之际，写下遗书二纸。将一纸付与鲁氏，道："我只为女婿、外甥不孝，故此娶你做个偏房。天可怜见，生得此子。本待把家私尽付与他，争奈他年纪幼小，你又是个女人，不能支持门户，不得不与女婿管理。我若明明说破，他年要归我儿，又恐怕他每暗生毒计。而今我这遗书中暗藏哑谜，你可紧紧收藏。且待我儿成人之日，从公告理。倘遇着廉明官府，自有主张。"鲁氏依言，收藏过了。张老便叫人请女儿女婿来，嘱咐了几句，就把一纸遗书与他。女婿接过看道："张一，非我子也，家财尽与我婿，外人不得争占。"女婿看过，大喜，就交付浑家收讫。张老又私把自己馀资，与鲁氏母子，为日用之费。赁间房子，与他居住。数日之内，病重而死。那女婿殡葬丈人已毕。道是家缘尽是他的，夫妻两口，洋洋得意，自不消说。却说鲁氏抚养儿子渐渐长成。因忆遗言，带了遗书，领了儿子，当官告诉[①]。争奈官府都道是亲笔遗书，既如此说，自应是女婿得的。又且那女婿有钱买嘱，谁肯与他分剖？亲戚都为张一不平，齐道："张老病中乱命，如此可笑！"却是没做理会处。又过了几时，换了个新知县，大有能声。鲁氏又领了儿子，到官告诉，说道："临死之时，说书中暗藏哑谜。"那知县把书看了又看，忽然会意。便叫人唤将张老的女儿、女婿、众亲眷们，及地方父老都来。知县对那女婿说道："你妇翁真是个聪明的人。若不是这遗书，家私险被你占了。待我读与你听：'张一非，我子也，家财尽与。我婿外人，不得争占。'你道怎么把'飞'字写做'非'字？只恐怕舅子年幼，你见了此书，生心谋害，故此用这机关。如今被我识出，家财自然是你舅子的，再有何说？"当下举笔，把遗书圈断[②]，家财悉判还张一飞。众人拱服而散。才晓得张老取名之时，就有心机了。正是：

---

①告诉：申诉。即告状。

②圈断：加上句读。古代文字不用标点符号，旧读书法在旁加点和圈，区分文义。

异姓如何拥厚资？应归亲子不须疑。

书中哑谜谁能识？大尹神明果足奇。

只这个故事，可见亲疏分定。纵然一时朦胧，久后自有廉明官府剖断出来，用不着你的瞒心昧己。如今待小子再宣一段话本，叫做《包龙图智赚合同文》[①]。你道这话本出在那里？乃是宋朝汴梁西关外义定坊，有个居民刘大，名天祥，娶妻杨氏。兄弟刘二，名天瑞，娶妻张氏。嫡亲数口儿，同家过活，不曾分另[②]。天祥没有儿女，杨氏是个二婚头[③]。初嫁时带个女儿来，俗名叫做拖油瓶。天瑞生个孩儿，叫做刘安住。本处有个李社长，生一女儿，名唤定奴，与刘安住同年。因为李社长与刘家交厚，从未生时指腹为婚。刘安住二岁时节，天瑞已与他聘定李家之女了。那杨氏甚不贤惠，又私心要等女儿长大，招个女婿，把家私多分与他。因此妯娌间时常有些说话的。亏得天祥兄弟和睦，张氏也自顺气，不致生隙。不想遇着荒歉之岁，六料不收[④]。上司发下明文，着居民分房减口，往他乡外府趁熟[⑤]。天祥与兄弟商议，便要远行。天瑞道："哥哥年老，不可他出。待兄弟带领妻儿去走一遭。"天祥依言，便请将李社长来。对他说道："亲家在此：只因年岁凶歉，难以度日。上司旨意，着居民减口，往他乡趁熟。如今我兄弟三口儿，择日远行。我家自来不曾分另，意欲写下两纸合同文书，把应有的庄田物件房廊屋舍，都写在这文书上。我每各收留下一纸。兄弟一二年回来便罢。若兄弟十年五年不来，其间万一有些好歹，这纸文书便是个老大的证见[⑥]。特请亲

①包龙图：宋代包拯。合肥人，官至枢密副使。任开封府尹时执法不阿，当时称为"阎罗包老"。因曾任天章阁待制和龙图阁直学士，又称他为"包待制"和"包龙图"，多见于小说和戏文。

②分另：分家另过。

③二婚头：再嫁妇女。

④六料：米、大麦、小麦、大豆、小豆、芝麻，称"六料"。这里泛指农作物。

⑤趁熟：即逃荒。

⑥老大：吴语。大大，很大。

家到来，做个见人①，与我每画个字儿。"李社长应承道："当得，当得。"天祥便取出两张素纸，举笔写道：

东京西关义定坊住人刘天祥弟刘天瑞幼侄安住。只为六料不收，奉上司文书，分房减口，各处趁熟。弟天瑞自愿挈妻带子，他乡趁熟。一应家私房产，不曾分另。今立合同文书二纸，各收一纸为照。

年　月　日立文书人刘天祥

亲弟刘天瑞

见人李社长

当下各人画个花押，兄弟二人，每人收了一纸，管待了李社长②，自别去了。天瑞拣个吉日，收拾行李，辞别兄嫂而行。弟兄两个，皆各流泪。惟有杨氏，巴不得他三口出门，甚是得意。有一只《仙吕赏花时》，单道着这事：

两纸合同各自收，一日分离无限忧。辞故里，往他州，只为这黄苗不救，可兀的心去意难留。

且说天瑞带了妻子，一路餐风宿水，无非是：逢桥下马，过渡登舟。不则一日，到了山西潞州高平县下马村。那边正是丰稔年时，诸般买卖好做，就租个富户人家的房子住下了。那个富户张员外，双名秉彝，浑家郭氏，夫妻两口。为人疏财仗义，好善乐施，广有田庄地宅。只是寸男尺女并无，以此心中不满。见了刘家夫妻，为人和气，十分相得。那刘安住年方三岁，张员外见他生得眉清目秀，乖觉聪明，满心欢喜。与浑家商议，要过继他做个螟蛉之子。郭氏心里也正要如此。便央人与天瑞和张氏说道："张员外看见你家小官人，十二分得意，有心要把他做个过房儿子③，通家往来。未知二位意下何如？"天瑞和张氏见富家要过继他的儿子，有甚不像意处？便

①见人：证人。

②管待：款待，招待。

③过房儿子：即过继儿子、义子。

回答道："只恐贫寒，不敢仰攀。若蒙员外如此美情，我夫妻两口住在这里，可也增好些光彩哩！"那人便将此话回复了张员外。张员外夫妻甚是快话，便拣个吉日，过继刘安住来，就叫他做张安住。那张氏与员外为是同姓，又拜他做了哥哥。自此与天瑞认为郎舅，往来交厚，房钱衣食，都不要他出了。自此将及半年。谁想欢喜未来，烦恼又到。刘家夫妻二口，各各染了疫症，一卧不起。正是：

浓霜偏打无根草，祸来只奔福轻人。

张员外见他夫妻病了，视同骨肉，延医调理。只是有增无减。不上数日，张氏先自死了。天瑞大哭一场，又得张员外买棺殡殓。过了几日，天瑞看看病重，自知不痊，便央人请将张员外来。对他说道："大恩人在上，小生有句心腹话儿，敢说得么？"员外道："姐夫，我与你义同骨肉，有甚分付，都在不才身上，决然不负所托，但说何妨？"天瑞道："小生嫡亲的兄弟两口。当日离家时节，哥哥立了两纸合同文书。哥哥收一纸，小生收一纸。怕有些好歹，以此为证。今日多蒙大恩人另眼相看，谁知命蹇时乖，果然做了他乡之鬼。安住孩儿幼小无知，既承大恩人过继，只望大恩人广修阴德，将孩儿抚养成人长大。把这纸合同文书分付与他，将我夫妻俩把骨殖埋入祖坟。小生今生不能补报，来生来世，情愿做驴做马，报答大恩。是必休迷了孩儿的本姓。"说罢，泪如雨下。张员外也自下泪，满口应承，又把好言安慰他。天瑞就取出文书，与张员外收了。捱至晚间，瞑目而死。张员外又备棺木衣衾，盛殓已毕。将他夫妻两口棺木，权埋在祖茔之侧。自此抚养安住，恩同己子。安住渐渐长成，也不与他说知就里，就送他到学堂里读书。安住伶俐聪明，过目成诵。年十馀岁，五经子史，无不通晓。又且为人和顺，孝敬二亲。张员外夫妻珍宝也似的待他。每年春秋节令，带他上坟，就叫他拜自己的父母，但不与他说明缘故。

真是光阴似箭，日月如梭，捻指之间，又是一十五年。安住已长成十八岁了。张员外正与郭氏商量，要与他说知前事，着他归宗葬父。时遇清明节令，夫妻两口，又带安住上坟。只见安住指着旁边的土堆，问员外道："爹爹年年叫我拜这坟茔，一向不曾问得。不知是我甚么亲眷，乞与孩儿说知。"张员外道："我儿，我正待要对你说，着你还乡。只恐怕晓得了自己爹爹妈妈，便把我们抚养之恩，都看得冷淡了。你本不姓张，也不是这里人氏。你本姓刘，东京西关义定坊居民刘天瑞之子。你伯父是刘天祥。因为你那里六料不收，分房减口，你父亲母亲带你到这里趁熟。不想你父母双亡，埋葬于此。你父亲临终时节，遗留与我一纸合同文书，应有家私田产，都在这文书上。叫待你成人长大，与你说知就里。着你带这文书，去认伯父伯母，就带骨殖去祖坟安葬。儿际，今日不得不说与你知道。我虽无三年养育之苦，也有十五年抬举之恩，却休忘我夫妻两口儿。"安住闻言，哭倒在地。员外和郭氏叫唤苏醒。安住又对父母的坟茔，哭拜了一场，道："今日方晓得生身的父母。"就对员外、郭氏道："禀过爹爹母亲，孩儿既知此事，时刻也迟不得了。乞爹爹把文书付我，须索带了骨殖，往东京走一遭去。埋葬已毕，重来侍奉二亲。未知二亲意下何如？"员外道："这是行孝的事，我怎好阻当得你？但只愿你早去早回，免使我两口儿悬望。"当下一同回到家中。安住收拾起行装。次日拜别了爹妈，员外就拿出合同文书，与安住收了。又叫人启出骨殖来，与他带去。临行，员外又分付道："休要久恋家乡，忘了我认义父母。"安住道："孩儿怎肯做知恩不报恩！大事已完，仍到膝下侍养。"三人各各洒泪而别。

安住一路上不敢迟延，早来到东京西关义定坊了。一路问到刘家门首，只见一个老婆婆站在门前。安住上前唱了个喏道："有烦妈妈与我通报一声，我姓刘，名安住，是刘天瑞的儿子。问得此间是伯父伯母的家里，特来拜认归宗①。"只见那婆子一闻此言，便有些变色，就问安住道："如今二哥二嫂在那里？你既是刘安住，须有合同文字为照。不然，一面不相识的人，如何信得是真？"安住道："我父母十五年前死在潞州了。我亏得义父抚养到今。文书自在我行李

①归宗：出嗣异姓或本姓别支为嗣子的仍回本宗族。

中。”那婆子道:“则我就是刘大的浑家。既有文书,便是真的了。可把与我。你且站在门外,待我将进去与你伯伯看了,接你进去。”安住道:“不知就是我伯娘,多有得罪。”就打开行李,把文书双手递将送去。杨氏接得,望着里边去了。安住等了半晌,不见出来。原来杨氏的女儿已赘过女婿,满心只要把家缘尽数与他,日夜防的是叔婶侄儿回来。今见说叔婶俱死,伯侄两个又从不曾识认,可以欺骗得的。当时赚得文书到手,把来紧紧藏在身边暗处,却待等他再来缠时,与他白赖。也是刘安住悔气,合当有事,撞见了他。若是先见了刘天祥,须不到得有此。再说刘安住等得气叹口渴,鬼影也不见一个,又不好走得进去。正在疑心之际,只见前面走将一个老年的人来,问道:“小哥,你是那里人?为甚事在我门首呆呆站着?”安住道:“你莫非就是我伯伯么?则我便是十五年前,父母带了潞州去趁熟的刘安住。”那人道:“如此说起来,你正是我的侄儿。你那合同文书安在?”安住道:“适才伯娘已拿将进去了。”刘天祥满面堆下笑来,携了他的手,来到前厅。安住倒身下拜,天祥道:“孩儿行路劳顿,不须如此。我两口儿年纪老了,真是风中之烛。自你三口儿去后,一十五年,杳无音信。我们兄弟两个,只看你一个人。偌大家私[①],无人承受,烦恼得我眼也花、耳也聋了。如今幸得孩儿归来,可喜!可喜!但不知父母安否?如何不与你同归来看我们一看?”安住扑簌簌泪下。就把父母双亡,义父抚养的事体,从头至尾,说了一遍。刘天祥也哭了一场,就唤出杨氏来道:“大嫂,侄儿在此见你哩。”杨氏道:“那个侄儿?”天祥道:“就是十五年前去趁熟的刘安住。”杨氏道:“那个是刘安住?这里哨子每极多[②]。大分是见我每有些家私[③],假妆做刘安住来冒认的。他爹娘去时,有合同文书。若有便是真的,如无便是假的。有甚么难见处?”天祥道:“适才孩儿说道,已交付与

---

①偌(ruò)大:那么大。偌,也写作“惹”。

②哨子:骗子。

③大分:大概。

你了。"杨氏道:"我不曾见。"安住道:"是孩儿亲手交与伯娘的。怎如此说?"天祥道:"大嫂休斗我耍,孩儿说你拿了他的。"杨氏只是摇头,不肯承认。天祥又问安住道:"这文书委实在那里[①]?你可实说。"安住道:"孩儿怎敢有欺?委实是伯娘拿了。人心天理,怎好赖得!"杨氏骂道:"这个说谎的小弟子孩儿[②],我几曾见那文书来?"天祥道:"大嫂休要斗气。你果然拿了,与我一看何妨?"杨氏大怒道:"这老子也好糊涂!我与你夫妻之情,倒信不过。一个铁蓦生的人[③],倒并不疑心。这纸文书我要他糊窗儿?有何用处!若果侄儿来,我也欢喜,如何肯揹留他的[④]?这花子故意来捏舌[⑤],哄骗我们的家私哩!"安住道:"伯伯,你孩儿情愿不要家财,只要傍着祖坟上埋葬了我父母这两把骨殖,我便仍到潞州去了。你孩儿须自有安身立命之处。"杨氏道:"谁听你这花言巧语!"当下提起一条杆棒,望着安住劈头劈脸打将过来。早把他头儿打破了,鲜血迸流。天祥虽在旁边解劝,喊道:"且问个明白!"却是自己又不认得侄儿。见浑家抵死不认,不知是假是真,好生委决不下[⑥],只得由他。那杨氏将安住叉出前门,把门闭了。正是:

黑蟒口中舌,黄峰尾上针。
两般犹未毒,最毒妇人心。

刘安住气倒在地多时。渐渐苏醒转来,对着父母的遗骸,放声大哭。又道:"伯娘,你直下得如此狠毒!"正哭之时,只见前面又走过一个人来。问道:"小哥,你那里人?为甚事在此啼哭?"安住道:"我便是十五年前,随父母去趁熟的刘安住。"那人见说,吃了一惊,

①委实:确实。

②弟子孩儿:骂人话。婊子养的、王八羔子。今北京土话"丫亭的",也类似。

③铁蓦生:蓦生,陌生。"铁"字加强语气。今北京方言中也用此"铁"字,如"铁哥儿们"。

④揹留:强留。

⑤花子:叫花子。捏舌:捏造。

⑥委决:决定,决断。

仔细相了一相。问道："谁人打破你的头来？"安住道："这不干我伯父事。是伯娘不肯认我，拿了我的合同文书，抵死赖了，又打破了我的头。"那人道："我非别人，就是李社长。这等说起来，你是我的女婿。你且把十五年来的事情，细细与我说一遍，待我与你做主。"安住见说是丈人，恭恭敬敬唱了个喏，哭告道："岳父听禀：当初父母同安住趁熟，到山西潞州高平县下马村，张秉彝员外家店房中安下。父母染病双亡，张员外认我为义子，抬举的成人长大。我如今十八岁了，义父才与我说知就里，因此担着我父母两把骨殖来认伯伯。谁想伯娘将合同文书赚的去了，又打破了我的头。这等冤枉，那里去告诉？"说罢，泪如涌泉。李社长气得面皮紫胀。又问安住道："那纸合同文书既被赚去，你可记得么？"安住道："记得。"李社长道："你且背来我听。"安住从头念了一遍，一字无差。李社长道："果是我的女婿，再不消说。这虔婆好生无理！我如今敲进刘家去，说得他转便罢。说不转时，现今开封府府尹是包龙图相公，十分聪察。我与你同告状去，不怕不断还你的家私。"安住道："全凭岳父主张。"李社长当时敲进刘天祥的门，对他夫妻两个道："亲翁、亲妈，什么道理？亲侄儿回来，如何不肯认他，反把他头儿都打破了？"杨氏道："这个社长！你不知他是诈骗人的，故来我家里打浑①。他既是我家侄儿，当初曾有合同文书，有你画的字。若有那文书时，便是刘安住。"李社长道："他说是你赚来藏过了，如何白赖？"杨氏道："这社长也好笑，我何曾见他的？却似指贼的一般。别人家的事情，谁要你多管！"当下又举起杆棒，要打安住。李社长恐怕打坏了女婿，挺身拦住，领了他出来，道："这虔婆使这般的狠毒见识，难道不认就罢了？不到得和你干休！贤婿，不要烦恼。且带了父母的骨殖和这行囊，到我家中将息一晚②。明日到开封府进状。"安住从命，随了岳丈一路到李家来。李社长又引他拜见了丈母，安排酒饭管待他。又与他

①打浑：扰乱，蒙骗。

②将息：歇息，休息。

包了头，用药敷治。

次日侵晨[①]，李社长写了状词，同女婿到开封府来。等了一会，龙图已升堂了。但见：

冬冬衙鼓响，公吏两边排。

阎王生死殿，东岳吓魂台。

李社长和刘安住当堂叫屈。包龙图接了状词看毕，先叫李社长上去，问了情由。李社长从头说了。包龙图道："莫非是你包揽官司，教唆他的？"李社长道："他是小人的女婿，文书上元有小人花押。怜他幼稚含冤，故此与他申诉。怎敢欺得青天爷爷？"包龙图道："你曾认得女婿么？"李社长道："他自三岁离乡，今日方归，不曾认得。"包龙图道："既不认得，又失了合同文书，你如何信得他是真？"李社长道："这文书除了刘家兄弟和小人，并无一人看见。他如今从前至后背来，不差一字，岂不是个老大的证见？"包龙图又唤刘安住起来，问其情由。安住也一一说了。又验了他的伤，问道："莫非你果不是刘家之子，借此来行拐骗的么？"安住道："老爷，天下事是假难真，如何做得这没影的事体？况且小人的义父张秉彝广有田宅，也够小人一生受用了。小人原说过，情愿不分伯父的家私，只要把父母的骨殖葬在祖坟，便仍到潞州义父处去居住。望爷爷青天详察。"包龙图见他两人说得有理，就批准了状词。随即拘唤刘天祥夫妇同来。包龙图叫刘天祥上前，问道："你是个一家之主，如何没些主意，全听妻言？你且说，那小厮果是你侄儿不是？"天祥道："爷爷，小人自来不曾认得侄儿，全凭着合同为证。如今这小厮抵死说是有的，妻子又抵死说没有，小人又没有背后眼睛，为此委决不下。"包龙图又叫杨氏起来，再三盘问，只是推说不曾看见。包龙图就对安住道："你伯父伯娘如此无情，我如今听凭你，着实打他，且消你这口怨气。"安住恻然下泪道："这个使不得！我父亲尚是他的兄弟，岂有侄儿打伯父之理？小人本为认亲葬父，行孝而来，又非是争财竞产。若是要小

①侵晨：大清早。

人做此逆伦之事，至死不敢。”包龙图听了这一遍说话，心下已有几分明白。有诗为证：

包老神明称绝伦，就中曲直岂难分？

当堂不肯施刑罚，亲者原来只是亲。

当下又问了杨氏几句。假意道：“那小厮果是个拐骗的，情理难容。你夫妻们和李某且各回家去，把这厮下在牢中，改日严刑审问。”刘天祥等三人叩头而出，安住自到狱中去了。杨氏暗暗地欢喜，李社长和安住俱各怀着鬼胎，疑心道：“包爷向称神明，如何今日到把原告监禁？”

却说包龙图密地分付牢子每[①]，不许难为刘安住。又分付衙门中人张扬出去，只说安住破伤风发，不久待死。又着人往潞州取将张秉彝来。不则一日，张秉彝到了。包龙图问了他备细，心下大明。就叫他牢门首见了安住，用好言安慰他。次日，佥了听审的牌，又密嘱咐牢子每临审时如此如此。随即将一行人拘到。包龙图叫张秉彝与杨氏对辩。杨氏只是硬争[②]，不肯放松一句。包龙图便叫监中取出刘安住来。只见牢子回说道：“病重垂死，行动不得。”当下李社长见了张秉彝，问明缘故不差，又忿气与杨氏争辩了一会。又见牢子们来报道：“刘安住病重死了。”那杨氏不知利害，听见说是死了，便道：“真死了却谢天地，倒免了我家一累。”包爷分付道：“刘安住得何病而死？快叫仵作人相视了回话。”仵作人相了，回说：“相得死尸，约年十八岁。大阳穴为他物所伤致死，四周有青紫痕可验。”包龙图道：“如今却怎么处？倒弄做个人命事，一发重大了。兀那杨氏[③]！那小厮是你甚么人？可与你关甚亲么？”杨氏道：“爷爷，其实不关甚亲。”包爷道：“若是关亲时节，你是大，他是小，纵然打伤身死，不过是误杀子孙，不致偿命，只罚些铜纳赎。既是不关亲，你岂

---

①牢子：禁子。监狱看守的兵卒。

②硬争：也写作“硬挣”。强横，强硬。

③兀那：那。“兀”字加强语气。

不闻得‘杀人偿命,欠债还钱’。他是各白世人[1],你不认他罢了,拿甚么器仗打破他头,做了破伤风身死。律上说:‘殴打平人因而致死者抵命[2]。’左右,可将枷来,枷了这婆子,下在死囚牢里。交秋处决,偿这小厮的命。”只见两边如狼似虎的公人,暴雷也似答应一声,就抬过一面枷来。唬得杨氏面如土色,只得喊道:“爷爷,他是小妇人的侄儿。”包龙图道:“既是你侄儿,有何凭据?”杨氏道:“现有合同文书为照。”当下身边摸出文书,递与包公看了。正是:

　　本说的丁一卯二[3],生扭做差三错四。

　　略用些小小机关,早赚出合同文字。

包龙图看毕,又对杨氏道:“刘安住既是你的侄儿,我如今着人抬他的尸首出来。你须领去埋葬,不可推却。”杨氏道:“小妇人情愿殡葬侄儿。”包龙图便叫监中取出刘安住来,对他说道:“刘安住,早被我赚出合同文字来也。”安住叩头谢道:“若非青天老爷,真是屈杀小人。”杨氏抬头看时,只见容颜如旧,连打破的头都好了。满面羞惭,无言抵对。包龙图遂提笔判曰:

　　刘安住行孝,张秉彝施仁,都是罕有,俱各旌表门闾[4]。李社长着女夫择日成婚。其刘天瑞夫妻骨殖,准葬祖茔之侧。刘天祥朦胧不明,念其年老,免罪。妻杨氏,本当重罪,罚铜准赎[5]。杨氏赘婿,原非刘门瓜葛[6],即时逐出,不得侵占家私。

判毕,发放一干人犯,各自还家。众人叩头而出。

张员外写了通家名帖,拜了刘天祥、李社长,先回潞州去了。刘天祥到家,将杨氏埋怨一场。就同侄儿将兄弟骨殖埋在祖茔已毕。李社长择个吉日,赘女婿过门成婚。一月之后,夫妻两口同到潞州,

---

①各白世人:毫无关系的人,陌路之人。

②平人:无辜的人,平等之人。这里是后一意义。

③丁一卯二:丁是丁,卯是卯。意思说得清清楚楚。

④旌表门闾:挂匾表扬。

⑤罚铜:罚款。

⑥瓜葛:本指亲戚关系。这里是说宗亲、本家人。

拜了张员外和郭氏。已后刘安住出仕贵显。刘天祥、张员外俱各无嗣，两姓的家私，都是刘安住一人承当。可见荣枯分定，不可强求。况且骨肉之间，如此昧己瞒心，最伤元气。所以宣这个话本，奉戒世人，切不可为着区区财产，伤了天性之恩。有诗为证：

螟蛉义父犹施德，骨肉天亲反弄奸。
日后方知前数定，何如休要用机关！

卷三十四

闻人生野战翠浮庵　静观尼昼锦黄沙衖

诗云：

酒不醉人人自醉，色不迷人人自迷。

不是三生应判与，直须慧剑断邪思。

话说世间齐眉结发①，多是三生分定②。尽有那挥金霍玉，百计千方，图谋成就的，到底却捉个空。有那一贫如洗，家徒四壁，似司马相如的；分定时，不要说寻媒下聘，与那见面交谈，便是殊俗异类，素昧平生，意想所不到的，却得成了配偶。自古道："姻缘本是前生定，曾向蟠桃会里来。"见得此一事非同小可。只看从古至今，有那昆仑奴、黄衫客、许虞侯③，那一班惊天动地的好汉，也只为从险阻艰难中，成全了几对儿夫妇，直教万古流传。奈何平人见个美貌女子，便待偷鸡吊狗，滚热了又妄想永远做夫妻④。奇奇怪怪，用尽机谋，讨得些寡便宜，枉玷辱人家门风。直到弄将出来，十个九个，死无葬身之地。说话的，依你如此说，怎么今世上也有偷期的倒成了正果？也有奸骗的到底无事？怎见得便个个死于非命？看官听说，你却不

---

①齐眉结发：指夫妻和美始终。齐眉，用汉代梁鸿、孟光夫妇相敬如宾故事。结发，古代婚礼风俗，成婚之夜，男左女右共髻束发。后来指元配为"结发"。

②三生：佛家以过去、现在、未来，即前生、今生、来生为三生。

③昆仑奴：裴铏《传奇》中崔氏家奴，名摩勒。崔生与勋臣家红绡妓一见钟情，摩勒成就其好事。黄衫客：唐蒋防所作传奇小说《霍小玉传》，叙书生李益与霍小玉爱情事。李益后娶卢氏，不再至小玉家。小玉相思成疾，快要死了。有豪士黄衫客强制李益与霍小玉见面，小玉长恸号哭而死。许虞候：许俊。许尧佐《柳氏传》中侠士。参见本书卷二十五"章台独异人"注。

④滚热：混熟。

知“一饮一啄，莫非前定”。夫妻自不必说，就是些闲花野草，也只是前世的缘分。假如偷期的成了正果，前缘凑着，自然配合。奸骗的保身没事，前缘偿了，便可收心。为此也有这一辈，自与那痴迷不转头送了性命的不同。

如今且说一个男假为女，奸骗亡身的故事。苏州府城有一豪家庄院，甚是广阔。庄侧有一尼庵，名曰功德庵，也就是豪家所造。庵里有五个后生尼姑①。其中只有一个出色的，姓王，乃是云游来的。又美丽，又风月②，年可二十来岁。是他年纪最小，却是豪家主意，推他做个庵主。元来那王尼有一身奢嗻的本事③。第一件，一张花嘴④。数黄道白⑤，指东话西，专一在官宦人家打踅⑥，那女眷们没一个不被他哄得投机的。第二件，一付温存情性。善能体察人情，随机应变的帮衬。第三件，一手好手艺。又会写作，又会刺绣。那些大户女眷，也有请他家里来教的，也有到他庵里就教的。又不时有那来求子的，来做道场保禳灾悔的。他又去富贵人家及乡村妇女，诱约到庵中作会。庵有净室十七间，各备床褥衾枕，要留宿的极便。所以他庵中没一日没女眷来往，或在庵过夜，或几日停留。又有一辈妇女，赴庵一次过，再不肯来了的。至于男人，一个不敢上门见面，因有豪家出告示，禁止游客闲人。就是豪家妻女在内，夫男也别嫌疑，恐怕罪过，不敢轻来打搅。所以女人越来得多了。

话休絮烦，有个常州理刑厅⑦，随着察院巡历⑧，查盘苏州府的，

①后生：年轻。

②风月：谈情说爱。

③奢嗻：也作“咤嗻”。了不起。

④花嘴：油嘴。能说会道。

⑤数黄道白：也作“说白道绿”、“说黄道黑”等等。胡说八道。

⑥打踅（xué）：转悠，周旋。

⑦理刑厅：州府管理刑狱的衙门，由推官执掌。这里指推官。

⑧察院：按察司。明代为管理一省刑名按劾之事。各省又分为若干分巡道。这里指按察使或分巡的副使、佥事。

姓袁。因查盘公署就在察院相近不便，亦且天气炎热，要个宽敞所在歇足。县间借得豪家庄院，送理刑去住在里头。一日将晚，理刑在院中闲步。见有一小楼极高，可以四望，随步登楼。只见楼中尘积，蛛网蔽户，是个久无人登的所在。理刑喜他微风远至，心要纳凉，不觉迁延伫立许久。遥望侧边，对着也是一座小楼。楼中有三五个少年女娘，与一个美貌尼姑嘻笑玩耍。理刑倒躲过身子，不使那边看见。偷眼在窗里张时，只见尼姑与那些女娘，或是搂抱一会，或是勾肩搭背偎脸接唇一会。理刑看了半晌，摇着头道："好生作怪！若是女尼，缘何作此等情状？事有可疑。"放在心里。次日，唤皂隶来问道："此间左侧有个庵，是甚么庵？"皂隶道："是某爷家功德庵。"理刑道："还有男僧在内？女僧在内？"皂隶道："止有女僧五人。"理刑道："可有香客与男僧来往么？"皂隶道："因是女僧在内，有某爷家做主，男人等闲也不敢进门，何况男僧？多只是乡宦人家女眷们往来，这是日日不绝的。"理刑心疑不定，恰好知县来参，理刑把昨晚所见与知县说了。知县分付兵快随着理刑，抬到尼庵前来，把前后密地围住。理刑亲自进庵来，众尼慌忙接着。理刑看时，只有四个尼姑，昨日眼中所见的却不在内。问道："我闻说这庵中有五个尼姑，缘何少了一个？"四尼道："庵主偶出。"理刑道："你庵中有座小楼，从那里上去的？"众尼支吾道："庵中只是几间房子，不曾有甚么楼。"理刑道："胡说！"领了人各处看一遍，众尼卧房多看过，果然不见有楼。理刑道："又来作怪！"就唤一个尼姑另到一个所在，故意把闲话问了一会，带了开去。却叫带这三个来，发怒道："你们辄敢在吾面前说谎？方才这一个尼姑已自招了，有楼在内，你们却怎说没有？这等奸诈，可恶！快取拶来！"众尼慌了，只得说出道："实有一楼，从房里床侧纸糊门里进去就是。"理刑道："既如此，缘何隐瞒我？"众尼道："非敢隐瞒爷爷，实是还有几个乡宦家夫人小姐在内，所以不敢说。"推官便叫众尼开了纸门。带了四五个皂隶，弯弯曲曲走将进去，方是胡梯，只听得楼上嘻笑之声。理刑站住，分付皂隶道："你们去看，有个尼姑在上面时，便与我拿下来。"皂隶领旨，一拥上楼去。只见两个闺女、三个妇人，与一个尼姑正坐着饮酒。见那几个公人蓦上来[①]，吃那一惊不小，四分五落的，却待躲避。众皂隶一齐动手，把那娇娇嫩嫩的一个尼姑，横拖倒拽，捉将下来。拽到当面，问了他卧房在那里。到里头一搜，搜出白绫汗巾十九条，皆有女子元红在上。又有簿籍一本，开载明白，多是留宿妇女姓氏、日期。细注某人是某日初至，某人是某人荐至。某女是元红，某女元系无红，一一明白。理刑一看，怒发冲冠，连四尼多拿了，带到衙门里来。庵里一班女眷，见捉了众尼去，不知甚么事发，一齐出庵，雇轿各自回去了。

且说理刑到了衙门里，喝叫动起刑来。坚称身是尼僧，并无犯法。理刑又取稳婆进来[②]，逐一验过，多是女身。理刑没做理会处，思量道："若如此，这些汗巾簿籍，如何解说?"唤稳婆密问道："难道毫无可疑?"稳婆道："止有年小的这个尼姑，虽不见男形，却与女人有些两样。"理刑猛想道："从来闻有缩阳之术。既这一个有些两样，必是男子。我记得一法，可以破之。"命取油涂其阴处，牵一只狗来餂食。那狗闻了油香，伸了长舌，餂之不止。元来狗舌最热，餂到十来餂，小尼热痒难煞，打一个寒噤，腾的一条棍子直统出来，且是坚硬不倒，众尼与稳婆掩面不迭。理刑怒极道："如此奸徒，死有馀辜!"喝叫拖番，重打四十，又夹一夹棍，教他从实供招来踪去迹。只得招道："身系本处游僧。自幼生相似女，从师在方上学得采战伸缩之术[③]，可以夜度十女。一向行白莲教，聚集妇女奸宿。云游到此庵中，有众尼相爱留住。因而说出能会缩阳为女，便充做本庵庵主，多与那夫人小姐们来往。来时诱至楼上同宿，人多不疑。直到引动淫兴，调得情热，方放出肉具来，多不推辞。也有刚正不肯的，有个淫

---

①蓦上来：突然上来，摸上来。

②稳婆：接生婆。

③采战：房中邪术。说是以女子为鼎炉，与之交媾，采补真铅真汞(即元气)以养身。

咒迷了他，任从淫欲，事毕方解。所以也有一宿过再不来的。其馀尽是两相情愿，指望永远取乐。不想被爷爷验出，甘死无辞。”方在供招，只见豪家听了妻女之言，道是理刑拿了家庵尼姑去，写书来嘱托讨饶。理刑大怒，也不回书，竟把汗巾、簿籍封了送去，豪家见了，羞赧无地。理刑乃判云：

审得王某，系三吴亡命[①]，优仆奸徒[②]。倡白莲以惑黔首[③]，抹红粉以溷朱颜。教祖沙门[④]，本是登岸和尚[⑤]；娇藏金屋[⑥]，改为入幕观音[⑦]。抽玉笋合掌禅床[⑧]，孰信为尼为尚？脱金莲展身绣榻，谁知是女是男？譬之鹳入凤巢，始合《关雎》之好[⑨]；蛇游龙窟，岂无云雨之私[⑩]！明月本无心，照霜闺而寡居不寡；清风原有意，入朱户而孤女不孤。废其居，火其书，方足以灭其迹；剖其心，刳其目，不足以尽其辜。

判毕，分付行刑的百般用法摆布，备受惨酷。那一个粉团也似的和尚，怎生熬得过？登时身死。四尼各责三十，官卖了。庵基拆毁。那小和尚尸首，抛在观音潭。闻得这事的，都去看他。见他阳物累

---

①三吴：说法有多种。这里泛指苏南一带州县。

②优仆：倡优仆役。小人。

③黔首：百姓。

④沙门：佛门。

⑤登岸和尚：意思是说真正的佛僧应是超脱人间欲望和烦恼、到达彼岸的。此处就是说和尚。

⑥娇藏金屋：用汉武帝幼时“金屋贮阿娇”的典故。指窝藏美女。

⑦入幕观音：套用郗超为桓温入幕之宾典故。这里的观音指美丽的尼姑。从“教祖”到“观音”数句，说的是真和尚假装成尼姑。

⑧玉笋：手指。本是形容妇女手脚白细美丽的词。

⑨《关雎》之好：《关雎》是《诗经》的首篇。毛传说“《关雎》乐得淑女以配君子”。这里是断章取义。两句是指和尚像鹳入凤巢一样，正好成了男女之配。

⑩云雨之私：性爱私情。

垂，有七八寸长，一似驴马的一般，尽皆掩口笑道："怪道内眷们喜欢他[①]！"平日与他往来的人家内眷，闻得此僧事败，吊死了好几个。这和尚奸骗了多年，却死无葬身之所。若前此回头，自想道不是久长之计，改了念头；或是索性还了俗，娶个妻子，过了一世，可不正应着看官们说的道"奸骗的也有没事"这句话了？便是人到此时，得了些滋味，昧了心肝，直待至死方休。所以凡人一走了这条路，鲜有不做出来的。正是：

善恶到头终有报，只争来早与来迟。

这是男妆为女的了。而今有一个女妆为男，偷期后得成正果的话[②]。洪熙年间[③]，湖州府东门外有一儒家，姓杨。老儿亡故，一个妈妈，同着小儿子并一个女儿过活。那女儿年方一十二岁，一貌如花，且是聪明。单只从小的三好两歉[④]，有些小病。老妈妈没一处不想到，只要保佑他长大，随你甚么事也去做了。忽一日，妈妈和女儿正在那里做绣作[⑤]，只见一个尼姑步将进来，妈妈欢喜接待。元来那尼姑是杭州翠浮庵的观主，与杨妈妈来往有年。那尼姑也是个花嘴骗舌之人。平素只贪些风月，庵里收拾下两个后生徒弟，多是通同与他做些不伶俐勾当的。那时将了一包南枣、一瓶秋茶、一盘白果、一盘栗子，到杨妈妈家来探望。叙了几句寒温，那尼姑看杨家女儿时，生得如何？

体态轻盈，丰姿旖旎。白似梨花带雨，娇如桃瓣随风。缓步轻移，裙拖下露两竿新笋；含羞欲语，领缘上动一点朱樱。直

①怪道：怪不得。

②偷期：偷情，幽会。

③洪熙：明仁宗朱高炽年号。即公元1425年。

④三好两歉：时好时不好。

⑤绣作：刺绣。

饶封涉不生心[①],便是鲁男须动念[②]。

尼姑见了,问道:"姑娘今年尊庚多少?"妈妈答道:"十二岁了,诸事倒多伶俐,只有一件没奈何处。因他身子怯弱,动不动三病四痛,老身恨不得把身子替了他。为这一件上,常是受怕担忧。"尼姑道:"妈妈可也曾许个愿心,保禳保禳么?"妈妈道:"咳!那一件不做过?求神拜佛,许愿祷告,只是不能脱身。不知是什么悔气星进了命,再也退不去!"尼姑道:"这多是命中带来的。请把姑娘八字与小尼推一推看。"妈妈道:"师父元来又会算命,一向不得知。"便将女儿年月日时对他说了。尼姑做张做智[③],算了一回,说道:"姑娘这命,只不要在妈妈身畔便好。"妈妈道:"老身虽不舍得他离眼前,今要他病好,也说不得。除非过继到别家去,却又性急里没一个去处。"尼姑道:"姑娘可曾受聘了么?"妈妈道:"不曾。"尼姑道:"姑娘命中犯着孤辰[④]。若许了人家时,这病一发了不得。除非这个着落,方合得姑娘贵造[⑤],自然寿命延长,身体旺相。只是妈妈自然舍不得的,不好启齿。"妈妈道:"只要保得没事时,随着那里去何妨?"尼姑道:"妈妈若割舍得下时,将姑娘送在佛门,做个世外之人,消灾增福,此为上着。"妈妈道:"师父所言甚好,这是佛天面上功德。我虽是不忍抛撇。譬如多病多痛死了,没奈何走了这一着罢。也是前世有缘,得与师父厮熟。倘若不弃,便送小女与师父做个徒弟。"尼姑道:"姑娘是一点福星,若在小庵,佛面上也增多少光辉,实是万分之幸。只是

---

①直饶:只有,除非。封涉:当作"封陟"。《太平广记》卷68"封陟"载,唐敬宗时,孝廉封陟居于少室山中,有一个仙女夜间去找他,被他拒绝。以后每七日来一次,共四次,都被拒绝。

②鲁男:鲁男子。春秋时鲁国人。《诗经·巷伯》毛传说,鲁男子独处于室。暴风雨之夜,隔壁寡妇的房子坏了,跑到他这里来;鲁男子把门户关了,不肯让她进来。本来指他不好色。

③做张做智:装模作样。

④孤辰:辰指地支。没有天干相配叫孤辰。比如甲申旬中不出现午未,若卜得午未,即无天干与之相配,即为孤辰。星相家认为卜课时得孤辰不利。

⑤造:指八字。

小尼怎做得姑娘的师父?”妈妈道:“休恁他说,只要师父抬举他一分,老身也放心得下。”尼姑道:“妈妈说那里话?姑娘是何等之人,小尼敢怠慢他?小庵虽则贫寒,靠着施主们看觑,身衣口食不致淡泊,妈妈不必挂心。”妈妈道:“恁地,待选个日子,送到庵便了。”妈妈一头看历日,一头不觉簌簌的掉泪。尼姑又劝慰了一番。妈妈拣定日子,留尼姑在家住了两日。雇只船,叫女儿随了尼姑出家。母子两个,抱头大哭一番。女儿拜别了母亲,同尼姑来到庵里。与众尼相见了,拜了师父。择日与他剃发,取法名叫做静观。自此,杨家女儿便在翠浮庵做了尼姑。这多是杨妈妈没主意,有诗为证:

弱质虽然为病磨,无常何必便来拖?
等闲送上空门路,却使他年自择窝。

你道尼姑为甚撺掇杨妈妈叫女儿出家?元来他日常要做些不公不法的事,全要那几个后生标致徒弟做个牵头,引得人动。他见杨家女儿十分颜色,又且妈妈只要保扶他长成,有甚事不依了他?所以他将机就计,以推命做个入话,唆他把女儿送入空门,收他做了徒弟。那时杨家女儿十二岁上,情窦未开,却也不以为意。若是再大几年的,也抵死不从了①。自做了尼姑之后,每常或同了师父②,或自己一身,到家来看母亲,一年也往来几次。妈妈本是爱惜女儿的,在身边时节,身子略略有些不爽利,一分便认做十分,所以动不动忧愁思虑。离了身畔,便有些小病,却不在眼前,倒省了许多烦恼。又且常见女儿到家,身子健旺,女儿怕娘记挂,口里只说旧病一些不发。为此,那妈妈一发信道该是出家的人,也倒不十分悬念了。

话分两头。却说湖州黄沙衖里有一个秀才③,复姓闻人,单名一

①抵死:拼命。

②每常:经常。

③黄沙衖(xiàng):街坊名。衖,即“巷”字。今江南一带俗作“弄”,弄堂,意义相同而音已不同。

个嘉字。乃祖贯绍兴，因公公在乌程处馆，超籍过来的①。面似潘安，才同子建。年十七岁，堂上有四十岁的母亲。家贫，未有妻室。为他少年英俊，又且气质闲雅，风流潇洒，十分在行，朋友中没一个不爱他敬他的，所以时常有人赍助他。至于遨游宴饮，一发罢他不得；但是朋友们相聚，多以闻人生不在为歉。一日，正是正月中旬天气，梅花盛发。一个后生朋友，唤了一只游船，拉了闻人生往杭州耍子，就便往西溪看梅花②。闻人生禀过了母亲同去。一日夜到了杭州。那朋友道："我们且先往西溪看了梅花，明日进去。"便叫船家把船撑往西溪，不上个把时辰到了。泊船在岸，闻人生与那朋友步行上崖，叫仆从们挑了酒盒，相挈而行。约有半里多路，只见一个松林，多是合抱不交的树。林中隐隐一座庵观，周围一带粉墙包裹，向阳两扇八字墙门，门前一道溪水，甚是僻静。两人走到庵门前闲看，那庵门掩着，里面却像有人窥觑。那朋友道："好个清幽庵院。我们扣门进去，讨杯茶吃了去，何如？"闻人生道："还是趁早去看梅花要紧，转来进去不迟。"那朋友道："有理，有理。"拽开脚步便去。顷刻间走到，两人看梅花时，但见：

烂银一片，碎玉千重。幽馥袭和风，贾午异香还较逊③；素光映丽日，西子靓妆应不如。绰约干能傲冰霜，参差影偏宜风月。骚人题咏安能尽④，韵客杯盘何日休！

两人看了，闲玩了一回，便叫将酒盒来，开怀畅饮。天色看看晚来，酒已将尽，两人吃个半酣，取路回舟中来。那时天已昏黑，只要走路，也不及进庵中观看。急急下船，过了一夜，次早，松木场上岸。不题。且说那个庵正是翠浮庵，便是杨家女儿出家之处。那时静观已是十六岁了，更长得仪容绝世，且是性格幽闲。日常有这些俗客

①超籍：改籍。

②西溪：杭州松木场西溪，风景佳胜，尤以梅花著称。

③贾午异香：典故。晋代贾充之女贾午，与韩寿偷情，把他父亲的特殊香料偷给韩寿。

④骚人：诗人，文人。

往来，也有注目看他的，也有言三语四挑拨他的。众尼便嘻笑趋陪，殷勤款送。他只淡淡相看，分毫不放在心上。闲常见众尼每干些勾当，只做不知。闭门静坐，看些古书，写些诗句，再不轻易出来走动。也是机缘凑泊，适才闻人生庵前闲看时，恰好静观偶然出来闲步，在门缝里窥看。只见那闻人生逸致翩翩，有出尘之态①。静观注目而视，看得仔细。见闻人生去远了，恨不得赶上去饱看一回。无聊无赖的②，只得进房。心下想道："世间有这般美少年，莫非天仙下降？人生一世，但得恁地一个，便把终身许他，岂不是一对好姻缘？奈我已堕入此中，这事休题了。"叹口气，噙着眼泪。正是：

哑子漫尝黄柏味③，难将苦口向人言。

看官听说，但凡出家人，必须四大俱空④。自己发得念尽，死心塌地，做个佛门弟子，早夜修持，凡心一点不动，却才算得有功行。若如今世上，小时凭着父母蛮做，动不动许在空门，那晓得起头易，到底难。到得大来，得知了这些情欲滋味，就是强制得来，原非他本心所愿。为此就有那不守分的，污秽了禅堂佛殿，正叫做"作福不如避罪"。奉劝世人，再休把自己儿女送上这条路来。

闲话休题。却说闻人生自杭州归来，荏苒间又过了四个多月。那年正是大比之年，闻人生已从道间取得头名。此时正是六月天气，却不甚热，打点束装上杭。他有个姑娘⑤，在杭州关内黄主事家做孤孀，要去他庄上寻间清凉房舍，静坐几时。看了出行的日子，已

---

①出尘：超出凡俗，不同一般。

②无聊无赖：无情无绪，无精打采。

③黄柏：黄蘖的俗称。根皮可入药，味苦。

④四大俱空：佛教以地、水、风、火为四大。四者广大，能生出一切事物和道理。但归根结底，这一切都不是真实，是空。俗语用此词是说看破红尘，心如死灰，不产生任何欲望。

⑤姑娘：姑母。

得朋友们资助了些盘缠，安顿了母亲。雇了只航船①，带了家僮阿四，携了书囊前往。才出东门，正行之际，岸上一个小和尚说着湖州的话，叫道："船是上杭州去的么?"船家道："正是，送一位科举相公上去的。"和尚道："既如此，可带小僧一带，舟金依例奉上。"船家道："师父杭州去做甚么?"和尚道："我出家在灵隐寺，今到俗家探亲，却要回去。"船家道："要问舱里相公，我们不敢自主。"只见那阿四便钻出船头，上来嚷道："这不识时务小秃驴！我家官人正去乡试，要讨采头②，撞将你这一件秃光光不利市的物事来。去便去，不去时，我把水兜豁上一顿水，替你洗洁净了那个乱代头。"你道怎地叫做"乱代头"? 昔人有嘲诮和尚说话道："此非治世之头，乃乱代之头也。"盖为"乱""卵"二字音相近。阿四见家主与朋友们戏谑曾说过，故此学得这句话，骂那和尚。和尚道："载不载，问一声也不冲撞了甚么?何消得如此嚷?"闻人生在舱里听见，推窗看那和尚，且是生得清秀娇嫩，甚觉可爱。又见说是灵隐寺的和尚，便想道："灵隐寺去处，山水最胜。我便带了这和尚去，与他做个相知往来，到那里做下处也好。"慌忙出来喝住道："小厮不要无理！乡里间的师父，既要上杭时，便下船来做伴同去何妨?"也是缘分该是如此，船家得了此话，便把船拢岸。那和尚一见了闻人生，吃了一惊，一头下船，一头瞅着闻人生只顾看。闻人生想道："我眼里也从不见这般一个美丽长老③，容色绝似女人。若使是女身，岂非天姿国色? 可惜是个和尚了。"和他施礼罢，进舱里坐定。却值风顺，拽起片帆，船去如飞。

两个在舱中各问姓名了毕，知是同乡，只说着一样的乡语，一发投机。闻人生见那和尚谈吐雅致，想道："不是个庸僧。"只见他一双媚眼，不住的把闻人生上下只顾看。天气暴暑，闻人生请他宽了上身单衣。和尚道："小僧生性不十分畏暑，相公请自便。"看看天晚，

①航船：定期往返的班船。舵舱高于前舱，客货两载，便于航行，不便于作游船。

②采头：吉兆，吉利。

③长老：对和尚的尊称。

吃了些夜饭，闻人生便让和尚洗澡。和尚只推是不消。闻人生洗了澡，已自困倦，掷倒头只寻睡了。阿四也往梢上去自睡。那和尚见人睡静，方灭了火，解衣与闻人生同睡。却自翻来覆去，睡不安稳，只自叹气。见闻人生已睡熟，悄悄坐起来，伸只手把他身上摸着。不想正摸着他一件跷尖尖、硬笃笃的东西，捏了一把。那时闻人生正醒来，伸个腰，那和尚流水放手，轻轻的睡了倒去。闻人生却已知觉，想道："这和尚倒来惹骚！恁般一个标致的，想是师父也不饶他，倒是惯家了。我便兜他来男风一度也使得，如何肉在口边不吃？"闻人生正是少年高兴的时节，便爬将过来，与和尚做了一头。伸将手去摸时，和尚做一团儿睡着，只不做声。闻人生又摸去，只见软团团两只奶儿。闻人生想道："这小长老又不肥胖，如何有恁般一对好奶？"再去摸他后庭时，那和尚却像惊怕的，流水翻转身来仰卧着。闻人生却待从前面抄将过去，才下手，却摸着前面高耸耸似馒头般一团肉，却无阳物。闻人生倒吃了一惊，道："这是怎么说？"问他道："你实说，是甚么人？"和尚道："相公不要则声，我身实是女尼。因怕路上不便，假称男僧。"闻人生道："这等一发有缘，放你不过了。"不问事由，跳上身去。那女尼道："相公可怜小尼还是个女身，不曾破肉的，从容些则个。"闻人生此时欲火正高，那里还管。挨开两股，径将阳物直捣。无奈那尼姑含花未惯风和雨，怎当闻人生兴发忙施雨与风。迁延再皿，方没其身。那女尼只得蹙眉啮齿忍耐。霎时云收雨散。闻人生道："小生无故得遇仙姑，知是睡里梦里？须道住止详细，好图后会。"女尼便道："小尼非是别处人氏，就是湖州东门外杨家之女。为母亲所误，将我送入空门。今在西溪翠浮庵出家，法名静观。那里庵中也有来往的，都是些俗子村夫，没一个看得上眼。今年正月间，正在门首闲步，看见相公在门首站立，仪表非常，便觉神思不定，相慕已久。不想今日不期而会，得谐鱼水，正合夙愿，所以不敢推拒。非小尼之淫贱也，愿相公勿认做萍水相逢，须为我图个终身便好。"闻人生道："尊翁尊堂还在否？"静观道："父亲杨某，亡故已久，家中还有母亲与兄弟。昨日看母亲来，不想遇着相公。相公曾娶妻未?”闻人生道:“小生也未有室,今幸遇仙姑,年貌相当,正堪作配。况是同郡儒门之女,岂可埋没于此?须商量个长久见识出来。”静观道:“我身已托于君,必无二心。但今日事体匆忙,一时未有良计。小庵离城不远,且是僻静清凉。相公可到我庵中作寓,早晚可以攻书。自有道者在外打斋[1],不烦薪水之费,亦且可以相聚。日后相个机会,再作区处。相公意下何如?”闻人生道:“如此甚好,只恐同伴不容。”静观道:“庵中止有一个师父,是四十以内之人,色上且是要紧。两个同伴,多不上二十来年纪,他们多不是清白之人。平日与人来往,尽在我眼里,那有及得你这样仪表?若见了你,定然相爱。你便结识了他们,以便就中取事。只怕你不肯留,那有不留你之事?”闻人生听罢,欢喜无限,道:“仙姑高见极明。既恁地,来早到松木场,连我家小厮打发他随船回去,小生与仙姑同往便了。”说了一回,两个搂抱有兴,再讲那欢娱起来。正是:

平生未解到花关,倏到花关骨尽寒。
此际不知真与梦,几回暗里抱头看。

事毕,只听得晨鸡乱唱。静观恐怕被人知觉,连忙披衣起身。船家忙起来行船。阿四也起来伏侍梳洗,吃早饭罢,赶早过了关。阿四问道:“那里歇船?好到黄家去问下处。”闻人生道:“不消得下处了。这小师父寺中有空房,我们竟到松木场上岸罢。”船到松木场,只说要到灵隐寺,雇了一个脚夫,将行李一担挑了。闻人生分付阿四道:“你可随船回去,对安人说声不消记念。我只在这师父寺里看书。场毕我自回来,也不须教人来讨信得。”打发了,看他开了船,闻人生才与静观雇了两乘轿,抬到翠浮庵去。另与脚夫说过,叫他跟来。霎时到了,还了轿钱、脚钱,静观引了闻人生进庵,道:“这位相公要在此做下处,过科举的。”众尼看见,笑脸相迎,把闻人生看了又看,愈加欢爱。殷殷勤勤的陪过了茶,收拾一间洁净房子,安顿了行李。吃过夜饭,洗了浴,少不得先是那庵主起手,快乐一宵。此后

---

[1]道者:又称“火工道人”、“香公”。佛寺中杂役。

这两个你争我夺，轮番伴宿。静观恬然不来兜揽，让他们欢畅。众尼无不感激静观。滚了月馀，闻人生也自支持不过。他们又将人参汤、香薷饮、莲心、圆眼之类[①]，调浆闻人生[②]，无所不至。闻人生倒好受用。

不觉已是穿针过期[③]，又值七月半盂兰盆大斋时节[④]。杭州年例，人家做功果，点放河灯。那日还是七月十二日，有一个大户人家，差人来庵里请师父们念经，做功果，庵主应承了。众尼进来，商议道："我们大众去做道场，十三到十五，有三日停留。闻官人在此，须留一个相陪便好。只是忒便宜了他。"只见两尼，你也要住，我也要住，静观只不做声。庵主道："人家去做功果，我自然推不得，不消说。闻官人原是静观引来的，你两个讨他便宜多了，今日只该着静观在此相陪，也是公道。"众人道："师父处得有理。"静观暗地欢喜。众尼自去收拾法器经箱，连老道者多往那家去了。静观送了出门，进来对闻人生道："此非久恋之所，怎生作个计较便好。今试期日近，若但迷恋于此，不惟攀桂无分，亦且身躯难保。"闻人生道："我岂不知？只为难舍着你，故此强与众欢，非吾愿也。"静观道："前日初会你时，非不欲即从你作脱身之计。因为我在家中来，中途不见了，庵主必到我家里要人，所以不便。今既在此多时了，我乘此无人在庵，与你逃去。他们多是与你有染的[⑤]，心头病怕露出来，料不好追得你。"闻人生道："不如此说。我是个秀才家，家中况有老母。若同你逃至我家，不但老母惊异，未必相容；亦且你庵中追寻得着，惊动官府，我前程也难保。何况你身子不知作何着落。此事行不得。我意欲待赴试之后，如得一第，娶你不难。"静观道："就是中了个举人，

---

①香薷(rú)饮：补剂。香薷味香入药，解热镇痛。圆眼：即龙眼。又称桂圆。

②调浆：调理。

③穿针：乞巧。即七月七日牛郎织女相会，妇女做针线称为"乞巧"。

④盂兰盆：七月十五日盂兰盆节。俗有放荷花灯、施斋做法事等活动。俗称"鬼节"，施食以救饿鬼。本为梵语，意为"救倒悬"。

⑤有染：指通奸。

也没有就娶个尼姑的理。况且万一不中,又却如何?亦非长算。我自出家来,与人写经写疏,得人衬钱[①],积有百来金。我撇了这里,将了这些东西做盘缠,寻一个寄迹所在。等待你名成了,再从容家去,可不好?"闻人生想一想道:"此言有理。我有姑娘,嫁在这里关内黄乡宦家[②]。今已守寡,极是奉佛。家里庄上造得有小庵,晨昏不断香火。那庵中管烧香点烛的老道姑,就是我的乳母。我如今不免把你此情告知姑娘,领你去放在他家家庵中,托我奶娘相伴着你。他是衙院人家[③],谁敢来盘问?你好一面留头长发,待我得意之后,以礼成婚,岂不妙哉!倘若不中,也等那时发长,便到处无碍了。"静观道:"这个却好,事不宜迟,作急就去[④]。若三日之后,便做不成了。"

当下闻人生就奔至姑娘家去,见了姑娘。姑娘道罢寒温,问道:"我久在此望你该来科举了,如何今日才来?有下处也未曾?"闻人生道:"好叫姑娘得知,小侄因为做下处,寻出一件事头来,特求姑娘周全则个。"姑娘道:"何事?"闻人生造个谎道:"小侄那里有一个业师杨某[⑤],亡故多时,他只有一女,幼年间就与小侄相认。后来被个尼姑拐了去,不知所向。今小侄贪静,寻下处在这里西溪地方。却在翠浮庵里撞着了他,且是生得人物十全了。他心不愿出家,情愿跟着小侄去。也是前世姻缘,又是故人之女,推却不得。但小侄在此科举,怕惹出事来。若带他家去,又是个光头不便。欲待当官告理,场前没闲工夫,亦且没有闲使用[⑥]。我想姑娘此处有个家庵,是小侄奶子在里头管香火,小侄意欲送他来到姑娘庵里头暂住。就是万一他那里晓得了,不过在女眷人家香火庵里,不为大害。若是到底无人跟寻,小侄待乡试已毕,意欲与他完成这段姻缘。望姑娘作

①衬钱:斋施给僧道的钱。衬,亦作"嚫"。
②乡宦:官员退休归乡,称为乡宦。
③衙院人家:官员人家。
④作急:赶紧。
⑤业师:亲受其教的老师。
⑥使用:打点官府的钱。

成则个。”姑娘笑道:“你寻着了个陈妙常[1],也来求我姑娘了。既是你师长之女,怪你不得。你既有意要成就,也不好叫他在庵里住。你与他多是少年心性,若要往来,恐怕玷污了我佛地。我庄中自有静室,我收拾与他住下,叫他长起发来。我自叫丫鬟伏侍,你亦可以长来相处。若是晚来无人,叫你奶子伴宿。此为两便。”闻人生道:“若得如此,姑娘再造之恩,小侄就去领他来拜见姑娘了。”别了出门。就在门外叫了一乘轿,竟到翠浮庵里。进庵与静观说了适才姑娘的话。静观大喜。连忙收拾,将自己所有,尽皆检了出来。闻人生道:“我只把你藏过了。等他们来家,我不妨仍旧再来走走,使他们不疑心着我。我的行李且未要带去。”静观道:“敢是你与他们业根未断么[2]?”闻人生道:“我专心为你,岂复有他恋?只要做得没个痕迹,如金蝉脱壳方妙。若他坐定道是我,无得可疑了,正是科场前利害头上,万一被他们官司绊住,不得入试,怎好?”静观道:“我平时常独自一个家去的。他们问时,你只推偶然不在,不知我那里去了,支吾着他。他定然疑心我是到娘家去,未必追寻。到得后来晓得不在娘家,你场事已毕了。我与你别作计较,离了此地。你是隔府人,他那里来寻你?寻着了,也只索白赖。”计议已定,静观就上了轿。闻人生把庵门掩上,随着步行,竟到姑娘家来。姑娘一见静观,青头白脸,桃花般的两颊,吹弹得破的皮肉,心里也十分喜欢。笑道:“怪道我家侄儿看上了你!你只在庄上内房里住。此处再无外人敢上门的,只管放心。”对着闻人生道:“我庄上房中,你亦可同住。但你若竟住在此,恐怕有人跟寻得出,反为不美。况且要进场,还须别寻下处。”闻人生道:“姑娘见得极是,小侄只可暂来。”从此,静观只在姑娘庄里住,闻人生是夜也就同房宿了。明日别了去,另寻下处。不题。

---

①陈妙常:明代高濂传奇《玉簪记》,即写书生潘必正与道姑陈妙常恋爱故事。今戏曲中《秋江》一折,就演的是陈妙常赶潘必正场面。源出《古今女史》。

②业根:业种。佛家语。罪恶产生苦果。

却说翠浮庵三个尼姑，作了三日功果回来。到得庵前，只见庵门虚掩的。走将进去，静悄悄不见一人。惊疑道："多在何处去了?"他们心上要紧的是闻人生，静观倒是第二。着急到闻人生房里去看，行李书箱都在，心里又放下好些。只不见了静观，房里又收拾的干干净净，不知甚么缘故。正委决不下，只见闻人生踱将进来。众尼笑逐颜开道："来了！来了!"庵主一把抱住。且不及问静观的说话，笑道："隔别三日，心痒难熬。今且到房中一乐。"也不顾这两个小尼口馋，径自去做事了，闻人生只得勉强奉承，酣畅一度。才问道："你同静观在此，他那里去了?"闻人生道："昨日我到城中去了一日，天晚了，来不及，在朋友家宿了。直到今日来，不知他那里去了。"众尼道："想是见你去了，独自一个没情绪，自回湖州去了。他在此独受用了两日，也该让让我们，等他去去再处。"因贪着闻人生快乐，把静观的事倒丢在一边了。谁知闻人生心却不在此处。鬼混了两三日，推道要到场前寻下处。众尼不好阻得，把行李挑了去。众尼千约万约，道："得空原到这里来住。"闻人生满口应承，自去了。庵主过了几日，不见静观消耗，放心不下。叫人到杨妈妈家问问。说是不曾回家，吃了一惊。恐怕杨妈妈来着急，倒不敢声张，只好密密探听。又见闻人生一去不来，心里方才有些疑惑。待要去寻他盘问，却不曾问得下处明白，只得忍耐着，指望他场后还来。只见三场已毕，又等了几日，闻人生脚影也不见来。元来闻人生场中甚是得意，出场来竟到姑娘庄上，与静观一处了。那里还想着翠浮庵中？庵主与二尼望不见到，恨道："天下有这样薄情的人！静观未必不是他拐去了。不然，便是这样不来，也没解说。"思量要把拐骗来告他，有碍着自家多洗不清，怕惹出祸来。正商量到场前寻他，或是问到他湖州家里去炒他，终是女人辈，未有定见。却又撞出一场巧事来。

说话间，忽然门外有人敲门得紧。众尼多心里疑道："敢是闻人生来也?"齐走出来，开了门看。只见一乘大轿，三四乘小轿，多在门首歇着。敲门的家人报道："安人到此[1]。"庵主却认得，是下路来的某安人[2]，慌忙迎接。只见大轿里安人走出来，旁边三四个养娘出轿来，拥着进庵。坐定了，寒温过，献茶已毕。安人打发家人们："到船上俟候。我在此，过午下船。"家人们各去了。安人走进庵主房中来。安人道："自从我家主亡过，我就不曾来此，已三年了。"庵主道："安人今日贵脚踏贱地，想是完了孝服，才来烧香的。"安人道："正是。"庵主道："如此秋光，正好闲耍。"安人叹了一口气，道："有甚心情游耍！"庵主有些瞧科，挑他道："敢是为没有了老爹，冷静了些？"安人起身把门掩上，对庵主道："我一向把心腹待你，你不要见外，我和你说句知心话。你方才说我冷静，我想我止隔得三年，尚且心情不奈烦，何况你们终身独守，如何过了？"庵主道："谁说我们独守？不瞒安人说，全亏得有个把主儿相伴一相伴。不然冷落死了，如何熬得！"安人道："你如今见有何人？"庵主道："有个心上妙人，在这里科举的小秀才。这两日一去不来，正在此设计商量。"安人道："你且丢着此事。我有一件好事作成你，你尽心与我做着，管教你快活。"庵主道："何事？"安人道："我前日在昭庆寺中进香[3]，下房头安歇。这房头有个未净头的小和尚，生得标致异常。我瞒你不得，其实隔绝此事多时，忍不住动火起来。因他上来送茶，他自道年幼不避忌，软嘴塌舌[4]，甚是可爱。我一时迷了，遣开了人，抱他上床，要试他做做此事看。谁知这小厮深知滋味，比着大人家更是雄健。我实是心吊在他身上，舍不得他了。我想了一夜，我要带他家去，须知我是寡居，要防生人眼，恐怕坏了名声；亦且拘拘束束，躲躲闪闪，怎能勾像意？我今与师父商量，把他来师父这里净了头。他面貌娇嫩，只认做尼姑。我归去后，师父带了他竟到我家来，说是师徒两个来投我。

---

①安人：官员之妻。

②下路：此处以杭州言，南边、东边都可称"下路"。反之，为"上路"。

③昭庆寺：在杭州天竺。

④软嘴塌舌：指说话甜蜜、轻柔，嘴甜。

我供养在家里庵中，连我合家人只认做你的女徒，我便好像意做事，不是神鬼不知的？所以今日特地到此，要你做这大事。你若依得，你也落得些快活。有了此人，随你心上人也放得下了。”庵主道：“安人高见妙策，只是小尼也沾沾手，恐怕安人吃醋。”安人道：“我要你帮衬做事，怎好自相妒忌？到得家里，我还要牵你来做了一床，等外人永不疑心，方才是妙哩。”庵主道：“我的知心的安人！这等说，我死也替你去。我这里三个徒弟，前日不见了一个小的。今恰好把来抵补，一发好瞒生人。只是如何得他到这里来？”安人道：“我约定他在此。他许我背了师父，随我去的，敢就来也！”正说之间，只见一个小尼敲门进房来，道：“外边一个拢头小伙子，在那里问安人。”安人忙道：“是了，快唤他进来。”只见那小伙望内就走。两个小尼见他生得标致，个个眉花眼笑。安人见了，点点头，叫他进来。他见了庵主，作个揖。庵主一眼不霎①，估定了看他②。安人拽他手过来，问庵主道：“我说的如何？”庵主道：“我眼花了，见了善财童子③，身子多软瘫了。”安人笑将起来。庵主且到灶下看斋，就把这些话与两个小尼说了。小尼多咬着指头道：“有此妙事！”庵主道：“我多分随他去了。”小尼道：“师父撇了我们，自去受用？”庵主道：“这是天赐我的衣食。你们在此，料也不空过。”大家笑耍了一回。庵主复进房中。只见安人搂着小伙，正在那里说话。见了庵主，忙在扶手匣里取出十两一包银子来④，与他道：“只此为定，我今留此子在此，我自开船先去了。十日之内，望你两人到我家来，千万勿误！”安人又叮嘱那小伙几句话。出到堂屋里吃了斋，自上轿去了。庵主送了出去，关上大门进来。见了小伙，真是黑夜里拾得一颗明珠。且来搂他去亲嘴，喜不可言。把手摸他阳物儿，捏捏掐掐。后生家火动了，一直挺

①不霎：不眨。吴音。

②估定：目不转睛，注目。

③善财童子：指佛寺中观音菩萨座前侍立的童男塑像，状貌秀美。

④扶手匣：随手带的小匣。亦可称“拜匣”。

将起来。庵主忙解裤就他弄了一度。对他道："今后我与某安人合用的了。只这几夜，且让让我着。"事毕，就取剃刀来与他落了发。仔细看一看，笑道："也倒与静观差不多。到那里少不得要个法名，仍叫做静观罢。"是夜同庵主一床睡了。极得两个小尼姑，咽干了唾沫。明日收拾了，叫个船，竟到下路去。分付两个小尼道："你们且守在此。我到那里，看光景若好，捎个信与你们。毕竟不来，随你们散伙家去罢。杨家有人来问，只说静观随师父下路人家去了。"两尼也巴不得师父去了，大家散伙，连声答应道："都理会得。"从此，老尼与小伙同下船来。人面前认为师弟，晚夕上只做夫妻。不多几日，到了那一家。充做尼姑，进庵住好。安人不时请师徒进房留宿，常是三个做一床。尼姑又教安人许多取乐方法。三个人只多得一颗头，尽兴淫恣。那少年男子，不敌两个中年老阴，几年之间，得病而死。安人哀伤郁闷，也不久亡故。老尼被那家寻他事故，告了他偷盗，监了追赃，死于狱中。这是后话。

且说翠浮庵，自从庵主去后，静观的事一发无人提起。安安稳稳，住在庄上。只见揭了晓，闻人生已中了经魁①，喜喜欢欢，来见姑娘。又私下与静观相见，各各快乐。自此，日里在城中完这些新中式的世事②，晚上到姑娘庄上与静观歇宿。密地叫人去翠浮庵打听，已知庵主他往，两小尼各归俗家去了，庵中空锁在那里。回覆了静观，掉下了老大一个疙瘩。闻人生事体已完，想要归湖州来。与姑娘商议："静观发未长，娶回未得，仍留在姑娘这里。待我去会试再处。"静观又嘱付道："连我母亲处也未可使他知道。我出家是他的生意，如何蓦地还俗？且待我头发长了，与你双归，他才拗不得。"闻人生道："多是有见识的话。"别了荣归。拜过母亲，把静观的事并不提起。到得十月尽边，要去会试，来见姑娘。此时静观头发齐肩，可以梳得个假鬓了。闻人生意欲带他去会试，姑娘劝道："我看此女德

①经魁：已见本书卷十六注。考中经魁即是名列前茅。

②中式：考中。

性温淑，堪为你配。既要做正经婚姻，岂可仍复私下带来带去，不像事体！仍留我庄上住下，等你会试得意荣归，他发已尽长。此时只认是我的继女，迎归花烛，岂不正气?”闻人生见姑娘说出一段大道理话，只得忍情与静观别了。进京会试，果然一举成名，中了二甲，礼部观政①。《同年录》上，先刻了“聘杨氏”②，就起一本“给假归娶”③。奉旨准给花红表礼，以备喜筵。驰驿还家，拜过母亲。母亲闻知归娶，问道：“你自幼未曾聘定，今娶何人?”闻人生道：“好教母亲得知，孩儿在杭州，姑娘家有个继女，许下孩儿了。”母亲道：“为何我不曾见说?”闻人生道：“母亲日后自知。”选个吉日，结起彩船，花红鼓乐，竟到杭州关内黄家来。拜了姑娘，说了奉旨归娶的话。姑娘大喜，道：“我前者见识如何？今日何等光采!”先与静观相见了，执手各道别情。静观此时已是内家装扮了④。又道黄夫人待他许多好处，已自认义为干娘了。黄夫人亲自与他插戴了，送上彩轿，下了船。船中赶好日结了花烛，正是：

红罗帐里，依然两个新人；

锦被窝中，各出一般旧物。

到家里齐齐拜见了母亲。母亲见媳妇生得标致，心下喜欢。又见他是湖州声口，问道：“既是杭州娶来，如何说这里的话?”闻人生方把杨家女儿错出了家，从头至尾的事说了一遍。母亲方才明白。次日，闻人生同了静观，竟到杨家来。先拿子婿的帖子与丈母，又一内弟的帖与小舅。杨妈只道是错了，再四不收。女儿只得先自走将进来，叫一声“娘!”妈妈见是一个凤冠霞帔的女眷，吃那一惊不小，慌忙站起来。一时认不出了，女儿道：“娘休惊怪，女儿即是翠浮庵静观是也。”妈妈听了声音，再看面庞，才认得出。只是有了头发，妆扮

①观政：新进士未正式授官职前在部院官署实习，称为“观政”。

②同年录：同科名录。也称“登科记”。

③给假：请假。

④内家：俗家，普通人。

异样，若不仔细，也要错过。妈妈道："有一年多不见你面，又无音耗。后来闻得你同师父到那里下路去了，好不记挂。今年又着人去看，庵中鬼影也无。正自思念你，没个是处。你因何得到此地位?"女儿才把去年搭船相遇，直到此时奉旨完婚，从头至尾说了一遍。喜得个杨妈妈双脚乱跳，口扯开了收不拢来。叫儿子去快请姊夫进来。儿子是学堂中出来的，也尽晓得趋跄[1]，便拱了闻人生进来。一同姊姊站立，拜见了杨妈妈。此时真如睡里梦里。妈妈道："早知你有这一日，为甚把你送在庵里去?"女儿道："若不送在庵中，也不能勾有这一日。"当下就接了杨妈妈到闻家过门，同坐喜筵，大吹大擂，更馀而散。

此后，闻人生在宦途时有蹉跌，不甚像意。年至五十，方得腰金而归。杨氏女得封恭人[2]，林下偕老[3]。闻人生曾遇着高明的相士，问他宦途不称意之故。相士道："犯了少年时风月，损了些阴德，故见如此。"闻人生也甚悔翠浮庵少年孟浪之事，常与人说尼庵不可擅居，以此为戒。这不是"偷期得成正果"之话？若非前生分定，如何得这样奇缘？有诗为证：

主婚靡不仗天公，堪叹人生尽聩聋。
若道姻缘人可强，氤氲使者有何功?

---

①趋跄：迎送礼节。

②恭人：官员妻子封号。明代四品以上官员之妻方有此称。

③林下：指退休乡居。

卷三十五

诉穷汉暂掌别人钱　看财奴刁买冤家主

诗云：

从来欠债要还钱，冥府于斯倍灼然。
若使得来非分内，终须有日复还原。

却说人生财物，皆有分定。若不是你的东西，纵然勉强哄得到手，原要一分一毫填还别人的。从来因果报应的说话，其事非一，难以尽述。在下先拣一个希罕些的，说来做个得胜头回①。晋州古城县有一个人②，名唤张善友。平日看经念佛，是个好善的长者。浑家李氏，却有些短见薄识，要做些小便宜勾当。夫妻两个过活，不曾生男育女，家道尽从容好过。其时本县有个赵廷玉，是个贫难的人。平日也守本分。只因一时母亲亡故，无钱葬埋，晓得张善友家事有馀，起心要去偷他些来用。算计了两日，果然被他挖个墙洞，偷了他五六十两银子去，将母亲殡葬讫，自想道："我本不是没行止的③。只因家贫，无钱葬母，做出这个短头的事来，扰了这一家人家。今生今世还不的他，来生来世是必填还他则个。"张善友次日起来，见了壁洞，晓得失了贼。查点家财，箱笼里没了五六十两银子。张善友是个富家，也不十分放在心上，道是命该失脱④，叹口气罢了。惟有李氏，切切于心，道："有此一项银子，做许多事，生许多利息，怎舍得白白被盗了去？"正在纳闷间，忽然外边有一个和尚来寻张善友。张善友出去相见了，问道："师傅何来？"和尚道："老僧是五台山僧人，为

---

①得胜头回：说话人术语。即入话，引子。得胜，取"吉利"之意。

②晋州古城县：即今河北省正定县。明代省县入州。古城，鼓城。隋代置县。

③行止：德行，品行。

④失脱：失掉。

因佛殿坍损，下山来抄化修造。抄化了多时，积得有两百来两银子，还少些个。又有那上了疏，未曾勾销的，今要往别处去走走，讨这些布施。身边所有银子，不便携带，恐有失所，要寻个寄放的去处，一时无有。一路访来，闻知长者好善，是个有名的檀越，特来寄放这一项银子。待别处讨足了，就来取回本山去也。”张善友道：“这是胜事[①]，师父只管寄放在舍下，万无一误。只等师父事毕，来取便是。”当下把银子看验明白，点计件数，拿进去交付与浑家了。出来留和尚吃斋，和尚道：“不劳檀越费斋。老僧心忙，要去募化。”善友道：“师父银子，弟子交付浑家，收好在里面。倘若师父来取时，弟子出外，必预先分付停当，交还师父便了。”和尚别了，自去抄化。那李氏接得和尚银子在手，满心欢喜，想道：“我才失得五六十两，这和尚倒送将一百两来，岂不是补还了我的缺，还有得多哩！”就起一点心，打帐要赖他的[②]。一日，张善友要到东岳庙里烧香求子去，对浑家道：“我去则去，有那五台山的僧所寄银两，前日是你收着。若他来取时，不论我在不在，你便与他去。他若要斋吃，你便整理些蔬莱斋他一斋，也是你的功德。”李氏道：“我晓得。”张善友自烧香去了。去后，那五台山和尚抄化完了，却来问张善友取这项银子。李氏便白赖道：“张善友也不在家，我家也没有人寄甚么银子。师父敢是错认了人家了。”和尚道：“我前日亲自交付与张长者，长者收拾进来，交付孺人的，怎么说此话？”李氏便赌咒道：“我若见你的，我眼里出血。”和尚道：“这等说，要赖我的了。”李氏又道：“我赖了你的，我堕十八层地狱！”和尚见他赌咒，明知白赖了。争奈是个女人家[③]，又不好与他争论得。和尚没计奈何，合着掌念声佛道：“阿弥陀佛！我是十方抄化来的布施，要修理佛殿的，寄放在你这里。你怎么要赖我的？你今生今世赖了我这银子，到那生那世，少不得要填还我。”带

---

①胜事：好事。

②打帐：打算，准备。

③争奈：怎奈，无奈。

着悲恨而去。过了几时,张善友回来,问起和尚银子。李氏哄丈夫道:"刚你去了,那和尚就来取,我双手还他去了。"张善友道:"好,好,也完了一宗事。"

过得两年,李氏生下一子。自生此子之后,家私火焰也似长将起来。再过了五年,又生一个,共是两个儿子了。大的小名叫做乞僧;次的小名叫做福僧。那乞僧大来,极会做人家,披星戴月,早起晚眠,又且生性慳吝,一文不使,两文不用,不肯轻费着一个钱,把家私挣得惹大[①]。可又作怪,一般两个弟兄,同胞共乳,生性绝是相反。那福僧每日只是吃酒赌钱,养婆娘,做子弟,把钱钞不着疼热的使用。乞僧旁看了,是他辛苦挣来的,老大的心疼。福僧每日有人来讨债,多是瞒着家里,外边借来花费的。张善友要做好汉的人,怎肯交儿子被人逼迫,门户不清的?只得一主一主填还了。那乞僧只叫得苦。张善友疼着大孩儿苦挣,恨着小孩儿荡费,偏吃亏了。立个主意,把家私匀做三分分开。他弟兄们各一分,老夫妻留一分。等做家的自做家,破败的自破败,省得歹的累了好的,一总凋零了。那福僧是个不成器的,肚肠倒要分了,自由自在,别无拘束,正中下怀。家私到手,正如:

汤泼瑞雪,风卷残云。

不上一年,使得光光荡荡了。又要分了爹妈的这半分,也自没有了,便去打搅哥哥,不由他不应手。连哥哥的也布摆不来[②],他是个做家的人,怎生受得过?气得成病,一卧不起,求医无效,看看至死。张善友道:"成家的倒有病,败家的倒无病,五行中如何这样颠倒?"恨不得把小的替了大的。苦在心头,说不出来。那乞僧气蛊已成[③],毕竟不痊死了。张善友夫妻大痛无声。那福僧见哥哥死了,还有剩下家私,落得是他受用,一毫不在心上。李氏妈妈见如此光景,一发舍

---

①惹大:偌大,那么大。

②布摆:摆布。这里是"安排"的意思。

③气蛊:也作"气臌"。即哮喘病。

不得大的。终日啼哭，哭得眼中出血而死。福僧也没有一些苦楚，带着母丧，只在花街柳陌，逐日混帐①。淘虚了身子，害了痨瘵之病，又看看死来。张善友此时急得无法可施。便是败家的，留得个种也好，论不得成器不成器了。正是：

　　前生注定今生案，天数难逃大限催。

福僧是个一丝两气的病，时节到来，如三更油尽的灯，不觉的息了。

张善友虽是平日不像意他的，而今自念两儿皆死，妈妈亦亡，单单剩得老身，怎由得不苦痛哀切？自道："不知作了什么罪业，今朝如此果报得没下稍。"一头愤恨，一头想道："我这两个业种是东岳求来的，不争被你阎君勾去了，东岳敢不知道？我如今到东岳大帝面前，告苦一番。大帝有灵，勾将阎神来，或者还了我个把儿子，也不见得。"也是他苦痛无聊，痴心想到此。果然到东岳跟前哭诉道："老汉张善友，一生修善。便是俺那两个孩儿和妈妈，也不曾做甚么罪过，却被阎神屈屈勾将去②，单剩得老夫。只望神明将阎神追来，与老汉折证一个明白③。若果然该受这业报，老汉死也得瞑目。"诉罢，哭倒在地，一阵昏沉，晕了去。朦胧之间，见个鬼使来对他道："阎君有勾④。"张善友道："我正要见阎君问他去。"随了鬼使，竟到阎君面前。阎君道："张善友，你如何在东岳告我？"张善友道："只为我妈妈和两个孩儿，不曾犯下什么罪过，一时都勾了去。有此苦痛，故此哀告大帝做主。"阎王道："你要见你两个孩儿么？"张善友道："怎不要见？"阎王命鬼使召将来，只见乞僧、福僧两个齐到。张善友喜之不胜，先对乞僧道："大哥，我与你家去来。"乞僧道："我不是你什么大哥，我当初是赵廷玉，不合偷了你家五十多两银子。如今加上几百倍利钱，还了你家。俺和你不亲了。"张善友见大的如此说了，只得

①混帐：赖帐，胡来。

②屈屈：犹说"偏偏"。不公平。

③折证：对证。

④勾：捉，提。

对福僧说:“既如此,二哥随我家去了也罢。”福僧道:“我不是你家甚么二哥,我前身是五台山和尚,你少了我的。你如今也加百倍还得我勾了,与你没相干了。”张善友吃了一惊,道:“如何我少五台山和尚的? 怎生得妈妈来一问便好[①]!”阎王已知其意,说道:“张善友,你要见浑家不难。”叫鬼卒:“与我开了酆都城[②],拿出张善友妻李氏来!”鬼卒应声去了。只见押了李氏,披枷带锁,到殿前来。张善友道:“妈妈,你为何事如此受罪?”李氏哭道:“我生前不合混赖了五台山和尚百两银子,死后叫我历遍十八层地狱。我好苦也!”张善友道:“那银子我只道还他去了,怎知赖了他的? 这是自作自受。”李氏道:“你怎生救我?”扯着张善友大哭,阎王震怒,拍案大喝,张善友不觉惊醒。乃是睡倒在神案前,做的梦明明白白,才省悟多是宿世的冤家债主。住了悲哭,出家修行去了。

方信道暗室亏心,难逃他神目如电。

今日个显报无私,怎倒把阎君埋怨?

在下为何先说此一段因果,只因有个贫人,把富人的银子借了去,替他看守了几多年,一钱不破。后来不知不觉,双手交还了本主。这事更奇,听在下表白一遍。宋时汴梁曹州曹南村周家庄上有个秀才[③],姓周名荣祖,字伯成。浑家张氏。那周家先世广有家财。祖公公周奉,敬重释门,起盖一所佛院,每日看经念佛。到他父亲手里,一心只做人家。为因修理宅舍,不舍得另办木石砖瓦,就将那所佛院尽拆毁来用了。比及宅舍功完[④],得病不起,人皆道是不信佛之报。父亲既死,家私里外通是荣祖一个掌把[⑤]。那荣祖学成满腹文章,要上朝应举。他与张氏生得一子,尚在襁褓,乳名叫做长寿。只

①怎生:怎样。

②酆都城:今四川丰都县。旧时所称鬼城,阴曹地府阎王所在之处。

③曹州:治所即今山东曹县。

④比及:等到。

⑤掌把:掌握,掌管。

因妻娇子幼，不舍得抛撇，商量三口儿同去。他把祖上遗下那些金银成锭的，做一窖儿埋在后面墙下，怕路上不好携带。只把零碎的细软的带些随身。房廊屋舍，着个当直的看守，他自去了。

话分两头。曹州有一个穷汉，叫做贾仁。真是衣不遮身，食不充口，吃了早起的，无那晚夕的。又不会做什么营生①，则是与人家挑土筑墙，和泥托坯，担水运柴，做坌工生活度日②。晚间在破窑中安身。外人见他十分过的艰难，都唤他做穷贾儿。却是这个人，禀性古怪拗憋，常道："总是一般的人，别人那等富贵奢华，偏我这般穷苦！"心中恨毒。有诗为证：

又无房舍又无田，每日城南窑内眠。
一般带眼安眉汉，何事囊中偏没钱？

说那贾仁心中不伏气。每日得闲空，便走到东岳庙中，苦诉神灵道："小人贾仁，特来祷告。小人想，有那等骑鞍压马，穿罗着锦，吃好的，用好的；他也是一世人。我贾仁也是一世人；偏我衣不遮身，食不充口，烧地眠，炙地卧，兀的不穷杀了小人？小人但有些小富贵，也会斋僧布施，盖寺建塔，修桥补路，惜孤念寡，敬老怜贫。上圣可怜见咱！"日日如此。真是精诚之极，有感必通，果然被他哀告不过，感动起来。一日祷告毕，睡倒在廊檐下。一灵儿被殿前灵派侯摄去③，问他终日埋天怨地的缘故。贾仁把前言再述一遍，哀求不已。灵派侯也有些怜他，唤那增福神，查他衣禄食禄有无多寡之数。增福神查了，回覆道："此人前生不敬天地，不孝父母，毁僧谤佛，杀生害命，抛撇净水，作贱五谷，今世当受冻饿而死。"贾仁听说慌了，一发哀求不止，道："上圣可怜见，但与我些小衣禄食禄，我是必做个好人。我爹娘在时，也是尽力奉养的。亡化之后，不知甚么缘故，颠倒

①营生：指生意、买卖。

②坌(bèn)工：土工。

③一灵儿：灵魂。灵派侯：道教神名。

一日穷一日了[①]。我也在爹娘坟上烧钱裂纸，浇茶奠酒，泪珠儿至今不曾干。我也是个行孝的人。”灵派侯道：“吾神试点检他平日所为，虽是不见别的善事，却是穷养父母，也是有的。今日据着他埋天怨地，正当冻饿。念他一点小孝，可又道‘天不生无禄之人，地不长无名之草’。吾等体上帝好生之德，权且看有别家无碍的福力，借与他些，与他一个假子，奉养至死，偿他这一点孝心罢。”增福神道：“小圣查得有曹州曹南周家庄上，他家福力所积，阴功三辈。为他拆毁佛地，一念差池，合受一时折罚。如今把那家的福力权借与他二十年，待到限期已足，着他双手交还本主。这个可不两便？”灵派侯道：“这个使得。”唤过贾仁，把前话分付他明白。叫他牢牢记取：“比及你去做财主时，索还的早在那里等了。”贾仁叩头，谢了上圣济拔之恩。心里道：“已是财主了！”出得门来，骑了高头骏马，放个辔头。那马见了鞭影，飞也似的跑，把他一交攧翻。大喊一声，却是南柯一梦，身子还睡在庙檐下。想一想道：“恰才上圣分明的对我说，那一家的福力借与我二十年，我如今该做财主。一觉醒来，财主在那里？梦是心头想，信他则甚[②]！昨日大户人家要打墙，叫我寻泥坯，我不免去寻问一家则个。”

出了庙门去，真是时来福凑。恰好周秀才家里看家当直的，因家主出久未归，正缺少盘缠；又晚间睡着，被贼偷得精光。家里别无可卖的，只有后园中这一垛旧坍墙。想道：“要他没用，不如把泥坯卖了，且将就做盘缠度日。”走到街上，正撞着贾仁。晓得他是惯与人家打墙的，就把这话央他去卖。贾仁道：“我这家正要泥坯，讲倒价钱[③]，吾自来挑也。”果然走去说定了价，挑得一担算一担。开了后园，一凭贾仁自掘自挑。贾仁带了铁锹、锄头、土篷之类来[④]。动手

①颠倒：反倒，反而。

②则甚：作甚，作什么。

③讲倒：讲了。“倒”字是助词。今方言中仍如此用法，如“坐倒”、“睡倒”等等。

④土篷（dá）：盛土和泥的竹器。半圈有腰，一面平口，便于倾倒。

刚扒倒得一堵，只见墙脚之下，拱开石头，那泥簌簌的落将下去，恰像底下是空的。把泥拨开，泥下一片石板。撬起石板，乃是盖下一个石槽，满槽多是土墼块一般大的金银[①]，不计其数。旁边又有小块，零星楔着。吃了一惊，道："神明如此有灵，已应着昨梦。惭愧！今日有分做财主了。"心生一计，就把金银放些在土篷中，上边覆着泥土，装了一担。且把在地中挑未尽的，仍用泥土遮盖，以待再挑。他挑着担，竟往栖身的破窑中，权且埋着，神鬼不知。运了一两日，都运完了。他是极穷人，有了这许多银子，也是他时运到来，且会摆拨[②]。先把些零碎小锞，买了一所房子住下了。逐渐把窑里埋的又搬将过去，安顿好了。先假做些小买卖，慢慢衍将大来。不上几年，盖起房廊屋舍，开了解典库、粉房、磨房、油房、酒房，做的生意，就如水也似长将起来。旱路上有田，水路上有船，人头上有钱。平日叫他做"穷贾儿"的，多改口叫他是员外了。又娶了一房浑家，却是寸男尺女皆无，空有那鸦飞不过的田宅，也没一个承领。又有一件作怪：虽有了这样大家私，生性悭吝苦克，一文也不使，半文也不用。要他一贯钞，就如挑他一条筋。别人的，恨不得劈手夺将来。若要他把与人，就心疼的了不得。所以又有人叫他做"悭贾儿"。请着一个老学究，叫做陈德甫，在家里处馆。那馆不是教学的馆，无过在解铺里上些帐目，管些收钱举债的勾当。贾员外日常与陈德甫说："我枉有家私，无个后人承领，自己生不出，街市上但遇着卖的，或是肯过继的，是男是女，寻一个来，与我两口儿喂眼也好[③]。"说了不则一番。陈德甫又转分付了开酒务的店小二[④]："倘有相应的[⑤]，可来先对我说。"这里一面寻螟蛉之子，不在话下。

①土墼(jī)：砖坯。

②摆拨：摆布。

③喂眼：看看，饱眼福。

④酒务：酒店。

⑤相应：便宜。

却说那周荣祖秀才，自从同了浑家张氏、孩儿长寿，三口儿应举去后，怎奈命运未通，功名不达。这也罢了，岂知到得家里，家私一空，止留下一所房子。去寻寻墙下所埋祖遗之物，但见墙倒泥开，刚剩得一个空石槽。从此衣食艰难，索性把这所房子卖了，复是三口儿去洛阳探亲。偏生这等时运①，正是：

时来风送滕王阁②，运退雷轰荐福碑③。

那亲眷久已出外，弄做个"满船空载月明归"，身边盘缠用尽。到得曹南地方，正是暮冬天道，下着连日大雪。三口儿身上俱各单寒，好生行走不得。有一篇《正宫调·滚绣球》为证：

是谁人碾就琼瑶往下筛？是谁人剪冰花迷眼界？恰便似玉琢成六街三陌，拾便似粉妆就殿阁楼台。便有那韩退之④，蓝关前冷怎当，便有那孟浩然驴背上也跌下来⑤，便有那剡溪中禁回他子猷访戴⑥，则这三口儿兀的不冻倒尘埃！眼见得一家受尽千般苦，可甚么十谒朱门九不开⑦，委实难捱！

当下张氏道："似这般风又大，雪又紧，怎生行去？且在那里避一避

---

①偏生：偏偏。

②风送滕王阁：即《醒世恒言》卷四十所写故事。王勃路过马当山，水神让他顺风一夜到达南昌，参与阎伯屿举行的盛会，写出了《滕王阁序》。源出宋人陈之靓《岁时广记》。

③雷轰荐福碑：荐福寺碑，唐欧阳询书。在宋代，此碑拓本每本值千钱。范仲淹镇守鄱阳，有书生献诗，诗写得很好，范仲淹很欣赏。此书生穷困，范仲淹想帮助他，想拓一千本荐福寺碑给他去卖钱，一天晚上碑被雷击碎。《尧山堂外纪》载此事。

④韩退之：韩愈。他贬官出京，经蓝关时下大雪，他在《左迁至蓝关示侄孙湘》诗中说："云横秦岭家何在，雪拥蓝关马不前。"

⑤孟浩然：唐代诗人。元人马致远写过《踏雪寻梅》杂剧，即写孟浩然雪中探梅花故事。此剧已佚。

⑥子猷访戴：晋王献之，字子猷。《世说新语》记他雪夜乘舟，到剡溪访问戴逵，到门不入而返。

⑦十谒朱门九不开：本是唐代李观的诗句。这里借指乞讨无门。

也好。”周秀才道：“我们到酒务里避雪去。”两口儿带了小孩子，趄到一个店里来。店小二接着，道：“可是要买酒吃的？”周秀才道：“可怜，我那得钱来买酒吃？”店小二道：“不吃酒，到我店里做甚？”秀才道：“小生是个穷秀才，三口儿探亲回来，不想遇着一天大雪。身上无衣，肚里无食，来这里避一避。”店小二道：“避避不妨。那一个顶着房子走哩！”秀才道：“多谢哥哥。”叫浑家领了孩儿，同进店来，身子挖抖抖的寒颤不住。店小二道：“秀才官人，你每受了寒了。吃杯酒不好？”秀才叹道：“我才说没钱在身边。”小二道：“可怜！可怜！那里不是积福处？我舍与你一杯烧酒吃，不要你钱。”就在招财利市面前那供养的三杯酒内①，取一杯递过来。周秀才吃了，觉道和暖了好些。浑家在旁闻得酒香，也要杯儿敌寒，不好开得口，正与周秀才说话。店小二晓得意思，想道：“有心做人情，便再与他一杯。”又取那第二杯递过来，道：“娘子也吃一杯。”秀才谢了，接过与浑家吃。那小孩子长寿不知好歹，也嚷道要吃。秀才簌簌地掉下泪来，道：“我两个也是这哥哥好意与我每吃的，怎生又有得到你？”小孩子便哭将起来。小二问知缘故，一发把那第三杯与他吃了。就问秀才道：“看你这样艰难，你把这小的儿与了人家，可不好？”秀才道：“一时撞不着人家要。”小二道：“有个人要，你与娘子商量去。”秀才对浑家道：“娘子，你听么？卖酒的哥哥说，你们这等饥寒，何不把小孩子与了人？他有个人家要。”浑家道：“若与了人家，倒也强似冻饿死了。只要那人养的活，便与他去罢。”秀才把浑家的话对小二说。小二道：“好教你们喜欢。这里有个大财主，不曾生得一个儿女，正要一个小的。我如今领你去。你且在此坐一坐，我寻将一个人来。”小二三脚两步，走到对门，与陈德甫说了这个缘故。陈德甫踱到店里，问小二道：“在那里？”小二叫周秀才与他相见了。陈德甫一眼看去，见了小孩子长寿，便道：“好个有福相的孩儿！”就问周秀才道：“先生

---

①招财利市：二财神名。即招财童子、利市仙官。旧时店铺多贴二神像以求吉利。

那里人氏？姓甚名谁？因何就肯卖了这孩儿？”周秀才道：“小生本处人氏，姓周名荣祖，因家业凋零，无钱使用，将自己亲儿情愿过房与人为子。先生，你敢是要么？”陈德南道：“我不要。这里有个贾老员外，他有泼天也似家私①，寸男尺女皆无。若是要了这孩儿，久后家缘家计，都是你这孩儿的。”秀才道：“既如此，先生作成小生则个。”陈德甫道：“你跟着我来。”周秀才叫浑家领了孩儿，一同跟了陈德甫到这家门首。

陈德甫先进去见了贾员外。员外问道：“一向所托寻孩子的，怎么了？”陈德甫道：“员外，且喜有一个小的了。”员外道：“在那里？”陈德甫道：“现在门首。”员外道：“是个甚么人的？”陈德甫道：“是个穷秀才。”员外道：“秀才倒好，可惜是穷的。”陈德甫道：“员外说得好笑，那有富的来卖儿女？”员外道：“叫他进来，我看看。”陈德甫出来，与周秀才说了，领他同儿子进去。秀才先与员外叙了礼，然后叫儿子过来与他看。员外看了一看，见他生得青头白脸，心上喜欢，道：“果然好个孩子！”就问了周秀才姓名。转对陈德甫道：“我要他这个小的，须要他立纸文书。”陈德甫道：“员外要怎么样写？”员外道：“无过写道：‘立文书人某人，因口食不敷，情原将自己亲儿某，过继与财主贾老员外为儿。’”陈德甫道：“只叫员外够了，又要那‘财主’两字做甚？”员外道：“我不是财主，难道叫我穷汉？”陈德甫晓得是有钱的心性，只顺着道：“是，是。只依着写财主罢。”员外道：“还有一件要紧，后面须写道：‘立约之后，两边不许翻悔。若有翻悔之人，罚钞一千贯与不悔之人用。’”陈德甫大笑道：“这等，那正钱可是多少②？”员外道：“你莫管我，只依我写着。他要得我多少？我财主家心性，指甲里弹出来的，可也吃不了。”陈德甫把这话一一与周秀才说了。周秀才只得依着口里念的写去，写到“罚一千贯”，周秀才停了笔道：“这等，我正钱可是多少？”陈德甫道：“知他是多少？我恰才也是这

①泼天：夸张之词。形容家产极大。

②正钱：卖儿钱。

等说，他道，我是个巨富的财主，他要的多少？他指甲里弹出来的，着你吃不了哩。”周秀才也道：“说得是。”依他写了，却把正经的卖价竟不曾填得明白。他与陈德甫也多是迂儒，不晓得这些圈套，只道口里说得好听，料必不轻的。岂知做财主的专一苦克算人[①]，讨着小便宜。口里便甜如蜜，也听不得的。当下周秀才写了文书，陈德甫递与员外收了。员外就领了进去，与妈妈看了，妈妈也喜欢。此时长寿已有七岁，心里晓得了。员外教他道：“此后有人问你姓甚么，你便道‘我姓贾’。”长寿道：“我自姓周。”那贾妈妈道：“好儿子，明日与你做花花袄子穿。有人问你姓，只说姓贾。”长寿道：“便做大红袍与我穿，我也只是姓周。”员外心里不快，竟不来打发周秀才。秀才催促陈德甫，德甫转催员外。员外道：“他把儿子留在我家，他自去罢了。”陈德甫道：“他怎么肯去？还不曾与他恩养钱哩[②]！”员外就起个赖皮心，只做不省得[③]，道：“甚么恩养钱？随他与我些罢。”陈德甫道：“这个员外休要人！他为无钱，才卖这个小的，怎个倒要他恩养钱？”员外道：“他因为无饭养活儿子，才过继与我。如今要在我家吃饭，我不问他要恩养钱，他倒问我要恩养钱？”陈德甫道：“他辛辛苦苦养这小的，与了员外为儿，专等员外与他些恩养钱，回家做盘缠，怎这等耍他？”员外道：“立过文书，不怕他不肯了。他若有说话，便是翻悔之人，教他罚一千贯还我，领了这儿子去。”陈德甫道：“员外怎如此斗人耍[④]！你只是与他些恩养钱去，是正理。”员外道：“陈德甫，看你面上，与他一贯钞。”陈德甫道：“这等一个孩儿，与他一贯钞忒少。”员外道：“一贯钞，许多宝字哩[⑤]！我富人使一贯钞，似挑着一条筋。你是穷人，怎倒看得这样容易？你且与他去。他是读书人，

---

①苦克：苛刻。

②恩养钱：抚养费。

③不省得：不懂，不晓得。

④斗人：逗人。

⑤宝字：铜钱上都铸有“××通宝”字样。一贯钱一千文，一千个一文的铜钱，所以如此说。

见儿子落了好处,敢不要钱也不见得。”陈德甫道:“那有这事?不要钱,不卖儿子了。”再三说不听,只得拿了一贯钞与周秀才。秀才正走在门外与浑家说话,安慰他道:“且喜这家果然富厚,已立了文书,这事多分可成。长寿儿也落了好地了。”浑家正要问道:“讲到多少钱钞?”只见陈德甫拿得一贯出来。浑家道:“我几杯儿水洗的孩儿偌大!怎生只与我一贯钞?便买个泥娃娃也买不得!”陈德甫把这话又进去与员外说。员外道:“那泥娃娃须不会吃饭。常言道:‘有钱不买张口货。’因他养活不过,才卖与人。等我肯要,就勾了,如何还要我钱?既是陈德甫再三说,我再添他一贯,如今再不添了。他若不肯,白纸上写着黑字,教他拿一千贯来,领了孩子去。”陈德甫道:“他有得这一千贯时,倒不卖儿子了。”员外发作道:“你有得添添他!我却没有。”陈德甫叹口气道:“是我领来的不是了。员外又不肯添,那秀才又怎肯两贯钱就住?我中间做人也难。也是我在门下多年,今日得过继儿子,是个美事。做我不着,成全他两家罢。”就对员外道:“在我馆钱内支两贯,凑成四贯,打发那秀才罢。”员外道:“大家两贯,孩子是谁的?”陈德甫道:“孩子是员外的。”员外笑逐颜开道:“你出了一半钞,孩子还是我的。这等,你是个好人!”依他又支了两贯钞,帐簿上要他亲笔注明白了。共成四贯,拿出来与周秀才,道:“这员外是这样悭吝苦克的,出了两贯,再不肯添了。小生只得自支两月的馆钱,凑成四贯,送与先生。先生,你只要儿子落了好处,不要计论多少罢!”周秀才道:“甚道理!倒难为着先生。”陈德甫道:“只要久后记得我陈德甫。”周秀才道:“贾员外则是两贯,先生替他出了一半。这倒是先生赍发了小生,这恩德怎敢有忘?唤孩儿出来,叮嘱他两句,我每去罢。”陈德甫叫出长寿来,三个抱头哭个不住。分付道:“爹娘无奈,卖了你。你在此可也免了些饥寒冻馁,只要晓得些人事,敢这家不亏你。我们得便来看你就是。”小孩子不舍得爹娘,吊住了只是哭。陈德甫只得去买些果子来哄住了他,骗了他进去。周秀才夫妻自去了。

那贾员外过继了个儿子,又且放着刁勒买的,不费大钱,自得其乐，就叫他做了贾长寿。晓得他已有知觉[1]，不许人在他面前提起一句旧话，也不许他周秀才通消息往来。古古怪怪，防得水泄不通。岂知暗地移花接木，已自双手把人家交还他[2]。那长寿大来，也看看把小时的事忘怀了，只认贾员外是自己的父亲。可又作怪，他父亲一文不使，半文不用，他却心性阔大，看那钱钞便是土块般相似。人道是他有钱，多顺口叫他为"钱舍"[3]。那时妈妈亡故，贾员外得病不起，长寿要到东岳烧香，保佑父亲。与父亲讨得一贯钞，他便背地与家僮兴儿开了库，带了好些金银宝钞去了。到得庙上来，此时正是三月二十七日。明日是东岳圣帝诞辰。那庙上的人好不来的多。天色已晚，拣着廊下一个干净处所歇息。可先有一对儿老夫妻在那里，但见：

仪容黄瘦，衣服单寒。男人头上儒巾，大半是尘埃堆积；女子脚跟罗袜，两边泥土粘连。定然终日道途间，不似安居闺阁内。

你道这两个是甚人？元来正是卖儿子的周荣祖秀才夫妻两个。只因儿子卖了，家事已空，又往各处投人不着，流落在他方十来年，乞化回家。思量要来贾家探取儿子消息，路经泰安州，恰遇圣帝生日，晓得有人要写疏头，思量赚他几文，来央庙官[4]。庙官此时也用得他着，留他在这廊下的。因他也是个穷秀才，庙官好意，拣这搭干净地与他。岂知贾长寿见这带地好，叫兴儿赶他开去。兴儿狐假虎威，喝道："穷弟子[5]，快走开去，让我们！"周秀才道："你们是什么人？"兴儿就打他一下，道："钱舍也不认得？问是什么人？"周秀才道："我须是问了庙官，在这里住的，什么钱舍来赶得我？"长寿见他不肯让，喝

---

[1]知觉：指记事，懂事。

[2]人家：家事，家产。

[3]钱舍：钱舍人。对贵族和有钱人子弟的称呼。

[4]庙官：掌观的道士。

[5]弟子："弟子孩儿"的简称。骂老人也可用。

教打他。兴儿正在厮扭，周秀才大喊。惊动了庙官，走来道："甚么人如此无礼？"兴儿道："贾家钱舍要这搭儿安歇。"庙官道："家有家主，庙有庙主，是我留在这里的秀才，你如何用强，夺他的宿处？"兴儿道："俺家钱舍有的是钱，与你一贯钱，借这坶儿田地歇息①。"庙官见有了钱，就改了口，道："我便叫他让你罢。"劝他两个另换个所在。周秀才好生不伏气，没奈他何，只依了。明日烧香罢，各自散去。长寿到得家里，贾员外已死了。他就做了小员外，掌把了偌大家私。不在话下。

且说周秀才自东岳下来，到了曹南村。正要去查问贾家消息，一向不回家，把巷陌多生疏了。在街上一路慢访问，忽然浑家害起急心疼来。望去一个药铺，牌上写着"施药"。急走去，求得些来吃下好了。夫妻两口走到铺中谢那先生。先生道："不劳谢得，只要与我扬名。"指着招牌上字道："须记我是陈德甫。"周秀才点点头，念了两声陈德甫。对浑家道："这陈德甫名儿好熟，我那里曾会过来，你记得么？"浑家道："俺卖孩儿时，做保人的不是陈德甫？"周秀才道："是，是。我正好问他。"又走去叫道："陈德甫先生，可认得学生么？"德甫相了一相，道："有些面染。"周秀才道："先生也这般老了。则我便是卖儿子的周秀才。"陈德甫道："还记得我赍发你两贯钱？"周秀才道："此恩无日敢忘。只不知而今我那儿子好么？"陈德甫道："好教你欢喜，你孩儿贾长寿，如今长立成人了。"周秀才道："老员外呢？"陈德甫道："近日死了。"周秀才道："好一个悭刻的人！"陈德甫道："如今你孩儿做了小员外，不比当初老的了，且是仗义疏财。我这施药的本钱，也是他的。"周秀才道："陈先生，怎生着我见他一面？"陈德甫道："先生，你同嫂子在铺中坐一坐，我去寻将他来。"陈德甫走来，寻着贾长寿，把前话一五一十对他说了。那贾长寿虽是多年没人题破，见说了，转想幼年间事，还自隐隐记得。急忙跑到铺中来，要认爹娘。陈德甫领他拜见。长寿看了模样，吃了一惊道：

①这坶(wō)儿田地：这块地方。

"泰安州打的就是他，怎么了？"周秀才道："这不是泰安州夺我两口儿宿处的么？"浑家道："正是。叫甚么钱舍。"秀才道："我那时受他的气不过，那知即是我儿子。"长寿道："孩儿其实不认得爹娘，一时冲撞，望爹娘恕罪。"两口儿见了儿子，心里老大喜欢。终久乍会之间，有些生煞煞[①]。长寿过意不去，道是"莫非还记着泰安州的气来？"忙叫兴儿到家取了一匣金银来，对陈德甫道："小侄在庙中不认得父母，冲撞了些个。今将此一匣金银，赔个不是。"陈德甫对周秀才说了。周秀才道："自家儿子，如何好受他金银赔礼？"长寿跪下道："若爹娘不受，儿子心里不安，望爹娘将就包容。"周秀才见他如此说，只得收了。开来一看，吃了一惊，元来这银子上凿着"周奉记"。周秀才道："可不原是我家的？"陈德甫道："怎生是你家的？"周秀才道："我祖公叫做周奉，是他凿字记下的。先生，你看那字便明白。"陈德甫接过手看了，道："是倒是了。既是你家的，如何却在贾家？"周秀才道："学生二十年前带了家小，上朝取应去[②]，把家里祖上之物，藏埋在地下。已后归来，尽数都不见了，以致赤贫，卖了儿子。"陈德甫道："贾老员外原系穷鬼，与人脱土坯的，以后忽然暴富起来。想是你家原物，被他挖着了，所以如此。他不生儿女，就过继着你家儿子，承领了这家私。物归旧主，岂非天意？怪道他平日一文不使，两文不用，不舍得浪费一些。元来不是他的东西，只当在此替你家看守罢了。"周秀才夫妻感叹不已，长寿也自惊异。周秀才就在匣中取出两锭银子，送与陈德甫，答他昔年两贯之费。陈德甫推辞了两番，只得受了。周秀才又念着店小二三杯酒，就在对门叫他过来，也赏了他一锭。那店小二因是小事，也忘记多时了。谁知出于不意，得此重赏，欢天喜地去了。长寿就接了父母到家去住。周秀才把适才匣中所剩的交还儿子，叫他明日把来散与那贫难无倚的，须念着贫时二十年中苦楚。又叫儿子照依祖公公时节，盖所佛

①生煞煞：陌生的样子。

②取应：应考。

堂，夫妻两个在内双修。贾长寿仍旧复了周姓。贾仁空做了二十年财主，只落得一文不使，仍旧与他没帐。可见物有定主如此，世间人枉使坏了心机。有口号四句为证：

想为人禀命生于世，但做事不可瞒天地。
贫与富一定不可移，笑愚民枉使欺心计。

卷三十六

东廊僧怠招魔　黑衣盗奸生杀

诗云：

参成世界总游魂[①]，错认讹闻各有因。

最是天公施巧处，眼花历乱使人浑[②]。

话说天下的事，惟有天意最深，天机最巧。人居世间，总被他颠颠倒倒。就是那空幻不实境界，偶然人一个眼花错认了，明白是无端的，后边照应将来，自有一段缘故在内，真是人所不测。唐朝牛僧孺任伊阙县尉时[③]，有东洛客张生应进士举[④]，携文往谒。至中路，遇暴雨雷雹。日已昏黑，去店尚远，傍着一株大树下且歇。少顷雨定，月色微明，就解鞍放马，与僮仆宿于路侧。困倦已甚，一齐昏睡。良久，张生朦胧觉来。见一物长数丈，形如夜叉，正在那里吃那匹马。张生惊得魂不附体，不敢则声，伏在草中。只见把马吃完了，又取那头驴去咽啅咽啅的吃了。将次吃完，就把手去扯他从奴一人过来，提着两足，扯裂开来。张生见吃动了人，怎不心慌？只得硬挣起来[⑤]，狼狈逃命。那件怪物随后赶来，叫呼骂詈。张生只是乱跑，不敢回头。约勾跑了一里来路，渐渐不听得后面声响。往前走去，遇见一个大冢，冢边立着一个女人。张生慌忙之中，也不管是什么人，连呼"救命"。女人问道："为着何事？"张生把适才的事说了。女人道："此间是个古冢，内中空无一物，后有一孔，郎君可避在里头。不

---

①参成：悟得，懂得。

②历乱：缭乱。

③牛僧孺：唐代人，字思黯。穆宗朝官至户部侍郎同平章事（宰相）。伊阙：古县名。今属河南伊川县。龙门石窟即在其处。

④东洛：东都洛阳。

⑤硬挣：挣扎。

然,性命难存。”说罢,女子也不知那里去了。张生就寻冢孔,投身而入。冢内甚深。静听外边,已不见甚么声响,自道避在此料无事了。须臾望去①,冢外月色转明。忽闻冢上有人说话响,张生又惧怕起来,伏在冢内不动。只见冢外推将一物进孔中来,张生只闻得血腥气。黑中看去,月光照着明白,乃是一个死人,头已断了。正在惊骇,又见推一个进来;连推了三四个才住,多是一般的死人。已后没得推进来了,就闻得冢上人嘈杂道:“金银若干,钱物若干,衣服若干。”张生方才晓得是一班强盗了,不敢吐气,伏着听他。只见那为头的道:“某件与某人,某件与某人。”连唱十来人的姓名。又有嫌多嫌少,道分得不均匀相争论的。半日方散去。张生晓得外边无人了,对了许多死尸,好不惧怕。欲要出来,又被死尸塞住孔口,转动不得。没奈何,只得蹲在里面,等天明了再处。静想方才所听唱的姓名,忘失了些,还记得五六个,把来念的熟了,看看天亮起来。却说那失盗的乡村里,一伙人各执器械来寻盗迹。到了冢旁,见满冢是血,就围住了。掘将开来,所杀之人都在冢内。落后见了张生,是个活人,喊道:“还有个强盗落在里头!”就把绳捆将起来。张生道:“我是个举子,不是贼。”众人道:“既不是贼,缘何在此冢内?”张生把昨夜的事一一说了。众人那里肯信,道:“必是强盗杀人,送尸到此,偶堕其内的。不要听他胡讲。”众人你住我不住的,乱来踢打,张生只叫得苦。内中有老成的道:“私下不要乱打,且送到县里去。”一伙人望着县里来。正行之间,只见张生的从人、驴马、鞍驼尽到。张生见了,吃惊道:“我昨夜见的是什么来?如何马驴、从奴俱在?”那从人见张生被缚住在人丛中,也惊道:“昨夜在路旁困倦睡着了。及到天明,不见了郎君,故此寻来。如何被这些人如此窘辱?”张生把昨夜话对从人说了一遍。从人道:“我们一觉好睡,从不曾见个甚的,怎么有如此怪异?”乡村这伙人道:“可见是一刬胡话②,明是劫盗。

①须臾:一会儿。

②一刬(chǎn):一起,一律。

敢这些人都是一党。”并不肯放松一些，送到县里。县里牛公却是旧相识，见张生被乡人绑缚而来，大惊道：“缘何如此？”张生把前话说了。牛公叫快放了绑，请起来细问昨夜所见。张生道：“劫盗姓名，小生还记得几个。在冢上分散的衣物数目，小生也多听得明白。”牛公取笔，请张生一一写出。按名捕捉，人赃俱获，没一个逃得脱的。乃知张生夜来所见夜叉吃啖赶逐之景，乃是冤魂不散，鬼神幻出此一段怪异，逼那张生伏在冢中，方得默记劫盗姓名，使他逃不得。此天意假手张生以擒盗，不是正合着小子所言“眼花错认，也自有缘故”的话？而今更有个眼花错认了，弄出好些冤业因果来，理不清身子的，更为可骇可笑。正是：

道高一尺，魔高一丈。
冤业随身，终须还帐。

这话也是唐时的事。山东沂州之西有个宫山[①]，孤拔耸峭，迴出众峰。周围三十里，并无人居。贞元初年，有两个僧人到此山中，喜欢这个境界幽僻，正好清修，不惜勤苦，满山拾取枯树丫枝，在大树之间搭起一间柴棚来。两个敷坐在内[②]，精勤礼念，昼夜不辍。四远村落闻知，各各喜舍资财布施，来替他两个构造屋室。不上旬月之间，立成一个院宇。两僧大加悫励[③]，远近皆来钦仰。一应斋供，多自日逐有人来给与。两僧各处一廊，在佛前共设咒愿：誓不下山，只在院中持诵，必祈修成无上菩提正果。正是：

白日禅关闲闭，落霞流水长天。
溪上丹枫自落，山僧自是高眠。

又：

檐外晴丝扬网，溪边春水浮花。
尘世无心名利，山中有分烟霞。

①沂州：治所即今山东临沂市。

②敷坐：趺（fū）坐。僧人静坐姿态，双足交叠盘腿而坐。

③悫（què）励：虔诚勤奋。

如此苦行,已经二十馀年。元和年间,冬夜月明,两僧各在廊中朗声呗唱[①]。于时空山虚静,闻山下隐隐有恸哭之声,来得渐近,须臾已到院门。东廊僧在静中听罢,忽然动了一念,道:"如此深山寂寞,多年不出,不知山下光景如何。听此哀声,令人凄惨感伤。"只见哭声方止,一个人在院门边墙上扑的跳下地来,望着西廊便走。东廊僧遥见他身躯绝大,形状怪异,吃惊不小。不敢声张,怀着鬼胎,且默观动静。自此人入西廊之后,那西廊僧唱之声截然住了,但听得劈劈扑扑,如两下力争之状。过一回,又听得狺犽咀嚼[②],啖噬啜吒[③],其声甚厉。东廊僧慌了道:"院中无人,吃完了他,少不得到我。不如预先走了罢。"忙忙开了院门,惶骇奔突;久不出山,连路径都不认得了。撷撷仆仆,气力殆尽。回头看一看后面,只见其人跄跄踉踉[④],大踏步赶将来。一发慌极了,乱跑乱跳。忽逢一小溪水,褰衣渡毕。追者已到溪边,却不过溪来,只在隔水嚷道:"若不阻水,当并啖之。"东廊僧且惧且行,也不知走到那里去的是,只信着脚步走罢了。须臾大雪,咫尺昏迷,正在没奈何所在,忽有个人家牛坊,就躲将进去,隐在里面。此时已有半夜了,雪势稍晴。忽见一个黑衣的人,自外执刀枪,徐至栏下。东廊僧吞声屏气,潜伏暗处,向明窥看。见那黑衣人踌躇四顾,恰像等些什么的一般。有好一会,忽然院墙里面抛出些东西来,多是包裹衣被之类。黑衣人看见,忙取来扎缚好了,装做了一担。墙里边一个女子,攀了墙,跳将出来。映着雪月之光,东廊僧且是看得明白。黑衣人见女子下了墙,就把枪挑了包裹,不等与他说话,望前先走。女子随后,跟他去了。东廊僧想道:"不尴尬,此间不是住处!适才这男子女人,必是相约私逃的。明日院中不见了人,照雪地行迹寻将出来,见了个和尚,岂不把奸情事缠

---

①呗(bèi)唱:梵音歌咏。佛徒诵经,称为转读,念汉音。称颂佛的功德的歌赞则用梵音,亦称"梵呗"。

②狺犽(yín yá):野兽撕咬之声。

③啜吒(chuò zhà):吞咽叫喊。

④跄跄(qiàng)踉踉(liàng):走路不稳的样子。

在身上来？不如趁早走了去为是。”总是一些不认得路径，慌忙又走。恍恍惚惚，没个定向，又乱乱的不成脚步。走上十数里路，踹了一个空，扑通的攧了下去，乃是一个废井。亏得干枯没水，却也深广。月光透下来，看时，只见旁有个死人。身首已离，血体还暖，是个适才杀了的。东廊僧一发惊惶，却又无法上得来，莫知所措。到得天色亮了，打眼一看[①]，认得是昨夜攀墙的女子。心里疑道："这怎么解？"正在没出豁处[②]，只见井上有好些人喊嚷。临井一看，道："强盗在此了。"就将索缒人下来。东廊僧此时吓坏了心胆，冻僵了身体，挣扎不得，被那人就在井中绑缚了。先是光头上一顿栗暴[③]，打得火星爆散。东廊僧没口得叫冤，真是在死边过。那人扎缚好了，先后同死尸吊将上来。只见一个老者，见了死尸，大哭一番。哭罢，道："你这那里来的秃驴！为何拐我女儿出来，杀死在此井中？"东廊僧道："小僧是宫山东廊僧人，二十年不下山。因为夜间有怪物到院中啖了同侣，逃命至此。昨夜在牛坊中避雪，看见有个黑衣人进来，墙上一个女子跳出来，跟了他去。小僧因怕惹着是非，只得走脱。不想堕落井中，先已有杀死的人在内。小僧知他是甚缘故？小僧从不下山的，与人家女眷有何识熟，可以拐带？又有何冤仇将他杀死？众位详察则个。"说罢，内中人有好几个曾到山中，认得他的，晓得是有戒行的高僧。却是现今同个死女子在井中，解不出这事来，不好替他分辨得，免不得一同送到县里来。

县令看见一干人绑了个和尚，又抬了一个死尸，备问根由。只见一个老者告诉道："小人姓马，是这本处人。这死的就是小人的女儿，年一十八岁。不曾许聘人家，这两日方才有两家来说起。只见今日早起来，家里不见了女儿。跟寻起来，看见院后雪地上鞋迹，晓得越墙而走了。依踪寻到井边，便不见女儿鞋迹，只有一团血洒在

①打眼：用眼。

②出豁：也写作“出笏”。脱离，解除，离开。

③栗暴：用手指弯起来在头上啄。

地上。向井中一看，只见女已杀死，这和尚却在里头，岂不是他杀的?”县令问那僧人怎么说。东廊僧道:“小僧是个宫山中苦行僧人，二十馀年不下本山。昨夜忽有怪物入院，将同住僧人啖噬，不得已，破戒下山逃命。岂知宿业所缠，撞在这网里来。”就把昨夜牛坊所见，已后虑祸再逃、坠井遇尸的话，细说了一遍。又道:“相公但差人到宫山一查，看西廊僧人踪迹有无，是被何物啖噬模样，便见小僧不是诳语。”县令依言，随即差个公人到山查勘的确，立等回话。公人到得山间，走进院来，只见西廊僧好端端在那里坐着看经。见有人来，才起问讯。公人把东廊僧所犯之事，一一说过，道:“因他诉说有甚怪物入院来吃人，故此逃下山来的。相公着我来看个虚实。今师父既在，可说昨夜怪物怎么样起。”西廊僧道:“并无甚怪物，但二更时侯，两廊方对持念，东廊道友忽然开了院，走了出去。我两人誓约已久，二十多年不出院门。见他独去，也自惊异。大声追呼，竟自不闻。小僧自守着不出院之戒，不敢追赶罢了。至于山下之事，非我所知。”公人将此话回覆了县令。县令道:“可见是这秃奴诳妄①。”带过东廊僧，又加研审，东廊僧只是坚称前说。县令道:“眼见得西廊僧人见在，有何怪物来院中，你恰恰这日下山？这里恰恰有脱逃被杀之女同在井中，天下有这样凑巧的事？分明是杀人之盗，还要抵赖!”用起刑来，喝道:“快快招罢!”东廊僧道:“宿债所欠②，有死而已，无情可招。”恼了县令性子，百般拷掠，楚毒备施。东廊僧道:“不必加刑，认是我杀罢了。”此时连原告见和尚如此受惨，招不出甚么来，也自想道:“我家并不曾与这和尚往来，如何拐得我女着？就是拐了，怎不与他逃去，却要杀他？便做是杀了，他自家也走得去的，如何同住这井中做甚么？其间恐有冤枉。”倒走到县令面前，把这些话一一说了。县令道:“是倒也说得是，却是这个奸僧黑夜落井，必非良人。况又口出妄语欺诳，眼见得中有隐情了。只是行凶刀杖无

①诳妄:骗人瞎说。

②宿债:前世冤债。与上文“宿业”意思一样。

存，身边又无赃物，难以成狱。我且把他牢固监候，你们自去外边缉访。你家女儿平日必有踪迹可疑之处，与私下往来之人，家中必有所失物件，你们逐一留心细查，自有明白。”众人听了分付，当下散了出来。东廊僧自到狱中受苦。不题。

却说这马家是个沂州富翁，人皆呼为马员外。家有一女，长成得美丽非凡。从小与一个中表之兄杜生彼此相慕，暗约为夫妇。杜生家中却是清淡，也曾央人来做几次媒约，马员外嫌他家贫，几次回了。却不知女儿心里，只思量嫁他去的。其间走脚通风，传书递简，全亏着一个奶娘，是从幼乳这女子的。这奶子是个不良的婆娘，专一哄诱他小娘子动了春心，做些不恰当的手脚，便好乘机拐骗他的东西。所以晓得他心事如此，倒身在里头做马泊六，弄得他两下情热如火，只是不能成就这事。那女子看看大了，有两家来说亲。马员外已有拣中的，将次成约。女子有些着了急，与奶娘商量道：“我一心只爱杜家哥哥，而今却待把我许别家，怎生计处！”奶子就起个惫懒肚肠①，哄他道：“前日杜家求了几次，员外只是不肯，要明配他，必不能勾。除非嫁了别家，与他暗里偷期罢。”女子道：“我既嫁了人，怎好又做得这事？我一心要随着杜郎，只不嫁人罢。”奶子道：“怎由得你不嫁？我有一个计较，趁着未许定人家时节，生做他一做②。”女子道：“如何生做？”奶子道：“我去约定了他，你私下与他走了。多带了些盘缠，在他州外府过他几时，落得快活。且等家里寻得着时，你两个已自成合得久了。好人家儿女，不好拆开了另嫁得，别人家也不来要了。除非此计，可以行得。”女子道：“此计果妙，只要约得的确。”奶子道：“这个在我身上。”元来马员外家巨富，女儿房中东西，金银珠宝、头面首饰、衣服，满箱满笼的，都在这奶子眼里。奶子动火他这些东西，怎肯教富了别人？他有一个儿子，叫做牛黑

---

①惫懒：无赖。

②生做：硬干。

子，是个不本分的人，专一在赌博行、厮扑行中走动[①]，结识那一班无赖子弟，也有时去做些偷鸡吊狗的勾当。奶子欺心，当女子面前许他去约杜郎，他私下去与儿子商量，只叫他冒顶了名，骗领了别处去，卖了他，落得得他小富贵。算计停当，来哄女子道："已约定了，只在今夜月明之下，先把东西搬出院墙外牛坊中了，然后攀墙而出就是。"女子要奶子同去，奶子道："这使不得。你自去，须一时没查处。连我去了，他明知我在里头做事，寻到我家，却不做出来？"那女子不曾面订得杜郎[②]，只听他一面哄词，也是数该如此[③]，凭他说着就是，信以为真。道是从此一走，便可与杜郎相会，遂了向来心愿了。正是：

本待将心托明月，谁知明月照沟渠？

是夜，女子与奶子把包裹扎好，先抛出墙外，落后女子攀墙而出。正是东廊僧在暗地里窥看之时。那时见有个黑衣人担着前走，女子只道是杜郎换了青衣，瞒人眼睛的，尾着随去，不以为意。到得野外井边，月下看得明白，是雄纠纠一个黑脸大汉，不是杜郎了。女孩儿家不知个好歹，不由的你不惊喊起来。黑子叫他不要喊，那里掩得住？黑子想道："他有偌多的东西在我担里，我若同了这带脚的货去，前途被他喊破，可不人财两失？不如结果了他罢。"拔出刀来，望脖子上只一刀。这娇怯怯的女子，能消得几时功夫？可怜一朵鲜花，一旦萎于荒草。也是他念头不正，以致有此。正是：

赌近盗兮奸近杀，古人说话不曾差。
奸赌两般都不染，太平无事做人家。

女子既死，黑子就把来撺入废井之中，带了所得东西，飞也似的去了。怎知这里又有这个悔气星照命的和尚来顶了缸[④]，坐牢受苦？

---

①厮扑行：犹今言武馆。厮扑，相扑。也称为"角觝"，今称"摔跤"。今日本相扑即从中国传去的。宋元时很流行。

②面订：当面商订。

③数：劫数，命运。

④顶了缸：顶缸，代人受过。替死鬼。

说话的，若如此，真是有天无日头的事了[①]！看官，“天网恢恢，疏而不漏”[②]，少不得到其间逐渐的报应出来。却说马员外先前不见了女儿，一时纠人追寻，不匡撞着这和尚，鬼混了多时，送他在狱里了，家中竟不曾仔细查得。及到家中细想，只疑心道未必关得和尚事。到得房中一看，只见箱笼一空，道是必有个人约着走的，只是平日不曾见什么破绽。若有奸夫同逃，如何又被杀死？却不可解。没个想处，只得把所失去之物，写个失单，各处贴了招榜，出了赏钱，要明白这件事。那奶子听得小娘子被杀了，只有他心下晓得，捏着一把汗。心里恨着儿子道：“只教他领了他去，如何做出这等没脊骨事来[③]？”私下见了，暗地埋怨一番，着实叮嘱他：“要谨慎。关系人命事，弄得大了！”又过了几时，牛黑子渐把心放宽了，带了钱到赌坊里去赌。怎当得博去就是个叉色[④]，一霎时把钱多输完了。欲待再去拿钱时，兴高了，却等不得。站在旁边看，又忍不住。伸手去腰里摸出一对金镶宝簪头来，押钱再赌。指望就博将转来，自不妨事。谁知一去不能复返，只得忍着输散了。那押的当头须不曾讨得去[⑤]，在个捉头儿的黄胖哥手里[⑥]。黄胖哥带了家去，被他妻子看见了，道：“你那里来这样好东西？不要来历不明，做出事来。”胖哥道：“我须有个来处，有甚么不明？是牛黑子当钱的。”黄嫂子道：“可又来！小牛又不曾有妻小，是个光棍哩，那里挣得有此等东西？”胖哥猛想起来道：

①有天无日头：黑暗。日头，即太阳。

②“天网恢恢”二句：天的罗网无所不包，尽管稀疏却不会漏掉什么。恢恢，广大。语出《老子》“天网恢恢，疏而不失”。后指国家法网虽宽，也不会漏掉坏人。

③没脊骨：没把握，站不住。

④叉色：赌博术语。与“顺色”相对。顺色即浑成，得胜。叉色即败。方法是八个或六个一文钱（亦称头钱），掷出字或背面一色的即为浑成；掷出有字有背的即为叉色。可参看《醒世恒言》卷三十四《一文钱小隙造奇冤》中的描述。

⑤当头：抵押品。

⑥捉头儿：抽头的人儿。一般是赌博行中牙人之流。

"是呀！马家小娘子被人杀死，有张失单，多半是头上首饰。他是奶娘之子，这些失物，或者他有些乘机偷盗在里头？"黄嫂子道："明日竟到他家解钱①，必有说话。若认着了，我们先得赏钱去，可不好？"商量定了。到了次日，胖哥竟带了簪子，望马员外解库中来。恰好员外走将出来，胖哥道："有一件东西，拿来与员外认着。认得着，小人要赏钱；认不着，小人解些钱去罢。"黄胖哥拿那簪头递与员外。员外一看，却认得是女儿之物，就诘问道："此自何来？"黄胖哥把牛黑子赌钱押簪的事，说了一遍。马员外点点头道："不消说了，是他母子两个商通合计的了。"款住黄胖哥，要他写了张首单②，说："金宝簪一对，的系牛黑子押钱之物，所首是实。"对他说："外边且不可声张。"先把赏钱一半与他，事完之后找足。黄胖哥报得着，欢喜去了。

员外袖了两个簪头，进来对奶子道："你且说前日小娘子怎么逃出去的？"奶子道："员外好笑！员外也在这里，我也在这里，大家都不知道的，我如何晓得？倒来问我？"员外拿出簪子来，道："既不晓得，这件东西为何在你家里拿出来？"奶子看了簪，虚心病发，晓得是儿子做出来，惊得面如土色，心头丕丕价跳③。口里支吾道："敢是遗失在路旁，那个拾得的。"员外见他脸色红黄不定，晓得有些海底眼，且不说破。竟叫人寻将牛黑子来，把来拴住，一径投县里来。牛黑子还乱嚷乱跳道："我有何罪，把绳拴我？"马员外道："有人首你杀人公事。你且不要乱叫，有本事当官辨去。"当下县令升堂，马员外就把黄胖哥这纸首状，同那簪子送将上去与县令看，道："赃物证见俱有了，望相公追究真情则个。"县令看了，道："那牛黑子是什么人，干涉得你家着④？"马员外道："是小女奶子的儿子。"县令点头道："这个不为无因了。"叫牛黑子过来，问他道："这簪是那里来的？"牛黑子一

①解钱：换钱。

②首单：告发单。今称检举信、证明书。

③丕丕价：扑扑地。形容心慌。

④干涉：关系，牵连。

时无辞，只得推道是母亲与他的。县令叫连那奶子拘将来。县令道："这奸杀的事情，只在你这奶子身上，要跟寻出来。"喝令把奶子上了刑具。奶子熬不过，只得含糊招道："小娘子平日与杜郎往来相密。是夜约了杜郎私奔，跳出墙外，是老妇晓得的。出了墙去的事，老妇一些也不知道。"县令问马员外道："你晓得可有个杜某么？"员外道："有个中表杜某，曾来问亲几次。只为他家寒，不曾许他。不知他背地里有此等事。"县令又将杜郎拘来。杜郎但是平日私期密订[①]，情意甚浓，忽然私逃被杀，暗称可惜，其实一些不知影响。县令问他道："你如何与马氏女约逃，中途杀了？"杜郎道："平日中表兄妹，柬帖往来契密则有之，何曾有私逃之约？是谁人来约？谁人证明的？"县令唤奶子来与他对，也只说得是平日往来。至于相约私逃，原无影响，却是对他不过。杜郎一向又见说失了好些东西，便辨道："而今相公只看赃物何在，便知与小生无与了。"县令细想一回道："我看杜某软弱，必非行杀之人。牛某粗狠，亦非偷香之辈[②]。其中必有顶冒假托之事。"就把牛黑子与老奶子着实行刑起来。老奶子只得把贪他财物，"暗叫儿子冒名赴约，这是真情，以后的事，却不知了。"牛黑子还自喳喳嘴强，推着杜郎道："既约的是他，不干我事。"县令猛然想起道："前日那和尚口里明说：'晚间见个黑衣人，挈了女子同去的。'叫他出来一认，便明白了。"喝令狱中放出那东廊僧来。东廊僧到案前，县令问道："你那夜说在牛坊中，见个黑衣人进来，盗了东西，带了女子去。而今这个人若在，你认得他否？"东廊僧道："那夜虽然是夜里，雪月之光，不减白日。小僧静修已久，眼光颇清。若见其人，自然认得。"县令叫杜郎上来，问僧道："可是这个？"东廊僧道："不是。彼甚雄健，岂是这文弱书生。"又叫牛黑子上来，指着问道："这个可是？"东廊僧道："这个是了。"县令冷笑，对牛黑子

---

①但是：只是，仅仅。

②偷香：偷情。此词由"韩寿偷香"典故而来。参看本书卷三十四"贾午异香"注。

道："这样，你母亲之言已真，杀人的不是你是谁？况且赃物见在，有何理说？只可惜这和尚，没事替你吃打吃监多时。"东廊僧道："小曾宿命所招，自无可怨。所幸佛天甚近，得相公神明昭雪。"县令又把牛黑子夹起，问他道："同逃也罢，何必杀他？"黑子只得招道："他初时认做杜郎。到井边时，看见不是，乱喊起来，所以一时杀了。"县令道："晚间何得有刀？"黑子道："平时在厮扑行里走，身边常带有利器。况是夜晚做事，防人暗算，故带在那里的。"县令道："我故知非杜子所为也。"遂将招情一一供明。把奶子毙于杖下。牛黑子强奸杀人，追赃完日，明正典刑①。杜郎与东廊僧俱各释放。一行人各自散了，不题。

那东廊僧没头没脑，吃了这场敲打，又监里坐了几时，才得出来。回到山上，见了西廊僧，说起许多事体。西廊僧道："一同如此静修，那夜本无一物，如何偏你所见如此，以致惹出许多磨难来？"东廊僧道："便是不解。"回到房中，自思无故受此惊恐，受此苦楚，必是自家有甚修不到处。向佛前忏悔已过，必祈见个境头②。蒲团上静坐了三昼夜，坐到那心空性寂之处，恍然大悟。元来马家女子是他前生的妾，为因一时无端疑忌，将他拷打锁禁，有这段冤愆。今世做了僧人，戒行精苦，本可消释了。只因那晚听得哭泣之声，心中凄惨，动了念头，所以魔障就到③，现出许多恶境界，逼他走到冤家窝里去。偿了这些拷打锁禁之债，方才得放。他在静中悟彻了这段因果，从此坚持道心，与西廊僧到底再不出山。后来合掌坐化而终④。有诗为证：

---

①明正典刑：依律斩首。

②境头：佛教指心涉及攀缘之处。可以理解为意境，主观显现的境界。所以下文说"恍然大悟。"

③魔障：恶魔的障碍。而这又是由烦恼引起的，烦恼为障。所以文中说"动了念头"，魔障就到。

④坐化：和尚临终端坐而死，称为"坐化"。也称"圆寂"。

有生总在业冤中①，悟到无生始是空②。
若是尘心全不起，凭他宿债也消融。

---

①有生：一切生命。

②无生：佛教语。涅槃真理，无生无灭，所以说无生。《最胜王经》："无生是实，生是虚妄。"

卷三十七

屈突仲任酷杀众生　郓州司马冥全内侄

诗云：

众生皆是命，畏死有同心。

何以贪饕者，冤仇结必深！

话说世间一切生命之物，总是天地所生，一样有声有气，有知有觉，但与人各自为类。其贪生畏死之心，总只一般；衔恩记仇之报，总只一理。只是人比他灵慧机巧些，便能以术相制，弄得驾牛络马，牵苍走黄①。还道不足，为着一副口舌，不知伤残多少性命。这些众生，只为力不能抗拒，所以任凭刀俎。然到临死之时，也会乱飞乱叫，各处逃藏，岂是蠢蠢不知死活，任你食用的？乃世间贪嘴好杀之人，与迂儒小生之论②，道："天生万物以养人，食之不为过。"这句说话，不知还是天帝亲口对他说的，还是自家说出来的？若但道是人能食物，便是天意养人。那虎豹能食人，难道也是天生人以养虎豹的不成？蚊虻能嘬人，难道也是天生人以养蚊虻不成？若是虎豹蚊虻也一般会说会话，会写会做，想来也要是这样讲了，不知人肯服不肯服？从来古德长者劝人戒杀放生③，其话尽多，小子不能尽述，只趁口说这几句直捷痛快的，与看官们笑一笑，看说的可有理没有理。至于佛家果报说六道众生④，尽是眷属，冤冤相报，杀杀相寻，就说他几年也说不了。小子而今说一个怕死的众生，与人性无异的，随你

---

①牵苍走黄：指驱使鹰犬打猎。苍，苍鹰。黄，黄犬。

②迂儒小生：见识不高的书生。

③古德长者：佛徒称先辈、儒生称先贤都称"古德"。长者，厚道谨慎或年长有见识之人。

④六道众生：佛经所说地狱、饿鬼、畜生、阿修罗、人间、天上为六道。《法华序品》："六道众生生死所趣。"

铁石做心肠，也要慈悲起来。

宋时太平府有个黄池镇[①]，十里间有聚落，多是些无赖之徒，不逞宗室、屠牛杀狗所在。淳熙十年间，王叔端与表兄盛子东同往宁国府[②]，过其处少憩闲览，见野园内系水牛五头。盛子东指其中第二牛，对王叔端道："此牛明日当死。"叔端道："怎见得？"子东道："四牛皆食草，独此牛不食草，只是眼中泪下，必有其故。"因到茶肆中吃茶，就问茶主人："此第二牛是谁家的？"茶主人道："此牛乃是赵三使所买，明早要屠宰了。"子东对叔端道："如何？"明日再往，止剩得四头在了。仔细看时，那第四牛也像昨日的一样不吃草，眼中泪出。看见他两个踱来，把双蹄跪地，如拜诉的一般。复问茶肆中人，说道："有一个客人今早至此，一时买了三头。只剩下这头，早晚也要杀了。"子东叹息道："畜类有知如此！"劝叔端访他主人，与他重价买了，置在近庄，做了长生的牛。只看这一件事起来，可见畜生一样灵性，自知死期。一样悲哀，祈求施主。如何而今人歪着肚肠，只要广伤性命，暂侈口腹，是甚缘故？敢道是阴间无对证么？不知阴间最重杀生，对证明明白白。只为人死去既遭了冤对，自去一一偿报，回生的少，所以人多不及知道，对人说也不信了。小子如今说个回生转来，明白可信的话。正是：

一命还将一命填，世人难解许多冤。
闻声不食吾儒法[③]，君子期将不忍全。

唐朝开元年间，温县有个人，复姓屈突，名仲任。父亲曾典郡事，止生得仲任一子，怜念其少，恣其所为。仲任性不好书，终日只是樗蒲、射猎为事[④]。父死时，家僮数十人，家资数百万，庄第甚多。

---

①太平府：治所即今安徽当涂县。

②宁国府：治所即今安徽宣州市。

③闻声不食：撮述孟子的话。《孟子·梁惠王》："君子之于禽兽也，见其生，不忍见其死，闻其声，不忍食其肉。是以君子远庖厨也。"

④樗(chū)蒲：古代博戏。后指赌博。

仲任纵情好色，荒饮博戏，如汤泼雪。不数年间，把家产变卖已尽。家僮仆妾之类，也多养口不活，各自散去。止剩得温县这一个庄，又渐渐把四围附近田畴多卖去了。过了几时，连庄上零星屋宇及楼房内室，也拆来卖了，止是中间一正堂岿然独存，连庄子也不成模样了，家贫无计可以为生。仲任多力。有个家僮叫做莫贺咄，是个蕃夷出身，也力敌百人。主仆两个好生说得着。大家各恃膂力，便商量要做些不本分的事体来。却也不爱去打家劫舍，也不爱去杀人放火，他爱吃的是牛马肉，又无钱可买，思量要与莫贺咄外边偷盗去。每夜黄昏后，便两人合伴，直走去五十里外。遇着牛，即执其两角，翻负在背上，背了家来。遇马骡，将绳束其颈，也负在背。到得家中，投在地上，都是死的。又于堂中掘地，埋几个大瓮在内，安贮牛马之肉。皮骨剥剔下来，纳在堂后大坑，或时把火焚了。初时只图自己口腹畅快，后来偷得多起来，便叫莫贺咄拿出城市换米来吃，卖钱来用。做得手滑①，日以为常，当做了是他两人的生计了。亦且来路甚远，脱膊又快②，自然无人疑心，再也不弄出来。仲任性又好杀。日里没事得做，所居堂中，弓箭、罗网叉弹满屋，多是千方百计，思量杀生害命。出去走了一番，再没有空手回来的。不论獐鹿兽兔、乌鸢鸟雀之类，但经目中一见，毕竟要算计弄来吃他。但是一番回来，肩担背负，手提足系，无非是些飞禽走兽，就堆了一堂屋角。两人又去舞弄摆布，思量巧样吃法。就是带活的，不肯便杀一刀，打一下死了罢。毕竟多设调和妙法③：或生割其肝，或生抽其筋，或生断其舌，或生取其血；道是一死便不脆嫩。假如取得生鳖，便将绳缚其四足绷住，在烈日中晒着。鳖口中渴甚，即将盐酒放在他头边，鳖只得吃了。然后将他烹起来，鳖是里边醉出来的，分外好吃。取驴缚于堂中，面前放下一缸灰水。驴四围多用火逼着，驴口干即饮灰水。须

---

①手滑：止不住。

②脱膊：指收拾。

③调和：烹调，料理。

臾屎溺齐来，把他肠胃中污秽多荡尽了。然后取酒调了椒盐各味，再复与他。他火逼不过，见了只是吃。性命未绝，外边皮肉已熟，里头调和也有了。一日拿得一刺猬，他浑身是硬刺，不便烹宰。仲任与莫贺咄商量道："难道便是这样罢了不成？"想起一法来，把泥着些盐在内，跌成熟团，把刺猬团团泥裹起来，火里煨着，烧得熟透了，除去外边的泥，只见猥皮与刺，皆随泥脱了下来，剩的是一团熟肉；加了盐酱，且是好吃。凡所作为，多是如此。有诗为证：

捕飞逐走不曾停，身上时常带血腥。

且是烹炮多有术，想来手段会调羹。

且说仲任有个姑夫，曾做郓州司马①，姓张名安。起初看见仲任家事渐渐零落，也要等他晓得些苦辣，收留他去，劝化他回头做人家。及到后来，看见他所作所为，越无人气，时常规讽，只是不听。张司马怜他是妻兄独子，每每挂在心上。怎当他气类异常②，不是好言可以谕解，只得罢了。后来司马已死，一发再无好言到他耳中，只是逞性胡为。如此十多年。忽一日，家僮莫贺咄病死。仲任没了个帮手，只得去寻了个小时节乳他的老婆婆来守着堂屋，自家仍去独自个做那些营生。过得月馀。一日晚，正在堂屋里吃牛肉，忽见两个青衣人直闯将入来，将仲任套了绳子便走。仲任自恃力气，欲待打挣③，不知这时力气多在那里去了，只得软软随了他走。正是：

有指爪劈开地面，会腾云飞上青霄。

若无入地升天术，目下灾殃怎地消？

仲任口里问青衣人道："拿我到何处去？"青衣人道："有你家家奴扳下你来④，须去对理。"仲任茫然不知何事，随了青衣人，来到一个大

①郓州：唐代郓州州治须昌，在今山东东平县境内。司马：州郡佐吏，掌管兵事。

②气类：气质，性情。

③打挣：挣扎，反抗。

④扳（pān）：供出，牵连。

院。厅事十馀间①,有判官六人②,每人据二间。仲任所对在最西头二间,判官还不在,青衣人叫他且立堂下。有顷,判官已到。仲任仔细一认,叫声:“阿呀!如何却在这里相会?”你道那判官是谁?正是他那姑夫郓州司马张安。那司马也吃了一惊,道:“你几时来了?”引他登阶,对他道:“你此来不好。你年命未尽,想为对事而来。却是在世为恶无比,所杀害生命千千万万,冤家多在。今忽到此,有何计较可以相救?”仲任才晓得是阴府。心里想着平日所为,有些惧怕起来。叩头道:“小侄生前不听好言,不信有阴间地府,妄作妄行。今日来到此处,望姑夫念亲戚之情,救拔则个。”张判官道:“且不要忙,待我与众判官商议看。”因对众判官道:“仆有妻侄屈突仲任③,造罪无数,今召来与奴莫贺咄对事。却是其人年命亦未尽,要放他去了,等他寿尽才来。只是既已到了这里,怕被害这些冤魂不肯放他。怎生为仆分上,商量开得一路,放他生还么?”众判官道:“除非召明法者与他计较④。”张判官叫鬼卒唤明法人来。只见有个碧衣人前来参见,张判官道:“要出一个年命未尽的罪人,有路否?”明法人请问何事,张判官把仲任的话对他说了一遍。明法人道:“仲任须为对莫贺咄事而来。固然阳寿未尽,却是冤家太广。只怕一与相见,群至沓来,不由分说,恣行食啖。此皆宜偿之命,冥府不能禁得,料无再还之理。”张判官道:“仲任既系吾亲,又命未合死,故此要开生路救他。若是寿已尽时,自作自受,我这里也管不得了。你有何计,可以解得此难?”明法人想了一会,道:“唯有一路可以出得,却也要这些被杀冤家肯便好。若不肯,也没干。”张判官道:“却待怎么?”明法人道:“此诸物类,被仲任所杀者,必须偿其身命,然后各去托生。今召他每出来,须诱哄他每道:‘屈突仲任今为对莫贺咄事,已到此间。汝辈食啖了毕,即去托生。汝辈馀业未尽,还受畜生身;是这件仍做这

①厅事:官员办公的地方。也指堂房。

②判官:此指阴间阎王手下的判官。

③仆:自称谦词。

④明法者:精通律法的人。

件，牛更为牛，马更为马。使仲任转生为人，还依旧吃着汝辈。汝辈业报，无有了时。今查仲任未合即死，须令略还。叫他替汝辈追造福因[①]，使汝辈各舍畜生业，尽得人身，再不为人杀害，岂不至妙？'诸畜类闻得人身，必然喜欢从命。然后小小偿他些夙债，乃可放去。若说与这番说话，不肯依时，就再无别路了。"张判官道："便可依此而行。"

明法人将仲任锁在厅事前房中了，然后召仲任所杀生类到判官庭中来。庭中地可有百亩[②]，仲任所杀生命闻召都来，一时填塞皆满。但见：

牛马成群，鸡鹅作队。百般怪兽，尽皆舞爪张牙；千种奇禽，类各舒毛鼓翼。谁道赋灵独蠢[③]，记冤仇且是分明；谩言禀质偏殊，图报复更为紧急。飞的飞，走的走，早难道天子上林[④]；叫的叫，嗥的嗥，须不是人间乐土。

说这些被害众生，如牛、马、驴、骡、猪、羊、獐、鹿、雉、兔以至刺猬、飞鸟之类，不可悉数，凡数万头，共作人言道："召我何为？"判官道："屈突仲任已到"，说声未了，物类皆咆哮大怒，腾振蹴踏。大喊道："逆贼，还我债来！还我债来！"这些物类忿怒起来，个个身体比常倍大：猪羊等马牛[⑤]，马牛等犀象，只待仲任出来，大家吞噬。判官乃使明法人一如前话，晓谕一番，物类闻说替他追福，可得人身，尽皆喜欢，仍旧复了本形。判官分付诸畜且出，都依命退出庭外来了。明法人方在房里放出仲任来，对判官道："而今须用小小偿他些债。"说罢，即有狱卒二人，手执皮袋一个、秘木二根到来[⑥]。明法人把仲任袋将进去，狱卒将秘木秘下去，仲任在袋苦痛难禁，身上血簌簌的出来，

①福因：行善积德。为未来福因。

②可：大概。

③赋灵：禀赋。先天本性。

④早难道：本来说不得。上林：上林苑。皇家园林。已见前注。

⑤等：相等，等于。

⑥秘木：取血刑具。

多在袋孔中流下,好似浇花的喷筒一般。狱卒去了秘木,只提着袋,满庭前走转洒去。须臾,血深至阶,可有三尺了。然后连袋投仲任在房中,又牢牢锁住了。复召诸畜等至,分付道:"已取出仲任生血,听汝辈食啖。"诸畜等皆作恼怒之状,身复长大数倍。骂道:"逆贼,你杀吾身,今吃你血!"于是竞来争食。飞的走的,乱嚷乱叫,一头吃,一头骂。只听得呼呼嗡嗡之声,三尺来血一霎时吃尽。还像不足的意,共舐地上,直等庭中土见,方才住口。明法人等诸畜吃罢,分付道:"汝辈已得偿了些债。莫贺咄身命已尽,一听汝辈取偿。今放屈突仲任回家,为汝辈追福,令汝辈多得人身。"诸畜等皆欢喜,各复了本形而散。

判官方才在袋内放出仲任来。仲任出了袋,站立起来,只觉浑身疼痛。张判官对他说道:"冤报暂解,可以回生。既已见了报应,便可努力修福。"仲任道:"多蒙姑夫竭力周全调护,得解此难。今若回生,自当痛改前非,不敢再增恶业。但宿罪尚重,不知何法修福,可以尽消?"判官道:"汝罪业太重,非等闲作福可以免得。除非刺血写一切经,此罪当尽。不然,他日更来,无可再救了。"仲任称谢领诺。张判官道:"还须遍语世间之人,使他每闻着报应,能生悔悟的,也多是你的功德。"说罢,就叫两个青衣人送归来路。又分付道:"路中若有所见,切不可擅动念头,不依我戒,须要吃亏。"叮嘱青衣人道:"可好伴他到家。他馀业尽多,怕路中还有失处。"青衣人道:"本官分付,敢不小心!"仲任遂同了青衣前走。行了数里,到了一个热闹去处,光景似阳间酒店一般。但见:

村前茅舍,庄后竹篱。村醪香透磁缸,浊酒满盛瓦瓮。架上麻衣,昨日村郎留下当;酒帘大字,乡中学究醉时书①。刘伶知味且停舟②,李白闻香须驻马。尽道黄泉无客店,谁知冥路有

①学究:唐代科举项目之一。后泛指儒生,特别用来讽刺腐儒和教书先生。
②刘伶:魏晋之际文学家,以嗜酒如命著称。

沽家[①]。

仲任正走得饥又饥，渴又渴。眼望去是个酒店，他已自口角流涎了。走到面前看时，只见店里头吹的吹，唱的唱，猜拳豁指，呼红喝六[②]，在里头畅快饮酒。满前嗄饭，多是些肥肉鲜鱼，壮鸡大鸭。仲任不觉旧性复发，思量要进去坐一坐，吃他一餐。早把他姑夫所戒已忘记了，反来拉两个青衣进去同坐。青衣道："进去不得的！错走去了，必有后悔。"仲任那里肯信？青衣阻当不住，道："既要进去，我们只在此间等你。"仲任大踏步跨将进来，拣个座头坐下了。店小二忙摆着案酒[③]，仲任一看，吃了一惊。元来一碗是死人的眼睛，一碗是粪坑里大蛆。晓得不是好去处，抽身待走。小二斟了一碗酒来道："吃了酒去。"仲任不识气[④]，伸手来接。拿到鼻边一闻，臭秽难当，元来是一碗腐尸肉。正待撇下不吃，忽然灶下抢出一个牛头鬼来[⑤]，手执钢叉，喊道："还不快吃！"店小二把来一灌，仲任只得忍着臭秽强吞了下去，望外便走。牛头又领了好些奇形异状的鬼赶来，口里嚷道："不要放走了他！"仲任急得无措，只见两个青衣元站在旧处，忙来遮蔽着，喝道："是判院放回的，不得无礼！"搀着仲任便走。后边人听见青衣人说了，然后散去。青衣人埋怨道："叫你不要进去，你不肯听，致有此惊恐。起初判院如何分付来？只道是我们不了事[⑥]。"仲任道："我只道是好酒店，如何里边这样光景？"青衣人道："这也原是你业障[⑦]，现此眼花。"仲任道："如何是我业障？"青衣人道："你吃这一瓯，还抵不得醉鳖醉驴的债哩！"仲任愈加悔悟。随着

①沽家：酒家。

②呼红喝六：本是掷骰子时叫喊声。此指出拳。双方都出满掌五指，为满堂红。红即指此。

③案酒：下酒的菜肴果品。也作"按酒"。

④不识气：不识相，不知趣。

⑤抢出：窜出。

⑥了事：能干，懂事。

⑦业障：佛家语。罪孽。前世所作种种恶业，成为现世各种障碍。

青衣再走。看看茫茫荡荡,不辨东西南北,身子如在云雾里一般。须臾重见天日,已似是阳间世上,俨然是温县地方。同着青衣走入自己庄上草堂中,只见自己身子直挺挺的躺在那里,乳婆坐在旁边守着。

青衣用手将仲任的魂向身上一推,仲任苏醒转来。眼中不见了青衣,却见乳婆叫道:"官人苏醒着,几乎急死我也!"仲任道:"我死去几时了?"乳婆道:"官人正在此吃食,忽然暴死,已是一昼夜。只为心头尚暖,故此不敢移动,谁知果然活转来。好了!好了!"仲任道:"此一昼夜,非同小可,见了好些阴间地府光景。"那老婆子喜听的是这些说话,便问道:"官人见的是甚么光景?"仲任道:"元来我未该死,只为莫贺咄死去,撞着平日杀戮这些冤家,要我去对证,故勾我去。我也为冤家多,几乎不放转来了。亏得撞着对案的判官就是我张家姑夫,道我阳寿未绝,在里头曲意处分,才得放还。"就把这些说话光景,如此如此,这般这般,尽情告诉了乳婆。那乳婆只是合掌念"阿弥陀佛"不住口。仲任说罢,乳婆又问道:"这等,而今莫贺咄毕竟怎么样?"仲任道:"他阳寿已尽,冤债又多,我自来了,他在地府中毕竟要一一偿命,不知怎地受苦哩!"乳婆道:"官人可曾见他否?"仲任道:"只因判官周全我,不教对案,故此不见他,只听得说。"乳婆道:"一昼夜了,怕官人已饥,还有剩下的牛肉,将来吃了罢。"仲任道:"而今要依我姑夫分付,正待刺血写经,罚咒再不吃这些东西了。"乳婆道:"这个却好。"乳婆只去做些粥汤,与仲任吃了。仲任起来梳洗一番,把镜子将脸一照,只叫得苦。元来阴间把秘木取去他血,与畜生吃过,故此面色腊查也似黄了[①]。仲任从此雇一个人,把堂中扫除干净,先请几部经来,焚香持诵。将养了两个月[②],身子渐渐复旧,有了血色。然后刺着臂血,逐部逐卷写将来。有人经过,问

①腊查:蜡渣。即制蜡烛的蜡油渣,黄白色。

②将养:调养。

起他写经根由的,便把这些事逐一告诉将来[①]。人听了无不毛骨耸然。多有助盘费供他书写之用的,所以越写得多了。况且面黄肌瘦,是个老大证见。又指着堂中的瓮、堂后的穴,每对人道:“这是当时作业的遗迹,留下为戒的。”来往人晓得是真话,发了好些放生戒杀的念头。

开元二十三年春,有个同官令虞咸[②],道经温县。见路旁草堂中有人年近六十,如此刺血书写不倦。请出经来看,已写过了五六百卷,怪道:“他怎能如此发心得猛[③]?”仲任把前后的话,一一告诉出来。虞县令叹以为奇,留俸钱助写而去。各处把此话传示于人,故此人多知道。后来仲任得善果而终,所谓“放下屠刀立地成佛”者也[④]。偈曰:

物命在世间,微分此灵蠢。
一切有知觉,皆已具佛性。
取彼痛苦身,供我口食用。
我饱已觉膻,彼死痛犹在。
一点嗔恨心,岂能尽消灭?
所以六道中,转转相残杀。
愿葆此慈心,触处可施用。
起意便多刑,减味即省命。
无过转念间,生死已各判。
及到偿业时,还恨种福少。
何不当生日,随意作方便!
度他即自度,应作如是观。

---

①将来:出来。

②同官令:同官县令。同官旧地今为陕西铜川市。

③发心:立志。

④立地:立刻。这里两句是说停止作恶,立刻成正果。佛家语。《五灯会元》卷十九“东山觉禅师”:“广额正是个杀人不眨眼底汉,飏下屠刀,立地成佛。”

卷三十八

占家财狠婿妒侄　廷亲脉孝女藏儿

诗曰：

子息从来天数①，原非人力能为。

最是无中生有，堪令耳目新奇。

话说元朝时，都下有个李总管②，官居三品，家业巨富。年过五十，不曾有子。闻得枢密院东有个算命的，开个铺面，谭人祸福③，无不奇中，总管试往一算。于时衣冠满座，多在那里候他挨次推讲。总管对他道："我之禄寿，已不必言。最要紧的，只看我有子无子。"算命的推了一回，笑道："公已有子了，如何哄我？"总管道："我实不曾有子，所以求算，岂有哄汝之理？"算命的把手掐了一掐道："公年四十，即已有子。今年五十六了，尚说无子，岂非哄我？"一个争道实不曾有，一个争道决已有过，递相争执。同座的人多惊讶起来，道："这怎么说？"算命的道："在下不会差，待此公自去想。"只见总管沉吟了好一会，拍手道："是了，是了。我年四十时，一婢有娠，我以职事赴上都④，到得归家，我妻已把来卖了，今不知他去向。若说四十上该有子，除非这个缘故。"算命的道："我说不差。公命不孤，此子仍当归公。"总管把钱相谢了，作别而出。只见适间同在座上问命的一个千户⑤，也姓李。邀总管入茶坊坐下，说道："适间闻公与算命的

---

①子息：儿女。

②总管：此处总管为都下的总管，官阶三品。有四个总管府有此资格，一大都路都总管府，二尚供总管府，三云需总管府，四管领诸路打捕鹰房总管府。其府皆有总管一人，位在达鲁花赤（掌印官）之下。

③谭：谈。

④上都：元代上都即开平府。已见本书卷九注。

⑤千户：元代武官名。统兵千人。

所说之话，小子有一件疑心，敢问个明白。”总管道：“有何见教？”千户道：“小可是南阳人。十五年前也不曾有子，因到都下买得一婢，却已先有孕的。带得到家，吾妻适也有孕。前后一两月间，各生一男，今皆十五六岁了。适间听公所言，莫非是公的令嗣么？”总管就把婢子容貌年齿之类，两相质问，无一不合，因而两边各通了姓名住址，大家说个容拜①，各散去了。总管归来，对妻说知其事。妻当日悍妒，做了这事；而今见夫无嗣，也有些惭悔哀怜，巴不得是真。次日邀千户到家，叙了同姓，认为宗谱，盛设款待。约定日期，到他家里去认看。千户先归南阳，总管给假前往，带了许多东西，去馈送着千户，并他妻子仆妾多有礼物。坐定了，千户道：“小可归家问明此婢，果是宅上出来的。”因命二子出拜。只见两个十五六的小官人一齐走出来，一样打扮，气度也差不多。总管看了，不知那一个是他儿子，请问千户，求说明白。千户笑道：“公自认看，何必我说？”总管仔细相了一回，天性感通，自然识认，前抱着一个道：“此吾子也。”千户点头笑道：“果然不差！”于是父子相持而哭。旁观之人，无不堕泪。千户设宴，与总管贺喜，大醉而散。次日，总管答席，就借设在千户厅上。酒间千户对总管道：“小可既还公令郎了，岂可使令郎母子分离？并令其母奉公同还，何如？”总管喜出望外，称谢不已，就携了母子，同回都下。后来通籍承荫，官也至三品，与千户家往来不绝。

可见，人有子无子，多是命里做定的。李总管自己已信道无儿了，岂知被算命的看出有子，到底得以团圆，可知是逃那命里不过。小子为何说此一段话？只因一个富翁，也犯着无儿的病症。岂知也系有儿，被人藏过。后来一旦识认，喜出非常，关着许多骨肉亲疏的关目在里头②。听小子从容的表白出来。正是：

越亲越热，不亲不热。
附葛攀藤，总非枝叶。

---

①容拜：等下次再来拜见。犹“再会”。

②关目：节目，情节。

奠酒浇浆，终须骨血。
如何妒妇，忍将嗣绝！
必是前非，非常冤业。

话说妇人心性最是妒忌，情愿看丈夫无子绝后，说着买妾置婢，抵死也不肯的。就有个把被人劝化，勉强依从，到底心中只是有些嫌忌，不甘伏的。就是生下了儿子，是亲丈夫一点骨血，又本等他做大娘，还道是“隔重肚皮隔重山”，不肯便认做亲儿一般。更有一等狠毒的，偏要算计了绝得方快活的[①]。及至女儿嫁得个女婿，分明是个异姓，无关宗支的。他偏要认做的亲[②]，是件偏心为他[③]，倒胜如丈夫亲子侄。岂知女生外向[④]，虽系吾所生，到底是别家的人。至于女婿，当时就有二心，转得背便另搭架子了。自然亲一支，热一支，女婿不如侄儿，侄儿又不如儿子。纵是前妻晚后，偏生庶养[⑤]，归根结果的亲瓜葛，终久是一派，好似别人多哩。不知这些妇人们，为何再不明白这个道理！

话说元朝东平府有个富人[⑥]，姓刘，名从善，年六十岁，人皆以员外呼之。妈妈李氏，年五十八岁。他有泼天也似家私，不曾生得儿子。止有一个女儿，小名叫做引姐。入赘一个女婿，姓张，叫张郎。其时张郎有三十岁，引姐二十七岁了。那个张郎极是贪小好利刻剥之人。只因刘员外家富无子，他起心央媒，入舍为婿。便道这家私久后多是他的了，好不夸张得意。却是刘员外自掌把定家私在手，没有得放宽与他。亦且刘员外另有一个肚肠。一来他有个兄弟刘从道同妻宁氏，亡逝已过，遗下一个侄儿，小名叫做引孙，年二十五岁，读书知事。只是自小父母双亡，家私荡败，靠着伯父度日。刘员

①绝得：绝了。
②的(dī)亲：至亲，嫡亲。
③是件：每件，样样。
④外向：别姓之人。今俗语仍有“女生外向，出家的和尚”之语。
⑤偏生庶养：偏房生的妾养的。旧语称为“庶出”，地位虽低，毕竟是自家人。
⑥东平府：府治即今山东东平县。

外道是自家骨肉，另眼觑他。怎当得李氏妈妈一心只护着女儿女婿。又且念他母亲存日妯娌不和，到底结怨在他身上，见了一似眼中之钉。亏得刘员外暗地保全。却是毕竟碍着妈妈女婿，不能十分周济他，心中长怀不忍。二来员外有个丫头，叫做小梅，妈妈见他精细，叫他近身伏侍。员外就收拾来做了偏房①，已有了身孕，指望生出儿子来。有此两件心事，员外心中不肯轻易把家私与了女婿。怎当得张郎忿赖，专一使心用腹，搬是造非，挑拨得丈母与引孙舅子日逐吵闹。引孙当不起激聒，刘员外也怕淘气②，私下周给些钱钞，叫引孙自寻个住处做营生去。引孙是个读书之人，虽是寻得间破房子住下，不晓得别做生理，只靠伯父把得这些东西③，且逐渐用去度日。眼见得一个是张郎赶去了。张郎心里怀着鬼胎，只怕小梅生下儿女来。若生个小姨，也还只分得一半；若生个小舅，这家私就一些没他分了。要与浑家引姐商量，所算那小梅④。那引姐倒是个孝顺的人，但是女眷家见识，若把家私分与堂弟引孙，他自道是亲生女儿，有些气不甘分⑤。若是父亲生下小兄弟来，他自是喜欢的。况见父亲十分指望，他也要安慰父亲的心，这个念头是真。晓得张郎不怀良心，母亲又不明道理，只护着女婿，恐怕不能勾保全小梅生产，时常心下打算。恰好张郎赶逐了引孙出去，心里得意，在浑家面前露出那要算计小梅的意思来。引姐想道："若两三人做了一路，算计他一人，有何难处？不争你们使嫉妒心肠，却不把我父亲的后代绝了，这怎使得！我若不在里头使些见识，保护这事，做了父亲的罪人，做了万代的骂名。却是丈夫见我不肯做一路，怕他每背地自做出来。不若将机就计，暗地周全罢了。"

---

①偏房：妾。

②淘气：呕气，生气。

③把：给。今南方方言普遍如此用法。

④所算：算计，图谋。

⑤气不甘分：心中不甘，不服气。

你道怎生暗地用计？元来引姐有个堂分姑娘，嫁在东庄，是与引姐极相厚的，每事心腹相托。引姐要把小梅寄在他家里去分娩，只当是托孤与他。当下来与小梅商议道："我家里自赶了引孙官人出去，张郎心里要独占家私。姨姨你身怀有孕，他好生嫉妒，母亲又护着他。姨姨你自己也要放精细些。"小梅道："姑娘肯如此说，足见看员外面上，十分恩德。奈我独自一身，怎提防得许多？只望姑娘凡百照顾则个。"引姐道："我怕不要周全？只是关着财利上事，连夫妻两个，心肝不托着五脏的。他早晚私下弄了些手脚，我如何知道？"小梅垂泪道："这等，却怎么好？不如与员外说个明白，看他怎么做主。"引姐道："员外老年之人，他也周庇得你有数。况且说破了，落得大家面上不好看，越结下冤家了，你怎当得起？我倒有一计在此，须与姨姨熟商量。"小梅道："姑娘有何高见？"引姐道："东庄里姑娘与我最厚，我要把你寄在他庄上，在他那里分娩，托他一应照顾。生了儿女，就托他抚养着。衣食盘费之类，多在我身上。这边哄着母亲与丈夫，说姨姨不像意走了。他每巴不得你去的，自然不寻究。且等他把这一点要摆布你的肚肠放宽了，后来看个机会，等我母亲有些转头，你所养儿女已长大了，然后对员外一一说明，取你归来。那时须奈何你不得了。除非如此，可保十全。"小梅道："足见姑娘厚情，杀身难报。"引姐道："我也只为不忍见员外无后，恐怕你遭了别人毒手。没奈何，背了母亲与丈夫，私下和你计较。你日后生了儿子，有了好处，须记得今日。"小梅道："姑娘大恩，经板儿印在心上，怎敢有忘？"两下商议停当，看着机会，还未及行。员外一日要到庄上收割，因为小梅有身孕，恐怕女婿生嫉妒，女儿有外心，索性把家私都托女儿女婿管了。又怕妈妈难为小梅，请将妈妈过来，对他说道："妈妈，你晓得借瓮酿酒么？"妈妈道："怎地说？"员外道："假如别人家瓮儿，借将来家里做酒。酒熟了时，就把那瓮儿送还他本主去了。这不是只借得他家伙一番？如今小梅这妮子腹怀有孕，明日或儿或女得一个，只当是你的。那其间将那妮子或典或卖，要不要多凭得你。我只要借他肚里生下的要紧。这不当是'借瓮酿酒'?"妈妈见如此说,也应道:"我晓得你说的是,我觑着他便了①,你放心庄上去。"员外叫张郎取过那远年近岁欠他钱钞的文书,都搬将出来。叫小梅点个灯,一把火烧了。张郎伸手火里去抢,被火一逼,烧坏了指头叫疼。员外笑道:"钱这般好使?"妈妈道:"借与人家钱钞,多是幼年到今积攒下的家私,如何把这些文书烧掉了?"员外道:"我没有这几贯业钱②,安知不已有了儿子?就是今日有得些些根芽,若没有这几贯业钱,我也不消担得这许多干系,别人也不来算计我了。我想,财是什么好东西?苦苦盘算别人的做甚?不如积些阴德,烧掉了些,家里须用不了。或者天可怜见,不绝我后,得个小厮儿,也不见得。"说罢,自往庄上去了。

张郎听见适才丈人所言,道是暗暗里有些侵着他,一发不像意,道:"他明明疑心我要暗算小梅,我枉做好人也没干。何不趁他在庄上,便当真做一做,也绝了后虑。"又来与浑家商量。引姐见事体已急了,他日前已与东庄姑娘说知就里,当下指点了小梅,径叫他到那里藏过。来哄丈夫道:"小梅这丫头,看见我每意思不善,今早叫他配绒线去,不见回来。想是怀空走了③。这怎么好?"张郎道:"逃走是丫头的常事,走了也倒干净。省得我们费气力。"引姐道:"只是父亲知道,须要烦恼。"张郎道:"我们又不打他,不骂他,不冲撞他。他自己走了的,父亲也抱怨我们不得。我们且告诉妈妈,大家商量去。"夫妻两个来对妈妈说了。妈妈道:"你两个说来没半句④。员外偌大年纪,见有这些儿指望,喜欢不尽,在庄儿上专等报喜哩!怎么有这等的事?莫不你两个做出了些什么歹勾当来?"引姐道:"今日绝早自家走了的,实不干我们事。"妈妈心里也疑心道别有缘故,却是护着女儿女婿,也巴不得将没作有,便认做走了也干净,那里还来

①觑着:看顾,照料。

②业钱:罪过钱。

③怀空:瞅空子。

④说来没半句:说得轻巧,说得简单。

查着？只怕员外烦恼，又怕员外疑心，三口儿都赶到庄上与员外说。员外见他每齐来，只道是报他生儿喜信，心下鹘突[①]。见说出这话来，惊得木呆。心里想道："家里难为他不过，逼走了他，这是有的。只可惜带了胎去。"又叹口气道："看起一家这等光景，就是生下儿子来，未必能勾保全。便等小梅自去寻个好处也罢了，何苦累他母子性命！"泪汪汪的，忍着气恨命。又转了一念道："他们如此算计我，则为着这些浮财。我何苦空积攒着做守财虏[②]，倒与他们受用？我总是没后代，趁我手里施舍了些去也好。"怀着一天忿气，大张着榜子，约着明日到开元寺里，散钱与那贫难的人。

张郎好生心里不舍得，只为见丈人心下烦恼，不敢拗他。到了明日，只得带了好些钱，一家同到开元寺里散去。到得寺里，那贫难的纷纷的来了。但见：

> 连肩搭背，络手包头。疯瘫的毡裹臀行，喑哑的铃当口说。磕头撞脑，拿差了拄拐互喧哗；摸壁扶墙，踹错了阴沟相怨怅。闹热热携儿带女，苦凄凄单夫只妻。都念道明中舍去暗中来，真叫做今朝那管明朝事。

那刘员外分付："大乞儿一贯，小乞儿五百文。"乞儿中有个刘九儿，有一个小孩子。他与大都子商量着道[③]："我带了这孩子去，只支得一贯。我叫这孩子自认做一户，多落他五百文。你在旁做个证见，帮衬一声，骗得钱来我两个分了，买酒吃。"果然去报了名，认做两户。张郎问道："这小的另是一家么？"大都子旁边答应道："另是一家。"就分与他五百钱，刘九儿都拿着去了。大都子要来分他的。刘九儿道："这孩子是我的，怎生分得我钱？你须学不得我有儿子。"大都子道："我和你说定的，你怎生多要了？你有儿的便这般强横？"两个打将起来。刘员外问知缘故，叫张郎劝他。怎当得刘九儿不识风

---

①鹘(hú)突：也写作"惑突"、"镬铎"。吴方言。糊涂，疑惑。此处指后一义。

②守财虏：守财奴。

③大都子：大乞丐。也写作"大蔸子"。今方言中仍有此词，流氓头。

色，指着大都子“千绝户”，“万绝户”的骂道：“我有儿子，是请得钱，干你这绝户的甚事?”张郎脸儿挣得通红，止不住他的口。刘员外已听得明白，大哭道：“俺没儿子的这等没下梢!”悲哀不止，连妈妈、女儿伤了心，一齐都哭将起来。张郎没做理会处。散罢，只见一个人落后走来，望着员外、妈妈施礼。你道是谁？正是刘引孙。员外道：“你为何到此?”引孙道：“伯伯、伯娘，前与侄儿的东西日逐盘费，用度尽了。今日闻知在这里散钱，特来借些使用。”员外碍着妈妈在旁，看见妈妈不做声，就假意道：“我前日与你的钱钞，你怎不去做些营生，便是这样没了?”引孙道：“侄儿只会看几行书，不会做什么营生。日日吃用，有减无增，所以没了。”员外道：“也是个不成器的东西！我那有许多钱勾你用!”狠狠要打，妈妈假意相劝。引姐与张郎对他道：“父亲恼哩，舅舅走罢!”引孙只不肯去，苦要求钱。员外将条拄杖，一直的赶将出来。他们都认是真，也不来劝。引孙前走，员外赶去，走上半里来路，连引孙也不晓其意，道：“怎生伯伯也如此作怪起来?”员外见没了人，才叫他一声：“引孙!”引孙扑的跪倒。员外抚着哭道：“我的儿，你伯父没了儿子，受别人的气，我亲骨血，只看得你。你伯娘虽然不明理，却也心慈的。只是妇人一时偏见，不看得破，不晓得别人的肉偎不热。那张郎不是良人，须有日生分起来①，我好歹劝化你伯娘转意。你只要时节边勤勤到坟头上去看看，只一两年间，我着你做个大大的财主。今日靴里有两锭钞，我瞒着他们，只做赶打，将来与你。你且拿去盘费两日。把我说的话，不要忘了。”引孙领诺而去。员外转来，收拾了家去。

张郎见丈人散了许多钱钞，虽也心疼，却道是自今已后，家财再没处走动，尽勾着他了。未免志得意满，自由自主，要另立个铺排②，

①生分：疏远。

②铺排：安排，布置。

把张家来出景[1]。渐渐把丈人、丈母放在脑后，倒像人家不是刘家的一般[2]。刘员外固然看不得，连那妈妈积祖护他的[3]，也有些不伏气起来。亏得女儿引姐，着实在里边调停。怎当得男子汉心性硬劣，只逞自意，那里来顾前管后？亦且女儿家顺着丈夫，日逐惯了，也渐渐有些随着丈夫路上来了。自己也不觉得的，当不得有心的看不过。一日，时遇清明节令，家家上坟祭祖。张郎既掌把了刘家家私，少不得刘家祖坟要张郎支持去祭扫。张郎端正了春盛担子[4]，先同浑家到坟上去。年年刘家上坟已过，张郎然后到自己祖坟上去。此年张郎自家做主，偏要先到张家祖坟上去。引姐道："怎么不照旧先在俺家的坟上，等爹妈来上过了再去？"张郎道："你嫁了我，连你身后也要葬在张家坟里，还先上张家坟是正礼。"引姐拗丈夫不过，只得随他先去上坟。不题。

那妈妈同刘员外已后起身到坟上来，员外问妈妈道："他们想已到那里多时了。"妈妈道："这时张郎已摆设得齐齐整整，同女儿在那里等了。"到得坟前，只见静悄悄地，绝无影响。看那坟头，已有人挑些新土盖在上面了。也有些纸钱灰与酒浇的湿土在那里。刘员外心里明知是侄儿引孙到此过了，故意道："谁曾在此先上过坟了？"对妈妈道："这又作怪！女儿女婿不曾来，谁上过坟？难道别姓的来不成？"又等了一回，还不见张郎和女儿来。员外等不得，说道："俺和你先拜了罢，知他们几时来？"拜罢，员外问妈妈道："俺老两口儿百年之后，在那里埋葬便好？"妈妈指着高冈儿上说道："这答树木长的似伞儿一般[5]，在这所在埋葬也好。"员外叹口气道："此处没我和你的分。"指着一块下洼水淹的绝地道："我和你只好葬在这里。"妈妈道："我每又不少钱，凭拣着好的所在，怕不是我们葬？怎么倒在那

---

①出景：出头露面，表现。

②人家：家产。

③积祖：向来。

④春盛担子：踏青郊游的酒食担子。一头小竹柜，另一头有的带小炭火炉。

⑤这答：这块，这里。也写作"这搭"、"这笪"。

水淹的绝地?”员外道:“那高冈有龙气的①,须让他有儿子的葬,要图个后代兴旺。俺和你没有儿子,谁肯让我?只好剩那绝地与我们安骨头。总是没有后代的,不必好地了。”妈妈道:“俺怎生没后代?现有姐姐、姐夫哩!”员外道:“我可忘了,他们还未来,我和你且说闲话。我且问你,我姓什么?”妈妈道:“谁不晓得姓刘?也要问?”员外道:“我姓刘,你可姓甚么?”妈妈道:“我姓李。”员外道:“你姓李,怎么在我刘家门里?”妈妈道:“又好笑!我须是嫁了你刘家来。”员外道:“街上人唤你是刘妈妈,唤你是李妈妈?”妈妈道:“常言道:‘嫁鸡随鸡,嫁狗随狗。’一车骨头半车肉,都属了刘家,怎么叫我做李妈妈?”员外道:“元来你这骨头也属了俺刘家了。这等,女儿姓甚么?”妈妈道:“女儿也姓刘。”员外道:“女婿姓甚么?”妈妈道:“女婿姓张。”员外道:“这等,女儿百年之后,可往俺刘家坟里葬去?还是往张家坟里葬去?”妈妈道:“女儿百年之后,自去张家坟里葬去。”说到这句,妈妈不觉的鼻酸起来。员外晓得有些省了,便道:“却又来!这等怎么叫做得刘门的后代?我们不是绝后的么?”妈妈放声哭将起来,道:“员外,怎生直想到这里?俺无儿的,真个好苦!”员外道:“妈妈,你才省了!就没有儿子,但得是刘家门里亲人,也须是一瓜一蒂,生前望坟而拜,死后共土而埋。那女儿只在别家去了,有何交涉?”妈妈被刘员外说得明切,言下大悟。况且平日看见女婿的乔做作②,今日又不见同女儿先到,也有好些不像意了。正说间,只见引孙来坟头收拾铁锹,看见伯父伯娘便拜。此时妈妈不比平日,觉得亲热了好些。问道:“你来此做甚么?”引孙道:“侄儿特来上坟添土来。”妈妈对员外道:“亲的则是亲。引孙也来上过坟,添过土了,他们还不见到。”员外故意恼引孙道:“你为甚么上不挑了春盛担子,齐齐整整上坟,却如此草率?”引孙道:“侄儿无钱,只乞化得三杯酒,一

①龙气:风水先生相地,高爽而前无遮挡阻碍的山头山包高冈,来龙好,即有龙气,子孙兴旺发达。

②乔做作:假模假式,假动作。

块纸，略表表做子孙的心。”员外道：“妈妈，你听说么？那有春盛担子的，为不是子孙，这时还不来哩！”妈妈也老大不过意。员外又问引孙道：“你看那边鸦飞不过的庄宅，石羊石虎的坟头，怎不去？到俺这里做甚么？”妈妈道：“那边的坟，知他是那家？他是刘家子孙，怎不到俺刘家坟上来？”员外道：“妈妈，你才晓得！引孙是刘家子孙，你先前可不说姐姐、姐夫是子孙么？”妈妈道：“我起初是错见了。从今以后，侄儿只在我家里住。你是我一家之人，你休记着前日的不是。”引孙道：“这个，侄儿怎敢！”妈妈道：“吃的穿的，我多照管你便了。”员外叫引孙拜谢了妈妈。引孙拜下去，道：“全仗伯娘看刘氏一脉，照管孩儿则个。”妈妈簌簌的掉下泪来。正伤感处，张郎与女儿来了。员外与妈妈问其来迟之故，张郎道：“先到寒家坟上完了事，才到这里来，所以迟了。”妈妈道：“怎不先来上俺家的坟？要俺老两口儿等这半日！”张郎道：“我是张家子孙，礼上须先完张家的事。”妈妈道：“姐姐呢？”张郎道：“姐姐也是张家媳妇。”妈妈见这几句话，恰恰对着适间所言的，气得目睁口呆。变了色道：“你既是张家的儿子媳妇，怎生掌把着刘家的家私？”劈手就女儿处把那放钥匙的匣儿夺将过来，道：“已后张自张，刘自刘！”径把匣儿交与引孙了，道：“今后只是俺刘家人当家。”此时连刘员外也不料妈妈如此决断。那张郎与引姐，平日护他惯了的，一发不知在那里说起，老大的没趣。心里道：“怎么连妈妈也变了卦？”竟不知妈妈已被员外劝化得明明白白的了。张郎还指点叫摆祭物，员外妈妈、大怒道：“我刘家祖宗，不吃你张家残食。改日另祭。”各不喜欢而散。

张郎与引姐回到家来，好生埋怨道：“谁叵先上了自家坟①，讨得此番发恼不打紧，连家私也夺去与引孙掌把了。这如何气得过？却又是妈妈做主的，一发作怪！”引姐道：“爹妈认道只有引孙一个是刘家亲人，所以如此。当初你待要暗算小梅，他有些知觉，豫先走了。

①谁叵：谁料，想不到。

若留得他在时，生下个兄弟，须不让那引孙做天气[①]。况且自己兄弟，还情愿的；让与引孙，实是气不干[②]！"张郎道："平日又与他冤家对头，如今他当了家，我们倒要在他喉下取气了，怎么好？还不如再求妈妈则个。"引姐道："是妈妈主的意，如何求得转？我有道理，只叫引孙一样当不成家罢了。"张郎问道："计将安出？"引姐只不肯说，但道是："做出便见，不必细问。"明日，刘员外做个东道，请着邻里人，把家私交与引孙掌把，妈妈也是心安意肯的了。引姐晓得这个消息，道是张郎没趣，打发出外去了。自己着人悄悄东庄姑娘处说了，接了小梅家来。元来小梅在东庄分娩，生下一个儿子，已是三岁了。引姐私下寄衣寄食，去看觑他母子。只不把家里知道，惟恐张郎晓得，生出别样毒害来，还要等他再长成些，才与父母说破。而今因为气不过引孙做财主，只得去接了他母子来家。次日来对刘员外道："爹爹不认女婿做儿子罢，怎么连女儿也不认了？"员外道："怎么不认？只是不如引孙亲些。"引姐道："女儿是亲生，怎么倒不如他亲？"员外道："你须是张家人了，他须是刘家亲人。"引姐道："便做道是亲，未必就该是他掌把家私。"员外道："除非再有亲似他的，才夺得他。那里还有？"引姐笑道："只怕有也不见得！"刘员外与妈妈也只道女儿忿气说这些话，不在心上。只见女儿走去叫小梅，领了儿子到堂前。对爹妈说道："这可不是亲似引孙的来了？"员外、妈妈见是小梅，大惊道："你在那里来？可不道逃走了？"小梅道："谁逃走？须守着孩儿哩。"员外道："谁是孩儿？"小梅指着儿子道："这个不是？"员外又惊又喜，道："这个就是你所生的孩儿？一向怎么说？敢是梦里么！"小梅道："只问姑娘，便见明白。"员外与妈妈道："姐姐快说些个！"引姐道："父亲不知，听女儿从头细说一遍。当初小梅姨姨有半年身孕，张郎使嫉妒心肠，要所算小梅。女儿想来父亲有许大

---

①做天气：得意，神气。

②气不干：不甘心。

年纪[1]，若所算了小梅，便是绝了父亲之嗣。是女儿与小梅商量，将来寄在东庄姑姑家中分娩，得了这个孩儿。这三年只在东庄姑姑处抚养，身衣口食，多是你女儿照管他的，还指望再长成些方才说破。今见父亲认道只有引孙是亲人，故此请了他来家。须不比女儿，可不比引孙还亲些么？”小梅也道：“其实亏了姑娘，若当日不如此周全，怎保得今日有这个孩儿？”刘员外听罢，如梦初觉，如醉方醒，心里感激着女儿。小梅又叫儿子不住的叫他爹爹，刘员外听得一声，身也麻了。对妈妈道：“元来亲的只是亲。女儿姓刘，到底也还护着刘家，不肯顺从张郎把兄弟坏了。今日有了老生儿[2]，不致绝后，早则不在绝地上安坟了[3]。皆是孝顺女所赐，老夫怎肯知恩不报？如今有个主意：把家私做三分分开：女儿、侄儿、孩儿，各得一分。大家各管家业，和气过日子罢了。”当日叫家人寻了张郎家来，一同引孙及小孩儿拜见了邻舍诸亲，就做了个分家的筵席，尽欢而散。此后刘妈妈认了真，十分爱惜着孩儿。员外与小梅自不必说，引姐、引孙又各内外保全。张郎虽是嫉妒，也用不着，毕竟培养得孩儿成立起来。此是刘员外广施阴德，到底有后。又恩待骨肉，原受骨肉之报，所谓“亲一支，热一支”也。有诗为证：

女婿如何有异图？总因财利令亲疏。
若非孝女关疼热，毕竟刘家有后无？

---

①许大：那么大。

②老生儿：晚年所生之子。

③早则：幸亏。

卷三十九

乔势天师禳旱魃　秉诚县令召甘霖

诗云：

自古有神巫，其术能役鬼。
祸福如烛照，妙解阴阳理。
不独倾公卿，时亦动天子。
岂似后世者，其人总村鄙①。
语言甚不伦，偏能惑闾里②。
淫祀无虚日③，枉杀供牲醴。
安得西门豹④，投畀邺河水⑤。

话说男巫女觋⑥，自古有之。汉时谓之“下神”，唐世呼为“见鬼人”。尽能役使鬼神，晓得人家祸福休咎，令人趋避，颇有灵验。所以公卿大夫，都有信着他的；甚至朝廷宫闱之中，有时召用。此皆有个真传授，可以行得去做得来的，不是荒唐。却是世间的事，有了真的，便有假的。那无知男女，妄称神鬼，假说阴阳，一些影响没有的，也一般会哄动乡民，做张做势的⑦，从古来就有了。直到如今，真有

---

①村鄙：粗野愚昧。

②闾里：乡里，百姓。

③淫祀：滥祀，无论什么神都祭祀。

④西门豹：战国时魏国人。他任邺令时，巫婆用河伯娶妇害人刮钱。西门豹巧妙地揭穿巫婆骗术，把她扔到河里淹死了。

⑤邺：古地名。其地今为河北临漳县。

⑥男巫女觋(xí)：“巫”、“觋”同义，即神婆神汉。古代男称“觋”，女称“巫”；此处说倒了。大概早已混用，男女都称为“巫”。

⑦做张做势：装模作样。

术的巫觋已失其传,无过是些乡里村夫,游嘴老妪,男称太保①,女称师娘,假说降神召鬼,哄骗愚人。口里说汉话②,便道神道来了。却是脱不得乡气,信口胡柴的③;多是不囫囵的官话④,杜撰出来的字眼。正经人听了,浑身麻木,忍笑不住的;乡里人信是活灵活现的神道,匾匾的信伏⑤。不知天下曾有那不会讲官话的神道么!又还一件可恨处,见人家有病人来求他,他先前只说救不得,直到拜求恳切了,口里说出许多牛羊猪狗的愿心来,要这家脱衣典当,杀生害命,还恐怕神道不肯救,啼啼哭哭的。及至病已犯拙⑥,烧献无效,再不怨怅他、疑心他,只说不曾尽得心,神道不喜欢。见得如此,越烧献得紧了,不知弄人家费多少钱钞,伤多少性命。不过供得他一时乱话,吃得些,骗得些罢了。律上禁止师巫邪术,其法甚严,也还加他"邪术"二字,要见还成一家说话。而今并那邪不成邪,术不成术,一味胡弄。愚民信伏,习以成风,真是痼疾不可解,只好做有识之人的笑柄而已。

苏州有个小民,姓夏,见这些师巫兴头⑦,也去投着师父,指望传些真术。岂知费了拜见钱,并无甚术法得传,只教得些游嘴门面的话头,就是祖传来辈辈相授的秘诀。习熟了,打点开场施行。其邻有个范春元,名汝舆,最好戏耍。晓得他是头番初试,原没甚本领的,设意要弄他一场笑话。来哄他道:"你初次降神,必须露些灵异出来,人才信服。我忝为你邻人,与你商量个计较,帮衬着你,等别人惊骇方妙。"夏巫道:"相公有何妙计?"范春元道:"明日等你上场时节,吾手里拿着糖糕叫你猜。你一猜就着,我就赞叹起来,这些人

---

①太保:对巫师的尊称。太保,原为古代三公之一。

②汉话:胡言汉语,胡说八道。巫师说些别人不懂的话。

③胡柴:胡侃,胡诌。

④官话:明代指北京通行的官场中语言,大体以北京语音为标准。

⑤匾匾:服服贴贴。

⑥犯拙:沉重,病危。

⑦兴头:走红。

自然信服了。"夏巫道："相公肯如此帮衬小人，小人万幸。"到得明日，远近多传道"新太保降神"，来观看的甚众。夏巫登场，正在捏神捣鬼，妆憨打痴之际，范春元手中捏着一把物事来，问道："你猜得我掌中何物，便是真神道。"夏巫笑道："手中是糖糕。"范春元假意拜下去，道："猜得着，果是神明。"即拿手中之物，塞在他口里去。夏巫只道是糖糕，一口接了。谁知不是糖糕滋味，又臭又硬，甚不好吃。欲待吐出，先前猜错了，恐怕露出马脚，只得攒眉忍苦咽了下去。范春元见吃完了，发一痞道[①]："好神明，吃了干狗屎了！"众人起初看见他吃法烦难，也有些疑心，及见范春元说破，晓得被他做作[②]，尽皆哄然大笑，一时散去。夏巫吃了这场羞，传将开去，此后再弄不兴了。似此等虚妄之人，该是这样处置他才妙。怎当得愚民要信他骗哄，亏范春元是个读书之人，弄他这些破绽出来。若不然时，又被他胡行了。

范春元不足奇，宋时还有个小人，也会不信师巫，弄他一场笑话。华亭金山庙临海边[③]，乃是汉霍将军祠[④]。地方人相传，道是钱王霸吴越时[⑤]，他曾起阴兵相助，故此崇建灵宫。淳熙末年，庙中有个巫者，因时节边聚集县人，捏神捣鬼，说将军附体，宣言祈祝他的广有福利。县人信了，纷竞前来。独有钱寺正家一个干仆沈晖[⑥]，倔强不信，出语谑侮。有与他一班相好的，恐怕他触犯了神明，尽以好言相劝，叫他不可如此戏弄。那庙巫宣言道："将军甚是恼怒，要来降祸。"沈晖偏要与他争辨道："人生祸福天做定的，那里什么将军来

---

①发一痞(kuài)：发出惊叫声"阿痞痞"。江淮地区如此。类似今南京人说的"乖乖！"

②做作：指捉弄。

③华亭：旧县。今上海松江县。

④霍将军：西汉霍去病，骠骑将军。今上海城隍庙即祭祀霍将军。

⑤钱王：五代吴越王钱镠。

⑥寺正：大理寺正。大理寺为朝廷最高刑狱机关(相当于今之最高法院)，正二人，为重要官员。干仆：健仆。能干的仆人。

摆布得我？就是将军有灵，决不附着你这等村蠢之夫，来说祸说福的。”正在争辨之时，沈晖一交跌倒，口流涎沫，登时晕去。内中有同来的，奔告他家里。妻子多来看视，见了这个光景，分明认是得罪神道了，拜着庙巫讨饶。庙巫越妆起腔来，道：“悔谢不早，将军盛怒，已执录了精魄[①]，押赴酆都，死在顷刻，救不得了。”庙巫看见晕去不醒，正中下怀，落得大言恐吓。妻子惊惶无计，对着神像只是叩头。又苦苦哀求庙巫，庙巫越把话来说得狠了。妻子只得拊尸恸哭。看的人越多了，相戒道：“神明利害如此，戏谑不得的！”庙巫一发做着天气，十分得意。只见沈晖在地下扑的跳将起来。众人尽道是强魂所使，俱各惊开。沈晖在人丛中跃出，扭住庙巫，连打数掌，道：“我打你这枉口嚼舌的，不要慌！哪曾见我酆都去了？”妻子道：“你适才却怎么来？”沈晖大笑道：“我见这些人信他，故意做这个光景，耍他一耍。有甚么神道来？”庙巫一场没趣，私下走出庙去躲了。合庙之人，尽皆散去。从此也再弄不兴了。

看官，只看这两件事，你道巫师该信不该信？所以聪明正直之人，再不被那一干人所惑，只好哄愚夫愚妇，一窍不通的。小子而今说一个极做天气的巫师，撞着个极不下气的官人[②]，弄出一场极畅快的事来，比着西门豹投巫，还觉希罕。正是：

奸欺妄欲言生死，宁知受欺正于此。
世人认做活神明，只合同尝干狗屎。

话说唐武宗会昌年间[③]，有个晋阳县令[④]，姓狄，名维谦，乃反周为唐的名臣狄梁公仁杰之后[⑤]。守官清恪，立心刚正。凡事只从直道上做去，随你强横的，他不怕。就上官也多谦让他一分。治得个

---

①执录：捉拿，收录。

②不下气：不服气。

③会昌：唐武宗李炎年号。

④晋阳：故县，即今山西太原市。唐代属太原府。

⑤狄梁公仁杰：狄仁杰，初唐时名臣。太原人。后封梁国公。

晋阳户不夜闭，道不拾遗，百姓家家感德衔恩，无不赞叹的。谁知天灾流行，也是晋阳地方一个悔气。虽有这等好官在上，天道一时亢旱起来，自春至夏，四五个月内，并无半点雨泽。但见：

田中纹坼，井底尘生。滚滚烟飞，尽是晴光浮动；微微风撼，元来暖气薰蒸。辘轳不绝声，止得泥浆半杓；车戽无虚刻，何来活水一泓？供养着五湖四海行雨龙王，急迫煞八口一家喝风狗命。止有一轮红日炎炎照，那见四野阴云款款兴？

旱得那晋阳数百里之地，土燥山焦，港枯泉涸，草木不生，禾苗尽槁。急得那狄县令屏去侍从仪卫，在城隍庙中跣足步祷，不见一些征应。一面减膳羞，禁屠宰，日日行香，夜夜露祷。凡是那救旱之政，没一件不做过了。

话分两头。本州有个无赖邪民，姓郭，名赛璞，自幼好习符咒。投着一个并州来的女巫①，结为伙伴，名称师兄师妹，其实暗地里当做夫妻。两个一正一副，花嘴骗舌，哄动乡民不消说。亦且男人外边招摇，女人内边蛊惑。连那官宦大户人家，也有要祷除灾祸的，也有要祛除疾病的，也有夫妻不睦要他魇样和好的②，也有妻妾相妒要他各使魇魅的③，种种不一，弄得太原州界内七颠八倒。本州监军使④，乃是内监出身。这些太监心性，一发敬信的了不得。监军使适要朝京，因为那时朝廷也重这些左道异术⑤，郭赛璞与女巫便思量随着监军使之便，到京师走走，图些侥幸。那监军使也要作兴他们⑥，

①并州：旧名，唐代为太原府。治所在太原县，即今太原市东北地。隋代改旧晋阳县置太原县，为并州治所。唐代太原县（并州）与晋阳县为紧邻的二县，太原县在东北部，晋阳县在南部汾水东岸。今太原市即合并此二县县治而成。

②魇样：作法除灾。样，祥。吴语音同。

③魇魅：作法害人。

④监军使：皇帝派驻军中的使者，亦称“监军”。唐代以太监充任，权限很大。

⑤左道：施行邪教邪术的为左道。

⑥作兴：相信，推崇。

主张带了他们去。到得京师，真是五方杂聚之所，奸宄易藏，邪言易播。他们施符设咒，救病除妖，偶然撞着小小有些应验，便一传两，两传三，各处传将开去，道是异人异术，分明是一对活神仙在京里了。及至来见他的，他们习着这些大言不惭的话头，见神见鬼，说得活灵活现。又且两个一鼓一板，你强我赛。除非是正人君子不为所惑，随你哞嗻伶俐的好汉，但是一分信着鬼神的，没一个不着他道儿[①]。外边既已哄传其名[②]，又因监军使到北司各监赞扬[③]，弄得这些太监往来的多了，女巫遂得出入宫掖[④]，时有恩赉；又得太监们帮衬之力，夤缘圣旨，男女巫俱得赐号"天师"。元来唐时崇尚道术，道号天师，僧赐紫衣，多是不以为意的事。却也没个什么职掌衙门，也不是什么正经品职，不过取得名声好听，恐动乡里而已。郭赛璞既得此号，便思荣归故乡，同了这女巫仍旧到太原州来。此时无大无小，无贵无贱，尽称他每为天师。他也妆模作样，一发与未进京的时节，气势大不同了。

正值晋阳大旱之际，无计可施。狄县令出着告示道："不拘官吏军民人等，如有能兴云致雨，本县不惜重礼酬谢。"告示既出，有县里一班父老，率领着若干百姓，来禀县令道："本州郭天师，符术高妙，名满京都。天子尚然加礼，若得他一至本县祠中，那祈求雨泽，如反掌之易。只恐他尊贵，不能勾得他来。须得相公虔诚敦请，必求其至，以救百姓，百姓便有再生之望了。"狄县令道："若果然其术有灵，我岂不能为着百姓屈己求他？只恐此辈是大奸猾，煽起浮名，未必有真本事。亦且假窃声号，妄自尊大，请得他来，徒增尔辈一番骚扰，不能有益。不如就近访那真正好道、潜修得力的，未必无人。或者有得出来应募，定胜此辈虚嚣的一倍。本县所以未敢慕名开此妄

---

①着他道儿：中了他的圈套。

②哄传：烘传。传播。

③北司：内侍省所在，皇宫之北，故名"北司"。

④宫掖：皇帝后宫，嫔妃居所。

端耳。”父老道：“相公所见固是，但天下有其名必有其实，见放着那朝野闻名咋嗻的天师不求，还那里去另访得道的？这是‘现钟不打，又去炼铜’了。若相公恐怕供给烦难，百姓们情愿照里递人丁派出做公费[①]。只要相公做主，求得天师来，便莫大之恩了。”县令道：“你们所见既定，我何所惜！”于是县令备着花红表里[②]，写着恳请书启，差个知事的吏典，代县令亲身行礼，备述来意已毕。天师意态甚是倨傲[③]，听了一回，慢然答道：“要祈雨么？”众人叩头道：“正是。”天师笑道：“亢旱乃是天意。必是本方百姓罪业深重，又且本县官吏贪污不道，上天降罚，见得如此。我等奉天行道，怎肯违了天心，替你们祈雨？”众人又叩头道：“若说本县县官，甚是清正有馀，因为小民作业，上天降灾。县官心生不忍，特慕天师大名，敢来礼聘。屈尊到县，祈请一坛甘雨，万勿推却，万民感戴。”天师又笑道：“我等岂肯轻易赴汝小县之请？”再三不肯。吏典等回来，回覆了狄县令。父老同百姓等多哭道：“天师不肯来，我辈眼见得不能存活了。还是县宰相公再行敦请，是必要他一来便好！”县令没奈何，只得又加礼物，添差了人，另写了恳切书启。又申个文书到州里，央州将分上[④]，恳请必来。州将见县间如此勤恳，只得自去拜望天师，求他一行。天师见州将自来，不得已，方才许诺。众人见天师肯行，欢声动地，恨不得连身子都许下他来。天师叫备男女轿各一乘，同着女师前往。这边吏典父老人等，惟命是从，敢不齐整？备着男女二轿，多结束得分外鲜明[⑤]。一路上秉香燃烛，幢幡宝盖，真似迎着一双活佛来了。到得晋阳界上，狄县令当先迎着。他两人出了轿，与县令见礼毕。县令

---

①里递：即驿站。驿站夫役由民间按人丁数额征用，有钱的可以折款雇人代役。

②花红表里：此处花红是礼金、礼物。披红挂彩的缎带也叫“花红”，下文可见。表里，绢帛衣料。

③倨傲：无礼，不恭敬。

④州将：刺史。

⑤结束：收拾，装饰。

把着盏，替他两个上了花红彩段。鞴过马来，换了轿，县令亲替他笼着马，鼓乐前导，迎至祠中。先摆着下马酒筵，极其丰盛。就把铺陈行李之类①，收拾在祠后洁净房内。县令道了安置，别了自去，专候明日作用。不题。

却说天师到房中对女巫道："此县中要我每祈雨，意思虔诚，礼仪丰厚，只好这等了。满县官吏人民，个个仰望着下雨。假若我们做张做势，造化撞着了，下雨便好。倘不遇巧，怎生打发得这些人？"女巫道："枉叫你弄了若干年代把戏，这样小事就费计较？明日我每只把雨期约得远些，天气晴得久了，好歹多少下些。有一两点洒洒，便算是我们功德了。万一到底不下，只是寻他们事故，左也是他不是，右也是他不是。弄得他们不耐烦，我们做个天气②，只是撇着要去③，不肯再留。那时只道恼了我们性子，扳留不住，自家只好忙乱，那个还来议我们的背后不成？"天师道："有理，有理。他既十分敬重我们，料不敢拿我们破绽，只是老着脸皮做便了。"商量已定。次日，县令到祠请祈雨。天师传命：就于祠前设立小坛停当。天师同女巫在城隍神前，口里胡言乱语的，说了好些鬼话，一同上坛来。天师登位，敲动令牌。女巫将着九环单皮鼓，打的厮琅琅价响。烧了好几道符，天师站在高处，四下一望，看见东北上微微有些云气。思量道："夏雨北风生，莫不是数日内有雨落？得先说破了，做个人情。"下坛来，对县令道："我为你飞符上界请雨，已奉上帝命下了。只要你们至诚，三日后雨当沾足。"这句说话传开去，万民无不踊跃喜欢。四郊士庶，多来团集了，只等下雨。悬悬望到三日期满，只见天气越晴得正路了④：

烈日当空，浮云扫净。蝗蝻得意，乘热气以飞扬；鱼鳖潜

---

①铺陈：今语"铺盖"，即卧具。与"行李"义同。

②做个天气：摆个架子。

③撇着：坚持。

④正路：比喻说法。认真，真正。

踪，在汤池而踧踖[①]。轻风罕见，直挺挺不动五方旗；点雨无征，苦哀哀只闻一路哭。

县令同了若干百姓，来问天师道："三日期已满，怎不见一些影响？"天师道："灾沴必非虚生，实由县令无德，故此上天不应。我今为你虔诚再告。"狄县令见说他无德，自己引罪道："下官不职，灾祸自当，怎忍贻累于百姓。万望天师曲为周庇，宁使折尽下官福算，换得一场雨泽，救取万民，不胜感戴。"天师道："亢旱必有旱魃[②]。我今为你一面祈求雨泽，一面搜寻旱魃。保你七日之期，自然有雨。"县令道："旱魃之说，诗书有之。只是如何搜寻？"天师道："此不过在民间，你不要管我。"县令道："果然搜寻得出，致得雨来，但凭天师行事。"

天师就令女巫到民间各处寻旱魃。但见民间有怀胎十月将足者，便道是旱魃在腹内，要将药堕下他来，民间多慌了。他又自恃是女人，没一家内室不走进去。但是有娠孕的，多瞒他不过。富家恐怕出丑，只得将钱财买嘱他，所得贿赂无算。只把一两家贫妇，带到官来，只说是旱魃之母，将水浇他。县令明知无干，敢怒而不敢言，只是尽意奉承他。到了七日，天色仍复如旧，毫无效验。有诗为证：

旱魃如何在妇胎？奸徒设计诈人财。
虽然不是祈禳法，只合雷声头上来。

如此作为，十日有多。天不凑趣，假如肯轻轻松松洒下了几点，也要算他功劳，满场卖弄本事，受酬谢去了。怎当得干阵也不打一个[③]。两人自觉没趣，推道是："此方未该有雨，担阁在此无用。"一面收拾，立刻要还本州。这些愚騃百姓一发慌了，嚷道："天师在此，尚然不能下雨。若天师去了，这雨再下不成了，岂非一方百姓该死？"多来苦告县令，定要扳留。县令极是爱百姓的，顺着民情，只得去拜告苦留。道："天师既然肯为万姓特地来此，还求至心祈祷，必求个应验，

---

①汤池：热水池。踧踖(cù jí)：躁动不安。

②旱魃(bá)：旱神。

③干阵：干雷。只打雷不下雨。

救此一方，如何做个劳而无功去了？”天师被县令礼求，百姓苦告，无言可答。自想道：“若不放下个脸来，怎生缠得过？”勃然变色，骂县令道：“庸琐官人，不知天道！你做官不才，本方该灭。天时不肯下雨，留我在此何干？”县令不敢回言与辨，但称谢道：“本方有罪，自干天谴，非敢更烦天师。但特地劳渎天师到此一番，明日须要治酒奉饯，所以屈留一宿。”天师方才和颜道：“明日必不可迟了。”县令别去，自到衙门里来。召集衙门中人，对他道：“此辈猾徒，我明知矫诬无益[①]。只因愚民轻信，只道我做官的不肯屈意，以致不能得雨。而今我奉事之礼，祈恳之诚，已无所不尽，只好这等了。他不说自己邪妄没力量，反将恶语詈我。我忝居人上，今为巫者所辱，岂可复言为官耶？明日我若有所指挥，你等须要一一依我而行。不管有甚好歹是非，我身自当之，你们不可迟疑落后了。”这个狄县令一向威严，又且德政在人，个个信服，他的分付，那一个不依从的？当日衙门人等，俱各领命而散。次早县门未开，已报天师严饬归骑[②]，一面催促起身了。管办吏来问道：“今日相公与天师饯行，酒席还是设在县里，还是设在祠里，也要预先整备才好，怕一时来不迭。”县令冷笑道：“有甚来不迭？”竟叫打头踏到祠中来，与天师送行。随从的人多疑心道：“酒席未曾见备，如何送行？”那边祠中，天师也道：“县官既然送行，不知设在县中，还是祠中？如何不见一些动静？”等得心焦，正在祠中发作道：“这样怠慢的县官，怎得天肯下雨？”须臾间，县令已到。天师还带着怒色，同女巫一齐嚷道：“我们要回去的，如何没些事故担阁我们，甚么道理？既要饯行，何不快些！”县令改容，大喝道：“大胆的奸徒！你左道女巫，妖惑日久，撞在我手，当须死在今日！还敢说归去么？”喝一声：“左右拿下！”官长分付，从人怎敢不从？一伙公人暴雷也似答应一声，提了铁链，如鹰拿燕雀，把两人扣

①矫诬：作假欺骗。

②严饬归骑：认真收拾准备行囊车马。

脰颈锁了[①]，扭将下来。县令先告城隍道："龌龊妖徒，哄骗愚民，诬妄神道，今日请为神明除之。"喝令按倒在城隍面前，道："我今与你二人饯行！"各鞭背三十，打得皮开肉绽，血溅庭阶。鞭罢，捆缚起来，投在祠前漂水之内[②]。可笑郭赛璞与并州女巫，做了一世邪人，今日死于非命。

强项官人不受挫，妄作妖巫干托大[③]。
神前杖背神不灵，瓦罐不离井上破。

狄县令立刻之间除了两个天师，左右尽皆失色。有老成的来禀道："欺妄之徒，相公除了甚当。只是天师之号，朝廷所赐，万一上司嗔怪，朝廷罪责，如之奈何？"县令道："此辈人无根绊、有权术，留下他冤仇不解，必受他中伤。既死之后，如飞蓬断梗，还有甚么亲识故旧来党护他的？即使朝廷责我擅杀，我拼着一官便了，没甚大事。"众皆唯唯，服其胆量。县令又自想道："我除了天师，若雨泽仍旧不降，无知愚民越要归咎于我，道是得罪神明之故了。我想神明在上，有感必通，妄诞庸奴，原非感格之辈[④]。若堂堂县宰为民请命，岂有一念至诚，不蒙鉴察之理？"遂叩首神前，虔祷道："诬妄奸徒，身行秽事，口出诬言，玷污神德，谨已诛讫。上天雨泽，既不轻徇妖妄，必当鉴念正直。再无感应，是神明不灵，善恶无别矣。若果系县令不德，罪止一身，不宜重害百姓。今叩首神前，维谦发心[⑤]：从此在祠后高冈烈日之中，立曝其身。不得雨，情愿槁死，誓不休息。"言毕再拜而出。那祠后有山，高可十丈。县令即命设席焚香，簪冠执笏，朝服独立于上。分付从吏，俱各散去听候。阖城士民听知县令如此行事，大家骇愕起来，道："天师如何打死得的？天师决定不死。邑长惹了

①脰(dòu)颈：脖子，颈子。
②漂水：污水。洗衣洗物之水。
③托大：拿大，摆架子。
④感格：指感动上帝。格，通于。
⑤发心：立下誓愿。

他①,必有奇祸,如何是好?”又见说道:“县令在祠后高冈上烈日中自行曝晒,祈祷上天去了。”于是奔走纷纭,尽来观看,搅做了人山人海,城墙也似砌将拢来。可煞怪异!真是来意至诚,无不感应。起初县令步到冈上之时,炎威正炽,砂石流铄,待等县令站得脚定了,忽然一片黑云推将起来。大如车盖,恰恰把县令所立之处,遮得无一点日光。四周日色,尽晒他不着。自此一片起来,四下里慢慢黑云团圈接着,与起初这覆顶的混做一块生成了,雷震数声,甘雨大注。但见:

千山叆叇,万境昏霾。溅沫飞流,空中宛转群龙舞;怒号狂啸,野外奔腾万骑来。闪烁烁,曳两道流光;闹轰轰,鸣几声连鼓。淋漓无已,只教农子心欢;震叠不停②,最是恶人胆怯。

这场雨,足足下了一个多时辰,直下得沟盈浍满,原野滂流。士民拍手欢呼,感激县令相公为民辛苦。论万数千的跑上冈来,簇拥着狄公自山而下。脱下长衣当了伞子,遮着雨点。老幼妇女,拖泥带水,连路只是叩头赞诵。狄公反有好些不过意,道:“快不要如此!此天意救民,本县何德?”怎当得众人愚迷的,多不晓得精诚所感。但见县官打杀了天师,又会得祈雨,毕竟神通广大,手段又比天师高强,把先前崇奉天师这些虔诚,多移在县令身上了。县令到厅,分付百姓各散。随取了各乡各堡雨数尺寸文书,申报上司去。

那时州将在州,先闻得县官杖杀巫者,也有些怪他轻举妄动。道是礼请去的,纵不得雨,何至于死?若毕竟请雨不得,岂不枉杀无辜?及见文书上来,报着四郊雨足;又见百姓雪片也似投状来,称赞县令曝身致雨许多好处。州将才晓得县令正人君子,政绩殊常,深加叹异。有心要表扬他,又恐朝廷怪他杖杀巫者,只得上表一道,明列其事。内中大略云:

郭巫等猥琐细民,妖诬惑众。虽窃名号,总属夤缘。及在

①邑长:此指县令。

②震叠:指雷声一个接一个。

乡里，渎神害下，凌轹邑长[①]。守土之官为民诛之，亦不为过。狄某力足除奸，诚能动物，曝躯致雨，具见异绩。圣世能臣，礼宜优异。云云。

其时藩镇有权，州将表上，朝廷不敢有异，亦且郭巫等原系无籍棍徒[②]，一时在京冒滥宠荣。到得出外多时，京中原无羽翼心腹记他在心上的，就打死了，没人仇恨。名虽天师，只当杀个平民罢了。果然不出狄县令所料。那晋阳是彼时北京[③]，一时狄县令政声，朝野喧传，尽皆钦服其人品。不一日，诏书下来褒异。诏云：

维谦剧邑良才[④]，忠臣华胄[⑤]。睹兹天厉[⑥]，将瘅下民。当请祷于晋祠[⑦]，类投巫于邺县[⑧]。曝山椒之畏景，事等焚躯[⑨]；起天际之油云[⑩]，情同剪爪[⑪]。遂使旱风潜息，甘泽旋流。昊天犹鉴克诚，予意岂忘褒善？特颁朱绂[⑫]，俾耀铜章[⑬]。勿替令名，更昭殊绩。

当下赐钱五十万，以赏其功。从此，狄县令遂为唐朝名臣。后来升

---

①凌轹(lì)：欺负，侮辱。

②无籍：无赖。

③北京：唐高祖李渊从晋阳起兵反隋，晋阳为发祥之地。唐代定晋阳为陪都，称“北都”，亦称“北京”。

④剧邑：大县。旧时地理志分县为多种等级，如赤、畿、繁、剧、望、上、中、紧等等。繁剧之县都是大县。

⑤华胄：显贵的后代。

⑥天厉：天灾。

⑦晋祠：在太原市悬瓮山麓。李渊起兵，曾在晋祠祈祷。这一句是说狄维谦的祈祷是为民请命，和李渊的祈祷相当。

⑧“类投巫”句：是说狄维谦杀巫者和西门豹一样，是为民除害。

⑨焚躯：佛经故事。药王前身为说《法华经》，自焚其身以供奉佛。

⑩油云：用孟子的话“油然而云，沛然而雨”。

⑪剪爪：用周公故事。成王病危，周公自剪指甲沉到黄河里，求神保佑成王病愈。

⑫朱绂(fú)：红丝印绶。品级较高官员所用。赐给县令，表示优待。

⑬铜章：县令用铜制印章。

任去后，本县百姓感他，建造生祠，香火不绝。祈晴祷雨，无不应验。只是一念刚正，见得如此，可见邪不能胜正。那些乔妆做势的巫师，做了水中淹死鬼，不知几时得超升哩！世人酷信巫师的，当熟看此段话文。有诗为证：

尽道天师术有灵，如何水底不回生？
试看甘雨随车后，始信如神是至诚。

卷四十

华阴道独逢异客　江陵郡三拆仙书

诗云：

人生凡事有前期①，尤是功名难强为。

多少英雄埋没杀，只因莫与指途迷。

话说人生只有科第一事，最是黑暗，没有甚定准的。自古道："文齐福不齐。"随你胸中锦绣，笔下龙蛇，若是命运不对，倒不如乳臭小儿、卖菜佣早登科甲去了。就如唐时以诗取士，那李、杜、王、孟②，不是万世推尊的诗祖？却是李、杜俱不得成进士，孟浩然连官多没有；止有王摩诘一人有科第③，又还亏得岐王帮衬④，把《郁轮袍》打了九公主关节，才夺得解头⑤。若不会夤缘钻刺，也是不稳的。只这四大家尚且如此，何况他人！及至诗不成诗，而今世上不传一首的，当时登第的元不少。看官，你道有甚么清头在那里⑥？所以说：

文章自古无凭据，惟愿朱衣一点头⑦。

说话的，依你这样说起来，人多不消得读书勤学，只靠着命中福分罢

---

①前期：前定，命运。

②李、杜、王、孟：唐代诗人李白、杜甫、王维、孟浩然。

③王摩诘：王维，字摩诘。

④岐王：唐睿宗第四子李范（玄宗之弟），封岐王。文中说岐王帮助王维事，载《集异记》。大意说，王维琵琶弹得好，岐王推荐给公主，为她演奏新曲《郁轮袍》。就便把文章请公主看，公主很欣赏。于是公主召见考官，使王维登第作了解头。

⑤解头：州县选送京城考试的士子称为"解"，第一名即为解头。

⑥清头：道理。

⑦朱衣：朱衣使者，即试官。明陈耀文《天中记》引《侯鲭录》，传说欧阳修知贡举，每阅卷常觉坐后有朱衣人时时点头，凡是朱衣人点头的文章都是合格文章。因此有这句"惟愿朱衣一点头"的诗。后人遂称试官为"朱衣使者"。

了。看官,不是这话。又道是:"尽其在我,听其在天。"只这些福分,又赶着兴头走的。那奋发不过的人,终久容易得些,也是常理。故此说"皇天不负苦心人",毕竟水到渠成,应得的多。但是科场中鬼神弄人,只有那该侥幸的时来福凑、该迍邅的七颠八倒[①],这两项吓死人。先听小子说几件科场中事体,做个起头。

有个该中了,撞着人来帮衬的。湖广有个举人,姓何,在京师中会试。偶入酒肆,见一伙青衣大帽人在肆中饮酒。听他说话,半文半俗;看他气质,假斯文带些光棍腔。何举人另在一座,自斟自酌。这些人见他独自一个寂寞,便来邀他同坐。何举人不辞,就便随和欢畅。这些人道是不做腔[②],肯入队[③],且又好相与,尽多快活。吃罢散去。隔了几日,何举人在长安街过[④],只见一人醉卧路旁,衣帽多被尘土染污。仔细一看,却认得是前日酒肆里同吃酒的内中一人。也是何举人忠厚处,见他醉后狼藉不像样,走近身扶起他来。其人也有些醒了,张目一看,见是何举人扶他,把手拍一拍臂膊,哈哈笑道:"相公造化到了!"就伸手袖中,解出一条汗巾来。汗巾结里,裹着一个两指大的小封儿,对何举人道:"可拿到下处自看。"何举人不知其意,袖了到下处去。下处有好几位同会试的在那里,何举人也不道是甚么机密勾当,不以为意,竟在众人面前拆开。看时,乃是六个《四书》题目,八个经题目,共十四个。同寓人见了,问道:"此自何来?"何举人把前日酒肆同饮,今日跌倒街上的话,说了一遍,道是"这个人与我的,我也不知何来"。同寓人道:"这是光棍们假作此等哄人的,不要信他。"独有一个姓安的心里道:"便是假的何妨?我们落得做做熟也好。"就与何举人约了,每题各做一篇,又在

---

①迍邅(zhūn zhān):不顺利,蹉跎。

②不做腔:不拿架子。

③肯入队:随和。

④长安街:北京横贯东西经过承天门(今名天安门)前的中心大街。今已拓展,非复旧貌。

书坊中寻刻的好文,参酌改定。后来入场,七个题目都在这里面的。二人多是预先做下的文字,皆得登第。元来这个醉卧的人,乃是大主考的书办①,在他书房中抄得这张题目,乃是一正一副在内。朦胧醉中,见了何举人扶他,喜欢,与了他。也是他机缘辐辏,又挈带了一个姓安的。这些同寓不信的人,可不是命里不该,当面错过?

醉卧者人,吐露者神。

信与不信,命从此分。

有个该中了,撞着鬼来帮衬的。扬州兴化县举子应应天乡试②,头场日齁睡,一日不醒。号军叫他起来③,日已晚了。正自心慌,且到号底厕上走走。只见厕中已有一个举子在里头,问兴化举子道:"兄文成未?"答道:"正因睡了失觉,一字未成,了不得在这里。"厕中举子道:"吾文皆成,写在王讳纸上④,今疾作⑤,誊不得了,兄文既未有,吾当赠兄罢。他日中了,可谢我百金。"兴化举子不胜之喜。厕中举子就把一张王讳纸递过来,果然七篇多明明白白写完在上面。说道:"小弟姓某名某,是应天府学,家在僻乡。城中有卖柴牙人某人,是我侄,可一访之,便可寻我家了。"兴化举子领诺,拿到号房,照他写的誊了,得以完卷。进过三场,揭晓果中。急持百金,往寻卖柴牙人,问他叔子家里。那牙人道:"有个叔子,上科正患痢疾进场,死在场中了。今科那得还有一个叔子?"举子大骇,晓得是鬼来帮他中的。同了牙人,直到他家,将百金为谢。其家甚贫,梦里也不料有此百金之得,阖家大喜。这举子只当百金买了一个春元。

---

①书办:官署办理文牍的书吏。

②兴化县:今名同。与高邮为邻县,旧属扬州府辖县。应应天乡试:即赴南直隶乡试。明代两京制,南直即直属南京管辖的府州县,相当于行省。应天,应天府。府治即今南京市。

③号军:考棚中每一考生一间号房(编号小隔间),看守号房的兵卒称为"号军"。

④王讳纸:未详待考。或许是手纸。

⑤疾作:发了病。

一点文心,至死不磨。
上科之鬼,能助今科。

有个该中了,撞着神借人来帮衬的。宁波有两生,同在鉴湖育王寺读书[①]。一生儇巧[②],一生拙诚。那拙的信佛,每早晚必焚香在大士座前祷告[③],愿求明示场中七题。那巧的见他匍匐不休,心中笑他痴呆,思量要耍他一耍。遂将一张大纸,自拟了七题,把佛香烧成字,放在香几下。拙的明日早起拜神,看见了,大信,道是大士有灵,果然密授秘妙。依题遍采坊刻佳文,名友窗课[④],摸拟成七篇好文,熟记不忘。巧的见他信以为实,如此举动,道是被作弄着了,背地暗笑他着鬼。岂知进到场中,七题一个也不差,一挥而出,竟得中式。这不是大士借那儇巧的手,明把题目与他的?

拙以诚求,巧者为用。
鬼神机权,妙于簸弄。

有个该中了,自己精灵现出帮衬的。湖广乡试日,某公在场阅卷倦了,朦胧打盹。只听得耳畔叹息道:"穷死,穷死!救穷,救穷!"惊醒来,想一想道:"此必是有士子要中的作怪了。"仔细听听,声在一箱中出,伸手取卷,每拾起一卷,耳边低低道:"不是。"如此屡屡。落后一卷[⑤],听得耳边道:"正是。"某公看看,文字果好,取中之,其声就止。出榜后,本生来见。某公问道:"场后有何异境?"本生道:"没有。"某公道:"场中甚有影响,生平好讲甚么话?"本生道:"门生家寒不堪,在窗下每作一文成,只呼'穷死','救穷'。以此为常,别无他话。"某公乃言阅卷时耳中所闻如此,说了共相叹异,连本生也不知道怎地起的。这不是自己一念坚切,精灵活现么!

---

①鉴湖:又名"镜湖"。在浙江绍兴。
②儇(xuán)巧:轻浮而聪明。
③大士:观音大士。
④窗课:学生的作文练习。
⑤落后:末后。

精诚所至，金石为开。

果然勇猛，自有神来。

有个该中了，人与鬼神两相凑巧帮衬的。浙场有个士子，原是少年饱学，走过了好几科，多不得中。落后一科，年纪已长，也不做指望了。幸得有了科举，图进场完故事而已[①]。进场之夜，忽梦见有人对他道："你今年必中，但不可写一个字在卷上；若写了，就不中了。只可交白卷。"士子醒来道："这样梦也做得奇，天下有这事么?"不以为意。进场领卷，正要构思下笔，只听得耳边厢又如此说道："决写不得的！"他心里疑道："好不作怪！"把题目想了一想，头红面热，一字也忖不来。就暴躁起来道："都管是又不该中了[②]，所以如此。"闷闷睡去。只见祖、父俱来，分付道："你万万不可写一字，包你得中便了。"醒来叹道："这怎么解？如此梦魂缠扰，料无佳思，吃苦做甚么！落得不做，投了白卷出去罢。"出了场来，自道头一个就是他贴出[③]，不许进二场了。只见试院开门，贴出许多不合式的来，有不完篇的，有脱了稿的，有差写题目的，纷纷不计其数。正拣他一字没有的，不在其内，倒哈哈大笑道："这些弥封对读的[④]，多失了魂了！"隔了两日，不见动静。随众又进二场，也只是见不贴出，瞒生人眼[⑤]，进去戏耍罢了。才捏得笔，耳边又如此说。他自笑道："不劳分付，头场白卷，二场写他则甚？世间也没这样呆子。"游衍了半日[⑥]，交卷而出，道这番决难逃了。只见第二场又贴出许多，仍复没有已

①完故事：走过场，敷衍。

②都管：大概，总是。

③贴出：取消准考的告示。科举考试例为三场，一场文字违例即行贴出，不准考下一场。

④弥封对读：考生卷子由官吏检查，不合式的贴出。其他卷子姓名密封，经过誊录，然后交阅卷官（即考官）审阅。这样做称为"弥封对读"。今日高考生的卷子有弥封而无对读。

⑤生人：指不知情的人。

⑥游衍：敷衍，对付。

名,自家也好生咤异。又随众进了三场,又交了白卷,自不必说。朋友们见他进过三场,多来请教文字。他只好背地暗笑,不好说得。到得榜发,公然榜上有名高中了。他只当是个梦,全不知是那里起的。随着赴鹿鸣宴风骚[①],真是十分侥幸。领出卷来看,三场俱完好,且是锦绣满纸。惊得目睁口呆,不知其故。元来弥封所两个进士知县[②],多是少年科第,有意思的[③],道是不进得内帘[④],心中不伏气。见了题目,有些技痒,要做一卷试试手段,看还中得与否,只苦没个用印卷子[⑤]。虽有个把不完卷的,递将上来,却也有一篇半篇先写在上了,用不着的。已后得了此白卷,心中大喜。他两个记着姓名,便你一篇,我一篇,共相斟酌改订,凑成好卷,弥封了,发去誊录。三场皆如此,果然中了出来。两个进士暗地得意,道是"这人有天生造化",反着人寻将他来,问其白卷之故。此生把梦寐叮嘱之事,场中耳畔之言,一一说了。两个进士道:"我两人偶然之兴,皆是天教代足下执笔的。"此生感激无尽,认做了相知门生。

张公吃酒,李公却醉。

命若该时,一字不费。

这多是该中的话了。若是不该中,也会千奇万怪起来。有一个不该中,鬼神反来耍他的。万历癸未年[⑥],有个举人管九皋,赴会试。

---

①鹿鸣宴:乡试取中,举人宴会。发榜次日举行。考官借此认门生,举人互相结识。始于唐代。宴会上歌唱《诗经·鹿鸣》诗篇,因而得名。风骚:此处指风光,得意。

②弥封所:贡院中监督考试的机构。

③有意思的:有想法的,有抱负的。

④内帘:指主考官和同考官。他们负责阅卷,决定录取不录取。弥封所官员只负责检查、监督和收管等事务性工作,无决定权。同称"帘官",前者为内帘,后者为外帘。帘指贡院(即考场)帘堂。

⑤用印卷子:试卷都加盖了官印。否则无效。

⑥癸未年:公元 1583 年。万历十一年。汤显祖即此科考中进士。

场前梦见神人传示七个题目，醒来个个记得。第二日寻坊间文[①]，拣好的熟记了。入场七题皆合，喜不自胜，信笔将所熟文字写完，不劳思索。自道是得了神助，心中无疑。谁知是年主考厌薄时文，尽搜括坊间同题文字，入内磨对，有试卷相同的，便涂坏了。管君为此竟不得中，只得选了官去[②]。若非先梦七题，自家出手去做，还未见得不好。这不是鬼神明明要他？

梦是先机[③]，番成悔气。

鬼善揶揄，直同儿戏。

有一个不该中强中了，鬼神来摆布他的。浙江山阴士人诸葛一鸣，在本处山中发愤读书，不回过岁。隆庆庚午年元旦[④]，未晓，起身梳洗，将往神祠中祷祈。途间遇一群人，喝道而来。心里疑道："山中安得有此？"伫立在旁细看。只见鼓吹前导[⑤]，马上簇拥着一件东西。落后贵人到，乃一金甲神也。一鸣明知是阴间神道，迎上前来。拜问道："尊神前驱所迎何物？"神道："今科举子榜。"一鸣道："小生某人，正是秀才，榜上有名否？"神道："没有。君名在下科榜上。"一鸣道："小生家贫，等不得。尊神可移早一科否？"神道："事甚难。然与君相遇，亦有缘，试为君图之。若得中，须多焚楮钱，我要去使用才安稳。不然，我亦有罪犯。"一鸣许诺。及后边榜发，一鸣名在末行，上有丹印。缘是数已填满，一个教官将着一鸣卷竭力来荐，至见诸声色。主者不得已，割去榜末一名，将一鸣填补。此是鬼神在暗中作用。一鸣得中甚喜，匆匆忘了烧楮钱。赴宴归寓，见一鬼披发，在马前哭道："我为你受祸了。"一鸣认看，正是先前金甲神。甚不过意，道："不知还可焚钱相救否？"鬼道："事已迟了，还可相助。"一鸣

①坊间文：书店印售的时文（八股文）选编，供秀才举人参考用的。

②选了官：明代举人可以向吏部挂名补官，一般是州县佐贰官吏，不能担任主官。

③先机：预兆。

④隆庆庚午年：隆庆四年。公元1570年。隆庆是明穆宗朱载垕年号。

⑤鼓吹：乐队。此处指喇叭手。

买些楮钱烧了。及到会试,鬼复来道:"我能助公登第,预报七题。"一鸣打点了进去,果然不差。一鸣大喜。到第二场,将到进去了,鬼才来报题。一鸣道:"来不及了。"鬼道:"将文字放在头巾内带了进去,我遮护你便了。"一鸣依了他。到得监试面前,不消搜得,巾中文早已坠下。算个怀挟作弊,当时打了枷号示众,前程削夺①。此乃鬼来报前怨,作弄他的。可见命未该中,只早一科也是强不得的。

躁于求售,并丧厥有。
人耶鬼耶?各任其咎。

看官,只看小子说这几端,可见功名定数,毫不可强。所以道:

窗下莫言命②,场中不论文③。

世间人总在这定数内,被他哄得昏头昏脑的。小子而今说一段指破功名定数的故事来,完这回正话。

唐时有个江陵副使李君④。他少年未第时,自洛阳赴长安进士举,经过华阴道中,下店歇宿。只见先有一个白衣人在店。虽然浑身布素,却是骨秀神清,丰格出众⑤。店中人甚多,也不把他放在心上。李君是个聪明有才思的人,便瞧科在眼里,道:"此人决然非凡。"就把坐来移近了,把两句话来请问他,只见谈吐如流,百叩百应。李君愈加敬重,与他围炉同饮,款洽倍常⑥。明日一路同行,至昭应⑦。李君道:"小弟慕足下尘外高踪,意欲结为兄弟。倘蒙不弃,伏乞见教姓名年岁,以便称呼。"白衣人道:"我无姓名,亦无年岁。

---

①前程:功名。指此人原已有的举人功名。所以下面韵语中说"并丧厥有",连原来的功名也革除了。

②窗下:指学堂。

③场中:指考场。

④江陵副使:荆南节度副使。唐肃宗至德二年置荆南节度,亦曰"荆澧节度",领十州。节度使治所江陵府。

⑤丰格:丰度(风度)。

⑥款洽:融洽。

⑦昭应:其地即今陕西华阴县地。

你以兄称我,以兄礼事我可也。"李君依言,当下结拜为兄。至晚,对李君道:"我隐居西岳①,偶出游行,甚荷郎君相厚之意。我有事故,明旦先要往城,不得奉陪如何?"李君道:"邂逅幸与高贤结契,今遽相别,不识有甚言语指教小弟否?"白衣人道:"郎君莫不要知后来事否?"李君再拜,恳请道:"若得预知后来事,足可趋避,省得在黑暗中行,不胜至愿。"白衣人道:"仙机不可泄漏,吾当缄封三书与郎君,日后自有应验。"李君道:"所以奉恳,专贵在先知后事。若直待事后有验,要晓得他怎的?"白衣人道:"不如此说。凡人功名富贵,虽自有定数,但吾能前知,便可为郎君指引。若到其间开他,自身用处,可以周全郎君富贵。"李君见说,欣然请教。白衣人乃取纸笔,在月下不知写些甚么,折做三个柬,外用三个封封了。拿来交与李君,道:"此三封,郎君一生要紧事体在内。封有次第,内中有秘语,直到至急时,方可依次而开。开后自有应验。依着做去,当得便宜。若无急事,漫自开他,一毫无益的。切记!切记!"李君再拜领受,珍藏箧中。次日各相别去。

李君到了长安,应过进士举,不得中第。李君父亲在时,是松滋令②,家事颇饶。只因带了宦囊到京营求升迁,病死客邸,宦囊一空。李君痛父沦丧,门户萧条,意欲中第才归,重整门阀。家中多带盘缠,拚住京师,不中不休。自恃才高,道是举手可得,如拾芥之易。怎知命运不对,连应过五六举,只是下第,盘缠多用尽了。欲待归去,无有路费。欲待住下以俟再举,没了赁房之资,求容足之地也无。左难右难,没个是处。正在焦急头上,猛然想道:"仙兄有书,分付道有急方开。今日已是穷极无聊,此不为急,还要急到那里去?不免开他头一封,看是如何。然是仙书,不可造次。"是夜沐浴斋素。到第二日清旦,焚香一炉,再拜祷告道:"弟子只因穷困,敢开仙兄第一封书,只望明指迷途则个。"告罢,拆开外封,里面又有一小封。面

①西岳:华山。

②松滋:松滋县。在湖北省。

上写着道：

某年月日，以困迫无资用，开第一封。

李君大惊道："真神仙也！如何就晓得今日目前光景？且开封的月日，俱不差一毫。可见正该开的，内中必有奇处。"就拆开小封来看，封内另有一纸，写着不多几个字：

可青龙寺门前坐。

看罢，晓得有些奇怪，怎敢不依？只是疑心道："到那里去何干？"问问青龙寺远近，元来离住处有五十多里路。李君只得骑了一头蹇驴，迤迤走到寺前①，日色已将晚了。果然依着书中言语，在门槛上呆呆地坐了一回，不见甚么动静。天昏黑下来，心里有些着急，又想了仙书，自家好笑道："好痴子！这里坐，可是有得钱来的么？不指望钱，今夜且没讨宿处了。怎么处？"正迟疑间，只见寺中有人行走响。看看至近，却是寺中主僧和个行者来关前门②。见了李君，问道："客是何人，坐在此间？"李君道："驴弱居远，天色已晚，前去不得，将寄宿于此。"主僧道："门外风寒，岂是宿处？且请到院中来。"李君推托道："造次不敢惊动。"主僧再三邀进，只得牵了蹇驴，随着进来。主僧见是士人，具馔烹茶，不敢怠慢。饮间，主僧熟视李君，上上下下估着。看了一回，就转头去与行童说一番，笑一番。李君不解其意，又不好问得。只见主僧耐了一回，突然问道："郎君何姓？"李君道："姓李。"主僧惊道："果然姓李！"李君道："见说贱姓，如此着惊何故？"主僧道："松滋李长官，是郎君盛族③，相识否？"李君站起身，颦蹙道："正是某先人也。"主僧不觉垂泪不已，说道："老僧与令先翁长官，久托故旧，往还不薄。适见郎君丰仪酷似长官④，所以惊疑，不料果是！老僧奉求已多日，今日得遇，实为万幸。"李君见说

①迤迤：慢慢。

②行者：佛寺中杂役未剃发出家的人。

③盛族：同族。"盛"是敬语。

④丰仪：长相，面貌。

着父亲，心下感伤，涕流被面，道："不晓得老师与先人旧识，顷间造次失礼。然适闻相求弟子已久，不解何故？"主僧道："长官昔年将钱物到此求官，得疾狼狈。有钱二千贯，寄在老僧常住库中①。后来一病不起，此钱无处发付。老僧自是以来，心中常如有重负，不能释然。今得郎君到此，完此公案②，老僧此生无事矣。"李君道："向来但知先人客死，宦囊无迹，不知却寄在老师这里。然此事无个证见，非老师高谊在古人之上，怎肯不昧其事，反加意寻访？重劳记念，此德难忘。"主僧道："老僧世外之人，要钱何用？何况他人之财，岂可没为己有，自增罪业！老僧只怕受托不终，致负夙债，贻累来生。今幸得了此心事，魂梦皆安。老僧看郎君行况萧条，明日但留下文书一纸，做个执照，尽数辇去为旅邸之资③，尽可营生，尊翁长官之目也瞑了。"李君悲喜交集，悲则悲着父亲遗念，喜则喜着顿得多钱。称谢主僧不尽，又自念仙书之验如此，真希有事也。

青龙寺主古人徒④，受托钱财谊不诬。
贫子衣珠虽故在⑤，若非仙诀可能符？

是晚主僧留住安宿，殷勤相待。次日尽将原镪二千贯发出⑥，交明与李君。李君写个收领文字，遂雇骡驮载，珍重而别。

李君从此买宅长安，顿成富家。李君一向门阀清贵⑦，只因生计无定，连妻子也不娶得。今长安中大家见他富盛起来，又是旧家门望，就有媒人来说亲与他。他娶下成婚，作久住之计。又应过两次举，只是不第，年纪看看长了。亲戚朋友仆从等，多劝他且图一官，以为终身之计，如何被科名骗老了？李君自恃才高，且家有馀资，不

①常住库：寺院库房。
②公案：这里是待办事务。
③辇去：运走。
④徒：同类，一类。
⑤衣珠：本身自有的东西。原为佛家语。
⑥镪(qiǎng)：银钱。
⑦门阀：门第。家庭出身。

愁衣食，自道："只争得此一步，差好多光景。怎肯甘心就住，让那才不如我的得意了，做尽天气！且索再守他次把做处。"本年又应一举，仍复不第，连前却满十次了。心里虽是不伏气，却是递年打毷氉，也觉得不耐烦了。说话的，如何叫得"打毷氉"？看官听说：唐时榜发后，与不第的举子吃解闷酒，浑名"打毷氉"。此样酒席可是吃得十来番起的？李君要住住手，又割舍不得；要宽心再等，不但撺掇的人多，自家也觉争气不出了。况且妻子又未免图他一官半职荣贵，耳边日常把些不入机的话来激聒。一发不知怎地好，竟自没了主意。含着一眶眼泪道："一歇了手，终身是个不第举子。就侥幸官职高贵，也说不响了。"踌躇不定几时，猛然想道："我仙兄有书道急时可开。此时虽无非常急事，却是住与不住，是我一生了当的事①，关头所差不小。何不开他第二封一看，以为行止②。"主意定了，又斋戒沐浴。次日清旦，启开外封，只见里面写道：

某年月日，以将罢举，开第二封。

李君大喜道："元来原该是今日开的。既然开得不差，里面必有决断，吾终身可定了。"忙又开了小封看时，也不多几个字，写着：

可西市鞦辔行头坐。

李君看了道："这又怎么解？我只道明明说个还该应举不应举，却又是哑谜。当日青龙寺，须有个寺僧欠钱；这个西市鞦辔行头，难道有人欠我及第的债不成？但是仙兄说话不曾差了一些，只索依他走去，看是甚么缘故。却其实有些好笑。"自言自语了一回，只得依言，一直走去。走到那里，自想道："可在那处坐好？"一眼望去，一个去处，但见：

望子高挑③，埕头广架④。门前对子，强斯文带醉歪题；壁

---

①了当：了结。

②行止：这里是"决断"之意。

③望子：酒帘，酒旗。酒店门前的幌子。

④埕(chéng)头：酒瓮。

上诗篇，村过客乘忙诌下。入门一阵腥膻气，案上原少佳肴；到坐几番吆喝声，面前未来供馔。谩说闻香须下马，枉夸知味且停骖。无非行路救饥，或是邀人议事。

元来是一个大酒店。李君独坐无聊，想道："我且沽一壶吃着坐看。"步进店来。店主人见是个士人，便拱道："楼上有洁净坐头，请官人上楼去。"李君上楼坐定。看那楼上的东首尽处，有间洁净小阁子，门儿掩着。像有人在里边坐下的，寂寂默默在里头。李君这付座底下，却是店主人的房。楼板上有个穿眼，眼里偷窥下去，是直见的。李君一个在楼上，还未见小二送酒菜上来。独坐着闲不过，听得脚底下房里头低低说话，他却在地板眼里张看。只见一个人将要走动身，一个拍着肩叮嘱。听得落尾两句说道："教他家郎君明日平明①，必要到此相会。若是苦没有钱，即说元是且未要钱的。不要挫过，迟一日就无及了。"去的那人道："他还疑心不的确，未肯就来，怎好？"李君听得这几句话有些古怪，便想道："仙兄之言莫非应着此间人的事体么？"即忙奔下楼来，却好与那两个人撞个劈面，乃是店主人与一个蓦生人。李君扯住店主人问道："你们适才讲的是甚么话？"店主人道："侍郎的郎君，有件紧要事干，要一千贯钱来用，托某等寻觅。故此商量寻个头主②。"李君道："一千贯钱不是小事，那里来这个大财主好借用？"店主道："不是借用，说得事成时，竟要了他这一千贯钱，也还算是相应的。"李君再三要问其事备细，店主人道："与你何干！何必定要说破？"只见那要去的人立定了脚，看他问得急切，回身来道："何不把实话对他说？总是那边未见得成，或者另绊得头主，大家商量商量也好。"店主人方才附着李君耳朵说道："是营谋来岁及第的事。"李君正斗着肚子里事③，又合着仙兄之机，吃了一惊。忙问道："此事虚实何如？"店主人道："侍郎郎君，见在楼上房

①平明：天刚亮。与"平旦"意思差不多。

②头主：主顾。

③斗着：合着，符合。

内,怎的不实?”李君道:“方才听见你们说话,还是要去寻那个的是?”店主人道:“有个举人要做此事,约定昨日来成的,直等到晚,竟不见来。不知为凑钱不起,不知为疑心不真。却是郎君元未要钱,直等及第了才交足。只怕他为无钱不来,故此又要这位做事的朋友去约他。若明日不来,郎君便自去了,只可惜了这好机会。”李君道:“好教两位得知,某也是举人。要钱时某也有。便就等某见一见郎君,做了此事,可使得否?”店主人道:“官人是实话么?”李君道:“怎么不实?”店主人道:“这事原不拣人的。若实实要做,有何不可?”那个人道:“从古道‘有奶便为娘’,我们见钟不打,倒去敛铜[①]? 官人若果要做,我也不到那边去,再走坏这样闲步了。”店主人道:“既如此,可就请上楼,与郎君相见面议何如?”两个人拉了李君,一同走到楼上来。

那个人走去东首阁子里,说了一会话。只见一个人踱将出来,看他怎生模样:

白胖面庞,痴肥身体。行动许多珍重,周旋颇少谦恭。抬眼看人,常带几分蒙昧;出言对众,时牵数字含糊。顶着祖父现成家,享这儿孙自在福。

这人走出阁来,店主人忙引李君上前,指与李君道:“此侍郎郎君也,可小心拜见。”李君施礼已毕,叙坐了。郎君举手道:“公是举子么?”李君通了姓名,道:“适才店主人所说来岁之事,万望扶持。”郎君点头未答,且目视店主人与那个人,做个手势道:“此话如何?”店主人道:“数目已经讲过。昨有个人约着不来,推道无钱。今此间李官人有钱,情愿成约。故此特地引他谒见郎君。”郎君道:“咱要钱不多,如何今日才有主?”店主人道:“举子多贫,一时间斗不着。”郎君道:“拣那富的拉一个来罢了。”店主人道:“富的要是要,又撞不见这样方便。”郎君又拱着李君问店主人道:“此间如何?”李君不等店主人

---

①见钟不打,倒去敛铜:现成的钟不敲,倒去收集铜来做钟。比喻说法,意思是舍近求远。敛铜,也写作“炼铜”,也说得通。总的意思不变。

回话，便道："某寄籍长安[①]，家业多在此。只求事成，千贯易处，不敢相负。"郎君道："甚妙！甚妙！明年主司侍郎，乃吾亲叔父也，必不误先辈之事[②]。今日也未就要交钱，只立一约，待及第之后，即命这边主人走领，料也不怕少了的。"李君见说得有根因，又且是应着仙书，晓得其事必成，放胆做着，再无疑虑。即袖中取出两贯钱来，央店主人备酒来吃。一面饮酒，一面立约，只等来年成事交银。当下李君又将两贯钱谢了店主人与那一个人，各各欢喜而别。到明年应举，李君果得这个关节之力，榜下及第。及第后，将着一千贯完那前约，自不必说。眼见得仙兄第二封书，指点成了他一生之事。

真才屡挫误前程，不若黄金立可成。

今看仙书能指引，方知铜臭亦天生[③]。

李君得第授官。自念富贵功名，皆出仙兄秘授谜诀之力。思欲会见一面，以谢恩德，又要细问终身之事。差人到了华阴西岳，各处探访，并无一个晓得这白衣人的下落，只得罢了。以后仕宦得意，并无甚么急事可问，这第三封书无因得开。官至江陵副使，在任时，一日忽患心痛，少顷之间，晕绝了数次，危迫特甚。方转念起第三封书来，对妻子道："今日性命俄顷[④]，可谓至急。仙兄第三封书可以开看，必然有救法在内了。"自己起床不得，就叫妻子灌洗了，虔诚代开。开了外封，也是与前两番一样的家数[⑤]，写在里面道：

某年月日，江陵副使忽患心痛，开第三封。

妻子也喜道："不要说时日相合，连病多晓得在先了，毕竟有解救之法。"连忙开了小封，急急看时，只叫得苦。元来比先前两封的字越少了，刚刚止得五字道：

可处置家事。

---

①寄籍：寄寓，客居。犹今言临时户口。

②先辈：士人对尚未考中进士的举人的称呼。

③铜臭：对有钱的蔑称。

④俄顷：时间极短，很快。

⑤家数：方式，方法。

妻子看罢，晓得不济事了，放声大哭。李君笑道："仙兄数已定矣，哭他何干？吾贫，仙兄能指点富吾；吾贱，仙兄能指点贵吾；今吾死，仙兄岂不能指点活吾？盖因是数，去不得了。就是当初富吾、贵吾，也元是吾命中所有之物。前数分明，止是仙兄前知，费得一番引路。我今思之：一生应举，真才却不能一第，直待时节到来，还要遇巧假手于人，方得成名。可不是数已前定？天下事大约强求不得的。而今官位至此，仙兄判断已决，我岂复不知止足，尚怀遗恨哉？"遂将家事一面处置了当。隔两日，含笑而卒。

这回书叫做《三拆仙书》，奉劝世人看取：数皆前定如此，不必多生妄想。那有才不遇时之人，也只索引命自安，不必抑郁不快了。

人生自合有穷时，纵是仙家讵得私？
富贵只缘乘巧凑，应知难改盖棺期。